LIMA STRYSA

NEONPINK

ist der Tod

Lima Strysa
Neonpink ist der Tod

Band 1

1.Auflage

c/o COCENTER
Koppoldstr.1 86551 Aichach

Cover/Buchsatz Gestaltung: Mrs.Mapelgraphics
Gesetzt aus Garamond ad
Korrektur/Lektorat: Claudia, Karolin, Jasmin, Mirko
Druck und Bindung: smilkov print ltd
Vertrieb: Nova MD GmbH, Vachendorf

ISBN 978-3-98942-316-9

*Bibliografische Informationen der Deutschen Nationalbibliothek:
Die Deutschen Nationalbibliothek verzeichnet diese Publikation
in der Deutschen Nationalbibliothek;
detaillierte bibliografische Daten sind im Internet über
http://dnb.dnb.de abrufbar.*

WICHTIGER HINWEIS:

Der Inhalt besteht nicht nur aus Zucker und Süßigkeiten, sondern ist sehr düster mit heftigen Themen und Situationen.

Dieses Buch beinhaltet Drogenhandel/-missbrauch, CNC, Dubcon, Gewalt, im entferntesten Sinne Stalking , Menschenhandel, Kinderhandel/-missbrauch und expliziten sexuellen Handlungen/Situationen.
Bestimmte Kinks werden ebenfalls beschrieben, wie Leder, Maskierung, Fesselung und Erniedrigung.
Genauso wie Morde, Tote und Folter.

Es endet mit einem Cliffhanger.

Für ALLE,
die behauptet haben,
ich könnte nicht süß schreiben.

EINS

Happy

Die ersten Sonnenstrahlen drängen sich zögerlich an den Gebäuden vorbei und scheinen durch die großen Fenster. Schatten spielen durch die leeren Räume und tanzen auf dem braunen Parkett. Das Lichtspiel versetzt mich in Trance, ich wende den Blick nicht ab und sofort nagt die Finsternis an mir. Bevor ich die Kontrolle verliere, schließe ich die Augen.

Meine Lider öffnen sich wie von selbst und mein Blick fällt direkt auf die Holzlamellen. Ich sehe, dass unter ihnen das Morgenlicht hereinscheint. Die zarten Strahlen erhellen das Zimmer und malen ein Streifenmuster auf den Holzboden.

Ich umklammere das Stoffschwein, küsse den weichen Kopf und bete.

Doch draußen auf dem Flur knacken die Dielen.

Er kommt.

Die schweren Schritte nähern sich und ich schaue mich hastig um. Suche nach einem Versteck. Im Zimmer stehen ausschließlich zwei Möbelstücke – der Kleiderschrank und mein Bett. Mehr nicht. Keine Spielzeugtruhe, weil ich nur Miss Pinky besitze. Der Schreibtisch mit den bunten Stiften und dem Papierstapel wurde mir weggenommen. Genauso wie die vielen Spielzeuge, die ich geschenkt bekam. Bösen Damen ist es nicht gestattet, zu malen, die Schule zu besuchen oder draußen mit ihrem Bruder auf der Schaukel zu spielen. Es wäre mir untersagt, das Zimmer je wieder zu verlassen, wenn er von Raiders Büchern unter den Dielen erfahren würde. Mein Leben würde sich dann nur noch hier zwischen diesen vier Wänden abspielen und jede Nacht würde er sich hier zu mir ins Bett legen.

Dabei bin ich doch nur ein Kind und keine Dame.

Die Schritte werden lauter. Beim Gedanken an ihn bebe ich und ziehe die Decke bis zum Kinn. Er hat nicht das Recht, das Zimmer zu betreten. Trotzdem lässt er mich selten schlafen, weckt mich, bestraft mich und ich fühle dabei immer dieselbe Qual.

Ich will das nicht! Die Schmerzen sind unerträglich. Und ich darf es nicht einmal aussprechen, sonst bin ich eine Böse Dame.

Das Geräusch der näherkommenden Schritte vor der Tür ist verstummt und ich springe mit Miss Pinky auf, um mich unter dem Bett zu verstecken. Quietschend wird die

Tür aufgeschoben und mein starkes Zittern ist nicht mehr aufzuhalten. Mit der Hand auf meinem Mund versuche ich ein Wimmern zu ersticken, mit der anderen presse ich mir das Stoffschwein fest an die Brust. Mein Herz rast und schlägt mir bis zum Hals. Die harten Sohlen seiner Schuhe schleifen über den alten Boden. »Jelly?«, flüstert er. »Komm her.« Tränen quellen aus den geschlossenen Lidern hervor. »Du versteckst dich vor mir? Eine so schlaue junge Dame, wie du es bist, müsste es besser wissen.«

»Jelly!«, wird er lauter, boshafter und mein Herz bleibt fast stehen. »Komm da raus!« Ich schüttle den Kopf und beiße die Zähne zusammen. »Muss ich dich holen kommen?« Die Schritte dringen durch das Rauschen in meinen Ohren nur leise zu mir durch. Es wird schlagartig still und ich schlage die Augen auf. Er steht direkt neben dem Bett. Seine dreckigen, grauen Schuhe sind nur eine Armlänge entfernt. Meine Zähne klappern aufeinander, ich zittere und Tränen beginnen, mir an den Wangen herunterzulaufen.

»Du bist hochbegabt, Jelly. Du bist eine sehr schlaue junge Dame, die nie ein dummes kleines Kind war. Also verstehst du auch sicher, dass ich dich zu deinem Glück zwingen werde.« Er bückt sich und sein Gesicht erscheint plötzlich nahe an meinem. Aufschreiend schrecke ich zurück und seine buschigen Augenbrauen ziehen sich zusammen. Obwohl ich mich an die Wand hinter mir presse, streckt er den Arm nach mir aus und erreicht mich. Ich lasse Miss Pinky los, schlage und trete nach ihm und er gibt ein bösartiges, knurrendes Geräusch von sich. Er wird wütend und wird mich dafür bestrafen, sobald er meinen Körper unter dem Bett hervorgezogen hat. Aber solange ich kämpfe, kann er mir nicht wehtun. »Nein!«,

schreie ich und bettle in Gedanken um Hilfe. Doch seine Finger ergreifen meinen Fuß und er zieht mich nach vorne zu sich. Er zerrt mich unsanft über den Boden, während ich schreiend versuche, ihn von mir wegzutreten. »Sei still, Jelly!« Er schlägt seine Hand mit Wucht auf meine Wange und ich rolle über den Holzboden. Schock, Schmerz und Schwärze. »Du weckst noch das ganze Haus auf!« Er packt mich, stellt mich auf die Füße, und ich wimmere und weine. Mein Kopf schmerzt und meine Beine fühlen sich so weich an. Warum macht er das? Wieso hört er nicht auf? Wo ist Mama? »Lass den Blödsinn«, flüstert er mir ins Ohr. Er packt mich an den Schultern und schüttelt mich durch, sodass mir schwindelig wird. Auf dem Bett sitzend, zieht er mich zwischen seine Beine. »Meine schlaue kleine Dame hat doch heute Geburtstag. Du wirst sechs Jahre alt. Das ist ein besonderer Tag. Und du machst solch ein Theater.« In seinem Griff bleibe ich stehen und halte die Tränen zurück. Ich muss lieb sein, sonst wird er nur wütender. Er lockert seinen Griff und streicht mir mit einer Hand das Haar aus dem Gesicht. »Heute ist es so weit, Jelly. Freust du dich denn nicht?« Ich bin nur froh, dass Miss Pinky unter dem Bett liegt und nicht sieht, wie er mir wehtut. »Ich habe dich lange darauf vorbereitet. Aber heute ist der Tag! Heute mache ich dich zu einer Prinzessin!« Er umschließt mit seinen großen Pranken mein Gesicht und ich kann nur daran denken, vor ihm wegzulaufen. Und das mache ich!

Ich schlage ihn von mir und laufe los. Bevor ich die Tür erreiche, packt er mich und zieht mich hoch. Bei meinem ängstlichen Schrei presst er mir seine Hand auf den Mund, sodass ich kaum atmen kann. »Sei still, Jelly!« Er ist wütend. Aber ich verlange das hier nicht. Er verletzt mich! Wenn nicht jetzt, dann in wenigen Minuten. An sich gepresst, trägt er mich zurück zum Bett. Er setzt sich und zwingt mich dazu, auf seinem Schoß stillzuhalten.

»Willst du keine Prinzessin sein, Jelly?« Er umklammert mich mit einem Arm, drückt mich an sich und ich spüre seinen warmen, nach Bier stinkenden Atem im Nacken. »Du bist jetzt dankbar, Jelly. Denn ich muss dich nicht zur Prinzessin machen. Aber weil du eine hübsche, sehr schlaue junge Dame bist und einen ebenso cleveren Prinzen verdient hast, nehme ich mir diese Aufgabe zu Herzen.« Er schiebt mich von seinem Schoß und packt mich an den Schultern, was meine Fluchtversuche im Keim ersticken soll.

»Ich bin nur dein Stiefvater, Jelly. Aber ich liebe dich. Und wenn ich dich nicht zu einer Prinzessin erziehe, will dich niemand haben. Erst recht kein Prinz.« Ich weiche seinem Blick aus und zittere weiterhin zwischen seinen Beinen. »Du willst doch eine Prinzessin sein, Jelly. Du willst später einen schlauen Prinz heiraten und ihn glücklich machen. Dann sei jetzt brav und zieh dein Nachthemd aus.« Ich kralle die Finger in den Stoff und presse ihn an meine Haut.

»Zieh es aus!« Er wird wütend, wenn ich nicht gehorche. Aber ich will das nicht. Ich schüttle den Kopf und kneife die Augen fest zusammen. Mit beiden Händen reißt er mir den Stoff aus den Fingern und zerrt mir das Nachthemd vom Körper.

»Zieh deine Unterhose aus!« Schnell umklammere ich blind den geblümten Schlüpfer, aber er reißt ihn mir so schmerzhaft vom Po, dass ich schwanke und fast falle. Er fängt meinen nackten Körper auf. Als ich sein Gesicht erblicke, überfällt mich ein kalter Schauer. Die dunklen Augen erfassen mich

und ich erkenne die Bedrohung. Die buschigen Augenbrauen ziehen sich zusammen und sein Mund verzieht sich zu einem grauenhaften Lächeln. »Keine Angst, Jelly. Ich habe dich ausreichend vorbereitet. Der Schmerz hält nicht an.« Das sagt er andauernd. Es hört jedoch nie auf. Niemals! Ich will nur hier weg. Oder mich zumindest unterm Bett verstecken. Ich bekomme keine Luft, ersticke an dem Gedanken an das, was er mit mir vorhat. Warum tut er das?

»Denk einfach daran, dass ich dich zu einer Prinzessin mache. Das wird dir gefallen, glaub mir.« Er verspricht ständig, wie begeistert ich sein werde. Oder behauptet, mein Gesicht würde ihm verraten, wie groß mein Verlangen wäre. Ich verstehe es nicht. Das alles nicht. Ich spüre nur den Schmerz, den er in mir verursacht und der nie nachlässt. Ich ertrage es nicht und schließe meine Augen wieder. Ist der Tod wirklich schlimmer als das?

»Sieh mich an!«

Ich reiße die Augen auf und stehe in der leeren Wohnung. Ich ziehe das Tütchen mit den rosa Bonbons aus der Tasche meiner pinkfarbenen Lederjacke und nehme einzelne heraus. Eine pinke, eine lachsfarbene und eine weiße Geleemandel. Eine geniale Mischung. Nachdem ich sie mir in den Mund geschoben habe, explodiert eine fruchtige Geschmackskombination auf meiner Zunge. Ich genieße die Frische und Süße der exotischen Früchte, die sich langsam beim Kauen vermischen. Zwar esse ich viel lieber würzige, salzige und scharfe Snacks, aber das Gelee verwandelt sich für mich in ein Tor zur fröhlichen und rosaroten Zuckerwattewelt. Ich muss nur noch hindurchgehen.

Ich schaue mich ein letztes Mal um. All meine Möbel, Habseligkeiten und Kleidungsstücke wurden bereits gestern sicher im Umzugswagen verstaut und sind schon auf dem Weg nach New Orleans. Die vergangenen Wochen verbrachte ich damit für ein waghalsiges Abenteuer zu packen. Allerdings warten auf dieser Reise keine Schluchten oder gefährliche Tiere auf mich, sondern eine Süßigkeitenbar. Und natürlich Portia.

Portia, meine beste Freundin, bat mich schon vor Monaten, ihr in ihre Heimatstadt zu folgen. Damals war ich nicht bereit dazu. Das bin ich bis jetzt nicht. Aber ihr Vater starb nach einem langen und grausamen Krankheitsverlauf. Ich hatte die Ehre, Nevio Pellegrini zu seinen Lebzeiten kennenzulernen. Und ich weiß, woher die brünette Portia, die genauso klein ist wie ich, ihr Temperament hat. Sie ist voller Emotionen, spricht stets laut aus, was ihr auf der Zunge liegt, und benötigt für Kommunikation alle zehn Finger und ihre Füße. Ihr Vater war nicht anders. Er schimpfte, liebte und lachte mit einer Leidenschaft, die ich nur von Portia kenne. Jetzt ist er nicht mehr bei ihr, maßregelt sie nicht mehr mit seinen harten Worten, herumwedelnden Händen und ausdrucksstarker Mimik. Sie benötigt meine Unterstützung. Dafür sind doch Freunde da. Oder? Man steht einander bei. Sie kennt die Schwächen, die mich ausmachen – nicht bis ins Detail, aber ausreichend genug, damit wir uns gegenseitig vertrauen können. Wir lernten uns an der Uni kennen. Um genau zu sein, an der Princeton University. Wir teilten uns im ersten Semester das Zimmer und danach diese Wohnung, die wir liebevoll Miranda getauft haben. Während Portia ihren Weg pflasterte, um eine ausgezeichnete und gefragte Journalistin zu werden, strebte ich ein zweites Studium an. Gleichzeitig nutzte ich das Angebot, mich für meine eigenen Zwecke an der renommierten Medikamentenforschung zu beteiligen. Portias Vater erkrankte und sie flog zurück in ihre Heimat. Sie zog in das Haus ihrer Mutter und Nevio verkaufte mir seine Geschäftsräume. Eine alte Kneipe mit einer geräumigen Wohnung darüber, die sich über zwei Etagen erstreckt. Ich kaufte diese Immobilie, weil mich Portia dazu überredete. Der Tod ihres Vaters trat ein, jedoch rechnete ich nie damit, sein ehemaliges Zuhause zu meinem zu machen.

Viel zu schnell verwandelte sich das Ganze von einer Spielerei zu einer echten Geschäftsidee. Wir sprachen über den Umbau und unsere Fantasie formte das passende Bild. Ehe ich sicher war, beauftragte Portia die Handwerker und ich entschied, das Forschungsprogramm zu beenden. Jedoch nicht das Programm, wofür ich an der medizinischen Fakultät am Frick-Labor nach der Promotion in Harvard eingestellt wurde, sondern stattdessen meine private Forschung. Ich kündigte mit sofortiger Wirkung, bot jedoch meinen ehemaligen Kollegen an, sie über FaceTime zu unterstützen.

Die Bar selbst besticht durch ein neues und ausgefallenes Konzept. Die anfängliche Idee nahm rasant Gestalt an und wurde zu einem Traum, der sich schnell erfüllte. Portias Motivation ist grenzenlos. Sie verteilte bereits die ersten pinkfarbenen Visitenkarten an die richtigen Leute, um das Geschäft anzukurbeln, obwohl ich zu dieser Zeit nicht einmal in der Stadt war.

Jetzt bin ich verpflichtet, bereit für diesen Neuanfang zu sein.

Mein Handy piepst und eine Nachricht teilt mir mit, dass der Wagen auf mich wartet.

Ich schließe die Augen und atme zum letzten Mal den hölzernen Geruch ein.

»Auf Wiedersehen, Miranda«, verabschiede ich mich von meinem Zuhause. Gleich neben dem Ausgang liegt meine kleine pinkfarbene Plüschtasche an die Wand gelehnt. Ich schultere sie, öffne die Tür und schaue nicht mehr zurück.

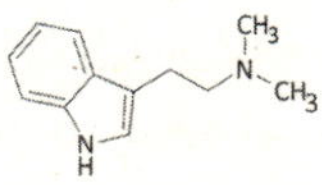

Zwei Stunden später sitze ich im Flugzeug und fliege über endlose Weiten.

Im Laufe der Fahrt zum Flughafen leerte ich das gesamte Tütchen mit den Geleemandeln. Aus Nervosität? Anspannung? Angst? Wegen Geistern aus der Vergangenheit? Oder alles zusammen, gepaart mit Neugier auf das Abenteuer, das ich wage? Es ist schwer, dies einzuordnen. Es ist aber nicht mehr wichtig. Ich bin längst in friedliche Ruhe eingehüllt, sitze in meinem Zuckerball, angeschnallt mit Lakritz. Neben, vor und hinter mir halten sich lustige Lebkuchenmänner und -frauen, Marshmallows, Weingummischlangen und bunte Schaumbälle in allen Sorten auf. Wir fliegen über rosa Zuckerwatte und ich lehne mich entspannt zurück. In der Zuckerwattewelt ist es friedlich, spaßig und kunterbunt. Hier fühle ich mich am wohlsten und am sichersten. Das einzige Saure, nämlich die grellfarbigen, müden Gummiwürmchen, die den Terminal mit Lachen füllten, habe ich hinter mir gelassen.

Nach Stunden in der Luft landen wir und nachdem ich mich durch die Süßwaren geschlängelt habe und die Euphorie in mir zu einer Musik tanzt, die ich nicht hören kann, verlasse ich endlich den Flughafen. Den Karamellriegel erkenne ich unter hunderten. Sie grenzt sich mit ihrer äußerlichen hellen Schokoladenfarbe von den anderen ab, aber von innen ist auch sie eine wahre Zuckerbombe. Salzige Erdnüsse, gemischt mit flüssigem Karamell. Schon während sie auf mich zukommt, die Arme ausbreitet, verwandelt sie sich von einer Süßigkeit zu meiner besten und einzigen Freundin Portia Pellegrini.

»Jelly!«, ruft sie und ihr Lächeln erwärmt mich. Sie umarmt die unsichtbare Wand, die mich umgibt. Ihre Arme schließen sich um mich, ohne mich zu berühren. Trotz ihres liebevollen Temperaments wahrt sie meine Grenzen. Ihr dunkles lockiges Haar fliegt mir ins Gesicht und ihr starkes Parfüm kriecht mir in die Nase.

Sie weicht einen Schritt zurück, nimmt so ein wenig Abstand und mustert mich von Kopf bis Fuß.

»O Cantuccini, du siehst fabelhaft aus.« Sie vergleicht mich mit einem italienischem Mandelgebäck. In einer anderen Situation würde ich sie darauf hinweisen, wie stark der Vergleich hinkt. In diesem Fall siegt das Glücksgefühl.

»Endlich bist du hier und bleibst.« Ihr hörbarer italienischer Akzent zeigt mir, dass sie in den vergangenen Monaten fast ausschließlich in ihrer Muttersprache gesprochen hat.

Während ihrer Zeit an der Uni hatten sich diese auffällige Aussprache, die irrwitzigen Wortkreationen und der klassische Singsang etwas verloren.

»Na komm. Ich habe um die Ecke geparkt.« Sie dreht sich um und voller Freude folge ich ihr hüpfend. Urplötzlich bleibt sie stehen und schaut mich mit zusammengezogenen Augenbrauen an. »Ich wusste nicht, dass du Flugangst hast.« Da kichere ich los.

»Wie kommst du darauf?«

»Jelly?« Sie dehnt meinen Namen auffordernd.

»Ich habe keine Flugangst«, antworte ich ihr kichernd, denn sie weiß es eigentlich besser. Wir sind oft genug zusammen geflogen. Dann sieht sie mich mit einem anderen Gesichtsausdruck an. Mit entspannter Ruhe und Wärme in ihren dunklen Augen. »Ich verstehe.« Sie nickt, schaut nach vorn und flüstert: »Hier wird es dir besser ergehen.«

»Mir geht es gut, Portia.« Ich fühle mich hervorragend, ich bin euphorisch, fast ekstatisch. Ich kann kaum ruhig stehen bleiben, bin voller Energie und möchte springen, tanzen, schreien!

Sie nickt wieder und ich springe im Kreis um sie herum.

»Ich bin in New Orleans, Portia! Ich bin hier. Und ich eröffne hier eine Bar! Kannst du dir das vorstellen?«

»Ja, Jelly!« Jetzt lächelt sie wieder. »Du Nuss, ich habe mich um alles gekümmert! Der Umbau ist fertig!« Da sie mir über FaceTime nicht nur die Bar, sondern auch die Wohnung gezeigt hat, wusste ich das schon. Alles wurde nach meinen Wünschen umgebaut und ich freue mich, es endlich mit eigenen Augen und nicht nur über den Bildschirm zu sehen.

»Die Lkw-Lieferung mit den Süßigkeiten ist auch gestern eingetroffen und du kannst loslegen!« Jetzt freut sie sich mit mir und wir tanzen gemeinsam zum Auto.

Die ganze Fahrt über erzählt sie mir jedes noch so kleine Detail zum gesamten Umbau und ich starte die Überlegung, die Fassade des Gebäudes passend in grellem Pink anstreichen zu lassen. Ihre Worte überschlagen sich fast, weil sie nun genauso aufgeregt ist wie ich und das, obwohl ihr Vater in wenigen Stunden beerdigt wird. Ich schaue aus dem Seitenfenster und meine Zuckerwattewelt löst sich auf. Die prächtigen Farben, die innere Freude und die motivierende Energie bleiben jedoch erhalten.

Portia parkt vor der Bar. Die von innen befestigten Holzpaneele versperren jedem die Sicht ins Innere. Ich kann meine Vorfreude nicht mehr im Zaum halten und springe aus dem Auto.

»Wir sind da!«, schreie ich.

»Du bist da!« Portia schmunzelt, während ich zur Tür hinüberspringe und aufgeregt davor warte, bis sie aufschließt.

Sie öffnet jedoch zuerst den Kofferraum und kommt mit einem kleinen Karton auf mich zu. Sie überreicht mir die Schlüssel. Ich lache laut, als ich den Einhorn-Schlüsselanhänger daran entdecke und kann kaum wieder aufhören. Meine beste Freundin ist super. Ich habe nun die große Ehre, meine Bar aufzuschließen und kann es gar nicht erwarten.

Die Tür öffnet sich und ich stehe in meinem wahr gewordenen Traum. Portia schiebt sich an mir vorbei, schaltet das Licht ein und die Freude bricht alle Rekorde. Es ist genauso wie in meiner Fantasie. Hell, rosafarben und cremeweiß. Der Hochglanztresen, die pink glänzenden Tischflächen, woran die rosa und cremefarbenen Stühle stehen.

Die Begeisterung flutet jeden Millimeter in mir. Sie wird nur durch Portia eingedämmt, die beginnt, gebundene getrocknete Kräuter aus dem Karton zu holen und den Bund an der Spitze anzündet.

»Was tust du da?«, brülle ich auf. Die ganze Bar füllt sich in wenigen Sekunden mit stinkendem Rauch, der in meinen Augen brennt und ein kratziges Gefühl in meinem Rachen hinterlässt.

»Ich reinige die Bar«, meint sie bedenkenlos, wedelt damit herum und marschiert dabei durch die Räumlichkeiten.

»Das sieht nicht nach Reinigung aus, sondern nach Verpestung!« Genauso fühlt es sich in meiner Lunge an.

»Ich befreie den Ort von bösen Geistern. Von der dunklen Aura, die diese Stadt umgibt und …«

»Ich sollte wohl jemanden anrufen, der dich abholt«, kichere ich und schüttle den Kopf. Mitten im Raum bleibt sie stehen und mit der Hand in die Hüfte gestemmt sieht sie mich vorwurfsvoll an.

»Lach nur, Jelly. Aber du wirst mir noch danken.«

»Wenn ich wegen einer Rauchvergiftung im Totenbett alles zurücknehme, was ich gesagt und mich für alles entschuldigt habe, ja, bestimmt danke ich dir auch dafür, dass ich deinetwegen sterben werde.«

»Bambino stupido«, schimpft sie und lacht dessen ungeachtet. »Als Nächstes ist deine Wohnung dran!«

»NEIN!«, brülle ich und muss gleichzeitig kichern. »Verpeste hier nur die Luft, aber die bösen Geister, die dunkle Aura und der ganze andere Nonsens, an den du glaubst, darf bleiben.«

»Es ist kein Glaube, Jelly. Es ist so!« Ah, ja. Sie wedelt weiter mit dem brennenden Zeug und räuchert, äh, reinigt die Bar. »Wusstest du, dass im Jahr 2017 an einem Freitag, den dreizehnten, der Finnair-Flug 666 von Kopenhagen nach Helsinki startete?« Mitten in der Bewegung hält sie inne und schaut mich mit großen Augen an. »Kennst du den dortigen Flughafencode?« Sie zögert, schüttelt dann jedoch verneinend den Kopf.

»HEL.« Ihr Mund öffnet und schließt sich wieder, ohne ihre Gedanken preiszugeben. Aber ihr Arm, der langsam die glühenden Kräuter senkt, ist Reaktion genug.

»Willst du wissen, was passiert ist?« Ihre zusammengepressten Lippen werden zu einem Strich und laufen hell an. Sie zögert lange und nickt dann bejahend.

»Nichts!«, quietsche ich auf und ihr Mund klappt auf.

»O Mann, Portia. Nichts ist passiert. Der Flug verlief problemlos. Sie sind alle gesund und glücklich in der Hölle angekommen.«

Ihr Blick verändert sich. »Du bist fies!«, brüllt sie auf. »Mir ist das Herz stehen geblieben! Du und deine Geschichten!« Sie schüttelt den Kopf.

»Portia? Diesen Flug gab es wirklich, nimm dein Handy und schau nach. Das ist keine erfundene Geschichte und auch kein Aberglaube. Es ist ein Fakt!«

Sie drückt die glühenden Kräuter auf einem Teller aus, wirft ihre Utensilien lautstark zurück in den Karton und dreht sich, die Hände in die Hüften gestemmt, zu mir um.

»Du wirst es noch sehen, Jelly.« Sie hebt die Hand in die Luft und unterstützt gestikulierend ihre nächsten Worte. »Hier gehen mysteriöse Dinge vor. New Orleans ist dafür bekannt.«

»Ja, und im März 1997 haben unzählige Einwohner rund um das Gebiet zwischen Phoenix und Sonora ein UFO gemeldet. Ja, du hast richtig gehört. Ein riesiges v-förmiges Objekt mit Lichtern an der Unterseite flog am Himmel. Können sich so viele Leute täuschen?«

Sie hebt als Antwort nur eine einzelne Augenbraue.

»Ja, können sie, denn die US Air Force teilte mit, dass sie in der besagten Nacht Fackeln fallen ließen. Siehst du? Alles ist zu erklären. Meist sind es eben keine paranormalen Aktivitäten, keine Außerirdischen und auch kein wiederauferstandener verstorbener Mensch.«

»Ich glaube für dich mit, Jelly.« Sie nimmt den Karton in ihre Arme und dreht sich wieder zu mir. »Und jetzt reinige ich die Wohnung.« In dem Augenblick geht mir ein Licht auf und mir entgleitet ein Seufzer. Sie kann Zeit schinden, so viel sie will, aber dieser Fakt ist ebenfalls unbestreitbar: Ihr Vater ist tot. Nevio Pellegrini wird nicht mehr wiederkommen. Und auch wenn sie alles an diesem Ort so verändern ließ, als wäre er nie da gewesen, wird die Leere in ihrem Herzen sie jeden Tag daran erinnern, dass er ihr fehlt. Ich bin ihre Freundin und werde ihr helfen. Aber nicht dabei, sich davor zu drücken, sich dem Unvermeidlichen zu stellen. Sie würde es im Nachhinein bereuen, nicht zur Beerdigung gegangen zu sein.

»Ich komme zurecht, Portia.« Ich gehe zur Tür hinüber und öffne sie. »Wenn du nicht gehst, dich nicht umziehst, und deinem Vater nicht sofort die letzte Ehre erweist, werde ich nie wieder mit dir reden.« Portia lächelt mich an und nickt. Mit schweren Schritten verlässt sie widerwillig die Bar, bleibt jedoch am Eingang stehen.

»Du bist ein fürchterlich anstrengendes Wesen.«

»Ja, das bin ich wohl.« Sie wirft mir einen Luftkuss zu und ich schließe die Tür hinter ihr.

Und dann lege ich los.

ZWEI

Luciano

Die Erschöpfung und Müdigkeit nagen immer noch an mir, als ich kalt geduscht, nur mit einem weißen Handtuch um die Hüfte aus dem Bad trete und die furchtbare Überraschung entdecke. Im hautengen schwarzen Trauerkleid steht sie an die Kommode gelehnt.

»Ich war versucht, zu dir unter die Dusche zu kommen«, säuselt sie und dreht eine dunkle Haarsträhne zwischen ihren Fingern.

»Wer hat dich hereingelassen?« Vor ihr bleibe ich stehen, schiebe sie unsanft zur Seite und öffne die oberste Schublade, um mir ein schwarzes Shirt herauszuholen. Wie immer schreckt sie das Desinteresse nicht ab, und sie stellt sich nah hinter mich.

»Alle, Luciano. Deine Jungs wissen, wie verletzlich du gerade bist.« Ist das so?

Sie legt ihre Hände flach auf meinen noch feuchten Rücken. Knurrend lasse ich das Shirt los, drehe mich um und umschließe grob ihre Handgelenke.

»Und sie denken, ausgerechnet du könntest meine Stimmung anheben?« Ich schubse sie unsanft weg von mir. »Geil mich nicht so von hinten an. Dafür fehlen mir die Zeit und die Stimmung. Der Trauerzug beginnt gleich.«

»Ich brauche das jetzt! Ich brauche dich, Luciano!« Was mir vollkommen gleichgültig ist – ihr nicht. Obwohl ich die Arme vor der Brust verschränke, schiebt sie die Träger ihres Kleides über die Schulter und der Stoff fällt entlang ihrer Kurven hinunter. Die glatte, samtweiche, karamellfarbene Haut wird nur von der schwarzen Unterwäsche bedeckt.

»Du brauchst vielleicht keine Ablenkung – ich schon.« Nur in BH und Slip gekleidet, lässt sie sich aufs Bett fallen. »Er war mein Vater!« Für mich ist das kein Grund, sie zu ficken.

Ihre Nacktheit beeindruckt mich ebenso wenig. Sie ist jung, anziehend und mit Kurven an den richtigen Stellen eine sinnliche Schönheit. Aber ihr nackter Anblick wurde zur Gewohnheit und reizt niemanden mehr. Selbst, als sie die Füße an der Bettkante absetzt, die Beine anwinkelt und die Schenkel weit spreizt, animiert sie mich nicht, ihre Einladung anzunehmen.

Anderseits kratzt die Anspannung über meine Knochen und ein Druckabbau könnte mich entspannen.

»Zieh den Slip aus«, befehle ich rau. Sie reagiert, ohne zu zögern, und zerrt hastig den dunklen Stoff über die

Beine. »Zeig' mir dein kleines Loch.« Die vulgärere Anweisung lässt sie erschaudern, während ich die Schublade schließe und mich dagegen lehne. Mein Blick heftet sich zwischen ihre Schenkel. Dort, wo sie mit Zeige- und Mittelfinger ihre Schamlippen auseinanderbreitet und die Feuchtigkeit glänzt.

»Wunderhübsch, Portia.« Sie wimmert und ihre zuckende Pussy bettelt darum, mich um sie zu kümmern. So wird es aber nicht laufen, weshalb ich an der Kommode, weit genug von ihr entfernt, stehen bleibe. Mein Schwanz regt sich, aber ihre triefend nasse Pussy reicht nicht, um sie ficken zu wollen.

»Besorg' es dir selbst«, knurre ich auffordernd und die Finger ihrer anderen Hand gleiten zwischen ihre Schenkel. Von ihrem kleinen Loch hoch zu der hervorstechenden Perle verteilt sie ihren Saft und fängt an, die Klit zu reiben. Sie wimmert laut, ihre Schenkel zucken und sie treibt sich so weit an, dass ihr Zeigefinger in der nassen Pussy verschwindet.

Dieser Anblick hat etwas. Sie weitet sich selbst, schiebt ihren Finger rein und raus und ihr Saft benetzt ihre Haut. Bei so einer Aussicht regt mein Schwanz sich umso mehr.

Gleichmäßig bewegt sie den Finger in sich, bis sie den zweiten dazunimmt. Schweiß bedeckt ihre gerötete Haut, während sie sich zum Stöhnen bringt und das Becken im Takt vorschiebt.

Sie macht das ausgezeichnet. Mein Schwanz zuckt schon nach diesem kleinen feuchten Loch. Das sage ich ihr jedoch nicht. Denn, obwohl ich hart bin, hat sie ihren verführerischen Reiz verloren. Sie erregt mich nicht mehr so animalisch, wie sie es sich wünscht. Portias Geilheit verwandelt sich allmählich in Abneigung. Seit sie wieder in der Stadt ist, ödet sie mich an. Jegliche Fantasien über sie sind längst ausgelutscht.

Aber um den Druck abzubauen, reicht ihr Mund vollkommen aus. Zudem habe ich keine Zeit, mir spontan eine andere Schlampe herbeizurufen, die mich kurzzeitig entspannt, damit ich die Beerdigung überstehe.

»Stopp!«, brülle ich sie an. Einfach so. Als hätte ihre Pussy Feuer gefangen, wirft sie die Hände in die Höhe und schaut mich mit großen Augen an.

»Komm her«, befehle ich.

Auf ihrem Gesicht bildet sich dieser widerwärtig, triumphierende Ausdruck, den ich so an ihr hasse. Sie hat keinerlei Macht über mich. Nur will sie das nicht wahrhaben.

Geschmeidig wie eine Katze steht sie auf, doch mit dem ersten Schritt, den sie auf mich zusetzt, stoppe ich sie, indem ich die Hand hebe. Mit dem Zeigefinger deute ich nach unten zum Boden. Sie setzt den tonlosen Befehl um und krabbelt anmutig auf allen vieren auf mich zu. Als sie vor mir kniet, ziehe ich das Handtuch von der Hüfte und lasse es fallen. Es langweilt mich, in ihre großen Augen zu schauen und zu beobachten, wie sie ihre volle Unterlippe beim Anblick der Erektion befeuchtet. Und es ist frustrierend.

»Hände auf den Rücken!«, blaffe ich, greife ihr auf der Stelle ins Haar und ziehe sie zu mir, um mich zwischen ihre Lippen zu drängen. Grob und hart drücke ich ihr meinen Schwanz bis in ihre Kehle. Sie würgt, aber ich lockere den Griff nicht. Fest halte ich sie an mich gepresst und bewege mich in ihr. Ihre Pussy ist enttäuschend. Ihr Mund hingegen gleicht das aus.

Allein der Anblick, wie sich die Tränen in ihren Wimpern verfangen und zusammen mit dem Mascara dunkle Streifen auf ihren Wangen hinterlassen und wie tief ich in ihr versinke, reicht aus, um mich auf Temperatur zu bringen.

Das Gefühl, wie sie am Schwanz lutscht und saugt, dabei ihre Lippen über den Schaft gleiten, löst eine Hitze aus, die mir vom Nacken das Rückgrat herunter jagt. Ich stoße mich in sie. Ficke ihren Mund, und die Empfindungen sammeln sich in einem Hitzeball in den Lenden. Der Speichel benässt die gesamte Länge meines Schwanzes und ich gleite schneller und gewaltsamer in ihre Kehle. Meine Eier ziehen sich zusammen und ich stöhne auf.

Das ist der Augenblick, an dem ich sie von mir wegstoße. Mein Schwanz verlässt ihren Mund, streift ihre Wange und ich schließe die Finger darum. Die Hand zu einer Faust geformt, reibe und pumpe ich, bis die Hitze meine Eier zum Platzen bringt. Brav wie sie ist, bleibt sie mit den Armen auf dem Rücken sitzen und ich explodiere auf sie. Schubweise spritze ich ihr meinen Saft ins Gesicht.

»Mund zu!«, knurre ich und lege den Kopf in den Nacken. Die Anspannung gleitet aus den Muskeln. Ich atme lange aus und schaue wieder zu ihr hinab. Meine Lust klebt auf ihren Wimpern, Haarsträhnen und läuft ihr über die Wange. Einige Tropfen haben sich auf ihren geschwollenen Oberlippen verlaufen. Mit dem Daumen wische ich sie weg. Sie hat es nicht verdient, eine Kostprobe zubekommen. Keine dahergelaufene Tussi schluckt oder schmeckt gar meinen Saft.

Sie schützt den Boden vor einer Verschmutzung, indem sie die Hände unters Kinn hält.

Portia ist eine brave, gut erzogene Schlampe. Ich vermeide es, sie zu loben, stattdessen befehle ich genervt: »Steh auf.« Auf wackligen Absätzen kommt sie zum Stehen. Ich hebe das Handtuch auf, säubere meinen Schwanz und schmeiße es ins Badezimmer. Verwunderung legt sich auf ihr Gesicht. Sie hat es bislang nicht begriffen. Nach so vielen Malen, wo sie sich ins Zimmer geschlichen hat und ich sie benutzt habe, begreift sie nicht, wie das hier abläuft.

Den dämlichen Ausdruck beachte ich nicht weiter, hebe ihr Kleid und Slip auf und lege beides um ihren angewinkelten Arm. An ihren Schultern drehe ich sie zur Tür.

»Was soll das werden?«, faucht sie, während ich sie aus dem Zimmer schiebe. Sie wirbelt zu mir herum und giftet mich mit ihrem Blick an. Um ihr den Weg zurück in den Raum zu versperren, stelle ich mich in die Zarge.

»Frisch dich auf! Du siehst aus wie eine durchgefickte Hure.«

Ihr Mund klappt auf und sie schnallt es einfach nicht.

»Geh ins Bad.« Sie schaut an mir vorbei zu der Badtür in meinem Schlafzimmer.

»Nein, Portia. Für dich gilt dasselbe wie für alle anderen Fick-Weiber. Geh ins Gemeinschaftsbad.«

»Das ist auf der anderen Seite des Hauses.« Darauf reagiere ich mit einer gehobenen Augenbraue. »Luciano«, schimpft sie. »Ich muss durch die Flure. Nackt.« Und mit dem Gemisch aus Tränen, Schminke und Sperma im Gesicht. Ihr Problem – nicht meins.

»Ob du dich hier draußen vor der Tür vorher anziehst, ist dir überlassen.« Ich schließe die Tür. Doch sie schlägt sie mit einer Hand auf und brüllt. »Du Arsch! Das kannst du nicht machen!«

»Halt die Klappe, Schlampe!«, fahre ich sie an. »Du kommst ungebeten hierher und verlangst, gefickt zu werden! Du bekommst von mir keine Blumen, keine Schokolade und ich habe dich nie ausgeführt, geschweige denn ein nettes Wort zu dir gesagt. Und trotzdem kommst du immer wieder. Du stehst auf diesen Scheiß, der mich nur noch anödet.« Ich schlage die Tür zu und sie jammert auf der anderen Seite etwas, was ich gar nicht verstehen will. Der Gedanke, wie sie gezwungen ist, so an allen Männern vorbeizulaufen, ist Hohn und Trost in einem. Die kleine Schadenfreude ist leider von kurzer Dauer. Denn nachdem ich angezogen vor dem Spiegel stehe, kehrt die Trauer zurück. In Schwarz gekleidet wird mir nur bewusster, wieso ich mich für den klassisch eleganten Kurzfrack entschieden habe. Nevio ist gestorben. Und heute ist seine Beerdigung.

Der einzige Silberstreifen am Horizont ist seine Bar, die ich nach einer respektablen Trauerzeit kaufen werde. Die Bar muss in Ehren gehalten werden. Dafür ist keine bessere Person geeignet als sein guter alter Freund: Ich. Das wird Portia problemlos verstehen. Ansonsten werde ich sie haltlos ficken, um ihre Einsicht zu fördern.

Ich knöpfe die Weste über das kurzärmlige Hemd zu

und richte die bis zur Taille lange Jacke. Da klopft es an der Tür.

»Luciano?«, höre ich meinen Bruder Fabio.

»Komm rein.«

Die Tür öffnet sich und selbst er entschied sich für eine schwarze Hose ohne die typischen Löcher an den Knien.

»Wir müssen los.«

Ich nicke und nehme für diesen traurigen Anlass den dunklen kurzen Zylinder und den klassischen Frackstock mit rundem silbernem Griff.

»Wie immer in Schwarz. Man könnte meinen, du gehst zu einer Beerdigung.« Ein Satz, den er jeden Tag von sich gibt und zum ersten Mal bewahrheitet sich dieser. Wenn ich mich nicht täusche, schwingt sogar eine leichte Belustigung in Fabios Stimme mit.

»Du bist ein respektloses Arschloch«, brumme ich und er schweigt.

Vorerst jedenfalls.

Denn nach einer langen Pause meint er amüsiert, als ich fast fertig eingekleidet zur Kommode schreite: »Hast du Portia nackt über die Flure geschickt?« Zur Antwort nicke ich schlicht.

»Mit deinem Sperma quer über ihrem Gesicht?«

Ich ziehe die Ringe an. »War ich jemals nett zu ihr? Oder zu einer anderen Tussi?« Dass ich gezwungen bin, ihn daran zu erinnern, ist enttäuschend. Wo es mein Bruder doch besser weiß. Ich klemme die Kette der Taschenuhr an den mittleren Knopf der Weste.

»Stimmt. Deine freundliche Seite kenne nur ich. Und natürlich Madre.« Mit einem kurzen Blick auf die Uhr wird mir der Zeitdruck verdeutlicht. Ich schließe sie wieder und schiebe sie mir in die Westentasche.

»Diese masochistische, penetrante Frau ödet mich an. Fick du sie das nächste Mal, damit ich meine Ruhe habe.«

Fabio lacht und ich nicke zur Tür. »Lass uns gehen.«

Gemeinsam gehen wir über die Flure, die Etagen und schließlich über den Innenhof nach draußen auf die Straße. Portia ist weit und breit nicht zu sehen. Sie hat sich wohl beeilt und ist im Gegensatz zu uns längst an der Bar angekommen. Meine Männer schließen sich uns an und wir gehen zu Fuß zur Bourbon Street. Von Weitem ist die Menschengruppe zu erkennen, die sich vor der Bar meines alten Freundes Nevio sammelt, um ihm die letzte Ehre zu erweisen.

Die Brass-Band stimmt die ersten Töne an und die Kutsche ist ebenfalls gespannt. Die gesamte Nachbarschaft von Iberville und des Quarters versperren die Straßen und feiern sein Leben wie auch seinen Tod, der ihn nun zu einem besseren Ort bringt. Wir drängen uns an den Leuten vorbei und bleiben erst vor der verschlossenen Bar stehen. Die Fenster wurden schon vor Monaten mit Holzpaneelen zugenagelt. Ich schaue hoch zum Balkon, wo komischerweise die Fensterläden nicht geschlossen sind. Während seine Bar verlassen und ausgetrocknet in der belebten Straße mich mit Trauer erfüllt, wirkt das Obergeschoss voller Leben.

Ich trete einige Schritte zurück und erschaudere. Dort, in seiner Wohnung, ist der Tod nicht eingekehrt. Die Fenster sind geöffnet und weiße Vorhänge fliegen hin und her. Das ist ein Zeichen. Nevio ist hier und sieht auf uns herab.

Sein Geist hat uns nicht verlassen. Er steht am Geländer des Balkons und beobachtet uns, während hinter ihm die fremden Gardinen zu der Melodie der Brass-Band segeln.

Fabio legt mir eine Hand auf die Schulter und zeigt damit seine Anteilnahme. Mein Blick schweift über die Menge. Da entdecke ich die devote und auch penetrante Italienerin Portia, die sich nun mit einem Trauerhut und einem kleinen Schleier hinter dem Sarg auf der Kutsche einreiht und Lilien krampfhaft in der Hand hält.

Die Band spielt ein trauriges Jazz-Lied an und die zwei Schimmel setzen sich in Bewegung. An uns ziehen Nevio, seine Tochter Portia und die gesamte Nachbarschaft vorbei. Ich bin einer der wenigen ganz in Schwarz. Die meisten Männer tragen weiße Hemden mit dunklen Krawatten. Eine Frau trägt ein braunes Kleid und die nächste ein festliches rotes. Jeder zelebriert Nevios Abschied anders. Während die Jazzklänge melancholisch Nevio zur Hauptkirche begleiten, folgen wir alle seinem letzten Weg. Meine Männer und ich bilden den Abschluss des Trauerzuges.

Vor Tagen kündigte ich bereits die Straßensperrung an, weswegen wir ohne Probleme an der majestätischen Kirche ankommen. Über viele Generationen lebt die Familie Pellegrini in New Orleans, weshalb nur die St. Louis Kathedrale Nevio gerecht wird.

Die Nachbarschaft findet sich in die Kirche ein, aber ich bleibe seitlich stehen und nicke Fabio zu.

»Du gehst nicht mit hinein?« Mein Bruder sollte mich besser kennen. Denn obwohl ich in einem christlichen Haushalt aufwuchs, gehöre ich schon seit Jahrzehnten dem Glauben von Marie Laveau an, die den kreolischen

Voodoo mit dem Katholizismus vereinte. Weshalb ich mir sicher bin, umgehend in Flammen aufzugehen, sobald ich einen Fuß über die Schwelle der Kirche setze. So behauptet es zumindest Kaplan Baruch bei jeder sich bietenden Gelegenheit.

»Nein. Nimm die Männer mit.« Ein letztes Mal legt er mir die Hand auf die Schulter, drückt mitfühlend zu und geht schließlich mit den Männern ins Gotteshaus. Ich drehe mich um, ignoriere den Jackson Square und werde sicher nicht nach dem Gottesabschied meinen Freund zum Friedhof begleiten. Nein. Ich warte, bis der Trauerzug zurückkommt und mit heiteren Klängen die Feier anstimmt. Das liegt mir mehr. Vor allem den Bourbon, der in Plastikbechern durch die Straße vor seiner Bar getrunken wird. Dafür liebe ich Nola.

Die Sonne prallt auf die Erde nieder, weshalb ich die Sonnenbrille auf die Nase schiebe und zurück in die Bourbon Street laufe.

Meine Gedanken sind bei Nevio, der um sein Leben kämpfte und nun Frieden gefunden hat.

DREI
Luciano

Mit einer Flasche Bourbon stehe ich vor der verschlossenen Bar auf der anderen Straßenseite. Weiterhin fliegt der helle Stoff Richtung Balkon. Warum sind die Fenster geöffnet? Die Gardinen sind auch noch da. Nevio ist aber in der Kirche. Was sind das für Vorhänge? Nevio selbst hatte nie welche an den Fenstern. Ist Portia in seine Wohnung gezogen? Ich öffne kopfschüttelnd die Flasche. Das würde sie nicht tun. Nach ihrer Rückkehr von der Uni, als ihr Vater erkrankte, bezog sie das Gebäude ihrer verstorbenen Mutter. Denn sie hasst die Bourbon Street, weil sie oftmals überfüllt ist. Am meisten von Trunkenbolden, Taschendieben und Touristen mit weißen Sportsocken in geschmacklosen Sandalen. Die verachten wir beide. Sie stören das Flair dieser Straße, die an vielen Stellen mit Jazz beschallt und mit den Gerüchen von den kulturell unterschiedlichsten Gerichten gefüllt ist. Ich trinke einen Schluck, überquere die leere Straße zur Bar und kippe einen kleinen Tropfen von Michter's Celebration Sour Mash Whiskey auf das Pflaster vor dem Gebäude. Ich erinnere mich daran, wie oft ich an der Theke saß und wir schweigend die alltäglichen Probleme im Hochprozentigen ertränkten.

Während ich ein Glas nach dem anderen leerte, nahm er Anteil an meinen täglichen Konflikten und trank ein kleines Glas von der braunen Flüssigkeit mit.

Genau so viel kippe ich auf das Pflaster, nachdem ich die Flasche an die Lippen gesetzt habe.

Der Bourbon brennt mir die Kehle herunter und der Geruch treibt vom warmen Stein hoch in meine Nase und erweckt damit weitere Erinnerungen. Wir benötigten nie viele Worte oder einen intensiven Seelenstriptease. Solch ein Mensch bin ich nicht.

Ich trank.

Ich trinke.

Und ich werde es weiterhin so handhaben. Nur eben ohne Nevio, der mein Glas füllt, sein eigenes leert und es klopfend neben meines stellt.

Schwer liegt die Last auf den Schultern eines Anführers, sagte er immer. Das war auch das Einzige.

Ich lehne mich ans Mauerwerk, trinke, kippe etwas auf den Boden und frage mich, wie oft ich hier schon stand. Denn etliche Male kotzte ich hier vor der Tür oder wartete darauf von Fabio beziehungsweise einem meiner Männer abgeholt zu werden, weil ich zu besoffen war, um den Weg zurückzufinden.

Wie oft Nevio mit mir gemeinsam ausharrte, rauchte und weiter trank.

Die Last liegt schwer.

Gerade als ich die Flasche erneut an die Lippe ansetze, geht die Tür der Bar auf. Die brennende Flüssigkeit stockt mir in der Kehle und augenblicklich bleibt mir das Herz stehen. Mein Blut erstarrt zu Stein und mit diesem tiefen Schock erwarte ich auf den kleinen, kräftigen Mann zu treffen.

Die paranormalen Ereignisse häufen sich in Nola. Schon über Generationen. Was macht da schon ein Geist mehr, der aus einer Bar herausspaziert? Aber ein völlig anderes Wesen taucht vor mir auf, welches ebenso erschrocken die mystischen hellblauen Augen aufreißt. Das ist neu! Und unwahrscheinlich! Und verdammt schockierend, sodass mir diese Erscheinung eiskalt den Rücken herunter jagt, mich tief erschüttert und sich die ungewollte Gänsehaut ausbreitet.

Eine kleine junge Frau mit blondem, fast weißem Haar steht in der Tür. Ihre vollen rosa Lippen öffnen sich zu einem erschrockenen tonlosen O. Trotz der Sonnenbrille sticht ihr pinkfarbenes Outfit, bestehend aus einer kurzen Hose und einem Cupcake-Shirt, in meinen Augen und löst einen kleinen Infarkt aus. Mein Hirn schmerzt und mit zusammengekniffenen Lidern kann ich nicht wegschauen. Sie ist wie ein Autounfall. Grausam, abartig, wunderschön und erweckt eine Neugier, die ich nicht verstehe. Dieses Platinhaar, diese irren hellblauen Iriden und um sie herum ist diese mystische Aura. Sie ähnelt einem furchtbar schönen Fabelwesen. Sie dürfte nicht hier sein. Diese zarten Gesichtszüge und die Unschuld auf der hellen, leicht gebräunten Haut machen sie zu einer leichten Beute der Dämonen, die in den Schatten der Dämmerung lauern. Wenn sie bei Nacht einen Fuß auf die Straße setzt, wird sie von ihnen verschlungen.

»Wir haben erst zehn Uhr am Morgen und schon tummeln sich hier Besoffene? Wow, die Bourbon Street macht ihrem Namen alle Ehre.« Sie kichert wie tausend Engel, die zu singen beginnen. Hüpfend von einem Bein aufs andere verwandelt sie sich zu einem pinken Flummi.

»Ich teile deine Einstellung leider nicht«, meint sie breit grinsend, sodass ihre weißen geraden Zähne hervorblitzen, schnellt ihre Hand vor zu der Flasche. Ruckartig ziehe ich die Hand zurück, bevor sie mir den Bourbon entreißt, und stoße mich von der Wand ab. Aufrecht schaue ich zu ihr herunter und bin von dem winzigen Wesen überfordert, das mich noch immer anlächelt.

»Wer bist du?«, blaffe ich sie an, was sie nicht zurückschreckt. Im Gegenteil. Sie wirft ihr blondes, meterlanges Haar über die Schulter und legt den Kopf schief.

»Ich finde, die Frage darf ich zuerst stellen. Bist du aus dem sechzehnten Jahrhundert in die Zukunft gereist und musst dich aufgrund der Veränderung betrinken? Oder hast du niemals aufgehört?« Ich schaue an mir herunter. Frack, Taschenuhrkette, Lederschuhe und in der anderen Hand der Frackstock, den ich ans Mauerwerk angelehnt habe. Es ist kein gängiges Outfit wie ihr Cupcake-Shirt, aber mit Stilgefühl kann nicht jeder glänzen.

Meine Finger umfassen die Flasche fest am Hals und ich schaue sie mir genauer an. Michter's Celebration Sour Mash Whiskey. Nein, kein Billig- oder Eigengebräu, was mir die Hirnzellen wegbrennt. In der Hand halte ich einige tausend Dollar und ist sicher nicht für diese pinke Fata Morgana verantwortlich.

»Hast du auch einen Namen, Sir Traveller-drunkard?«, versucht sie lustig zu sein und ich ziehe ungläubig die Sonnenbrille ab. Ich schaue zu ihr herunter und nicht nur ihre pinkfarbene Kleidung blendet mich. Auch ihr strahlendes Lächeln. Aber vor allem ihre Augen überfordern mich. Große, hellblaue Iriden und winzige, stecknadelförmige Pupillen.

Ist sie auf Drogen oder betrunkener als ich?

Diese Augen sind faszinierend. Der äußere dunklere Rand der Iriden und die Helligkeit darin hypnotisieren mich.

»Hast du keinen Namen, Fremder aus einer anderen Zeit?« Echte Belustigung schwingt in ihrer Stimme mit und ich antworte ungewöhnlich monoton: »Luciano Dell´Agostino.« Unter den 34.000 Einwohner fällt sie auf wie ein Einhorn auf einem meilenweiten Aschefeld. Sie kommt nicht von hier! Was hat sie in der Bar zu suchen? Weitere Fragen fliegen zwischen uns umher.

»Irgendwie passt das zu dir.«

Ich komme wieder zu mir, werfe noch mal einen Blick auf die Flasche, bevor ich mich besinnend an sie wende.

»Wer zum Teufel bist du?«

»Ich bin Jelly Bean.« Sie springt ein Mal auf, als müsste sie ihren Namen damit unterstreichen, lächelt über beide

Wangen und ich schenke dieser zur Schaustellung ihrer Freude keinerlei Beachtung, während ich sie weiterhin nonchalant ausfrage: »Was hast du hier zu suchen? Bist du eine nervige Touristin, die sensationsgeil in Bars einbricht? Hast du keinen Anstand? Keinen Respekt …«

»Ganz ruhig, Fremder.« Entwaffnet hebt sie die Hände. Sie macht jedoch nicht den Eindruck, in der Defensive zu sein. Selbstbewusst lächelnd steht sie da und merkt nicht, in welcher Gefahr sie sich befindet. Ich könnte sie in Sekunden zerquetschen wie einen winzigen Schädling.

»Ich suche hier nichts. Ich habe alles gefunden, was ich jemals wollte. Die Frage ist doch, was du hier tust? Abgesehen davon dich zu betrinken.« Sie zeigt auf die Pfütze vor meinen Füßen. »Ich mache das nicht sauber!«

»Soll das ein Scherz sein?«, brülle ich und noch immer steht sie lächelnd vor mir. Ihre fröhlich mystische Schutzmauer wird sie jedoch vor mir nicht beschützen können. Das kann sie vergessen. Ich setze einen Schritt auf sie zu, nehme den Frackstock in die Hand und hebe ihn hoch. Den silbernen Knauf drücke ich ihr unters Kinn.

»Das ist der Moment, in dem du dich höflich entschuldigst und zwischen uns Land gewinnst. Ganz viel.«

Sie schlägt das Metall weg. Mutig ist die Kleine. Das Lächeln auf ihren Lippen verschwindet nicht, als sie sich auf Zehenspitzen stellt und meinem Gesicht näher kommt.

»Mein Heim, meine Regeln und in weniger als zehn Sekunden bekommst du meinen Totschläger zu spüren, wenn *du* nicht ganz schnell Land zwischen uns bringst«, bedroht sie mich mit einer süßen Stimme, die keiner Fliege etwas zuleide tun kann. Sie weiß nicht, wer vor ihr steht.

Dieses unerschütterliche Wesen sucht meinen Blickkontakt, durchbohrt mich mit ihrem hypnotisierenden Blick und ich spüre die Ernsthaftigkeit in ihren fatalen Worten.

Da pruste ich los. Lauthals lachend, lege ich den Kopf in den Nacken und kann mich nicht daran erinnern, wann mich das letzte Mal jemand so intensiv amüsiert hat, sodass ich es in meiner schwarzen Seele spüren kann.

In meiner dunklen Stimme mischt sich ein helles Gekicher. Ich drücke die Belustigung zurück und schaue das amüsierte Mädchen an, die längst einige Schritte zurückgetreten ist. Ich stoppe ihr Lachen, indem ich die Arme ausbreite und: »Meine Stadt, meine Gesetze.« Ich presse sie mit der Hand an der Kehle gegen die Wand und knurre ihr mitten ins Gesicht: »Und du bist mein nächstes Opfer, also …«

Mit einem unerwartet harten Schlag unterbricht sie meine Worte und ehe ich es begreife, schlägt sie mir mit der Faust gegen die Brust. Der Schmerz trifft mich unvorhergesehen. Die Luft bleibt mir in der Lunge stehen und ich setze ungewollt einen Schritt zurück und beuge mich vor. Mit der Hand an der Brust bekomme ich rasch wieder Luft.

Sie hat mich überraschenderweise getroffen. Ein neues, fremdartiges Gefühl.

Das ist bislang noch nie geschehen.

Ungläubig darüber, was hier passiert, schaue ich zu ihr und bemerke sofort die Stimmungsveränderung. Sie steht eingefroren da. Nicht die Reue umgibt sie. Oder die Furcht. Etwas anderes lässt sie zu Stein werden, und vertreibt mir die aufkommende Wut über ihr Verhalten und meine eigene Nachlässigkeit.

Ihre Gesichtszüge sind hart, versteinert und selbst ihre Augen starren kalt durch mich hindurch. Ich richte mich auf und sie bleibt regungslos wie eine kleine Granitsäule vor mir stehen. Was passiert hier?

Mein Blick wandert zu der zerbrochenen Flasche, die ich fallen gelassen habe, und schüttle den Kopf. Ich spüre den Schmerz am Brustkorb und bin noch immer überfordert von dem unwirklichen Wesen. Das einzige Überbleibsel des fröhlichen Flummis ist das pinkfarbige Outfit.

Ich könnte sie für ihre Tat bestrafen, wie ich jede andere Person dafür quälen würde. Stattdessen verstärkt sich die Neugier. Mit Abstand bleibe ich abwartend stehen.

Sie ist eindeutig woanders. Aber wo ist sie? Einige Minuten vergehen, bis sie sich selbst aus der Starre holt. Kaum merklich schüttelt sie den Kopf. Langsam zieht sie aus ihrer Hosentasche ein durchsichtiges Tütchen mit Süßigkeiten und ungläubig schaue ich ihr dabei zu, wie sie sich eine Handvoll Bonbons in den Mund stopft. Zeitgleich werden ihre Gesichtszüge weicher, ihr Blick wärmer und ein Grinsen legt sich auf ihren Lippen, während sie kaut und wieder zu mir aufschaut.

Ich bin nicht betrunken genug, um diese Situation nicht greifen zu können. Sie ist merkwürdig, wunderlich und eindeutig nicht ganz bei Sinnen. Vielleicht ist sie aber auch nur ein Wesen aus einer anderen Welt.

»Entschuldige«, meint sie schließlich heiter. »Ich mag es nicht, wenn man mich berührt.« Das habe ich gemerkt und gleichzeitig weckt es mein Interesse, weitere Frage zu stellen. »New Orleans ist eine kulturelle Explosion und leider sind mir nicht alle Gepflogenheiten bekannt. Aber ich bin mir sicher, dass ich mich schnell einleben werde.« Sie legt die Hand ans Mauerwerk und schaut hinauf unter den Balkon, um sich dann wieder mir zuzuwenden. »Ich habe viel recherchiert, bevor ich das Gebäude gekauft habe. Aber …«

»Moment!«, unterbreche ich sie sogleich. »Du hast das Gebäude gekauft?« Das ist doch ein schlechter Scherz.

Ihr Lächeln wird breiter. »Ja, vor Wochen schon. Die Arbeiten …«

»Nein, Warte. Du hast die Bar von Nevio…«

»… Pellegrini gekauft«, beendet sie meinen Satz und meine Glieder spannen sich an. »Ja. Genau. Noch zu seinen Lebzeiten. Gott hab ihn selig. Ich habe ….«

»Du hast das gesamte Gebäude gekauft? Mit seiner Bar? Mit der Wohnung?«, knurre ich nun und die Spannung in meinen Muskeln verwandelt sich in Sekunden zu einem wutentbrannten Feuer. Mein Blut wird zu Lava und ich bin kurz davor, das kleine Wesen an den fremdartigen Vorhängen in der oberen Etage zu erhängen.

»Ja. Das gesamte Gebäude«, trällert sie fröhlich. Ich bringe sie um.

Scheiß auf die Vorhänge, ich erwürge sie hier. Sofort. Ich will das Pochen ihrer letzten Pulsschläge zwischen den Fingern spüren und dabei zuschauen, wie das Leben aus ihren Augen erlischt. Meine Muskeln spannen sich weiter an und ich umklammere das Metall des Stocks mit der Faust, sodass ich glaube, er zerbricht durch meine gewaltige Wut, während ich mich darauf konzentriere, sie eben nicht zu töten. Das hier ist nicht ihre Schuld. Portia, die kleine Schlampe. Sie hat das vermittelt. Dieses Miststück hat eine Fremde, einen quirligen pinken Flummi, mir vorgezogen. Während ich sie in der Trauerphase nicht bedrängte und sie nur fickte, verkaufte sie das Erbe ihrer Familie an ein fröhliches Mädchen!

Sie quasselt weiter und ich höre nur Rauschen in den Ohren, spüre die Wut und stelle mir vor, wie nicht dieser Flummi vor mir herumspringt, sondern die arrogante Portia zwischen meinen Fingern erstickt.

Plötzlich schreit sie: »Konfetti«, und bevor ich mich versehe, holt sie mich, mit Papierschnipsel und Glitzerpulver in meinem Gesicht, aus der Mordfantasie.

Was zum Teufel …!?

Vor meinen Augen funkelt es.

Es regnet zu Boden.

Auf meinen Schuhen, in die Pfütze Bourbon und auf die Pflastersteine fällt Glitzer und Konfetti. Ich streiche mir durchs Gesicht und ich beiße reflexartig den Kiefer zusammen, während sie kichernd vor mir herumspringt.

»Hast du mir gerade Konfetti ins Gesicht geworfen?«, knurre ich zwischen zusammengepressten Zähnen.

»Sei kein Griesgram. Komm', ich zeige sie dir.« Sie dreht sich um und ich schaue mich fassungslos um. Sämtliche Gedanken hat sie mir aus dem Kopf geglitzert.

Sie zieht den Blick auf sich, als sie in die Bar hüpft und wie von selbst folgen ihr meine Füße. Dieses Wesen zerrt mich mit einem unsichtbaren Band hinter sich her in den Raum, in dem ich mein halbes Leben verbracht habe. Aber nichts von meiner Erinnerung an vielen feuchten Abende findet sich hinter den Mauern wieder.

Zwischen den Holzpaneelen und der Sonne im Rücken des Einganges befindet sich ein neues Lokal. Das hier ist nicht mehr mein zweites Zuhause. Das Licht geht an und ich werde von knalligen Farben erschlagen.

Fassungslos klappt mir der Mund auf, als ich die vielen Regale sehe, die weiß-pinke Theke und die moderne, runden hellrosa Stühlen an den pinkfarbenen Tischen erkenne. Vorsichtig und kopfschüttelnd setze ich einen Schritt vor den anderen. Selbst die Mauerwerkwände sind verschwunden und verstecken sich unter weißen Hochglanz-Holzpaneelen. Es sieht so aus, als hätte ein Einhorn aus einer Märchengeschichte in die Bar gekotzt. Mitten im Raum breitet sie die Arme aus und trällert munter: »Es ist so schön geworden!« Schön? *SCHÖN*? Allein vom Hinschauen bekomme ich Diabetes. Ach Quatsch, meine gesamten Arterien verengen sich mit jeder Sekunde, in der ich in dieser Einhornkotze eines Prinzessinnentraums stehe, und ich bin jetzt schon kurz vor einem Herzinfarkt. Was hat sie nur aus der rustikalen, ehrfürchtigen Kolonialstilbar gemacht?

Die Bar liegt mitten in der Bourbon Street. Was soll das hier werden?

Mein Blick wandert schockiert durch das Lokal und bleibt an einem pinkfarbenen Neonschild auf einem der Tische hängen.

Die verschlungenen Röhren bilden in Schreibschrift: *Jelly's.*

»Ja. Das Schild wird morgen draußen installiert.« Unter dem neuen Namen für das Lokal steht Candy-Bar.

»Was ist eine Candy-Bar?«, frage ich vorsichtig. Denn das, was ich mir darunter vorstelle, passt zwar in die Bourbon Street, aber sicher nicht zu dem umgebauten Laden. Ich sehe nämlich keine Poledance-Stangen. Ebenso wenige Möglichkeiten für Mini-Bühnen.

»Das ist eine ganz coole Geschäftsidee. Es ist ein Süßigkeitenladen, in der man sich aber auch hinsetzen kann, Shakes trinkt und sich einfach wohlfühlt.« Sie zwinkert mir zu.

Steht sie unter Drogen? Hat sie einen dauerhaften Zuckerschock? Ist sie geisteskrank?

»Hattest du als Kind einen Unfall oder so?«

VIER

Happy

Der Druck im Brustkorb ist noch da und die Erinnerungen kratzen an der Oberfläche. Dieser eine kurze Augenblick ist nicht überwunden und die Umgebung erblasst unter dem Schmerz der vergangenen Geister.

Ich verdränge das kalte Gefühl in meinem Inneren und schenke nicht nur dessen grimmigen Charakter, sondern auch den Stimmen, die lauter werden, keinerlei Beachtung. Die an mir zerren, und mich niemals vergessen lassen, wer ich bin.

Vom Boden hebe ich einen großen Karton auf die Theke. Ich schneide diesen mit einem Messer auf und dabei zittern meine Finger. Mit aller Gewalt reiße ich mich zusammen und ignoriere die Gespenster, die über mir schweben und danach gieren, meine Seele in ihre dämonische Welt zu ziehen. Mit stockendem Atem hole ich den ersten Plastikbehälter mit den blauen Schnüren heraus und setze mein schönstes Lächeln auf.

Laut einer Studie reicht es aus, nur wenige Minuten zu grinsen, bis die Glückshormone produziert werden und man automatisch unbeschwerter ist.

Ich bin glücklich. Mein Körper ist zufrieden. Die Geister schaden mir nicht mehr. Sie sind nur ein Hirngespinst der unbewältigten Vergangenheit.

Tief durchatmend und mich stückweise besser fühlend, wende ich die Aufmerksamkeit auf Luciano, während ich mit dem Rücken zu ihm stehe.

»Lucy?«, foppe ich ihn heiter und er brummt bestimmend:

»Nenn´ mich nicht so. Die Leute sprechen mich mit Lucifer an.«

»Setz dich bitte, Lucifer«, betone ich seinen unpassenden Spitznamen. Stuhlbeine kratzen über den neuen hellen Boden und ich lächle tiefer, weil er gehorcht. Mit dem Behälter tanze ich zu ihm und öffne den Deckel.

»Die musst du probieren. Das sind blaue Lakritz-Schnüre. Die färben sogar die Zunge blau.«

Unter seinen Zylinder schaut er mich mit seinen hellbraunen, fast gelben Augen an. Vielleicht steckt der Teufel doch in ihm.

»Ich bin nicht mehr zehn Jahre alt.«

»Süßigkeiten machen auch Erwachsene glücklich.« Ich nehme eine Schnur heraus und reiche sie ihm. »Los, probiere es.«

Er weicht zurück, als würde ich ihm Plutonium hinhalten.

»Sie sind der Wahnsinn!« Ich halte sie ihm unter die Nase und er verzieht das Gesicht. Er vertreibt mir die Dunkelheit. Dieser merkwürdige, wenn auch gutaussehende Mann mit dem fragwürdigen, altmodischen Kleidungsstil, bringt die grellen Farben zurück in mein neues Heim. Oder die Geleemandeln wirken. Ganz egal. »Mach schon: öffne den Mund!« Widerwillig, zögerlich und mit angewidertem Gesichtsausdruck öffnet er die Lippen. Enthusiastisch stopfe ich ihm die Schnur komplett in die Schnute und prompt entspannen sich seine Gegensichtzüge. Kauend nickt er und ich stehe gespannt vor ihm und warte aufgeregt auf eine eindeutige Reaktion. Ich wippe auf den Zehenspitzen, starre ihn an und beobachte ihn

»Ja.« Und die Spannung, ob er davon begeistert ist, treibt er nickend in die Höhe. »Schmeckt …« Oh, wie aufregend. »… Scheiße!«

Automatisch sinkt mein Kopf zwischen den Schultern. Er ist ein Griesgram. Freudlos. Und blöd.

»*Du* bist Scheiße.«

»Ja, sehr erwachsen«, erwidert er bloß.

Auf dem Stuhl neben ihm nehme Platz und lasse mich nicht von seiner Art herunterziehen.

In Zeitlupe entnehme ich dem Behälter eine blaue Schnur, beiße ein Stück ab und stöhne gespielt genießerisch. Mit geschlossenen Augen lehne ich mich zurück und unterdrücke die ehrliche Reaktion, während ich kaue.

»Ist dir eigentlich bewusst, wo wir uns befinden?«, meckert er und widerwillig wende ich mich ihm zu.

»In meinem kleinen Traum?«

»In der Bourbon Street!«

»Schön.« Ich schiebe mir provokant die restliche Schnur komplett in den Mund.

»Du betreibst ein Süßigkeitengeschäft in der Bourbon Street.« Er betont seine Worte abfällig und fassungslos zugleich. Genauso gut hätte er auch behaupten können, ein Einhorn würde über unsere Köpfe fliegen. Höchstwahrscheinlich wäre das für ihn nicht so übertrieben schockierend wie die Eröffnung einer Süßigkeitenbar in New Orleans.

Angespannt starrt er mich durch seine furchterregenden gelben Augen an. Ich bekomme das Gefühl, er zündet mich in Gedanken an und erfreut sich an meiner lichterloh brennenden Erscheinung. Seine ganze Haltung beabsichtigt, mich von seiner Boshaftigkeit zu überzeugen. Nur bin ich nicht so leicht zu beeinflussen. Armer böser Mann.

»Bist du immer so negativ gepolt? Oder ist das deine altmodische Gentleman-Art, alles scheiße zu finden, was einem Freude bereitet?«

»Ich halte Süßigkeiten für abartig, ja. Alles generell scheiße zu finden, liegt nicht in meiner Natur.«

Ich frage erst gar nicht, was seine Beachtung verdient. Es ist ohnehin etwas Langweiliges, kombiniert mit Hochprozentigem und Zigarren.

Sein Blick wandert auffällig von meinem Gesicht bis zu den pink glitzernden Chucks. Er schüttelt den Kopf und schaut sich dann in der alkoholfreien Bar um und seufzt so tief, dass ich überzeugt bin, Tränen in seinen Augen entdecken zu können. Aber er ist ja ein böser Mann, der niemals weint.

»Du kanntest Mr. Pellegrini.« Ich lasse es nicht als Frage klingen.

»Nevio Pellegrini war ein enger Freund.«

»Daher kennst du diese Bar.« Und deshalb trauert er sicher dem Alkohol nach.

»Wie mein zweites Zuhause«, bestätigt er. »Aber wovon jetzt nicht mehr viel zu erkennen ist.« Ich hoffe doch gar nichts. Die Bar war düster, kalt und deprimierend. Jegliche Lebensfreude sog sie binnen weniger Sekunden auf. Dennoch bemitleide ich Luciano. »Soll ich dir den Rest zeigen?« Sofort springe ich auf. Doch er schüttelt den Kopf. »Fürchtest du dich, du könntest nicht mehr Freude ertragen?« Seine linke Augenbraue schießt in die Höhe, aber er erwidert nichts.

»Ich habe auch die Wohnung umbauen lassen, willst du sie nicht sehen?«

Sein Blick wird undurchsichtig und seine Hand mit den dicken prunkvollen Ringen an jedem Finger wandert zum Kinn. Während er mir tief in die Augen schaut, mich mit den gelben Iriden durchbohrt, gleiten Daumen und Zeigefinger nachdenklich über den Dreitagebart. Die andere Hand, die mit ebenso vielen dicken Ringen geschmückt ist, verweilt neben sich auf dem Spazierstock. Er gibt ein merkwürdiges Bild ab, welches ich trotz jahrelanger Übung an unterschiedlichen Versuchsobjekten nicht deuten kann. Er ist an sich der geheimnisvollste Mensch, der mir je begegnet ist. Ungewollt schüchtert mich dieses Unwissen über ihn ein.

»Möchtest du?«, hake ich leise nach. Sein Daumen am Stock tippt gegen den silbernen Knauf.

»Warum willst du mir die umgebaute Wohnung zeigen?« Darauf habe ich keine direkte Erklärung, außer eben freundlich zu sein. Daher antworte ich: »Weil das dein Zuhause war und ich nett bin.«

»Und?«

»Ich bin eine umgängliche Nachbarin und dachte, du möchtest vielleicht sehen, was ich aus der Wohnung gemacht habe.«

»Oder damit ich einen epileptischen Schock bekomme? Andernfalls klingt deine Einladung nach einem billigen Versuch, mich zu verführen.« Da klappt mir der Mund auf. »Wenn ich das hier so betrachte, möchte ich einen Augeninfarkt nicht riskieren, indem ich mir zusätzlich die Wohnung ansehe.« Er übertreibt maßlos. Mein neues Heim ist schick, nicht mehr so dunkel und die Suizidgefahr ist ebenfalls eliminiert. Er putzt bloß alles herunter, damit er selbst besser dasteht. Aus prinzipiellen Gründen greife ich in die Hosentasche.

»Und dich zu ficken wäre ein Verbrechen an jedem Mädchentraum. Du bist ja niedlich, Jelly. Aber wenn ich nur daran denke, deine Einhornpussy …« Ich stoppe seine Worte, indem ich ihm pinkfarbige Papierfetzen ins Gesicht werfe und voller Freude, lautstark verkünde: »Konfetti!«

Seine Augen schließen sich reflexartig und er zuckt zurück. Glitzerstaub und Papierschnipsel schimmern an seinem schwarzen Zylinder, an der Haut und auf der restlichen dunklen Kleidung.

»Ohne Frage, mit Glitzer sieht alles viel fröhlicher aus,

selbst du!« Die Welt braucht mehr pinkfarbene Freude, die funkelt.

Er öffnet langsam die Augen und atmet gedehnt durch die Nase aus, sodass die Luft zwischen uns glitzert. Ich liebe es.

Sein eindeutiger, böser Blick, der mich in Flammen aufgehen sehen will, schlägt mir ins Gesicht. Dennoch lächle ich breit und verkneife mir nicht, zu sagen: »Pink verschönert alles noch so Schreckliche.«

»Das hast du nicht getan!«, knurrt er finster. »Schon wieder.«

Zwar möchte ich ihm ungern widersprechen, zeige aber trotzdem auf seine Kleidung. »Wie schön du glitzerst. Es verschönert sogar deine hässlichen Worte.«

Meine innerliche Aufregung steigt an und es ist eine intensive Freude, ihm dabei zuzuschauen, wie sein Kiefer mahlt.

»Hat dir schon einmal jemand gesagt, wie hübsch du aussehen kannst? Dir fehlte nur das Auge für Details. Gut, dass du mich jetzt hast.«

Schweigend, aber mit einer gewaltigen, machtvollen Aura, die alles zauberhaft Schöne in sich hineinsaugt und die man womöglich mit einem schwarzen Loch vergleichen könnte, steht er auf. Der grimmige Zeitreisende kommt mit mir nicht zurecht. Was mich nicht weiter überrascht. Denn die meisten Menschen gehen mir aus dem Weg.

Zu meiner Überraschung zieht er aus der Westentasche eine runde Uhr an einer Kette heraus und öffnet sie. Schweigend schließt er sie und schiebt sie wieder in die

Tasche. Es macht dieses altertümliche Bild komplett und dennoch ist ihm die Moderne anzusehen.

»Ist es Zeit, zurück in die Vergangenheit zu reisen?«, frage ich belustigt. »Du weißt ja, es gibt Zeitreise-Regeln und ich glaube, mir zu begegnen hat in deiner Welt einiges zerstört.«

Ohne mir zu antworten oder mich eines Blickes zu würdigen, steht er auf. Glitzer und pinkes Konfetti fällt wie Staub von ihm ab. Er setzt sich seine runde Sonnenbrille mit orangefarbigen Gläsern auf und marschiert lautlos an mir vorbei.

»Auf Wiedersehen, beehre mich bald wieder.«

An der Tür bleibt er stehen, richtet sich den Zylinder und schüttele kaum merklich den Kopf, bevor er weg ist – ohne sich zu verabschieden. Höflich ist er nicht. Oder ist es die Trauer, die ihn so launisch präsentiert?

So einnehmend er auch ist, verbanne ich ihn umgehend aus den Gedanken.

Stattdessen hole ich den Staubsauger aus dem kleineren Abstellraum im hinteren Bereich und beseitige die Überreste meines Aufheiterungsversuchs, bevor sie sich im Lokal weiter ausbreiten. Als ich den Staubsauger ausschalte und alles wieder sauber ist, höre ich beschwingte Klänge, die sich nähern. Forsch laufe ich zur Tür und sehe den Trauerzug über die Straße tanzen. Keine Trauer ist mehr zu erkennen, sie feiern mit offenen Getränken. Fast habe ich vergessen, dass New Orleans einer der einzigen Orte ist, wo man in der Öffentlichkeit unverhohlen Alkohol trinkt.

Die Trauernden lachen, singen und tanzen zu der Musik, die gespielt wird. Feiern sie den Tod oder das Leben?

Mr. Pellegrini war beliebt, sie veranstalten sicher nicht diese Straßenparty, weil er gestorben ist. Andererseits litt er lange unter der Krebserkrankung und verbrachte seine letzten Monate im Hospiz. Dieser Gedankengang ist wiederum selbst für meinen Geschmack zu makaber.

Es ist erstaunlich. Die Kultur in New Orleans ist anders, als ich sie jemals gesehen oder gespürt habe. Verschiedene Lebensformen, Sitten und Sprachen treffen hier aufeinander und verschmelzen zu einem einzigen Lebensstil. Freude, Spaß und Liebe liegt in der Luft. Vor meinem Umzug war ich nur zu Besuch hier und dennoch bemerke ich, zu welch einer Leichtigkeit das Leben hier wird. Abgesehen von Luciano, der die Kinderstube im sechzehnten Jahrhundert gelassen hat.

In der Menge fällt mir ein Mann auf. An seiner Hand hält er die winzigen Finger eines Jungen und sie lachen unbeschwert. Vater und Sohn tanzen inmitten des ausgelassenen Trauerzuges. Bis der hochgewachsene Kerl auf etwas zeigt. Sie sind zu weit entfernt, um zu verstehen, was sie besprechen, aber es ist faszinierend, mit anzusehen, wie sich beide amüsieren und wie liebevoll der Vater sein Kind auf den Arm hebt.

Sie sind glücklich, obwohl jemand gestorben ist. So etwas habe ich nie zuvor gesehen. Ich erinnere mich nicht einmal an eine ähnliche Situation, ohne Beerdigung und mit so einer ehrlichen Zuneigung.

Schenkte man mir jemals diese Aufmerksamkeit?

Mr. Peterson zeigt auf einen der Süßigkeitenstände. Die Luft riecht gezuckert. Weshalb mein Magen krampft und Übelkeit aufsteigt. Gebraten, gebacken, getrocknet – Hauptsache verzuckert. Es hüllt uns ein und ich umklammere die Finger an seiner Hand fester.

»Komm, ich kaufe dir Zuckerwatte.« Er zieht mich hinter sich her. Bunte Farben strahlen uns in unterschiedlichen Formen entgegen und blenden mich. Mir wird schwindelig bei dem Geruch, mein Verstand überreizt durch das grelle Leuchten und die lachenden Kinder sowie die mechanischen Geräusche der Fahrgestelle überfordern meinen Geist. Es ängstigt mich. Ich will hier weg. Der Jahrmarkt ist nicht schön. Ich bin zum ersten Mal an so einem Ort und es ist schrecklich.

Alles um uns herum überflutet meine Sinne und ich weiß nicht, wo ich hinschauen soll oder wie ich besser atmen kann. Wo ich mich verstecken könnte.

Ich möchte mein Buch zurück, welches ich im Auto lassen musste. Mr. Peterson drückt mir ein Stäbchen mit rosafarbener feiner Wolle in die Hand.

»Hast du noch nie Zuckerwatte gegessen?«

Ich schüttle den Kopf. »Dann probiere es, Jelly.« Ich weiß nicht, wie. Mit der einen Hand werde ich Mr. Peterson sicher nicht loslassen. In der anderen halte ich dieses Stäbchen mit der rosa Wolle. Sein Blick fordert mich jedoch auf, es zu kosten.

Vorsichtig führe ich es zum Mund und beiße ein Stück ab. Aber es zerfällt sogleich an meine Lippen und der Rest löst sich auf der Zunge auf. Zurück bleibt eine schwere Süße.

»Und schmeckt es dir?« Wenn ich jetzt etwas Falsches sage, wird er sicher enttäuscht sein.

»Ja«, lüge ich und beiße noch ein Stück ab, aber es ist nur süß und leer. Vor allem süß. »Warst du nie auf einem

Jahrmarkt?« Ich schüttele den Kopf. Und möchte am liebsten von hier weggehen.

»Dann musst du alles probieren!«, ruft er aus und ich ziehe seine Hand an die Brust. »Was ist das für Watte? Es klebt an meinen Lippen und es schmeckt nach nichts außer Süße.« Er lacht und zeigt auf eine runde Maschine.

»Das ist Zuckerwatte.« Ich trete näher an den Stand heran und beobachte den Mann, der Zucker in eine riesige Metallschale schüttet und einen roten Tropfen, was nach Farbstoff aussieht. Denn aus den weißen Körnern werden rosafarbene. Das Zeug an meinen Stäbchen ist abstoßend und klebrig. Aber wie es entsteht, ist faszinierend. Die Schale wird eindeutig erhitzt. Die Zuckerkörnchen schmelzen zu Sirup und auf einmal ziehen sich Fäden bis in die Mitte, die der Mann mit dem Hölzchen auffängt.

»Zucker kann zu so einer Konsistenz werden? Das ist interessant. Das ist lediglich Zucker mit Farbstoff.« Das ist so aufregend, da fällt es mir nicht schwer, darüber hinwegzusehen, wie eklig es ist, und ich beiße ein weiteres Stück ab. »Ich esse Zuckerfäden!«

»Zuckerwatte, Jelly. Aber ja. Du bist so neugierig, interessiert und überhaupt kein Kind.« Jetzt klingt er enttäuscht. Was habe ich gemacht, weshalb er mich mit einem Mal so traurig anschaut?

»Dir schmeckt das nicht, oder?« Ich traue mich nicht, ihm zu antworten. Aber er versteht es leider ohne Worte. Er nimmt mir das Stäbchen weg, schmeißt es neben uns in den Mülleimer und lächelt mir gezwungen zu.

»Wir finden etwas, was dir auch schmeckt. Schau nur.«

Aber das ist alles so grellbunt. Weshalb ich den Kopf verneinend schüttele.

»Würde es dich mehr interessieren, wenn ich dir erkläre, wie die ganzen Bonbons hergestellt werden?«

»Ja, und wie die chemische Zusammensetzung ist?«, frage ich vorsichtig und er zieht mich vom Stand weg.

»Ich werde mit deinen Eltern reden, Jelly.« Adoptiveltern. Meine Eltern sind tot. Aber das ist nicht das Problem, sondern ich bin der Fehler, ich hätte eine brave, zuvorkommende Dame sein sollen.

»Es tut mir leid, ich wollte keine böse Dame sein!« Ich schaue zu dem Stand. Irgendwie muss ich meinen Fehler ausbessern.

»Die Pinken?« Ich zeige auf die Gummischlangen. Und Pink mag ich. An den Schultern dreht er mich zu sich und kniet sich vor mich hin. Er schaut zu mir auf und schüttelt den Kopf.

»Nein, Jelly. Ich werde mit deinen Eltern reden, weil du Schülerin meiner Klasse werden sollst.«

»Sind Sie nicht Lehrer an der Highschool?«

»Ja, das bin ich.«

»Aber ich bin …«

»Jelly, du bist erst elf Jahre alt und die Kinder an der Highschool sind drei bis sieben Jahre älter als du. Aber du bist zu schlau, um an der Middleschool zu bleiben. Das ist für dich ohnehin das falsche Bildungskonzept. Du brauchst mindestens die Juniorschool. Aber selbst dort bist du unterfordert.«

»Ich bin noch zu klein, Mr. Peterson.«

»Du bist klein, Jelly, aber dein Verstand ist mächtig groß und du bist deinen Mitschülern bei Weitem voraus. Du sprichst

und denkst nicht wie sie. Du hast ein Wissen, das über die Allgemeinbildung hinausgeht.« Und das weiß er durch einen einzelnen Vertretungsunterricht?

»Ich lese doch nur viele Bücher. Raider gibt sie mir, weil ich dort Zuhause bin. Das heißt aber nicht, ich benötige einen anderen Unterricht.«

»Ach, Jelly, verstehst du es nicht? Du schaffst es, dich in Büchern zu verstecken, die von Chemie, Mathematik und Physik handeln. Ich werde mit deinen Eltern reden, mit der Schule und dann wirst du einige Tests machen. Dann kommst du in meine Klasse.«

Ich bin mir nicht sicher, ob das besser für mich ist. Meine Mitschüler sind anstrengend, laut und dumm. Wir ignorieren uns die meiste Zeit über. Aber wird es sich verbessern oder verschlechtern?

»Jelly, du könntest in einigen Jahren hier weg sein. Siehst du die Chance nicht? Du könntest an der Uni all die Themen studieren, in denen du ein Zuhause findest. Und du müsstest dich nicht mehr verstecken.«

Mein Herz schlägt schneller und ich begreife es. Ganze Bundesstaaten, Zeitzonen würden zwischen mir und den Monstern liegen. »Ja! Bitte. Ich will von Ihnen unterrichtet werden.«

Lächelnd steht er auf und zieht mich in seine Arme. »Das wirst du, Jelly.« Ich schließe meine Arme um Mr. Peterson und fühle mich so sicher bei ihm.

Viel zu schnell drückt er mich von sich weg und schaut mich mit ernstem Blick an.

»Eines musst du mir versprechen.« Ich nicke hastig. Allem würde ich zustimmen, Hauptsache er verlässt mich nicht.

Mr. Peterson tut mir nie weh. Einmal hat er mir sogar aus einem seiner Bücher vorgelesen. Er hat einen Raum, wo er sie alphabetisch sortiert und in vielen Regalen sammelt.

»Sei ein Kind, solange es geht.« Zwar wird mein Nicken langsamer, aber ich behalte es bei. Ich verstehe es nicht. Es will mir nicht in den Kopf, was er meint.

»Sprich mir nach Jelly: Ich bin nur ein Kind.« Das weiß ich doch.

»Ich bin nur ein Kind.«

Seine Gesichtszüge werden weicher und voller Wärme. »Genau, du bist ein Kind. Das darfst du niemals vergessen. Du musst all diese schönen Dinge in deiner Seele speichern. Denn, wenn du älter wirst, werden sie dich niemals so begeistern wie jetzt.« Ich bin mir nicht sicher, ob ich ihm folgen kann. Aber da greift er schon nach meiner Hand und zieht mich über den Jahrmarkt. »Genieß es, Jelly!«, trällert er fröhlich, was mich zum Lachen bringt. Mr. Peterson ist mein Freund.

FÜNF

Happy

Und war nie mein Vater. Oder Stiefvater. Mr. Peterson war mein Lehrer, der für mich da war und mich niemals verletzte. Tausend Bilder zerspringen vor meinen Augen. Situationen mit ihm, wo wir Zeit miteinander verbrachten, wofür er bezahlte, ohne mir jemals einen Schaden zuzufügen. Doch ich kenne Zuneigung und Liebe. Denn er liebt mich. Er gibt mir bis heute das Gefühl von Geborgenheit. Nur ist es mittlerweile seltener geworden.

Mr. Peterson bleibt für mich eine der wenigen schönen Erinnerungen. Und er wird immer ein Teil meines Lebens bleiben. Auch wenn ich ihn nur gelegentlich treffe. Meistens sorgen Zufälle dafür. Die Sicherheit befindet sich nicht nur im Herzen, sondern ebenfalls abgespeichert in den Kontakten in meinem Handy. Für einen Augenblick schließe ich die Augen und denke an den Helden, der mir zeigte, wie aufregend der Jahrmarkt sein kann. Der mir die Zuckerwattewelt schenkte und mir die Fröhlichkeit zurückgab, die man mir nahm. Blind taste ich meine Hose ab. Nachdem ich das Handy nicht finde, schaue ich auf und entdecke Portia mitten im Getümmel.

Ich winke ihr zu und lache, weil meine Hand noch immer glitzert. Portia deutet mir wiederum mit ihrem Finger an, zu ihr zukommen. Sie hat ihren dunklen Netzschleier über den Hut gelegt und mit rosa Wangen strahlt sie eine Lebensenergie aus, die zu diesem Ort passt.

Als ich mich nicht rühre, wedelt sie energischer mit beiden Händen und schwingt dabei die Hüfte. Sie ist ein Wirbelwind und nicht zu übersehen.

»Jelly, komm´. Feiere mit uns!«, ruft sie und stürmt auf mich zu. Kaum erreicht sie mich, packt sie meine Arme und zerrt mich von der Tür weg.

»Nein, nein«, wehre ich mich und schaffe es doch nicht. Meine beste und einzige Freundin und der Grund, warum ich überhaupt hier bin, überzeugt mich mit einem Satz: »Du tust, was ich sage!«, weil sie mir keine Chance lässt. Auf einmal lässt sie mich los. »Du musst die Nachbarschaft kennenlernen, bevor du deine einzigartige Bar eröffnest!« Und rennt an mir vorbei zurück in die Bar. Ich folge ihr neugierig bis zur Tür und sehe, wie sie aus einem kleinen Karton einen Stapel Werbekarten herausholt. Sie ist genial! Ich renne ebenfalls in die Bar direkt hinter den Ladentisch, wo die pink-glitzernden Visitenkarten mit dem Hologramm liegen. Mit einer Handvoll von diesen speziellen Karten umrunde ich den Tresen und Portia zerrt mich aus der Bar in die Menge.

Ich schiebe mir den Stapel in die Hosentasche und meine beste Freundin drückt mir einen Becher mit einer intensiv nach Alkohol stinkenden Plörre in die Hand. Wovon ich sicher keinen Schluck trinken werde und die ich auf dem Boden am Gebäude abstelle, nachdem sie mir den Rücken zudreht. Ungewollt feiere ich mit, obwohl ich solche Menschenmengen nicht ertrage. Mein Blick wandert jedoch unauffällig über die Leute. Ich beobachte jeden Einzelnen und achte darauf, was sie genau tun. Ob sie ausschließlich trinken, feiern und sich nur unterhalten, oder auch mehr benötigen, um Mr. Pellegrini zu ehren.

Ich werde nach einiger Zeit fündig. Es ist erst Mittag, trotzdem tummeln sich junge Männer in Grüppchen und tauschen Geld gegen Plastiktütchen. Das sind genau diejenigen, die mich interessieren.

Unbemerkt entferne ich mich tanzend von Portia und obwohl das schnell gefährlich für mich werden könnte, nähere ich mich der Gruppe. Bevor ich dort ankomme, verschwindet einer mit dem Geld.

»Hi«, begrüße ich die Männer. Sie sehen mich unmittelbar schief an und verheißen nichts Positives. Damit kann ich jedoch umgehen. Jedem Einzelnen gebe ich eine meiner Karten, wo auf der einen Seite der Jelly‘s Schriftzug geprägt und auf der Rückseite das Happy‘s Hologramm veredelt ist. Wie ein Wunderwerkzeug halten sie es zwischen den Fingern und schauen es sich genau an. Bevor die Kerle die Karte achtlos auf den Boden fallen lassen, erkläre ich lächelnd: »Nur mit dieser Karte bekommt ihr die ganz besonderen Süßigkeiten.« Ich blicke sie bedeutsam an und kurbel die Werbetrommel weiter an: »Das sind die besten Süßigkeiten des Landes und weitaus besser als das Zeug, was ihr gerade gekauft habt.« Ich drehe mich zum Gehen um und schaue kurz über die Schulter. Sie stecken sie ein. Das wundert mich sogar selbst.

Es braucht nur wenige Männer, um das Geschäft zum Laufen zu bekommen. Es wird sich rasant herumsprechen, ohne viel Arbeit. Zufrieden suche ich in der Menge nach Portia. Bis ich sie gefunden habe, entdecke ich weitere Feiernde, die zu dem Alkohol etwas anderes brauchen, um in Stimmung zu kommen, und werde die restlichen Karten los. Als ich auf Portia treffe, vermittelt sie mir stolz, wie sie alle Werbekarten verteilt hat. Die Freude steigt in mir auf.

Bis mich plötzlich die Kälte erreicht. Ich schaue zufälligerweise am Gebäude hoch. Mitten in der Menge auf der Straße gefriere ich zu einem Eisblock.

Die Fenster sind weit geöffnet. Obwohl ich sie verschlossen habe, bevor ich herunterging, um die Regale einzuräumen. Ich bin mir dessen sicher und doch wehen die Vorhänge nach draußen auf den Balkon. Kälte legt sich um meine Glieder und mein Blick wandert zu der offenen Ladentür.

»Jelly!« Ich laufe, so schnell ich kann die Treppe hinauf, Schweiß tropft mir an der Schläfe hinunter, mein Herz rast und ich nehme gleich mehrere Stufen auf einmal. »Komm schon, Jelly! Wir wollen mehr!« Jeder Atemzug brennt mir in der Lunge und meine Beine werden schwerer, aber ich stoppe nicht.

Noch stürmischer renne ich um mein Leben, während mir die Sicht durch die Tränen verschleiert wird.

»Jelly!« Sie sind direkt hinter mir. Worauf habe ich mich nur eingelassen? Und wieso ist hier niemand? Wo sind die ganzen Studenten?

»Jelly, bleib stehen!« Sie rufen und ich renne. Ihre schnellen Schritte sind gleich hinter mir zu hören. Oben angekommen, biege ich rechts ab. Fliege geradezu über den Flur und sehe schon meine Zimmertür.

»Du kannst nicht abhauen.« Nein, kann ich nicht. Sie wohnen auch hier. Nicht in diesem Haus, trotzdem ist eine Flucht unmöglich. Aber ich kann mich verstecken. Ausharren und überleben, das ist das Ziel.

Ich reiße meine Zimmertür auf, schlage sie zu, doch zugleich wird sie mir wieder aufgeschlagen und ich falle nach hinten.

»Kleine Jelly«. Der Erste steht im Zimmer und ich weiche zurück. Die Tür wird weiter aufgeschoben und die anderen treten herein. Ich habe keine Chance.

Sie sind zu viert.

Ich werde angerempelt, falle nach vorn und stehe auf der Straße, mein Herz schlägt wie wild und Portia lacht mir ins Ohr. Ich ignoriere meine beste Freundin, entferne mich von ihr und den vielen Fremden und steuere die Bar an. Die Stimmen brüllen mir in den Ohren, ich spüre ihre Hände am Körper und obwohl ich hastig atme, glaube ich, zu ersticken. Meine Kehle ist fest zugeschnürt und jeder Schritt wird mir erschwert.

Aber ich bin stark. Ich habe sie überlebt, sie mich nicht. Und über die Kriminalitätsrate hier in New Orleans bin ich auch bestens informiert. Nur bin ich kein betrunkener Tourist.

Ich straffe die Schultern, recke das Kinn und schaue mich um.

Von der Seitentür kommt man ebenfalls in die Wohnung, die ist jedoch mit Brettern verschlossen. Daher betrete ich achtsam die Bar, verschließe hinter mir die Tür und horche in die Leere.

Gedämpft höre ich nur die Musik von draußen, die Leute und sonst nichts. So weit ist nichts verändert. Die Stühle stehen nach wie vor so, wie ich sie verlassen habe. Durch den Laden schleichend, schreite ich zunächst zur Theke, wo ich in einem kleinen Versteck unterhalb des Holzes ein Holster befestigt habe. Langsam ziehe ich die Pistole heraus, halte sie hinter dem Rücken und durchquere die Räume bis zur Rückseite des Gebäudes, wo die Treppe nach oben in die Wohnung führt.

Lauschend und auf Zehenspitzen steige ich Stufe für Stufe hinauf. Nur der Lärm von draußen dringt leise zu mir. Sonst sind nur meine eigenen Schritte zu hören.

Die Wohnungstür ist geschlossen.

Mein Schlüssel hängt noch immer von außen im Schloss. Das flauschige Einhorn daran bewegt sich nicht. Eine Stille legt sich über das Treppenhaus, die mir Unbehagen bereitet und mir den Puls hochjagt.

Ich lade die Pistole in der Hand und strecke die freie zur Tür aus. So leise wie möglich drehe ich den Schlüssel im Schloss und öffne sie. Der Wind schlägt mir entgegen. Und kaum bin ich im Flur, knallt die Tür hinter mir zu. Ich schrecke zusammen, wende mich um. Aber da war nichts.

Schritt für Schritt, Raum für Raum ziele ich ins Leere.

Ich bin allein. Niemand ist hier.

Im Wohnzimmer stehend, starre ich auf die weit geöffneten bodentiefen Fenster, die zum Balkon führen und den Lärm in mein neues Zuhause einladen. Die Vorhänge wehen und wirken wie tanzende Geister, die sich nicht entscheiden können, ob sie draußen mitfeiern wollen, oder lieber hereinkommen, um zu ruhen.

In Nola spukt es.

Ich schüttle den Kopf über meine Gedanken und hasse Portia dafür, mir diesen Unsinn einreden zu wollen. Außerdem habe ich den Balkon nicht überprüft. Ich verstecke jedoch die Waffe auf dem Rücken, mit dem Finger am Abzug, und gehe hinaus. Mich rechts und links umschauend finde ich nur Leere vor, während die Musik zu mir hochschallt. Die Fenster haben sich nicht von selbst geöffnet und Geister gibt es auch nicht. Meine Nachlässigkeit hat sich gezeigt. Nichts weiter. Ich schaue über das Geländer und entdecke umgehend die temperamentvolle Italienerin. Portia tanzt, dreht sich und trinkt. Mit vielen. Aber nicht mit dem einen, den ich heute Morgen schon versucht habe, auszumachen. Da stand ich ebenfalls hier und beobachtete, wie die Menschengruppe sich vergrößerte. Diesen einen Mann, von dem sie mir erzählte. Ich bin gespannt, wann ich endlich ihren Freund kennenlerne, der es geschafft hat, ihr Herz zu erobern.

Ich beobachte Portia, wie sie heiter lacht. Ihr schwarzes Haar fliegt bei jeder Umdrehung und ihre gebräunte Haut glänzt. An diesem Fest, welches sich über die ganze Straße zieht und weder ein Anfang noch ein Ende zu haben scheint, kann ich mich nicht sattsehen. Hier oben aus der sicheren Entfernung fühle ich mich jedoch wohler und genieße es, an einem Ort zu sein, wo die Freude und der Spaß regieren.

Die Waffe sichere ich und schiebe sie hinten in die Hose, wie es die BadBoys in Filmen tun und lehne mich über das Geländer.

Ich lege das Kinn auf den Unterarm, wippe mit der Hüfte zu der Melodie und verlagere das Gewicht unterschiedlich auf den Beinen. Ganz ohne weitere Unterstützung bin ich glücklich und zufrieden. Hierher umzuziehen, war eine hervorragende Idee. Portia hat mich zur Quelle gebracht. Da, wo ich sein kann, wie ich sein möchte.

Plötzlich scheppert es hinter mir.

Reflexartig drehe ich mich um, ziehe dabei die Waffe und habe sie mit dem Daumen entsichert. Das Adrenalin peitscht durch mich hindurch. Doch ich sehe nur die weißen wehenden Gardinen. Sonst nicht. Die Pistole fest im Griff setze ich einen Fuß nach dem anderen vor. Mit dem Lauf schiebe ich die Vorhänge zur Seite und befinde mich kurz darauf im Inneren der Wohnung. Niemand ist zu erspähen. Nur die Möbel, die bislang nicht an der richtigen Stellen stehen und die gestapelten Kartons. Langsam atme ich durch, fixiere mich auf meine Sinne und höre keine ungewöhnlichen Geräusche. Die Wohnung ist an sich groß. Ich befinde mich in einem geräumigen Wohnzimmer, von wo aus ich direkt in die Küche samt Essbereich schauen kann. Auf dieser Etage befindet sich ein weiterer Raum, wo die Pflanzen und die Laborutensilien stehen, eine Toilette und im Flur die Treppe, die zum

Schlafzimmer, Badezimmer und Gästezimmer führt. Mich genau umschauend, ohne etwas auszulassen, durchquere ich das Wohnzimmer. Unter den Schuhen knirscht es und ich schaue widerwillig herunter. Ich stehe in Wasser und Scherben. Mein Blick fällt automatisch zu dem Turm an Kartons, der neben mir steht. Ich erinnere mich, dass ich mein Glas heute Morgen dort abgestellt habe. Hat der Wind es umgestoßen? Ist das möglich? Mein Hirn setzt sich in Gang, rechnet alles aus, während ich weiter den unteren Bereich überprüfe.

Nein. Es ist nicht möglich. Das Glas ist zu niedrig, zur Hälfte war Wasser darin gefüllt und da die Fläche der Kartons keine Neigung hat, und durch Inhalt und Verklebung die Beschaffenheit des Untergrunds gleichmäßig ist, ist es unmöglich. Jemand hat es umgestoßen. Mutwillig, um auf sich aufmerksam zu machen, oder versehentlich bei der Flucht nach draußen. Weshalb ich mich dem Flur zügiger nähere. Ich öffne die Tür und schaue mich um. Den Schlüssel stecke ich von innen ins Schloss und verriegle die Tür, bevor ich die Wendeltreppe nach oben nehme. Ich blicke hinauf, als ich die ersten Stufen emporsteige.

Weder sehe ich jemanden, noch höre ich etwas.

Abgesehen von der Musik.

Oben angekommen, überprüfe ich mit pochendem Herz Raum für Raum.

Nichts.

Falls sich jemand Zugang verschafft hat, ist er nun eingesperrt zwischen Treppenhaus und der Bar.

Nola hat eine lange Geschichte, muss ich wieder an Portia denken und schüttle den Kopf. Ich sichere die Pistole gehe hinunter und lege sie auf einem der Kartontürme ab. Aber Portias Stimme verfolgt mich.

Zauber, Geister und andere mystische Geheimnisse lauern in den Straßen von Nola und gehören zu unserem Leben dazu.

Ich dagegen glaube weder an Gott noch an Satan. Für mich gilt nur die Wissenschaft. Trotzdem sind da die Scherben auf dem Boden. Die Oberfläche des Kartons war schuld, nichts weiter. Und wenn nicht …?

Ich schaue mich um und rufe in die Wohnung: »Hey Geist, wenn du schon mit mir gemeinsam hier wohnst, zerstöre nichts. Und schließ gefälligst die Fenster!« Ich muss über mich selbst lachen und kann nicht aufhören. »Wir müssen eindeutig Regeln aufstellen. Du beteiligst dich am Hausputz, damit das klar ist! Der Müll bringt sich nicht von selbst raus!« Ich schaue mich um und warte auf eine Reaktion, die ohnehin nicht kommt. Dann mache ich klar: »Und falls du ein Mann bist, du setzt dich beim Pinkeln hin! Ich mache deine Geisterpisse nicht weg.«

Vor Lachen heule ich auf.

Geister? So ein Schwachsinn. Die einzigen Geister, an die ich glaube, sind die in meinem Kopf.

Aus einem der Kartons, die mit *stuff* beschriftet sind, hole ich Handfeger und Kehrblech heraus und beseitige die Splitter. Das volle Blech stelle ich zunächst auf einen Karton, öffne einen anderen, um den erstbesten Gegenstand vom Zeitungspapier zu befreien. Damit die Tüte im Mülleimer durch die Scherben nicht reißt, breite ich das Papier aus und leere das Blech vorsichtig darauf. Genauso achtsam verpacke ich es zu einem Beutel. Mein erster Abfall im neuen Zuhause scheppert in den pinken

Plastikmülleimer. Ich räume alles beiseite und als ich den Umzugskarton verschließen möchte, bemerke ich, was ich da ausgewickelt habe. Ich nehme den Bilderrahmen heraus und lasse mich daneben auf das Sofa fallen. Raider und ich sitzen am Küchentisch. Ich klammere mich an den Arm meines zwei Jahre älteren Bruders, der in die Kamera strahlt mit seiner Zahnlücke. Mir wird beinahe warm ums Herz. Vor ihm steht ein Geburtstagskuchen mit angezündeten Kerzen. Es war sein zwölfter Geburtstag. Das Bild ist ausgeblichen, hat Streifen von den Knickfalten, weil ich es lange im Leib von Miss Pinky versteckt hielt. Das pinke Stoffschwein halte ich auf dem Bild an mich, ebenso wie Raiders Arm. Ich lachte und freute mich für ihn. Und dann ging alles so schnell.

»Und jetzt, Raider? Was machen wir jetzt?« Sein Schluchzen versiegt. Mit dem Pulloverärmel wischt er sich über die Nase und schaut mit seinen vor Tränen geröteten blauen Augen auf mich herab.

»Was glaubst du, Jelly?« Ich zucke mit den Schultern und wende den Blick von ihm ab. Er ist so traurig, dass es schmerzt. Die Polizisten laufen beschäftigt hin und her, tippen wild auf Tastaturen und einige sprechen in Gruppen miteinander. Wir sitzen am Rand auf einer Bank und warten. Wir warten auf irgendetwas, aber ich weiß nicht, was. Wir stinken nach Rauch und Ruß. Unsere Kleidung, die Haut, alles ist schwarz und grau.

Ich verstehe diese Unruhe nicht. Auch nicht, warum Raider weint. Jetzt wird doch alles wieder gut, oder nicht?

Ich halte Miss Pinky in dem einen Arm und schlinge den

anderen um Raiders. Müde und um ihm nahe zu sein, lege ich den Kopf an seine Schulter.

»Wir haben kein Zuhause mehr. Keine Familie. Du hast unser Leben zerstört, Jelly«, flüstert er. Sein Atem gleitet mir übers Haar und ich schaue zu ihm auf, mit der Wange an seinem Arm.

»Wirst du es ihnen sagen?«

Er presst die Lippen aufeinander.

»Hast du mich noch lieb?« Ich habe ihn doch rechtzeitig geweckt.

»Ja.« Er schaut wieder zu mir. Aber er sieht mich anders an. Er ist so groß und plötzlich fremd.

»Ich habe dich lieb.« Er schaut mir direkt in die Augen. »Prinzessin.«

Das hat er noch nie gesagt. Ich bekomme kaum richtig Luft und Tränen brennen mir in den Augen. Warum hat er mich so genannt? Wieso sieht er mich so an? Ich kann ihn nicht länger ansehen und schaue herunter, während ich den Griff um seinen Arm verstärke. Ich will keine Prinzessin sein.

Ein tiefer Schluchzer entgleitet mir und ich wische mir die Tränen von den Wangen. Da sah ich ihn das letzte Mal. Meine Fingerspitzen gleiten wie von selbst zur anderen Hand, wo ich den Bilderrahmen halte und streiche hoch über das Schweinchen-Tattoo oberhalb meines Handgelenkes. Dort, wo unter der dunklen Farbe die dicke Narbe klar zu spüren ist. Wenn man genau hinschaut, erkennt man auch das schwülstige Muster. Das *Sonnen-A*. Die Freude ist weg. Die Laune im Keller. Der Schmerz verbreitet sich spürbar durch meinen gesamten Körper.

Bevor die Lähmung mich einschränkt und die Wut sich ungehindert ausbreitet, stehe ich auf und beim Vorbeigehen lege ich den Rahmen achtlos zurück.

In der Küche suche ich sofort den Karton, den ich mit einem pinken Aufkleber gekennzeichnet habe. Während jegliche Geräusche verschlungen werden und die Geister mir mit jeder Sekunde die Farbe nehmen, prüfe ich die Umzugskartons.

Dann entdecke ich ihn. Gleich neben dem Wort Küche klebt der runde grelle Aufkleber. Ich beeile mich, diesen zu öffnen und finde den weiteren, wo *Sweets* steht. Hastig, als würde es um mein Leben gehen, öffne ich diesen und ziehe die Tüte heraus mit der Gelee-Mischung und stopfe mir eine Handvoll in den Mund. Allein der Geschmack von den unterschiedlichen Früchten lässt mich wieder atmen. Ich schließe die Augen, kaue und schlucke die Fruchtbombe herunter. Es dauert nicht lange, bis sie wirken und mich zurück in meine Welt schicken.

Ich sehe schon das Licht.

Das Licht am Ende des immer finster werdenden Tunnels.

Eines wird mir klar: Die einzigen Geister, die tatsächlich existieren, waren die Monster in meiner Vergangenheit.

Das Tütchen lege ich weg und kehre zurück ins Wohnzimmer. Ich könnte die Zeit überbrücken, indem ich mich ablenke und anfange, auszupacken. Da dringt jedoch wieder die Musik zu mir. Der Wind weht mir in den Rücken und schlägt mir mahnend das Haar ins Gesicht.

Auszupacken wäre jetzt keine Ablenkung. Nicht, solange

mein Herz wild pocht und mein Blick vom grauen Nebel umrahmt ist.

Die Musik lockt mich auf dem Balkon und ich folge ihr. Dort klammere ich mich ans Geländer und schaue hinunter.

Die Leute feiern noch immer, als gäbe es kein Morgen. Selbst Portia springt herum und der Schweiß hat sich mittlerweile glänzend auf ihre Haut gelegt. Ein Mann ist bei ihr. Sie tanzen sehr vertraut miteinander. Ihre Finger sind ineinander verschlungen und sie lacht so herzlich, wie nur sie es kann. Sie ist vollkommen fixiert auf diesen Mann. Durch seinen grauen Hut bleibt sein Gesicht im Verborgenen.

Ist er das? Ist das der Mann, in den sich Portia kopflos verliebt hat? Der Kerl, mit dem sie aufwuchs und die längst geheiratet hätten, wenn seine Familie nicht gegen die Verbindung gewesen wäre?

Von seinem Körperbau könnte er ihrem Typ entsprechen. Er trägt unter der dunkelgrauen Weste ein schwarzes T-Shirt und eine dunkle Jeans. Was ich von hier aus gut erkennen kann, sind die dicken Ringe an seinen Fingern. Wie Lucianos Ringe sind sie pompös.

Fest umschlungen geben sie ein hübsches Paar ab. Er muss es sein. Ihr Freund. Ihr Beinah-Verlobter. Der tolle Traummann. Mr. zuverlässig und gefährlich.

Bei Portias Beschreibung von dem Mann, der ihr Herz in den Händen hält, muss ich kichern. Allmählich entspanne ich mich, die Farbe kehrt langsam zurück und wird Minute für Minute stärker und greller. Die Freude mischt sich dazu. Bevor ich jedoch komplett in die Zuckerwattewelt geführt werde, wende ich mich von den Feiernden ab. Hinter mir schließe ich nicht nur die Fenster, sondern drehe die kleinen Schlüssel an den Klinken. Ich versichere mich, sie alle fest verschlossen zu haben. Mit gestrafften Schultern und der Zuversicht, sanft auf Wolken getragen zu werden, nähere ich mich dem offenen Karton. Obendrauf liegt die dicke Akte, die Jahre zurückreicht. Mit dem ersten selbstverdienten Geld beauftragte ich einen Detektiv, um meinen Bruder zu finden. Und ich weiß noch immer nicht, wo er sich befindet. Er ist nun vierundzwanzig, erwachsen und es gibt kaum ein Lebenszeichen in den vergangenen Jahren. Ob er wohl auch nach mir sucht?

Ich öffne die Akte. Zwischendurch gab es kleinere Erkenntnisse. Aber es reichte nicht. Denn genauso schnell war er weg. Verschwunden. Von der Welt aufgesaugt. Nur wenige Bilder von ihm, wie er sich verändert hat, liegen zwischen den Seiten.

Blatt für Blatt lese ich alles durch. Und ich bin bis jetzt nicht schlauer. Es hat sich nichts geändert.

Doch die aufkommende Euphorie spornt mich weiter an. Voller Energie, Tatendrang und einer intensiven Freude lese ich Wort für Wort.

Vor meinen Augen verwandelt sich die Aufzeichnung zu rosa Esspapier. Von den Buchstaben aufschauend, befinde ich mich nicht mehr in der zugestellten, hellen Umgebung. Es hat sich in meine Zuckerwattewelt umgeformt. Automatisch lecke ich mir über die Lippen, lächle bei dem Anblick von Weingummikisten und dem Gelee-Sofa, auf dem ich sitze. Zuckerwatte-Vorhänge leuchten weit vor den Fenstern und selbst der eingerollte Teppich ist nun eine

Lakritzstange. Ich lege das Esspapier zur Seite, aus dem ich inzwischen kein Wort mehr lesen kann, lehne mich zurück und werde in wohlig weichem Gelee empfangen. Alles ist hell, grellfarben und wunderschön süß. So fröhlich, dass ich nicht glücklicher sein könnte.

SECHS

Luciano

Das Haus ist so gut wie leer, als ich zurückkomme und auf die Trauerfeier verzichte. Es sind nur wenige Männer zurückgeblieben. Ich wurde am Eingang, der immer besetzt ist, von Marcel begrüßt und ohne nachzuschauen, weiß ich, dass Reese vor der Tür bei unserem Gast steht. Diese junge Frau, Jelly, springt in meinen Gedanken herum. Vor Anspannung schmerzt sogar mein Nacken. Allein dieser Name. »Jelly Bean«, knurre ich zwischen zusammengebissenen Zähnen, während ich durch den Innenhof zu der Treppe schreite. Der Frackstock knallt schallend bei jedem zweiten Schritt auf den Boden. Dieser pinke Flummi, der sich in Nevios Bar breitgemacht hat und alles entfernte, was es zu einem Zuhause machte. Wie konnte sie nur den Umbau durchführen? Ich habe es nicht mitbekommen und das hätte ich bemerken *müssen*. Das ist meine Stadt und nichts passiert ohne mein Wissen. Bis in die Fingerspitzen bin ich angespannt.

Portia. Sie taucht immer wieder ungefragt hier auf, fleht mich an, sie zu ficken, und dabei hat sie mich die letzten Monate verarscht. Denn sie wusste, dass ich das gesamte Gebäude kaufen wollte. Sie war hier, rekelte sich auf meinem Bett und verkaufte im Geheimen den Nachlass ihres Vater. Sie verkaufte es an diesen pinken Flummi, der mich anwidert.

Portia führt etwas im Schilde, anders kann ich mir ihren Mut nicht erklären.

Sie hat den Umbau geplant. Sie hat es irgendwie geschafft, mich, meinen Bruder und alle meine Männer zu hintergehen. Ich verwette meine Maske darauf, dass es genauso war. Diese kleine Schlampe ist clever und ich werde herausfinden, wie sie das angestellt hat und vor allem warum.

Oben angekommen gehe ich unmittelbar ins Schlafzimmer und reiße mir direkt den Frack und Hut vom Leib. Alles, samt dem Stock, schmeiße ich aufs Bett.

Die Luft im Raum glitzert und funkelt Pink. Überall ist dieser Scheiß. Knurrend schlage ich die Türen vom Schrank auf und greife direkt nach der schwarzen Schnabelmaske und ziehe sie mir an. Danach den Hut und die Lederhandschuhe. Und das nur für den Fall seiner Freilassung, was ich bezweifle. Er wird hier nicht lebend herauskommen.

Aber ich beanspruche zudem diese eine Grenze.

Die Sohlen knallen lautstark über den Boden, während ich zu meinem Gast gehe.

Ich brauche Antworten. Wenn mein persönlicher Plan wie eine Seifenblase durch eine Schlampe zerplatzt, darf ich beim Großen erst recht nicht scheitern.

Reese nickt mir knapp zu und ich öffne die Tür. So wie ich ihn zurückgelassen habe, sitzt der Fette in seinem eigenen Siff aus Ausdünstungen, Absonderungen und einer Pfütze Blut auf dem Stuhl. Trotz der Maske ist die Luft im Raum von Fäkaliengestank und Kupfergeruch geschwängert.

Das Blut auf Haut und Haar ist getrocknet. Aber er lebt. Noch.

Mit hängendem Kopf senkt und hebt sich sein Oberkörper.

»Deine Pause war lang genug.« Meine Stimme ist durch die Maske gedämpft. Sie erreicht ihn trotzdem und wie in Zeitlupe schaut er zu mir auf. Das Blut klebt trocken auf seinem Gesicht. Seine trüben Augen flehen mich an, gnädig zu sein. Das bin ich jedoch nicht. Und nähere mich dem Metallregal. Seine Blicke liegen spürbar auf meinen Fingern, während ich weitere Nägel aus dem Behälter fische und in die andere Hand den Hammer nehme.

»Und?«, frag ich und halte die Utensilien hoch, sodass ihm klar werden sollte, was ihn erwartet.

»Ist dir eingefallen, wo der Stoff hergekommen ist?«

»Ich habe dir doch gesagt, ich weiß es nicht«, lügt er weiter. Denkt er, ich sei dumm? Ich glaube ja an so einige mystische Begebenheiten. Aber sicher nicht an eine Drogenfee, die etwas unters Kissen legt, damit er und seine

Kameraden es verkaufen. Den Gedanken spreche ich nicht laut aus. Ich habe nicht vor, ihn auf Ideen zu stoßen, wie er sich hier herausreden kann.

Stattdessen schiebe ich einen einzelnen Stahlnagel hoch zwischen meine Finger und umkreise ihn.

»Du bist nur ein kleiner Dealer, den wir hier erwischt haben.« Hinter ihm bleibe ich stehen. »Aber selbst du, kleiner Abschaum, weißt, von wem der Stoff ist!« Die Spitze des Stahlnagels drücke ich in seine Schulter und es kostet mich Kraft, ihn nicht gleich zu enthaupten. Die Wut über ihn, Jelly und Portia nagt an meinen Knochen, an meinem Verstand und an der Selbstbeherrschung.

»Bitte, Lucifer. Ich habe dir gesagt, wo ich den Stoff gekauft habe.« Und dieser Jemand wartet im Nebenzimmer auf mich.

»Verkauf mich nicht für dumm. Ich verlange einen Namen.« Ich richte den Nagel aus und hebe den Hammer. »Niemand verkauft in meiner Stadt seinen Stoff!« Und schlag ihm den Nagel ins Schulterblatt. Er jault auf, weint und ich bin mir sicher, er scheißt sich ein weiteres Mal in die Hose.

Durch die Fesselung kann er sich kaum bewegen. Während der Schmerz ihn zermürbt, widme ich mich seiner anderen Schulter und setze den nächsten Nagel an. Seine Schreie füllen den Raum und ich warte einen Moment, bis die Laute nachlassen, bevor ich erneut frage:

»Wem gehört das Koks?«

»Ich weiß es nicht!«, brüllt er und der nächste Nagel schlägt in seine Schulter. Nur beruhigt mich das keineswegs. Es entfacht meine Wut weiter.

Ich erwarte Antworten. Und mir fehlt die Geduld.

Ich gehe zurück zum Regal, schmeiße Nägel und Hammer auf die Ablage und nehme die Axt von der Wand.

»Einen Namen!«, verlange ich und er jammert bloß weiter, anstatt endlich auszupacken. Ich hole aus und trenne mit einem gezielten Schwung seine Hand ab. Die Klinge schneidet nicht nur durch seinen Unterarm, sondern auch durch das Holz seines Stuhls. Während er brüllt, gibt der Stuhl nach. Die Beine unter ihm brechen und er kippt schreiend um. Das hält mich jedoch nicht auf.

»Einen Namen!«, wiederhole ich brüllend, schiebe mit dem Fuß seine andere, am Holz festgebundene Hand zurecht und hole aus.

»Cyrus!«, brüllt er zurück. »Es ist von Cyrus Steadler!«, wiederholt er mehrfach weinend, schreiend und ich lasse die Klinge auf seinen Unterarm krachen. Das Blut spritzt weiter, genauso wie sein Schrei nicht endet. Ich beuge mich vor, nehme seine zweite abgetrennte Hand vom Boden und werfe sie ihm ins Gesicht.

»Niemand vertickt auf meinen Boden! Auch nicht Cyrus Steadler!« Ich lasse die Axt direkt neben seinen Kopf fallen und ich glaube schon, falsch gezielt zu haben, als er am nächsten hysterischen Schrei zu verschlucken droht.

Dieser Abschaum und seine Möchtegern-Anhänger, die sich mit dämlichen Parolen, Schutzgelderpressungen und dreckigem Stoff verbreiten, kotzen mich an. Sie könnten die ganze Welt vergiften, das ist mir scheißegal, aber nicht meine Stadt!

»Bist du fertig, Lucifer?« Ich drehe mich um und Dino steht an der Tür.

»Was machen wir mit dem Anderen?« Er bewacht den zweiten Idioten, der im Nebenzimmer bereits unter Dinos Knochen litt. Nehme ich jedenfalls an, da er mit hochgekrempelten Armen in der Zarge steht und das Blut von seinem Finger bis zu den Unterarmen reicht.

»Dasselbe«, erwidere ich. »Wenn nicht noch mehr. Wenn sich herausstellt, dass er direkt für Cyrus arbeitet und nicht so ein Handlanger ist wie dieses missratene Geschöpf.« Ich ignoriere den schreienden Mann am Boden, stelle mich vor Dino und befehle: »Kümmere dich um ihn.«

»Was mache ich mit dem Rest?«

»Alle seine Einzelteile fährst du Richtung Lafayette.« Ich überlege kurz und halte mir die Landkarte vor Augen.

»Den letzten haben wir auch nach Lafayette gebracht.« Genau das kam mir gerade ebenfalls in den Sinn.

»Fahr Richtung Baton Rouge.« Da sind einige nette Orte, die nicht auf uns zurückzuführen sind. »Augusta«, fällt es mir wie Schuppen von den Augen. »Grab da ein Loch, schmeiß seine Einzelteile rein. Ein Paar Säcke Natriumhydroxid-Granulat und ein Kanister Wasser müssten reichen. Leg noch eine Plane drüber und nimm einen Sack gemahlenen Kaffee mit, den du darauf kippen kannst, damit die Hunde wegbleiben.«

Er nickt und ich schiebe mich an ihm vorbei, sowie er in den Raum tritt.

»Gehst du jetzt rüber?«, will er wissen, und ohne mich umzudrehen, verneine ich knapp. Morgen ist auch noch ein Tag. Die Spannung in mir hat sich gelegt. Ein mieser Kerl weniger, der meine Stadt verseucht, ist beruhigend. Die Tür fällt lautstark ins Schloss und kurz darauf sind dumpfe Schreie zu hören. Ich gehe derweil direkt durch zum Wohnbereich. Hier ist es still. Bis auf das Klirren von Glas, als ich mir Bourbon einschenke. Ich lasse mich auf das Ledersofa nieder. Die Maske schiebe ich mir nur ein Stück hoch, um zu trinken, und richte sie mir direkt wieder. Entspannt sinke ich in das Leder, drehe das Glas in der Hand und meine Gedanken fliegen ungefragt umher. Sie bleiben ausgerechnet an dem kleinen Flummi mit der kurzen Hose, wo sich lange Beine erstreckten, hängen. Ungewollt erscheint mir ihr Gesicht. Nah vor meinen Augen funkeln mich diese hellen Iriden an. Die winzigen Pupillen locken mich in ihre Nähe. Und die fast weißen Haarsträhnen, die ihr ins Gesicht fallen, möchte ich ihr am liebsten zur Seite streichen. Die rosa Lippen lächeln mich abartig freundlich an. Ihr makelloses Gesicht ist widerlich. Und die Stimme aus diesem widerwärtig schönen Mund ist genauso schaurig rein. Bei der Erinnerung an den melodischen Klang ihres ekelerregenden, samtweichen Gekichers spannt sich mein Kiefer wieder an. Ohne es zu wollen, regt sich mein Schwanz. Gleichzeitig kann ich die Gedanken nicht steuern und sehe diese zierliche Figur in dem verstörenden Pink vor mir herumspringen und mir den letzten Nerv rauben.

Diese runden Titten, die genau in meine Hand passen würden. Der Apfelpo, der sich gegen den Stoff presst. Diese schmale Taille, die ich mit bloßen Händen zerbrechen könnte, und ihre langen, verflucht sehnigen Beine.

Ich könnte sie dazu bringen, die Klappe zu halten und nicht weiter vor mir zu tänzeln.

Nachdem ich das Glas auf den Tisch abstelle, lehne ich

mich zurück, öffne mir die Hose und befreie meinen harten Schwanz. Ohne mir die Lederhandschuhe auszuziehen, schließe ich die Faust um den Schaft und atme aus.

Denn eines ist klar: Ich kann sie zum Schweigen bringen.

Ich klebe ihr Tape auf den Mund und reiße ihr den pinken Fummel vom Leib, der noch für einen Infarkt sorgt. Nackt steht sie vor mir. Damit sie nicht wieder herumspringt, mir den Verstand mit diesen Titten raubt und ich das Bedürfnis bekomme, ihr den abartig hübschen Kopf vom Hals zu reißen, binde ich sie ans Bett. Arme und Beine von ihr weg gespreizt und gefesselt. Nicht in weich gefütterte Ledermanschetten. Stattdessen in raue eingeflochtene Seile, die sich bei jeder Bewegung in ihre ekelhaft zarte Haut schneiden.

Nackt vor mir, ohne sich bewegen zu können, oder gar ein Wort über ihre reinen Lippen zu bringen, lässt sie meinen Schwanz nur noch härter werden. Die Faust auf und ab über meine gesamte Länge reibend, kriege ich nicht genug von dem Bild vor mir. Wie ihre hellen hypnotisierenden Augen mich anflehen, sie zu nehmen, und die winselnden Geräusche, die sie macht. Verdammt.

Heiß läuft es mir das Rückgrat herunter und ich spanne mich unwillkürlich an. Ich pumpe schneller, fester und habe sie vor Augen, wie ich mich zwischen ihre weit geöffneten Schenkel knie, mich über sie beuge und ihre Titten umfasse.

»Ernsthaft, Bruder?« Fabios Stimme scheidet durch meine Gedanken, zerfetzt mir das Bild vor Augen und ich atme gequält aus, während ich den Kopf in den Nacken fallen lasse.

»Kann man sich nicht in Ruhe einen runterholen?«, stöhne ich noch lange nicht so genervt auf, wie ich mich fühle. Jelly ist weg. Nur noch ein winziger Teil in meinen Gedanken. Aber Fabio ist hier und meckert:

»Nein, du Spinner. Alter, du bist voller Blut und holst dir einen runter. Dein Schwanz ist voll damit!«

Ich schaue ihn an. Leider sieht er meinen Blick nicht durch die Maske. »Ist das da Glitzer?« Er zeigt von der Falte am Hosenbein hoch zu meinem Schwanz. »Und -« Er zieht die Augenbrauen zusammen. »- Konfetti?« Dieses Scheißzeug ist einfach überall. Ich schaue herunter und zwischen meinen schwarzen Lederfingern und dem Blut befindet sich sogar Glitzer an meinem Schwanz.

»Alter, dein Pimmel funkelt wie eine Stripperin!«

»Starr mir nicht auf den Schwanz, Bruder!« Letzteres betone ich gedehnt und schiebe ihn erschlafft zurück in die Hose.

»Bitte sag mir, dass das Blut von einer Frau ist.«

»Nein, ist es nicht. Aber ich habe einen Namen: Cyrus.« Ich stehe auf, richte meine restliche Kleidung. »Cyrus Steadler.«

»Du holst dir einen runter, während du von dem Wichser das Blut an den Händen hast?« Er verzieht angewidert das Gesicht. Dabei kribbelt es in meinen Eiern. Ich habe den dealenden Hurensohn und seine letzte Lebensenergie ein weiteres Mal erniedrigt. Das zu wissen, macht mich mehr an, als es vermutlich gesund ist.

»Ich will gar nicht wissen, woher das Glitzer kommt! Du bist einfach krank, Luciano.« Ich lüfte den Hut vor ihm und brumme: »Erzähl mir etwas Neues.«

»Gerne, Bruder. Rate mal, wer der neue Besitzer von Nevios Bar ist?« Ich verdrehe bei seiner Kunstpause die Augen, was er leider auch nicht sehen kann. »Nicht du!«

»Fuck mich nicht ab, Fabio! Außerdem habe ich den pinken Flummi kennengelernt. Eine Süßigkeitenbar! Sie eröffnet eine verdammte Süßigkeitenbar! Und Portia hat mich verarscht. Wusstest du von dem Umbau?«

»Was für ein Umbau?« Was soll ich da noch sagen, außer, wie schmerzhaft Portia dafür leiden wird, wenn ich sie zwischen die Finger bekomme.

»Portia ist scheinbar cleverer, als es gut für sie ist.«

»Das ist nichts Neues. Magst du mir aber dein Herz ausschütten und mir erzählen, von was für einem Umbau du sprichst?« Ich kenne meinen Bruder und vergesse niemals, wie mitfühlend er gegenüber Frauen ist. Bei dem weiblichen Geschlecht beginnt seine Grenze. Meine skrupellose Seite hat erst keine.

»Nein!« Ich erledige Portia allein. Am besten bevor Fabio davon erfährt.

Sofort bin ich wieder in Rage.

»Die Bar sieht aus ... wie ein Einhorn-Gangbang mit Inzest!« Und ich werfe die Hände in die Höhe. »Willst du wissen, wie es aussieht, wenn Einhörner ficken, daraus Kinder entstehen und die dann auch noch miteinander ficken? So sieht die Bar aus! Und von dem Flummi will ich erst gar nicht anfangen!« Das bringt Fabio zum Lachen – über mich.

Ich muss mir sein Gespött nicht antun und wende mich zum Gehen ab. Doch er hält mich auf, indem er belustigt meint: »Sie treibt dich jetzt schon in den Wahnsinn.«

»Portia? Oh, nicht erst jetzt. Schon immer.«

»Nein, unsere neue Nachbarin.«

»Nein!«, knurre ich, ohne mich umzudrehen. »Sie widert mich an.«

»Was so viel bedeutet, dass du dir auf die Kleine einen runtergeholt hast. Ich habe sie noch nicht kennengelernt, aber ich mag sie jetzt schon!« Da drehe ich mich um.

»Was willst du von mir?«

Er lässt sich Zeit mit seiner Antwort, schenkt sich einen Drink ein und leert das Glas, bevor er sich mir wieder zuwendet und die Schultern zuckt. »Es gibt nicht viele Frauen, die dich aufregen.«

»Alle!«, widerspreche ich ihm. »Mich fucken alle Frauen ab.«

»Aber nicht so wie sie. Du trägst noch deine Maske.« Das soll ein Indiz sein?

»Ich mache dir einen Vorschlag …«

»Den sollst du nicht mir machen, sondern ihr«, unterbricht er mich, was ich ignoriere und weiterspreche: »Du kümmerst dich um deinen Scheiß und ich mich um meinen. In der Mitte treffen wir uns.«

Er lacht lauthals los und ich gehe hinaus.

»Lade sie ein!«, brüllt er mir hinterher und ich dreh mich im Flur zu ihm um.

»Was soll ich?«, hake ich ungläubig nach.

»Lade sie zu einem Date ein!«

Ist er übergeschnappt? »Ich date nicht, Fabio. ICH FICKE!«

Er lacht und schüttelt den Kopf.

»Und wenn wir schon beim Ficken sind, halt mir Portia vom Leib, bevor ich ihr das Genick breche«, mache ich ihm klar. Ein Funkeln legt sich in seine Augen, was ich trotz der getönten Gläser der Maske erkenne.

»Für heute wirst du Ruhe vor ihr haben.« Seine Lippen verziehen sich zu einem verschmitzten Lächeln. »Sie ist erschöpft eingeschlafen, bevor ich gegangen bin.« Immerhin etwas. Ich nicke und gehe. Mich wundert es nicht. Portia ist es egal, wer sie fickt.

Als ich im Schlafzimmer ankomme und zunächst das Leder der Maske und der Handschuhe vom Blut befreie, kommt mir Jelly wieder in den Sinn. Kaum leuchten mich ihre Augen im Geiste an, steht mein Schwanz wie eine harte Eins und presst sich schmerzhaft gegen die Hose.

Sie ist anders. Neuer. Und grenzt sich von den bisherigen Frauen mit ihrem Aussehen und dem Auftreten ab. Deswegen ist sie interessant für mich. Wenn ich sie erst einmal unter mir hatte, ödet sie mich ebenso an.

Ich schäle mich aus der Kleidung und steige zum dritten Mal am heutigen Tag unter die Dusche. In dem Moment, als das heiße Wasser auf meine Haut prallt, beschließe ich die einfachste Lösung, sie aus meinem Verstand zu bekommen, anzunehmen.

Jelly macht jedoch nicht den Eindruck, sie ohne viel Aufwand ficken zu können. Sie hat nicht versucht, mich zu verführen. Sie wollte lediglich freundlich sein. Jelly ist übertrieben nett und so ekelhaft süß wie ihr ganzer pinker Scheißladen. Die Hitze brennt sich durch meine Adern und ich lege die Hand an den Schwanz. Den quirlig heiteren Flummi vor Augen pumpe ich hart. Stöhnend lege ich den Kopf in den Nacken und schmecke die widerliche Süße der blauen Lakritz-Schnur auf der Zunge. Ihre Stimme hallt mir in den Ohren nach. Mein gesamter Körper spannt sich zum Zerreißen an und es dauert nicht lange, da spritzen Konfetti und ich hart ab – wie nie zuvor. Jeglicher Tropfen preschst aus meinen Eiern heraus. Verdammt. Die Anspannung versiegt und ich lasse den Kopf vornüberfallen. Langsam streiche ich den Schaft, lege die Stirn an die kalten Fliesen und atme tief durch.

Ein Date?

Ich habe keine Ahnung, wie ein Date aussieht. Was man da macht. Außerdem lasse ich nicht jede kleine Schlampe an meinen Schwanz. Und so nervige, schillernde, laute Weiber erst recht nicht.

In meinen Kopf hat sie sich jedoch festgesetzt. Daher beeile ich mich mit dem Waschen, steige aus der Dusche und ziehe rasch einen schwarzen legeren Anzug an. Ich schnappe mir die Schnabelmaske, die Lederhandschuhe und verlasse mein Zimmer. Mit großen Schritten durchquere ich die Flure, renne die Treppe hinunter und als ich über den Innenhof durch die Hintertür verschwinden möchte, ruft Fabio mir vom Balkon zu.

»Es ist zu spät, um mit ihr ins Kino zu gehen.« Ruckartig bleibe ich stehen und schaue zu ihm auf. »Warum sollte ich mit ihr ins Kino gehen?«

»Das wäre ein typisches Date. Essen, Kino, ficken.« Er lacht mich aus, dieser Pisser.

»Ich date nicht!« Und ich verschwinde nach draußen zu meinem Motorrad. Die Maske stopfe ich zur Sicherheit in das Fach unter dem Sitz, setze den Helm mit dem verdunkelten Visier auf und schwinge das Bein übers Bike. Mal sehen, was der Flummi so treibt. Ich brauche keine fünf Minuten bis zu ihr in die Bourbon Street. Das Nachtleben ist in Gange, die Feier um Nevio genauso. Die Straßen sind voll von trinkenden Leuten. Die Lichter der Bar, der Geschäfte und der gesamten Stadt leuchten bunt und passen sich dem Leben an. Mit weitem Abstand halte ich an und beobachte die junge Frau mit dem hellen blonden Haar und der grellpinken Kleidung.

Sie steht im Eingang und schaut sich um, lächelt und beobachtet, wie alle um sie herum feiern. Ihr Gesicht wandert zu mir und das Licht bricht in ihren hellblauen Augen. Mit dem Platin-Haar, der makellosen Haut und den rosa Lippen wirkt sie wie ein Wesen direkt aus der Anderswelt, um mich um den Verstand zu bringen. Ein Voodoo-Zauber von Aurelia? Sie liegt mir schon lange mit dem Thema Liebe und Familie gründen in den Ohren. Oder ist diese anstrengend betörende junge Frau eine Bestrafung von den Geistern? Ich bin mir nicht sicher, ob sie von den Geistern geschickt wurde. Nett war ich in letzter Zeit nicht zu ihnen. Und Jelly ist eindeutig eine Sühne fürs ganze Leben.

Neugierig legt sie den Kopf schief, mustert mich und ihre Lippen bilden wieder dieses verabscheuende Lächeln. Sie zwinkert mir zu, während ich auf dem Bike sitze, sie, ohne das Visier nach oben geschoben zu haben, ansehe und mich mit den Beinen aufrecht halte. Ihr Starren durchbohrt meinen Anzug und fährt mir unter die Haut. Sie lässt sich von mir nicht einschüchtern und wendet den Blick ab, um weiter in die Menge der Menschen zu schauen. Jede andere Frau wäre ermutigt, hinüberzukommen, oder die Beine in die Hand zu nehmen, um wegzulaufen. Sie hingegen scheint sich nicht unwohl zu fühlen. Sie ist voller Freude und ein Kerl auf einem schwarzen Motorrad, Anzug und Helm, der sie ungeniert beobachtet, durchbricht es nicht.

Lange bleibt sie so stehen und meine Fragen über sie häufen sich. Ich bemerke erst, wie die Zeit fortschreitet, nachdem es dunkler wird. Die Nacht bricht an und sie langweilt mich nicht. Neugierde breitet sich weiter aus, während sie ins Innere des Lokals verschwindet und die Tür offenlässt. Nicht gut. Sie ist allein in ihrem Geschäft und jeder kann einfach so hineinspazieren. Innerlich breitet sich eine verlockende Unruhe aus. Ich bin versucht, vom Bike zu steigen, die Straße zu überqueren und mich in die Bar zu schleichen. Würde sie sich fürchten? Vor Angst erbeben? Meine Finger zucken und ich stelle mir vor, wie sie durchs Lokal rennt und ich ihr folge. Das Haar würde nach hinten fliegen, hastig schaut sie sich nach mir um und weil ich die Bar besser als sie kenne, würde ich ihr durch einen einzelnen Raum, den ich durchquere, den Weg versperren. Dann würde ich sie packen, gegen die Wand pressen und ihren dämlichen Fummel vom Körper reißen.

Noch bevor ich die Fantasie zu Ende bringe, ist sie wieder in meinem Blickfeld, mit einer Handvoll pinker Karten und verschließt die Ladentür.

Sie schaut sich zu mir um. Fest und hartnäckig liegt ihr Blick auf mir. Und mein Schwanz ist steinhart. Dann hebt sie die Hand und winkt mir mit ihrem freudigen Lächeln zu, bevor sie sich umdreht. Lässig und voller Freude tanzt sie regelrecht über den Pflasterstein der Bourbon Street. Als sie nahezu zwischen den Menschen verschluckt wird, starte ich das Bike und folge ihr langsam. Sie verteilt munter ihre Werbung, spricht mit zwielichtigen Typen und Gruppen von Jüngeren, die sich hier nur besaufen und Zeug inhalieren. Sie fürchtet sich nicht, diese finsteren Typen anzusprechen und ihnen ihre Karte aufzuzwingen. Ich schlängle mich an den Leuten vorbei, stoppe, wenn sie stehenbleibt, und lasse sie für keine Minute aus den Augen. Ihr Blick fällt immer wieder auf mich und trotzdem macht sie ungehindert weiter. Die gesamte Straße entlang. Nur eine Straße von meinem Zuhause entfernt, entscheide ich mich spontan um und fahre auf den Bordstein, um ihren Weg zu durchkreuzen. Seitlich vor ihr bleibe ich stehen und zwinge sie zu stoppen. Sie schaut mich an und kommt auf mich zu. Ohne Furcht. Verdammt, ich könnte sie hier und jetzt direkt ficken. Ich würde nicht mal den Helm ausziehen. Ich lasse den Motor aufheulen und sie bleibt kurz stehen, legt den Kopf schief und setzt ihren Weg auf mich zu fort.

Sie streckt den Arm aus. Aber seitlich und streichelt eine Laterne. Sie kichert und ich richte mich auf dem Bike auf. Was ist mit ihr?

»Ich würde dir ja meine Karte geben, aber du siehst nicht so aus, als würdest du Süßigkeiten mögen.« Sie kichert über ihre Worte und ich bin froh, dass sie mein Stirnrunzeln nicht sehen kann. Ihr Blick wandert von Helm, über den Anzug und bleibt am Bike hängen.

»Eine RC213V-s?« Ich kann nicht anders und neige seitlich den Kopf, damit sie meine Verwunderung bemerkt.

Honda, Ja. Sie hat sogar das Modell erkannt. Aber wie? Woher kann sie das wissen, wenn sie sich selbst nicht dafür interessiert? Sie setzt einen weiteren Schritt auf mich zu, streckt wieder den Arm aus und ihre Fingerspitzen gleiten sanft seitlich über den Tank. Verdammt. Ihre winzigen Finger bringen meinen Schwanz zum Pulsieren.

»Ich habe eine Ducati«, flüstert sie durch die Lautstärke der Maschine und der Umgebung kaum hörbar. Aber selbst meine Eier haben es verstanden und platzen gleich. Sie schaut wieder zu mir auf. »Meine Maschine ist pink.« Was mich zwar nicht besonders wundert, mich jedoch etwas abturnt. Sie mir auf einer Ducati vorzustellen, ist trotzdem unmöglich.

»Schönen Abend noch.« Sie zwinkert mir zu und geht über die Straße an mir vorbei. Ohne jegliche Angst. Aber sie schwebt über den Boden. Sie muss auf Drogen sein. Kein normaler Mensch ist so übertrieben happy. So unfassbar positiv und so freundlich drauf, obwohl ich ihr nicht einmal die Option gelassen habe, ihr wohlwollend gegenüberzustehen. Dieses verdammte abartige Wesen tanzt zurück auf den Bordstein, gleitet zärtlich mit den Fingerspitzen über Hauswände, verteilt fleißig ihre Kärtchen und streichelt Laternen.

Ich ziehe die Taschenuhr hervor. Es ist gleich zwölf Uhr.

Da kommt mir eine Idee. Denn um genau Mitternacht beginnt die Geistertour durch Nola und sie startet bei mir um die Ecke. Ich fahre schnell nach Hause und stelle das Bike ab. Ich lasse die Sturmhaube an und tausche den Helm mit der Maske, nachdem ich den Stimmverzerrer im Schnabel eingeschaltet habe.

Zum Schluss setze ich den Hut auf.
Ich bin fertig. Und jetzt hat sie ein Problem.

SIEBEN

Happy

Mich umschauend, sehe ich ihn nicht mehr. Er ist weg. Die ganze Straße hinunter war er in der Nähe, beobachtete mich und jetzt ist der mysteriöse Mann weg. Ich habe noch nie jemanden im Anzug auf einer Maschine gesehen, weshalb er mein Interesse geweckt hat.

Das Motorrad in mattem Schwarz.

Der Anzug und der dunkle Helm, der keinen Einblick zuließ.

Es war das Einzige, Finstere, was ich in diesem zuckersüßen, bunten Rausch wahrgenommen habe.

Und es verfolgte mich.

Ich bin zwei Tage in New Orleans und schon habe ich einen Stalker. Darüber kichernd, komme ich rasch am Ende der Straße an. Eine Querstraße zwingt mich zur Entscheidung. Ich schaue in den Himmel und drehe mich um. .

Die Bar ist weit entfernt. Es ist stockfinster und die Müdigkeit macht sich auch langsam bemerkbar. Daher kehre ich zurück und überquere die Fahrbahn. Nur noch wenige Karten befinden sich in meiner Hand, die ich loswerden muss.

Ich geh einige Schritte und entdecke wieder eine Gruppe von Lebkuchenmännern, die genau ins Beuteschema passen. Wie zuvor spreche ich sie freundlich an, verteile meine letzten Kärtchen an sie und vermittle unterschwellig, etwas Besseres zu bieten zu haben als den Mist, den sie ihren Körper antun. Und natürlich, dass sie dafür diese besonderen Karten brauchen. Denn ohne diese gibt es nur die gängigen Süßigkeiten.

Die Leute hier sind sehr aufgeschlossen. Jazz und afrikanische Kultur treffen auf die Moderne. Eine herrliche Stimmung und ein freundliches Ambiente.

Als ich weitergehe, bemerke ich eine Gruppe von Gummifrauen, sie lachen heiter, aber plötzlich, als würde ihnen etwas im Weg stehen, machen sie einen großen Bogen auf die Straße, ohne ihr Gelächter oder Gespräch zu unterbrechen. Als wären ein Fahrzeug oder Container oder anderer Gegenstand im Weg.

Doch es ist nur ein Mann.

Ein Mann, der mich sofort ins Stocken bringt. In einem Anzug lehnt er an der Wand. Das Sakko geschlossen, rafft es sich an den Taschen, da seine Hände hineingeschoben sind. Aber das Mysteriöse wie Gruselige ist die Maske, die trotz tiefsitzendem Huts klar zu erkennen ist. Er trägt die Schnabelmaske des Pestdoktors in tiefem Schwarz. Den Schnabel entlang glänzen Nieten. Lässig steht er da und mein Blick fällt auf die Umgebung. Niemand schenkt ihm Aufmerksamkeit, als wäre er Teil dieser Straße, eine Gewohnheit und nichts Besonderes.

Sein Kopf ist nach vorne geneigt, bis er leicht zu mir herübersieht. Für eine Sekunde bleibt mir das Herz stehen. Und es schlägt darauf sofort schneller weiter. Er fixiert mich. Wie der Motorradfahrer zuvor.

Meine Haut beginnt zu kribbeln. Während ich die Umgebung im Zuckerrausch wahrnehme, stört er das gesamte fröhlich-süß-bunte Bild mit seiner gruseligen Finsternis. Trotzdem setze ich meine Schritte fort. Er zieht mich magnetisch an. Die Neugier über den Mann, der mit einer Pestdoktormaske durch die Straßen zieht und keinerlei Aufsehen erregt, ist größer als eine Furcht, die ohnehin nicht aufkommt.

Kurz bevor ich ihn erreiche, wendet er den Blick von mir ab, stößt sich von der Hauswand und überquert die Straße, ohne sich umzusehen. Die Leute, so betrunken manche auch sein mögen, machen ihm Platz. Die Gruppen teilen sich, ohne dass auch nur einer ihn ansieht. Und ich folge seinen langsamen Schritten.

Er geht die Straße hinunter, drängt sich an niemandem vorbei und hat eindeutig ein Ziel vor Augen. Alle, denen wir begegnen, machen ihm ohne Aufforderung Platz, ohne sich beim Feiern und den Gesprächen stören zu lassen.

Er wirkt wie der König dieser Straßen.

Der Herr über alles.

Die Menschen zeigen Respekt, ohne ihn anzusprechen, zu grüßen oder auch nur anzusehen.

Es ist verrückt.

Ich bin verrückt, weil ich ihm weiterhin folge. Als mir das bewusst wird, bleibe ich stehen. Und als hätte er gespürt, dass sich unser Abstand in der geteilten Mange vergrößert, stoppt auch er. Zwischen uns eine Gasse, feiern alle weiter, als würde eine unsichtbare Wand mir den Weg zu ihm sichern.

Ich setze jedoch keinen weiteren Schritt vor.

Mit geneigtem Kopf dreht er sein Gesicht seitlich und zeigt mir das gruselige, wie anziehende Profil. Ich spüre mit einer intensiven Gewalt, wie er mich dazu auffordert, ihm nachzugehen.

Ich kann nicht anders.

Die Neugier wächst. Das Interesse steigt. Und das Weingummi, die Lakritze und Lebkuchenmännchen ermöglichen mir diesen mysteriösen Weg zu ihm.

Ich setze meinen Schritt vor und er auch seinen. Rasch blicke ich über die Schulter und wundere mich, dass die Leute wieder zusammengerückt sind. Keiner von ihnen hat mich beachtet und dennoch bewegen sie sich wie von Hand gesteuert. Von seiner Hand.

Der moderne Pestdoktor zieht seine Strippen. Wie gruselig. Und zugleich total abgefahren. Ich habe keine Ahnung, wo er mich hinführt. Anstatt mich zu fürchten oder zumindest eine Gefahr zu wittern, spüre ich eine tiefe Aufregung. Eine Spannung, die sich wie in einem guten Buch anbahnt, wo man einfach nicht aufhören kann zu lesen.

Urplötzlich höre ich von der Seite lautes Grölen. Ich drehe mich zu der Geräuschquelle und entdecke drei betrunkene Geleebären, die sich gegenseitig bejubeln.

Als ich jedoch wieder nach vorne gucke, ist der Pestdoktor weg.

Von der Süßigkeitenmasse verschluckt. Es besteht auch keine leere Schleuse mehr, durch die ich zu ihm schreiten kann. Nur bunte Süßigkeiten tanzen vor meinen Augen. Hastig schaue ich mich um, drehe mich, aber der finstere Mann mit der gruseligen Schnabelmaske ist nicht mehr zu finden.

»Jelly!« Eine Männerstimme ruft nach mir. Ich folge der Stimme und erkenne niemanden.

»Wir sind hier, Jelly.« Da sehe ich einen Marshmallow-Mann mit rosa Wangen und Baseballkappe winken. »Hier drüben sind wir, Jelly.« Ich schaue mich noch einmal um, ob er wirklich mich meint. Als kein anderer reagiert und er weiterhin nach mir ruft, dränge ich mich zwischen der Masse hindurch zu dem Mann.

»Es geht sofort los«, teilt er mir mit.

»Womit?«

»Mit der Geistertour von New Orleans.« Na klar, was denn sonst. Ich schaue an ihm vorbei zu dem bunten Weingummi und den Waffeln, die eindeutig Touristen sind. Blitzgewitter, Selfies und staunendes Umschauen lässt nichts anderes erschließen.

»New Orleans ist berüchtigt für Spuk, Voodoo, Hexen, Vampire und Werwölfe«, beginnt der Marshmallow-Mann und geht an mir vorbei. Alle folgen ihm und ich bleibe verdutzt stehen. Weshalb er sofort reagiert.

»Komm schon, Jelly.« Woher kennt er meinen Namen? »Du bist doch Jelly?« Die anderen starren mich an und ich nicke bloß verwundert. »Du wurdest für die Tour angemeldet. Also folge uns. Das wird spannend.« Ich zucke mit den Schultern und begleite ihn auf seiner Tour. »Seit seiner Gründung im Jahr 1718 ist New Orleans ein Schmelztiegel afrikanischer, Cajun-, französischer und spanischer Kulturen. Hier findet ihr paranormale Ereignisse wie nirgendwo anders.«

Hat Portia mich angemeldet? Ich dachte eigentlich, sie würde nun begreifen, dass ich nicht an Geister glaube. Oder sie macht sich ein Spaß daraus? Dann bin ich eben dabei. »Genau hier fängt unsere Tour an.« Er zeigt auf ein vertrautes Haus. »Das Lafitte's ist eines der ältesten Gebäude in New Orleans, in dem sich eine Bar befindet.« Da geht mir ein Licht auf. Klar, wir besaufen uns und ich sehe dann Gespenster. Sehr witzig. Aber Portia weiß, dass ich keinen Tropfen Alkohol trinke.

»Lafitte's wurde von den Piraten-Brüdern Lafitte gekauft. Daher auch der Name. Die Lafittes nutzten die damalige Schmiede als Schmuggelbasis, weshalb das Haus eine derbe Geschichte hat. Zwei Geister aus den 1700er Jahren spuken im Gebäude und Jean Lafittes Augen werden auch regelmäßig gesichtet. Wenn man zu lange am Kamin sitzt, berühren einen unsichtbare, kalte Hände. In den Spiegel im zweiten Stock sollte man nicht zur falschen Zeit hineinschauen, sonst erschreckt man sich bei dem Anblick einer Frau, die dort gefangen ist.«

Da könnte man Angst bekommen. Anscheinend denken das, die Zucker-Touristen, worauf das Blitzlichtgewitter folgt und sie gemeinsam mit dem Tourführer hineingehen. Ich kichere in meine Hand und bleibe am Eingang stehen, um an die Hauswand angelehnt auf sie zu warten. Er hatte recht. Es könnte wirklich spannend werden. Vielleicht schaut einer der Geister ihnen ja beim Pinkeln zu, derjenige erschreckt sich und hat dann eine Ausrede, warum er sich betrunken auf die Schuhe gepisst hat.

Ich kichere erst recht über meine blöden Gedanken.

»Bist du nicht neugierig?« Eine verzerrte Stimme, fast elektronisch raunt von hinten in meinen Nacken. Ich drehe mich um und stehe dem Pestdoktor gegenüber. Von Angesicht zu ... Gruselmaske.

»Willst du nicht wissen, wo es hier spukt?« Er ist um einiges größer als ich, aber das ist bei meinen eins sechsundvierzig nicht schwer. Doch seine ganze Aura ist mächtig und finster wie bei Luciano. Wobei er dafür keine Schnabelmaske benötigt.

»Oder hast du keinen Durst?«

»Ich bin total neugierig.« Aber am meisten auf dich. »Ich glaube nicht an Geistergeschichten. Und ich trinke keinen Alkohol.«

Er legt den Kopf schief und mustert mich. Ich wünschte, ich könnte in seine Augen blicken, aber die runden großen Gläser sind tiefschwarz getönt.

»Und was tust du hier? Mich verfolgen?«

»Dich beobachten.« Eine klare Antwort, die mich erschaudern lässt.

»Wieso?«, hauche ich eher und suche nach meiner Stimme, die er mir mit seiner Ehrlichkeit raubt.

»Weil ich genauso neugierig bin wie du.« Etwa auf mich?

Hinter mir wird es lauter. Die Gruppe stürmt lautstark aus dem Gebäude, unterhält sich wild und hat sich eindeutig nicht an einem Trinkgelage beteiligt.

Als mich wieder zu dem Pestdoktor umdrehe, ist er weg. Erneut verschwindet er spurlos. Wie ein Geist. Insofern es welche geben würde. Wie kann er nur so schnell ungesehen verschwinden? Wo er doch auffällt wie Brokkoli zwischen Zuckerstangen und die Menschenmenge sich für ihn teilt.

Ich seufzte schwer und wende mich wieder der Tour zu, die weitergeht.

Der Tourleiter erzählt unwirkliche Geschichten. Von Frauen in weißen Gewändern, die durch Räume spuken, oder von einem Brand einer Schule, wo Kinder starben, sodass die Seelen dieser Armen für immer gefangen vom Mauerwerk die Gäste des heutigen Hotels in der Nacht mit Gelächter wecken. Ich trotte ihnen nach und höre nur mit einem Ohr hin, während alle andern gespannt lauschen, Fotos knipsen und Fragen stellen. Meine Gedanken sind jedoch bei den Menschen in meinem nun merkwürdigen Leben. Angefangen mit Luciano, der eigenartig ist. Grimmig, reserviert und kühl. Ganz zu schweigen von seiner Brutalität. Und dieser Pestdoktor. Der wohl Geheimnisvollste von allen. New Orleans, der Big-Easy, beheimatet mysteriöse Wesen. Realer als Hexen, Vampire, Geister und Werwölfe.

Ich werde jedoch hellhörig, als der Marshmallow-Man von einer Geschichte erzählt, die wirklich passiert sein soll. Der Axt-Mann. Leider kratzt er diesen Vorfall nur an, während er in eine Nebenstraße einbiegt und von anderen paranormalen Aktivitäten berichtet.

Da ziehe ich mein Handy aus der Tasche, öffne den Internet-Browser und gebe Axt-Mann New Orleans ein. Und tatsächlich schreiben einige Blogs, wie auch Zeitungen über den Axt-Mörder. Das ist keine Gruselgeschichte, keine Legende und auch kein wilder Mythos. Es ist wahr! Realität!

»Du solltest der Gruppe folgen.« Ich erstarre bei der elektronischen Stimme und dem Schnabel, der sich mir in den Blickwinkel schleicht. Er steht direkt hinter mir. Und schon wieder konnte er sich an mich heranschleichen. Erst jetzt spüre ich seine Nähe. Sie ist so intensiv, dass meine Haut zu prickeln beginnt.

»Den Axt-Mörder gab es wirklich.«, hauche ich, um mich selbst von der körperlichen Reaktion abzulenken.

»Ja, und sie haben ihn nie gefunden.« Mir rutscht das Herz in die Hose. »Stell dir vor, du liegst nichtsahnend im Bett, kuschelst dich unter deine rosige Decke und schläfst ein. Würdest du mitbekommen, wenn er deine Wohnung betritt?« Ich schlucke und bin mir nicht sicher. Wenn ich schlafe, weiß ich nicht, ob ich dadurch erwache. Aber die Vorstellung treibt mir die Gänsehaut schmerzhaft auf die Glieder. »Hörst du, wie die Schneide über den Boden kratzt?«

Damit macht er mir augenblicklich klar, dass es mir nicht helfen würde, wenn der Einbruch mich wecken würde. »Er kommt zu dir ins Schlafzimmer. Er kommt dich holen. Er schwingt die Axt, schlägt auf dich ein und das Blut spritzt an Wände, an die Decke und überall klebt deine rote Lebensenergie in deinem süßen Schlafzimmer.«

»Ist es so passiert?«, frage ich und meine Stimme bebt.

»Würdest du dich wehren, wenn eine Axt auf dich zu kommt?«

»Ja?«

»Hättest du eine Chance?« Mein Körper entscheidet für mich, als ich mich leicht nach hinten fallen lasse und mich an ihn lehne. »Nein, wahrscheinlich nicht.« Er bleibt stehen und gibt mir den Schutz, den ich gerade brauche.

»Es sind sehr viele gestorben. Er betrat das Haus und ließ keinen lebend zurück. Nur die Axt, die blieb dort.« O Mist.

»Er hat die Tatwaffe dagelassen?«

»Das und die Toten, das Blut und den intensiven Schmerz.«

Etwas in seiner verzerrten Stimme ist anders und pulsiert mir heiß durch den Körper. Ich verstehe nicht, was gerade mit mir passiert, aber es fühlt sich unpassend gut an. Er fühlt sich gut an.

»Und sie haben ihn nie gefunden?«

»Es gab viele Gerüchte. Der Axt-Mann, wie sie ihn in den Zeitungen nannten, schrieb einen Bekennerbrief und offenbarte sich nicht nur, sondern drohte zudem, auch wieder zu töten. Alle diejenige, die an dem darauffolgenden Dienstag nicht jazzen würden, müssten sterben. So hörte man in fast jedem Haus Jazz und man tanzte.«

»Tötete er jemanden?«

»Nein. Aber die Polizisten dachten, es sei ein Trittbrettfahrer. Man glaubte sogar, dass es die italienische Mafia war, aber es passte nicht.«

»Wieso passte es nicht?« Er beugt sich tiefer zu mir herunter und raunt finsterer als zuvor: »Weil die italienische

Mafia selten Kinder und Frauen tötet.«

»Kinder und Frauen?«, stoße ich entsetzt aus.

»Er hat niemanden lebend zurückgelassen«, wiederholt er und erst jetzt begreife ich, was er damit meinte. Ich schluckte schwer bei dem Gedanken, was man den armen Kindern antat. »Außerdem dachten sie, dass die italienische Mafia zu der Zeit nicht in New Orleans aktiv war.« So viele Informationen. So viele Andeutungen. So wenig, worauf ich mir einen Reim machen kann. Mafia? Hier? Damals? Heute? Aber darum geht es nicht.

»Und sie haben ihn immer noch nicht?«

»Er ist tot«, meint er lapidar.

»Woher willst du das wissen?«

Ein dunkles leises Lachen ertönt dumpf, was mein Herz schneller schlagen lässt.

»Weil das meine Stadt ist.« Seine Stadt. Kann er deswegen die Leute bewegen wie Marionetten?

»Los, Jelly. Sonst gehen sie ohne dich.« Aber ich drehe mich zu ihm um.

»Woher kennst du meinen Namen?« Dabei ahne ich es schon längst. Diese Aura ist unverwechselbar. Selbst an diesem verrückten Ort wird es sie kein zweites Mal geben.

Er neigt den Kopf und meint locker: »Das ist meine Stadt. Ich weiß alles. Und jetzt geh.«

»Ich begeistere mich nicht für eine Geistertour. Ich interessiere mich …« Im letzten Moment kann ich mich noch zurückhalten und auf die Unterlippe beißen. Ich werde ihm nicht mitteilen, dass er mein Interesse geweckt hat. Und warum er sich hinter dieser Maske versteckt.

»Wofür interessierst du dich?«

Auf der Unterlippe kauend, lege ich meine Worte zurecht. »Für die wirklich interessanten Dinge.«

»Die da wären? Du kennst die Stadt nicht. Und die Geschichte von Nola ist wirklich sehr wissenswert. Und du solltest daran glauben.«

Ich drehe mich von ihm weg und suche nach der Gruppe. »Nola? Nennen so die Einheimischen New Orleans?«, frage ich, weil das auch Portia immer sagt. Da spüre ich ihn wieder sehr nah an meinen Rücken, als würde nur die Breite eines Blattes zwischen uns passen.

»Ja, und jetzt geh, Jelly.« Ich habe noch so viele Fragen. Anstatt sie ihm zu stellen, gehorche ich und gehe los, ohne die Gruppe sehen zu können. Doch nach wenigen Schritten kommen sie aus der Seitenstraße heraus und ich höre den Tourleiter wieder reden. »Der nächste Stopp ist natürlich Marie Laveau's House of Voodo.« Ach herrje. Voodoo. Natürlich darf Hexerei zwischen den paranormalen und Fabelwesen nicht fehlen. Wir bleiben an einem kleinen Geschäft an der Ecke Bourbon und St. Anne stehen. Nacheinander gehen wir unter dem handgemalten Schild mit der Aufschrift *Strange Gods, Strange Alters* hindurch und betreten den schwach beleuchteten Shop. Gleichzeitig werde ich aus der Euphorie meiner Zuckerwattewelt gerissen, als würde mir dieses Geschäft jegliche Süßigkeit entziehen. Sie wird wie mit einem Staubsauger aus mir herausgesaugt. In dem engen Zwei-Zimmer-Laden finden wir kaum Platz. Wir werden eingepfercht wie Tiere in der Massenhaltung. Körper pressen sich aneinander und reiben sich an mir. Ungeachtet jeder Distanz drängen sie sich an mich und mir wird ein unsichtbares Seil um die Kehle gebunden, solange ich weiter durch den Raum geschoben werde. Vom Boden bis zur Decke ist dieser winzige Laden zugestellt mit unheimlichen Talismanen, Hühnerfüßen, Ölen, Kräutern, Räucherstäbchen, Schmuck, Alter-Statuen und allen anderen Arten von touristischen Verlockungen und magischen Utensilien.

Ich werde überrollt von allem Schlechten, von Gefühlen, die mir in den Ohren rauschen und mir das Herz gegen den Brustkorb springen lassen.

Mein Inneres überschlägt sich.

Trauer, Wut, Hass, Schmerz und Gewalt. Ich kann es kaum noch greifen, es nicht zügeln.

»Marie Laveau war eine Voodoo-Priesterin«, höre ich. Aber soeben wird mein Inneres nach außen gelegt. Die Monster, die bösen Geister aus der Vergangenheit sind alle hier. Ich spüre sie und es überwältigt mich mit einer Macht, die mich in die Knie zwingt. Alle Bilder schlagen auf einmal auf mich ein. Jede einzelne grausame Erinnerung sticht mir mitten ins Herz. Und jeden einzelnen noch so leichten Schmerz bis zu den Unerträglichen erlebe ich neu, als wäre es das erste Mal. Jegliche Farbe wird aufgesaugt. Die Umgebung erbleicht. Sehe nur schwarze Töne. Und da ist er. Der Tunnel ohne Licht.

»Eine Voodoo-Königin«, wird der Tourleiter von einer Frau unterbrochen, die ich durch das Gedränge und meine verfälschte Wahrnehmung nicht erkennen kann. Stimmen raunen mir in den Ohren. Ich kann nicht unterscheiden, ob sie von den Touristen sind, oder aus meinem Kopf. Sie werden lauter, rufen meinen Namen und die fatale Ruhe kehrt in mir ein, die meine Muskeln anspannt. Ich muss hier raus. Der Tunnel vor meinen Augen verengt sich, zerquetscht mich und bald bin ich nicht mehr an diesem Ort. In wenigen Sekunden ergreifen mich die Monster und ich werde sterben. Eilig und gewaltsam schiebe ich mich an den Touristen vorbei nach draußen. Ich lasse den Qualm der Räucherstäbchen, die dicke Luft und den Schmerz zurück und atme als Erstes die frische Luft tief ein.

Mehrmals. Heftig. Tief.

Ich schließe die Augen und besinne mich.

Es sind nur Geister. Echte Geister. Kein Voodoo-Nola-Mist. Echter Schmerz, den sie mir zufügten und der mich weiter heimsuchte. Mit geballten Fäusten lasse ich mich gegen die Hauswand fallen. Ich benötige meine ganze Kraft, um die Finger zu lösen und in meiner Tasche nach der Tüte Gelee-Mandeln zu suchen. Nur spüre ich an den Fingern nichts weiter als die Konfetti-Glitzer-Mischung. Ich seufze schwer und lausche meiner rhythmischen Atmung und dem rasanten Puls.

»Voodoo ist also nichts für dich.« Ich öffne die Augen und schaue zu der verzerrten dumpfen Stimmquelle. Gleich neben mir lehnt der Pestdoktor ebenfalls an der Hauswand und lässt ein silbernes Sturmfeuerzeug in seiner Hand auffliegen.

Ich beobachte die Flamme, wie sie tanzt und ausgeht. Gebannt schaue ich auf seine Finger mit den Lederhandschuhen.

»Fürchtest du dich vor dem, was du gesehen hast?«, will er wissen und ich schaue hoch zu der Schnabelmaske, die sich zur Hälfte unter dem Hut versteckt. »Das ist es nicht«, hauche ich und blicke wieder zu dem Feuerzeug.

»Was dann?« Als könne die Flamme zu meinem Seelenheil führen, löse ich mich nicht von dem Spiel. Bis er das Feuerzeug zu klickt und nicht wieder öffnet. Erst da schaue ich wieder zu ihm auf und er hebt sein Kinn, sodass ich die gesamte Schnabelfratze sehe, die schief auf mich herabsieht.

Mein Puls hat sich längst nicht beruhigt. Mein Verstand ist nach wie vor vom grauen Schleier benebelt. Und mein Blick hält ihn fest. Trotzdem erkläre ich, wenn auch knapp: »Der Laden ist sehr eng und ich mag es nicht, berührt zu werden.« Er schiebt das Feuerzeug in seine Hosentasche, stößt sich von der Wand ab und stellt sich aufgerichtet neben mich.

»Du magst es nicht, berührt zu werden?« Ich weiß, worauf er damit anspielt. Und auch das ist ein Problem für mich. Aber das erkläre ich ihm nicht. Stattdessen nutze ich meine Chance unüberlegt und denke nicht nach, als ich von der Wand wegtrete und mich ihm gegenüberstelle.

»Nein.« Ich hebe die Hände. »Ich berühre lieber selbst, als angefasst zu werden.« Und gleite mit den Fingerspitzen den Schnabel hinauf. Er ist aus festem und trotzdem weichem Leder. Er hält still, während ich über die Nieten streiche, zu seiner Wange. Ich erkunde langsam die Maske, bis sie an seinem Kinn endet.

Doch ich lasse nicht von ihm ab, gleite über den schwarzen Stoff an seinem Hals, bis ich den Kragen des Hemdes spüre. Von meinen Fingerkuppen kribbeln elektrische Impulse warm durch meinen Arm und verteilen sich in meinem gesamten Körper.

Nie zuvor habe ich so etwas gespürt.

Ungeachtet meines Nähe-Distanz-Problems lege ich die Hände an seine Schlüsselbeine und gleite herunter zu seiner Brust. Trotz der Kleidung spüre ich das harte Zucken seiner Muskeln. Hart wie warm empfängt er mich, dass mir der Brustkorb zuschnürt. Doch zum ersten Mal auf eine schöne Weise.

»Jelly«, raunt er dunkel. Ich weiß nicht, ob es eine Mahnung ist oder ein Zuspruch. Ich schaue zu ihm hoch und kann dennoch keine Reaktion erkennen. Nur die schwarze Schnabelmaske, die mir Angst machen sollte und mich doch nur magnetisch anzieht.

»Jelly«, wiederholt er noch kehliger, als meine Hände über seinen Körper wandern. Meine Zunge, Stimme und mein Mund können nicht ein Wort bilden. Mein Verstand findet nicht eine Frage oder gar eine Erwiderung. Alles ist verschwommen, bis auf den Pestdoktor. Mit den Händen an seinem Körper halte ich inne und beiße mir auf die Unterlippe.

»Sieh mich nicht so an.« Wenn ich auch nur ein Wort herausbekommen würde. »Falls du nicht aufhörst, werde ich dich wie ein Neandertaler über die Schulter werfen und dich in der nächsten Gasse um den Verstand ficken.«

Jedes einzelne Wort bricht über mich ein, wie harte Glasbonbons, die von Himmel regnen. Ruckartig ziehe ich die Hände zurück und mir wird klar, was ich da getan habe. Ich habe ihn angefasst. Ich hab ihn angemacht. Ich habe den Verstand verloren!

Ohne auch nur eine weitere Minute zu zögern, renne ich los. So schnell ich kann, ohne mich umzusehen, ohne zurückzuschauen, laufe ich die Straßen hinunter. Keine

Ahnung, ob er mir folgt oder ob er nur denkt, ich sei eine Verrückte. Aber ich laufe, ohne zu stoppen, an allen vorbei, dränge mich zwischen Gruppen und halte erst an, als ich am anderen Ende der Straße an meiner Bar ankomme. Meine Hände zittern, während ich die Tür aufschließe. Rastlos schmeiße ich die Tür hinter mir zu, schließe ab und renne weiter. Ich stürme durch den Laden, spring die Treppen hinauf und schließe genauso übereilt die Wohnungstür auf. Auch die schlage ich zu und schließe sie unmittelbar ab. Erst als sie fest verschlossen ist, erstarre ich mit der Stirn gegen die Tür und mir schlägt der stoßartige Atem ins Gesicht.

Was ist da gerade passiert?

O Mist.

Oder habe ich mir das nur alles eingebildet? Existiert wirklich ein Pestdoktor in New Orleans? Spielt mir meine Zuckerwattewelt einen Streich?

Ich würde doch niemals irgendeinen Kerl so anfassen. Nicht nach allem, was passiert ist. Niemals würde ich eine so intensive Wärme spüren. Nicht bei einem Mann. Nicht bei jemandem, der mir Angst machen möchte, in dem er eine Maske trägt. Nein. Ich muss mir das einbilden. Den Motorradfahrer, den Pestdoktor und vielleicht Luciano selbst. Ich war inmitten meiner Welt und sie waren da, pechschwarz und voller Gefahr. Ich habe sie mir nur eingebildet.

Ich habe ihn mir nur herbei fantasiert!

ACHT

Luciano

Die intensiven Berührungen ihrer Finger sind weiterhin mit meinem Körper verschmolzen, obwohl ich sie kaum durch das Leder wahrgenommen habe. Ihre winzigen Hände lagen mir heiß auf der Brust und die Art, wie sie mich ansah, bewegte für einen Moment meine Welt. Mittlerweile liege ich im Bett, starre die Decke an und sehe im Geiste, wie sie davonläuft. Seitdem habe ich eine verfluchte Erektion.

Aber ich habe mich nicht geirrt. Es wird nicht problemlos werden, sie spontan zu ficken.

Erst dachte ich, sie hätte gelogen und ihr machen Berührungen nichts aus. Denn sie lehnte sich an mich und ließ meine Nähe zu. So wie sie aus Laveau's Voodoo-Haus herausgestürmt ist, und wie ihr die Panik ins Gesicht geschrieben stand, ist es wahr. Sie mag keinerlei Körperkontakt.

Mit beiden Händen fahre ich mir durchs Haar, raufe es kratzend und greife zu etwas, was ich unter anderen Umständen verachte. Ich öffne die oberste Schublade meiner Bettkonsole und hole das orangefarbene Döschen heraus. Bevor ich eine Tablette einwerfe, überprüfe ich das Haltbarkeitsdatum. Denn es ist eine halbe Ewigkeit her, dass ich das letzte Mal darauf zurückgreifen musste.

Für einen kurzen, aber intensiven Augenblick huscht mir Serafina durch den Sinn. Ich schiebe den Gedanken weg. Das kann ich jetzt nicht zusätzlich ertragen und schaue auf das Etikett. Zum Glück sind sie haltbar. Wenn nicht, wäre es mir in dieser Lage egal. Ich entnehme gleich zwei auf einmal, lege sie mir auf die Zunge und mit dem Wasser aus der Flasche neben mir spüle ich die Pillen herunter und versuche, endlich zu schlafen. Morgen ist auch noch ein Tag, um das Rätsel der nervigen und furchtbar anziehenden Jelly zu lösen, und weshalb ich so intensiv auf sie reagiere. Während ich auf die Wirkung warte, lasse ich mich auf das Kissen fallen und schließe die Augen.

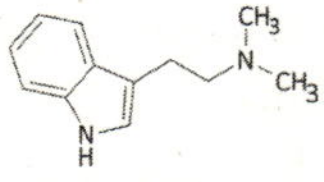

Bei offener Ladentür beobachte ich sie, wie sie die Regale mit ihren Süßwaren befüllt. Schon wieder trägt sie ein pinkfarbiges Outfit. Und abermals eine so enge kurze

Hose, in der sie mir ihre langen Beine präsentiert. Das langarmige Shirt liegt eng an ihr wie eine zweite Haut und betont ihre handvollen, runden Brüste. Sie könnte nicht nackter sein, um denselben Reiz in mir auszulösen.

Abgesehen von dem kleinen Flummi ist niemand sonst hier und ich werde von ihr in die Bar gezogen. Der süße Duft liegt schwer im Raum und die bunten Süßigkeiten überreizen mich schon am Morgen.

Sie bemerkt mich, schaut auf und lächelt mich so ekelhaft süß an, dass ich mich knurrend auf einen Stuhl setze.

Wie kann man nur so früh am Morgen so abgefuckt heiter sein? Und warum schießt mir diese unbeschwerte, fröhliche Ausstrahlung direkt in den Schwanz?

»Soll ich dich mit etwas Süßem aufheitern?«, fragt sie und schwenkt eine dieser blauen Lakritz-Schnüre hoch in der Luft. Sie verwechselt mich mit einem Zehnjährigen. Sie kommt zu mir herüber und hält mir dieses widerliche Zeug hin.

»Wenn du mir den Tag versüßen willst, schmeiß den Scheiß weg und geh auf die Knie«, knurre ich genervt.

Sie legt die blaufarbene Süßigkeit auf den Tisch und überrascht mich, indem sie sich genau zwischen meinen Beinen hinkniet.

»So?«, fragt sie mich und ihre großen hellblauen Augen schauen zu mir auf. Mit dieser Reaktion und diesem unschuldigen Blick überrumpelt sie mich. Zu meiner Verblüffung streckt sie die Arme aus und öffnet mir mit den Fingerspitzen die Hose.

Hier stimmt etwas nicht.

Jelly ist keine Schlampe. Keine Frau, die sich leichtfertig hergibt. Und sie ist mir auch niemals so ergeben.

»Was tust du da?«, frage ich wohl wissend, was sie vorhat, aber sie weckt dennoch mein Misstrauen.

»Dir den Tag versüßen, so wie du es wolltest.« Sie zieht langsam den Reißverschluss auf und hält inne. Geradezu schüchtern blinzelt sie zu mir auf und fragt viel zu süß: »Das meintest du doch, oder?«

Scheiße, ja!

Stattdessen hebe ich zur Antwort eine einzelne Augenbraue. Als sie jedoch die Finger zurückzieht, halte ich sie mit einem Griff um ihre Handgelenke auf und lege ihre Fingerspitzen wieder zurück an meinen Schritt. Ihr Lächeln wird breiter und mich fuckt das ab. Aber mein Schwanz war schon hart, bevor sie sich hingekniet hat.

Sie befreit meine Erektion vom Stoff und ihre Lippen öffnen sich.

Wie in Zeitlupe senkt sie ein wenig den Kopf, hält meinen Blick gefangen und ihre Zunge gleitet langsam zu meinem Schwanz. Nur mit der Zungenspitze berührt sie mich sachte und nimmt den Lusttropfen in sich auf.

Verdammt.

Dieser Blick, diese Unschuld, während sie meinen Schwanz zwischen ihren Fingern hält, bringen mich um den Verstand. Ihr Berührung gleicht einem Windhauch und dennoch reizt sie mich intensiv.

Mein Schwanz zuckt in ihrer Hand, aber sie lässt sich Zeit. Sanft und kaum spürbar streicht ihre Zungenspitze über die Schwanzkrone und löst damit eine gewaltige Hitze in mir aus.

Sie beugt sich vor und ich halte die Luft an.

Mit der Zunge fährt sie die gesamte Länge an der Unterseite nach und ich atme klangvoll aus. Sie wiederholt es und ich werde knurrend immer härter.

Ich lasse sie nicht aus den Augen und ihr Blick verbindet sich mit meinem.

Ihre Zunge schnellt vor, neckt die Spitze und dann saugt sie meinen Schwanz langsam in ihren warmen, feuchten Mund.

Verdammt, sie ist so verrückt, wundervoll.

Mein ganzer Körper spannt sich an und ich erschaudere.

Gefühlte Jahre sind vergangen seit dem Augenblick, an dem ich ihr das erste Mal begegnet bin zu diesem jetzigen überwältigenden Moment, in dem mein Schwanz zwischen ihren vollen rosa Lippen verschwindet.

Eine verdammte Ewigkeit, in der ich mir sonst direkt nehme, was ich will. Weshalb ich jetzt kaum an mich halten kann. Ich streiche ihr die blonden Strähnen von der Wange nach hinten und fixiere das restliche Haar in der Faust. Während sie langsam an meinem Schwanz saugt, erbebe ich unter diesem Gefühl und beiße die Zähne zusammen, bevor ich die Kontrolle verliere.

Ich gewähre ihr den bedächtigen Rhythmus und genieße, wie ihre Lippen fest über den Schaft streifen, jedes Mal, wenn sie meinen Schwanz tief in ihren Mund saugt. Ich lehne mich zurück, ohne den Blickkontakt abzubrechen, während sie nahezu genüsslich lutscht, als wäre mein Schwanz ein verdammtes Bonbon. Doch die Hitze verstärkt sich mit jedem Mal, wenn sie den Kopf hebt, mein

Blick sich in ihren verliert und ihre Zungenspitze mich um den Verstand bringt.

Das elektrisierende Gefühl an der Wirbelsäule vertieft sich immer dann, wenn sie wieder ihren Kopf senkt, meinen Schwanz tief ihre Kehle trifft und ihr Atem meine Haut streift.

Mit der Faust locker in ihrem Haar, lasse ich das zu. Für eine quälend lange Zeitspanne, wo sich mein Körper in ein Inferno verwandelt, dulde ich ihre abartig süße Hingabe.

Bis ihre Zähne absichtlich über meine empfindliche Haut streifen und sie mir damit die Selbstbeherrschung zerschmettert.

Augenblicklich wird mein Griff in ihrem Haar fester. Halte sie so bei mir und dringe mit einem heftigen Stoß vor bis tief in ihre Kehle.

Ich führe sie mit der Faust in ihrem Haar schneller und tiefer zu meinem Schwanz und hebe zeitgleich das Becken an. Ich ficke ihren verdammt abartig süßen Mund, der mir mit jedem weiteren Stoß den Verstand raubt. Die hellblauen, nun fast weißen Augen schauen ergeben zu mir auf und Tränen der Anspannung füllen sich darin.

Was für ein Anblick.

Stöhnend, knurrend und tief kehlig brummend, stoße ich mich in sie. Das Klingeln meines Handys ertönt und ich höre nicht darauf.

»Luciano!«

Lautstarkes Klopfen ertönt direkt neben uns und mir ist es scheißegal. Denn ich fahre geradewegs in die Hölle, weil ich den Zuckermund gnadenlos ficke und ihre Kehle sich mit jedem Stoß würgend zusammenzieht.

»Luciano!«

Die Hitze verbrennt, sammelt sich gefährlich in meinen Lenden und ich versenke mich härter in ihrem Mund. Mit beiden Händen halte ich ihren Kopf bei mir und kenne keine Kontrolle mehr. Ich ficke sie hart, tief und ohne Rücksicht.

Ich habe nie etwas Geileres an meinem Schwanz gespürt.

Plötzlich halte ich nicht mehr den blonden Schopf in der Hand, sondern braunes kurzes Haar.

»Luciano!«

Ihr Blick, diese hypnotisierenden Iriden verwandeln sich und ich lasse abrupt los, als auf einmal Fabio zwischen meinen Beinen kniet.

»Luciano!«

Ich springe auf und auf einmal ist alles weg. Jelly, die Bar und meine offene Hose. Nur Fabios Gebrüll ist geblieben, das Klopfen gleich neben mir, das Klingeln meines Handys und mein harter Schwanz.

Ich sitze kerzengerade im Bett. Ich bin nicht in der Süßigkeitenbar, sondern in meinem scheiß Schlafzimmer.

»Luciano, dein Handy klingelt!« Ich reibe mir die Augen. Es war nur ein Traum, nicht real. Und es fühlte sich verdammt echt an. Ich spüre ihre Lippen noch immer an meinem Schwanz.

Verdammt.

Ich schüttle den Kopf und greife zum Handy, welches nicht nur erbarmungslos läutet, sondern auch auf dem Holz laut vibriert.

»Luciano!«, nervt mich mein Bruder weiter. Ich hätte ihn wirklich ins Maul ficken sollen. Mit meinem Schwanz im Mund würde er nicht herumschreien können.

Ich bin noch immer nicht ganz bei mir, als ich auf den Bildschirm schaue. Madre. Nein, noch unpassender geht es nicht. Zum Glück hört das Klingeln in dem Moment auf. Sie kann bis morgen warten. Ich lasse mich ins Kissen zurückfallen und spüre sogleich den schmerzhaften Druck im Schwanz und noch heftiger in den Eiern. Ich habe die Erektion meines Lebens. Das Handy ist stumm, Fabio ist still und mein Kopf bekommt den sich wirklich echt anfühlenden Traum nicht verarbeitet. Ich reibe durch den Stoff über meiner harten Erektion.

Wut peitscht durch mich hindurch.

So eine verdammte Scheiße!

Ich springe aus dem Bett, reiße die Tür auf und am Geländer stehend brülle ich: »Laurie!«

Meine Stimme schallt durch das ganze Haus. Was mich nicht aufhält.

»Laurie!«, brülle ich, so laut ich kann, weil mein Schwanz davon abhängt. Es dauert einen nervig langen Moment und drei weitere Rufe nach ihr, bis sich eine Etage tiefer die Tür öffnet. Schlaftrunken, aber voller Neugier nähert sie sich dem Geländer und schaut zu mir hoch.

»Komm sofort hoch und blas mir einen!«

Nur in Unterwäsche blinzelt sie zu mir hoch.

»JETZT!«

Einmal kurz zuckt sie mit den Schultern, bevor sie sich in Gang setzt. Bin ich etwa im ganzen Hause der Einzige, der hellwach und bis auf die Knochen geil ist? Sie schleppt sich am Geländer den Flur entlang und neben mir öffnet sich ruckartig Fabios Tür. Sein dämliches Gesicht schaut mich tadelnd an.

»Dein Ernst, Luciano? Sie ist mit Reese zusammen.« Er tut so, als hätte er sie nicht vor einigen Tagen selbst gefickt. Ich schaue lediglich genervt zur Treppe und warte ungeduldig, mit Eiern, die kurz davor sind zu platzen, auf Laurie.

»Du würdest deine eigene Schwester ficken«, brummt er mich von der Seite an.

Meinen Bruder hätte ich ja beinahe auch im Traum gefickt. Bevor ich ihm das verdeutlichen kann, klingelt es aus seinem Zimmer.

»Fabio!«, brülle ich lauter, als er es gewohnt ist und reißt erschrocken die Augen auf. »Dein Handy!« Sein böser Blick gleitet haarscharf an mir vorbei, bevor er die Tür hinter sich zuschlägt und scheinbar den Anruf – höchstwahrscheinlich von Mutter – entgegennimmt.

Laurie schleift ihren müden Körper die letzten Stufen hoch und ihr Gang auf mich zu ähnelt einem Zombie. Allmählich verliere ich die Geduld. Kaum steht sie vor mir, packe ich sie und zieh sie in mein Zimmer. Ohne Zeit zu verschwenden, knalle ich mit einer Hand die Tür zu und presse sie mit der anderen dagegen. An den Schultern drücke ich sie umgehend auf die Knie und schiebe die Shorts ein Stück herunter.

»Lucifer …« Ich stoppe ihre Worte, indem ich meinen Schwanz tief in ihrem Mund versenke. Sogleich würgt sie.

Mit beiden Händen an ihrem Kopf dränge ich mich rhythmisch in sie. Ihre Lippen sind trocken, wie ihr Mund. Ihre Zunge kratzt wie Schmirgelpapier über meinen

Schwanz, sodass ich mich aus ihr herausziehe. An ihrem Haar kippe ich ihr den Kopf in den Nacken.

»Mund auf!«, blaffe ich befehlend und sie gehorcht. Leicht herunterbeugend spucke ich ihr in den Mund und schiebe sie mit den Lippen voran wieder zu meinem Schwanz.

Sie kneift ihre Augen angespannt zusammen, aber ihre Kehle ist gelockert, sodass ich mich verdammt tief in ihr versenke. Die Hitze kratzt mir das Rückgrat herunter und unvermittelt vermischen sich Traum und Realität. In Sekunden kniet nicht die Brünette vor mir, sondern hellblaue Augen schauen ergeben zu mir auf. Ich halte platinblondes Haar in der Faust und es sind Jellys Fingernägel, die sich in meine Oberschenkel bohren.

Verdammt ist das geil.

»Lutsch, verdammt!«, brülle ich kehlig und sie presst die Zunge an meinen Schwanz und saugt.

Sie saugt, während ich gewaltsamer ihren Mund ficke. Und ich schmecke die Süßigkeit auf der Zunge. Die Hitze sammelt sich in den Lenden und ich stoße tiefer, sodass sie aus dem Würgen kaum herauskommt und meine Schwanzspitze zerquetscht. Heiß legt sich ihr Speichel um meine Länge und ich glaube, zu zerbrechen. Ihre Augen. Ihre Lippen. Ihr verdammt süßer Mund.

Bevor ich explodiere, ziehe ich mich zurück, stoße sie von mir, sodass sie auf alle viere fällt und mit dem Kopf in den Nacken und zusammengekniffenen Augen, spritze ich ab.

Ich platze heftig, brutal und wie nie zuvor.

»Jelly«, stöhne ich ungehalten und glaube, von innen von ihr zerrissen zu werden. Ich sterbe, mit ihrem hellblauen, hypnotisierenden Blick vor Augen. Ich reibe über meinen Schwanz und die letzten Tropfen pressen sich aus mir heraus. Sogleich tritt eine Tiefenentspannung ein, wie ich sie noch nie erlebt habe. Ich kann mich kaum auf den Beinen halten. An der Tür stütze ich mich ab.

Langsam öffne ich die Augen und schaue hinab. Dort auf allen vieren kniet die brünette Laurie. Es war nie Jelly. Selten war ich so beschissen enttäuscht wie jetzt.

Überall klebt mein Saft. In ihrem Haar, auf dem nackten Rücken und an ihrem BH-Verschluss. Ich ziehe mir die Shorts hoch und sie dreht ihren Kopf zu mir. Mit Tränen unterlaufenden Augen sieht sie mich an und fragt mit trockener Stimme, aber laut und deutlich: »Wer ist Jelly?«

Verdammt.

Ich habe ihren Namen gestöhnt. Ihren Scheiß Süßigkeitennamen!

Laurie bekommt darauf keine Antwort. Der Schlampe geht das einen Scheiß an.

Stattdessen ziehe ich sie am Oberarm in den Stand, öffne die Tür und schiebe sie aus meinem Zimmer. Zeitgleich sehe ich Fabio mit verschränkten Armen am Geländer stehen. Höhnisch lächelnd fragt er: »Ja, Luciano, wer ist Jelly?« Ich hasse ihn. Ohne ihm zu antworten, schlage ich die Tür zu und werfe mich aufs Bett. Das habe ich toll hinbekommen. Entspannt schließe ich die Augen, lege den Arm auf die Stirn und meine Gedanken wandern automatisch zu dem pinkfarbenen Flummi.

Wie sie mich ansieht.

Wie sie sich auf die Unterlippe beißt.

Wie sie so widerwärtig süß lächelt.

Sie ist mein zuckersüßer Untergang.

Unangekündigt geht die Tür auf. Ich muss nicht aufschauen, um zu wissen, dass Fabio ins Zimmer kommt und die Tür leise hinter sich schließt. Seine eindringlichen, typischen Schritte stoppen in der Mitte des Raumes. Er muss am Bettende stehen und auf mich herabsehen, wie er es gerne tut.

»Jelly ist doch die Kleine aus Nevios Bar.« Er lässt es nicht nach einer Frage klingen.

»Es ist jetzt eine abscheuliche Bar. Eine abartige, geisteskranke Süßigkeitenbar«, erwidere ich, ohne ihm wirklich zu antworten. Er stellte auch keine wirkliche Frage.

Eine Minute der Stille vergeht. Dann haut er das Unvermeidliche heraus:

»Wieso datest du sie nicht, anstatt banal herum zu ficken?« Sie zu ficken wäre mir deutlich lieber, aber ich verstehe nicht, warum ausgerechnet er so einen verbalen Dünnschiss auf mein Bett kotzt.

Auf den Unterarmen richte ich mich auf und frage ungehalten: »Seit wann erwartest du von mir, dahergelaufene Weiber zu daten? Oder anders gefragt: seit wann interessiert dich mein Schwanz?« Er schnaubt auf und wischt gestikulierend mit einer Hand meine Fragen beiseite.

»Verleugne nicht, wie sehr sie es dir angetan hat.« Habe ich nicht vor, aber ich bin mir sicher, die Besessenheit legt sich nach einem guten, wenn auch ausgedehnten Fick. »Aber was interessiert dich das?«, will ich es nun wissen. »Du strebst doch etwas ganz anderes an. Du beabsichtigst nicht, mich zu verkuppeln oder mir einen guten Fick zu gönnen. Was bezweckst du?« Er streicht sich das volle, dunkle Haar zurück. In der Ecke steht ein breiter Ledersessel, den er anpeilt und hinübergeht, um sich dann schwermütig fallen zu lassen. Gespannt warte ich auf seine Offenbarung.

Da er sich so weit entfernt und sich Zeit lässt, muss es ihm ernst sein.

»Wenn du dich auf die Neue fixierst, lässt du vielleicht die Finger von Portia.« Es geht um die nervige Schlampe Portia? Meinen entgeisterter Blick entgegnet er, indem er sich im Sessel aufrichtet, auf die Oberschenkel beugt und erbost meint: »Wenn du deine Aufmerksamkeit nicht nur auf die Geschäfte und deinen harten Schwanz lenken würdest, wäre dir aufgefallen, wie lange ich sie schon für mich beanspruche.« Wollte ich sie etwa? Ganz sicher nicht. Sie war ein Loch. Ende. Außerdem ödet sie mich an. Genauso wie dieses Gespräch mich langweilt. Und eben weil das so ist, lass' ich mich ins Kissen zurückfallen und wedele mit geschlossenen Augen mit der Hand, während ich ihm eröffne: »Du kannst die Schlampe haben!«

Als seine Füße über den Boden stampfen, schaue ich auf. Am Bettende bleibt er stehen und knurrt zwischen zusammengebissenen Zähnen: »Oh, danke, Lucifer, dass du sie mir überlässt.« Jede Silbe vor bösem Sarkasmus trieft.

Er trampelt zur Tür, reißt sie auf und mir fällt etwas anderes ein.

»Ey, warte. Ficken nur mit Date, richtig?«

Abrupt bleibt er stehen und starrt mich schweigend an.

»Wie gehe ich das dann mit dem Date an?«

»Fick dich!« Er wendet sich ab und knurrt betonend: »Bruder.«

Was ist denn in ihn gefahren? Er kann die Schlampe

doch haben. Er soll sie sogar ficken. Damit ich eben meine Ruhe vor ihr habe. Was ist sein Problem?

Soll einer mal diesen Mann verstehen. So kompliziert wie die Tussis, die sich hier wie Groupies einquartiert haben. Fabio nennt das Schutz. Ich nenne es nervige Weiber, deren einziger Vorteil der verfügbare Sex ist. Ich schließe die Augen und sofort erscheint mir ihr Gesicht wie ein ungebetener Geist. Sie schwebt über mir und reizt mich erneut mit ihrer zuckerartigen Abscheulichkeit.

Ich darf sie nicht daten.

Nur ficken.

NEUN

Luciano

Stunden später nagt die vergangene Zeit an mir. Ich ziehe mir den Fedora weiter ins Gesicht, streife mit dem Zeigefinger über die Krempe und schließe hinter mir die Schlafzimmertür. Ich klemme den Stock unter den Arm und steige die Treppe hinab. Mit der Zeit im Nacken beeile ich mich. Da bemerke ich Fabio, der im Innenhof auf mich wartet und einen Löwen im Käfig imitiert. Im Kreis tigert er um einen Beistelltisch herum.

»Nervös?«, frage ich knapp und steige die letzten Stufen hinunter. Er stoppt seinen aufgewühlten Gang, sowie ich mich ihm nähere.

»Wir müssen reden.«

»Nicht über Jelly«, bestimme ich umgehend. Er nimmt

den grauen Trilby vom Kopf, streicht sich über das dunkle gewellte Haar bis zum Zopfgummi und sieht mich schief an.

»Madre hat heute Morgen angerufen.« Da Mutter mich zuerst anrief, war mir das klar.

»Und sie wollte in aller früh was genau?«

Mit einer schwungvollen Bewegung zieht er den Hut wieder auf und nickt zu der Ledergarnitur mitten im überdachten Innenhof. »Wir haben keine Zeit.« Hat er nicht auf die Uhr geschaut? Wir kommen zu spät zum Meeting.

»Wir müssen das klären, bevor wir zu dem Treffen gehen.« Die Dringlichkeit in seiner Stimme zwingt mich dazu, den niedrigen Kirschbaumtisch anzusteuern und mich auf einen der zwei Ledersessel hinzusetzen, während er mir gegenüber auf der Kante des schwarzen Ledersofas Platz nimmt. Die Unterarme lehnt er vorgebeugt auf die Knie und schaut mich eindringlich an.

»Na, sprich schon!«, fordere ich ihn auf.

»Sie hat heute Morgen durch das Küchenfenster beobachtet, wie jemand gewissermaßen vor ihrer Haustür mit Drogen gedealt hat.«

»In ihrem Viertel?« Diese Frage ist berechtigt. Madre wohnt im Garden District östlich des French Quarters. Das Stadtviertel zwischen der Magazine Street und der St. Charles Avenue ist geprägt von prachtvollen Villen im Antebellum-Stil. In den Gärten blühen Magnolienbäume, Kamelien oder Jasmin. *Endstation Sehnsucht* kommt da jedem in den Sinn. »Ja. In ihrem Viertel. Sie war selbst schockiert.« Es ist nicht untypisch. Aber auf der Straße hingegen schon. »Und sie hat es aus dem Fenster beobachten können?« Schließlich ist das Anwesen weitläufig. »Auch, dass es ein Drogendeal war?«

»Sie konnte nicht erkennen, was genau. Aber sie ist sich sicher, dass gedealt wurde. Die Körpersprache und die Gestiken.« Sofort beruhige ich mich wieder und lehne mich wortlos zurück. Manchmal ist Mutter paranoid. Vor allem seit dem neuen Gesetz.

»Nein, Luciano, du brauchst dich nicht zu entspannen. Ich habe es auch nicht ernst genommen. Aber, während du dir nach deinem Morgenfick einen runtergeholt hast -« Habe ich nicht, aber ich habe an den Flummi gedacht. »- habe ich eben mit Festus gesprochen.«

»Und der Polizeichef konnte in der kurzen Zeit alles bestätigen? Na, dann frage ich mich, was dein Problem ist.«

»Mein Problem ist, dass Festus mich anrief, weil ein Junge gestorben ist.« Automatisch spanne ich mich wieder an und richte mich auf. »Du willst mir weiß machen, dass der Junge, der im Garden District Drogen gekauft hat, noch am selben Tag verstorben ist«, fasse ich zusammen, obwohl mir die Worte fehlen. Gleichzeitig bahnt sich der Hass wutentbrannt durch meine Venen.

»Ja, Luciano, der Hastings-Junge ist heute gestorben.«

»Charlie?« Fabio nickt zustimmend und eine immense Kälte jagt mir den Rücke hinab.

»Er ist doch erst... wie alt? Sechzehn?« Erneut stimmt Fabio mir schweigsam zu. »Und es waren die Drogen?« Nun zuckt er mit den Schultern und meint:

»Der erste Bericht lässt darauf schließen. Aber Genaueres erfahren wir sicher gleich beim Treffen.«

Das spielt der Bürgermeisterin in die Hände. Ich nehme

mir den Hut vom Kopf und versuche, den Ärger loszuwerden, indem ich mir durchs Gesicht streiche. Hilft leider nicht.

»Und das erzählst du mir erst jetzt?« Ich muss an unseren Gast denken, der auf die gerechte Folter wartet. »Du warst aufs Neue mit dir selbst beschäftigt! Und außerdem wissen wir inzwischen, wer es war. Wir können gegen Cyrus vorgehen.«

»Es wurde nicht bestätigt, Fabio. Ein kleiner Dealer allein reicht nicht, um handeln zu können, das weißt du genau!« Ich hätte in den vergangenen Stunden die fehlenden Antworten aus dem fetten Spinner herausprügeln können. Habe ich nicht. Meine Gedanken, mein Schwanz und meine gesamte Aufmerksamkeit waren bei Jelly. Ich setze den schwarze Fedora wieder auf.

»Wir sollten die anderen nicht warten lassen.« Ich möchte aufbrechen und mich nicht in Selbsthass suhlen. Weshalb ich aufstehe.

»Was sollen wir den anderen sagen?« Ich wünschte, ich könnte Fabio eine Antwort darauf geben. Da ich keine habe, schweige ich.

»Es ist der zweite Tote, Luciano«, meint mein Bruder, als würde ich das jemals vergessen.

Gemeinsam verlassen wir das Haus. Schweigend gehen wir die Straße hinab. Ich bin im Geiste bei Charlie. Er hatte sein ganzes Leben vor sich.

»Habe ich einen Fehler gemacht?«, spreche ich meinen Gedanken laut aus.

»Weil du in die Bourbon Street abgebogen bist, obwohl es ein Umweg ist?« Ich bleibe abrupt stehen und schaue mich um. »Das habe ich nicht gemeint.« Dennoch ist es merkwürdig hier lang zu gehen.

»Wolltest du noch nach Jelly schauen? Weil sie heute ihren Laden eröffnet?« Nein. Mein Körper anderseits schon. Aber allein ihren Namen zu hören, löst ein unerwartetes Gefühl in mir aus. So fremd und abartig, dass Charlie in den Hintergrund gedrängt wird.

»Mich interessiert sie nicht«, belüge ich mich selbst.

»Doch das tut sie.« Er nimmt den Schritt wieder auf und ich folge ihm. Vereinzelte Kinder und Erwachsene kommen uns entgegen. Im Normalfall würde es mir kaum auffallen. Sie sind wie die Schatten dieser Stadt. Bewohner, wie die Geister, die ihr Unwesen treiben. Sie fallen mir jedoch verstärkt auf, weil sie Süßigkeiten in klaren Tütchen in den Händen halten und sich an bunten Bonbons, Schnüren und anderem Zuckerzeug erfreuen. Was Fabio auch auffällt.

»Das Jelly´s ist eröffnet. Das ist kaum zu übersehen.«

Uns begegnen weitere Personen - allesamt mit Süßware in den Händen, bis ich das pink leuchtende Schild über dem Eingang erkenne. Es wurde anscheinend heute Morgen angebracht und lockt alle in ihre Zuckerkrankheit.

»Wir haben ja noch nicht genügend Probleme.«

»Du denkst, sie wird uns Probleme machen?«, wundert sich Fabio.

»Alle Einwohner werden an Diabetes erkranken.« Fabio lacht über meine Bemerkung, aber so lustig finde ich das nicht.

»Dann sollten wir zukünftig Insulin an den Straßenecken

verticken anstatt Koks«, macht er sich über mich lustig und stupst mich an.

»Was meinst du, Bruder? Müssen wir uns umstrukturieren und schon mal einen Insulinvorrat anlegen?« Er ist ein Idiot. Ein besser gelaunter Idiot. Aber ein verblödeter, gefühlsbetonter Dummkopf, dessen Emotionen wie ein Fähnchen im Wind schwanken. Ich ziehe die runde, vergoldete Uhr aus der Westentasche, klappe sie auf und stelle fest, dass ich um vier Uhr nachmittags bereits Wut, Trauer, Freude und die kleinen irrationalen Ausbrüche dazwischen von ihm miterlebt habe. Man könnte ihm ohne Zweifel eine bipolare Störung andichten. Oder zumindest eine andere emotional gestörte Erkrankung. Insofern überstudierte Psychologen endlich wahrnehmen würden, dass er von null auf Wahnsinn nur wenige Sekunden benötigt.

Er beugt sich aufdringlich zu mir herüber, was mich genauso nervt wie seine wechselnde Gemütslage und sein Geschwafel über nicht nennenswerte Frauen.

»Wir sind spät dran«, stellt er nach einem Blick auf das Ziffernblatt fest. Ich klappe die Uhr zu, schiebe sie wieder zurück und richte die Kette, damit sie locker über der Weste liegt. Wir kommen an dem kleinen, bunten und viel zu fröhlichen Laden an, wo sich eine Schlange gebildet hat. Obwohl wir fast eine Stunde zu spät zum Treffen erscheinen werden, bleibe ich stehen.

Ich schaue unauffällig durch das Fenster hinein und erblicke sie. Pink. Schon wieder ist sie ganz in Pink gekleidet. Nur dieses Mal trägt sie einen Faltenrock, der ihr bis zu den Knien reicht, und einen Kurzblazer, der mit nur einem Knopf oberhalb ihrer schmalen Taille geschlossen ist.

Jeweils rechts und links baumeln ihr kindische, geflochtene Zöpfe vom Kopf. Und sie strahlt. Sie lächelt so widerlich süß wie ihre ganze kranke Bar, sodass meine Beine wieder schwerer werden. Ihr Anblick verwandelt meine Füße zu Blei, zeitgleich zieht ihre Ausstrahlung mich magnetisch an. So stark, dass ich versucht bin, ihr abstoßend zuckerhaltiges Lokal zu betreten.

»Wir haben dafür keine Zeit«, erinnert mich Fabio und mein Blick wandert zu ihm, der genauso hypnotisiert ins Lokalinnere schaut. Als ich seinen fixierten Blick folge, treffe ich auf Portia. Die miese Verräterin hilft dem pinken Flummi auch noch, zu bedienen. Da fällt mir eine andere junge Frau auf. Das rot schimmernde Haar, die kleinen Sommersprossen und ihr rundes Gesicht, erwecken eine Erinnerung, die ich nicht zuordnen kann.

»Wer ist das?« Sogleich sehe ich sie auf Knien vor mir, mit weit geöffnetem Mund. Verdammt! »Neben Portia?«

In Sekunden schießen mir so einige Bilder in den Sinn. Ihr Arsch direkt vor mir und wie ich mich von hinten in ihr versenke. Sie stöhnt so schief und in meinen Ohren schallt das Geräusch unserer klatschenden Körper, die aufeinanderprallen.

»Venia«, sagen wir gleichzeitig und schauen uns an.

»Hast du sie ernsthaft vergessen?«, will Fabio wissen.

»Nein, habe ich nicht.« Fast hätte ich sie vergessen. Mein Bruder kennt mich leider zu gut und hebt bedeutungsvoll die Augenbraue.

»Du kannst nicht von mir erwarten, mir jede Tussi zu merken, die ich gefickt habe.«

»Bei lediglich dreißigtausend Einwohnern wundert es

mich, dass du bisher nicht alle Frauen im angemessenen Alter von Nola genagelt hast.«

»Halt die Klappe!« Ich schaue wieder zum Lokal und plötzlich steht der pinke Flummi genau vor dem Fenster auf der anderen Seite. Sie erschreckt mich halb zu Tode. Euphorisch winkt sie mir zu und lächelt. Sie fuckt mich vollkommen ab. Kopf schüttelnd, wende ich mich Fabio zu. »Gehen wir.«

»Sie ist süß. Willst du ihr nicht zurückwinken?«

»Halt die Klappe!«, wiederhole ich mich, als ich vorangehe. »Oder kurz hineingehen und sie um ein Date bitten?«

»Keine Zeit, kein Interesse und ich sage es zum letzten Mal: halt die Klappe!« Den Rest des Weges schweigt Fabio zwar, aber das fette Grinsen klebt ihm fest im Gesicht.

Wir kommen im DOMENICAs an und werden sofort begrüßt und zu unserem Stammtisch geführt, am anderen Ende des Restaurants in einer dunklen ruhigen Nische. Um den ovalen Eichenholztisch sitzen die üblichen fünf Gesichter aus allen Sozialschichten der Stadt mit den typischen, ungeduldigen Gesichtsausdrücken. Fabio begrüßt sie freundlich und entschuldigt sich für die Verspätung, während ich schweigend an ihnen vorbeigehe, um dann am Kopfende Platz zu nehmen. Rechts von mir setzt sich Fabio und links erstechen mich die Augen der emanzipierten, modernen Frau mit den afrikanischen Wurzeln; Bürgermeisterin Delaila Sow.

»Schön, dass du auch endlich kommst«, begrüßt sie mich zwar patzig, aber mit der größten Freundlichkeit, die sie mit der Verachtung ihrer scharfen Zunge zustande bekommt. Ihre dunkle Haut glänzt von der unterdrückten Hasspredigt.

Vor mit steht ein Teller mit *Bucatini all'amatriciana*. Das beste Pastagericht auf der Karte.

»Wärst du pünktlich gekommen, wäre dein Essen warm«, fordert mich Kaplan Baruch heraus, der nicht nur sich selbst, sondern auch die ganze Stadt mit seiner schwarzen Kleidung und dem auffälligen Kollar verarscht. An diesem Tisch sind nicht alle moralisch. Im Gegenteil. Und Baruch ist der schlimmste von uns allen.

»Na und? Lass ihn in Ruhe«, merkt Aurelia an. Ihr typisch kreolischer Schmuck klimpert über die gesamte Länge des Tisches zu mir, als sie die Hände bewegt und weiter schimpft: »Er ist gerade erst angekommen und du hättest auch gehen können. Niemand legt Wert auf deine Anwesenheit«, spricht sie direkt für alle mit. Dabei wissen nicht alle in dieser Runde, wie seine Freizeitbeschäftigung aussieht und womit er sich sein Kleingeld verdient. Sie hasst ihn und obwohl ihr natürlicher dunkler Teint die Zornesröte verdeckt, kann ich sie deutlich erkennen. »Iss, Lucifer. Du hast sicher noch nichts gegessen. Iss nur.« Sie ist so alt wie ich – achtunddreißig, aber so fürsorglich und mütterlich wie meine Madre. Die Voodoo-Priesterin mit dem bunten Gewand anstatt legerer Kleidung achtet auf ihre Mitmenschen und vor allem auf mich. Was sie zu meiner engsten Vertrauten macht. Ich traue ihr mehr als meinem eigenen Bruder. Sie weiß alles über mich und daher auch, wie gerne ich meine *Bucatini all'amatriciana* kalt esse.

Bevor Aurelia mit ihren Augen einen Fluch ausspricht,

kommt Festus, der kräftige Polizeichef, zum eigentlichen Grund unseres vorgezogenen monatlichen Treffens.

»Heute ist ein Junge gestorben.« Da ich diese Information durch Fabio kenne, beginne ich zu essen. Der Polizeichef klärt alle am Tisch auf, was er von Fabio weiß und was er herausgefunden hat. Ich genieße die Mahlzeit und höre Festus nur auf einem Ohr zu. Bis ich glaube, mit neuen Informationen bereichert zu werden.

»Der pinkfarbene Schaum um den Mund zeigte uns direkt, dass es eine Überdosis war.« Weil Charlie nicht der Erste war. Aus dem Nichts schweift mein Gedanke zu Jelly, die in ihrem pinkfarbenen Outfit vor mir tanzt. Verdammt. Ich streiche mir durchs Gesicht und konzentriere mich wieder auf Festus. »Es wurde ganz klar bestätigt. Welche Droge genau im Umlauf ist, wissen wir bislang nicht.« Was bisher nicht neu ist. Dass etwas Unbekanntes im Umlauf ist, wissen wir schon länger.

»Festus, -«, unterbreche ich ihn. »- ihr werdet doch wohl wissen, wie sich die Droge zusammensetzt.« Das wäre interessant.

»Bislang nicht eindeutig, aber wir konnten Reste des pinkfarbenen Pulvers sicherstellen und haben es ins Labor geschickt. Momentan warten wir auf die Auswertung. Bereits bei dem ersten Fall haben wir 2C-B direkt ausschließen können. Es ist auf jeden Fall eine Mischdroge.« Niemand vertickt reine Substanzen. Die Drogen sind alle gemischt.

Unerwartet kribbelt meine Haut und erneut taucht Jelly in meinen Gedanken auf. Wie sie eben erst winkend vor dem Fenster stand. Schon wieder in pinkfarbener Kleidung.

Verdammt, ich muss sie aus dem Kopf bekommen. Ich muss sie endlich ficken.

»Hast du auch etwas Neues?«, knurre ich und verliere allmählich die Geduld. Ich weiß jedoch nicht, ob es an Jelly liegt oder an den fehlenden Informationen.

»Die Beschaffungskriminalitäts-Rate ist gesunken.« Immerhin etwas.

»Da haben wir es!«, schimpft Delaila. Ich esse in Ruhe weiter und sie fährt die alte Leier wieder auf: »Ich habe es euch gesagt. Die Menschen sterben. Die neuen Gesetze und dein Drogengeschäft, Lucifer, gehen zu weit. Ich schaue dabei nicht mehr zu.« Sie stört mich nicht weiter. Dafür aber Fabio, der mich rechtfertigt: »Wir verkaufen ausschließlich Cannabis und Kokain. Alles andere unterbinden wir.«

»Ihr seid für die Toten verantwortlich. Ich müsste euch einsperren und nicht mit euch diskutieren!« Mein Blick wandert zum Polizeichef. Ich hebe bedeutungsvoll die Augenbraue und er schaut grinsend zu Gideon.

»Wir haben keine pinkfarbenen Drogen verkauft!«, rechtfertigt Fabio mich weiter. »Wir wissen auch schon, wer dafür verantwortlich ist und werden uns darum kümmern.«. Ich esse meine Pasta und kann Fabio kaum noch neben mir ertragen. Man sollte nie Versprechungen geben, wenn man den Ausgang des Plans nicht kennt. Außerdem fuckt es mich ab, wie er Rechenschaft ablegt. Hat er vergessen, wer wir sind? Delaila hat das. »Ich schaue weg, während ihr die Stadt mit Kokain überschwemmt und die Bewohner einer tödlichen Gefahr aussetzt!« Sie kapiert es bis jetzt nicht. Also versuche ich erst gar nicht, ihr alles zu erklären. Muss ich auch nicht. Es ist meine Stadt!

Da mischt sich Gideon ein. »Wir sind auf zwanzig Prozent, Delaila.« Der Mittfünfziger-Mann mit der Halbglatze und dem runden Bauch vor sich ist nicht nur für diverse Ortsvereine zuständig, sondern auch für mein Kokain-Lager sowie den Vertrieb in ganz Nola.

»Es läuft alles so, wie Lucifer versprochen hat, nur sein Kokain wird vertrieben und die Veranstaltungen dazu haben wir alle unter uns aufgeteilt. Was auch ein großer Fortschritt ist.« Was mich wiederum an etwas erinnert. Mit den letzten Nudeln auf der Gabel wende ich mich an die Bürgermeisterin. »Was tust du eigentlich für mich? Jeder beteiligt sich an dem harmonischen Leben in Nola und du stellst alles infrage. Aurelias Gemeinschaft hört ihr zu, Kaplan Baruch bekehrt seine Schäfchen, Festus unterstützt den Vertrieb und hält mir die Bundesbeamten vom Sack, Gideon leitet alle Lager und selbst Eliana, die mit Gideon die Ortsvereine teilt, betreut alle anderen Mitglieder und Jugendlichen. Was machst du, Delaila?« Sie öffnet den Mund und ich lasse die Gabel lautstark auf den Teller fallen. »Nichts!«, komme ich ihr brüllend zuvor. »Du unterstützt den Touristenverband nicht, das müssen Eliana und Gideon auch noch machen. Die Verwaltung übernimmst du auch nicht, da müssen meine Männer darüber schauen. Ich frage mich wirklich, warum du hier sitzt und wieso ich dich nicht bereits von deinem Höhenflug heruntergeschossen habe.«

»Ich passe auf!«, schimpft sie. »Einer muss ja dafür sorgen, dass hier alles mit rechten Dingen zugeht.« Ich beuge mich zu ihr rüber und nah vor ihrem Gesicht, knurre ich: »Dafür benötige ich dich nicht. Merk dir eines, Delaila, du bist leicht ersetzbar. Ich habe dich auf diesen Stuhl gesetzt und ich kann es zu jeder Zeit rückgängig machen!« Sie presst die Lippen aufeinander und schweigt. Was auch besser für sie ist.

»Wir sind bei zwanzig Prozent?«, frage ich Gideon. »Ja und die Entwicklung ist bemerkenswert.« Alle anderen stimmen nuschelnd zu.

»Wie sind die Zahlen bei den anderen?«, gebe ich in die Runde.

Alle werfen nacheinander wirr ihre Zahlen über den Tisch. Keiner liegt über fünfzig Prozent, was nicht gut ist. »Das ist zu wenig. Wir sehen doch, dass einmal die Woche nicht reicht. Der Plan bis zum nächsten Treffen lautet, mindestens drei Veranstaltungen, Treffen und Sessions die Woche zu organisieren. Wir müssen die Zahlen hochbekommen.«

»Das ist zu viel«, wendet Aurelia ein und ich schüttle den Kopf.

»Nein, ist es nicht. Es ist auch eine Kostenfrage.«

»Siehst du!«, meldet sich Delaila wieder, diese Unruhestifterin. »Dir geht es nur ums Geld!«

»Ja, und? Hast du ein Problem damit?«, fahre ich sie an und sie schließt wieder ihren Mund. »Sonst einer, der mir auf dem Sack herumspringen will?« Sofort schießt mir der Traum in den Sinn.

Verdammt. Das Wort: *herumspringen* triggert mich wie die abartige Farbe.

Ich spüre regelrecht Jellys Anwesenheit, rieche den süßen Duft und Wärme entwickelt sich in meinem Inneren. Ich knurre auf und plötzlich wird es ruhig. Mich umschauend, treffe ich auf fragende Gesichtsausdrücke.

»Ja, sagt schon!«, murre ich und fordere sie zusätzlich mit der Hand auf.

»Ich habe gerade gesagt: eine Meldung ist herausgegangen«, arrogant wie eh und je, beginnt Delaila mich weiter zu nerven, mit ihrer Verachtung für uns alle. »Es wurden in New Orleans und Umgebung weitere Mädchen und Frauen entführt.«

»Touristen?«, hake ich direkt nach, sehe aber zu Festus. Als Polizeichef weiß er am besten Bescheid. Er nickt und die Bürgermeisterin hält da natürlich nicht inne.

»Ja, Lucifer, ganz genau. Es waren Touristen. Sollte sich die Meldung verbreiten, sorgt das für Unruhe und New Orleans wird gemieden.«

»Wenn Männer auf offener Straße hingerichtet werden, machen wir uns Sorgen. Bis dahin bleibt es so, wie es ist«, entgegne ich. Nola ist ein Magnet für Touristen.

»Frauen und junge Mädchen, Lucifer!«, wird sie lauter. Ich atme tief durch, drehe mich im Stuhl ihr zu und mache ihr klar: »Frauen sind nichts wert!«

Ihre flache Hand fliegt auf mich zu. Bevor sie mich schlagen kann, ergreife ich ihr Handgelenk.

»Versuch es noch einmal und du wirst es bereuen!«, zische ich scharf und gebe sie ruckartig frei, sodass sie zurück in den Stuhl fällt.

»Du Arschloch!«, kommt es eher kleinlaut aus ihrem Mund. Als ich die Runde überschaue, fange ich Aurelias tadelnden Ausdruck ein. Verdammt. Ich huste gekünstelt und komme zurück zum Thema. »Es ist nicht schön, -« bla bla bla »- aber das ist die Vereinbarung.« Ich schaue automatisch zu Kaplan Baruch. Mein wütender Blick liegt einen Ticken zu lange auf seiner verlogenen Fresse. »Ihr haltet euch einfach vor Augen, dass es sonst eure Frauen und Kinder treffen könnte. Ich schütze Nola, aber ich bin nicht für die restliche Welt verantwortlich.«

»Die oder wir?«, piepst Eliana von der Seite und so hart es für sie klingen mag, ist die einzig richtige Antwort: »Ja.« Um noch fieser zu sein und meinem Namen alle Ehre zu machen, füge ich hinzu: »Ihr seid vor dem Menschenhandel sicher, seid aber dazu gezwungen, zuzuschauen, wie es anderen widerfährt. Die Menschenhandel-Klinge hat nun mal zwei scharfe Schneiden.«

Ich schaue zu Fabio, dessen Kiefer angespannt ist. Dem selbst ernannten Schutzbefohlenen aller Pussy-Trägerinnen, unabhängig ihres Alters, gefällt das am wenigsten. »Sonst etwas, was geklärt werden muss?« Da keine Antwort kommt, beende ich das. »Gut, dann seid ihr alle …«

»Ich habe noch eine Frage, Lucifer.« Eliana ist schüchtern, jung, aber hochengagiert. Ihre Eltern, die wie Jellys neue Mitarbeiterin im Iren-Viertel leben, kenne ich mein ganzes Leben, weshalb sie allein deswegen einen Platz an diesem Tisch verdient hat.

»Ich habe eine Kostenaufstellung gemacht …«, beginnt sie und bricht ab, als ich die Augen schließe. Nicht ihretwegen. Jelly. Dieser kleine Flummi will nicht aus meinem Kopf. Ich muss dieses Treffen beenden. Ich öffne die Augen und sie zupft mit den Fingerspitzen an ihrer Unterlippe.

»Fahr fort«, fordere ich sie auf. Sie streicht sich die rote Locke hinters Ohr und beginnt von vorn: »Ich habe eine Kostenaufstellung gemacht für die Gebäude. Du musst dich für die nächsten Gebäude entscheiden, die saniert werden können.«

Es gibt nicht viele Firmen, die die alte Architektur von New Orleans erhalten oder nachbauen. Gerade das ist aber für die Stadt wichtig. Jedes Gebäude hat eine Geschichte und die sollte auch niemals verloren gehen, wenngleich man es von Grund neu errichten muss. Frühere Schlachten und Stadtbrände hinterließen die Ereignisse auf ihnen. Aber Hurrikan Katrina veränderte schlagartig das ohnehin sanierungsbedürftige Nola. Die Touristenorte, Industrie und die noblen Bezirke wurden rasch wieder hergerichtet.

Alle anderen mussten wir übernehmen. Gerade die Viertel, die unabhängig davon finanziell am Existenzminimum leben. Die bereits baufälligen, geschichtsträchtigen Gebäude litten ebenso. Bis heute sind unzählige Häuser unbewohnbar.

»Das besprechen wir nicht hier. Mach mit Fabio einen Tag aus und dann zeigst du mir die Kostenauflistung.« Ich schaue ein letztes Mal in die Runde.

»Bis zum nächsten Mal«, halte ich es knapp und stehe auf. Die anderen tun es mir gleich und verlassen das Restaurant. Nur Aurelia nicht. Fabio geht als Erster an ihr vorbei und in ihrem Gesicht lese ich ab, dass ihr noch etwas auf dem Herzen liegt. Aber das warme Gefühl und das Verlangen, Jelly zu sehen ist stärker, weshalb ich mich an ihr vorbeischiebe.

»Ach, Lucifer, ich wollte dich noch fragen …« Aurelia

hält mich am Arm auf und ich wende mich ihr zu. Doch sie starrt zu mir auf und gefriert vor mir zu Stein. Obwohl sie mir direkt in die Augen schaut, sieht sie durch mich hindurch.

»Aurelia? Alles in Ordnung?« Sie rührt sich nicht und ich blicke zu Fabio, der die Schultern zuckt.

»Aurelia?« Sie jagt mir einen Schrecken ein, so wie sie mich mit aufgerissenen Augen ansieht und ihr Körper zu einer Statue erstarrt ist.

»Pink«, haucht sie plötzlich und reißt ihren Arm zurück, als hätte sie sich verbrannt.

Ihr Blick wird klarer und gleichzeitig sammeln sich Tränen.

»Hörst du, Lucifer? Pink!«

»Ja, wie eine Prinzessinnen-Tollwut.« Die Droge, die bereits zwei Tote einfordert. Und der einzige Hinweis ist der blöde pinkfarbene Schaum um den Mund der Drogenopfer.

»Nein - nein. Pink!«

»Ja, Aurelia, ich habe dich gehört.« Diese Farbe verfolgt mich auf Schritt und Tritt und bis in meine Träume. Pink regt sogar meinen Schwanz.

»Du hast mich aber nicht verstanden.« Sie ist so aufgeregt, dass niemand sie verstehen könnte. »Die Farbe Pink schwebt über dir wie eine dicke giftige Wolke. Sie wird platzen ...« Sie schüttelt hastig den Kopf, als müsste sie etwas loswerden, was tief in ihr drin ist. »... Wenn sie auf dich hereinbricht ...«, nuschelt sie und plötzlich sieht sie mich mit einem kalten, gefährlichen Blick an, der mir unter die Haut geht. Ihre dunklen, fast schwarzen Augen sind plötzlich so tief wie eine Schlucht. »Sie wird dir Schmerzen zufügen, wie du sie noch nie erlebt hast. Dieser Schmerz, Lucifer« Tränen rollen ihre Wangen hinunter. »Diese Schmerzen werden dich zerstören und Pink wird sich davon ernähren.« Eine Farbe bringt mir also Grausamkeiten. »Hörst du, Lucifer. Es wird dich zerstören!« Die Ernsthaftigkeit in ihren Augen und die Eindringlichkeit in ihrer Stimme lassen mich erschaudern .

»Was hast du gesehen?«, knurre ich fordernd.

»Nicht gesehen, Lucifer. Gefühlt. Ich habe es gefühlt und es ist grausam.« Sie weicht ein Stück zurück, greift sich ans Herz und haucht schmerzerfüllt: »Neonpink ist dein Tod.«

Gänsehaut zieht sich über meinen ganzen Körper.

»In der Nebenwelt ist jemand, der dich schützen will. Man hat es mich spüren lassen, was dich erwarten wird.« Es ist ihr Ernst und ich vertraue ihr. Sie hat mich nicht nur einmal vor einem folgenschweren Fehler bewahrt. Aurelia ist Nachkomme von Maria Laveau. Sie hat Fähigkeiten, die einem das Blut gefrieren lassen. »Geh Lucifer, und pass auf dich auf.«

»Du wolltest doch etwas von mir.«

»Nein«, sie schüttelt den Kopf und der Schmuck klirrt klangvoll aneinander. »Das ist nicht mehr wichtig. Geh und vertraue deinem Instinkt. Es versteckt sich, Lucifer. Es tarnt sich vor dir und es trifft dich unerwartet. Und tödlich.« Ich werfe einen Blick zu Fabio und sein Kehlkopf bewegt sich, als würde er Aurelias Worte nur schwer herunterschlucken können. »Pass auf dich auf, Lucifer!«

»Sorge dich nicht, Aurelia. Ich achte auf mich.« Sie nickt und ich gehe gemeinsam mit Fabio hinaus. Als der Wind mir ins Gesicht schlägt, stupst mich Fabio an und meint nahezu flüsternd: »Finger weg von Jelly.« Sie hat ganz sicher nicht den pinken Flummi gemeint, sondern die Drogen, die im Umlauf sind. »Das entscheide ich selbst, Bruder.«

Wir kommen auf dem Rückweg am Jelly´s vorbei. Und ich halte für einen Augenblick direkt an der Ladentür inne. Mein Traum wird realer, je länger ich sie betrachte.

Ihr pinkes Röckchen schlängelt sich schwungvoll um ihre zarten, leicht gebräunten Beine, während sie durch die Bar hüpft, Kunden die gefüllten Regale zeigt, Empfehlungen macht oder zu den Tischen tanzt und sie bedient. Sie ist so widerlich fröhlich, lächelt und zeigt ihre schneeweißen Zähne. Der pinke Flummi strahlt greller als ihre pinkfarbenen High Heels und ihre hellblauen Augen funkeln intensiver als ihre glitzernden Absätze, die über den Boden klacken. Aus den Boxen in den Ecken schallt poppige Rockmusik, die ihre Freude untermalt. Es widert mich an. Alles ist so bunt, hell und übertrieben fröhlich.

»So muss die Hölle für dich aussehen.« Fabio stupst mich an und hat mit seinen Worten absolut recht. Trotzdem gehe ich aus der abgefuckten Zuckerbar nicht rückwärts wieder heraus. Stattdessen betrete ich das Lokal, dränge mich an den Kunden vorbei und setze mich an den einzigen freien Tisch mit dem direkten Blick auf den Flummi. Jelly steht mit Venia hinter dem Tresen und Portia füllt Regale auf. Der Erste in der Schlange schiebt dem breit grinsenden Flummi eine pinkfarbene Karte übers weiß glänzende Holz. Eine von denen, die sie gestern Abend fleißig verteilt hat. »Ich nehme zurück, was ich gesagt habe. Die Kleine ist nicht dein Tod. «

Aber sicher der Tod von dem Kerl, der ihr gegenübersteht, wenn er weiter so nach ihr giert.

Sie spricht mit ihm, und meine Anspannung verstärkt sich. Sie leuchtet ihm entgegen und ihre rosa Lippen bewegen sich so abnormal sinnlich, dass ich den Frackstock fester umschließe. Ich verstehe nicht, was sie besprechen, aber mir gefällt es nicht. Es fuckt mich bodenlos ab, wie zugänglich sie für diesen Fremden ist. Wie ekelhaft niedlich ihre geflochtenen Zöpfe über die Schulter liegen und wie sie sich zu dem Regal hinter sich dreht und vorsichtig mit einer Metallzange Bonbons in eine durchsichtige Tüte packt. Und das nur für diesen Wichser, der sonst Steak jeder Süßigkeit vorzieht. Was will er hier? Wieso kauft er Zuckerscheiß? Ist es, weil ihn diese hellen Augen genauso hypnotisiert haben wie mich? Ist sie ihm so unter die Haut gegangen, dass er bereit ist … Meine Gedanken stocken, als ich die Scheine über den Tresen gehen sehe. Verdammt, er zahlt ihr so viel für ein Tütchen Zuckermandeln? Oder gibt er ihr ein krank hohes Trinkgeld, weil er sie lieber ficken will? Er geht und ich betrachte seine Süßigkeiten und mein Kiefer mahlt. Ich bin kurz davor aufzustehen und ihm meine Faust ins Gesicht zu rammen, da stupst mich Fabio an und als ich zu ihm schaue, nickt er zu dem pinken Flummi. Sie lächelt mir so abartig niedlich zu. Meine Wut schmilzt dahin und etwas anders wird in mir entfacht. Etwas, was mir den Magen umdreht.

»Sie ist niedlich, Luciano.«

»Ja, widerlich.«

»Du solltest sie zum Essen einladen!« Sollte ich das? Sie ist wie eine Zehnjährige und ernährt sich höchstwahrscheinlich nur von Junkfood, Softdrinks und Süßigkeiten. Für sie ist jeder Tag ein nerviger Kindergeburtstag. Daher gibt es darauf nur eine Antwort: »Nein!«

Er lacht und meine Augen heften sich auf den engen, rosafarbenen Kurzblazer, der sich an ihren Brüsten nah an ihrer Haut wölbt. Ich achte auf diese dünne Taille, die sich um den Tresen schlängelt und diese langen Beine, die geradewegs auf uns zusteuern.

Sie ist anstrengend, nervig und verdammt fickbar. Mein Verstand dreht durch, stellt sich vor, wie diese sehnigen Beine sich um meine Hüfte legen. Ich muss unbedingt wissen, ob ihre Haut genauso zart ist, wie sie aussieht.

Ich muss herausfinden, wie es sich anfühlt, wenn sie sich um meinen Schwanz zusammenzieht.

Verdammt!

Nein! Dieses Mädchen wird mir den Verstand wegzuckern. Ich sollte hier nicht sitzen, sondern weglaufen, bevor mein Hirn nur noch aus flüssigem Karamell besteht.

ZEHN

Happy

Luciano betritt die Bar nicht allein, sondern hat den Mann, mit dem Portia so vertraut getanzt hat, im Schlepptau. Portias Freund. Endlich lerne ich ihn kennen. Ich schaue zu Portia, aber sie fasst Luciano ins Visier. Oder sehe ich das falsch, weil ich in einem anderen Winkel zu den Männern stehe?

Beide machen einen schlecht gelaunten Eindruck. Dafür habe ich das perfekte Rezept. Hinter der Theke bereite ich für Luciano und seinen Begleiter eine Portion Spaß und Freude vor.

Zumindest werde ich den haben.

Ich trage das Tablett mit den zwei farbenfrohen Getränken und den Muffins, verziert mit pinkfarbenem

Zuckerguss und weißen Herzen, zu den Männern, die so grimmig und mitgenommen aussehen. Lächelnd und mit unterdrücktem Glucksen stelle ich das Tablett auf ihrem Tisch ab.

»Eine Kleinigkeit des Hauses. Ihr schaut so bedrückt aus, da könnt ihr eine Ladung Glücksgefühle sicher gebrauchen.«

Beide schauen auf die Muffins, die ich vor ihnen hinstelle. Lucianos Begleiter nimmt die Sonnenbrille ab und überrascht mich, als sie genauso hellbraun, nahezu gelb leuchten wie die von Luciano. Er lächelt und seine Grübchen kommen zum Vorschein. Sie werden untermalt von den dünnen Bartlinien am Kiefer entlang, die bis über die Oberlippe perfekt rasiert sind.

»Du musst dann Jellybean sein.« Er reicht mir seine Hand und meint: »Ich bin Fabio, freut mich, dich kennenzulernen.« Mein Blick heftet sich an die Finger mit den vielen protzigen Ringen. Anstatt meine Hand in seine zu legen, nehme ich eines der Gläser und drücke ihm den Energie-Cocktail in die Hand.

»Jelly Bean«, betone ich und erkläre folglich: »Mein Name ist Jelly Bean und nicht Jellybean.«

Er betrachtet zunächst den schönen Farbverlauf im Glas von Blau über Lila ins Rosarote, dann schaut er mich an, während sich seine Augenbrauen zusammenziehen. »Jelly klingt nach einem Spitznamen.«

»Aber mein Name ist Jelly Bean. Du heißt Fabio und ich eben Jelly.«

»Jelly? Und dein Nachname ist Bean? Deine Eltern haben Humor.«

Ich antworte ihm müde lächelnd.

»Oder ihre Eltern hatten eine süße Vorahnung«, meint Luciano brummend und zeigt mit seinem Finger kreisend durchs Lokal. Ein weiterer lahmer Versuch, mir auf die Laune zu springen. Doch dieser Tag ist zu schön, um mich von ihm ärgern zu lassen. Andersherum macht das auch viel mehr Spaß. Daher stelle ich das andere Glas freudestrahlend vor Luciano.

»Der Galaxy Drink«, erkläre ich voller Stolz, doch sein Blick verrät nichts Positives.

»Du wirst nur erfahren, ob er dir *nicht* schmeckt, wenn du ihn probierst.«

»Das trinke ich sicher nicht«, meint er mürrisch. Mit dem Strohhalm im Glas mische ich den Cocktail.

»Schau nur. Er glitzert sogar! Und alles ohne Alkohol!«

»Scheiße, ich bräuchte ein ganzes Bourbon-Lager, um nur einen Schluck von dieser Einhornpisse zu trinken.«

»Kein Alkohol?«, will Fabio verwundert wissen und ich schüttle den Kopf.

»Kein einziger Tropfen. Ich verkaufe hier keinen Alkohol.«

»Sehr ambitioniert«, murmelt er. »Und was soll das sein?«, fragt Luciano brummend. »Sind wir sechsjährige Prinzessinnen?« *Ich bin die Prinzessin.*

Unerwartet trifft er mich hart und viel zu tief. Seine Worte stechen mir wie tausend Reißnägel ins Fleisch. Ich beiße mir auf die Unterlippe und drehe mich um, ohne etwas zu erwidern. *Ich will keine Prinzessin sein.* Ich atme durch und lasse mich nicht auf die dunklen Geister ein.

Nicht jetzt. Nicht heute. Nicht, wo dieser Ort, den ich erschaffen habe, Freude und Glück verbreitet und all das Böse fernhalten muss.

»Jelly?«, ruft Fabio mir in den Rücken. Ich setze mein liebevolles Lächeln auf und drehe mich um. Mit dem Zeigefinger zeigt er mir, zurück an den Tisch zu kommen. Ich werfe einen Blick auf die Kundschaft und sehe nur einen weiteren Kunden, der die spezielle pinkfarbene Visitenkarte zwischen den Fingern hält. Obwohl Portia genau weiß, was ich hier neben den Süßwaren verkaufe, hilft sie nur heute aus und kennt sich daher nicht mit den Geleemandeln hinter dem Tresen aus. Meine Mitarbeiterin lerne ich erst an und habe ihr gar nichts von den ausgefallenen Süßigkeiten erzählt, die im Farbverlauf farbig sortiert in den klaren Schubladen darauf warten, verkauft zu werden. Ich habe nur einen kurzen Zeitraum, mich mit den mürrischen Herren zu beschäftigen. Um keine Zeit zu verlieren, nähere ich mich den beiden und frage höflich:

»Möchtet ihr etwas bestellen?« Ich nehme die Karten vom Tisch und reiche jedem eine, doch Fabio winkt ab.

»Nein, setz dich zu uns. Ich möchte unsere neue Mitbewohnerin kennenlernen.«

»Mitbewohnerin?«

Er zwinkert Luciano zu und winkt dann ab. Trotzdem ist er im Gegensatz zu dem Mann neben sich viel umgänglicher. Indem er lächelt, auch um einiges sympathischer. Aber etwas Unbekanntes an ihm ist falsch. So als hätte er Hintergedanken, weshalb ich freundlich ablehne.

»Ich arbeite gerade. Meine Freundin hilft heute und meine Mitarbeiterin ist nicht ausreichend angelernt.«

»Setz dich!«, befiehlt Fabio laut und bestimmend. Ich mag es nicht, wenn man mir Befehle entgegenschleudert. Auch nicht, solange man es mit einem angedeuteten Lächeln verpackt. Ich greife in die Rocktaschen und fülle meine Fäuste.

»Sofort!«, wird er unverschämter. Trotz schlechter Menschenkenntnis bemerkte ich auf der Stelle seine falsche Seite. Ich schaue zu Luciano, dessen Blick dasselbe aussagt: *keine Widerrede.*

Fabio wird zudem einen Ticken bedrohlicher: »Wenn du dich nicht sofort …« Ich stoppe seine Worte, indem ich meine Fäuste schwungvoll inmitten beider Gesichter leere.

»Konfetti!«, trällere ich fröhlich. Bewegungslos sitzen beide da und öffnen langsam wieder ihre Augen, die sie zuvor reflexartig geschlossen haben. Fabio schaut zu Luciano und meint unerwartet belustigt: »Ahhh, Konfetti.«

»Ja, Konfetti«, knurrt Luciano und blitzt mich aus seinen gelben Augen erbost an. »Jelly!«, ruft nun Portia völlig aufgebracht. »Bist du verrückt geworden?« Und kommt angelaufen. Ihre Worte überschlagen sich, während sie zu den Männern rennt und ihre Hände über beide fliegen, um ihnen das Konfetti und Glitzer von der Kleidung zu streichen. Doch die Herren heben abwehrend die Hände. Portia ist so schockiert. Das ist nur eine Konfetti-Glitzer-Mischung. Ich habe doch keinen Kübel Abfall auf ihre Körper geleert.

»Verschwinde, Portia!«, schimpft Luciano zuerst und selbst Fabio schiebt sie von sich, wobei er dabei zumindest lächelt und ihr zuzwinkert. Portia giftet mich mit einem Blick an, den ich von ihr nicht kenne. Im Vorbeigehen greift sie nach meinem Arm und hält sogleich mit den Fingern in der Luft inne.

»Komm mit!«, befiehlt sie scharf.

»Beruhig dich, Portia« Aber ich muss kichern. Ihr Blick zwingt mich, ihr anstandslos zu folgen. Ihre unberechtigte Wut zieht mich wie ein unsichtbares Band hinter sich her, quer durch den Laden und schließlich in den Abstellraum im hinteren Bereich der Bar. Im Schutz des Raumes zerwühlt sie sich die Haare und murmelt etwas vor sich hin, was ich nicht verstehe. Nicht nur, weil sie vor sich hin brabbelt, sondern auch, weil es eindeutig italienisch ist. Sie macht mir Angst und ich weiche einen Schritt zurück. In der Türzarge stehend, wirft sie einen Blick auf mich, der einen Wald in Brand setzen könnte. »Bist du irre? Weißt du eigentlich, wer die zwei sind?« Luciano und Fabio, der Augenfarbe nach zu urteilen, sind sie Geschwister. »Luciano ein grimmiger Zeitreisender und Fabio ist dein Freund, oder nicht?«

»Was?« Sie reißt die Augen auf, weil sie damit nicht gerechnet hat. Aber ich habe auch Augen im Kopf. »Nein!«

»Du hast mir doch von dem Kerl erzählt, der dein Herz …«

»Das meine ich nicht!«

Sie beugt sich vor und flüstert scharf: »Diese Männer gehören der Mafia an.«

Mafia? Ich kann nicht anders. Ich kichere in die Handfläche.

»Das ist nicht lustig. Der mit dem Stock ist Luciano, der Kopf. Das Oberhaupt. Don, capisce?«

»Der Pate?«, frage ich kichernd. »Sind Italiener nicht alle klein? So wie wir beide?«

»Maledetta!«

Ich lehne mich zurück aus dem Raum und werfe einen Blick auf die zwei attraktiven Männer an dem kleinen Tisch, der in der Nähe dieser stattlichen Herren wie das Inventar einer Puppenstube aussieht. Beide betrachten ihre funkelnde Kleidung. Fabio benutzt seine Finger wie eine Pinzette, um einen einzelnen Schnipsel von seiner grauen Weste zu nehmen, und auf den Boden fallen zu lassen. Was mich zum Schmunzeln bringt. Denn wenn er das mit dem gesamten Konfetti an seiner Garderobe macht, wird er die nächsten Jahre hier an dem Puppentisch sitzen.

»Sie sind gefährlich, Jelly!« Ich richte mich wieder auf und blicke zu Portia, die mich ansieht, als hätte ich den Teufel höchstpersönlich beschworen.

»Verstehst du? Italienische Mafia. Wenn sie wollen, verschwindest du!« Sie schneidet sich mit dem Zeigefinger imaginär die Kehle auf. »Und dann landest du in den Sümpfen.«

Ich schaue nur kurz noch einmal zurück zu den Männern, dann zu Portia.

»Sie sehen gar nicht aus wie Al Pacino, Marlon Brando oder Robert de Niro.«

Sie schlägt sich selbst mit der flachen Hand ins Gesicht. Ich bin nicht weltfremd, aber ich bezweifle, überhaupt, Kriminellen des organisierten Verbrechens begegnet zu sein, die wahllos, wie es ihnen passt, Menschen töten oder sie in den Sümpfen verschwinden lassen. So einige Straftäter kreuzten zwangsläufig meinen Weg. Und bei Weitem waren diese Personen das Grauen, wahre brutale Monster, wie Mörder und nicht zu vergleichen mit den

Herren an dem Tisch. Wiederum erklärt es die bestimmende Art. Sie sind es gewohnt, Befehle zu erteilen, und erwarten bedingungslosen Gehorsam. Diese beiden Männer bekamen sicher nie Gegenwind. Zerstreute Gerüchte von mörderischen Organisationen reichen aus, um Menschen das Fürchten zu lehren. Bewahrheitet sich das hiermit?

»Sei einfach nett und freundlich und schmeiß ihnen kein Konfetti ins Gesicht. Zeig Respekt, Jelly.« Ich drücke die Fingerkuppen meiner rechten Hand zusammen und gestikuliere in der Luft, während ich: »Capisce?«, mit imitierter italienischer Betonung ausspreche.

»Wenn du so etwas tust, möchte ich dich schlagen«, knurrt sie mit hartem Akzent. Mein Hinweis, zügig den Raum zu verlassen.

Ich lege mich sicher nicht mit einer temperamentvollen, durchgedrehten Frau an. Sofort lächle ich. Denn Venia hat alles im Griff. Fast. Der Mann mit meiner besonderen Karte steht am Tresen.

O nein, nein, NEIN!

Meine Absätze klackern über den Boden, ich schlängle mich an den Tischen vorbei und obwohl mir der Magen in den Abgrund sackt, setze ich mein fröhliches Lächeln auf. Nichts darf mich aus der Fassung bringen.

»Ich meine die speziellen Süßigkeiten«, meint der Kunde, als ich am Tresen ankomme, und dahinter Venia zur Seite schiebe.

»Ja, darum kümmere ich mich.« Sie sieht mich mit gerunzelter Stirn an und ich schaue mich in der Bar um. »Da müssen noch Kartons ausgepackt werden.« Ich zeige in die Richtung, aus der nun auch Portia kommt. »Bist du so lieb, Venia und erledigst das für mich?«

»Natürlich.« Sie geht mit gesenktem Blick und ich atme tief durch. Die pinkfarbene Karte leuchtet auf der hellen Fläche und ich vertiefe das Lächeln, als ich aufschaue, begrüßen mich Augen, die zu misstrauischen Schlitzen zusammengezogen sind. »Sie möchten die speziellen Süßigkeiten probieren?« Er zögert bei meiner Frage, nickt jedoch, als ich geduldig und freundlich auf eine Antwort warte, obwohl mir das Herz bis zum Hals schlägt. Ich lasse mir die Aufregung wegen Venia nicht anmerken, drehe mich zu dem Regal mit den durchsichtigen Schubladen um und zeige zu dem horizontalen Farbverlauf von Hellrosa bis Knallpink der verschiedenen Geleemandeln in fünf vertikalen Reihen.

»Je intensiver die Farbe ist, umso stärker ist die Wirkung«, flüstere ich, aber er versteht mich und zeigt direkt auf die kräftigsten Farben auf der rechten Seite. Ich schüttle den Kopf und trete an ihn heran. Mich über die Theke beugend, erkläre ich:

»Es ist etwas Neues. Etwas, was Sie nicht kennen. Darf ich Ihnen eine Mischung vorbereiten und Sie schauen erst einmal, wie es bei Ihnen wirkt?«

»Was ist es genau? Wie ist die Wirkung?«

»Eine natürliche Substanz, die nur ich verkaufe und wo die Risiken auf ein Minimum begrenzt sind. Es gibt keine Nebenwirkung, außer durch Fehlverhalten. Wenn Sie jedoch damit angemessen umgehen, steigert es Konzentration, Leistung und das Wohlgefühl.« Er ist noch immer unsicher und das Misstrauen ist augenscheinlich noch vorhanden.

»Es erweitert die Wahrnehmung und das Denken ohne Ermüdungserscheinungen.« Auch das reicht ihm nicht und ich vertiefe das Lächeln. »Probieren Sie es. Sie machen glücklich. Die Happys sind einzigartig. Nur heute mache ich eine Mischung, die in der Probier-Aktion zwanzig Dollar kostet.«

»Okay, mach mir deine Mischung.«

Ich greife mir eine durchsichtige Tüte und die kleine Metallzange und mische ihm eine Auswahl aus den ersten drei verschiedenen Pinktönen von hell bis mittel. Ich lasse bewusst die stärker dosierten weg. Prall gefüllt verschließe ich sie mit einem Clip und reiche ihm diese. In seiner Hand schaut er sich die rosa Mischung mit einzelnen weißen Geleemandeln genau an.

»Die Happys sollen glücklich machen, den Antrieb steigern und die Konzentration verstärken. Rechnen Sie aber damit, dass sie Gerüche, Farben und Klänge wie auch den Geschmack intensiver wahrnehmen. Aber sie unterstützen auch die Psyche.«

Er nickt, ohne mich anzusehen, legt mir Scheine auf den Tresen und geht, ohne den Blick von seinen Süßigkeiten zu wenden. Schmunzelnd beobachte ich ihn, wie er die Bar verlässt. Dann wandert meine Aufmerksamkeit unwillkürlich zu Luciano. Er fixiert mich fest mit diesen dämonischen Iriden, sodass mir sein Blick kalt über die Wange streichelt und sich bedrohlich um meinen Hals legt. Es schnürt mir die Kehle zu. Weiß er, was ich gerade getan habe? Würde er nicht auch sein Leben glücklicher erleben, wenn er dazu die Möglichkeit bekommt?

»Hallo«, macht sich ein Kind bemerkbar. Ich kann den Blick kaum von dem grantigen Mann mit Hut und Stock abwenden und zwinge mich, das Mädchen vor mir zu begrüßen. »Hallo Kleines, hast du etwas gefunden?« Sie legt mir ein Tütchen blaue Schnüre auf den Tresen, welches Venia oder Portia für sie abgepackt hat. »Oh, die blauen sind die besten« Ich zwinkere ihr zu und sie schmunzelt. Leider zeigt sie an mir vorbei auf die speziellen Süßigkeiten. Meine Kehle zieht sich weiter zusammen.

»Ich möchte auch ein Tütchen mit den pinkfarbenen Bonbons.« Und legt mir einen Schein neben die Schnüre.

»Das sind keine echten Süßigkeiten.« Ich ziehe einen rosafarbigen Lutscher aus dem Fach unterhalb des Tresens heraus, bemerke beim Aufschauen Lucianos Blick auf mich und ignoriere es, als ich dem Mädchen mit dem haselnussbraunen Haar erkläre: »Das ist nur Deko. Wie Plastikblumen oder hässliche alte Vasen. Aber dafür schenke ich dir einen Lutscher.« Sie nimmt diesen an und ich rechne die Schnüre ab. Die Kälte um meinem Hals lässt nicht nach. Sie verstärkt sich sogar.

»Aber ein Mann hat doch eben welche gekauft«, meint sie, als ich ihr das Wechselgeld gebe. Mit braunen Rehaugen schaut sie zu mir auf, während ich Lucianos Blicke an meiner Kehle weiterhin wahrnehme und kaum noch Luft bekomme.

»Es gibt Menschen, bei denen stehen Vasen in der Wohnung, ohne Blumen hineinzustellen.«

»Ja, meine Mama hat Lichterketten und Muscheln in ihre Vasen gelegt.«

»Und der Mann legt die Mandeln und eine Lichterkette hinein.«

»Cool«, haucht sie und schiebt die Münzen und die Schnüre in ihre Taschen.

»Ja, voll cool.«

Sie hebt den Lutscher in die Höhe. »Danke«, und verabschiedet sich. Direkt wandert mein Blick in den hinteren Flur auf der Suche nach Venia. Ich finde sie an den Kartons. Bevor ich mich um die nächsten Kunden kümmere, rufe ich sie herbei. Die Aufregung kribbelt in meinen Beinen bis zu den Füßen. Als Venia neben mir steht, schaut sie mich verwirrt an. Ich weise sie an, alle bis auf die mit den pinkfarbenen Karten zu bedienen. Ihre Augenbrauen ziehen sich zusammen. Ich kann ihr jedoch jetzt nicht erklären, warum sie eine bestimmte Kundschaft nicht bedienen soll.

Stattdessen löse ich mich aus dieser unerklärlichen Macht von Luciano und verschwinde, um Venias Arbeit auszuführen.

Zumindest war das mein Plan, als ich auf den hinteren Bereich zusteuere. Ich bemerke, noch bevor ich mich zu den Kartons herunterbeuge, dass sich jemand hinter mir befindet. Als ich den ersten öffne, sehe ich im Augenwinkel Fabio, der sich neben mir aufbaut.

»Du solltest dich zu uns setzen.«

»Dafür habe ich keine Zeit. Vielleicht später, wenn du lieb fragst.«

»Das war keine Bitte.« Ich richte mich auf und lächele ihn an. »Dann habe ich erst recht keine Zeit.«

»Weißt du nicht, wer ich bin?«

»Bist du der heimliche Liebhaber von Portia?« Ihm fällt augenblicklich die Kinnlade auf den Boden. Seine souveräne Ausstrahlung ist sofort verschwunden und er beugt sich zu mir vor. Ich weiche zurück und dennoch fragt er im Flüsterton:

»Hat sie das gesagt?« Blitzt da etwa Freude auf? Ist Portia immer noch die Alte, die die Männer auf Abstand hält? Ich dachte, bei ihm sei es anders.

»Nein, sie sagte, dass du und Luciano mit Freude Widersachern Betonschuhe anlegen.«

Er runzelt die Stirn, lacht dann jedoch auf, als er begreift, was ich meine. Das ist weder eine Bestätigung noch eine Verleugnung. Beides wäre nicht von Interesse für mich, weshalb ich die Plastikdosen mit den bunten Gummiwürmchen aus dem Karton auf einen kleinen Tisch stelle.

»Du weißt, wer wir sind, und dennoch muss ich dich zwingen, dich an unseren Tisch zu setzen?« Mich kümmert diese Aussage nicht. Lächelnd ignoriere ich seinen Willen und greife wieder in den Karton. Doch da legt er seine große Hand um meinen Arm und ich reagiere reflexartig. Mich von ihm losreißend, weiche ich zurück, stolpere und verliere das Gleichgewicht. Hart lande ich mit dem Po auf den Boden und schau gleich in zwei Gesichter. Ich habe Luciano hinter mir nicht bemerkt und bin über seine blöden Füße gestolpert.

»Ich sehe vielleicht wie ein naives Kind aus«, schimpfe

ich auf dem Boden sitzend. »Aber ich lasse mich zu nichts zwingen!«

»Das denke ich auch«, brummt Luciano und ich folge seinem Blick runter zu meinem Bein. O Mist. Mir ist der Rock hochgerutscht. Umgehend ziehe ich den Stoff wieder herunter. Ich bin mir jedoch sicher, dass er erkannt hat, was an meinem Oberschenkel befestigt ist. Ich wollte es ununterbrochen loswerden und es unter die Theke zurücklegen. Aber ich habe es vergessen oder Portia hing mir am Hintern. Mist. Ich schaue hoch in die gelben Augen, die mich sofort gefangen nehmen. »Steh auf«, befiehlt er mir im ruhigen Ton und hält mir das Ende seines Stockes hin. Ich muss schmunzeln, weil er mir nicht seine Hand hinhält und trotzdem wie ein dunkler Gentleman wirkt. Am Stock richte ich mich auf und er nickt Fabio zu. Er geht und Luciano mustert mich einmal von oben bis unten an.

»Wenn du hier fertig bist, setzt du dich zu uns an den Tisch.« Er schaut mir in die Augen und der eindringliche Befehl wird spürbar. »Weil du es willst.« Ohne auf eine Antwort zu warten, dreht er sich um und lässt mich zurück. Stumm sehe ich ihm mit seiner kalten unsichtbaren Hand an meiner Kehle nach. Er setzt sich an den Platz zurück und ich verachte mich. Mir selbst versprochen, so etwas nicht mehr zuzulassen, werde ich von ihm angezogen und kann mich nicht dagegen wehren. Ich werde seinem Befehl nachkommen.

Wie er es schon sagte: *weil ich es will*. Die Kartons lasse ich offen, die Süßigkeitenpackung bleibt auf dem Tisch und ich fahre geradewegs zurück in Hölle, als ich ohne

Gegenwehr durch die Bar schreite und mich auf den Stuhl gegenüber von Luciano setze.

»Das war die richtige Entscheidung, Jelly.« Ein weiterer Grund, mich für meine fehlende Wehr zu verachten. »Iss den Muffin.«

Als würde Luciano mich steuern, strecke ich den linken Arm über den Tisch aus. In dem Moment, als ich mit den Fingerspitzen den kleinen Kuchen berühren, presst er mir dem Griff seines Stocks meinen Arm auf den Tisch. Erstarrt werde ich zu einem Klumpen Eis, erfroren durch seine Tat und nichts ahnend, warum er es tut.

»Be happy«, raunt er finster und sofort blicke ich vom Muffin zu der Tätowierung an meinem Arm, die der hochgeschobene Ärmel zum Teil freigelegt hat.

»Wie passend«, meint er und schiebt den Ärmel mit dem Griff des Stocks höher, doch er darf es nicht sehen. Das gehört mir allein. Ich ziehe den Arm seitlich aus seinem Griff und richte mich auf, um ihn selbstbewusst anzusehen.

»Wir sollten alle viel glücklicher sein. Das Leben wird nicht schöner, wenn man immer mies gelaunt ist.«

Fabio lacht auf und Luciano reagiert nur, indem er den Stock wieder zurück neben sich aufstellt.

»Da hörst du es, Bruder. Du solltest mehr lachen.«

»Vor allem, wenn man so ein anziehendes Lachen hat«, gebe ich hinzu, aber Luciano reagiert auch darauf nicht. Sein Bruder hingegen schon.

»Er lacht nicht.«

»Doch das tut er. Er hat ein wunderschönes, herzliches Lachen«, erwidere ich, ohne Fabio anzusehen. Ich warte auf eine Reaktion von dem grantigen Mann mit Hut. »Zum

Verlieben schön!«, setze ich noch einen darauf.

»Ist das so?«

»Lass das!«, befiehlt Luciano scharf und ich weiche bei der unerwarteten bösartigen Erwiderung zurück.

»Bist du hier schon richtig angekommen, Jelly? Hast du schon deine erste Begegnung mit etwas Übernatürlichem gemacht.« Oje. Er glaubt doch nicht auch daran.

»Hat sie!« Portia taucht plötzlich neben mir auf. »Erzähle ihnen von deinem Hausgeist!« Und schon ist sie wieder weg. Spätestens jetzt weiß ich, dass sie mich genau beobachtet und belauscht. Vor allem dann, als ich mich zu ihr herumdrehe und sie mich warnend ansieht. »Du hast einen Hausgeist?«, will Fabio wissen und ich widme mich wieder den Herren. Ich bereue, Portia von den Ereignissen in der Wohnung über uns erzählt zu haben.

»Ja, ein sehr ungehobelter Geist. Er öffnet Fenster, zerstört Gläser und bringt nicht den Müll heraus. Ich meine, wenn er schon keine Miete zahlt, kann er sich doch am Haushalt beteiligen, oder? Aber nein, das tut er nicht. Er beschädigt nur alles.«

»Und öffnet Fenster«, ergänzt Fabio belustigt. »Du hast ihn bestimmt verärgert. Ist deine Wohnung auch so hell und pink?«

»Ja!« Ich verschränke die Arme vor der Brust und gebe gespielt schmollend hinzu: »Wenn er sich beteiligen würde, hätte er auch mitentscheiden können, wie ich sie einrichte. Aber da ich alles allein machen muss, hat er die Farbkombination zu akzeptieren und muss so leben. Er kann ja ausziehen. Ich hindere ihn nicht daran.« Fabio schmunzelt und mir fällt etwas ein. Weshalb ich mich über den Tisch beuge und flüsternd frage: »Wenn ein Geist nichts anderes ist als die Seele einer verstorbenen Person, kann ein Geist dann überhaupt leben? Und falls ja, muss er dann auch eines Tages sterben? Wie lange lebt ein Geist so im Durchschnitt? Auf jeden Fall länger als ein Hamster. Oder lebt der für immer? Eine Ewigkeit kann schon langweilig werden, so allein. Kein Wunder, dass die meisten dann böse oder nervig sind. Wiederum wäre das praktisch, dann hätte ich keine Geisterleiche unerwartet auf meinem teuren Sofa liegen und müsste mich auch nicht um eine Beerdigung kümmern. Denn Beerdigungen, Tote und Friedhöfe meide ich und lebe lieber, als mich mit dem Tod auseinanderzusetzen. Aber jetzt habe ich einen Geist und keine Ahnung, wie es weitergehen soll. Habe ich die Verantwortung? Muss ich meine Versicherung kontaktieren, wenn mein Geist etwas von einer anderen Person beschädigt? Oder hat der Geist eine eigene Versicherung? Was isst ein Gespenst eigentlich? Und wie oft muss ich den füttern?«

»O Scheiße, du hast ja gar keine Ahnung. Ich erkläre es dir. Die Seele ...«

»Sie verarscht dich«, unterbricht Luciano seinen Bruder. Daraufhin schaut mich Fabio angespannt an, was annähernd einem bösen Blick ähnelt. Er öffnet den Mund und ich werfe ihm eine Prise Glück ins Gesicht.

»Konfetti!«, bestätige ich fröhlich, während er zu funkeln beginnt. Gleichzeitig ist das mein Stichwort, aufzustehen.

»Ich arbeite mal weiter!« Ich winke, springe davon und beim Vorbeigehen kassiere ich einen lebensbedrohlichen bösen Blick von Portia. Die Kälte im Rücken treibt mich voran.

Folgt er mir? Es muss so sein.

Sein Blick ist wie eine kalte Hand im Nacken. Meine Absätze klacken über den Boden an den Kartons im Flur vorbei und ohne mich umzudrehen, eile ich in den hinteren Bereich.

Ich weiß nicht, wovor ich davonlaufe. Vor ihm oder seiner Macht über mich. Aber ich werde nicht stehen bleiben. Erst als ich im hintersten Raum im Lager ankomme. Doch die Tür fällt nicht ins Schloss. Das fehlende Geräusch wirbelt mich umgehend herum und ich stehe Luciano gegenüber.

Ich habe ihn erwartet und trotzdem schnappe ich nach Luft.

Leise und in Zeitlupe schließt er hinter sich die Tür, ohne mich aus seinen fast gelben Augen zu lassen.

»Flüchtest du vor mir oder dir selbst?« Seine Stimme ist tief, die Tonlage ruhig und er ist insgesamt unverschämt anziehend. Ich sehe ihn auf eine Art, wie ich nie zuvor einen Mann gesehen habe. Und es bereitet mir Angst. Weshalb ich einen Schritt zurücktrete.

»Wolltest du dich hier verstecken?« Er setzt einen Schritt vor und ich weiche weiter aus. »Nein«, lüge ich und schüttle den Kopf. Eher unbeholfen versuche ich, Abstand zwischen uns zu gewinnen, obwohl alles in mir dem widerstrebt.

»Nein?«

»Ich …« Ich stoppe mich selbst, indem ich mir auf die Unterlippe beiße. Gleichzeitig lässt der kalte Druck an meiner Kehle nicht nach und nimmt mir jede Silbe, jedes Wort und jeden einzelnen Gedanken.

»Mache ich dich sprachlos, kleiner Flummi?« Und ich antworte mit dem Ersten, was mir in den Kopf schießt: »Der Name ›*Flummi*‹ kommt aus dem Walt-Disney-Film *Der fliegende Pauker*, der 1961 erschien. Lange, bevor der Chemiker Norman Stingley das Material mit der hohen Elastizität erfand, spielten die Azteken schon mit dem Gummiball.«

»Okay.«

»Archäologen kochten die uralte Rezepturen nach und entdeckten, dass Urwald-Indianer die Erfinder vom Flummi sind.«

»Mache ich dich nervös, Happy?«

»Nein«, lüge ich erneut und weiche seinem nächsten Schritt aus. Das Metallregal hält meine Flucht auf. Aber der weitere Kosename verwirrt mich. »Du nennst mich Happy?«

»Unbedingt. Es steht auf deinem Arm.« Ich schlucke, ziehe den Ärmel, so weit es geht herunter und plötzlich ist er so nah, dass ich den Kopf in den Nacken legen muss, um ihn anzusehen.

»Du bist die Einzige, die so *happy* ist.« Sein Atem auf meinen Lippen bricht. Ich verstehe es nicht. Ich verliere den Halt. Den Verstand. Die komplette Umgebung. Er verweigert mir weiter die Flucht und stützt den Arm an mir vorbei am Regal ab.

»Warum bist du nur so abartig fröhlich?«

»Wieso bist du …?« Er verschließt mir den Mund mit seinen Lippen. Mit seinen weichen Lippen.

Er leckt mit der Zungenspitze forsch über meine Unterlippe. Und mich durchfährt ein elektrischer Schlag, als ich den Zugang gewähre.

Er schmeckt nach Verlangen, Sehnsucht und Leid.

So viel Leid.

Sein tiefer Schmerz, der sich wie mein eigener anfühlt, zuckt durch mich hindurch und ich schlinge die Armen um ihn.

Mein Herz pocht heftig an seiner Brust, meine Lippen gleiten über seine und nie zuvor spürte ich den Schmerz wie eine Sehnsucht, der meine Seele ergreift.

Seine Dunkelheit saugt mich ein und ich bekomme nicht genug davon.

Doch er reißt mir den Boden unter den Füßen weg. Fest drückt er mich ans Regal, presst seinen gewaltigen Körper an meinen und zerquetscht mich mit einer Wucht, die mir die Angst in die Knochen jagt. Ich schubse ihn weg und bin sogleich wieder bei ihm. Mitten im Raum ziehe ich ihn am Jackett zu mir und presse die Lippen auf seine. Der elektrische Schlag durchfährt mich abermals. Ein Schmerz, so unerträglich wie süß. Sein Verlangen trifft auf meine unbekannten Sehnsüchte, als seine Zunge erneut über meine streift. Ich verliere von Neuem den Halt, den Boden und alles um uns herum. Ich schiebe ihm den Hut vom Kopf, fahre durch sein weiches Haar und bekomme nicht genug.

Er drängt mich zurück, bis ich wiederholt gegen das Regal gepresst werde. Er sperrt mich ein, zwingt mich weg von seiner Hitze und ich schaffe es nicht, mich von ihm zu befreien. Sein Geschmack bringt mein Herz zum

Stolpern und gleichzeitig treibt er mich in die Enge. Ich schiebe ihn von mir, ohne mich von seinen Lippen zu lösen.

Bis er mich freigibt, nur um mir in den Hals zu beißen und mich an den Oberschenkeln hochhebt.

Das ist zu viel. Ich ertrage es nicht.

»Nein«, wehre ich mich atemlos. Mit den Händen an seiner Brust drücke ich ihn weg. Aber er lässt sich nicht aufhalten. Er überschlägt mich. Und ich schaffe es nicht, mich aus seinem Griff zu befreien.

Mit aller Gewalt kämpfe ich gegen ihn an, schiebe ihn weg, trete um mich und bekomme den Boden zurück unter die Füße.

Doch sogleich gerate ich ins Stolpern, während er mich wieder küsst. Ich verliere die Balance und falle. Er mit mir.

Haltlos knalle ich auf den Boden. Und er über mir.

Mit einer Hand stützt er sich ab und mit der anderen an meinem Hinterkopf schützt er mich vor dem harten Untergrund. Zwischen meinen Schenkeln schwebt er über mir. Er atmet genauso schwer wie ich, während er mich mit seinem Blick durchbohrt.

»Nein?«, fragt er viel zu spät. Er wartet keine Antwort ab und küsst mich erneut. Hart. Hemmungslos. Voller Verlangen. Er beißt mir in die Unterlippe, leckt mit seiner Zungenspitze darüber und ich stöhne in seinen Mund, obwohl er mich verbrennt. Wenngleich seine Hand über meinem Oberschenkel mir die Haut verkohlt, und der Schmerz mich unter ihm winden lässt, will ich mehr. Ich will ihn enger an mir spüren. Seine Erektion ohne Stoff, der uns voneinander trennt.

Gleichzeitig möchte ich, dass er aufhört. Ich ertrage

diese Nähe nicht. Zerspringe an dem Leid, das er mir gerade unbewusst zufügt. Seine Hand gleitet zwischen uns und mit aller Gewalt schiebe ich ihn von mir, springe auf und im nächsten Augenblick liegt er auf dem Rücken und ich sitze rittlings auf ihm. Er will mich. Das spüre ich direkt zwischen meinen Schenkeln. Er hebt die Hände und ich ergreife sie, bevor er mich berührt, und presse seine Handgelenke über seinem Kopf auf dem Boden. Überraschung breitet sich auf seinen Gesichtszügen aus.

»Du hast keine Chance gegen mich«, raunt er, was mir wohlig über die Haut gleitet und sich warm zwischen meine Beine sammelt.

»Fordere mich nicht heraus«, warne ich ihn und beuge mich herunter. Dass er stärker ist, beweist er mir, als er versucht, sich zu befreien.

»Nicht anfassen!« Sofort hält er still. Womit er mich überrascht. Er gibt mir den Freiraum. Ohne Widerworte. Als wäre es für ihn selbst verständlich. Mein Herz macht einen Sprung und ich bewege mich weiter vor.

»Danke«

»Bedanke dich nicht zu früh, Happy.« Bevor er seine Drohung vertieft, presse ich die Lippen auf seine. Mein Becken schiebt sich eigenständig vor und bei der Reibung über meinen Schritt verliere ich vollkommen den Verstand. Es fühlt sich so unerwartet heiß, gut und sehnsüchtig an. Ich wimmere an seinen Lippen. Ich kann kaum glauben, was ich tue, als ich eine Hand von seinem Arm löse, über seinen Brustkorb nach unten streiche und den Knopf der Hose öffne.

Schlagartig springt die Tür auf. »Jelly, da ist ein Kunde

mit …« Portia schaut hinab auf uns und unter ihrem Blick versinke ich in erbarmungsloser Scham. Augenblicklich springe ich von ihm herunter und richte mich auf.

»Du wirst gebraucht!«, meint sie schließlich und schlägt die Tür hinter sich zu, als sie verschwindet. Ich wünschte, der Boden vor mir würde sich öffnen und ich könnte blindlings in den Abgrund springen. Mit den Handflächen klatsche ich gegen meine Wangen und besinne mich wieder.

»Bist du fertig?« Ich drehe mich zu Luciano und finde keine Antwort darauf. »Ich nicht. Wir sind noch nicht fertig, Happy.« Mir klappt der Mund auf den Boden. Er setzt sich den schwarzen Hut auf den Kopf, als wäre nichts gewesen. Er nimmt den Stock vom Regal und klopft mit dem Griff gegen das Metall im Holster an meinem Schenkel.

»Darüber reden wir auch noch.« Er richtet sich die Kleidung, lüftet mit: »Bis gleich, Happy«, den Hut und verschwindet schneller aus dem Raum als Portia.

Happy

Vier Stunden. Vier quälende Stunden mit Portia, die mich auf verachtende Weise ignoriert, als hätte ich mit ihrem Ehemann geschlafen. Das Kribbeln meiner Lippen schaltet sich nicht mehr ab und die sich wiederholenden Bilder vor meinen Augen, was im Lagerraum passierte, zerfrisst meinen Verstand. Und Portia, die nun wie erstarrt mitten in der Bar stehen bleibt. Die Bar ist leer, Venia macht Feierabend und kaum ist sie raus, fährt Portia mich nach stundenlangem Schweigen an: »Sag mir, warum ich dich hier haben wollte? Sag es mir?«

Ich weiß es nicht. »Weil wir Freunde sind?«

»Ja!«, brüllt sie. »Du warst einsam und ich wollte dir helfen. Und was machst du?«

»Ich passe schon auf mich auf, Portia. Das im Hinterzimmer war nicht geplant.«

»Das ist so ein Klischee! Und ich dachte, ich bin auf der sicheren Seite mit dir!«

Das verstehe ich nicht, aber ehe ich darauf reagieren kann, brüllt sie mit den Händen in der Luft wedelnd weiter.

»Das war solch eine sichere Sache! Du lässt dich nicht anfassen. Rastest aus, wenn man dich auch nur versehentlich berührt, aber dann …?«

Vor mir bleibt sie in Rage stehen und ihr wilder Blick trifft mich.

»Das Erste, was du tust, ist, dich meinem Freund an den Hals zu werfen?«

»Was habe ich? Ich dachte, du bist mit Fabio zusammen.« Sie legt die Hand an die Stirn und schließt die Augen. Ich verstehe jetzt gar nichts mehr. Luciano machte nie den Eindruck, mit Portia liiert zu sein oder überhaupt vergeben zu sein. Er sieht sie auch nicht so an, wie Fabio meine beste Freundin anhimmelt.

»Ich sagte -«, knurrt sie und schaut mich wieder an. »- einen Freund. Einen meiner Freunde, kannst du dir keine eigenen Freunde suchen?« Was meint sie? Ich soll mir generell eigene Freunde suchen? Oder möchte sie nicht, dass ich mit diesen bestimmten Männern befreundet bin? Sie weiß doch, dass ich keinerlei Freundschaften pflege, außer unsere. Die Menschen kommen mit mir nicht klar. Und ich verstehe sie auch nicht. Oder hat sie ein anderes Problem?

»Bist du mit Luciano zusammen?« Sie schüttelt den Kopf. »Bist du in ihn verliebt?« Das ist zwar weit hergeholt, weil sie Fabio nähersteht, aber sie ist gerade aufbrausender als sonst.

»Jelly!« Was habe ich denn jetzt falsch gemacht?

»Wenn ihr kein Paar seid, warum bist du so sauer, Portia?«

»Ich passe nur auf dich auf, Jelly. Und Luciano ist ein großer Fehler. Halt dich von ihm fern.«

»Ich dachte, ich soll nett zu ihm sein und ihm meinen Respekt zeigen.« Etwas Unbekanntes steht zwischen uns. Ich bin so unterbelichtet und emotional verkrüppelt, wenn es um das Zwischenmenschliche geht. Selbst Portia einzuschätzen fällt mir gerade sehr schwer.

»Ja, du sollst höflich sein, aber ihn nicht bumsen!«, fährt sie wieder hoch. »Ficken und nett sein ist ein gewaltiger Unterschied, Jelly!«

»Hättest du ein Problem, wenn ich mit ihm schlafen würde?«, frage ich, ohne zu wissen, ob ich das überhaupt möchte. Eigentlich nicht. Andererseits war da dieses fremde, viel zu intensive Gefühl.

»Bambina, du hättest ein Problem, sobald du mit ihm fickst!«

Ich wollte das hinterfragen, als ich mitbekomme, wie der grimmige Luciano wieder im edlen schwarzen Anzug zu sehen ist. Den Hut tief im Gesicht und den Stock als verlängerten Arm, der über den Boden kratzt, betritt er die Bar und sofort spüre ich die Hitze von innen und die Kälte von außen. Er hebt den Kopf und schaut mich unter dem Hut direkt an. Aber mein Blick fällt auf Portia. Sie schaut über die Schulter zu mir, schüttelt den Kopf und stampft wortlos an ihm vorbei aus der Bar.

»Sie ist verstimmt«, stellt er fest und die Art, wie er es sagt, lässt erahnen, wie wenig es ihn interessiert.

»Dabei sollte ich doch nett zu dir sein.«

»Hm. Du sollst nett sein?«, raunt er so tief, dass es mir ungewollt zwischen die Beine vibriert und meine Lippen zu kribbeln beginnen.

»Schließ den Laden und komm mit.«

»Ich mag keine Befehle, Luciano«, lass' ich ihn wissen. Aber er erwidert viel zu ehrlich: »Trotzdem befolgst du sie.«

»Darüber wundere ich mich selbst.«

»Da sind wir schon zu zweit. Komm, Happy.«

»Was hast du denn vor?«

»Mit dir? Schließ ab und finde es heraus.« So geheimnisvoll? Der Widerwille in mir tut sich auf und verdrängt die Neugier. Während er dasteht, auf mich wartet und mich mit seinem Blick durchlöchert, verstärkt sich der Wille, ihm gnadenlos zu folgen. Wo auch immer er mich hinführt.

Rasch laufe ich zur Theke, hole den Schlüssel aus dem Fach und springe auf ihn zu. Zwar schüttelt er über meine anbahnende Euphorie den Kopf, dennoch hält er mir die Tür auf. Nachdem auch er die Bar verlässt, schließe ich ab. Als ich mich umdrehe, steht er vor einem schwarzen SUV, der direkt vor der Bar parkt und hält mir die hintere Tür auf.

»Wohin fahren wir?«, will ich wissen, als ich einsteige. Er steigt zu mir auf den Rücksitz und ich rutsche durch. Da wird mir der Fahrer bewusst. Ein gruseliger Typ im Anzug sitzt hinter dem Steuer. Mit seinen harten und kantigen Gesichtszügen könnte man Stein wie Butter schneiden. Die Tür knallt zu und der Kerl startet den Wagen.

»Ernsthaft, Luciano, wohin fahren wir?«

Er zieht seinen Hut ab, legt ihn auf seinem rechten Bein ab und fährt sich durch das braune Haar. Meine Fingerspitzen zucken sehnsüchtig danach, durch seine weichen, dichten Strähnen zu streichen.

»Du verleugnest Geister«, beginnt er überraschend und lässt damit durchblicken, dass er daran glaubt. Er! Der Mann mit dem altmodischen Kleidungsstil, der brummigen Art und der tiefen Dunkelheit um sich herum glaubt an paranormale Aktivitäten?

»Existieren sie etwa für dich?« Ich fasse es noch immer nicht.

»In deiner Wohnung passieren merkwürdige Dinge und du stellst dir nicht die Existenzfrage?« Dieses Gespräch ist grotesk.

»Das ist alles logisch und frei von Geistern zu erklären. Ich habe vergessen, die Fenster zu schließen und durch den Durchzug ist das Glas umgekippt.«

»Hast du wirklich vergessen, die Fenster zu schließen?« Nein. Aber …

»Es ist ein altes Haus, Luciano. Vielleicht habe ich es auch nicht ordnungsgemäß geschlossen oder was auch immer. Es ist logisch zu erklären.«

»Du gehörst zu den Menschen, die alles anfassen müssen, um zu bestätigen, dass es real ist.«

»Nein. Nicht zwangsläufig. Es muss nur logisch sein. Wenn es keinen Sinn ergibt, ist es nicht unbedingt real.«

»Würde es dir reichen, wenn du es sehen kannst, Happy?« Sehen? Damit verwirrt er mich. Ich schaue aus dem

Fenster und die Dämmerung tritt ein. Wir fahren noch immer und eine Ahnung breitet sich aus.

»Hast du die Absicht, mich in Angst und Schrecken zu versetzen?« Er lacht auf und bei dem heiteren Klang seiner tiefen Stimme hüpft mein Herz. »Ich muss dich enttäuschen, Luciano. Keine Phänomene, die nun mal physikalisch erklärbar sind, lehren mich das Fürchten.«

»Du sollst dich nicht fürchten, sondern verstehen.«

»Ich verstehe die Physik. Und auch die Chemie. Sie sind logischer als das menschliche Handeln und Denken.« Ich gebe mehr preis, als ich es vorhatte. Wiederum ist Portia mit Fabio zusammen und wird den beiden mysteriösen Kerlen bis ins kleinste Detail erzählen, woher sie mich kennt und wer ich bin.

»Du denkst, Geister könnte man mit Physik und Chemie erklären?« Da kichere ich.

»Es ist möglich. Übersinnliche Vorkommnisse sind physikalisch erklärbar und wie wir darauf reagieren ist die chemische Reaktion in unserem Körper.«

Er mustert mich genauer und zeitgleich spüre ich die dunklen Blicke des Fahrers, die mich durch den Rückspiegel fixieren.

»Ich bin gespannt, wie du mir das erklärst, was du gleich sehen wirst.« Er hört sich nicht interessiert an, weshalb ich ihm den Wind aus den Flügeln nehmen:

»Ich bezweifle, dass solche Erscheinungen interessant sind, Luciano. Spannend sind insbesondere die Menschen, deren Körper durch eine Erkrankung Alkohol produzieren. Ich trinke keinen Alkohol. Aber diese Menschen auch nicht und sind alkoholisiert.«

»Was redest du da?«

»Ich spreche von dem Eigenbrauer-Syndrom. Hefepilze, die sich vermehren und einen Gärungsprozess in Gang setzen, der Kohlenhydrate in Ethanol, Butanol und Methanol verwandelt. Der Alkohol gelangt in den Blutkreislauf und schwups ist man vollkommen dicht, ohne einen Tropfen Alkohol getrunken zu haben. Der Darm ist spannend.«

Verdutzt schaut Luciano aus der Wäsche und schüttelt kaum merklich den Kopf.

»Das ist wirklich spannend«, höre ich vom Fahrersitz und Luciano knurrt:

»Davon habe ich noch nie gehört!«

»Kein Problem«, helfe ich ihm lächelnd. »Wenn du dein Handy nimmst, auf den Internet-Explorer klickst, findest du eine Suchmaschine, die nahezu alles weiß. Sie hilft dir, deine Wissenslücken zu füllen.«

»Wie kann das passieren?«, will der Fahrer wissen.

»Das habe ich gerade erklärt.«

»So niedlich und doch ein Arschloch.«

Ich schaue zu den dunklen Iriden, die ich im Rückspiegel erkenne. Trotz seiner Beleidigung gebe ich mich geschlagen und erkläre:

»Bei gesunden Personen wird Ethanol in geringen Mengen während der Verdauung gebildet. Aber, wenn durch eine gestörte Darmflora, sich Pilze oder Bakterien vielfach vermehren, können größere Ethanol-Mengen produziert werden und über den Dünndarm in den Blutkreislauf gelangen. Kohlenhydrate führen zu einer weiteren Erhöhung. Die Ernährung und der übermäßige Gebrauch von

Antibiotika sind letztlich dafür verantwortlich, dass der eigene Körper zur Brauerei wird.«

»Unglaublich, zu was der Körper in der Lage ist. Das ist höchst interessant«, meint der Fahrer mit der so kurz geschnittenen Frisur, dass nur ein dunkler Schatten über seiner Kopfhaut liegt.

»Das Interessante daran ist, dass die Diagnose der Erkrankung nicht so schnell stattfindet«, bringe ich ein.

»Wieso das denn nicht?«, will er wissen. »Es fällt doch auf, wenn man betrunken ist.«

»Das ist das Problem«, mischt sich Luciano ein und meint lässig: »Ich kann es mir gut vorstellen. Kein Arzt glaubt dem Patienten mit einem erhöhten Promillewert, dass er nichts getrunken hat.«

»Genau das ist das Problem. Die wenigsten Menschen denken um die Ecke. Sie sehen etwas und ziehen dadurch Schlussfolgerungen. Sie sehen einen Schein, hören ein undefinierbares Geräusch und weil sie an etwas glauben oder nur über das Grundwissen verfügen, halten sie sich daran fest und behaupten, es sei etwas Übernatürliches. Wie zum Beispiel ein Geist.«

Luciano hustet auf und schaut an mir vorbei zum Fahrer.

»Ja, Dino. Sie ist ein Arschloch.«

»Oder sie schätzen Menschen generell falsch ein«, wehre ich die nächste Beleidigung ab.

»Ja, Lucifer. Aber sie hat eine niedliche Art uns zu sagen, wie schlau sie ist und wie dumm wir sind.«

»Sie ist uns überlegen.« Die Ironie in Lucianos Stimme tropft auf seinen schicken Anzug, weshalb ich das ignoriere, auch wenn der Fahrer darüber hörbar schmunzelt.

»Das hat mit Dummheit nichts zu tun. Nur mit Wissenslücken. Ich würde es ja auf das Bildungssystem schieben. Aber letztlich liegt es an den Menschen selbst. Ich gehöre nun mal zu den wenigen Personen, die sich an der Frage festbeißen, bis sie eine Antwort haben. Was mich auf eine andere Frage stößt. Bist du mit Portia zusammen?«

»Nein. Ich habe sie zeitweise gefickt. Aber jetzt nervt sie mich nur noch.«

Da weiß ich gar nicht, was ich erwidern soll.

»Wow. Du bist sehr ehrlich. Schläfst du häufig mit Frauen, ohne mit ihnen liiert zu sein?"

Das Husten vom Fahrersitz ist Antwort genug, aber Luciano bleibt ehrlich.

»Klar. Ich bin ein Mann, Happy. Wenn ich keine Frau ficken würde, platzen eines Tages meine Eier.« Hitze schießt mir in die Wange und ich wünschte, ich hätte nie gefragt. Ich habe mehr herausgefunden, als ich wissen wollte. »Ist Fabio mit ihr zusammen?«

»Was glaubst du?« Er lässt mir keine Zeit zu antworten, da meint er: »Ach, stimmt ja, du glaubst nicht, sondern findest es lieber heraus«, erkennt es Luciano. Ich nicke und erläuterte weiter: »Auf der Suche nach Antworten finde ich Antworten, deren Frage ich gar nicht gestellt habe.« Ich kann nicht anders und quietsche: »Das ist so aufregend!« Kurz hüpfe ich auf dem Sitz, während mich der Sicherheitsgurt zurückzieht.

»Abgesehen von deinen Antworten. Das will niemand freiwillig erfahren.«

Das Auto stoppt und ich erstarre mit den Händen in der Hüfte.

»Wir sind da, Happy!« Meinen Spitznamen betont er mit angedeutetem Lächeln und öffnet die Tür. Zwar schnalle ich mich ab, zögere jedoch, mich vom Sitz zu bewegen, und schaue durchs Fenster. Die Sonne ist noch nicht ganz untergegangen, aber die imposanten Villen im Kolonialstil mit den weitreichenden gepflegten Vorgärten liegen im Schatten. »Happy?« Ich mag meinen Spitznamen und wende mich zu Luciano, der mir den Griff ins Wageninnere hält. Ich rutsche zu ihm und nehme die höfliche Geste schmunzelnd an. Von ihm oder eher seinem Spazierstock lasse ich mir aus dem Wagen helfen. Neben mir richtet sich Luciano den Hut und setzt den Spazierstock ab. Wir stehen vor einer prachtvollen Kolonialstilvilla mit zugleich griechisch-römischen Elementen. Säulen, Verzierungen und einem weitläufigen hellen Pflastersteinweg, wo rechts und links sattes Grün und blühende Farben uns den Weg zur Villa zeigen.

»Wow«, stoße ich aus, während hinter mir die Autotür ins Schloss fällt.

»Diese Villen haben alle eine Geschichte, Happy. Legenden über Intrigen, Schönheit und Geheimnisse, die nun die Geister weiterführen. Die früheren Bewohner haben zwar ihre Körper verlassen, verweilen jedoch noch immer hier. Ich werde dir keine Geistergeschichten erzählen. Denn der *Garden District* verbindet die Seelen mit der Stadt. Das, was hier passiert, verwandelt jeden Skeptiker in einen Gläubigen.«

»Warst du einmal ein Skeptiker?« Ich schaue zurück zu Dino, der vor dem Steuer sitzen bleibt.

»Ich bin hier aufgewachsen, Happy. Ich wusste schon

sehr früh, dass es auf dieser Welt mehr zu entdecken gibt, als in Büchern steht.« Mein Blick wandert zu Luciano, der zu mir hinunterschaut. »Du kannst alles mit Physik und Chemie erklären, wie du willst. Aber eines Tages kommst du an einen Punkt, an dem du zugeben musst, dass es nur eine Erklärung dafür existiert.«

»Die da wäre? Dass Geister in Häusern lauern?«

»Dass in keinen Schulbüchern steht, was mit uns passiert, wenn wir sterben.«

»Redest du jetzt von Himmel und Hölle?«

»Nein, Happy. Ich rede von einer Nebenwelt. Einen Ort, an dem wir unseren Frieden finden oder eben nicht. Wo Menschen verweilen und uns manchmal etwas mitteilen möchten, weil sie uns beobachten können.« Ich verkneife es mir, die Augen zu verdrehen, und schaue auf die wunderschöne Villa, die sich hell erstreckt, obwohl die Sonne untergeht.

»Na, komm.« Er legt mir die Hand auf den unteren Rücken und schiebt mich voran. Doch auf einmal brennt sich seine Handfläche durch den Stoff, senkt sich schmerzhaft in mein Fleisch und der Schatten verschlingt den Blick zu dem Gebäude.

Jeder Schritt kriecht mir qualvoll in die Gedärme und der Druck in meinem Rücken verstärkt sich.

Ich weiß, was auf mich zukommt. Ich spüre die Gefahr durch meine Glieder und die Angst lodert in meinen Knochen. Der Schmerz wird mich als Nächstes erreichen. Und die Vergangenheit mich packen.

»Geh schon, Jelly, er wartet auf dich.« Mein Blick hebt sich in die Richtung, aus der die viel zu bekannte Stimme kommt. Und nicht Luciano schiebt mich den Weg hinauf.

»Zier dich nicht so. Ich weiß, wie sehr dir das gefällt.« Damit bestätigt er meine größte Angst. »Meine kleine Prinzessin liebt ihre Nachmittagsausflüge.« Ich blicke über die Schulter zurück und nicht der schwarze SUV wartet dort, sondern der blaue rostige Wagen meines Adoptivvaters. Vom Beifahrersitz beobachten mich blaue Augen, die wie meine sind. »Hilf mir«, forme ich tonlos mit den Lippen und er reagiert nicht. Raider sieht mich weiterhin an und unternimmt nichts, weil er mir nicht helfen kann. Sei lieb, Jelly. Dann ist es schnell vorbei, höre ich ihn durch seinen Blick sagen. Tu, was man von dir verlangt. Aber das kann ich nicht. Es tut so weh. »Bitte nicht!«, flehe ich im Flüsterton. »Daddy, bitte nicht!«

»Na, los!« Er schubst mich vor und ich falle. Fast. Im rechtzeitigen Moment geht die Tür auf und ich werde aufgefangen. Reflexartig schlage ich ihn weg und weiche zurück, pralle jedoch mit dem Rücken gegen Vater.

»Oh, eine kleine Wilde«, grunzt der vollbärtige, kräftige Mann. Er ist so groß wie breit und presst sich durch den Türrahmen.

»Sie ist eine Prinzessin«, erwidert Vater stolz und das Brennen meines Magens kriecht mir den Hals hinauf.

»Das sehe ich.« Er beugt sich zu mir herunter und ich drücke den Rücken an Vater. »Na, wie alt ist denn die Prinzessin?« Fest presse ich die Lippen aufeinander.

»Sie ist hinreißende neun Jahre alt und wird Ihnen viel Freude bereiten. In einer Stunde komme ich sie abholen.«

Vater hält seine Hand auf und der schwere Mann übergibt ihm einen Umschlag.

»Viel Spaß!«, trällert Vater und schubst mich von sich weg, während der Mann meinen Arm ergreift und mich in sein Haus zerrt. Ich habe keine Chance. Die Tür schlägt zu und Vater wird mich nicht wieder mitnehmen.

»Zieh dich aus!«, befiehlt er schroff und ich schaue an mir herunter. Ich mag den kratzigen gelben Stoff meines Prinzessinnenkleides nicht. Aber gerade jetzt möchte ich es auch nicht ausziehen. Er wird mich berühren. Er wird mir wehtun. Und er wird mich zwingen, ihm zu sagen, wie sehr mir das gefällt, obwohl es so wehtut. Auch wenn ich das hier nicht möchte. Ich will das nicht. Tränen bahnen sich ihren Weg. Ich spüre schon den Schmerz auf meinen Körper. In meinem Leib. Überall.

Weshalb tut Vater das? Wieso hört er nicht auf? Warum bin ich seine Prinzessin?

»Nein!«, schreie ich und er ignoriert es.

»Sofort!«, wird er lauter und ich schrecke zurück, weiche zurück und suche nach Rettung. Ich will das nicht. Er tut mir weh. Er wird mir richtig schrecklich wehtun.

»Wenn du dich nicht ausziehst, mache ich das für dich, Prinzessin«, scharf zerschneiden seine Worte die Luft und die Panik breitet sich wie ein Lauffeuer in mir aus. Ich kann das nicht. Er darf das nicht tun. Ich will das nicht und renne los, ohne zu wissen, wohin und weiß mit Sicherheit, wie schrecklich es wird. Aber ich renne so schnell ich kann durch den Flur, erreiche einen Raum, der wie ein Wohnzimmer aussieht und werde im nächsten Moment an den Armen gepackt. Er schleudert mich herum. Ich schreie und trotzdem hilft mir

niemand, als ich auf den Boden aufpralle und er über mir schwebt. Sein Gewicht erstickt mich und trotzdem wehre ich mich. Ich schlage um mich. Trete, kratze ihm ins Gesicht.

»Happy.« Ich kämpfe, bis er mich mit einer Hand auf dem Brustkorb auf dem kalten Stein fixiert. Er lehnt sich zurück und meine Hände erreichen ihn nicht. Er setzt sich auf meine Beine, auf meine Knochen und sie knacken schmerzhaft unter seinem Körper. Das Kleid reißt unter seiner Gewalt. Das Geräusch schneidet mir genauso ins Fleisch wie der Stoff selbst. Seine schwere, große Hand streicht über meine nackte Haut.

»Beruhige dich, Happy.« Seine Hand umklammert meinen Slip und schiebt ihn ungeduldig, hektisch herunter. Sein widerliches Gesicht ertrinkt in meinen Tränen, seine Stimme verstummt unter meinen Schreien. Mich windend kämpfe ich weiter, bis ein Stich kalt meinen Körper ergreift. Mit aller Gewalt, mit allem, was ich an Gegenwehr aufbringen kann, rette ich mich vor den nächsten Schmerzen. Aber alles erfolglos. Ich hatte nie eine Chance. Meine Arme werden schwerer und mir fehlt die Kraft. Meine Gedanken werden in Watte gepackt, genauso wie mein Körper. Ich spüre kein Gewicht auf mir und auch keinen Schmerz. Ich schwebe über dem Boden. Meine Lider werden schwer und während die Schwärze über mich hereinbricht, höre ich dumpfe Stimmen.

»Was hast du getan?«

»Ich habe sie angefasst. Anscheinend bin ich so dumm, wie sie denkt. Hier nimm das, ich nehme sie.«

ZWÖLF

Happy

Die stechende Pein in den Schläfen führt mich in meinen Körper zurück. Langsam öffne ich die Augen und mich begrüßen weiche Laken, eine dunkle Decke und gedimmte Beleuchtung. Wackelig und zögernd richte ich mich auf den Unterarmen auf und entdecke sofort Luciano. Er sitzt auf einem breiten Ledersessel. Das Jackett liegt über der Lehne und das gleichfarbige Hemd ist an seinen Armen hochgekrempelt. An seinem rechten Arm sind dunkle Linien um seine Haut geschlungen. Er ist tätowiert. Was mich angesichts seines sonstigen Erscheinungsbildes wundert. Mit den Ellenbogen auf seinen Oberschenkeln hält er den Kopf in seinen großen schmuckverzierten Händen. Das braune, dichte Haar fällt ihm nach vorn. Und obwohl es anstrengend aussieht, so wie er da sitzt, wirkt er entspannt. Verwirrt wende ich den Blick von ihm ab und schaue mich um. Braune, nahezu schwarze schwere Möbel stehen in dem geräumigen Raum. Zwei Kommoden, ein kleiner Beistelltisch und ein Schrank, der mit der gesamten Wand verschmilzt. Kaum Deko. Nur einzelne Lampen mit Schirmen aus buntem Glas und vereinzelt herumliegende Bücher, undefinierte Knochenteile und bedrohliche, zusammengenähte kleine Puppen schmücken den ohnehin schon erdrückenden Raum, der nach ihm riecht. Ein maskuliner, herbsüßer Duft, der in der Luft schwebt.

»Wo bin ich?«, frage ich und er schaut auf. Er lehnt sich mit zusammengezogenen Augen, die mich wie Schlitze fixieren, zurück und lässt sich mit der Antwort Zeit.

»Was ist passiert, Luciano?«

»Du bist bei mir«, brummt er, wie ein Blitz schießt die Erkenntnis durch meinen Kopf.

»Was hast du getan?«, brülle ich und springe aus dem Bett.

»Ich? Du bist ausgeflippt!«, schreit er zurück, steht auf und meine Gedanken wirbeln herum, zeigen Bilder und überrollen mich mit einer Flut aus Panik und Verzweiflung. Ich höre Worte, spüre dieses Empfinden und obwohl ich die Tür vor Augen habe, meine Beine längst auf dem Weg dorthin sind, wirble ich herum und werde noch lauter: »Du hast mich betäubt!«

»Du geisteskranker Flummi.«

Er setzt einen großen Schritt auf mich zu.

»Du hast mich -« Die Bedrohung ist greifbar, als er den Satz knurrend beendet:

»- angegriffen!«

Ich straffe die Schultern und stiere ihn an. Eine wütende Erklärung liegt mir auf der Zunge, seine gewaltbereiten mächtigen Schritte auf mich zu lassen mich jedoch verstummen und ich weiche ihm rückwärts aus.

»Du hast um dich geschlagen!« Seine leuchtenden Augen fokussieren mich auf eine Weise, die mir bis ins Innere schneidet.

»Du hast mich gekratzt!«, zählt er weiter auf und die Tür im Rücken stoppt meine Flucht. Genauso schnell steht er vor mir. Blind greife ich zurück nach dem Türgriff.

Knallend schlagen seine Hände neben meinen Kopf an das Holz der Tür.

»Du bist krank!«, brummt er mir mitten ins Gesicht. Eingesperrt zwischen seinen Armen verweigert er mir die Flucht. Er ist mir so nah, dass ich seinen Atem auf den Lippen spüre und seine fast gelben Augen mich erdolchen. Er berührt mich nicht. Dennoch strahlt er eine Hitze aus, die mich durch die Kleidung zu verbrennen droht.

Wie erstarrt stehe ich da, gefangen, und seine Nähe erhitzt mir das Blut. Er verbrennt mich. Er bringt mich zum Kochen. Bis ich platze.

Ich öffne den Mund, bereit, ihm den gesamten Hass entgegen zu brüllen.

Da kommt er mir schneidend zuvor. »Halt die Klappe!« Und seine Lippen prallen auf meine. Hart und weich. Heiß und kalt. Schmerzen und Heilung zugleich. Ein Stromschlag zieht mir durch den Körper. Doch erst als er seine Zunge drängend zu meiner schiebt und sein Geschmack sich verteilt, verwandelt sich die Wut in etwas viel Gewaltigeres. Mich von der Tür abstoßend, schlinge ich die Arme um seinen Hals, dränge mich an ihn und werde zu seiner. Zu einem. Sein Schmerz kennt meinen. Sein Verlangen erweckt meines. Und seine Sehnsucht füttert alle nie gewagten Träume. Als würde nur ein halbes Herz in meiner Brust schlagen, das durch ihn zu einem Ganzen wird. Seine Lippen sind unerbittlich. Seine Zunge brutal. Er legt die Arme um mich und umklammert mich. Er sperrt mich mit seinem Körper ein und verbrennt mich.

Mit aller Kraft befreie ich mich, schlage seine Hände von mir und schubse ihn weg. »Fass mich nicht an!«, brülle ich und handle ich weiter, ohne nachzudenken. Mit zwei schnellen Schritten bin ich wieder bei ihm und ziehe ihn am Hemd an mich und presse meine Lippen auf seine. Da, wo sie hingehören, als wären sie nur dafür geschaffen.

Ein Wirbelsturm unterschiedlicher Gefühle erfasst mich, reißt mich weg und presst mich gleichzeitig weiter an ihn.

Meine Zunge streicht über seine, nimmt seinen Geschmack auf und mein Herz zieht sich auf die schönste Weise zusammen, wie ich es noch nie erlebt habe.

Er legt mir seine Hand an den Nacken und schiebt mich mit der anderen Hüfte näher zu sich. Seine Handflächen brennen sich durch die Haut, durch meine Sehnen, Nerven, durch mein gesamtes Fleisch, bis er meine Knochen versengt und Seele ergreift. Er berührt mich.

Er wird mich zwingen. Er wird mir wehtun.

Er darf mich nicht anfassen. Seine Nähe zerquetscht mich. Ich bekomme keine Luft mehr. An der Brust schubse ich ihn von mir und schlage nach ihm, bis er ausreichend Abstand nimmt.

Vor mir stehend senkt sich sein Brustkorb heftig und er starrt mich an. Das Gelb seiner Iriden wird von seiner Dunkelheit verschluckt, wie er mich in sich einsaugt. Wie er mich erneut wieder an sich zieht. Allein mit diesem verzehrenden Dasein. Vollkommen überfordert, von meinen Emotionen überwältigt und gelenkt, kann ich an nichts anderes denken, als ihm nahe zu sein. Dieser Abstand zu ihm ist rau und kalt und beängstigend. Ich muss ihm näher sein. Noch näher als zuvor. Ich will auch so durch seinen Körper dringen, wie er durch meinen. Von der Hitze erfasst, reiße ich mir den Blazer vom Leib. Ohne nachzudenken, gehe ich auf ihm zu und reiße auch ihm das Hemd an der Brust auf. Vereinzelte Knöpfe fliegen herum, aber mein Blick bleibt auf seiner nackten, gebräunten Haut haften. Zeitgleich darf er mich nicht gefangen nehmen, mir jegliche Überlebenschancen entreißen und er darf mich auf gar keinen Fall besitzen. Ich schubse ihn weiter und er fällt zurück auf den breiten Ledersessel.

»Happy!«, haucht er mit aufgerissenen Augen. Er sitzt da, das Hemd geöffnet, seine definierten Bauchmuskeln, worauf Schatten tanzen, den Blick fixiert auf mich und ich will ihm nur nahe sein.

Trotz meiner gebrochenen Stimme warne ich ihn: »Nicht anfassen!« Er nickt langsam.

Unwissend darüber, was ich hier tue, setze ich mich auf seinen Schoß.

Seine Arme ruhen neben mir auf der Lehne und seine immer dunkler werdenden Augen durchdringen mich.

Zwischen den Beinen spüre ich ihn. Seine harte Erektion drückt sich durch den Stoff seiner Hose direkt an meinen Schritt und ich schiebe ungewollt das Becken vor. Seinen Lippen öffnen sich, wie die meinen, als mir das Gefühl von meiner Mitte durch den gesamten Körper peitscht. Alle Wunden der vergangenen Jahrzehnte reiße ich mir selbst auf. Gleichzeitig löst es ein tiefes, sehnsüchtiges Empfinden aus, welches ich nicht zuordnen kann. Aber es zwingt mich, mit den Fingern über seinen nackten Körper zu gleiten, sie in seinem Nacken zu verschränken und meinen Mund mit seinem zu verschließen, als könnte sein Kuss alles Zerbrochene flicken.

Verlangend nach seiner Rettung vertiefe ich den Kuss und nehme seinen kostbaren Geschmack in mich auf. Automatisch, und als würde mein Körper eigenständig handeln, bewege ich die Hüften.

Obwohl dieses heiße, nie dagewesene Empfinden mich überwältigt, reicht es nicht. Es reicht bei Weitem nicht. Ich will mehr. Brauche mehr. Ich möchte in ihm versinken und für immer von seiner Gewalt verschlossen werden.

Blitzartig fährt er hoch, umschlingt mich mit der einen Hand im Nacken und der anderen am Oberschenkel und presst mich knurrend an sich. Panik kocht hoch und platzt. Ich schubse ihn zurück, ziehe die Pistole aus dem Holster und ziele auf ihn.

Atemlos und schockiert über mich selbst, warne ich ihn erneut: »Nicht anfassen!« Im festen Griff halte ich den Lauf an seine Schläfe und mit geweiteten Augen nickt er zustimmend. Seine Arme und Hände legt er zurück auf die Lehne, bevor ich mich vorbeuge. Sanft und zart streifen unsere Lippen übereinander, während ich die Waffe an seinen Kopf halte.

Er lässt es zu und gewährt mir die Zeit, die ich wieder benötige, um mich zu sammeln. Als seine Zähne sich in meiner Unterlippe festbeißen und seine Zungenspitze vorschnellt, um darüberzustreichen, wimmere ich und bewege mich auf ihm. Er reißt mich aus der Angst und ich verbrenne an ihm. Trotzdem bleibt der Lauf an seiner Schläfe. Schweiß legt sich über unsere Körper und ich glühe weiterhin, ersticke in den Flammen, die er in mir auslöst, und schnappe nach Luft. Fest kralle ich die Finger der anderen Hand in seine Brust und suche nach Halt, während meine Bewegungen schneller werden.

»Steh auf!«, befiehlt er an meinen Lippen und ich lehne mich zurück, um ihn anzusehen.

»Steh auf, Happy«, wiederholt er raunend, beinahe mit gebrochener Stimme. Es ist falsch, ihm eine Waffe an den Kopf zu halten, und auch wenn es mich schmerzt, dass er Abstand benötigt, reagiere ich sofort.

»Nein, warte!«, hält er mich auf, als ich von ihm herunterklettern will. »Du sollst nur deinen Hintern anheben.« Ich verstehe nicht, was er genau von mir genau will und richte mich so auf, wie er es wollte. Er rutscht im Sessel hoch und stockt sogleich.

»Ich werde dich nicht anfassen«, meint er und spricht so, als würde ich ihm gerade nicht mit einer Waffe am Kopf bedrohen. Allerdings bewegt er sich mit Vorsicht und ohne mich zu berühren, während er langsam das Hemd auszieht. Dabei bricht er nicht den Blickkontakt zu mir. Tief und fest schaut er mir in die Augen, als er in Zeitlupe das Hemd zur Seite fallen lässt und im Sessel zwischen meinen Beinen etwas herunterrutscht. »Ich fasse dich nicht an, Happy«, betont er und ich breche unseren Blick, als ich seine Fingerspitzen verfolge, die zu dem Hosenbund streichen. Er öffnet den Knopf und ich meinen Mund. Unter mir, mit Bedacht, mich nicht mit den Händen zu berühren, schiebt er sich Hose samt Shorts vom Körper.

Mein Atem bleibt stehen, als ich sein Glied sehe. Ich will das nicht. Nein. Ich will es nicht. Und doch bleibe ich, wo ich bin, und will mich nun einmal nicht abwenden. Nicht von seinem Schoß springen und vor allem nicht flüchten.

Mein Körper fleht nach mehr. Nach ihm. »Ganz ruhig, Happy«, verdeutlicht er mir raunend und atemlos. Achtsam gleitet er mit beiden Händen zu meiner rechten Körperseite unter den Rock. Ich halte die Luft an. Aber als seine Finger den Rand meinen Slips ertasten, schiebe ich den Schlitten der Pistole zurück und zeitgleich reißt mein Slip zwischen seinen Händen. Das Metallgeräusch vermischt sich mit dem Reißen des Stoffes. Die geladene Pistole bohrt sich in seine zarte Haut an der Schläfe, während der Rest des Slips an meinem anderen Oberschenkel hinüber streift.

»Du willst es, Happy.« Er durchdringt mich mit seinem Blick und ich verliere den Halt. Oben, unten, rechts und links. Alles vermischt sich.

»Du bist feucht.« Er nickt zu meinem Bein und ich schaue hinab auf die Überreste des Slips. Der dunkle Fleck schießt mir direkt ins Mark. Ohne den Arm zu senken, gleite ich mit der anderen Hand unter den Rock und erschaudere, als ich mich selbst ertaste. Meine Fingerspitzen lösen ein Zucken in meiner Mitte aus. Ein

Pulsieren, welches darum bettelt, ihn zu spüren. Aber ich nehme auch die heiße Nässe wahr, die sich gebildet hat. Ich kann es kaum glauben und es verwirrt mich nur noch mehr. Überfordert ziehe ich die Finger zurück und schaue sie mir an. Die Fingerkuppen glänzen von meiner Lust. Ich habe mich nie gewagt, davon zu träumen. Und doch erfahre ich es jetzt.

»Lass mich dich kosten.« Noch verwirrter schau ich ihn an, aber sein Blick verrät nicht, was er meint. »Halt mir deine Finger hin.« Von ihm gesteuert, strecke ich den Arm aus. Er umschließt meine Finger mit seinen Lippen. Ohne den Blick von mir abzuwenden, streicht seine Zunge über die Fingerkuppen und ich erschaudere, als er regelrecht genüsslich an meinen Fingerspitzen saugt. Das Pulsieren zwischen meinen Beinen verstärkt sich und ich schnappe nach Luft. Er gibt mich wieder frei und deutet ein winziges Lächeln an.

»Du schmeckst köstlich, Happy.«

In meinen Kopf ist alles weggesaugt von seiner Dunkelheit, von diesen Augen und von seinen Lippen an meinen Fingern. Aber vor allem von seinen Worten.

»Los, Happy. Sag mir, dass du es willst.« Ich kann nicht.

»Du willst es, Happy. Dein Körper weiß es, du weißt es, ich weiß es. Sprich es aus.«

Ich will ihn spüren. Aber auch so?

»Sag es«, raunt er dunkel und ich schließe die Augen. Ich kann nicht. Meine Mitte zuckt, pulsiert und die Hitze verbrennt mich nach wie vor. Aber ich kann es nicht aussprechen.

»Setz dich auf meinen Schwanz.« Erneut bleibt mir die Luft weg. Augenblicklich schaue ich nach unten, wo er sein Glied in der Faust hält.

»Ich halte es nicht länger aus, Happy. Entweder setzt du dich jetzt, oder …« Ich stoppe seine Drohung, indem ich mehr Druck mit dem Lauf an seiner Schläfe ausübe.

»Oder du gehst!«, knurrt er zwischen zusammengebissenen Zähnen und lässt sich nicht von der Pistole beeindrucken. »Jetzt!«

Ich zögere und er reagiert, wie ich es nicht erwartet hätte: »Ich werde dich auf keine andere Weise berühren. Ich fasse dich nicht an. Du bestimmst.« Ich schlucke und nicke anschließend knapp. Eher unentschlossen rutsche ich etwas vor, schwebe über seinem Glied und lasse mich nur ein Stück nieder. Ein wenig, sodass ich ihn genau an der richtigen Stelle spüre. Und verharre. Langsam zieht er seine Hand zurück und er dringt in mich ein. Nicht viel. Nicht weit. Und doch überwältigt es mich. An seiner Brust stütze ich mich ab und kreise die Hüfte.

Minimal hebe und senke ich das Becken und er knurrt. So wie ich bei dem Gefühl, wie er mich weitet, wimmere. Schweiß bildet sich auf meiner Stirn, der Puls jagt hoch und ich stütze mich Halt suchend an seiner Brust ab. Hitze verbrennt mich von innen heraus.

Ich schnappe nach Luft, während ich mich immer weiterbewege, ausschließlich an seiner Spitze. Seine Arme liegen beide rechts und links auf der Armlehne und unsere Blicke greifen ineinander. Er brummt, knurrt und sein Kiefer ist hart angespannt. Aber das alles ist das großartigste

Gefühl, welches ich je hatte und nie erwartet habe, es so zu fühlen. Nicht nach allem, was geschehen ist.

Unter mir spannt er sich komplett an und seine Muskeln werden zu Stein. Plötzlich stößt er den Atem aus und knurrt so laut, dass es mir ins Fleisch schneidet. Aber ich bewege mich weiter, wie im Rausch. »Happy!« Er legt den Kopf in den Nacken und sieht mich danach an, als wolle er mich mit diesem Blick zerreißen. »Wenn du dich nicht sofort hinsetzt und mich fickst, werde ich …« Die Drohung stoppe ich, indem ich den Lauf zwischen seine Lippen schiebe.

DREIZEHN

Luciano

»… dich töten«, nuschle ich gegen das Metall. Ich werde sie verdammt noch mal töten, wenn sie sich nicht auf der Stelle hinsetzt.

»Nicht anfassen! Nicht reden!«

Falls sie die Scheißknarre nicht sofort zurückzieht und mir aus dem Mund nimmt, dann … sie wischt jeden Gedanken beiseite, als sie sich langsam auf meinen Schwanz setzt.

Verdammt!

Ihre feuchte Enge schlingt sich um die gesamte Länge und tief.

Sie nimmt mich in sich auf. Hebt und senkt sich stockend, stöhnend, schwer atmend und raubt mir den Verstand.

Sie zuckert mich weg.

Komplett.

Scheiß auf die Knarre. Scheiß auf ihre Dominanz. Sie braucht das.

Und ich noch viel mehr.

Das Klingeln meines Handys schallt durch den Raum, vibriert an meinem Bein, aber Happy reißt mich aus der Gegenwart.

Es ist nicht wichtig. Sie ist wichtig. Sie und dieses verdammt geile Gefühl, welches sie auslöst. Ich ignoriere den Anruf, durch ihre Bewegungen. Sie bewegt die Hüfte so, wie sie es braucht, es will und wie es sich für sie gut anfühlt. Und es ist perfekt. Es ist genial. Und krank. Meine Finger krallen sich ins Leder. Ich glaube sogar, es auseinanderzureißen, so sehr muss ich mich davon abhalten, sie nicht zu packen. Sie eben nicht an mich zu pressen. Und sie auf gar keinen Fall an mich zu halten, um mich immer und immer wieder ins sie hart zu versenken, bis sie schreit und um Hilfe bettelt.

Sie stöhnt immer lauter, wird schneller und gleichmäßiger. Sie reitet auf meinem Schwanz, als würde ihr Leben davon abhängen. Ich kann mich nicht daran satt sehen, wie sie mir ihre wundervollen, vor Schweiß glänzenden Brüste in dem pinkfarbenen BH entgegen drückt. Oder wie sie mit leicht geöffneten Lippen den Kopf in den Nacken legt und dabei ihren Hals freigibt. Das ist der verdammte Zuckerhimmel, in den sie mich schickt, und ich will verdammt sein, wenn ich es durch Kontrollverlust versaue. Die Flammen der Lust züngeln mir das Rückgrat herunter, sammeln sich in meinen Eiern und ich halte es kaum noch aus.

Es kostest meine gesamte Kraft, meine komplette Selbstbeherrschung, sie weiter machen zulassen, ohne sie anzufassen. Ohne sie an der Hüfte tiefer auf meinen Schwanz zu drücken.

»Happy!«, nuschle ich angespannt am Lauf. »Verdammt!« Ich beiße aufs Metall und verwerfe die Hoffnung, dass die Patrone sich nicht löst. Denn so sterben wäre fucking genial.

Mit diesem, wenn auch letzten, Engegefühl an meinem Schwanz lohnt es sich, die Welt zu verlassen.

Der Gedanke, dass das hier mein letzter Fick sein könnte, zieht meine Eier zusammen, wie nie zuvor. Zeitgleich presst sich ihre Pussy zusammen, als wolle sie meinen Schwanz zerquetschen. Das Hier und Jetzt verblasst in diesem einzigartigen, nie dagewesenen engen Gefühl und ich platze. Mit dem Lauf in meinem Mund spritze ich in ihre süße Pussy. Schub um Schub, als wolle es nie enden. Mein Brustkorb zieht sich zusammen und ich sehe schwarz vor Augen, als sie laut stöhnt, sich weiter anspannt und so heftig erbebt, dass sie mich von diesem Ort zerrt.

Ich senke die Lider und langsam zieht sie mir die Knarre aus dem Mund. Ich falle zurück und sie auf mich. Allmählich entspanne ich mich, wie sie auch. Ihr Herz klopft heftig gegen meine Brust und bringt unseren Puls in Einklang. Sie vergräbt so niedlich ihr Gesicht an meiner Halsbeuge, dass mir ihr Atem über die Haut streift. Ich rühre mich nicht, lockere mich und halte die Augen geschlossen. Ich höre ein Aufprallgeräusch und bin mir sicher, dass sie endlich die Knarre aus der Hand gibt. Selbst wenn ich weiterhin Probleme habe, gleichmäßig zu atmen, erlebe ich eine bisher unerreichte Tiefenentspannung. Sie hat mir in der Tat das Hirn verzuckert, geschmolzen und es karamellisiert. Die Gedanken sind zu einer klebrigen, süßen Masse zerlaufen, die sich vehement dagegen wehrt, Happy von mir wegzustoßen. Für nichts auf der Welt werde ich sie hergeben, denn sie gehört hierher. Hier an meine Seite. Jelly Bean ist nicht langweilig. In ihr steckt dieselbe Finsternis wie in mir. Und sie würde mich niemals anöden, höchstens wie jetzt ermüden.

Ihre erhitzte Haut klebt an meiner und der fruchtige Geruch ihres Haars kriecht mir in die Nase. Zu gern würde ich die Arme um sie schließen, ihre zarte Haut entlang der Wirbelsäule hinab streicheln. Aber ich bleibe ruhig sitzen und hindere mich daran, unter ihr die Muskeln anzuspannen. Es ist eine Höllenqual. Zumal ich noch in ihr bin und das Zucken in ihrer Pussy an meinem Schwanz spüre.

Schlagartig richtet sie sich auf, sitzt kerzengerade und schaut mich mit weit aufgerissenen Augen an. Ich bin mir sicher, mich nicht gerührt zu haben. Wie von einer Tarantel gestochen, springt sie von meinem Schoß und mir wird einiges klarer. Aufgebracht und zerwühlt eilt sie im Zimmer herum und plappert vor sich hin.

»Was habe ich getan?«, und »Wie konnte das passieren?«, nuschelt sie vor sich hin, während ich in aller Seelenruhe die Schuhe ausziehe, die Socken und anschließend die Hose. Auch die Shorts fallen zu Boden.

»O Mann!«, schimpft sie und beugt sich vor, sodass ihre geflochtenen Zöpfe herumwirbeln und nach vorn fliegen.

Sie schaut zu ihren Innenschenkeln und ich verkneife mir das laute Lachen. Schmunzelnd ahne ich, was für ein Problem sie nun hat. Stöhnend wiederholt sie sich und die Haarspitzen streifen fast die Decke, als sie den Kopf in den Nacken wirft.

»Das Bad ist rechts von dir.« Ich zeige auf die Tür und sie schweigt, während sie zum Bad stampft.

Mit beständiger Gelassenheit hebe ich die maßgeschneiderte Hose auf, lege sie an der Bügelfalte achtsam zusammen und platziere sie über die Sessellehne zu dem Jackett. Vor Belustigung kann ich kaum innehalten.

»Ich bin nackt!«, ruft sie aus, als sie aus dem Bad tritt. Ich bin es, sie jedoch nicht. Der BH bedeckt ihre handvollen Brüste, der Rock ihren vollen Hintern und sie trägt nach wie vor die pinkfarbenen High Heels mit den glitzernden Absätzen. Ich trage keine Kleidung. Gar keine. Ich verschränke die Arme vor der Brust und hebe die Augenbraue.

»Sieh mich nicht so an! Ich … Ich … Ich habe keinen Slip mehr.« Da sie mit Sicherheit mehr als nur einen besitzt, schweige ich und sie springt durchs Zimmer. Sie sammelt ihren Blazer ein und ignoriert mich, als sie an mir vorbeimarschiert, um ihre Knarre neben dem Sessel aufzuheben. Ich wusste schon vor dem kleinen, pinken Flummi, dass sie die Flucht ergreifen wird. Aber sie wird nicht gehen. Nicht jetzt. Nicht nach dem, was sie getan hat. Angezogen steuert sie auf die Tür zu. Sie öffnet sie, aber ich bin schneller. Gleich hinter ihr drücke ich über ihren Kopf hinweg die Tür zu und achte darauf, sie nicht zu berühren.

Sie hat mich angegriffen, mich geschlagen und die Kontrolle verloren. »Ich muss gehen«, haucht sie und ich lasse es nicht zu. Nicht nach dem Kuss, nicht nach dieser Naturgewalt, die ihre zierliche Figur verbirgt, und erst recht nicht, nachdem sie mir eine Waffe an den Kopf gehalten hat.

»Lass mich gehen.« Nicht, wo sie obendrein meinen Schwanz geritten hat, ich in ihr abspritzte und das alles, während sie mir ihre geladene Knarre in den Mund drückte. »Es ist notwendig, zu gehen.«

»Du bleibst«, bestimme ich und das seit dem Augenblick, als unsere Lippen sich das erste Mal trafen. Sie lehnt die Stirn gegen die Tür und flüstert kaum hörbar: »Das funktioniert nicht.«

Ich achte darauf, sie weiterhin nicht zu berühren, und zeige ihr eine Lösung.

»Schau in die Kommode links von uns.« Sie dreht den Kopf dorthin. »Öffne die zweite Schublade von oben.« Sie zögert, aber schließlich schiebt sie sich zwischen der Tür und mir vorbei, schreitet zu dem robusten Möbelstück und gehorcht. Ich bleibe an Ort und Stelle stehen und beobachte sie von der Seite. Mit aufgerissenen Augen wirft sie mir einen erschrockenen Blick zu.

»Was hast du vor?«

»Ich? Gar nichts, Happy. Du tust es.«

»Ich?« Ihr Blick fällt wieder zur offenen Schublade und ich nähere mich ihr. Mit geringerem Abstand, nur so weit, dass ich auf gar keinen Fall versehentlich mit meinem Körper ihren berühre, bleibe ich stehen und angle mit den Fingerspitzen nach den Ledermanschetten. Vor ihrer

Nase halte ich sie hoch. »Du bleibst und das hier ist mein Angebot.«

»Du meinst, wenn ich dir davonlaufe, jagst du mich und fesselst mich ans Bett?« Die Vorstellung gefällt mir eindeutig besser. Nur mache ich mir nichts vor. »Nein, Happy. Du hast die große Ehre, mich ans Bett zu fesseln, mit der Voraussetzung, dass du bleibst. Denn ich lasse das nicht zu, damit du bei der nächsten Gelegenheit verschwindest, sondern um dir die Sicherheit zu geben, dich neben mich ins Bett zu legen.«

Ihr Blick haftet auf dem Leder und sie fragt verwirrt: »Warum? Warum tust du das?«

»Es ist mitten in der Nacht, Happy. Ich bin müde und biete dir eine Lösung an.« Ist ihr bewusst, dass sie womöglich nie wieder das Schlafzimmer verlassen wird, wenn sie einwilligt?

»Stehst du darauf?«, fragt sie und schaut zu mir auf.

»Fragst du mich ernsthaft, ob ich mich gerne fesseln lasse?« Sie klimpert zur Antwort mit den Wimpern. »Nein, Happy. Das wäre für mich eine Premiere. Und ich greife voraus: Ja, ich fessele Frauen ans Bett. Und ja, darauf stehe ich.«

Ihr Blick wandert wieder zurück zu den Manschetten.

»Und für mich würdest du aus deiner Komfortzone treten?« Je länger sie sich Zeit lässt, umso bewusster wird mir, was für eine üble Idee das ist. In dem Moment, als ich mich umentscheide und mich selbst verteufle, weil ich auf so einen Scheiß gekommen bin, greift sie zu. »Ok, ich fessle dich.« Was habe ich mir nur dabei gedacht?

»Unter zwei Voraussetzungen«, wende ich schnell ein. »Wenn ich über meine Grenzen gehe und ich mich dir ausliefere – schon wieder, tust du das auch.« Sie weicht zurück und ich erläutere es genauer: »Du schläft nicht mit deinen Klamotten in meinem Bett, du wirst nackt sein und wenn ich es recht überlege, gibt es drei Voraussetzungen. Denn mir kommen keine Waffen ins Bett!« Sie schaut an sich herunter und ich teile ihr die letzte Bedingung mit: »Und du verpisst dich nicht einfach. Ich werde zwar gefesselt sein, Happy. Aber wenn du abhaust oder ich wach werde und du bist abwesend, während ich hilflos im Bett hänge wie ein Fisch auf dem Trockenen, wirst du es bereuen!« Auf ihren Lippen bildet sich ihr amüsiertes Lächeln und der anfängliche Druck in meinen Brustkorb lässt umgehend nach. Vielleicht war es doch nicht so eine schlechte Idee. Sie betrachtet die Lederfesselung in ihren Händen und nach einem langen, nervenzerreißenden Zögern willigt sie nickend ein.

Ich bedenke es eine Sekunde, wende mich sofort von ihr ab und lege mich ins Bett. Während sie an der Kommode stehen bleibt und mit sich selbst hadert, verschränke ich die Arme über dem Kopf an die Bettstreben und fordere sie mit meinem Blick auf.

»Vertraust du mir?«, will sie ernsthaft wissen.

»Nein, warum sollte ich, Happy.«

»Du lässt dich von mir fesseln.«

»Momentan stehst du da nur herum. Du wedelst zwar hinreißend mit einer Knarre vor meiner Nase, aber ich bin mir ziemlich sicher, dass du mich nicht wütend erleben möchtest.« Sie schmunzelt und ist offenbar mutiger, als es gesund für sie ist, tritt jedoch ans Bett und legt mir die Manschetten an.

»Zieh dich aus!«, befehle ich und sie überrascht mich, wie entspannt sie dasteht und die Kleidung fallenlässt, als würde ihr das nichts ausmachen. Als sie jedoch meinen Blick bemerkt, erkennt sie ihren Fehler. Gehetzt springt sie ins Bett und krabbelt flink unter die Decke. Sie gibt mir keine Chance, sie ausgiebig zu betrachten, was mich unwillkürlich erheitert.

»Komm ruhig näher«, fordere ich sie weiter auf, weil sie sich am anderen Ende des Bettes die Decke bis unters Kinn geschoben hat. »Ich bin so gut wie bewegungsunfähig.« Kichernd rutscht sie zu mir und deckt mich sogar bis zur Hüfte zu.

Es vergeht eine Zeit, in der sie schweigt und das Einzige, das ich von ihr wahrnehme, ihr heißer Atem an meiner Haut ist.

»Habe ich dir den kleinen Kratzer zugefügt?«, meint sie unvermittelt und bestätigt mir damit, dass sie tatsächlich nicht dabei war. Körperlich schon, aber ihre Seele war ganz woanders.

»Ja, Happy. Das warst du.« Ich zwinge sie nicht zum Reden. Es ist nervig, über Gefühle, Ereignisse und Bedenken zu sprechen, wenn man sie selbst kaum zuordnen kann. Sie rückt näher und kuschelt sich an mich. Sie traut sich, die Wange an meine Brust zu schmiegen, währenddessen streichen mir ihre Fingerspitzen über die Haut und malen kleine Kreise auf der anderen Brust. Behutsam und mit einer längst vergessenen Sanftheit zeichnet sie die Muskelstränge entlang meines gesamten Oberkörpers nach. Am Bauch verharrt sie.

»Ich fühle mich oft zerrissen. Und verloren«, flüstert sie kaum hörbar. »In mir gibt es eine böse, düstere Seite, die ich unterdrücke, um glücklich zu sein.« Wie kann man nur so scheußlich liebenswert sein? Ich bin genötigt, das zu unterbinden.

»Jeder von uns trägt eine Dunkelheit in sich. Eine Schattenseite, die alles zu verschlingen droht, sobald wir sie zulassen.« Jeder von uns spaziert auf dieser Grenze zwischen Himmel und Hölle. Nur ich nicht. Ich weiß, wo ich stehe. Neben mir setzt sie sich auf, stützt ihre Hände auf meiner Brust ab und sieht mich an.

»Mit dem Unterschied, dass du deine Dunkelheit akzeptierst und sie offen zur Schau stellst. Sie ist zu deinem Schutzmantel geworden und darunter schlummert ein süßer weicher Kern.« Kichernd legt sie mir die Stirn auf die Brust und das geflochtene, blonde Haar bedeckt mich wie eine zweite Decke.

»Unterschätze meine Finsternis nicht.«

Da lacht sie lauter und ich lasse sie. Sie ist harmlos, unschuldig, abartig verzuckert, mit Glitzer im Kopf, aber verdammt sorglos. Ihre Gewaltepisoden sind zwar besorgniserregend, aber ihr widerwärtiger Frohsinn zeigt, mit welchem Glück sie durchs Leben springt. Sie schaut zu mir auf und ihr breites Lächeln bringt ihre Augen zum Funkeln.

»Du bist also ein böser, böser, grimmiger Mann.« Ihre Lippen setzen mir einen gezielten Kuss auf die Haut und erneut hypnotisiert sie mich mit den hellblauen Iriden.

Und mit diesem Verhalten. Erst recht, als ihre Lippen über meine Brust streichen. Neben mich kniet sie sich hin und erkundet mich mit ihrem weichen Mund. Sie hinterlässt prickelnde Linien und heiße Flüsse, während sie sich ihren Weg nach unten bahnt. Die Decke an meiner Hüfte stoppt sie und schaut zu mir auf. Mit geröteten Wangen, glasigen Augen und erweiterten Pupillen sieht sie mich an und mir bleibt die Luft weg. Ihr ganzes Gesicht zeigt ihre Erregung und genau dieser Anblick schießt mir direkt in den Schwanz.

»Darf ich?« Ihre Fingerspitzen ziehen leicht an der Decke und sie erwischt mich entgegen aller Erwartung. Was fragt sie noch?

»Nimm dir von mir, was immer du brauchst, Happy.« Sie zieht die Decke herunter und verharrt erneut neben mir. Obwohl sie meinen Schwanz schon gesehen hat, vergrößern sich ihre Augen. Ihre ganz Haltung wirkt eher, als sei sie voller Neugier. Worauf? Sie ist nicht unerfahren. Auf einmal kommt mir Happy wie ein Puzzle vor. Vor mir liegen zig Teile und keines passt zusammen. Kniet die selbstbewusste Frau neben mir, die mich mit Gewalt zurückdrängt, eine Waffe auf mich richtet und mir den Verstand herausfickt? Gerade nicht. Sitzt da der nervig fröhliche, pinke Flummi, der Konfetti in Gesichter wirft? Ganz sicher nicht. Oder betrachtet das brutale Wesen, dessen Seele an einen anderen Ort fliegt, meinen Schwanz? Wer ist sie? Was versteckt sich hinter dieser pinken, süß-fröhlichen Fassade? Denn gerade wirkt sie noch winziger, jünger und unberührter, als sie ohnehin schon ist. Verdammt. Mein Schwanz ist schmerzhaft hart und sie sitzt nur da und beschaut ihn wie ein Weltwunder. Er zuckt nach oben und sie fährt zusammen. Fassungslos schaue ich zur Decke und kann es nicht zurückhalten, ich lache los. Und sie mit mir.

»Tut mir leid«, kichert sie und ich schüttle den Kopf. Das kann doch nicht wahr sein. Ist das hier auch nur ein abgedrehter Traum? Gehöre ich allmählich in eine Zwangsjacke? Tief durchatmend, beruhige ich mich wieder.

»Sag mir, was du möchtest, Happy.«

VIERZEHN

Luciano

Sie schiebt sich die Zöpfchen hinter die Schultern auf den Rücken und mit: »Das hier«, senkt sie den Kopf zu meinem Schwanz. Mit der Zungenspitze fährt sie über die gesamte Länge. Automatisch spanne ich mich an. Falls das ein Traum ist, will ich nie wieder erwachen. Ihre Finger schließen sich fester um meinen Schaft und sie saugt meine Spitze zwischen ihre Lippen. Verdammt ist das geil. Mit jedem Mal, wenn sie den Kopf hebt, drückt sich dabei ihre Zunge fest an meinen Schwanz und sie schaut mir intensiv in die Augen. Sobald sie sich wieder senkt, nimmt sie mich tief in sich auf, saugt und würgt und lässt nicht nach. Mit quälend langsamem Rhythmus reißt sie mich in ihre süße Welt. Bei jeder Bewegung reiben ihre harten Nippel über meine Haut und sie ist so hübsch, mit der Röte im Gesicht und wie meine Härte zwischen ihren Lippen verschwindet. Ihre Lippen umschließen meinen Schwanz, nicht weil sie mir ergeben ist. Die Zungenspitze umspielt Nerven zersprengend den Rand unterhalb meiner Eichel, nicht weil sie hingebungsvoll ist. Und diese gemächlichen Bewegungen zerfleischen mich, nicht um mir den Höhepunkt näherzukommen.

Sie tut all das für sich.

Sie zeigt mir ganz klar, dass sie das hier braucht. Sie erforscht mich und sich selbst. Das ist so unglaublich geil. Dieses Wissen ist so unglaublich erregend und spannt meine Muskulatur an, dass ich die Fesselung bereue. Am liebsten würde ich die Manschetten sprengen, ihren Kopf in meine Hände nehmen und mich in ihren süßen Mund rammen. Verdammt, ich würde ihren Mund hart und um einiges schneller ficken.

Sie schwingt ein Bein über meines und setzt sich, sodass sich ihr Saft heiß auf meine Haut verteilt. Sie lutscht ohne Unterbrechung und beginnt ihre Hüfte dazu zu bewegen, reibt sich an meinem Bein und ich stöhne gepresst auf. Ihr Becken wird schneller genauso wie ihre Lippen, die zügiger über meinen Schwanz gleiten. Sie stöhnt und ich verliere den Verstand. Dieser Anblick ist so geil, fühlt sich doppelt und dreifach sagenhaft an und ich kann kaum an mich halten. Meine Eier ziehen sich zusammen, doch sie erhebt sich und ploppend rutscht mein Schwanz aus ihrem Mund.

Verdammt.

»Ich brauche auch das hier«, verkündet sie wirr und

steht auf. Rittlings kniet sie sich über mich und führt die Schwanzspitze zu ihrem Eingang. Ich erschaudere, zittere und stöhne, als sie sich setzt und mich direkt tief in sich aufnimmt. Erneut reitet sie mich. Abgestützt auf meinen Bauchmuskeln schwingt sie die Hüfte, reibt ihre Pussy auf und ab über meinen Schwanz und stöhnt wie ein Engelsgesang bei jeder Bewegung. Ihre gesamte Haut ist gerötet und ihre Titten hängen mir vor Augen. Verdammt, ich will sie anfassen, an den Nippeln ziehen und darüberlecken.

»Happy, verdammt, ich muss …«

»Nein!«, stöhnt sie laut auf. »Nicht reden!« Sie lehnt sich zurück und stützt sich an meinen Oberschenkeln ab. Im Hohlkreuz streckt sie mir ihre geilen Titten mit den harten rosa Nippeln weiter hin.

»Nicht reden!«, stöhnt sie lauter und wirft den Kopf in den Nacken.

»Bitte!«, schreit sie regelrecht und fickt mich schneller. Verdammt. Ich habe einen direkten Blick auf ihre Pussy und schaue atemlos dabei zu, wie ich mich immer und immer wieder in ihr vertiefe.

Ich weiß, dass ich mich nicht rühren sollte, aber es geht nicht mehr, ich hebe das Becken an, passe mich ihrem Takt an und sie stöhnt lauter, während mir die Hitze über den Körper gleitet.

O verdammt, ich möchte mich tiefer in ihr versenken, sie packen und auf meinen Schwanz setzen und mich in sie rammen, als gäbe es kein Morgen. Sie stöhnt ohne Ende und ich halte es kaum noch aus.

»Fass dich an, Happy!« Sie schaut zu mir auf und ich werde deutlicher: »Reib deinen Kitzler!«

Die Fingerspitzen wandern zu der Stelle, die uns verbindet, und sie beginnt mit dem Mittelfinger den geschwollenen Knoten zu umkreisen. Wimmernd schließt sie sich fester um mich und lässt sich wieder zurückfallen, ohne nachzulassen. Sie fickt mich und sich. Dieser Anblick ist das Schönste, das ich je gesehen habe. Angespannt und zugleich zitternd, verharrt sie und ich hebe das Becken. Sie reibt ihre Klit, während ich sie ficke. Während ich ihr enges Loch endlich in meinem Takt ficke.

Sie fühlt sich so geil an. Ihr Körper spannt sich weiter an, zieht sich an meinem Schwanz hart zusammen und mit zusammengebissenen Zähnen knurre ich: »Nein!«

Sie hebt den Kopf und sieht mich an.

»Du kommst noch nicht!«

Ihre Lippen öffnen sich und ihr Blick schwimmt vor Lust.

»Ich … Ich kann nicht.«

»Steh auf und lutsch meinen Schwanz!« Sie stockt. Aber widerwillig, zitternd, steht sie auf, kniet sich hin und schaut mich verzweifelnd an.

»Du darfst mir das nicht verweigern, wenn ich das brauche!« Es ist eher ein Jammern aus ihrem Mund.

»Du bist zwar Eigentümerin von dieser Pussy, aber von jetzt an besitze ich sie! Nur ich allein entscheide.«

Ein Schatten legt sich finster über ihr Gesicht und bevor sich das hier aus unerklärlichen Gründen in eine andere Richtung wendet, bitte ich zum ersten Mal eine Frau darum, mir Vertrauen entgegenzubringen. »Schenk mir deine Lust, wann ich es möchte. Schaffst du das?« Ihr Blick verbindet sich mit meinem und sie senkt ihren

Kopf. Ich war noch nie so dankbar für die Zuversicht, die mir jemand zukommen ließ.

Erneut lutscht sie meinen Schwanz so geil, dass es mich zerfetzt. Aber ich lasse es nicht zu. Sie setzt sich wieder auf mein Bein, hebt den Kopf und stöhnt, während sie ihre Pussy an mir reibt: »Ich kann nicht mehr.« Sie pumpt meinen Schwanz, sieht mich bedeutungsvoll an und hört nicht auf, ihre Nässe zu verteilen.

»Setz dich auf mein Gesicht«, lenke ich ein. Aber unerwartet lässt sie meinen Schwanz nicht los, als sie sich dreht, das Bein über mich schwingt und sich rückwärts auf mein Gesicht setzt. Verdammt. Ihre Nässe tropft und ich nehme ihren Saft direkt in mich auf.

Mit der Zunge spalte ich sie, schmecke ihren Saft und sie stöhnt, während sie mir den Schwanz pumpt und mit der Zungenspitze über die Krone züngelt. Ich sauge ihre Klit ein, lecke über ihre feuchte Enge und hebe ihr mein Becken entgegen. Ich lecke, sauge, beiße, als würde mein Leben davon abhängen und sie schmeckt fantastisch süß. Sie stöhnt lauter und es dauert nicht lange, bis sich ihr Körper so stark anspannt, dass ich sie ein letztes Mal mit der Zunge ficke. Laut schreiend kommt sie auf meinem Mund und ich hebe die Hüfte und ramme mich zwischen ihre Lippen. Unter ihr explodiere ich und spritze ihr in die Kehle. Und sie saugt mir die Eier komplett leer. Ich sehe schwarz vor Augen und falle zurück. Wackelig und unbeholfen klettert sie von mir herunter und mit ihrem Saft auf meinen Lippen atme ich gedehnt aus.

»Du schmeckst süß«, meint sie urplötzlich und ist mit Sicherheit noch im Rausch des Höhepunkts. »Ich wusste von deinem süßen Kern.« Ich kann kaum die Augen öffnen und sie labert solch einen Unsinn. Sie kuschelt sich schwer atmend an mich und zieht die Decke über uns. Ihren Arm schlingt sie über mich und lässt mich stückweise vergessen, wie weit sie heute Nacht gegangen ist. Ich schließe die Augen und ignoriere das ungemütliche Ziehen in den Armen und Schultern.

»Das war echt ... gut«, flüstert sie.

»Schlechtes Gewissen?«, brumme ich. Jeden Moment könnte sie aufspringen und sich selbst dafür hassen.

»Morgen«, haucht sie erschöpft. »Morgen werde ich mich dafür verachten.«

Darauf antworte ich nicht und versuche, abzuschalten. Nur lässt mich dieses Puzzle nicht los.

»Erzähl mir etwas von dir«, fordere ich sie auf und sie schiebt die Hand über meine Brust und zeichnet schleppend die Linien meiner Tätowierung nach. Sie lässt sich Zeit, zu antworten, schließlich fragt sie hauchzart und trocken, als wäre sie kurz davor einzuschlafen: »Ich esse nicht so gerne Süßigkeiten.« Sie hat diese verrückte Bar, nascht ständig und nötigt mich dazu, es zu kosten. Das ist ein weiteres Puzzleteil, ohne Verbindung zu den anderen. Sie verwirrt mich damit nur noch mehr.

»Wie kann das sein? Du hast eine Süßigkeitenbar.«

Sie schmiegt ihre Wange an meine Brust, hält mich mit dem Arm fest und flüstert gegen meine Haut: »Wäre ziemlich unvernünftig, solch ein Lokal zu eröffnen, wenn man selbst die gesamte Ware gerne isst.« Das ergibt auch noch Sinn. »Die Zuckerwattewelt ist friedlich, fröhlich und bunt. Es hält das Böse fern.« Sie klingt schlaftrunken und ich lasse sie in den Schlaf fallen, anstatt ihre Worte zu hinterfragen. So erschöpft wie ich bin, werde ich ohnehin nicht aus ihr schlauer.

Ich öffne erst wieder die Augen, als das gedimmte Licht mich stört.

»Happy?«, flüstere ich. Aber die Stille im Raum, der gleichmäßig flache Atem, der meinen Oberkörper streift und die fehlende Bewegung schließen darauf, dass sie wohl eingeschlafen ist. Wer schaltet jetzt das Licht aus? Seufzend fliegt mein Blick über den blonden Schopf, die arschlangen Haare, die zu zerwühlten Zöpfen geflochten sind und der süßen kleinen Nasenspitze. Da bemerke ich das Tattoo an ihrem Unterarm. Den schwarzen, verschnörkelten Schriftzug: *be happy* hatte ich bereist entdeckt, das pinke dunkle Bild nicht.

Ich fokussiere es und wenn ich es richtig deute, ist das ein Schwein. Ein Stoffschwein. Wer tätowiert sich ein Stofftier und dann auch noch ein Schwein? Happy. Und nicht irgendeines. Sondern ein kaputtes, aus unterschiedlichen pinkfarbenen Stoffen. Es wird nur durch Nähte zusammengehalten. Und an einer Ecke quillt das Innenleben heraus. Es ist detailliert, mit feinen Linien. Es ist eine Kunst, solche filigranen Linien auf den Unterarm einer so zarten Person zu stechen. Trotzdem bleibt dieses Bild merkwürdig verstörend. Was mir jedoch auch auffällt, ist die Art, wie das Licht auf der Tätowierung bricht. Der gedimmte Schein und der Winkel, in dem der Arm auf mir liegt, wirft Schatten, die eindeutige Ebenen zeigen. Narben. Dicke schwülstige Narben verstecken sich unter dem Bild des kaputten, zu stark geliebten Schweines. Es wirkt wie ein Muster. Eine alte, schlecht verheilte Verbrennung?

Es klopft leise und kurz an der Tür und ich schaue auf, als Dino das Schlafzimmer betritt. Er bleibt sofort stehen, als er meine Fesselung entdeckt. Das darauffolgende Lächeln will ich ihm umgehend herausschlagen.

»Was ist?«, flüstere ich scharf und er kratzt sich das Kinn, anstatt mir zu antworten. »Dino!«, schimpfe ich fast tonlos. »Es gibt ein …«

»Pst!«, unterbreche ich ihn. »Weck sie nicht auf!« Er nickt. Sehr tief und leise sprechend wiederholt er: »Es gibt ein Problem. Ein weiterer Toter mit pinkfarbenem Schaum vor dem Mund wurde eben gefunden.« Das gibt es doch nicht, was passiert hier? Alle wissen, dass Nola tabu ist. Fordert Cyrus mich ernsthaft heraus? Aber Dino hört sich so an, als gäbe es noch ein Problem.

»Und was noch?«

»Ein Mädchen ist aus dem Quarter verschwunden. Sie wird seit gestern Abend vermisst.«

»Mach mich los!« Er nickt, kommt ums Bett herum und löst die Manschette.

»Geh vor, ich komme sofort«, befehle ich, sobald ich frei bin.

Dino verlässt den Raum und ich schiebe mich vorsichtig aus dem Bett, ohne sie zu wecken. Ich decke sie zu, bevor ich mir die Kleidung schnappe. Ich nehme die Maske aus dem Schrank und mit vollen Armen verlasse ich nackt das Zimmer.

Dino wartet ans Geländer gelehnt. Ich drücke ihm meine Garderobe an die Brust und nehme mir nur das, was ich brauche, um die Kleidungsstücke nacheinander anzuziehen.

»Ich brauche Antworten«, erläutere ich währenddessen. »Lebt er noch, oder ist er an seinem Blut erstickt?«

»Ich war vorsichtig.«

Er hat unseren Gast also nicht umgebracht.

»Gut, dann komm.«

Gemeinsam durchqueren wir den Flur. Ich ziehe die schwarze Haube zurecht und die Schnabelmaske an. Erst dann öffne ich die Tür und schaue nicht schlecht. Der Geruch von Blut und Kloake wird durch das dicke Leder der Maske gedämmt. Aber Dino hat ihn heftig zugerichtet. Ich bezahle ihm eindeutig nicht genug. Ich lehne mich zurück und schaue zu Dino.

»Ich hatte gute Laune«, meint er lediglich und zuckt die Schultern.

»Wo ist Fabio?«

»Bei Portia.« Warum frage ich überhaupt?

»Wo ist Reese?«

»Fabio hat ihn gebeten, einen Kerl aufzusuchen, der für Cyrus arbeitet, um mehr zu erfahren.« Ich ahne, wen er meint. Clarence. Reese und der durchgeknallte Kerl mit den schulterlangen Haaren verbindet dieselbe Vergangenheit. Sie trennten sich erst, als sie von unterschiedlichen Familien adoptiert wurden. Clarence arbeitet nicht nur für Cyrus, sondern ist auch Teil seiner Familie. Er ist der Neffe von diesem fetten Spinner, der nichts anderes trägt als eine schwarze Jogginghose und einen roten Hoodie.

»Ich bezweifle, dass er reden wird«, spreche ich meinen Gedanken laut aus. »Dann findest du jetzt heraus, wer gestorben ist, und ob er etwas dabeihatte, was uns zum Dealer führt, oder zumindest, woher der Stoff kam.« Er nickt und setzt sich in Bewegung. »Und Dino?«

Er dreht sich um. »Rede mit der Familie von dem verschwundenen Mädchen. Ich muss alles wissen. Ich möchte eine Verbindung zum Kaplan ausschließen.« Ich bringe den Wichser um, wenn er sich an unseren Leuten vergreift. Ich nehme Vereinbarungen ernst und bestrafe das Nichteinhalten mit einem qualvollen Tod. »Ist sie vielleicht bei Freunden, oder ...?«

»Sie ist zwölf, Lucifer. Ebony wird vermisst.«

»Ebony? Die Tochter von Amaniel aus dem Quarter?«

»Ja.« Das kann nicht sein. Sie ist die jüngste und sie geht zur Metairie Park Country Tagesschule. Die zweitbeste Privatschule von Louisiana. Sie wird jeden Tag von einem Fahrer zur Schule gebracht und abgeholt. Ihr Vater wuchs mit mir im Quarter auf. Während ich später die Geschäfte meines Vaters übernahm, gründete Amaniel sein Unternehmen. Es florierte und er zog mit seiner jungen Ehefrau in den *Garden District*, wo er Vater von drei Kindern wurde. Ich arbeite heute noch mit ihm zusammen und wir haben uns bis zu dem Tod von Nevio regelmäßig in der Bar getroffen und ausgetauscht. Und seine Jüngste wird nun vermisst? Sie ist nicht weggelaufen und sie zu entführen ist unmöglich.

»Fahr zu ihnen, es ist noch früh, aber keiner von den beiden wird schlafen können. Ich brauche alle Einzelheiten. Und auch, ob Amaniel Probleme mit Geschäftspartnern oder Feinden hat, und beobachte, ob sich jemand meldet, um Lösegeld zu fordern. Ich will über alles informiert werden. Sobald Reese wieder da ist, soll er dich ablösen. Du kommst hierher und Reese bleibt bei Amaniel bis die Kleine wieder gesund und munter zu Hause ist.«

»Verstanden.« Warum hat Amaniel mich nicht direkt informiert? Mein Handy hat geklingelt.

Verdammt! Aber ich war zu beschäftigt mit Happy. Eine solche Scheiße. Kann ich jetzt nicht gebrauchen. Ich habe Delaila im Nacken. Der Zeitpunkt könnte nicht schlechter sein. Dann noch Happy. Verdammt. Ich schiebe die Gedanken in den Hintergrund und widme mich dem Gast.

Das Licht über dem Stuhl mit dem Dealer legt alle verfärbten Schwellungen in seinem Gesicht frei. Dabei lässt er den Kopf vornüber hängen und zeigt mir nicht das ganze Ausmaß von Dinos guter Stimmung. Hinter mir schließe ich die Tür und schreite direkt zu einem der Metallregale. Ich habe keine Zeit für Nagelspiele. In meinem Bett schläft die abartig süßeste Frau meines Lebens, ein Mädchen wurde entführt und Leichen stapeln sich im Leichenschauhaus. Ich greife nach der Axt, schleiche auf ihn zu und wecke ihn, indem ich die Axt auf sein linkes Handgelenk schwinge.

Der Schrei füllt den Raum und er zeigt mir sein zugeschwollenes Gesicht inklusive der fehlenden Zähnen. Bevor ich die erste Frage stelle, hebe ich erneut die Axt.

FÜNFZEHN

Happy

Lautes Schreien zerrt mich aus dem traumlosen Schlaf. Orientierungslos schaue ich mich um. Weiche dunkle Laken, braune schwere Möbel. Schwarze Tapete. Die Erinnerung kommt wie ein Blitz, genauso wie der leichte Druck zwischen meinen Beinen. Ich liege nackt in Lucianos Bett.

Die Erkenntnis trifft mich wie ein Schlag und ich springe auf. Mein Puls rast und die Fassungslosigkeit über mich selbst erschüttert mich bis ins Mark. Ich habe mit ihm geschlafen, gleich zweimal. Warum ließ ich das nur zu? Weil es sich gut angefühlt hat. Weil er sich gut anfühlt.

Ich schaue mich um und entdecke ihn nicht. Er ist nicht hier. Die Badtür steht offen und auch dort ist er nicht. Am Kopfende des Bettes hängen am Holz die offenen

Manschetten und ich höre nur Stille.

Waren die Schreie doch nur eine Illusion aus einem Traum, an den ich mich nicht mehr erinnere, bis auf diese schmerzerfüllten Töne? Ich setze mich auf die Bettkante und raufe mir das zerzauste Haar. Von meinen Zöpfen ist nicht viel übrig geblieben. Daher ziehe ich das Gummi aus den Spitzen und öffne die geflochtenen Haarsträhnen.

Unterschiedliche Gefühle mischen sich und brodeln in mir. Ich verstehe mich selbst nicht mehr, während ich mir mit den Fingern durchs Haar fahre.

Gerade bin ich froh, alleine hier zu sein. Mit geschlossenen Augen versuche ich mich zu beruhigen. Doch sogleich sehe ich die Bilder von letzter Nacht, rieche seinen Duft, höre seine Stimme und spüre ihn. Er ist überall an meinem Körper. Das darf aber nicht sein. Und trotzdem fühlt es sich fantastisch an.

Augenblicklich wird mir heiß. Die Hitze schießt mir von den Wangen durch den kompletten Körper. Meine Lippen beginnen zu kribbeln, als könnten sie sich an seine erinnern, wie meine Mitte ihn noch immer von innen spürt. Das war so gut. Es fühlte sich unglaublich an. Ich ließ es zu, weil ich es wollte.

Ich ließ ihn zu.

Völlig freiwillig schlief ich mit Luciano.

Ich springe wieder vom Bett auf und kann es nicht glauben. Ich hatte Sex. Freiwillig. Ich wollte ihn so sehr. Er bereitete mir Lust. Er. Luciano! Ein Fremder, den ich kaum kenne! Nicht Daddy!

Ist das falsch? Erneut gehen mir die Bilder durch den Kopf. Bis ins kleinste Detail. Eine Mischung aus Freude und Unwohlsein breitet sich in mir aus. Ich fühle mich voller Energie. Und dreckig.

Mein Blick wandert zum Bad und wie von selbst gehe ich darauf zu, stelle mich unter die Dusche, drehe am Hahn und das warme Wasser prasselt auf mich hinab. Wie ein Film läuft die vergangene Nacht vor meinen Augen ab und es verwirrt mich. Ich hatte mein erstes Mal. Mein erstes freiwilliges Mal.

Ich habe es nicht geplant. Nicht einmal damit gerechnet. Es passierte einfach so. Wie oft habe ich Portia gefragt, wie es einfach so passieren konnte, dass sie mit irgendeinem Kommilitonen geschlafen hat. So etwas geht doch nicht.

Doch es geht. Es ist passiert. Zweimal. Und es war außergewöhnlich. Ich lehne die Stirn an die kalten Fliesen und atme langsam ein und aus. Habe ich ihn wirklich zugelassen? Nein, er mich. Luciano macht nicht den Anschein, sich von einer Frau sagen zu lassen, was er tun soll. Aber er tat es. Mein Herz macht einen kleinen Sprung und ich beiße mir auf die Unterlippe. Er hat sich von mir ans Bett fesseln lassen, obwohl ich ihm zuvor eine Pistole in den Mund gesteckt habe.

O MANN!

Ich habe ihn nicht nur mit einer Pistole bedroht, sondern sein Leben in Gefahr gebracht. Und das nur, weil ich ihn so sehr wollte. Was ist mit mir los?

Keine Monster haben mich dazu verleitet. Keiner der Geister wollte mich holen. Ich hätte Luciano verletzen können.

Wiederholt sich die Vergangenheit? Werde ich erneut

in die Finsternis gerissen und wahllos Personen Schaden zufügen. Töten?

Ich schalte das Wasser ab, greife nach dem nächstbesten Handtuch und trete aus dem Bad. Ich wollte ihn. Und nur die Angst, dass diese Geister kommen würden, trieben mich dazu. Seine Nähe war in dem Augenblick wichtig für mich. Stehe ich auf Luciano?

Steht er auf mich?

Er hätte mich überwältigen oder mich missbrauchen können. Aber er gab mir die Sicherheit, die ich brauchte, obwohl ich ihm genau diese zuvor genommen habe. Im Schlafzimmer stehend, lösen sich Tropfen, die mir nass die Haut hinuntergleiten. Eingewickelt in dem Handtuch, blicke ich zum Bett und trete heran, während sich meine Emotionen überschlagen.

Mit den Fingern streiche ich über die dunklen Laken.

Mir wäre es lieber gewesen, neben ihm aufzuwachen. An ihn gekuschelt. Seine warme Haut an der Wange. Und den Blick auf die Tattoos an seinem rechten Arm entlang bis zu seiner Brust.

Ich drehe mich und lasse mich lächelnd rückwärts aufs Bett fallen.

»AHHHHHH!«

Sofort springe ich wieder auf und schaue mich hastig um. Diesen Schrei habe ich mir nicht eingebildet. Mist. War das Luciano? Eindeutig eine Männerstimme, die qualvoll schreit. Aber war er es?

Ich trockne rasch meine Haut und weitere Schreie ertönen, die mich erschüttern. So schnell ich kann, ziehe ich mich an und renne aus dem Raum. Ohne mich umzuschauen, laufe ich den Schreien nach, die durch die Flure hallen. Sie werden leiser und sofort kehre ich um. Ich bleibe stehen, horche mit geschlossenen Augen und erneut ertönt das Gebrüll. Wie aus der Pistole geschossen, renne ich los. Denke nicht nach. Und schaue mich auch nicht um.

Ich renne, als könnte ich unter dem Schrei sterben. Nein, weil er stirbt. Er ist in Gefahr!

Die Geräusche, Schreie sind so laut. Ich stehe vor mehreren Türen. Ich reiße die erste auf und erstarre im Türrahmen. Eine Wolke aus bestialischem Gestank schlägt mir ins Gesicht. Fäkalien, Blut und Angst. Blut. So viel Blut. Ein Mann steht mit dem Rücken zu mir in einer Blutlache. Ist das eine Hand? Hände? Stecken in den losen Schuhen, verteilt auf dem Boden noch die Füße?

Hat man ihm die Füße abgetrennt?

Mein Magen zieht sich zusammen und gleichzeitig sieht es so unecht aus. Die Szene eines schlecht gedrehten Horrorfilms. Gewimmer, Schreie und metallische Geräusche schlagen mir um die Ohren.

»Was zum …«, kreische ich auf und der Mann, der mit dem Rücken zu mir steht, dreht sich um. Die Schnabelmaske springt mir direkt ins Gesicht. Ich erschaudere und meine Beine werden so weich, dass ich mich am Holz der Zarge festhalten muss.

Er sieht mich einfach nur an. Mit einem Hammer und einer Handvoll Nägel in den Händen. Er trägt einen Anzug, der vor Blut trieft. Und Lederhandschuhe. Mein Blick gleitet an ihm vorbei. Zu dem Mann vor ihm. Schläuche, Kanülen, Blutbeutel und anderes Zeug hängen seitlich von ihm an Ständern. Es ist kein gespieltes Szenario. Ein Mann, dem Gliedmaßen fehlen, sitzt auf einem Stuhl. Sein zugeschwollenes Gesicht lässt nicht mal mehr erkennen, ob er ein Mensch ist oder jemals einer war.

Gesichtszüge und Form sind vollkommen mit den Hämatomen und Nägeln zu einem kranken, abartigen Zustand verschmolzen. Sein ganzer, noch vorhandener Körper ist ein umgedrehtes Nagelbett. Ich schüttle den Kopf und kann nicht fassen, was ich da sehe.

»Sieh nicht ihn an, schau zu mir.« Die elektronische, kalte Stimme rauscht mir durch den Verstand. Er war nie eine Illusion. Aber ich wünschte, das alles hier wäre eine.

Ich schaue zu ihm, doch das Bild des Mannes brennt sich in meine Netzhaut und dreht mir zeitgleich den Magen auf Links. Brennen kriecht mir die Kehle hoch. Ich öffne den Mund, möchte schreien. Doch im Bruchteil einer Sekunde spannt sich mein Körper an. Ich schaffe es gerade so, mich nicht zu übergeben.

»Happy!«, höre ich und schaue ruckartig auf. Ich reagiere umgehend, als er auf mich zukommt.

»Bleib weg von mir!« Ich erkenne meine eigene atemlose Stimme nicht wieder. Luciano auch nicht. Kurz zögert er, aber nimmt sofort wieder den Schritt auf. Hastig schüttle ich den Kopf. Und sprinte los.

»Happy, warte!« Er ist direkt hinter mir, aber ich laufe weiter, so schnell ich kann. Denn diesmal hängt mein Leben davon ab. Ich suche den Ausweg. Stoppe nicht. Die Flure sind offen. An einer Seite schützt nur ein Geländer davor, nicht in die Tiefe zu stürzen.

Alles ist offen, wie eine Galerie. Dieses Haus ist verwirrend. Die Flure gleichen Balkone und die Etagen wie viereckige Matrjoschka, die man in der Mitte allesamt geöffnet hat. Vierecke über Vierecke. Wie viele Etagen hat das Haus?

Ein kleiner Flur im Erdgeschoss führt vom Innenhof weg.

Ein Ausweg.

Ich brauche nur eine Treppe. Eine blöde Treppe. Wo ist sie?

An jeder Ecke ist ein weiterer Flur, der ins Nirgendwo fühlt und hinter mir jagt mich Luciano. Der Aufprall seiner Schritte dröhnt unter meinen Sohlen.

Da ist die Treppe. O Mist. Genau auf der gegenüberliegenden Seite. Ich hätte in die andere Richtung laufen müssen. Wieso schaute ich mich nicht vorher um? Ohne zu stoppen, renne ich weiter. Urplötzlich taucht an der nächsten Ecke dieser gewaltige Fahrer vor mir auf, der jetzt viel furchterregender aussieht als nur mit einem Blick im Rückspiegel. Er bemerkt mich und Luciano und versperrt mir mit seinem Körper den Weg.

»Stopp!« Lucianos Stimme hallt zu mir. Ungewollt, weil er Besitz von meinem Körper ergriffen hat, bleiben meine Beine automatisch stehen. Ich drehe mich zu ihm. Er steht einige Meter von mir entfernt, hat die Maske abgenommen und hält sie in seiner Hand. Mein Blick wandert wieder nach vorn, zu dem Fahrer, der auch nur einige Meter von mir entfernt stehen geblieben ist. Zwischen ihnen bin ich gefangen. Links von mir eine Wand, bleibt mir nur noch der Absprung rechts über das Geländer.

»Happy, komm zu mir.« Ein flehender Befehl, der mich zum Geländer treibt. Ich werfe nur einen kurzen Seitenblick hinunter. Ich bin zwei Stockwerke über dem Boden. Eine Ledergarnitur, Tische und Pflanzen befinden sich dort.

»Happy.« Ich schätze ab, wie hoch es ist, rechne meine Überlebenschancen und den eventuellen Verletzungsgrad aus.

»Dino, lass sie durch.« Ich schaue zurück zu Luciano, der dasteht und mich gleichgültig ansieht. Dann zu dem Fahrer, der sich nun an die Wand lehnt, um mich durchzulassen.

Keine Sekunde warte ich ab und renne los. Ich sprinte nah am Geländer an Dino vorbei, aber er zuckt nicht einmal nach mir. Und so schnell ich kann, laufe ich um mein Leben und steige die Stufen hinab. Der Schweiß tropft von meinem Kinn. Schweiß? Aus meinen noch nassen Haaren? Tränen? Es ist mir egal. Er schenkt mir die Freiheit, die ich kurz darauf im Gesicht spüre, als mich der Wind draußen begrüßt. Ich renne weiter, die Straße hinunter.

Bei der ersten Gelegenheit biege ich um die Ecke und erstarre im Lauf. Diese grünen Iriden treffen mich wie ein Pfeil direkt in die Seele und erwecken blitzartig tausend Erinnerungen. Bilder zerplatzen mir vor Augen. »Mr. Peterson?«, hauche ich völlig verwirrt. Sein schwarzes Haar hat mehr weiße Strähnen an den Schläfen bekommen und weitere Fältchen an den Augen zeigen, dass auch an ihm die Zeit nicht vorbeigegangen ist. Aber er ist weiterhin sehr attraktiv.

Sofort ist alles von mir weggeflogen. Vertrieben durch den Schutz dieses Mannes. Jede Verwirrung, jegliches Durcheinander und alles, was gerade vorgefallen ist, was ich gesehen habe und nie wieder vergessen werde, lauert nun in seinem Schatten. Denn vor mir steht Mr. Peterson, der das Böse verjagt.

»Es ist lange her, Jelly.«

Ich war damals erst einen Monat am Fricklabor angestellt, da begegnete ich ihm auf dem Campus der Princeton University. Es war nur eine kleine, viel zu kurze Begegnung. Ich erzielte gerade meinen ersten großen Erfolg, indem ich den pflanzlichen Wirkstoff isolieren konnte. Aufgeregt, völlig im Geschehen, beachtete ich meine Umwelt nicht und rempelte ihn versehentlich an. Da schon zeigten sich erste graue Strähnen, Fältchen und sein Alter. Es war ein Zufall. Einer von vielen, der mich noch mehr motivierte, weiterzumachen. Einer, durch den ich zum ersten Mal Portia mehr von mir erzählte. Denn sie bombardierte mich mit Fragen über meinen Helden Mr. Peterson, die ich jedoch nur zum Teil beantwortete.

»Es ist etwa vier Jahre her.«

Sein Blick wandert über meinen Körper. »Du hast dir meinen Rat zu Herzen genommen.« *Denk daran, Jelly. Du bist ein Kind.* Bei unserem letzten zufälligen Aufeinandertreffen war ich achtzehn und er wiederholte die Worte aus meiner Kindheit. »Ich werde diese Worte niemals vergessen, Mr. Peterson.«

»Wie sollst du mich nennen?« Die Hitze steigt mir in die Wangen. Ich lächle und korrigiere mich: »Daddy.«

Noch etwas, was Portia verwirrte. Denn er war nicht mein Vater. Er wurde jedoch zu meinem Retter, zur Zuflucht und zu der Sicherheit, die ich brauchte.

Er wurde zu *Daddy*.

Das erklärte ich damals Portia. Was sie wohl bis heute nicht versteht.

Auf einmal wird er ernster und setzt einen Schritt auf mich zu.

»Warum bist du hier in New Orleans? Du solltest an der Uni sein.«

»Happy!«, ruft es hinter mir und ich zucke zusammen. Als ich mich umdrehe, sehe ich Luciano auf mich zu rennen. Mit einer kleinen Entfernung bleibt er stehen und schaut zwischen mir und Mr. Peterson, äh, Daddy hin und her. Sein Blick bleibt schließlich in meinen Augen haften. »Ich kann es dir erklären«, meint er leichtfertig und dunkel. Wie sollte man das angemessen erklären können, sodass ich damit einverstanden wäre? Oder es gar verstehen und nachvollziehen könnte?

»Du erklärst mir, warum du es getan hast?«, frage ich.

Er atmet sichtlich durch und presst die Lippen aufeinander, was wohl eine Verneinung darstellt.

»Du erzählst mir, dass du nichts falsch gemacht hast?« Er schaut mich schweigend und geradezu erkaltet an.

»Dass es vollkommen berechtigt ist?«, frage ich erwartungsvoll. Doch er erwidert nichts. Keinerlei Rechtfertigung oder Erklärung, und auch kein Appell an mein Verständnis kommt über seine Lippen. Sein Mund bleibt geschlossen und sein Gesichtsausdruck könnte nicht gleichgültiger sein. Das Herz pocht mir heftig in der Brust und kalter Schweiß rinnt mir den Rücken hinab. Unter diesem kaltblütigen Blick von Luciano, dem kaum wahrnehmbaren Blut an seinem Anzug und den Bildern, die mir den Magen umdrehen, schrumpfe ich zu einem winzigen Atom.

Doch Mr. Peterson neben mir stärkt mich, schenkt mir seinen kaum greifbaren Schutz und ich bin mutig genug, die Wut in mir zuzulassen.

»Was sonst?«, brülle ich außer mir. Sein linker Mundwinkel zuckt hoch, als würde ich ihn belustigen, und er verbietet sich, es zu zeigen. Das macht mich rasender.

»Was willst du mir dann erklären?«

»Dass du nicht vor mir weglaufen kannst.« Seine Worte zerschneiden die Luft zwischen uns und im selben Augenblick setzt er einen Schritt vor. Zeitgleich schiebt mich Mr. Peterson zurück und baut sich schützend vor mir auf. Jegliche Wut erstickt durch die Panik, die aufkommt. Die Bilder von Luciano, dem vielen Blut und die schmerzerfüllten Schreie überschwemmen mich mit einer unbezwingbaren Welle. Ich stehe hinter Mr. Peterson, lege Halt suchend die Hände an seinen Rücken und ringe nach Luft, während ich die Stirn an ihn schmiege. Da höre ich meinen Beschützer sprechen:

»Sie sollten jetzt gehen.«

»Witzig, dasselbe wollte ich auch gerade sagen.«

»Ich weiß, wer Sie sind. Sie streichen Jelly besser aus Ihrem Leben.«

»Du weißt, wer ich bin?«, knurrt Luciano und ich wünschte, ich hätte vorher gewusst, was mich in seinem Haus erwartet. Er ist das Oberhaupt der Mafia. Und Portia hat mich gewarnt. Wie naiv ich doch bin.

»Ja, ich weiß, wer Sie sind.«

»Dann weißt du sicher auch, dass man sich mir besser nicht in den Weg stellt.« Diese Worte schneiden sich schmerzhaft durch mein Fleisch und ich reagiere, ohne nachzudenken. Ich trete aus dem Schutz, hebe abwehrend die flache Hand in die Luft und schreie: »Nein!«

SECHZEHN

Happy

Lucianos Blick verwandelt sich umgehend. Ich kann es nicht deuten, aber seine Aufmerksamkeit liegt ganz allein auf mir.

»Happy«, flüstert er und beinah hört es sich flehend an.

»Bleib, wo du bist!«, befehle ich, als hielt ich die Pistole hoch. Auch wenn es nicht so ist, ich ihn nicht mit seinem Tod bedrohe, nickt er und senke langsam die Hand. »Ich werde gehen und du wirst mir nicht folgen.« Er reagiert nicht und ich warte auf seine Antwort. Ich brauche jetzt seine Zustimmung.

Und ich gebe ihm Zeit. Die Sekunden, die sich wie Stunden anfühlen, vergehen und schließlich, nach einer langen Luft anhaltenden Minute, stimmt er nickend zu.

Mein Blick bleibt auf ihn gerichtet. Ich habe bekommen, was ich wollte. Er gesteht mir die Flucht zu. Aber ich kann mich nicht von ihm abwenden. Seine gelben Augen blicken eindringlich, verletzt und voller Schmerz in meine, verbinden sich mit meiner Seele und ich kann mich nicht von der Stelle rühren.

»Komm, Jelly.« Mr. Peterson legt mir die Hand auf den unteren Rücken und ich lasse mich von ihm umdrehen und voranschieben. Sein Schutz umgibt uns wie eine unsichtbare Hülle und durch ihn löse ich mich von Luciano, entferne mich von ihm und schaffe es, zu flüchten.

Lucianos Blicke stechen mir heiß in den Rücken. Das hält mich jedoch nicht auf. Wir gehen die Straße entlang und neben meinem Helden fange ich an, zu zittern.

Er legt mir den Arm um die Taille. Aber die Umgebung verschwimmt und die Tränen bemerke ich erst, als meine Lippen salzig schmecken. Schluchzend wische ich mir mit dem Handrücken über die Wangen.

»Willst du mir erzählen, was passiert ist?«

»Er jagt mich jetzt vielleicht nicht mehr, aber in meinen Albträumen wird er mich nicht mehr loslassen.« Er schiebt mich enger an sich. Andererseits kann ich Mr. Peterson nicht ansehen und wende den Blick auf die Straße. Wir gehen die Bourbon Street entlang. In dem Moment fährt Portia an uns vorbei. Hinterm Steuer schaut sie stur geradeaus und bemerkt mich und ihn nicht.

»Er nannte dich Happy. Bist du das auch?«

Ich schüttle kaum merklich den Kopf und wage dann den Blick nach oben. »Sind wir weiterhin Freunde?«, frage ich und er bleibt stehen. Er streicht mir die noch nassen

Haare aus dem Gesicht, schaut mich mit dem wilden Grün seiner Augen an und haucht mir einen sanften Kuss auf die Stirn.

»Für immer, Jelly. Wir werden immer Freunde bleiben. Warum fragst du das?« Weil ich böse war. Ich schlief mit diesem bestialischen Mann und hatte Gefallen dran. Und ich spürte diese Lust, das intensive Verlangen, das ich doch nur von ihm kenne. Anstatt das zu sagen, zucke ich die Schultern. Er lässt es so stehen. Anstelle es zu hinterfragen, nimmt er meine Hand und verschränkt unsere Finger miteinander, bevor er den Schritt wieder aufnimmt. »Wir gehen zu meinem Hotel.«

»Nein, ich will nach Hause«, wende ich rasch ein. »Okay, dann gehen wir zu dir nach Hause. Alles, was du willst, Jelly.« Das bekomme ich immer von ihm. Wieso ist er überhaupt hier?

»Du bist hier, Mr. Peterson.« Er hustet, um mich zu korrigieren. Ich atme durch, presse meine Finger an seine und wiederhole mich korrekt: »Du bist hier in New Orleans, Daddy.«

»Und du willst wissen warum.«

»Natürlich.«

»Ich bin geschäftlich hier, Jelly -« Er ist Lehrer. Was will er hier? Ich kenne ihn jedoch gut genug, es nicht weiter in Erfahrung zu bringen. Ich darf nämlich alles essen, aber nicht alles wissen. Es ist in Ordnung für mich. Denn der Zufall wollte, dass er mich vor Luciano rettet.

Merkwürdig ist es jedoch, dass er nicht fragt, wo ich wohne. Er geht neben mir einfach die Straße entlang. Gleichzeitig türmen sich meine Fragen.

»Du weißt, wer er war?«

»Ja, Jelly. Und mir gefällt dein Umgang nicht.« Ich presse die Lippen aufeinander. »Luciano Dell´Agostino ist sehr bekannt. Sollte ich mich wundern, dass du es bei deinem Wissensdurst nicht wusstest? Oder muss ich mich darüber ärgern, weil du trotz besseren Wissens keinen Abstand zu diesem Mann genommen hast?«

»Ich habe es nicht ernst genommen. Er sieht nicht wie der Pate aus.«

»Stell dich nicht dumm an!«, schimpft er ungewöhnlich. Er lässt geräuschvoll den Atem aus seiner Lunge und ich sinke in mich zusammen. »Es tut mir leid, Jelly. Aber bei deiner Intelligenz hättest du nicht so naiv sein dürfen.«

»Entschuldigung«, nuschle ich und schaue stur geradeaus. Zu meiner Verteidigung: Luciano sah nicht aus wie ein Mafioso und es ist auch schwer zu glauben, wenn man vor einem steht.

»Muss ich mir Sorgen machen?«

»Nein. Ich habe eben nicht von ihm gehört. Erst zu spät und dann war es nicht vorstellbar. Es gibt so etwas wie das Rechtssystem, Politik und Polizei. Dann haben wir noch das FBI, CSI und ...«

»Und das gerade aus deinem Mund. Wo du doch am besten weißt, dass sich die Monster nicht unter dem Bett verstecken. Aber gut, Jelly. Dann erzähle ich dir etwas über Luciano Dell´Agostino, dem Teufel von New Orleans. Politiker und Polizei sind ihm gegenüber wohlwollend.«

Da bleibe ich stehen und schaue zu ihm hoch. »Wohlwollend? Ist das der richtige Ausdruck? Meinst du nicht eher, dass er sie vielleicht erpresst oder so?« Ich bin nicht im Bilde, wie so ein kriminelles Netzwerk funktioniert, aber so einige Filme und Bücher habe ich mir gegönnt. Auf irgendetwas müssen sie ja basieren.

»Ich weiß nicht, ob Erpressung, Geld oder etwas anderes die treibende Kraft ist, die Augen zu verschließen und diesen Mann nicht vor Gericht zu stellen. Aber allesamt stehen unter seiner Fuchtel und geben ihm Schutz. Jeder weiß von seinen Geschäften und ganz Louisiana schützt ihn.«

»Was macht er für Geschäfte?«

»Du solltest nicht so viel wissen, das bringt dich nur in Gefahr.« Das Thema ist abgehakt, was er mir verdeutlicht, indem er losgeht und mich hinter sich herzieht.

Wir nähern uns meinem Zuhause und ich entscheide mich spontan, nicht durch die geschlossene Bar zu gehen, sondern biege am Gebäude ab, um den Seiteneingang zu nehmen. Plötzliche Nervosität verteilt sich und ich drehe mich vor der Tür um.

»In meiner Wohnung herrscht das Chaos und ...«

»Öffne die Tür, Jelly und geh vor.« Ich nicke, schließe auf und bereue, nicht mit in sein Hotel gegangen zu sein. Ich gehe voran die Treppe hinauf und jede einzelne Stufe legt ein Gewicht an meine Füße.

»Jelly?« Ruckartig bleibe ich stehen, und schaue über die Schulter. Er fragt: »Wer bin ich?«

»Daddy«, hauche ich und er lächelt.

»Genau, Jelly. Du musst dich nicht genieren, mich nicht glücklich machen und dich niemals fürchten.«

»Du bist Daddy.« Ich atme erleichtert durch, aber die Nervosität lässt nicht locker. Ich nehme die letzten Stufen nach oben, schließe die Tür auf und betrete mit ihm im Rücken meine Wohnung.

»Ich habe bisher nicht alles ausgepackt, aber die Gläser habe ich. Kann ich dir etwas zu trinken anbieten?« Ich renne fast ins Wohnzimmer hinein und weiß gleichzeitig auch nicht wohin mit mir. Ich schaue mich um, suche nach etwas, was ich gar nicht finden will, und bekomme nur mit, wie er sich auf mein Sofa setzt. O Mist, ich habe ihm nicht angeboten, sich zu setzen. Ich bin ein schlechter Gastgeber.

»Hast du Rotwein?« O Mist.

»Ich habe keinen Alkohol im Haus. Ich ...« Wieso habe ich keinen Alkohol für Gäste im Haus?

»Du trinkst immer noch keinen Alkohol?« Ich nicke und bin kurz verwirrt. Er weiß Bescheid, aber habe ich ihm das je erzählt? Ganz sicher nicht. Unsere letzte Begegnung war kurz und das Thema Alkohol kam nicht vor. Ich sollte mich aber nicht wundern. Er weiß immer alles über mich. Sieht mehr, als ich preisgebe, und ist stets da, falls ich ihn brauche.

»Immerhin etwas, Jelly.« Sein Lächeln vertieft sich, während es mich verunsichert. »Es ist besser so. Komm her.« Meine Füße tragen mich von selbst zu ihm. Kaum erreiche ich ihn, zieht er mich auf seinen Schoß. Wie früher sitze ich rittlings auf seinen Knien. Er streicht mir verlorenen Strähnen hinters Ohr und mustert mich so intensiv, dass ich mich wie das Mädchen von damals fühle. Beschützt, umsorgt und voller Zuversicht. »Ich bin nur ein Kind«, flüstere ich.

»Es ist schön, dass du dir deine Kindheit zurückholst. Aber nein, Jelly. Du bist kein Kind mehr.« Er öffnet seine Knie, spreizt mir die Beine und schiebt mich am unteren Rücken näher zu sich. »Du bist zu einer jungen Frau herangewachsen.« Mit der anderen Hand an meiner Wange drückt er mit den Daumen mein Kinn hoch. »Einer wunderschönen Frau.« Seine Worte streicheln meine Seele, fangen wie damals meinen Kummer auf und seine warme Nähe vertreibt alles Schlechte. »Es verging kein Tag, an dem ich nicht an dich gedacht habe, Jelly.« Seine Hand streicht über meinen Hals bis in den Nacken und seine grünen Augen halten mich an Ort und Stelle.

»Ich habe dich vermisst, Jelly«, haucht er bedeutungsvoll. Ich weiß nicht, was ich da tue, aber ich beuge mich zu ihm vor und presse ihm meine Lippen auf seinen Mund. Ich war ihm nie so nah. Wollte ich das als Kind? Wollte ich ihm damals nicht so nah wie möglich sein? Mich in seiner Zuneigung suhlen?

Aber er erwidert es. Seine Lippen streifen über meine, er küsst mir die Unterlippe und saugt die obere in seinem Mund. Ohne zu verstehen, was passiert, lasse ich mich von diesem warmen Gefühl treiben und schlinge die Arme um ihn.

Ich vertiefe diese Zärtlichkeit und dränge mich näher an ihn. Unter mir spüre ich seine Härte. Wie ein Reflex bewege ich mich auf ihm, schiebe das Becken vor und reibe meine nackte Mitte über seine Erektion. Sein Kuss wird wilder, stöhnender und mit beiden Händen umschließt er meinen Hintern und presst mich an sich. Auf einmal knurrt er kehlig auf, bricht den Kuss ab und raunt: »Du trägst keine Unterwäsche.« Hitze schießt mir heißer, brennender in die Wange und er küsst mich wieder. Jedoch hungriger, animalischer und ich schmelze an seiner Brust. Mit mir in seinen Armen steht er auf, dreht sich und legt mich mit dem Rücken voran auf das Sofa ab. Zwischen meinen Beinen beugt er sich über mich, drückt sein hartes Glied an mich und verschlingt mich mit seinen Küssen. Ich begreife gar nichts mehr. Alles dreht sich und nur er ist die Konstante. Er verlässt meine Lippen, richtet sich schwer atmend auf und schaut mich mit verdunkelten Augen an.

»Du weißt nicht, wie lange ich darauf gewartet habe, wie sehr ich dich schon immer wollte, und endlich gehörst du mir!« Hastig bewegen sich seine knochigen Finger an seiner Hose und Bilder aus der Vergangenheit schießen mir vor Augen. Damals. Um mich herum kratzt die Finsternis. Er zieht die Hose herunter und seine große harte Erektion schwingt aus dem Stoff. Als er sich wieder über mich beugt, sich an der Lehne abstützt, schlagen mir die Geister ins Gesicht.

»Nein!« Ich drücke ihn an der Brust von mir.

Er verharrt und sieht abwartend auf mich herab. Die Spitze seines Gliedes spüre ich an meiner Mitte, aber das Verlangen ist weg. Verschwunden. Erstickt von der Wahrheit.

»Nein!«, werde ich lauter und dränge ihn weiter von mir.

»Jelly, ich bin`s!«

Ich schlucke und drücke ihn weiterhin an der Brust zurück.

»Wer bin ich?«

»Daddy.«

»Was geht in dir vor?«, will er wissen. »Ich werde dich niemals benutzen, also sag mir, was gerade passiert ist.«

»Ich will das nicht.«

»Das ist in Ordnung.« Er steht umgehend auf. »Ich werde niemals dein Lustempfinden gegen deinen Verstand einsetzen.« Neben mir stehend, streicht er mir durchs noch feuchte Haar und küsst meine Stirn. »Dein Verstand ist zu kostbar, Jelly. Du könntest Großes erschaffen.« An den Schultern zieht er mich hoch und bringt mich zum Sitzen. Ich bin völlig überfordert mit diesen Gefühlen und mit dem, was ich für den Mann empfinde. Und dann ist da noch Luciano. Mir wird schwindelig bei all den neuen und fremden Emotionen.

»Ich will dich, Jelly. Aber du bist bislang nicht so weit und das respektiere ich. Ich bin auch nicht hier, um mir etwas von dir zu nehmen, was du mir noch nicht geben möchtest. Wir sind auch nicht zufällig aufeinandergetroffen. Ich habe dich gesucht, weil wir uns dringend unterhalten sollten.« Er dreht sich um und geht in die Küche.

»Ich dachte, du bist geschäftlich in der Stadt?«

»Das eine schließt das andere nicht aus«, ruft er durch die Wohnung.

»Worüber müssen wir reden?« Ich bin erstaunt, wie selbstbewusst er sich in meiner Wohnung bewegt, was ich selbst nicht zustande bekommen habe. Ich höre das Wasser laufen und kurz darauf kommt er mit einem gefüllten Glas zurück. Er reicht es mir, bleibt aber vor mir stehen.

»Über dein Leben, Jelly.« Der Klang seiner Stimme hat einen ernsten Tonfall angenommen. Wo gerade noch Lust und Begierde mein Wohnzimmer füllten, schwebt nun eine Ernsthaftigkeit über uns, die ich nur aus seinem Klassenzimmer kenne.

Ich trinke einen Schluck, während meine Finger zittern und die Kleidung an mir feucht klebt.

»Das hier -« Er streckt die Arme aus. »- habe ich für dich nicht vorgesehen. Warum bist du in New Orleans und nicht am Fricklabor?«

O Mist.

»Meine Freundin braucht mich. Ihr Vater ist gestorben.«

»Nein, Jelly. Ich habe dir den Weg gepflastert. Ich habe dich und deinen kostbaren Verstand unterstützt, ich war für dich da, wenn du am Abgrund standest! Was sollte ich denn noch tun, außer zu dem Ganzen dir noch Harvard zu bezahlen.« Ich nicke, weil nichts von dem eine Lüge ist. Er war da. Er hat mich unterstützt. Er hat für alles bezahlt.

»Du bist dazu fähig, Großes zu erschaffen. Dein Verstand ist in der Lage etwas zu vollbringen, wovon die ganze Welt nur träumen kann und was tust du? Du entwickelst kein Medikament, was Krankheiten heilt. Du bereicherst nicht die Welt mit deinen Möglichkeiten und du verbesserst sie auch nicht.« Eigentlich tue ich genau das, aber er meint es auf eine weniger illegale Weise. »Du nutzt deine Intelligenz für Schaden, Jelly! Und du verschwendet sie an eine Freundschaft, die dich nicht weiterbringt« Ich schlucke und finde zum ersten Mal nichts, was ich erwidern kann. Nicht mal ein unbestreitbarer Fakt, um seine Enttäuschung zu lindern.

»Jelly, ich bin stolz darauf, was für ein glückliches Leben du führst. Wirklich, Jelly, es erfüllt mein Herz. Aber eine Süßigkeitenbar?« Hat er so schnell eins und eins zusammengezählt? Oder ist das alles hier kein Zufall? Es wären über die Jahre auch viele Zufälle gewesen.

»Ich halte es für wichtig, Daddy. Es erinnert mich stets an den Tag auf dem Jahrmarkt, wo …«

»Nein!«, unterbricht er mich lautstark. »Ich weiß, was du tust, mit welchem Hintergrund und was du bezweckst, Jelly. Ich weiß alles und glaube mir, wenn ich sage, wie falsch das ist.« Dass er alles weiß, bezweifle ich. Dass es nicht falsch ist, wird er nie verstehen. Vor mir kniet er sich hin, nimmt mein Gesicht in seine großen Hände und presst seine Stirn an meine.

»Jelly, ich liebe dich. Ich liebe dich schon immer und egal, was du tust, wird nichts an meiner Zuneigung zu dir ändern.« Er küsst mich knapp und kaum spürbar und sieht mich bedeutsam an. »Aber New Orleans ist nicht gut für dich. Diese Freunde, dieser Ort und dein Geschäft solltest du aus deinem Leben verbannen. Du darfst nicht hier sein. Komm mit zu mir.« Er setzt einen einzeln zarten Kuss auf meine Lippen und sieht mich weiterhin so tiefsinnig an. »Lass das hier hinter dir und komm mit mir. Ich gebe dir alles, was du brauchst, wovon du träumst, und noch mehr.«

Darauf kann ich nicht antworten. Es sind die Worte, die ich als Kind immer von ihm hören wollte. Ich wäre damals sofort mit ihm mitgegangen. Aber jetzt? Ich habe mein eigenes Leben.

»Ich gebe dir deinen Bruder zurück.« Da klappt mir der Mund auf. »Raider? Wie das? Ich habe ihn seit einer Ewigkeit gesucht. Du weißt, wo er ist?« Ich klammere meine Hände um seine Arme, aber er steht auf, ohne mir zu antworten.

»Wo ist Raider?«

Er lässt mich los und schaut mit angespanntem Kiefer auf mich hinab.

»Daddy, sag mir, wo er ist.«

»Ich bin für ein paar Tage in der Stadt. Du denkst in Ruhe über mein Angebot nach, aber du machst das nicht von deinem Bruder abhängig, verstanden?«

»WO IST ER?«

»Denk darüber nach, Jelly.« Er dreht sich um und ich springe auf.

»Daddy!«

Er reagiert nicht, als er auf die Haustür zusteuert.

»Jones Peterson!«, brülle ich und er bleibt mit angespannten Schultern stehen, wachsam dreht er sich um und schüttelt den Kopf.

»So nicht, Jelly. Deinem Bruder geht es gut. Und wenn du ihn nicht gefunden hast, wird er dich bald finden. Aber dann solltest du besser nicht hier in New Orleans sein.« Das Herzklopfen ist bis in meinem Hals zu spüren.

»Was soll das denn heißen?«

»Das soll heißen, dass dein neuer Freund Luciano Dell´Agostino deinen Bruder umgehend töten wird.« Für einen Moment bleibt mir das Herz im Hals stecken. Meine fröhliche, pinkfarbene Welt stoppt und die Süßigkeiten schmelzen zu einer bitteren Masse dahin. »Wieso sollte er das tun? Kennen sie sich? Sind sie Feinde? Warum ...?«

»Du hättest nie nach New Orleans umziehen dürfen.« Das beantwortet keine meiner Fragen.

»Seit wann sprichst du so rätselhaft? Sag mir doch einfach, was du weißt!«

»Komm mit mir mit. Bleibe bei mir. Für immer. Verlasse diesen Ort gemeinsam mit mir.«

»Nein«, entscheide ich spontan. Denn ich will die Bar nicht verkaufen. Es gefällt mir.

»Dass du das nicht möchtest, habe ich mir gedacht, Jelly. Aber ich bitte dich, darüber nachzudenken. Ich würde ungern ohne dich gehen.« Letzteres klingt fast so, als würde er gar nicht erst New Orleans ohne mich verlassen.

Aber er hat mich auch noch nie zu etwas gezwungen.

»Ich werde meine beste Freundin, das Jelly's und diesen faszinierenden Ort nicht verlassen.« Über Luciano muss ich mir zudem auch erst klar werden, bevor ich es erwäge, von hier wegzugehen.

»Denk darüber nach.« Das ist das Letzte, das er sagt, bevor er durch die Tür verschwindet. Ich muss seine Worte sacken lassen. Das alles muss ich erst begreifen. Es ist so viel passiert, dass mir ganz schwindelig wird. Aber dieses gigantische Rätsel werde ich lösen!

Ich brauche einen Stift und Papier!

SIEBZEHN

Luciano

Die Knarre liegt schwer auf meiner flachen Handfläche. Ich betrachte sie von allen Seiten und bereue es, sie nicht eingesetzt zu haben. Ich hätte sie aus dem Bund der Hose ziehen sollen, so wie ich es vorhatte, als Dino sie durchlassen sollte. Das war der Plan. Ich laufe ihr nach, halte sie auf und wenn sie nicht freiwillig mitkommt, bedrohe ich sie. Gleiches Recht für alle. Sie hätte es mir verziehen. Stattdessen taucht dieser alte Sack auf. »Verdammt!«, brülle ich, schlage die Eingangstür auf und betrete das Haus. Ohne sie.

Ich habe gewartet, verdammt! Dieser fremde Sack legte die Hand an ihren Rücken und ich wartete auf ihren Anfall. Gespannt beobachtete ich, wie sie sich umdreht und sich von ihm wegführen lässt, und verharrte abwartend darauf, dass sie sich an einen anderen Ort begibt und um sich schlägt. Dann hätte ich eingreifen und sie zurück in mein Schlafzimmer bringen können. Aber nichts geschah.

»NICHTS!« Ich trete den Ledersessel um und lasse mich mit der Waffe in der Hand aufs Sofa fallen. Nichts passierte. Nein, das stimmt nicht. Als ich ihr nachging, traute ich meinen Augen nicht. Denn ich beobachte, wie er den Arm um sie legte.

»DIESER WICHSER!« Und ist sie ausgeflippt?

Nein. Nein. NEIN!

Sie gingen und er war ihr so nah. Er küsste ihre Stirn und hielt ihre Hand. »Verdammte Scheiße!« Ich trete gegen den Tisch und er wirbelt hoch. Lautstark landet der Glastisch scheppernd im Innenhof und die Scherben fliegen durch die Luft. Ich fasse es einfach nicht! Sie ist weg. Mit diesem alten Sack!

»Lucifer?«

Ich schaue nach oben und sehe Dino am Geländer der ersten Etage stehen.

»Soll ich sie zurückbringen?« Ja, verdammt!

»Nein, sie ist weg.« Ich hätte es nicht so weit kommen lassen sollen. Ich stütze den Kopf in die Hand und schaue auf die Knarre in der anderen. Vom Hass, Verachtung und vor allem vom Blut und den Schmerzensschreien wurde ich verleitet, hörte nicht auf und ließ Happy in meinem Schlafzimmer zurück, anstatt zu ihr zurückzukehren. Mich neben sie zu legen. Sie dabei zu beobachten, wie sie wach wird. Ich hätte ihr nicht den Weg frei machen sollen.

Sie ist weg.

»Was soll ich tun?«, will er wissen.

Ich schaue auf und Dino steht mir direkt gegenüber inmitten der Scherben meines elendigen Daseins.

»Was könntest du noch tun?«

»Ich bringe sie dir zurück.«

Wenn das so einfach wäre.

»Dino, sie ist nicht so eine Schlampe. Sie muss es freiwillig wollen.« Sonst wird es gefährlich. Da macht es in meinem Kopf Klick. Sie ist ausgeflippt, trägt jedoch eine Waffe. Gerade nicht. Denn ich habe gesehen, dass sie sie hat liegen lassen. Sie hob ihre flache Hand anstatt ihre Knarre.

Die Puzzleteile schwirren mir wieder durch den Kopf.

»Du könntest ...« Nein, ich beabsichtige, selbst herauszufinden, wer sie ist. »... Da war ein Kerl.«

»Ein Kerl?«

»Zirka Ende vierzig, Mitte fünfzig. Etwa so groß wie ich. Schwarz-graues Haar. Er trägt ein blaues Hemd und eine schwarze Anzughose und er ist mit ihr die Bourbon Street heruntergegangen zum Jelly‘s.«

»Ich soll ihm folgen?«

»Finde heraus, wer er ist.« Aus irgendeinem Grund lässt sie sich von ihm problemlos anfassen. Selbst Portia berührt sie nicht. Er ist nicht aus New Orleans und dennoch kennt er mich. Dino geht und ich stehe auf. Ich lasse den zerstörten Innenhof hinter mir, schnappe mir die Maske von der Treppe, wo ich sie fallenließ, und steige schleppend die Stufen hinauf. Träge und mit Blei an den Füßen durchquere ich den Flur, bis ich die offene Tür erreiche, aus der das Gewimmer zuhören ist.

Er lebt also noch. Ich ziehe die Maske auf, gehe hinein und mit einem Schuss in seinen Kopf richte ich ihn hin.

Ich habe meine Information. Habe alles, was ich brauche und bin doch kein Stück weiter. Stattdessen habe ich etwas verloren. Happys Nähe.

Meine Füße schleppen mich von allein aus dem Raum. Eine Kälte zieht durch die Flure, die mich bis ins Herz erreicht. Mein Kopf ist leer und keine Gedanken sind mehr vorhanden. Abgefuckt von allem finde ich mich im Wohnzimmer wieder. Mechanisch und neben mir stehend schenke ich mir ein Glas Bourbon ein und lehne mich an die nächstbeste Wand.

Kraftlos gleite ich zu Boden. In der einen Hand die Knarre, in der anderen den Drink und mit der Maske im Gesicht. Der Antrieb, zu trinken, ist genauso verschollen wie die Motivation, aufzustehen oder mir das Leder vom Kopf zu ziehen. Ich schwenke das Glas in der Hand und finde keine Antwort darin.

Getrampel nähert sich und eine bekannte weibliche Stimme ruft schallend durchs Haus meinen Namen. Es ist nicht Happy und daher völlig unwichtig.

Da steht sie in der Tür.

»Nicht jetzt, Portia! Unsere Zeit kommt noch.« Dann, wenn ich ihr den Hals umdrehe.

»Ich verstehe dich nicht, Luciano!«, brüllt Portia, aber mein kleiner Flummi überrascht mich, trotz Abwesenheit, weil sie so schnell alles ihrer Freundin erzählt hat. Sie trampelt im Raum herum und schimpft auf Italienisch, was für ein Idiot ich bin und wie blind.

»Ich weiß, dass ich nicht gut genug für deine Freundin bin«, sage ich schließlich und sie verstummt. Ich lege die Waffe ab, zerre die Maske vom Kopf, um sie von mir zu schmeißen, und trinke einen großzügigen Schluck, der mir die Kehle hinab brennt.

Sie stellt sich mir gegenüber hin und ich schaue nach oben in ihr dummes grinsendes Gesicht.

»Sie hat dich gekränkt.« Mich gekränkt? »Lo sapevo!« Sie klatscht in die Hände. »Jelly hat dich nicht rangelassen. Sie ist ein gutes Mädchen.« Offensichtlich hat Happy ihr gar nichts erzählt. Zumindest noch nichts. Hat sie überhaupt mit Portia gesprochen?

»Du hättest mir auch sagen können, dass deine Freundin vergeben ist.«

»Hat sie das gesagt?«

»Musste sie nicht, ich habe ihn gesehen.« Sie verengt ihre Augen zu Schlitzen. Portia kann man nichts aus der Nase ziehen, weshalb ich vorsichtig vorgehen muss. Als beste Freundin weiß sie nicht nur mehr als ich, sondern auch, dass sie nicht angefasst werden möchte.

»So vertraut, wie sie sich gegenseitig betatscht haben, kann es nur ihr Mann gewesen sein.«

Sie schnaubt und verdreht die Augen. »Jelly betatscht niemanden und lässt sich auch nicht anfassen, Idiota! Du hast es versucht und bist gescheitert und jetzt behauptest du, sie sei vergeben. Sie kennt niemanden aus New Orleans, nur mich.«

»Und Venia, Fabio und mich. Und der Kerl kommt nicht aus Nola.«

»Den einzigen Mann, von dem sie sich anfassen lässt, ist ihr Daddy und der lebt in der Nähe von Brookhaven.« So bekommt man Antworten aus einer kratzbürstigen Italienerin, deren einzige Beschäftigung das Herumhuren ist.

»Brookhaven, Mississippi?«

»Ja.« Das ist nur zwei Stunden entfernt. »Und bevor du fragst, sie kommt nicht von da. Sie nennt ihn nur Daddy, weil sie ihm vertraut und er sich um sie gekümmert hat. Warum erzähle ich dir das überhaupt?« Weil du nach meiner Aufmerksamkeit lechzt!

»Ist er zwischen Ende vierzig und Anfang fünfzig? Schwarzes, grau meliertes Haar?« Mit großen Augen schaut sie mich an.

»Er ist hier?« Damit beseitigt sie alle Zweifel. »Konntest du erst gar keinen Versuch bei ihr starten? Weil er kam?«

Ich trinke das Glas mit einem Schluck leer und stehe auf.

»Was interessiert es dich, mit wem ich ficke?«

Sie wirft die Arme in die Luft und schimpft wieder auf Italienisch. Ich bin in ihren Augen ein Idiot, blind und denke nur mit dem Schwanz. Dabei geht es ihr nur ums Ficken. Mein Fickleben mit Happy.

»Zieh keine Eifersuchtsszene ab«, warne ich sie eindringlich und sie schüttelt den Kopf.

»Ich bin nicht eifersüchtig, du Arsch!«

»Keine Angst.« Ich beuge mich zu ihr vor und erkläre scharf: »Sie wird mich genauso schnell langweilen wie du!« Was definitiv gelogen ist.

»Du bist ein kompletter Idiot, wenn du denkst, dass das keine Konsequenzen haben wird!«

»Drohst du mir etwa?«

»Du denkst, du seist unantastbar, aber das ist nicht so!« Ihr Gelaber ödet mich noch mehr an als ihre Pussy

»Kannst du dein Beste-Freundinnen-Gerede jetzt abschalten, ich habe noch etwas zu tun!«

»Luciano!« Sie schlägt mir gegen den Arm und ich verdrehe die Augen. »Ich will nicht sie beschützen, sondern dich!«

»Mich?« Portia macht sich lächerlich. Und das, nachdem sie ihr auch noch die Bar verkauft hat.

»Ja, du Idiot! Du kennst sie nicht. Kein bisschen!« Sie ist eifersüchtig und ich bin froh, dass Fabio nicht hier ist. Sonst würde die nächste Diskussion meine Zeit verschwenden. Moment, wenn sie hier ist, wo ist Fabio?

»War mein Bruder nicht bei dir?« Der Themenwechsel lässt sie kurz erstarren, dann wirbelt sie wieder mit den Armen herum.

»Der ist irgendwo hingefahren.« Ein Grund mehr, sie loszuwerden. Ich werde mich an einem anderen Tag um sie kümmern.

»Geh nach Hause. Portia.«

Knurrend wirft sie die Arme in die Luft und schimpft: »Quell'uomo non può essere aiutato!« Mir kann nicht geholfen werden? Ich brauchte nie Hilfe!

»Aiutami, Dio.« Gott hilft ihr mit Sicherheit nicht. Er würde ihr auf die eine oder andere Weise nicht zuhören oder gar helfen.

»Ach, weißt du was?«, brülle ich ihr nach. »Du kannst auch hierbleiben und wir reden darüber, wie du die Bar ohne mein Wissen heimlich umbauen ließt. Ich bin echt gespannt, wie du das angestellt hast.«

Sie wirft mir einen erschrockenen Blick über die Schulter zu und rennt los.

Sie ist weg und ich ziehe das Handy aus der Tasche, um zunächst Fabios Kontakt aufzurufen. Als ich ihn anrufe, erreiche ich nur seinen Anrufbeantworter. Dieser Idiot. Wo treibt er sich wieder herum?

Mein Verstand bildet eine unsichtbare Liste mit Aufgaben, die meine Aufmerksamkeit einfordern. Ganz obendrauf steht Happy. Da Dino sich um sie kümmert, und ich davon ausgehen kann, dass das nur möglich ist, weil Reese ihn abgelöst hat, rufe ich meinen anderen zuverlässigen Mitarbeiter an. Reese geht nach nur einem Klingeln dran.

»Buongiorno, Lucifer.«

»Buongiorno. Erzähl mir, was ich noch nicht weiß.«

»Moment. Ich muss den Raum verlassen.«

»Wie geht es meinem Freund?«

»Seine Tochter wurde entführt. Es geht ihm beschissen.«

»Wurde sie wirklich entführt?«, hinterfrage ich, auch wenn ich es ahne.

»Ja. Das steht fest. Der Fahrer hat sie und ihre Geschwister morgens abgeholt. Die Geschwister wurden zur Schule gefahren und dann erst sie. Das ist schon ungewöhnlich.«

»Wieso?«

»Weil die festgelegte Pendenzenliste vorsieht, dem Alter nach die Kinder zur Schule zu fahren. Die Jüngste zuerst.« Weil die Älteren schneller etwas bemerken und es melden können. Clever.

»Die Geschwisterkinder haben aber nicht wie abgemacht den außerplanmäßigen Halt gemeldet. Dino hat bereits das GPS-Signal verfolgt. Der Fahrer hielt bei der anderen

Schule, um die Zweitältesten abzusetzen, fuhr zur Schule von Ebony, was auch die Überwachungskamera zeigt. Aber sie stieg nie aus. Und keiner hat es bemerkt. Die Schule wurde informiert, das Ebony erkrankt sei und die Eltern dachten sich nichts dabei, als sie nach Hause kamen und sie abwesend war. Denn alle Kinder waren nach der Schule mit Freunden verabredet, sodass ihr Fehlen erst abends auffiel. Sie wollten Ebony bei ihrer Freundin abholen und erfuhren von der angeblichen Krankmeldung in der Schule. Das Signal des Autos endet im Bayou zur Morgenzeit, eine Stunde, nachdem Ebony in der Schule hätte sein sollen.«

Es endet in den Sümpfen?

»Soll das heißen …?« Nein, das ist unmöglich. Dafür ist dieses Kind zu bekannt.

»Dino hat Leute von uns dorthin geschickt, Polizisten sind auch vor Ort. Wir sind beide überzeugt, der Fahrer hat damit für Ablenkung gesorgt. Er hat den Tracker dort platziert und als Mitarbeiter von Amaniel ist er auch über alle Sicherheitsmaßnahmen im Bilde und hat Ebonys Tracker – eine Halskette - auch dort verschwinden lassen. Die meisten unserer Männer suchen an einer anderen Stelle. Fabio hat in Auftrag gegeben, alle Kameras dieser Stadt zu sichten, wenn er irgendwo auftaucht, werden wir den Fahrer oder eben Ebony finden.« Das bezweifle ich. Amaniels Mitarbeiter sind alle gut ausgebildet. Er wollte seine Familie schützen. Selbst vor mir. Weshalb er aus den ganzen Vereinigten Staaten die besten zum Schutz auswählte. So einen Patzer würde sich keiner von ihnen leisten. Er ist längst über alle Berge. Und nur die Geister wissen, wo Ebony jetzt ist.

»Dino hat einen von unseren Leuten zum Kaplan geschickt.«

»Um was genau zu tun?«

»Ihn zu beobachten. Dino glaubt, Ebony ist noch in der Stadt.« Das ist auch meine erste Vermutung. Ich zahle Dino zu wenig. Das ist sicher.

»Gut, sonst noch etwas?«

»Wir sind dran, Lucifer. Amaniel und seine Frau hoffen auf eine Lösegeldforderung. Aber es hat sich noch keiner gemeldet oder dazu bekannt. Wir haben seine Firma, Mitarbeiter und selbst alte Schulfreunde durchleuchtet. Da kam nichts dabei heraus. Wir könnten uns auch täuschen, aber ich bezweifle, dass hier jemand anrufen wird. Das ganze Haus ist voll mit Polizei und gibt der Familie Hoffnung.«

»Es wird niemand anrufen. Die Frage ist nur, warum Ebony? Amaniel ist einflussreich, es wäre leichter und sicherlich sicherer ein Mädchen aus dem Viertel zu verkaufen«, denke ich laut nach. Und die Tatsache, dass der Fahrer involviert ist, gibt mir auch zu denken. Jemand sehr Mächtiges steckt dahinter. Und da ich es nicht bin, ist es leider schwer herauszufinden, wer.

»Dino und ich dachten an einen Affront gegen die neuen Gesetze.« Das wäre ebenfalls eine Möglichkeit. Die mir nicht gefällt.

»Verdammt!«

»Amaniel ist dein Freund, hat Einfluss und die Familie lebt in einer Villa mit privaten, gut ausgebildeten Sicherheitsleuten in Nola. Damit reißt man einen fetten Krater in deine in Stein gemeißelten Gesetze«, bestätigt er mir meinen schlimmsten Albtraum.

»Sie werden sie verkaufen!«

»Das wird ein starkes Exempel, Lucifer. Wir müssen sie finden, bevor sie im Handel verschwindet. Du weißt, wie schwer es ist, nur einen Knotenpunkt zu finden. Die Entwicklung der Technologie macht es uns geradezu unmöglich, sie rechtzeitig zu retten.« Die Schattenseite des Fortschritts. Jeder nutzt es. Es wäre besser, auf etwas zu verzichten, anstatt diesen Menschen Türen zu öffnen.

»Du warst bei deinem Freund«, wechsle ich das Thema.

»Das ist sogar wichtiger für dich.« Das bezweifle ich. Ein verschwundenes Kind steht über allem. »Du weißt sicher, dass Cyrus die Drogen in die Stadt gebracht hat.« Ja, das habe ich von dem zweiten Dealer erfahren. »Aber die stammen nicht von ihm, sondern von einem Dale Williams. Und bevor du fragst, wer er ist: Er ist ein Niemand. Ein kleiner Chemiker, der Schulden bei Cyrus gemacht hat und nun im Keller bei ihm sitzt, und diese selbst entwickelte Scheiße herstellt. Jetzt wird es aber interessant für dich, Lucifer, denn Cyrus wusste, dass du früher oder später seine Dealer findest. Er will ebenso wie du kein Krieg und möchte sich mit dir treffen.«

»Wann?«, knurre ich in den Hörer.

»Morgen Abend, ich setze Dino über alle Einzelheiten in Kenntnis.«

»Sonst noch etwas?«

»Nein, Lucifer. Ich bleibe hier und halte dich auf dem Laufenden.«

»Diesmal direkt, sobald sich etwas ändert!« Ich lege auf und ordne die vielen Informationen. Ich schenke mir einen weiteren Drink ein und lasse mich in den nächsten Ledersessel fallen. Wir bekommen alles unter Kontrolle. Wir werden Ebony finden. Bei dem Treffen mit Cyrus werde ich ihm die Grenzen noch einmal verdeutlichen.

Es wird sich fügen. Wie immer.

Auch mit Happy?

Ins Glas schauend, finde ich nur die braune Flüssigkeit. Da kriecht mir der Gestank, der an mir haftet, in die Nase. Automatisch verziehe ich das Gesicht. Der Dunst nach Angst, geronnenem Blut und Tod vibriert im Inneren meines Kopfes nach und zieht mir den leeren Magen zusammen. Wann habe ich das letzte Mal gegessen? Ich erinnere mich nicht. Doch! Vor mir stand mein Lieblingsgericht, die Pasta war zwar kalt, weil ich zu spät kam, und dennoch war sie köstlich. Dann hat Happy mir diesen Prinzessinnenmuffin hingestellt, den ich wiederum nicht anrührte.

Happy.

Wie dumm Fabio aus der Wäsche schaute, als sie ihm Konfetti ins Gesicht warf. Ich strecke den freien Arm aus und im Licht der Sonne glitzert der Ärmel. Dieses Zeug werde ich niemals los. Es haftet an mir wie der Gestank. Schmunzeln muss ich trotzdem. Mit einem großen Schluck leere ich das Glas und höre das Geräusch von Splittern, die am Boden kratzen, zu mir lautstark hochschallen.

Ich stehe auf und auf dem Weg aus dem Raum stelle ich das Glas auf einen Beistelltisch. Im Flur beuge ich mich über das Geländer. Marie, eine der fünf Haushälterinnen, kehrt die Scherben des zerbrochenen Tisches zusammen. Sie ist beschäftigt, was ich auch sein sollte. Ohne sie zu begrüßen, schreite ich durch die Flure und kehre endlich und zu spät in mein Schlafzimmer zurück. Die Tür steht weit offen und ich lehne mich an die Zarge, anstatt hineinzugehen.

Ihr Duft beherrscht den Raum und überdeckt den Gestank, der an mir haftet.

Der zerrissene pinkfarbene Slip liegt vor dem Sofa, wo ich vor einigen Stunden saß und sie auf mir. Ihr zartes Stöhnen hallt mir bei der bloßen Erinnerung in den Ohren und verbindet sich mit dem Bild ihrer geröteten, feucht glänzenden Haut. Ich spüre sie noch immer an meinem Schwanz. Schmecke ihre Süße nach wie vor auf den Lippen. Und ich habe kein einziges befehlendes, vor Lust belegtes Wort vergessen. Das werde ich niemals. *»Nicht anfassen!«* Sie will nicht angefasst werden. Sie fasst selbst an. Schlagartig erinnere ich mich an Portias Worte und ich begreife es. Jede Faser ihres Körpers will mich, sucht meine Nähe und sie kann keinen Abstand von mir nehmen, selbst wenn ihr Verstand ihr dazu rät. Doch sie lässt sich von mir nicht berühren, weil sie mir nicht vertraut. Das sollte sie auch nicht. Niemals.

Und jetzt würde sie es keinesfalls mehr.

Ich streiche mir übers Gesicht. Mein Blick schweift durchs Zimmer und ich hebe verdutzt die Augenbrauen. Der gesamte Boden glitzert und pinkfarbene metallische Schnipsel ihres Konfettis glänzen verstreut. Es muss ihr aus der Rocktasche gefallen sein, als ich sie besitzen wollte, als sie wild durchs Zimmer tigerte und sich die geflochtenen

Zöpfe verwuschelte. Es verteilte sich auf dem Boden, als sie sich auszog und zu mir ins Bett kam und ... Ich atme mit geschlossenen Augen gedehnt aus. Ihre Bilder und dieses Gefühl legen sich intensiv und viel zu kalt um mein Herz. Denn im selben Augenblick sehe ich sie vor Angst rennen. Sie lief vor mir weg. Spätestens in diesem einen Moment wusste sie nicht nur, wer sich hinter der Maske verbirgt, sondern auch, wer ich bin.

Verdammt, es ist mir scheißegal! Ich bin, wer ich bin! Ende!

Ich öffne die Augen und sofort springt mir der nächste pinkfarbene Gegenstand in den Blick. Ihre Knarre, samt Holster. Ich stoße mich von der Zarge ab, betrete das Zimmer und als ich dorthin schreite, entdecke ich seitlich unter dem Bett ein Funkeln. Ich beuge mich herunter und halte ihr Handy besetzt mit Strasssteinen in der Hand. Das ist ein Hauptgewinn! Nachdem ich auch ihre Knarre aufgehoben habe, lege ich beides auf die Kommode und meine Laune hebt sich in Sekunden.

Eine Idee breitet sich in mir aus.

Mein Verstand ist gefüllt mit Informationen und zu erledigenden Aufgaben. Ich muss Festus aufsuchen und mit ihm alles Weitere besprechen. Ein Besuch bei Delaila, der Bürgermeisterin, ist auch unumgänglich. Mit Gideon steht eine Begehung im Lager an, wo wir das Kokain prüfen müssen, und gleichzeitig muss ich die Auslieferung durchgehen. So wie die Einnahmen. Zudem ist ein Treffen mit Eliana gemeinsam mit Gideon angesetzt, wo wir abklären müssen, welche Gebäude als Nächstes saniert werden.

Muss. Muss. Muss.

Täglich liegen tausend Aufgaben auf meinen Schultern, ganz ohne unvorhersehbare Tote, Beerdigungen und Entführungen. Ich muss die Touristenveranstalter beruhigen und Politik betreiben, wofür Delaila eigentlich zuständig ist. Alles liegt bei mir. Aber gerade ist das Funkeln des Handys viel wichtiger geworden.

Es klopft am Holz und ich drehe mich um. Mit den Fingerknöcheln an der Zarge steht Dino in meiner Tür.

»Du bist schon zurück?«, wundere ich mich.

»Er war nicht lange in ihrer Wohnung.« Er hat sie also nicht gefickt. Oder ein Quicky? Das hätte das alte Herz von Daddy bestimmt nicht verkraftet. »Ich bin ihm gefolgt, bis zum Andrew Jackson Hotel.« Er schmunzelt.

Wahrscheinlich weil es zu den vielen Hotels mit der ältesten und stärksten Geschichte gehört. Obwohl es Anfang der 1900er abgerissen und neu errichtet wurde, verschwanden die fünf Seelen der Jungen nicht, die 1794 bei dem kleineren der zwei Brände in Nola auf mysteriöse Weise verstarben. Die Geisterjungen, die Schüler der damaligen Jungenschule waren, erfüllen die Flure mit Lachen, Ballspielen und wecken die Gäste, indem sie ihnen die Bettdecke wegziehen.

»Zimmer 208«, erwähne ich schmunzelnd und hoffe inständig, dass Daddy in diesem am schlimmsten spukenden Zimmer in dem historischen Ambiente des Hotels schläft und von den Jungs heimgesucht wird.

»Ich werde mich erkundigen.« Ich schüttle verneinend den Kopf, weil das unnötig ist. Der Gedanke allein zählt.

»Kaum war er weg, hat sie die Bar geöffnet. Sie ist jetzt mit Venia dort.«

»Hat eine der beiden dich gesehen?«

»Nein, sie haben die Regale aufgefüllt und die Stühle zurechtgerückt. Nur Venia ist in der Bar. Ich könnte ohne großes Aufsehen …« Happy entführen.

»Nein!«, unterbreche ich ihn, bevor er es ausspricht und ich dem zustimme. Dabei habe ich eine ganz andere Idee.

»Ich hole sie früh genug.« Denn ich habe ihr Handy und ihre Knarre. Sie wird von allein kommen.

Dino verengt die Augen und gleichzeitig bildet sich ein Lächeln auf den Lippen.

»Will ich wissen, was du vorhast?«

»Wenn sie nicht freiwillig das Haus betritt, wird sie mir ohne Weiteres folgen. Du musst sie nicht entführen. Wir haben anderes zu tun. Sobald Fabio zurück ist, fahren wir gemeinsam zur Lagerhalle. Wir treffen uns dort mit Gideon. Aber zunächst gehe ich duschen und du lässt den Dealer verschwinden. Auf gar keinen Fall im Bayou.«

»Ist mir klar, da sind zu viele Polizisten.« Wir sollten nichts überreizen.

»Ja, Reese hat mich ins Bilde gesetzt.« Dino nickt mir knapp zu und dreht sich auf dem Absatz um. Ich gehe erst mal duschen, um den Gestank loszuwerden.

ACHTZEHN

Luciano

Geduscht, angezogen und nachdem ich Gideon eine Nachricht hinterlassen habe, warte ich im Innenhof auf Fabios Ankunft. Dabei durchforste ich Happys Handy. Kaum zu glauben, dass eine junge Frau, wie sie es ist, mit unnötigem Wissen, ihr Handy nicht vor Fremdbenutzung geschützt hat. Oder eher lächerlich leichtsinnig mit eins-zwei-drei-vier gesichert hat. Es war mein erster, scherzhafter Versuch, der auf Anhieb funktionierte. Viel Wissenswertes zeigt sich in ihrem Handy nicht. Kein abgespeichertes Foto, kein Video und nur zwei Kontakte sind zu finden. Portia und Daddy. Sie schreibt jedoch nur mit Portia. Selbst ihre Anrufliste ist nicht aufschlussreich. Die gespeicherte Liste ist auf die letzten sechs Monate datiert und offenbaren lediglich Anrufe mit Portia. Entweder hat sie alles Interessante gelöscht oder sie hat sonst keine sozialen Kontakte, was merkwürdig ist für so ein fröhliches nerviges Wesen.

Die Apps sind ebenfalls überschaubar. Keine einzige Social-Media-App, wo sie Inhalte, Fotos oder sonstige Beiträge teilt, sind auf dem Handy installiert. Die einzige App, die neben dem Standard installiert ist, ist eine, die ich nicht kenne. Als ich diese öffne, lande ich in einem virtuellen Konferenzraum, der zum Glück geschlossen ist. Die Mitglieder sind zwar allesamt offline, aber alphabetisch aufgelistet. Bei jedem einzelnen steht Ph.D. neben dem Namen. Das ist ein akademischer Grad. Der Doktor der Wissenschaften.

Anscheinend kann man sich in dieser App über Wissenschaftliches austauschen, was erklärt, wieso gerade mein Flummi über unwichtiges Wissen verfügt.

Immerhin hat sie so einige wenige soziale Kontakte.

Als ich auf das Profil von Happy klicke, schaue ich nicht schlecht. Ihr hübsches, lächelndes Gesicht strahlt mir mit den hellen, fast übernatürlich blauen Iriden entgegen und fährt mir wie eine Pfeilspitze direkt ins Herz. Sogleich stokke ich. Unter dem Bild steht Jelly Bean Ph.D., was mich verwirrt. Zudem überfordert mich die Kategorie darunter wo Chemie, Biochemie und Botanik aufgelistet sind. Sind das ihre Interessen, oder hat sie etwas davon studiert? Jelly Bean Ph.D. Sie kann unmöglich eine wissenschaftliche Doktorin sein. Sie ist zu jung. Und überhaupt. Ich lasse das Handy sinken und mir schießt der pinke Flummi im Ganzen ins Gedächtnis. Vor meinen Augen, im Innenhof, springt sie herum und wirft mit Konfetti um sich. Nein. Das hier ist fake! Ich checke die App auf Hinweise, um darüber mehr zu erfahren und finde einen Hyperlink. Anstatt ihr Handy dafür zu nutzen, ziehe ich meins heraus, gebe es im Suchfeld ein und lande auf einer Website vom Department *of Chemistry der Princeton University* direkt bei der Forschungseinrichtung: F*rick Chemistry Laboratory*. Knapp überfliege ich die Informationen des Chemielabors. Obwohl ich mir nicht vorstellen kann, dass ich auf dieser Seite mehr herausfinde und den Grund, warum Happy sich für jemanden ausgibt, um an Besprechungen teilzunehmen, klicke ich auf die Striche oben rechts und dann den ersten Button. Eine Liste an Fotos erscheint, ich scrolle herunter und erstarre,als ich Happy auf dieser offiziellen Seite finde. Wie in der App-Beschreibung steht auch hier unter dem Bild, dass die Biochemikerin ist.

»Was ist das denn für ein Scheiß?«, stoße ich aus.

»Was denn?« Ich schaue auf und Fabio stampft auf mich zu. Dunkle Ränder liegen wie Schatten unter seinen Augen. Sein Haar ist zerwühlt und er schaut sich mit gerunzelter Stirn um. Aber das ist nicht so schockierend wie die Information in meiner Hand.

»Was ist denn hier passiert? Wo ist der Tisch?«

»Kaputt.« Ich halte Happys Handy hoch. »Jemand hat sein Handy hier liegen lassen.« Er schaut darauf und lacht laut los. »Lass mich raten, es ist Jellys Handy.« Die pinken Strasssteine sind unübersehbar. Ich nicke und halte dann mein Handy hoch.

»Sie ist Biochemikerin!« Da reißt er die Augen auf. »Ist nicht wahr!«

»Dachte ich auch, aber ich glaube nicht, dass Princeton lügt oder einer Täuschung erliegt, wenn sie jemanden in ihrer Forschungseinrichtung einstellen.« Er tritt auf mich zu, reißt mir das Handy aus der Hand und schaut mit einem Entsetzen im Gesicht aufs Display, welches ich durch meine Venen spüre.

»Das gibt es doch nicht.« Ganz offensichtlich schon. Nur eben für uns nicht. Schon wieder höre ich Happys Worte, die ich laut zitiere: »Die wenigsten Menschen denken um die Ecke. Sie sehen etwas und ziehen dadurch Schlussfolgerungen.« Fabio schaut mich an und ich ergänze: »Ihre Worte, nicht meine!« Gleichzeitig kommt mir ihre Knarre in den Sinn und ich schüttle den Kopf.

»Wer ist sie bloß?«, stoße ich aus tiefem Herzen aus.

Fabio reicht mir das Handy und meint trocken: »Eine Chemikerin.«

»Scheiße verdammt!« Ich speichere mir Daddys Handynummer ein und packe beide Handys in die Taschen, bevor ich aufstehe.

»Du erledigst alles ohne mich!«, entscheide ich spontan.

»Wie ohne dich? Was hast du vor? Was soll ich machen?« Ich lege Fabio die Hand auf die Schulter. »Bruder, du bist meine rechte Hand. Du bist über alles informiert, was ich weiß, und du wirst in meinem Sinne heute handeln. Ich muss mich um andere Dinge kümmern.«

Er schlägt meine Hand erzürnt weg. »Du willst zu Jelly gehen? Jetzt? Wo wir andere Probleme haben?«

»Ja. Außerdem hat sie gesehen, wie ich den Dealer zerstückelt habe. Sie frei herumlaufen zu lassen, wird die

Bürgermeisterin nur noch mehr aufregen.« Er stiert mich trotzdem wütend an, aber ich gehe.

»Werde sie los!«, ruft er mir hinterher. Wie ein Windstoß ziehen seine Worte unbeachtet an mir vorbei und ich beeile mich, als ich die Straße entlanggehe. Es wird Zeit, die Puzzleteile zusammenzuführen. Ich werde sie nicht los. Stattdessen werde ich sie zwingen, mir alles über sich zu erzählen und diese pinkfarbene Zuckerscheißfassade vor mir zu lüften. Zur Not werde ich sie entführen und es aus ihr herausschneiden.

Sie spielt mit meinem Verstand, mit den Ansichten und nutzt meine Erfahrung aus, um mich zu verarschen. Als ich am Jelly's ankomme, spähe ich durch das kleine Schaufenster ins Innere des Lokals. Venia steht an der Kasse und bedient zwei junge Männer, die sonst in anderen Bars verkehren und am späten Abend auf Streifzug angetrunkene Touristen ausnehmen. Obwohl es mich wundert, dass gerade diese beiden dem bunten Zucker verfallen sind, sucht mein Blick nach Happy. Ich finde sie stehend mit einem kleinen Block in der Hand an einem der Tische, die sie bedient.

Der erste Schock über die akademische Anerkennung, die sie scheinbar erreicht hat, und die Wut, wie rätselhaft sie mir gegenüber ist, verfliegt in dem Moment, als ich ihr zartes, engelsgleiches Gesicht wahrnehme.

Sie trägt eine rosafarbene Latzhose und darunter eine hellrosa langärmlige Bluse. Sie lächelt so intensiv, dass ihre Augen bis zu mir strahlen und mich von innen heraus mit Wärme füllen. Der pinkfarbene Flummi dreht sich um, kehrt zum Tresen zurück und ich erkenne, dass es keine kurze Hose ist, sondern ein knapper Rock sich um ihre langen Beine legt. Hellrosafarbene Socken schmiegen sich hoch bis zu ihrem Oberschenkel und ihre Füße stecken in den glitzernden pinken Chucks. Sie ist abartig süß und voller verlogener Unschuld. Als sie sich über den Tresen beugt, mir dabei den Rücken zudreht, um Venia etwas zu sagen, setzt mein Atem aus. Ihr langes blondes Haar liegt offen auf ihrem Rücken. Nur der obere Teil ihres Schopfs ist nach hinten mit einer übergroßen rosafarbenen Schleife gebunden und verdeutlicht mir, wie rein und kindlich sie wirklich ist. Sie ist jung, verspielt und widerlich süß. Und trotzdem habe ich die Dunkelheit in ihr gesehen. Diesen tiefen Schmerz gespürt, der meine Finsternis zurückdrängt.

Verdammt, ich will sie verletzen. Ich möchte ihr unzählige Qualen zufügen. Und ich will sie betteln hören. Ich muss dieses pinke süße Wesen an mein Bett fesseln und ihr nicht jedes Wort herausschneiden, sondern jedes einzelne verdammte Wort aus ihren zarten vollen Lippen herausficken.

Jetzt!

Ich schreite zur Tür, schlage sie auf und betrete die Süßigkeitenbar.

NEUNZEHN

Happy

Wenn ich keinen Notizblock hätte, wäre ich aufgeschmissen. Ich stehe komplett neben mir. Die Bestellung ist mir aus dem Kopf geflogen, ehe ich vom Tisch losgegangen bin. Mein Körper ist anwesend, die Motivation peitscht mir durch die Glieder. Aber die Gedanken sind ganz woanders. Bilder suchen mich heim und werfen mich aus der Bahn. So kann ich nicht arbeiten.

Ich beuge mich über den Tresen, lege den Notizblock mit der Bestellung ab und greife nach der halb leeren Dose mit dem Lebensmittelglitzer.

»Venia?« Sie bedient zwar gerade zwei Kunden, schaut aber trotzdem zu mir herüber. »Kannst du die Bestellung übernehmen? Ich muss ins Lager. Der Glitzer ist praktisch leer.«

»Natürlich.« Mein Blick fällt kurz auf die pinkfarbenen Visitenkarten zwischen ihr und den beiden Kunden. Gerade bin ich froh, Venia heute Morgen als Allererstes aufgeklärt zu haben. Portia behält recht, denn Venia hielt diese Geschäftsidee für genial und war sehr aufmerksam, als ich die einzelnen Geleemandeln erklärt habe. Eine kleinere Erleichterung gleitet mir von den Schultern und ich stoße mich vom Tresen ab. Sofort erscheinen mir wieder Bilder. Ich rieche seinen männlichen, unverkennbaren Duft und spüre diese Dunkelheit, die mich anzieht. Mit dem Blick in den Flur, wo sich der Lagerraum befindet, schreite ich voran. Höre seine Stimme und mein Schritt wird schneller. Seine Lippen auf meinen und schon beginnt erneut das Kribbeln. Dieses Prickeln, welches ich den ganzen Tag auf der Haut spüre, sobald mir Luciano in den Sinn kommt. Ich lasse mir nichts anmerken, als ich lächelnd an den Gästen vorbeimarschiere, obwohl sich die Hitze von den Wangen in meinen gesamten Körper verteilt hat. Mich überfordert es, diese wunderbaren, quälenden Erinnerungen an ihn. Es ist eine Folter. Ich stoße die Tür auf, klemme einen Keil darunter und steuere einen Karton mit Gummischlangen an. Ich beuge mich darüber, stelle die Arme auf und lege mein erhitztes Gesicht in die Hände.

Diese Bilder, dieses heiße Empfinden, welches sich bis in meinen Unterleib zieht, muss verschwinden. Es ist falsch und verboten. Er ist verboten. Er foltert Menschen. Ich möchte gerne an Daddy denken, aber trotzdem spüre ich Luciano überall an mir. In mir. Auf mir.

Luciano rettet mich nicht!

Er zieht mich in seine Finsternis!

Wieso will ich das nicht begreifen? Wieso kann er mich nicht in Ruhe lassen? Wieso schwirrt er mir in den Gedanken herum und erinnert mich daran, wie stark ich mich gefühlt habe. Und mich gleichzeitig in ihm verlor. Kälte jagt mir den Rücken herunter. Ein Luftzug streichelt mir die Wangen. Und plötzlich verändert sich der Druck unter meinen Ellenbogen. Ich öffne die Augen und sehe Ringe.

Protzige Ringe an langen sehnigen Händen rechts und links von mir. Und der Griff des Spazierstocks, der an dem Kartonstapel lehnt.

Sofort erstarre ich. Luciano steht direkt hinter mir, berührt mich nicht und doch sind es seine Hände, die den Karton an meinen Armen eindrücken. Sein Atem, der mir die Wange streichelt und seine dunkle Kälte, die mich in seine Spirale zieht.

Die wiederkehrenden Gedanken haben ihn heraufbeschworen. Wobei es nur eine Frage der Zeit war, bis er in die Bar stampft, mich an den Haaren herauszieht und mich erledigt, weil ich mehr gesehen habe, als ich sollte. Ich bin eine Zeugin!

Ich erstarre zu einem Felsblock, unfähig mich zu rühren.

»Mh«, raunt er so kehlig, dass ich erschaudere. »Du riechst verlockend.« Seine Stimme, diese Worte, seine nach mir zerrende Nähe, kochen heiß zwischen meinen Beinen, sodass ich automatisch die Schenkel zusammendrücke und meine Mitte pulsieren spüre.

»Woran hast du gedacht?« Blitzartig schießt mir die Hitze gewaltiger in die Wangen und ich presse die Lippen aufeinander.

»Sag mir, Happy, fürchtest du dich oder bist du geil

auf mich?« Er raubt mir den Atem. Meine Lippen öffnen sich von selbst und mein Inneres schreit: *beides!*, aber kein Ton verlässt mich.

»Ich werde dich nicht anfassen, Happy.« In Gedanken bin ich ihm dafür dankbar und schließe die Augen. Sein Atem fegt heiß und näher an meine Wange, und fliegt über meinen Hals. Da raunt er kehlig tief, direkt an meinem Ohr: »Aber ich wette, wenn ich dir jetzt die Hand zwischen die Schenkel schiebe, spüre ich, wie feucht du bist.« Erneut erschaudere ich – heiß und mit einem gefährlichen Verlangen. Meine Mitte pulsiert, zuckt und ich spüre tatsächlich, wie nass mein Slip an meiner Haut klebt.

»Happy? Bist du feucht für mich?« Mein ganzer Körper wird von einer glühenden Gänsehaut überzogen und mir wird schwindelig. Ich stütze den Kopf wieder in die Hände und bemerke sofort, wie sich der Schweiß auf meine Haut legt.

Tausend Empfindungen scharen sich um uns herum und nehmen jeden einzelnen Gedanken. Bis auf: Lass mich dich spüren! Nimm mich! Nimm mich hart, dreckig! Und so böse, wie du es bist!

Ich lasse den Kopf weiter sinken, kann kaum glauben, was ich denke und gleichzeitig stelle ich mir vor, was er mit meinem Körper macht.

Ohne nachzudenken, ziehe ich eine Hand vom Gesicht zum Rock und schiebe ihn mir hastig hoch an die Taille.

»Happy«, atmet er hörbar aus. Seine Hände verringern den Druck vom Karton. Obwohl ich nicht hören kann, wie er einen Schritt zurücksetzt, spüre ich den Abstand. Ich nehme sofort die heißen stechenden Blicke auf meinen

Hintern wahr und ertrage die Ruhe zwischen uns nicht, die sich glühend staut.

»O verdammt, du hast einen geilen Arsch!«

»Fass mich an!«, stöhne ich bestimmend und sofort liegen seine Hände an meinen Hintern. Mir bleibt die Luft weg und trotzdem reicht es nicht. Auch nicht als er knurrend die Finger in mein Fleisch krallt und jegliche Zweifel wegfegt.

»Sag es noch mal«, befiehlt kehlig und es fegt ein Feuersturm über mich.

»Fass mich an!« Er schiebt mir seine Hand zwischen die Beine und ich stöhne auf.

»Sag es!«

»Fass mich an!«, wimmere ich, schiebe das Becken vor und bekomme keine Luft. Obwohl der Slip zwischen uns klebt, bewegt er die Finger. Ich zerfließe an seiner Hand und lasse den Kopf auf die Oberarme fallen. Die Arme leicht ausgestreckt, klammere ich mich an der Kante des Kartons fest.

»Du bist verdammt nass, Happy.«

An meinem Slip vorbei schiebt er seinen Finger in mich und ich ersticke an dem atemberaubenden Gefühl. Mit der anderen Hand drückt er mich am unteren Rücken nach unten. Er streichelt meine Mitte und reibt mein Inneres in eine schwindelerregende Höhe und zerrt mir damit den Boden unter den Füßen weg mit seinen Fingern. Immer wieder knurrt er, wie heiß und nass ich bin. Ich verliere mich in seinem Sog.

Ich schreie überwältigt gegen meine Arme: »Nimm mich!«

»Verdammt!« Er zieht die Hand zurück. Ich wimmere, aber er schlägt mir leicht auf den Hintern.

»Was willst du, Happy?« Ich beiße mir in den Oberarm und verbrenne in seiner Hölle.

»Sag, was du willst!«, wird er lauter und ich lockere den Kiefer.

»Nimm mich!«, jammere ich.

»Wie soll ich dich nehmen? Sag es!« Hart, dreckig und dermaßen versaut, sodass ich mich im Spiegel nicht mehr erkenne.

»Verboten!«, wimmere ich stattdessen. Er zieht mir den Slip über den Hintern herunter. Der Stoff fällt zu meinen Füßen und ich steige hinaus.

»Wiederhole es!«, befiehlt er bestimmend. Am Po spüre ich seine Handknöchel vorbeistreifen und ich höre seinen Gürtel, der aufspringt.

»Verboten. Nimm mich so, wie du bist.« Tränen brennen mir die Wange hinunter. Seine Erektion schiebt sich zwischen meine Schenkel und ich flehe mit mehr Nachdruck: »Nimm mich verboten und böse, wie du bist!«

Er stöhnt wie ich laut auf, als er sich mit dem ersten harten Stoß in mich drückt. Er weitet mich mit einem Mal. Er spießt mich mit dem zweiten gewaltsam auf. Und mit dem dritten schiebt er meinen Leib heftig vor. Bevor ich samt Kartonstapel umkippe, hält er mich an den Schultern fest und rammt sich ein weiteres Mal tief in mich. Er nimmt mir die Luft. Den Willen. Alles.

Ihm gehört alles in dem Augenblick, als er sich abermals in mich stößt und ich stöhnend aufschreie.

»Aber so wird es nicht laufen, Happy!« Er zieht sich zurück. Und ehe ich begreife, was vor sich geht, wirbelt er mich zu sich, hebt mich hoch und wirft mich grob auf den obersten Karton. Zwischen meinen Beinen beugt er sich unmittelbar herunter und spaltet mich mit seiner Zunge.

»O Mann!« Bei diesem intensiven Gefühl werfe ich den Kopf zurück. Mit geschlossenen Augen bäume ich mich seiner Zungenspitze, die die geschwollene Perle neckt, entgegen und stöhne, als er sie einsaugt und meine Mitte mit seiner Zunge streift. Er legt sich meine Oberschenkel auf die Schultern und treibt mich an in Richtung Himmel.

»Sieh mich an!«, fordert er direkt an der empfindlichen Stelle. Allein sein Atem, der auf die überhitzte Haut bricht, sorgt dafür, dass ich die Augen aufreiße, und seine befehlenden Worte zwingen mich, hinunterzusehen.

Seine gelben Augen erdolchen mich, als seine Zunge sichtbar und intensiv spürbar über meine Mitte gleitet.

Doch plötzlich sehe ich die Maske vor mir. Diese schwarze böse Schnabelmaske des Pestdoktors. Ich rieche Blut, Angst und Fäkalien. Und in Sekunden bin ich in diesem Raum. »Happy, bleib bei mir!«

Die abgetrennten Körperteile liegen achtlos auf dem Boden. Blut verteilt sich in einer Lache unter dem Stuhl.

»Happy!«

Schmerzensschreie füllen den Raum. Und er, wie er Nägel und Hammer in den Händen hält.

Schlagartig winde ich mich von ihm weg, trete und will nur noch hier runter.

»Ganz ruhig!«, flüstert er und als er nach mir greifen möchte, falle ich von den Kartons. Ich fange mich selbst auf, will nur wegrennen, doch ehe ich einen Schritt vorsetze, packt er mich und wirft mich gegen das Stahlregal. Der Schmerz im Rücken presst die Luft aus meiner Lunge und Tüten wie Dosen mit Süßigkeiten regnen über uns von den oberen Regalen.

»Sieh mich an!«, brüllt er mir ins Gesicht. Aber ich kann die Augen nicht öffnen und kneife sie weiter zusammen.

»Was ist passiert, Happy?«, will er erzürnt wissen, aber ich schüttele nur den Kopf. Der Stahl bohrt sich in meinen Rücken und er presst mich weiterhin mit seinem Körper dagegen. Ich spüre seine Lippen an meinem Hals und dann flüstert er: »Rede, Happy.«

Ich schubse ihn weg, schlage nach ihm und als ich die Augen öffne, weil ich ihn kaum spüre, stolpert er über seine heruntergelassene Hose gegen das nächste Regal und fällt auf den einzelnen großen Karton davor. Er sitzt gepresst am Regal und schaut mich mit aufgerissenen Augen an.

»Scheiße, wo holst du die Kraft her?« Er atmet aus und ich kann mich nicht mehr bewegen.

»Komm her!« Es ist ein Befehl und doch klingt es nach einer Bitte. Ich folge seiner Stimme nur einen Schritt. Einen Einzelnen, der mich näher zu ihm führt, aber ihn weit genug auf Abstand hält.

»Was ist passiert?«, will er mit Nachdruck wissen.

»Fass mich nicht an!«

Er nickt, aber seine Augen signalisieren mir, dass er auf etwas anderes aus meinem Mund wartet. Schnell wende ich den Blick von ihm ab. Ich streiche das Haar über meine Schulter zurück auf den Rücken und schiebe mir den Rock wieder herunter.

»Happy?« Er betont bestimmend meinen Namen und ich kann ihn nicht ansehen. Es geht nicht. »Soll ich aufstehen?«, droht er mir. Ohne zu wissen, was passieren wird, falls er aufsteht, spreche ich es aus.

»Ich kann dich nicht ansehen.«

»Komm her«, erwidert er bloß und ich setze einen Schritt vor.

»Du hattest diese Maske auf.« Ich starre auf den Boden. Und er schweigt. Obwohl diese Dunkelheit über uns schwebt, dieses Bild mich nicht verlassen möchte, zieht es lustverheißend im Unterleib.

»Du hattest Nägel und einen Hammer in den Händen«, erinnere ich mich selbst daran, was für ein Mensch gerade in mir war. Welche Zunge mich zum Stöhnen gebracht hat.

»Du hast Körperteile abgetrennt und überall war Blut.« Meine Stimme wird fester, auch wenn ich nur zu Boden starre. Und trotzdem drücken sich meine Nippel gegen den Stoff.

»Überall war so viel Blut.« Meine Mitte zuckt heftig und Schweiß perlt an meinen Schläfen.

Plötzlich ergreift er meinen Arm und ich schreie, als er mich zu sich zieht. Ich befreie mich und sogleich dreht er mich an der Hüfte um. Ich schlage seine Hände weg und er brüllt: »Setz dich, Happy!« Ich erstarre in der Bewegung. »Setz dich auf meinen verdammten Schwanz und fick mich!«

Seine Worte schlittern in meine Mitte und ich schnappe nach Luft. Da packt er mich an der Hüfte, setze mich auf seinen Schoß und sein Glied schiebt sich wie von selbst in mich.

»Verdammt, bist du nass!«, knurrt er. Ich halte rechts und links seine Handgelenke, schnappe weiter nach Luft und fange an, mich zu bewegen.

Er knurrt kehlig und ich halte mich nicht zurück und stöhne.

Vorsichtig, langsam, hebe und senke ich mich auf sein Glied. Mit dem Rücken zu ihm hocke ich zwischen seinen Beinen und lasse ihn mit jeder Bewegung tief in mich gleiten.

»Du sprichst von Blut und bist so nass, Happy«, zischt er hinter mir. Ich schiebe seine Hände von mir, halte ihn jedoch fest. Mein Rock rutscht bei jedem Auf und Ab höher und er knurrt:

»Scheiße, sieht das geil aus.« Er hebt sein Becken und obwohl ich über ihm bin, zieht er das Tempo an und rammt sich in mich. Stöhnend passe ich mich an, schreie seinen Namen, als er hart und tief in mich stößt, und beuge mich vor. Seine Handgelenke zwischen meinen Fingern hindern ihn daran, meinen Willen zu brechen, aber zeitgleich ist er mein Halt.

Ich kralle mich an ihm fest, während er sich in mich rammt, ich jedem Stoß mit meinem Hintern auf seinem Schoß entgegenkomme und kurz davor bin zu fliegen. Mein Körper spannt sich an, ich kann mich nicht mehr bewegen, als die Hitze mich bis in die Zehenspitzen verbrennt, und ich schreie laut stöhnend seinen Namen, als ich auf ihm zerspringe. Ich explodiere mit einer Wucht, dass ich glaube, in Milliarden winzige Einzelteile zerplatzt zu sein.

Ich kreische, als ich im Raum detoniere und wimmere

vor mich hin, als er kehlig knurrt und ich sterbend zurückfalle. Ich spüre ihn zwischen den Beinen. Er spannt sich mehrfach an und ergießt sich in mich. Die Anspannung weicht mir aus dm Körper wie die restliche Kraft und ich stütze den Kopf an ihn.

Schwer atmend an seine Brust gelehnt, spüre ich seine schnellen Atemzüge an meinem Hals brechen. Mit den Fingern noch immer an seinen Handgelenken, lege ich seine Arme um mich, ohne sie loszulassen.

Er sperrt mich nicht ein. Er zwingt mich nicht zu seinen kranken Fantasien und nötigt mich nicht, ihn zu loben. Er hält mich.

Ich sterbe in seinen Armen und er lässt mich nicht los.

Seine Lippen streifen über meinen Hals und er senkt den Kopf an meine Schulter.

»Verdammt, du stehst auf Qualen.« Ich reiße die Augen auf und mein Herz bleibt stehen.

»Nein! Ich empfinde es als grausam, schrecklich und …«

»Du warst so verdammt feucht! Ich bin so leicht in deine enge Pussy geglitten.« Ich lasse ihn los und will aufstehen, da presst er mich mit den Armen um mich zurück.

»Alles gut, entspann dich.« Ich halte inne und sogleich lockert er die Arme, als würde er mir vertrauen, dass ich sitzen bleibe. Sie stören trotzdem. Unwohl liege ich angespannt an ihm und als würde er es spüren, lässt er die Arme langsam seitlich von mir herunter neben sich sinken.

»Ich bin nicht hier, um dich zu ficken, Happy.«

»Wirst du mich foltern?«, plappere ich ohne nachzudenken los und mein Blut gefriert, als er unerwartet ehrlich antwortet: »Ja. Auch.«

Ich kann aber auch nicht den Mund halten und frage geradeaus: »Wirst du mich töten?«

»Wenn es sein muss.«

»Wieso lügst du nicht?« Ich springe von seinem Schoß und schaue auf ihn herab. »Ist es so schwer, einfach zu lügen?«

»Damit du dich besser fühlst?« Er schnaubt, steht ebenfalls auf und zieht sich die Hose hoch. Mir fehlen die Worte.

»Wer tut so etwas?«, frage ich ihn fassungslos und er schaut von seiner Hose auf zu mir. »Du meinst, wer qualvoll tötet? Na, ich tue so etwas.«

»Nein!« Ich schaue mich im Raum um. Zerre dabei meine Kleidung zurecht und bin völlig durch den Wind. Ich verstehe es nicht! Das alles hier zerwühlt meinen strukturierten Verstand.

»Das ist unlogisch. Wo ist mein Slip?«

»Was ist unlogisch?« Ich suche den Boden ab, da greift er nach mir, ich schlage ihn weg, schaue mich um und bemerke, dass Luciano mit wenigen Handgriffen perfekt und elegant aussieht. Das ist auch unglaublich!

»Was ist unlogisch?«

»Wie du aussiehst, als hättest du gerade nicht mit einer Frau geschlafen. Wo ist der Slip?«

»Happy!«

Und da spüre ich es. Wie eine Blase mit Flüssigkeit ploppt sie mir zwischen den Beinen heraus und es fließt meinen Schenkel hinab. »O Mann!« Ich beuge mich vor und sehe es nicht. Noch nicht, aber ich spüre es. Genauso schnell schaue ich mich um, nach etwas, womit ich es abwischen kann. Da hält mir Luciano sein Einstecktuch hin. »Ich frage dich zum letzten Mal, was ist unlogisch, Happy?«

Ich nehme den schwarzen Stoff, mache mich grob sauber und verziehe dabei das Gesicht. Das ist entwürdigend. Den besudelten Stoff reiche ich Luciano zurück, doch seine Gesichtszüge zeigen nur eine Regung: Gleichgültigkeit. Schließlich werfe ich es in den Mülleimer in der Ecke, drehe mich um und gebe mich geschlagen.

»Ein Mörder sagt doch nicht dem Opfer, dass er es töten wird.« Ich seufze es mehr.

Er sieht mich einfach desinteressiert an, obwohl er es doch wissen wollte. Sekunden vergehen und er erwidert nichts.

Da erkläre ich in unterschiedlichen Ton- wie Stimmlagen:

»Es ist unlogisch. Als würde ich durchs Haus laufen und rufen: *Mörder, wo bist du?* Und er würde mir antworten: *Hier! Komm runter von dem weißen Teppich. Denn die Blutflecken bekommt keiner mehr heraus, wenn ich dir die Kehle aufschneide.* Und ich als Opfer antworte selbstverständlich: *Oh, wie zuvorkommend. Moment, bin gleich da.*«

Er steht einfach da und schaut mich aus seinen fast gelben Augen an, ohne jegliches Empfinden darin.

»Das ist unlogisch! Du bist unlogisch! Warum solltest du mir sagen, dass du mich töten wirst? Ich könnte weglaufen! Und … wo ist mein Slip?«

Mit einem großen Schritt steht er genau vor mir und schränkt mich komplett ein. Ich weiche zurück und er folgt mir, sodass ich wieder gepresst am Regal stehe. Er nimmt mir jegliche Fluchtmöglichkeiten mit seinem Körper, indem er seine Arme rechts und links von mir ausstreckt, und beugt sich gefährlich nah hinunter zu meinem Gesicht.

Sein Blick spießt mich auf und mein Mund wird ganz trocken. Zwar kommt ihm keine Silbe über die Lippen, aber seine Augen schreien mich an, mich keinesfalls zu bewegen und es nicht zu wagen, zu sprechen. Dennoch öffne ich den Mund.

»Wusstest du, dass Ted Bundy, der Mörder von mindestens sechsunddreißig Menschen, ehrenamtlich bei einem Seelsorge-Telefon für Selbstmordgefährdete gearbeitet hat, und dafür sorgte, dass sie sich nicht das Leben nahmen?«

Er schweigt weiterhin nah an meinem Gesicht, sodass sein Atem meine Lippen streift. Nicht einmal sein Blick verändert sich. Währenddessen pocht mir der nervöse Herzschlag bis in den Hals und ich spüre den Puls auf der Zunge.

Wird er mich jetzt töten?

»Wusstest du, dass …«

»Verhütest du?«, unterbricht er mich und verschreckt mich mit seinen Worten nur noch mehr. »Du bist jung, aber so jung auch wieder nicht. Du bist etwas gutgläubig, aber nicht dumm. Also Happy, verhütest du?«

Widerwillig antworte ich: »Nein. Warum auch? Ich habe keinen Sex.«

Eine seiner Augenbrauen hebt sich.

»Ja, gut. Habe ich. Jetzt. Aber eigentlich …« Er macht mich nervös, so wie er mich ansieht und meine Schutzmauer mit seinem Blick durchbricht. »Ich dachte nie daran, welchen zu haben. Wollte ich auch nicht. Mit dir war mein …« Ich stocke und seine Augen verengen sich.

»Du warst keine Jungfrau.« Ich schüttele den Kopf, weil ich das auch vor ihm nicht war. Aber es war das erste Mal freiwillig.

»Ich werde dich zu einem Arzt bringen und dann lässt du dir die Pille oder Ähnliches geben. Denn das hier war nicht das letzte Mal.«

»Wusstest du, dass …« Er stoppt mich mit seinen Lippen auf meinen. Er tötet mich nicht – er küsst mich. Und trotzdem glaube ich zu sterben. Er schickt mich in einen Rausch, den selbst die Geleemandeln nicht bewirken können. Ich stöhne an seinen Lippen, ziehe ihn an seinem Hemd näher an mich und werde in den Abgrund geschubst, als er sich viel zu schnell von mir löst und sogar einige Schritte zurückweicht.

»Ich will dich, Happy. Du machst mich schon wieder so verdammt hart, aber deswegen bin ich nicht hier.« Er greift ins Regal, zieht den Hut hervor und mit einer geschmeidigen Bewegung setzt er sich den schwarzen Hut auf den Kopf. »Weswegen bist du hier?« Sofort schleicht sich das mulmige Gefühl wieder unter meine Haut. Er lässt sich jedoch nicht beirren, hebt den Stock vom Boden auf und nachdem er sich einen Schritt nähert, hält er mir seine Armbeuge hin.

»Du siehst mitgenommen aus, aber das wird schon gehen.«

Verdutzt blicke ich auf seinen gebeugten Arm.

»Ich beiße dich nur, wenn du mich darum bittest«,

merkt er an, aber ich bin immer noch zu überfordert, um meine Hand auf seinen Arm zu legen.

»Muss ich dich wirklich zwingen?« Von selbst legt sich meine Hand in seine Beuge und er zieht mich aus dem … O Mist …. offenen Raum. Die Tür war die ganze Zeit sperrangelweit offen. Ich schließe die Augen, während mich Luciano hinausführt, und die Hitze schießt mir verlegen in die Wangen. Hat man uns gesehen? Gehört?

»Wieso bist du hier?«, versuche ich mich abzulenken und kneife die Augen fest zusammen. Ich lasse mich blind von Luciano durch den Flur führen.

»Du sollst mit mir mitkommen.« Mitten im Flur, auf dem Weg in den vorderen Teil der Bar, öffne ich schockiert die Augen. Eine weitere Person hat die Absicht, mich mit sich zu nehmen. Dagegen würde ich mich wehren. Stattdessen bemerke ich umgehend Blicke der Gäste, die sich auf uns legen und uns viel zu offensichtlich anstarren.

»Waren wir so laut?«, flüstere ich eher vor mich hin.

Auf einmal, als hätte Luciano mit seinen Augen in den Raum geschrien, wenden alle fast gleichzeitig den Blick von uns ab.

»Ja«, knurrt es abfällig neben mir und ich schrecke zusammen, als ich Daddy an der Wand neben dem Flur vorfinde. Er stößt sich ab und mein Herz setzt für einen Moment aus.

»Seid ihr jetzt fertig?« Ich erstarre durch seine kalten, abschätzigen Gesichtszüge, mit denen er Luciano an mir vorbei fixiert.

»Nein, sind wir nicht«, antwortet Luciano. »Wir haben gerade erst angefangen.«

Mr. Peterson stellt sich vor mich und greift meinen Arm aus Lucianos Armbeuge.

»Komm mit, Jelly!«

Schlagartig stößt Luciano ihn von mir weg.

»Fass' sie noch einmal an und ich schlitze dich vom Hals bis zu den Eiern auf!«

Wie auf Knopfdruck stehen alle Kunden auf und gehen in einer Reihe nach draußen. Sie verlassen das Lokal schweigend, ohne zu drängeln, und mit einer Ruhe, die in mir längst nicht mehr vorhanden ist. Dieses Bild meiner Kundschaft schüchtert mich weiter ein.

Seitlich vor mir baut sich Mr. Peterson auf. Stark, beschützend und mächtig erwürgt er Luciano mit einem einzigen Blick. Ihm gegenüber steht ein Mann mit Hut und Stock, baut sich ebenfalls auf. Kalt, dunkel und mörderisch sadistisch. Sie liefern sich ein Blickduell und versetzen das Lokal in eine tödliche Stille. Ich blicke hin und her und dann zwischen ihnen zu Venia, die leicht, kaum merklich, mit dem Kopf schüttelt, als würde sie mir mitteilen wollen, dass ich mich bloß nicht einmischen sollte.

Kann ich das?

Ich greife in die Tasche und fülle meine Faust mit der Glitzer-Konfetti-Mischung. Ich ziehe die geschlossene Faust heraus.

»Du stehst auf Jelly«, beginnt Mr. Peterson. »Sie ist jung, reizend und wirkt fast wie ein kleines Kind.« Mir wird übel, aber Luciano starrt ihn nur an und schweigt. »Du stehst auf kleine, unschuldige Mädchen, nicht wahr?« Wie kann gerade *er* so etwas sagen? Ich möchte dem Gespräch mit Konfetti entgegenwirken, da meint Mr. Peterson: »Oder gibt es einen anderen Grund, warum man in New Orleans kleine, blonde Mädchen kaufen kann?« Mir klappt der Mund auf und ich kann kaum glauben, was er da gerade gesagt hat.

»Möchtest du Jelly nicht erzählen, wie du Kindesentführungen und den Kinder-Sex-Handel unterstützt? Wie viel verdienst du an den unschuldigen Seelen dieser Kinder?« Ich senke die Faust und mir fällt das Konfetti aus der geöffneten Hand neben mir zu Boden.

»Luciano? Stimmt das? Verkauft du kleine Mädchen?« Meine Beine werden weich. Warum?

Warum passiert das gerade?

Warum sind immer solche Männer in meinen Leben? Ziehe ich sie an? Bin ich ein Magnet für Pädophile, Junkys und Gewalttäter oder ist die ganze Welt verdorben und abscheulich?

Schweiß tritt aus meinen Poren und Kälte kratzt mir über den Rücken. Ich glaube zu ersticken, weil Mr. Petersons Worte sich mir um den Hals legen und ihn mit jedem Atemzug zupressen. Der tiefe Schmerz über diese Wahrheit brennt mir im Herz und in den Augen.

»Luciano!« Das Schluchzen in meiner Stimme ist zu hören, aber er reagiert nicht darauf.

»Komm, sag ihr, was du deinen Männern erlaubst, erzähl Jelly, wie du Geschäfte machst.« Ich glaube, ich ertrinke in den Tränen, die mir den Blick verschleiern.

Mr. Peterson streckt den Arm nach mir aus und fordert mich auf zu gehen: »Komm, Jelly. Komm mit mir mit.« Bevor er mich erreicht, liegt der Griff des Stockes an seinem Arm.

»Ich wiederhole mich nicht!«, blafft Luciano.

»Komm, Jelly«, fordert mich Mr. Peterson weiterhin auf.

»Ich gebe dir einen Tipp, Wichser. Du verpisst dich besser. Und zwar jetzt!«

Die Bartür geht auf und ich schlucke, als Dino und Fabio das Lokal betreten. Sie steuern auf uns zu, was auch Mr. Peterson nicht entgeht.

»Ich brauche euch nicht, ich schaffe den alten Sack allein«, meint Luciano, ohne hinzusehen. Dino und Fabio gehen lässig zum Tresen und lehnen sich beide mit verschränkten Armen dagegen.

»Bitte, geh«, flüstere ich, bevor es eskaliert, und wünschte mir, ich könnte ihn begleiten. Das wiederum wird Luciano nicht zulassen.

»Bitte. Es ist jetzt besser so.«

Mr. Peterson meint es nur gut, aber er ist in Gefahr und ich bin es mein ganzes Leben schon. Er seufzt und wendet sich mir zu. Als er einen Schritt vorsetzt, hält der Stock ihn an der Brust auf, was er ignoriert.

»Komm gleich in mein Hotel.«

»Das wird sie nicht«, mischt sich Luciano ein, was ich wiederum ignoriere.

»Ja, mache ich.« Ich nicke und er dreht sich um. Luciano stiert ihm nach und noch bevor er das Lokal verlassen hat, wirbelt er zu mir herum.

»Du wirst nicht zu ihm gehen!«

»Was ist dein Problem? Er schändet keine Kinder!«

Er wendet sich von mir ab und ich folge ihm auf leisen, aber schweren Füßen.

»Bleibt bei Happy, ich kümmere mich um den Wichser!«

Sofort setze ich mich zügiger in Gang und halte Luciano am Arm zurück, bevor er die Tür erreicht. Mr. Peterson sehe ich im Augenwinkel vorbeigehen, aber ich bin mir sicher, Luciano wird ihn schneller erreichen, als mir lieb ist.

»Lass ihn!« Denn ich weiß, was es bedeutet, wenn ein Mafioso sagt, er würde sich um jemanden kümmern.

»Lass mich los!«, faucht er mich finster an, aber ich stelle mich ihm in den Weg, ohne ihn loszulassen.

»Du darfst ihm nichts tun, Luciano.«

»Was läuft da zwischen euch?«

»Bitte, tu ihm nichts. Versprich es mir.«

»Warum sollte ich, Happy?«

»Weil ich dich darum bitte. Ich flehe dich an. Falls in dir drin auch nur ein kleiner Funke ist, dem etwas an mir liegt, tust du ihm nichts. Nimm mir bitte nicht den letzten Halt, den ich noch habe. Bitte, Luciano. Nimm mir nicht meinen Helden weg! Ich brauche ihn.«

»Liebst du ihn?« Ich zögere und er reißt seinen Arm aus dem Griff.

»Nicht so, wie …«, schreie ich rasch auf und halte inne. Langsam atme ich gedehnt ein und aus. »Ich liebe ihn, ja. Aber auf eine andere, verdrehte Art, die man als Liebe bezeichnen könnte, aber wofür es eigentlich keinen Ausdruck gibt und du mit Sicherheit nie verstehen könntest.« Er hebt beide Brauen und seine Stirn legt sich in Falten.

»Okay.«

»Okay?«, quietsche ich auf. »Du gehst ihm nicht nach? Du wirst ihn nicht aufsuchen? Du wirst ihm nichts antun?« In Sekunden, völlig unerwartet, schnellt seine Hand vor. Fest umschließen seine Finger meine Kehle und verdrängen mir die Luft komplett. Ich kämpfe dagegen an, wehre mich gegen ihn und den dunklen Rauch, der sich um mich legt, während er mich auf die Zehenspitzen anhebt. Nah vor meinem Gesicht knurrt er: »O Happy, freu dich nicht zu früh. Ich lasse ihn vorerst laufen. Aber wage es dich nicht, zu ihm zu gehen!« Langsam setzt er mich auf die Fersen ab, lockert jedoch nicht seine Finger.

»Du kommst, nachdem du die Zuckerbar geschlossen hast, ohne Umwegen zu mir. Wehe, du setzt einen Schritt in die Richtung des Hotels, wo dein *Daddy* wohnt. Einen einzigen und du wirst das verdammt noch mal bereuen.« Ruckartig lässt er mich los und ich falle zurück. Am Tisch kann ich meinen Fall aufhalten und verdutzt schaue ich ihm nach, wie er wütend das Lokal verlässt.

Daddy. Er nannte ihn Daddy.

Er weiß von Mr. Peterson? Woher? Von Portia?

Ich bin überfordert und reibe mir den Hals, während Fabio und Dino mir einen kalten Blick zu werfen, bevor sie Luciano folgen.

»Warte, Fabio!«, halte ich ihn unüberlegt auf.

Er schaut nur über die Schulter.

»Er verkauft Kinder?« Ich muss es wissen. Schweigend dreht er sich um und geht. Das ist Antwort genug.

Eine lange, schwere und überfordernde Minute vergeht, bis Venia sich räuspert.

»Jelly, tu dir selbst den Gefallen und gehorche Lucifer.« Lucifer? Ich schüttle fassungslos den Kopf, aber Venia missversteht es.

»Ich kenne ihn und seine Familie mein ganzes Leben. Du bist zu tief drin, um abzuhauen, jetzt heißt es gehorchen, dann ist es mit viel Glück schnell vorbei.« Ich wende das Gesicht zu meiner Mitarbeiterin und frage: »Und wenn ich nicht das Glück habe?« Sie schaut auf die Theke und der Blick, der dann auf mich trifft, geht mir schneidend unter die Haut.

»Wenn du ihn nicht langweilst, sodass er das Interesse verliert, wirst du dir wünschen, kurz und schmerzlos zu sterben.« Sie wendet sich ab. »Schändet er Kinder? Verkauft er sie? Bitte sag mir die Wahrheit.«

O Mist, ich muss es wissen!

Habe ich gerade wiederholt mit ihm geschlafen? Bin ich dabei, mich in seiner Dunkelheit zu verlieren? Finde ich jemals wieder das Licht, wenn ich jetzt nicht um mein Leben laufe?

Ich muss die Wahrheit erfahren.

Flüsternd, kaum hörbar antwortet sie: »Lucifer und seine Männer sind der Tod auf Raten. Auf sehr vielen schmerzhaften Raten.« Sie presst ihre Lippen aufeinander und wendet sich komplett von mir ab.

Benötige ich ernsthaft mehr Bestätigung?

ZWANZIG

Luciano

»Sie wird nicht kommen«, meint Fabio, während ich die Eingangstür fixiere und die Faust um ihren Slip in meiner Hosentasche schließe. Ich muss fast grinsen, als ich daran denke, wie sie nach ihrem süßen rosafarbenen Höschen suchte und es nicht gefunden hat.

»Deine Kleine verabscheut dich jetzt. Hast du nicht mitbekommen, wie sie dich angesehen hat? Sie wird auf gar keinen Fall kommen.« Dann werde ich sie holen. Bevor ich diesen Plan zusammenspinnen kann, öffnet sich die Tür und Happy betritt den kleinen Flur. An Marcel, der dort Wache schiebt, schaut sie hinauf und kommt dann langsam und mit Abstand zu ihm auf mich zu. Ich sitze auf dem Sofa und betrachte mein Mädchen.

»Du bist gekommen.« Endlich bekomme ich wieder ausreichend Luft.

»Gezwungenermaßen, Luciano. Hier liegen noch mein Handy und meine Pistole.« Ich hoffe, dass sie nicht allein deswegen erschienen ist.

»Zieh dich aus!«, befehle ich ihr hart und sie weicht zurück, als hätte ich sie geschlagen.

»Zieh dich komplett aus! Jetzt!« Wenn sie nicht erkennt, wie ernst ich es meine und dass kein Widerspruch ihr helfen wird, muss sie leiden.

Verdammt lange zögert sie, sieht mir direkt in die Augen und knickt ein, als sie bemerkt, dass ein Blickduell mit mir ihren Tod einfordern wird.

Sie senkt die Lieder und fummelt an den Schnallen ihres Kleides. Der erste Träger rutscht gelöst nach hinten und kurz darauf der zweite. Der rosafarbene Stoff landet an ihren Kurven vorbei zu ihren Füßen am Boden.

Meine Finger krallen sich fester um ihr Höschen in der Tasche, während ich den anderen, neuen Slip an ihrem Körper fixiere.

Sie ist früher als erwartet hergekommen. Ihr Laden ist weiterhin geöffnet und sie war trotzdem zuvor in ihrer Wohnung und hat sich einen Slip angezogen. Ich sagte ohne Umwege. Sie ist verdammt böse. Da kann dieses Höschen noch so süß mit dem Spitzenstoff auf ihrer zarten Haut liegen.

Ihre Finger zittern, als sie die Knöpfe ihrer Bluse öffnet, und zögert abermals. Dann jedoch gleitet diese von ihrer weichen, leicht gebräunten Haut. Weitere rosafarbene

Spitze lockt mich und ich atme tief ein, als diese nacheinander von ihrem Körper fällt.

Bebend schiebt sie die gestreckten Arme vor dem Oberkörper, um sich zu bedecken.

»Nein!«, brülle ich und sie zuckt zusammen. »Nimm die Arme weg. Ich möchte dich sehen.« Sie gehorcht. »Wir alle wollen sehen, was du versteckst.«

Tränen lockern sich aus ihren gesenkten Wimpern. Dieser traurige Anblick, weil ich ihre Schutzmauer durchbreche, legt sich mir kalt ums Herz.

Das hier muss sein. Es führt kein Weg zurück.

Sie darf meine Berührungen auf ihrer zarten Haut verhindern, sie kann ohne Weiteres meinen Schwanz reiten, verdammte Scheiße, meinetwegen soll sie mir ihre Scheißknarre in den Mund schieben, wenn sie daraus Vertrauen schöpft, um sich fallen zu lassen.

Aber sie steht niemals, NIEMALS über mir.

Sie raubt mir nicht die Macht, beeinflusst mich nicht in meinen Entscheidungen und unter keinen Umständen wagt sie es, sich mir in den Weg zu stellen.

Das Gegenteil ist eingetroffen. Verdammte Scheiße! Sie forderte mehr ein, als ihr zustand.

Deswegen ist es erforderlich, sie hier, für alle sichtbar, zu erniedrigen. Aber das ist nicht der einzige Grund, warum sie nun nackt vor mir steht. Dieser Mann, den sie *Daddy* nennt, ohne einen Verwandtschaftsgrad, hat etwas Vertrautes an sich. Sie gehorcht ihm für gewöhnlich, sie sucht seine Aufmerksamkeit und sie bezeichnet ihn als ihren Helden und ihren Halt. Ihre Reaktion auf ihn gefällt mir nicht. Seine Worte und wie er meine Geschäfte mit den

Kindern erwähnte. Es gibt viel Schlimmeres, was Happy zerstört. Aber er wählte genau das und sie reagierte. Das Konfetti landete nicht in unseren Gesichtern. Es fiel zu Boden. Dieses Thema hat Happy getriggert. Ihre Veränderung war sofort spürbar.

Es ist ein Auslöser für sie. Und *Daddy* nutzte es bewusst. Das sagt mir einiges.

Die Frage ist nur: Betrifft es sie persönlich oder ist es eher wie bei mir?

Musste sie in ihrer Kindheit leiden? Oder verlor sie eine Person, die ihr sehr nahestand, an den Kinderhandel?

Hat sie jeden Tag gehofft, gerettet zu werden, oder betete Happy dafür, diese besondere Person wiederzubekommen?

Half man ihr aus diesem Fleischmarkt oder sah sie dabei zu, wie ihre Person nach Hause kam und den Schmerz nicht mehr ertragen konnte?

Fing Happy ein neues Leben an und ist deswegen so übertrieben fröhlich? Oder hat ihre Person auch vor Happys Augen Suizid begangen, weil die Berührungen nie nachließen, obwohl keiner mehr da war, und lebt sie daher für eine weitere Person mit?

Ich würde sie gerne fragen und die Puzzleteile zusammenlegen, aber sie wird mir keine Informationen freiwillig geben.

Sie steht nackt vor mir und erkennt nur die Demütigung an, nicht die Tatsache, dass sie unbekleidet ist.

Müsste sie sich nicht schämen? Erst recht, wenn sie etwas Grausames erlebt hat? Sie fleht mich nicht an, sich bedecken zu dürfen. Ein weiteres Mal macht ihr die Nacktheit nichts aus.

Musste sie sich oft nackt zeigen? Macht es ihr daher nichts aus? Ist ihr der eigene Körper egal geworden? Oder ist sie nur die Zuschauerin des Grauens und hat eine Grenze zwischen dem Leid und sich gezogen?

Wie verhält sich ein Opfer? So jedenfalls nicht.

Es ist verwirrend, einen Menschen einzuschätzen. Aber ich vertraue auf mein Gefühl. Und das sagt, dass bei Happy etwas gewaltig schiefläuft.

Zunächst wirkt ihre Haut makellos, rein und ihr ganzer fröhlicher Wahnsinn ist in dieser merkwürdige nackten Perfektion gefasst. Aber ich traue dem Schein nicht.

»Lucifer?«, hakt Fabio nach, der sich neben mich aufs Sofa setzt. »Pssst.« Ich muss mich konzentrieren.

Mit dem Hintern rutsche ich bis zur Kante und prüfe ihre Haut und übersehe nicht einen Millimeter. Stück für Stück inspiziere ich sie. Ohne mich davon in den Wahnsinn treiben zu lassen und auf meinen pochenden Schwanz zu reagieren, der sich bei ihrem Anblick meldet.

»Was glaubst du zu finden?«

»Die Wahrheit«, flüstere ich zurück und lasse mir Zeit, um nichts zu übersehen. Dino setzt sich auf meine andere Seite und beugt sich wie ich vor.

»Frag sie doch.« Ein tiefer Schluchzer entgleitet ihr, weil nun drei Augenpaare ihren nackten Körper betrachten und keinem von uns fällt etwas Ungewöhnliches auf. Auffällig bleibt nur, dass sie nicht voller Scham berührt ist, vor Angst bebt, oder sich so erniedrigt fühlt, wie ich es erwartet habe. Sie steht viel zu selbstverständlich uns nackt gegenüber, dass es mir eiskalt den Rücken herunterläuft. Ich lasse mir nicht anmerken, dass ich mich nicht entscheiden kann, ob dieses Verhalten einem Opfer gleicht oder ob sie auf mich wie eine Hure wirkt. »Rede mit ihr, wenn sie schon vor uns steht!« Sie hört es doch. Wieso spricht sie nicht? Wo ist ihr schlaues Wissen jetzt?

»Sie wird schweigen, lügen oder nur Halbwahrheiten erzählen. Ich will alles wissen.«

»Bist du sicher?«, bohrt Fabio weiter. Ich lehne mich zurück und schaue ihr mitten ins Gesicht.

»Was verschweigst du?«, frage ich sie direkt und sie presst die Lippen aufeinander.

Fabio stupst mich an und meckert: »Du Arsch.« Dann beugt er sich vor, blickt zu Happy hoch und fragt, viel zu sanft: »Möchtest du erzählen, was dir widerfahren ist?« Wie zu erwarten, schweigt sie und schaut ihn nur leer an. »Weißt du, Baby, mein Bruder ist ein Arsch, er wird dich so lange nackt hier stehen lassen, bis er alle Spuren auf deinem Körper gedeutet hat. Und das kann dauern.« Sie hebt leicht das Kinn. Das Selbstbewusstsein behält sie bei.

Weil sie nichts zu verschweigen hat?

Oder weil sie Schlimmeres als das hier erlebte?

»Weißt du, was ihn ein wenig besänftigen würde? Wenn du ihm erzählst, in welcher Verbindung du zu diesem Mann stehst.« Sie schließt die Augen und Tränen rollen ihr über die Wange. Das trifft mich tiefer, als ich es geahnt habe.

»Ich bin eine normale Frau.« Nein, sie macht mich wütend, rasend! Das Ganze hier ist doch bescheuert!

Ich will ihr ins Gesicht schlagen und ihr begreiflich machen, dass sie mit Lügen nicht weiterkommt.

»Scheiße, willst du mich verarschen?« Ich springe auf und sie weicht automatisch zurück, sie schlingt die Arme um sich und Fabio hält mich mit einem Arm auf. Ich will sie verletzen.

Stattdessen schreie ich sie an: »Wir haben gefickt, Happy! Wir haben lautstark im Hinterzimmer gevögelt, sind gemeinsam da raus. Und er war sichtlich angepisst. Obwohl wir gerade gefickt haben, und ich dich mitnehmen wollte, wärst du mit ihm gegangen, wenn ich ihn nicht aufgehalten hätte! Schlimmer noch, du hast ihn beschützt! Du hast mich angefleht, ihm nichts zu tun, obwohl er dich mir nach dem Fick wegnehmen wollte! Warst du abwesend? Warst du mit deiner Seele wieder woanders, oder ist dir nicht klar, wie du ihn bezeichnet hast?« Ihr nackter Körper bebt, Tränen rollen ihre Wange hinunter, aber das hält mich nicht auf. »Dein Held, dein Halt! Weißt du, wer so von einem Mann, der dein Vater sein könnte, spricht? Der über dieses Verhalten von dem Wichser hinwegsieht und ihn beschützt, obwohl er das junge Mädchen beschützen sollte? Weißt du, welche Frauen das tun?«

Sie presst ihre Lippen zusammen und ich möchte sie umso mehr schlagen.

»Frauen, die unter dem Stockholmsyndrom leiden!«

»Nein!«, schimpft sie gequält auf. »Du bist eifersüchtig.«

»O Happy, das bin ich. Aber dein Verhalten ist auffällig, merkwürdig. Du schlägst um dich, außer bei ihm. Du bist ihm ergeben und dazu noch eine ganz andere Person. Deine Stimme, deine Haltung und vor allem suchst du seine Anerkennung. Er hat dich bewusst getriggert, Happy! Du stehst unter seiner Fuchtel und du nennst ihn deinen Helden. Wenn ich dich küsse, spüre ich den Schmerz deiner Seele. Er ist nicht dein Held, das glaubst du nur.

Was auch immer mit dir passiert ist – und ich habe da eine Ahnung, er benutzt dich nur!«

»Ich bin ein normales Mädchen und er hat mir ermöglicht, in Harvard zu studieren. Er war mein Lehrer und erkannte das Potenzial. Du aber bist eifersüchtig, weil er in meinem Leben einen Platz hat. Du willst nur das, was er hat, und suchst jetzt nach einem Grund, ihn schlecht zu machen. Dabei bist du das Schlechte in meinem Leben.«

Ich hasse es, dass sie zum Teil recht hat, und ergreife ihren Arm. Sie wehrt sich, als ich sie zurück vor uns ans Sofa ziehe. Gewaltsam versucht sie sich zu lösen, aber ich halte sie fest im Griff.

»Dino, nimm dein Handy, ich benötige ein Foto davon.«

»Drehst du jetzt durch, Bruder?« Ich ignoriere Fabio und stelle mich vor Happy und halte ihren Oberarm und ihr Handgelenk ruhig, sodass Dino das Tattoo fotografieren kann.

»Warte.« Ich drehe ihren Arm, sodass die Ausbuchtungen ihrer vernarbten Haut deutlicher werden. Dino schaut zu mir hoch und sein Blick bestätigt mich. Er fotografiert es und steht auf.

»Ich finde die Wahrheit, auch ohne deine Worte heraus, und dann werde ich den Mann, dem du fälschlicherweise vertraust, mehr als nur zerstückeln!«

»Schluss jetzt«, schimpft Fabio und schiebt mich von Happy weg. Aber auch nur, weil sie laut schluchzt und die Wahrheit genauso wenig erträgt wie ich. Ich stampfe von ihr weg und schlage an die nächste Wand. Ich bleibe am Geländer der Treppe stehen und strecke die Arme dagegen. Mein Puls rast und schlägt mir in die Ohren.

Ich will sie dafür töten. Es schmerzt, dass sie ihm mehr vertraut als mir. Dass sie schweigt, obwohl es offensichtlich ist.

»Ist gut, okay. Ich werde dich nicht anfassen, dich nicht falsch ansehen. Ich werde nur das machen, wozu mein Bruder nicht fähig ist. Glaub mir, wenn ich das erledige, ist das besser. Lucifer hat nicht die Geduld dafür.« Ich drehe mich bei den Worten von Fabio um und halte den Abstand. Mitten im Raum steht sie nackt meinem Bruder gegenüber und er zeigt auf eine Stelle an ihrem Schlüsselbein.

»Woher stammt die kleine Narbe?«

»Ich bin als Kind gefallen«, flüstert sie kaum hörbar.

»Okay. Und was ist mit der runden Narbe an deiner Brust?« Sie schaut an sich herunter.

»Ich bin als Kind gefallen.« Das wird sie jetzt jedes Mal sagen, wenn Fabio sie fragt.

»Mh«, macht er und fragt weiter: »Was ist damit und damit?« Er zeigt zunächst seitlich auf ihren Bauch und dann an ihren rechten Hüftknochen.

»Ich bin als Kind gefallen.« Ich habe es gewusst.

»Und die Flecken sind von Luciano, oder?« Sie antwortet nicht. »Ich kenne seine Fingerabdrücke.«

»Ernsthaft?«, brülle ich ihm zu und er überhört das und macht weiter.

»Sind alle Narben aus deiner Kindheit?« Ihr Augen vergrößern sich. Eine kleine, nur kurze Reaktion. Dann ist sie wieder entspannt und schüttelt den Kopf. Eine weitere Lüge, damit es nicht auffällt. Nur bin ich mir nicht sicher, ob das eine Bedeutung hat. Wenn sie dafür jedoch lügt, schon.

»Du bist als Kind oft gefallen, oder?«

Sie zuckt mit den Schultern.

»Dreh dich um, Jelly.« Zögernd hört sie auf ihn und zeigt ihm ihren prachtvollen Arsch. »Deine Narben stammen alle aus der Kindheit, Happy. Sie sind hell verheilt. Und kaum sichtbar. Warst du ein sehr lebendiges Kind? Hast du viel auf dem Spielplatz gespielt? Geschaukelt mit deinen Geschwistern? Oder warst du eher ein trauriges Kind?« Ich habe ganz vergessen, wie gut er ist, aber Happy ist besser. Anstatt zu schweigen, zeigt sie ihren guten Willen, ihm zu antworten: »Wusstest du, dass die Selbstmordrate in Japan 60 Prozent über dem weltweiten Durchschnitt liegt? Deshalb werden dort Workshops in Firmen angeboten, die das Ausdrücken von Gefühlen vermitteln.« Fabio schaut sie verdutzt an und ich schnaube ungewollt belustigt auf. Sie ist nervös und weiß sich nicht anders zu helfen, als anderes Wissen mitzuteilen. Hauptsache nicht das, was wir wissen wollen.

»Ehm. Das ist interessant.«

»Nein, interessant ist, dass 1898 der Pharmakonzern Bayer das Mittel Diacetylmorphin verkaufte, das gegen Reizhusten eingesetzt wurde und man werdenden Müttern bei Geburtsschmerzen gegeben hat. Aber es wurde auch als Heilmittel für Morphin-Süchtige vermarktet.«

Das ist nichts Neues für mich. Wer mit Drogen Geschäfte macht, sollte die Geschichte dahinter kennen.

»Okay.«

»Es ist heute als Heroin bekannt.«

»Echt jetzt?« Fabio weiß es anscheinend nicht.

»Ja. Interessant, oder?«

»Scheiße, es ist verrückt!« Und ich spüre, dass Fabio ihr mit dieser Erwiderung den Weg bereitet.

»Nein, verrückt ist, nackt vor einem fremden Mann zu stehen, der die Haut auf eine Vergangenheit inspiziert, die ihn nichts angeht. Zudem die Gegenwart und die Zukunft mehr Bedeutung für einen Mensch haben.« Ich habe es gewusst. Sie ist leicht zu durchschauen. Sie geht immer mit demselben Muster vor und nimmt Fabio den Wind aus den Flügen.

Er lehnt sich zurück und bleibt sprachlos, sodass ich eingreife. »Da stimme ich dir zu. Denkst du, ich merke nicht, was du da gerade tust?«, frage ich sie und sie sieht mich schief an. Der Hass lodert in ihren Augen. Verdammt, ich könnte mich darin verlieben.

»Du bist ein Lexikon auf zwei Beinen und nutzt dein überflüssiges Wissen, um von dir abzulenken. Zieh dich wieder an.«

Sie greift mit einer ungewöhnlichen Ruhe nach ihrer Kleidung.

»Dein Wissen sollte dich nur in eine Richtung führen.« Mit Verachtung sieht sie mich an, während sie sich anzieht. »Zur Wahrheit. Es ist deine Entscheidung, wie das hier laufen wird. Auf die sanfte oder harte Tour. Sei dir sicher, ohne mir alles zu erzählen, kommst du aus dieser Lage nicht heraus. Die Wahrheit ist dein einziger Ausweg, Happy.« Sie schweigt, aber ich warte nur auf ihr nächste Spitze.

Sie schließt das Kleid an ihrem Oberkörper mit den Haken zu und reckt das Kinn. Die Tränenspuren sind in Form von Flüssen auf ihren Wangen noch zu erkennen, auch die rotunterlaufenen Augen. Trotzdem giftet sie mir entgegen:

»Für einen winzigen Moment dachte ich, ich könnte mich in dich verlieben, Luciano. Aber dann hast du mir dein wahres Ich gezeigt.«

Mein Mundwinkel zuckt kurz nach oben, dann beuge ich mich vor, schaue ihr tief in die Augen und erkläre:

»Das würde ich dir sofort glauben, wenn du mein wahres Ich gesehen hättest. Denn das ist skrupellos, grausam und verdammt sadistisch.« Ihre Lippen öffnen sich leicht, aber diesmal bleibt sie stumm. »Es gibt einen Grund, warum man mich Lucifer nennt, und zwar nicht, weil ich ein gefallener Engel bin.«

Fabio ergänzt dunkler und verdammt angepisst: »Tut mir leid, Jelly, Luciano gehört nicht zu den Guten. Er ist der Teufel.«

»Und ich dachte, der Name wäre ausschlaggebend, da Luciano wie auch Lucifer aus Lucis; das Licht abgeleitet wurde. Beide werden der Venus zugeschrieben. Demnach dem Morgenstern, somit wurde Lucifer der Lichtträger, warum nicht auch Luciano? Und vielleicht hast du auch gegen deinen Vater rebelliert.«

Schon wieder dieses Wissen, welches sie allen mitteilen muss, um bloß nicht ihre Nervosität zu zeigen, und um von sich selbst abzulenken.

»Und woher stammt Jelly?«, fordert Fabio ihr Wissen heraus. Darauf lasse ich mich nicht ein und fahre ihr übers Wort, ehe aus ihren offenen Lippen ein Ton herauskommt.

»Was ist in deiner Brusttasche?«, wechsle ich sogleich das Thema, während Fabio kichernd den Kopf schüttelt.

Als wäre Happy nicht anstrengend genug, verwandelt sich wieder seine Stimmung.

Happy hingegen beachtet Fabios veränderte Laune nicht, schaut wieder einmal an sich herunter und holt zögernd mit den Fingerspitzen ein Tütchen heraus.

»Das sind fruchtige Geleemandeln. Ich würde dir ja welche anbieten, aber du magst keine Süßigkeiten.«

»Du doch auch nicht.«

»Wenn die Welt ergraut, braucht jeder Süßigkeiten, um sie bunter zu machen.« Ich halte meine Hand auf und sie umschließt das Tütchen mit beiden Händen.

»Meine Welt wird auch gerade grau, Happy.«

»Ich teile nicht. Wenn du Bonbons möchtest, komm in meine Süßigkeitenbar und kaufe dir welche. Wie du weißt, habe ich eine große Auswahl.«

Sie ärgert mich? In dieser Situation? »Gib sie mir.« Stattdessen weicht sie ein Stück zurück. Scheiß auf ihre Süßigkeiten! Aber wenn ich sage, sie soll sie mir geben, dann hat sie das zu tun!

Ich stehe auf und sie dreht sich um. Bevor sie die Flucht ergreifen kann, reiße ich sie ihr aus der Hand. Mit den verschiedenen rosafarbenen Geleemandeln in dem durchsichtigen Tütchen lasse ich mich aufs Sofa fallen und mustere sie, wie sie ihre Finger knetet.

»Verdammt, Happy, du könntest es uns beiden erleichtern, wenn du mit mir sprichst.« Aber sie schweigt und schaut durch mich hindurch. »Fabio bring sie nach oben in mein Zimmer.« Ich kann sie jetzt nicht weiter ansehen, ohne dass mein Körper nach ihr lechzt, ohne diesen Schmerz zu spüren, ohne ihr wehzutun.

Sie geht und ich lehne mich zurück. Wir müssen zu Cyrus und ich bin jetzt schon vollkommen am Arsch. Doch ich kann nicht anders. Das unsichtbare Band zwischen uns zieht mich zu ihr. Zerrt an meiner Beherrschung und ich schmeiße die Süßigkeiten aufs Sofa neben mich.

Ich springe auf und sprinte die Treppe hinauf. Kaum erreiche ich Fabio und Happy, überhole ich beide und befehle ihm, Dino zu holen, damit wir gleich fahren können. Sobald ich mit ihr fertig bin. Als Fabio sich abwendet, stelle ich mich auf der Treppe über Happy und bin dadurch noch größer als ohnehin schon.

»Wenn du dich jetzt wehrst, wenn deine Seele jetzt an einen anderen Ort flieht und du um dich schlägst, wirst du es nicht überleben!«, knurre ich, ergreife ihr Handgelenke und ziehe sie die restlichen Treppen hinauf.

»Bitte, nicht«, jammert sie, aber ich ziehe sie hinter mir her. »Luciano, bitte!«

Am Treppenansatz zerre ich sie zu mir, wirble sie herum, schiebe sie an die gegenüberliegende Wand und nehme die Hände von ihr. Ich berühre sie nicht. Kein bisschen. Ich stütze lediglich die Hände neben ihr am Mauerwerk ab. Sie schaut zu mir auf und ihre Lippen sind leicht geöffnet. Aber kein Ton verlässt ihre Kehle. Ich beuge mich zu ihr runter und streiche mit meinen Lippen über ihre. Meine Muskeln spannen sich automatisch an und ich kämpfe gegen den Drang an, sie hemmungslos hart zu küssen und ihr die Kleidung vom Leib zu reißen. Eine gefährliche Grenze, wo ich mich achtlos und voll Gier in ihr versenke, die ich auf keinen Fall überschreiten werde. Nicht jetzt. Ich küsse sie sanft, lasse ihr Zeit und vermeide jede sonstige Berührung, die sie von mir wegschickt. Sie seufzt an meinen Lippen und schlingt mir die Arme um den Hals.

Aber ich rühre mich nicht, intensiviere den Kuss auch nicht, als sie mich näher an sich drückt und ihre Brüste an mich presst. Ihre Zunge schnellt vor und ich ziehe mich zurück, löse mich von ihren Lippen und lege nur die Stirn an ihre. Ich spüre, wie die Worte aus ihrem Versand sprudeln, bevor sie beginnt zu reden und stoppe sie mit meinen Lippen an ihren. Sanft necke ich ihre Oberlippe und beiße zart in die Unterlippe. Ihr Atem wird schnell und geräuschvoller, aber diesmal bekommt sie die reine Sanftheit zu spüren. Das oder die blanke Gewalt.

Für den Mittelweg bin ich gerade nicht in der Verfassung. Doch sie streift über meinen Nacken, schiebt mir den Hut vom Kopf und fährt mir wild durchs Haar.

Jede einzelne Bewegung, jeder Atemzug und jedes wimmernde Geräusch aus ihrem Mund direkt an meinen Lippen zieht mich weiter ins Begehren. Mein Schwanz drückt sich gegen die Hose und bevor sie mich zu Schlimmerem verleitet, ziehe ich mich von ihr zurück. Ich hebe den Hut auf, setze ihn mir wieder auf und während sie mich lustgetrieben durch ihre hellblauen, glasigen Augen ansieht, reiche ich ihr meine Hand.

Sie schaut darauf und ich vermeide, ihr zu klären, dass sie mir einfach folgen soll. Ich schweige, weil ich sie sonst anschreien würde und keinerlei Geduld mehr aufbringen könnte. Ihr wunderschönes, bittersüßes Lächeln kommt zum Vorschein und ihre Fingerspitzen gleiten über meinen Unterarm hinunter zu meiner Hand. Dort streift sie an meiner offenen Handfläche vorbei und legt ihre Hand in meine, um unsere Finger miteinander zu verschränken. Ich durfte sie von Anfang an küssen, durfte sie im Bett liegen haben, wenn ich selbst auch gefesselt war. Heute durfte ich sie anfassen, sie ficken. Sie folgt mir nicht nur, wenn ich es ihr befehle, sie dazu nötige, sondern auch, wenn ich sie stumm darum bitte. Sie begleitet mich über den Flur. Aber sie erträgt keine Leere, keine Stille. Denn kaum sind wir zwei Schritte gegangen, macht sie sich neben mir bemerkbar, als würde ich nicht wissen, dass sie hier ist. An meiner Hand. »Du bist trotzdem ein Fiesling.« Unerwartet nett ausgedrückt. Mir fallen durchaus passendere, wenn auch vulgärere Begriffe zur Selbstbeschreibung ein.

»Dino und Fabio haben mich lange und ausgiebig nackt beurteilt, weil du das so wolltest. Das ist nicht in Ordnung.« Ich habe nie etwas anderes behauptet. »Ich verstehe dich nicht. Es fällt mir ohnehin schon schwer, Menschen zu verstehen, aber du bist merkwürdig.« Das sagt die Richtige. Sie ist doch die Merkwürdigere von uns beide. Ich bin vielleicht skrupellos und von ihr zu stark eingenommen, aber mein Charakter ist gradlinig. »Du gibst mir das Gefühl, mich nicht mehr loszulassen und im nächsten Augenblick glaube ich, du würdest mich töten wollen. Kannst du dich entscheiden?«

»Ich lasse es dich wissen, wenn ich eine Entscheidung getroffen habe«, erwidere ich und sie bleibt stehen.

»Heißt das, dass du noch gar nicht weißt, ob du mich töten oder lieben möchtest?« Lieben? Ihr verdammter Ernst?

»Töten. Halte dir deinen Tod vor Augen und du bist mir einen Schritt voraus.« Ich ziehe sie voran zum Gehen. »Oh, und ich bin dann weniger überrascht, wenn du mit einer Pistole auf meinen Kopf zielst.« Ich würde ihr gerne entgegen brüllen, wie überrascht ich war, als sie nicht nur auf mich zielte, sondern mich mit der Knarre im Mund fickte. Aber das gestehe ich ihr jetzt nicht zu. Denn im Normalfall überrascht mich keiner so schnell.

Wir erreichen mein Schlafzimmer und sie schweigt. Endlich. Doch nicht lange genug. Kaum habe ich die Tür geöffnet, sie hindurchgelassen und die Tür hinter mir zu getreten, presst mich der kleine Flummi dagegen.

Wo holt dieses winzige Wesen solch ein Selbstbewusstsein und diese Kraft her?

»Willst du mich wirklich töten?« Sie schreit fast zu mir hinauf.

»Ja.« Anstatt sich von mir zu entfernen, öffnen ihre winzigen Finger meine Weste. Verdammt, ich stehe auf sie. Mein Schwanz reagiert so mächtig auf ihr Verhalten, diesen Wahnsinn und das Funkeln in ihren hellblauen Augen. Sie beeinflusst mich schon wieder. Ich darf das nicht länger zulassen!

»Nein, Happy.«

»Nein, du wirst mich nicht töten oder nein, ich darf dich nicht berühren?« Der letzte Knopf der Weste springt auf und ich schiebe ihre Hände weg.

»Du bleibst hier«, bestimme ich. »Aber ich werde dich nicht ficken!« Ungeachtet meiner dunkel ausgesprochenen Worte, legt sie ihre Hände an meine Brust, gleitet zu den

Knöpfen des Hemdes und beginnt sie nacheinander zu öffnen.

»Happy«, betonte ich ermahnend ihren Namen. »Ich werde dich nicht ficken!« Ihr Lächeln vertieft sich, als hätte ich gescherzt. Sie ist so irritierend winzig, abartig süß, sprunghaft und so verdammt fickbereit! Ihre zarten Gesichtszüge nehmen mich ein, wie die kleinen Finger, die mir das Hemd aus der Hose ziehen. Sie gluckst kurz belustigt auf und öffnet die restlichen Knöpfe meines Hemdes. Ich könnte sie stundenlang beobachten. Sie ist wie einer dieser besonderen Fische in einem Aquarium, wovor man den ganzen Tag hypnotisiert sitzt und ihn in seinem künstlichen Lebensraum betrachtet, ohne dass einem langweilig wird. Es ist entspannend.

So wirkt sie gerade auch auf mich. Hypnotisierend wie beruhigend und verdammt geil. Ich bin von ihr fasziniert und gleichzeitig pulsiert mein Schwanz, drückt sich gegen die Hose und meine Eier schmerzen. Sie breitet mein Hemd auf und legt mir ihre winzigen Hände an den nackten Bauch.

»Du durftest mich anfassen, jetzt bin ich dran.« Wenn es tatsächlich nach diesem Prinzip gehen würde, dürfte ich so einiges mit ihr anstellen.

»Ich müsste mich vor dir fürchten, Luciano«, flüstert sie als ihre warmen Hände nach oben über meiner Haut gleiten und mir jegliche Last von den Knochen fällt.

Ich sollte mich vor ihr fürchten. Sie hat mehr Macht über mich, als es gut für uns beide wäre.

»Ich würde mich gerne fürchten, Luciano, weil Angst dafür sorgt, dass ich mich selbst schütze.« Sie beugt sich vor, streift mit ihren Lippen über meine Brust und ich schließe die Augen.

»Angst sorgt dafür, jedes Detail als überlebenswichtig zu empfinden. Aber gerade bin ich berauscht von diesen vielen Details.« Sie küsst meine rechte Brust, gleitet mit den Händen anschließend über beide, hoch zu meiner Schulter. Mit den flachen Händen schiebt sie sich unter die Kleidung und versucht, sie mir abzustreifen.

Ich beiße die Zähne aufeinander und stoppe es. Umgehend schiebe ich sie von mir weg und mit einer einzelnen Schulterbewegung landet meine Kleidung wieder am rechten Fleck.

»Nein!«, knurre ich entschieden, obwohl mein Körper Besitz von ihrem nehmen möchte. Ich schubse sie leicht zurück, aber die Wucht war ausreichend, ihr das Gleichgewicht zu nehmen, und sie fällt zurück. Zwar fängt sie sich, stolpert dann jedoch über ihre Füße und landet mit dem Hintern auf dem Bett.

»Keine Spielchen mehr, Happy. Dafür hab ich keine Zeit. Ich muss weg und du bist eine brave Happy und bleibst hier und wartest auf mich.« Ich ziehe ihr Handy aus der Tasche, speichere meine Nummer ein und rufe mich selbst an. In meiner anderen Hosentasche vibriert und klingelt es. Ich hole es heraus und halte beide hoch.

»Du hast jetzt meine Nummer und ich deine. Wenn was ist, ruf an, schreib oder lade dir die Rauchzeichen-App herunter und mach dich bemerkbar.« Ich werfe es neben ihr aufs Bett. Mit großen Augen starrt sie mich an.

Ich schiebe mein Handy zurück in die Tasche und knöpfe mir das Hemd zu.

»Du wirst unter keinen Umständen diesen Daddy, wie du ihn nennst, anrufen. Du wirst nicht zu ihm gehen, oder über Portia Kontakt zu ihm aufnehmen, haben wir uns verstanden?«

»Okay?«

»Nein, Happy. So läuft das nicht. Ich will eine klare Antwort. Solange du mir nichts Genaueres erzählst, bin ich gezwungen, dich vor dir selbst zu schützen.«

»Du meinst, damit du mich töten kannst, bevor man mich vor dir beschützt?«

»Hast du mich verstanden, Happy?«, brülle ich auf, weil mir nun wirklich der Geduldsfaden reißt.

»Ja-ja!« Sie hebt entwaffnet die Hände. »Ist gut, ich bleibe hier, rufe höchstens dich an, entwickle Rauchzeichen nur in deine Richtung. Habe es verstanden!« Ich knöpfe mir die Weste zu, ohne sie aus den Augen zu lassen, und ziehe das Jackett aus. Aus der untersten Schublade der Kommode nehme ich das Schulterholster heraus, streife es über und greife mir die zwei Knarren. Nacheinander prüfe ich die Magazine. Ungesichert schiebe ich sie in die Holster, um anschließend das Jackett wieder anzuziehen und die restliche Kleidung zu richten. Mit aufgeklapptem Mund beobachtet mich Happy und tut schockiert, dabei war sie diejenige, die mich mit der ausgefallenen pinkfarbenen Knarre überrumpelt hat.

Ich trete zu ihr ans Bett heran, beuge mich vor und hauche ihr einen einzelnen Kuss auf die Stirn. »Du bleibst hier!«

»Warum hier und nicht in meiner Wohnung?«, fragt sie mich mit leuchtenden Augen. »Weil du hier sicher bist, Happy. Und wenn du mich weiterhin überraschen willst, solltest du nackt auf mich im Bett warten. Diese Überraschung würde mich zumindest erfreuen.« Sie kichert los und ich drehe mich um.

An der Tür fragt sie mich noch: »Wohin gehst du? Und wie lange bleibst du ungefähr weg?« Mir gefallen diese Fragen nicht. Sie klingen hinterhältig. Ich schaue sie über die Schulter an, sie lächelt zwar aufrichtig, aber ich werde ihr auf keinen Fall auch nur eine beantworten. Und verlasse den Raum wortlos.

Im Schnellschritt kehre ich zurück nach unten und muss dennoch meinen Schwanz richten. Motivationslos und kraftlos lasse ich mich aufs Sofa neben Fabio fallen.

»Wir müssen los«, merkt er an und auch Dino steht schon bereit.

»Einen Moment.« Ich lehne mich zurück, schiebe den Hutschirm übers Gesicht und schließe für den Moment meine Augen. Meine Kraft und meinen Willen habe ich im Schlafzimmer bei Happy zurückgelassen.

»Wer bleibt hier und passt auf Happy auf?« Unsere meisten Leute sind aufgeteilt und finden heraus, wohin Ebony verschleppt wurde.

»Marcel bleibt hier, bis wir zurück sind.«

Ich schnippe den Hut hoch und schaue zu dem großen Kerl im Flur zur Haustür, an dem Happy verunsichert vorbeimarschiert ist. Mit den Fingern deute ich ihm an, näher zu kommen, was er, ohne zu zögern umsetzt.

»Du bleibst hier im Innenhof und behältst hier alles im Auge, wenn dir etwas merkwürdig erscheint, meldest du dich umgehend.« Er nickt zustimmend und ich fahre fort: »Du lässt mein Mädchen nicht gehen. Sie bleibt hier, bis ich wieder da bin. Selbst wenn Marie Laveau höchstpersönlich aus ihrem randalierten Grab steigt und dich verflucht, gibst du sie nicht her. Du wirst Happy unter keinen Umständen aus diesem Haus lassen und sorgst dich um sie, hast du mich klar und deutlich verstanden?«

»Ja, Lucifer. Sie bleibt hier. Dafür sorge ich.«

»Gut.« Ich stehe auf, richte meinen Hut und Kleidung und erblicke das Tütchen auf dem Leder. Aus einem mir nicht erklärlichen Grund nehme ich die Süßigkeiten und schiebe sie mir in die Tasche. Fabio fragt belustigt: »Marie Laveau? Wirklich?«

Er hat recht. Sie wäre einer von den Geistern, die mir helfen würden, anstatt mich zu quälen. Dafür danke ich Aurelia, der ich unbedingt nach diesem Treffen mit Cyrus einen Besuch abstatten muss. Ebonys Leben liegt in unseren Händen.

Ich räuspere mich, blicke zu Marcel, der sich an die Wand stellt und den Innenhof überblickt. Happy ist wichtig und benötigt unseren Schutz.

»Marcel, selbst wenn der Geist von Jean Laffite aus der Bourbon Street hierher poltert und sie entführen möchte …«

»Dein Mädchen bleibt hier«, beendet er meinen Satz und ich nicke zufrieden.

»Du drehst durch«, wirft Fabio ein. »Es ist eher wahrscheinlich, dass ihr Kerl sie holen kommt.« Ich bin ihr Kerl! Deswegen knurre ich nur und bin mir sicher, dass er sich das nicht trauen wird. Trotzdem wende ich mich beim Gehen zu Marcel: »Töte jeden, der sie mitnehmen möchte.« Was eher selbstverständlich ist. »Jawohl«, antwortet er. Mit Fabio und Dino verlasse ich das Haus und wir steigen ins Auto.

Dino fährt und Fabio und ich sitzen auf dem Rücksitz auf dem Weg zu diesem Möchtegern-Drogenbaron. Er hat einige brutale Mitarbeiter und ist sehr umfangreich besetzt, aber er selbst könnte niemals so eine Organisation aus dem Boden stampfen. Seine Mitarbeiter waren es. Er dient mit seinem roten Kapuzenpullover nur als lächerliches Maskottchen für ein vermeintliches Drogenkartell.

Er selbst war wahrscheinlich so dumm, ausgerechnet in meiner Stadt Geschäfte zu machen. Dieses Treffen ist unnötig. Es juckt mich nicht. Ich könnte genauso gut Fabio und Dino allein zu ihm hinschicken, ihn abknallen lassen und das Problem wäre vom Tisch, während ich den Rest des Abends mit Happy im Bett verbringe. Oder im Stehen an der Tür, an der Wand. Und höchstwahrscheinlich auf allen Kommoden, auf dem Boden und …

Kehlig seufzend lege ich den Knopf in den Nacken.

Dieser Besuch bei Cyrus ist wichtig. Er hat zu viele Männer und ich beabsichtige nicht, dass auch nur einer in New Orleans einmarschiert wie in einer der Schlachten aus der Vergangenheit. Wir müssen aus den Fehlern der früheren Generationen lernen.

Denn bei einem Krieg leiden nie diejenigen, die ihn verursachen, sondern nur die nichts ahnenden Zivilisten. Sie verlieren dabei zu viel und opfern alles. Nein, so weit darf es nicht kommen. Nur weiß ich beim besten Willen nicht, wie ich das hinkriegen soll, ohne ihn zu töten oder unsere Prinzipien zu lockern.

Gleichzeitig darf ich nicht zulassen, dass er meine Macht untergräbt.

Happy sollte spätestens jetzt aus meinem Kopf verschwinden, bevor ich nicht klar genug denken kann und eine angemessene Lösung finde. Aber sie schwirrt mir durch den Verstand, wirft alles durcheinander wie ein Gespenst und krallt sich wie ein Werwolf in meinem Körper fest.

Erneut knurre ich vor mich hin.

»Was, Bruder? Keine Informationen erhalten und nur die eigene Geilheit im Sinn?«

»Halt's Maul«, knurre ich mit geschlossenen Augen. »Du hast auch ein beschissenes Leben, Bruder.« Ich schaue auf, stiere Fabio wütend an und er provoziert mich mit seinem dämlichen Grinsen. Happy hat recht. Manchmal wird die Welt um einen herum grau. Ich greife in die Tasche und zieh die knisternde Tüte mit Süßigkeiten hervor. Wenn sie eigentlich diesen Zuckerscheiß nicht mag, aber es ihr hilft, so munter und abgefuckt fröhlich herumzuspringen, sollte ich fair sein, und es zumindest selbst probieren, bevor ich sie weiter verurteile. Ich öffne die Tüte und schütte mir die Hand voll mit den Geleemandeln.

»Du isst doch jetzt nicht ernsthaft ihre Süßigkeiten?« Fabio klingt verwundert. Ich bin von mir selbst überrascht, als ich mir die Bonbons ich den Mund schiebe.

Mein Gesicht verzieht sich bei der Süße, die sich in meinen Mund ausbreitet. Doch als ich kaue, explodiert eine fruchtige Mischung, die gar nicht schlecht schmeckt. Wie ein wilder Fruchtcocktail oder ein frischer Obstsalat.

»So schlimm schmeckt es gar nicht«, gebe ich zu und reiche es Fabio, der winkend ablehnt.

»Dino?« Ich reiche die Tüte nach vorne und auch er schüttelt den Kopf.

»Alles für dich allein!«, meint Fabio amüsiert und ich antworte mit: »Fick dich!«, als ich die Tüte auf meiner Hand leere und mir die letzten Geleemandeln in den Mund stopfe.

Mit leerem Mund stelle ich fest, wie unmotiviert ich nach wie vor bin, auf diesen Spinner zu treffen.

Ich bin auch nicht davon ausgegangen, dass Happys Süßigkeiten mir helfen würden. Aber ich kann ihr mitteilen, es immerhin versucht zu haben.

Die einzige Vorfreude, die sich entwickelt, ist, diesen Dale Williams abzuknallen.

Ich lehne mich wieder zurück und schließe die Augen.

EINUNDZWANZIG

Luciano

Erst als Fabio mich anstupst, bemerke ich, dass ich eingenickt bin.

»Wir sind da« Ich öffne die Augen und spüre diese Energie in mir. Verdammt, ich bin voller Kraft, Tatendrang und empfinde eine Festigkeit in meinen Gliedern, die ich lange nicht gespürt habe. Ich steige aus und als hätte der Wind mir den Kreislauf angekurbelt, jagt eine Macht durch mich hindurch, die ich nicht wiedererkenne. Plötzlich ist die Welt so hell, so voller Farbe. Als wäre mein Blick sonst ergraut, wirkt alles in einer Farbenpracht, dass ich staune. Selbst die Blumen vor dem Motel, wo wir uns mit dem Spinner treffen, leuchten so grell. Ich glaube, zum ersten Mal die Farbe Rot wirklich wahrzunehmen.

Hinter mir knallt die Autotür so laut zu, dass ich zusammen zucke. Ich drehe mich um und lache los.

»Hast du die noch dran gelassen?«, frage ich Dino, doch der wirft nur die Stirn in Falten.

»Alles gut bei dir?«, will Fabio neben ihm wissen und seine Stimme klingt so sanft und ruhig. Und so verdammt klar. Hatte ich sonst ein Rauschen in den Ohren? Scheiße, lächle ich gerade? Mit der Hand schiebe in den Hut auf meinem Kopf zurecht und eine Vorfreude kribbelt mir durch die Adern. Scheiße, ich freue mich wie ein Kind am Weihnachtsmorgen. »Geschenke!«, flüstere ich gespannt in mich hinein.

»Was hast du gesagt?«, will Fabio wissen, aber ich nicke zum Bungalow, dorthin, wo wir erwartet werden. Federleicht schreite ich dorthin, streife mit dem Stock über den Boden und eine Freude beflügelt mich. Ich öffne die Tür und das grelle Rot des Pullovers von dem Spinner leuchtet mir lockend entgegen. Er sitzt vor einem Tisch und der leere Stuhl vor ihm wartet auf meinen Hintern. Neben und hinter ihm reihen sich in dem kleinen Zimmer drei weitere stämmige Idioten zu seiner Sicherheit. Die ihm nichts bringen werden, denn ich habe Dino und Fabio. Ich kichere und betrete das Zimmer.

Er begrüßt mich, was ich vollkommen überhöre. Ich sehe nur, wie sich seine fetten Lippen bewegen.

Als ich mich setze, kann ich meine Gedanken nicht für mich behalten.

»Bei dem Rot deines Pullovers brauche ich mir keine Gedanken zu machen, dass deine Frau deine Blutflecken nicht mehr herausbekommt.«

»Sehr witzig.«

»Du bist sehr vorausschauend. Da du ja so mutig bist, Zeug in meiner Stadt zu verticken.«

»Du verschwendest keine Zeit.«

»Du wirst nicht jünger« Ich schaue mich offensichtlich um. »Warum hast du ihn nicht mitgebracht?« Und kichere, als ich den nächsten Gedanken laut ausspreche: »Hast du ihn etwa vergessen? Sitzt er noch im Spielparadies fest und wartet, dass man ihn abholt.« Mein Bauch zieht sich lachend zusammen.

»Wen habe ich vergessen?«

»Bruder?«, höre ich Fabio, aber ich wende mich an Cyrus: »Mir mein Geschenk mitzubringen. Dale Williams sitzt noch in deinem Keller.«

Er schweigt und schaut zu seinen Leuten. »Es wird still«, merke ich an.

Er greift in seine Tasche an seinem fetten bauch und zieht einen Zettel hervor, den er auf den Tisch zwischen uns legt.

»Ein Liebesbrief? Für mich? So weit ist unsere Beziehung noch nicht. Wir müssen noch diese Sache mit dem Dich-töten-zu-wollen überwinden.«

»Name und Telefonnummer von dem, für den Dale Williams arbeitet. Er ist nur bei mir gelandet, weil er mit der Herstellung seiner entwickelten Drogen seine Schulden bei mir abarbeitet.«

»Mich juckt das nicht«, spreche ich den Gedanken laut aus. »Du hast den Scheiß in meiner Stadt vertickt. Und jetzt sind wir an diesen Punkt, an dem wir überlegen müssen, wie viel Wert dein Leben für mich hat.« Ich wende mich zu Fabio und flüstere: »Er weiß es noch nicht, aber: Sein Leben ist wertlos.«

»Das war ich nicht direkt, sondern ein Abkommen mit Peterson.« Er zeigt mit dem Finger auf den Zettel.

»Wir wurden uns einig, wer Dale bekommt. New Orleans ist nicht wichtig für mich, nur für dich und scheinbar für Peterson.« Sein Geschwafel langweilt mich zu Tode. Dabei soll er doch sterben. Ist das seine Taktik? Ich mache schnarchende Geräusche und er labert einfach weiter. »Keine Ahnung, wieso er ausgerechnet sich mit dir anlegen will. Aber Jeda, also die Droge, sollte primär in New Orleans verkauft werden. Sogar in höherer Dosierung.«

»Bla bla bla, ich kenne keinen Peterson. Du ödest mich an.« Ich ziehe den Zettel an mich und ohne darauf zu schauen, reiche ich diesen Fabio.

»Ich schlafe bei deinem Geschwafel ein. Langeweile mich nicht, Fat-Hoodie. Ich will Dale Williams oder eben deinen Kopf. Such es dir aus.«

Er schaut sich um und sieht mich dann schief an. »Er ist uns entwischt.«

»Wie entwischt? Ist das hier eine Komödie?«

»Er konnte flüchten und uns abhandenkommen. Aber wir werden ihn finden. Das ist …«

»Scheiße, ist Williams ein Scheißschlüssel?« Ich lache und schüttle den Kopf. »Oh, er ist abhandengekommen«, imitiere ich eine Nonna, die mit einem Kleinkind spricht. »Das ist natürlich blöd.« Er runzelt die Stirn und ich könnte schwören, ihm läuft kein Schweiß von der Stirn, sondern Blut. Da kommt mir eine Idee.

»Ich suche Williams«, betone ich dunkel, flüsternd und gedehnt. Ihm läuft Blut aus den Poren! Das rot leuchtende Blut trieft von seiner Stirn auf seine Wange.

Er sieht aus wie die fette, hässliche Version von Carrie. Ich schaue zu Fabio und Dino, aber die halten die anderen Männer im Blick. Wie krank ist das denn bitte? Warum merkt er das nicht? Scheiße. Wieso sagen Fabio oder Dino nichts? Sind sie auch von dem grellen Rot fasziniert wie ich?

Scheiße, ich lache los und kläre ihn auf: »Du hast da was.« Ich zeige auf seine Wange und er wischt sich das leuchtende Blut übers komplette Gesicht. Ich lache lauter auf und Fabio stupst mich von hinten an. »Alles gut, Bruder?« Ich kriege mich kaum ein, ignoriere das Blut im fetten Gesicht vom Maskottchen und zwänge die Belustigung zurück.

»Zum Anfang. Ich finde Williams und erledige dich jetzt, während meine rechte Hand und mein bester Mann deine Leute hier abknallen. Problem für uns alle gelöst.«

Cyrus lehnt sich im Stuhl zurück und spuckt Blut, als er meint: »Das wirst du nicht überleben und selbst, wenn du hier lebend herauskommst, ich habe mehr Männer als du. Sie werden dich jagen und aufspießen.«

»De-de-dum«, trällere ich finster zu seinen Worten und wische mir das Gesicht von seinem Blut mit dem Ärmel frei.

Plötzlich kommt mir die Lösung in den Sinn. Warum ich nicht vorher darüber nachgedacht habe, verstehe ich nicht.

»Das ist es!«, rufe ich aus. Cyrus verengt die Augen und

kichere in mich hinein. »Ich bin so dumm, dass ich nicht früher darauf kam!«

»Was genau?«, will er zickig wie ein Weib wissen.

»Dass ich dich abgeknallt habe, haben wir ja bereits geklärt, dass deine Leute hier auch draufgehen, liegt auf der Hand. Glaubt mir, ich müsste Dino mehr zahlen für das, was er mit seinen bloßen Händen macht. Du willst nicht wissen, wie krank er mit einer Knarre umgeht. Und mein Bruder hier, hübsch wie er ist, kann auch verdammt gut, schnell und hervorragend zielen. Er ist ein Wunderkind. Nur nicht für das Geschäftliche gemacht, sonst würde er dir jetzt gegenübersitzen. Und dich auslachen.« Ich verfalle wieder ins Gelächter und brauche einen Moment. »Er ist der Ältere von uns beiden, wusstest du das? Aber mein Vater, wie auch der Hübsche hier neben mir selbst, ist nicht fürs Weitsichtige gemacht. Mein Vater hat lange für den Status gekämpft, er ist ja eigentlich Amerikaner. Wusstest du das? Meine Mutter ist der letzte Nachkomme. Aber man überlässt einer Frau nicht so sensible Geschäfte. Und mein Vater hat Vertrauen aufgebaut, durfte sie heiraten und übernahm die Geschäfte, als unser grausamer, widerwärtiger Nonno, das Zeitliche segnete. Ja. Da guckst du, Blutgesicht. Wir sind zur Hälfte Amerikaner. Deswegen sind wir auch so groß. Aber das edle italienische Blut in unseren Venen überwiegt. Ach, was erzähle ich das einem Toten?« Ich lache wieder los und um mich herum murmeln sie laut aber unverständlich. Da fixiere ich ihn mit einem Blick und spüre trotzdem diese Euphorie, die mich kaum ruhig sitzen lässt. Ich ströme über vor Begeisterung,

Freude, Kraft und Motivation. Gerade könnte ich ganze Kartelle auseinander fetzen. Mit meinen bloßen Händen.

»Wir sind groß, attraktiv, mächtig und du bist nur ein dummes kleines, viel zu fettes Maskottchen. Und wenn du weg bist, brauchen deine Männer ein neues Zuhause. Und da kommt die Lösung!« Ich zeige breit lächelnd auf mich, ziehe die Knarre und knalle ihn umgehend ab. Kopfschuss. Und noch viel mehr Blut spritzt. Es regnet geradezu von der Hoteldecke.

Um mich herum sausen die Patronen durch die Luft, ich spüre sie sogar und eine fliegt so langsam an mir vorbei, dass ich sie mit der Hand greifen kann. Oder eben nicht, denn sie landet in seinem Mitarbeiter.

»Wow«, stoße ich aus, als alle am Boden liegen, außer Dino und Fabio. Und ich bin ohnehin nicht vom Stuhl aufgestanden. Das Hotelzimmer strahlt im blutigen Rot und ich springe auf. Verdammt, ich könnte tanzen. Wenn ich darauf warte, bis sich das Blut in einer riesigen großen Pfütze verteilt und vermischt hat, könnte ich darin tanzen.

»Was zum Teufel ist mit dir los?«, brüllt mich Fabio an. Er sieht so lustig aus, wenn er wütend ist.

»Was ist mit dir, mein hübscher unwiderstehlicher Bruder?«

Ich kann nicht anders, ich kneife in seine Wangen und zerre sein Gesicht hin und her. »Du bist ja so putzig!«

Er schubst mich und ich falle rückwärts auf den Stuhl zurück.

»Und so stark«, betone ich.

»Er ist high!«, meint Dino und sein Gesicht ist beängstigend. Als wenn ich einer von diesen Männern wäre, denen ich das Leid wünsche. Aber er ist mein unterbezahlter Freund.

»Du bist mein Freund, Dino. Und ich bezahle dir zu wenig!« Ich kichere in mich hinein.

»Von was bitte bist du so heftig high?«, will Fabio wissen und mein Hirn rattert. Scheiße, ich bin wirklich high. Die Euphorie, die Farben, das rasche übereilte Handeln und meine Stimme, die viel zu freundlich ist und nicht wie meine eigene klingt.

»Scheiße, ich bin high!« Ich lache lauthals los und schüttle den Kopf. »Ich war noch nie so krass drauf. Ich glaube, ich könnte fliegen.« Ich breite die Arme aus und schaue nacheinander darunter.

»Wachsen mir Flügel?« Ich kichere, weil ich weiß, dass es nicht so ist, aber geil wäre es. »Scheiße, bin ich high!«

»Ich weiß, Luciano. Auf deinen besten Trips warst du niemals so … mörderisch belustigt, völlig irre und in Lachlaune. Was hast du genommen?« Ich streiche mir durchs Gesicht, bis übers Haar und mir fällt dabei der Hut herunter.

»Huch« Ich beuge mich und kichere, als ich mehrere Anläufe benötige, um ihn wieder aufzuheben. »Ich habe nichts genommen.« Fabio reißt ihn mir aus der Hand und blafft mich an: »Was hast du genommen?«

»Keine Ahnung! Nichts! Du warst ununterbrochen bei mir!«

»Nicht, als du mit Happy zugange warst.«

»Boah, Bruder, ich habe sie nicht in wenigen Sekunden gefickt. Aber die Vorstellung von ihrer Pussy high zu werden, kann ich sehr gut nachvollziehen, die ist geil.«

Ich lache weiter lautstark. »Diese enge Pussy schmeckt verdammt süß!« Da knallt mir etwas in den Sinn. So laut, dass es mich bis auf die Knochen erschüttern. Und vor meinen Augen explodiert ein Feuerwerk so bunt und voller pinkfarbenen Zucker.

»Die Süßigkeiten!«

»O Scheiße!«, stöhnt Fabio auf und Dino klappt der Mund auf. Ein seltenes Bild, das mich nur erst recht zum Lachen bringt.

»Scheiße, ist die Kleine gut«, presse ich trotzdem heraus. »Süßigkeiten, ihr versteht?«

»Bitte halt den Mund«, stöhnt Fabio.

»Jetzt ernsthaft, Süßigkeiten, als Synonym für Stoff. Scheiße, wie verrückt ist das? Und wie schlau«, betone ich. »So schlau!«

Ich springe auf und breite die Arme aus. »Sie hat eine ganze Bar voll mit Süßigkeiten!« Die Euphorie trägt mich jetzt komplett weg und es ist großartig. Mein Verstand rattert und ich glaube, ich platze vor Glück, als ich meine Gedanken regelrecht herausrufe: »Sie vertickt haufenweise ihre Zuckerdrogen vor unserer Nase! Und keiner bekommt es mit! Keiner von uns, sie ist so fucking genial! Was für ein Geschäftskonzept!«

»Schaffen wir ihn hier weg«, meint Fabio zu Dino und beide schieben mich aus dem Hotelzimmer, aber mich können sie nicht stoppen.

»Überlegt mal, ich dachte, was für abgefuckte Kerle bei ihr Süßigkeiten kauften. Für einen Moment dachte ich, sie sind nur in der Bar, weil Happy so heiß ist. Und wie heiß sie ist, das findet ihr auch, oder? Sie ist eine glatte zehn mit Sternchen.«

»Ja, total«, meint Fabio und schiebt mich zum Auto.

»Aber nichts da!«, schreie ich fröhlich auf und drehe mich aus seinem Griff. »Sie hat ihnen nur Drogen vertickt. Süße, fruchtig schmeckenden Drogen, die aussehen wie ihre restlichen Süßigkeiten. Ihr schnallt es, oder? Süßigkeiten, Bruder!«

Fabio lacht mit mir und schüttelt den Kopf: »Soll ich dir Glitzer und Konfetti besorgen?« Nickend bestätige ich es. Nicht, weil ich welches brauche, sondern weil ich es verstehe. Diese Farben, dieses Funkeln. Es macht glücklich! Noch nie habe ich so klar gesehen. Ich verstehe es. Ich verstehe sie.

»Verdammte Scheiße, sie ist so schlau!«, betone ich und Dino schiebt mich auf den Sitz, während Fabio die Tür aufhält.

»So scheiße schlau«, murmele ich vor mich hin. »Und ich habe es nicht geahnt, nein.«

Fabio wirft sich neben mich auf den Sitz und ich schaue ihn an und kann meinen eigenen Worten nicht glauben, als ich sage: »Ich habe ein fucking Genie gefickt!«

»Ja, wir sind alle stolz auf dich.«

Das Auto setzt sich in Gang und ich glaube zu fliegen.

Die restliche Fahrt über kann ich alle Farben an mir vorbeifliegen sehen, als würden wir in einem Flugzeug sitzen. Bunte Farbstreifen, grell und wunderschön. Und wie genial meine süße, bezaubernde, geil zu fickende Happy ist.

Ich kann es kaum erwarten sie zu sehen, ihr zu sagen,

wie fucking schlau sie ist und wie geil ich auf ihren Körper und Verstand bin.

Auf dem Sitz rutsche ich aufgeregt hin und her, höre meine Taschenuhr laut ticken und springe aus dem noch fahrenden Wagen, als ich mein Zuhause sehe. So schnell ich kann, mit einer überflutenden Energie, renne ich ins Haus.

»Happy!«, brülle ich direkt. »Wo bist du geiles fucking Genie?«

Ich drehe mich zu Marcel und er sieht mich schuldbewusst an.

»Schau nicht so scheiße, wo ist mein geiles zuckersüßes Genie?«

»Sie ist weg.«

Und plötzlich reißt mir jemand die Freude, die Euphorie und mein verdammtes Herz schmerzhaft aus dem Körper.

So brutal und heftig, dass ich glaube, ich falle. Ich stürze so tief und finde keinen Halt mehr.

Das Einzige, das ich spüre, ist, wie ich auf einmal die Knarre in der Hand halte und sehe, mir selbst dabei zu, wie ich sie auf Marcel richte.

ZWEIUNDZWANZIG

Happy

Mein Zeigefinger schwebt über Daddys Kontakt auf meinem Handydisplay.

Soll ich? Er hat mich darum gebeten, zu ihm zu kommen.

Soll ich nicht? Luciano ha es mir strikt untersagt, aber es ist nur seine Eifersucht, die ihn dazu nötigt.

Soll ich Daddy anrufen? Luciano kenne ich erst ein paar Tagen, Daddy eine halbe Ewigkeit.

Soll ich es lassen? Ich möchte ungern seine gewaltige Wut auf mich lenken, wenn er ohnehin mit dem Gedanken spielt, mich zu töten. Aber Daddy beschützt mich. Zudem weiß ich nichts über Luciano. Das, was ich weiß, und was er durchblicken lässt, ist nicht gut, nein. Es ist schrecklich grausam und warum sitze ich hier noch?

Ich klicke auf das Hörersymbol und halte mein Handy ans Ohr.

»Geht es dir gut, Jelly?«, hebt Daddy nach nur einem Klingeln ab, als hätte er ununterbrochen auf diesen Anruf gewartet.

»Ja. In welchem Hotel bist du, hier sind einige.«

»Wo bist du?«

»Ich bin …« Umgehend breche ich ab und kaue mir auf die Unterlippe herum. Mein Blick schweift durch den dunklen Raum, der jegliche Sonnenstrahlen in sich aufsaugt. So wie Luciano selbst.

»Du bist bei ihm.«

»Ja«, gebe ich ohne Umschweife zu. Was soll ich auch lügen, wenn er mich liebt, selbst wenn ich böse bin.

»Bleib dort, ich komme dich holen.«

»Nein!«, schreie ich aus und schlage mir direkt die Hand vor dem Mund. »Nein«, flüstere ich wieder. »Du kannst nicht herkommen.« Wenn nicht Luciano selbst, wird irgendeiner, der hier ist, Daddy sofort töten. »Ich komme, sag mir nur, welches Hotel.« Ich schaffe es hier schon heil heraus.

»Machen wir es doch so, ich fahre vor und warte draußen vor der Tür auf dich und du steigst einfach in meinen Wagen.«

»Okay, sein Haus ist …«

»Ich weiß, wo er wohnt.« Woher das? Ich habe nicht das Gefühl, dass Luciano ihn kennt. »Ich bin in etwa zehn Minuten da, ich warte draußen.«

»Okay, bis gleich!« Er legt zuerst auf und ich springe auf. Ich stecke das Handy in die Brusttasche und schaue mich nach meiner Pistole um, finde sie jedoch nicht auf Anhieb. Da ich aber auch keine Zeit habe, seine Schränke zu durchwühlen, oder sein Haus Zimmer für Zimmer zu durchsuchen, verlasse ich das Zimmer. Am Geländer sehe ich diesen gruseligen breiten Kerl an der Wand lehnen, der alles im Auge behält. An ihm muss ich erneut vorbei. Aber er wird mich nicht so schnell gehen lassen.

Der einfachste Weg ist meist der beste. Also presse ich die Schenkel und Knie aneinander. Ich gehe in diesem komplizierten, von Frauen meist erprobten Gang, über den Flur und die Treppe abwärts. Wie zu erwarten, beachtet er jeden einzelnen Minischritt, den ich gequält vorsehe, als müsste ich pinkeln und die Toilette suchen. Durch diesen Gang erschwert, steige ich die Treppen hinunter. Erst an der letzten Stufe meldet er sich.

»Geh nach oben.«

Ich reagiere darauf nicht, tue beschämt und watschle auf ihn zu.

»Geh sofort wieder zurück nach oben.«

»Ich habe da ein Problem«, flüstere ich kleinlaut.

»Interessiert mich nicht. Verschwinde zurück ins Zimmer.«

Als ich auf ihn zusteuere, stößt er sich von der Wand ab, kommt mir aufgebaut und noch größer vor und schaut an mir herunter wie ein Eisklotz.

»Los, zurück mit dir!«

»Ich brauche Hilfe. Ist hier im Haus eine Frau?«

Er mustert mich von oben bis unten und ich versuche noch trauriger, beschämter und hilfloser zu gucken.

»Warum?«, knurrt er und ich sehe in seinem Blick, wie er meine nächsten Worte erahnt. Dennoch flüstere ich kaum hörbar.

»Ich brauche dringend einen Tampon.«

Seine Augen weiten sich und sein Kehlkopf macht einen deutlich sichtbaren Sprung.

»Wirklich dringend.« Er schaut wieder an mir herunter, wie ich da stehe, meine Arme überkreuze und die Schenkel fest aneinander presse. »Bitte. Ist hier eine Frau, oder so?«

»Porca puttana!«, stößt er schimpfend aus. »Du hast deine Periode.«

Ich nicke hastig und senke beschämt den Blick. »Ist mir egal, blute das Haus voll. Aber nicht hier, geh nach oben!«

»Hat dir Luciano nicht gesagt, du sollst auf mich aufpassen? Was meinst du, wie er das findet, wenn er nach Hause kommt und …«

»Cazzo, che inferno!«, unterbricht er mich fluchend und wendet sich von mir ab. Gerade denke ich, es wäre ihm gleich, da setzt er einige Schritte vor und brüllt das ganze Haus zusammen: »Laurie!« Dann dreht er sich zu mir. »Bleib, wo du bist!« Eine klare Drohung, die nicht misszuverstehen ist. Er geht zur Treppe, steigt einige Stufen hinauf und ruft erneut: »Laurie!« Er fixiert eine Tür, in der oberen Etage und ich renne los. So schnell ich kann, laufe ich den schmalen Flur herunter Richtung Haustür, höre ihn immer noch nach einer Frau brüllen und erreiche die Freiheit, ohne dass er es mitbekommt.

Ich weg bin. Ein schwarzes Auto steht genau am Bordstein und mit einem kurzen Blick ins Innere erkenne ich Daddy. Ich reiße die Beifahrertür auf, schmeiße mich auf den Sitz und schlag zu.

Er fährt los und sieht mich kurz von der Seite an.

»Bist du auf der Flucht, Jelly?«

»Vielleicht.«

Er legt mir die Hand aufs Knie und mein Puls beruhigt sich wieder. »Du bist jetzt in Sicherheit, alles wird gut, Jelly.« Warum fühle ich mich dann nicht besser? Wieso glaube ich, Luciano zu betrügen? Weshalb ist mir so flau im Magen? Aus welchem Grund komme ich mir so abscheulich vor, wenn es doch richtig war, Daddy anzurufen und mich von ihm abholen zu lassen? Ich bin nicht sicher. Nicht vor den schlechten Gedanken meines Gewissens, weil ich Luciano hintergehe. Was unlogisch ist. Und dennoch spürbar wahr.

»Ich bin hier, Daddy. Sag mir bitte, warum«, beginne ich und trockne meine feuchten Handflächen am Rock ab.

»Du bist bei mir, weil du es so wolltest.« Ja. Nein. Ich schüttele den Kopf und drehe mich im Sitz zu ihm um.

»Ja, schon. Aber das ist nicht der Grund. Du hast im Jelly's gesagt, ich soll zu dir ins Hotel kommen. Warum? Wolltest du mir sagen, wo Raider ist? Hast du mich deswegen in der Bar aufgesucht?«

»Nein, Jelly.« Er seufzt tief und seine Finger tippen an meiner Haut. »Ich habe dir gesagt, du wirst dir wünschen, dein Bruder würde dich besser nicht hier finden.« Weil Luciano ihn töten wird – das habe ich nicht vergessen. Den Grund dafür kenne ich nicht und auch nicht, wo

Raider sich gerade aufhält. Das wiederum verschweigt mir Daddy wissentlich.

Bevor ich dem nachgehen und ihn mit Fragen löchern kann, kommen wir am Hotel an. Ich lasse mir von ihm aus dem Wagen helfen, mich durchs Hotel führen und in sein Zimmer bringen. Schweigend. Tonlos lässt er die schweren Gefühle des Unwissens auf meinen Schultern liegen. Er verschließt die Tür hinter uns und ich setze mich auf sein Bett. Ich brauche Antworten. Als könnte er mir das ansehen, bleibt er an der Wand stehen, lehnt sich dagegen und faltet sich in aller Ruhe die Ärmel seines weißen Hemdes hoch.

»Daddy?« Er schaut nicht mal von seinen sehnigen Unterarmen zu mir auf. »Warum bin ich hier? Was soll ich hier?«

»Eine Entscheidung treffen und so wie es aussieht, hast du es bereits getan, sonst hättest du mich nicht angerufen.«

Verdutzt folge ich seinen Worten nur schwerlich. Auf den Knien setze ich mich auf und finde trotzdem keine passende Erwiderung: »Hä?«

»Ja, Jelly?«

»Ich meine …?« Hä? Mir fällt nichts dazu ein. Ich benötige einen langen Augenblick, die Situation zu realisieren. Dann begreife ich es jedoch.

»Dich anzurufen, bestätigt die Entscheidung, mit dir mitzugehen? Wohin? Zurück nach Brookhaven in meine persönliche Hölle? Für was? Um mit meinem Bruder wiedervereinigt zu werden und du findest dann welchen Platz in meinem Leben, abgesehen von der Rolle meines Helden?«

»Nein, ich würde dich nie wieder zurück nach Brookhaven bringen. Ich habe für uns ein schönes Häuschen gekauft, an einem …«

»Ein Häuschen? Für uns?« Ich schüttle den Kopf. Selbst ich sehe mich nicht in einem Haus mit dem weißen Zaun und dem Hund im Vorgarten. »Ich verstehe es nicht, du siehst uns in einem Familienleben? In was? Einer Vorstadt?« Dafür bin ich zu kaputt. Zerrissen. Verdorben. Ja, ich bin verschmutzte Ware. Abfall, wenn er so will. Ich streiche mir über den Kopf und verschränkte die Finger im Nacken. Wie soll ich ihm klarmachen, dass ich niemals diese Frau sein werde? Warum will er das überhaupt?

»Daddy, ich …« Ich finde keine Worte. Er kommt auf mich zu und setzt sich neben mich. »Du hast mehr verdient, Jelly.«

»Ich habe aber alles, was ich will.«

»Süßigkeiten?«, er betont es, als wäre es etwas Schreckliches. Als wüsste er, was ich eigentlich hinter dem Tresen verkaufe.

Langsam senke ich meine Arme. Ich atme tief durch und bekomme dennoch nicht ausreichend Luft. Denn er erwartet etwas von mir, was mich überfordert. Wir treffen uns nie regelmäßig. Damals ja. Aber seit ich von zu Hause nach Harvard geflohen bin, waren es nur seine sogenannten Zufälle, die uns zusammen geführt haben. Dann aber auch nicht von langer Dauer, sondern nur für wenige Stunden, bis er sich sicher war, dass es mir gut ging. Oder er half mir, wenn es erforderlich war. Und jetzt sollen wir zu einer Familie wachsen? Zu etwas, was ich nur von anderen kennengelernt habe?

»Jelly, ich will dir nur helfen.« Er legt seine Hand auf mein Bein und erinnert mich: »Wir sind doch Freunde.«

»Nein«. Ich schüttele den Kopf und bin mir sicher. »Zwar verstehe ich die verschiedenen Verbindungen, Beziehungen und Verhältnisse zwischen Personen nicht. Aber wir sind ganz sicher keine Freunde, Daddy. Portia und ich sind Freunde.«

»Portia«, spuckt er aus, als wäre dieser Name Gift auf seiner Zunge und steht auf, ohne mich ausreden zu lassen. »Portia ist nicht deine Freundin. Sie ist Journalistin, Jelly. Mach die Augen auf.«

Redet er mir jetzt meine einzige Freundschaft schlecht? Er zwang mich doch dazu, Freunde zu finden, weil ein Sozialleben wichtig ist.

»Was soll das jetzt werden, Daddy? Warum hast du auf einmal etwas gegen sie? Du kennst sie doch kaum.« Eher gar nicht. Sie sind sich nur einmal über den Weg gelaufen und haben lediglich zwei Sätze ausgetauscht.

»Ich kenne sie sehr wohl, Jelly.« In dieser Kürze der Zeit konnte er sich ein ausreichendes Bild von ihr machen? Ich brauche Jahre, um einen Menschen kennenzulernen. Und noch mehr, um diesen einzuschätzen.

»Hör mir zu, Jelly. Du glaubst, ihr seid miteinander befreundet. Aber diese Freundschaft ist einseitig. Sie geht nur von dir aus. Portia verfolgt etwas ganz anderes. Sie hat ihr Studium kurz vor dem Master geschmissen und kam hierher.«

»Weil ihr Vater erkrankte!«

»Ja, und was will sie jetzt machen, wo er nicht mehr da ist? Ich verrate es dir, Jelly. Sie arbeitet für eine Zeitung hier in New Orleans.« Gut, das hat sie mir nicht gesagt. Aber wann auch? Sie war mit dem Umbau meiner Bar beschäftigt. Und wenn seine Worte stimmen, dann tat sie das, obwohl sie arbeiten musste. Das rechne ich ihr hoch an.

»Merkst du es?«

»Dass sie eine sehr aufopferungsvolle Freundin ist? Ja, das wird mir gerade bewusster.« Daddy seufzt schwer und lehnt sich wieder zurück an die Wand. Er betrachtet mich Kopfschüttelnd und gibt mir das Gefühl, weiterhin das dumme Kind von früher zu sein. Was übersehe ich denn seiner Ansicht nach?

»Portia hat dich aus einem bestimmten Grund nach New Orleans geholt. Jelly, du bist eine besondere junge Frau. Portia hat das erkannt.«

»Und du denkst, sie will über mich schreiben? Ist es das? Warum sollte sich eine Zeitung für mich interessieren, Daddy?«

»O Jelly!« Er schaut nach oben, als würde er mit meinen Namen jemanden anbeten. »Warum sagst du nicht einfach direkt, was du denkst? Ich habe schon seit Jahren keinen Spaß mehr an zwischenmenschlichen Rätseln.«

»Wenn Portia alles über dich in einem Text verfasst, wartet ein Verlag mit einem Vertrag für ein ganzes Buch auf sie, nicht nur für einen kleinen Artikel, Jelly. Die Freundschaft zu dir ist Recherche.« Da lache ich los. Lauthals. Ich halte mir den Bauch und Tränen füllen meine Augen.

»Lach nur, Jelly. Aber ich bin hier, um auf dich aufzupassen.« Ich brauche eine Zeit, bis ich mich wieder einkriege. Glucksend blicke ich zu ihm auf. »Sie erzählte mir von Lucianos organisiertem Verbrechen und du teilst mir mit, wie meine beste Freundin mich ausnutzt? Merkst du, wie abwegig das ist?«

»Beides stimmt, Jelly.«

»Warum sollte sie über mich schreiben, wenn sie einem Mafiaboss nahesteht? Weil ich ein Wunderkind bin? Ist sie auf mich aufmerksam geworden durch Princeton? Weil ihr klar geworden ist, wann ich meine Dissertation veröffentlicht habe und dass zum selben Zeitpunkt ihren Abschluss an der Highschool gemacht hat?« Das ist längst keine Sensation und erst recht kein Buch wert.

»Nein, Jelly, deine Narbe hat sie aufmerksam werden lassen.« Ich schaue herunter auf meinen Arm und schiebe die Bluse hoch. Das rosa Stoffschweinchen kommt zum Vorschein.

»Ja, genau die meine ich, Jelly. Du hast sie übertätowiert, aber erst, nachdem du Portia kennengelernt hast.« Sie hatte sogar die Idee dazu, damit ich sie nicht immer sehen muss. Dabei habe ich ihr nie erzählt, wie ich sie erhalten habe. »Richtig, Jelly. Du warst in Harvard und sie ging zur Highschool. Sie hat dort schon für die Schülerzeitung geschrieben. Erinnerst du dich an Jacks Festnahme, die einiges ans Tageslicht holte?« Mein Adoptivbruder, der meine Flucht nach Harvard aufhalten wollte, war in allen Zeitungen auf der Titelseite. Denn seine Festnahme sorgte für die Aufdeckung diverser Straftaten. Aber allen voran den Handel mit Minderjährigen. Das Thema über Privatisierung der Pflege wurde dadurch zusätzlich ins Rollen gebracht. Nicht nur, weil man staatliche Gelder nahm, die elternlose Kinder niemals sahen, sondern auch, weil man sie ausbeutete, misshandelte, missbrauchte und letztlich ebenfalls verkaufte wie seelenlose Puppen.

Die Kälte legt sich um mich und ich fühle mich nicht mehr sicher. Das Hotelzimmer, Daddy und auch New Orleans können die Geister nicht fernhalten. Sie rufen nach mir.

»Portia hat in der Schülerzeitung über Jack geschrieben.« Woher weiß er das nur? Aber es bedeutet nicht, dass sie in Kenntnis über meine ungewollte Beziehung zu ihm war. »Sie war dort, Jelly. Portia hat gemeinsam mit einem Lehrer die Polizei befragt, durfte einzelne für die Polizei irrelevante Beweise sichten und sie schrieb darüber. Auch über dein Brandzeichen. Sie wusste haargenau, was sie an deinem Arm gesehen hat, Jelly.«

Die Kälte zieht sich bis in mein Herz und zerquetscht es. Doch ich schüttle es von mir.

»Nein! Das ist unlogisch!«, stoße ich aus und die gesamte Freundschaft mit Portia zieht an meinen inneren Augen vorbei. »Nein. Wenn ich eine einzige jahrelange Recherchearbeit wäre, hätte sie mich mit Fragen durchlöchert, nicht mehr locker gelassen und weiter um Informationen gedrängt. Aber sie war nur da, hörte zu, wenn ich reden wollte, stellte Fragen, aber akzeptierte es auch, wenn ich ihr darauf keine Antwort gab. Nein, Daddy, du täuschst dich.« Vielleicht wusste sie von allem. Sie war jedoch nie aufdringlich. Portia war mir immer eine Freundin.

»Nein, Jelly.«

»Na und? Dann hat sie darüber geschrieben. Dann weiß sie eben mehr über mich, als ich ihr gesagt habe. Das bedeutet nichts, Daddy. Es heißt nicht, sie würde deswegen ein Buch über mich schreiben. Was soll da auch drinstehen?«

»Sie hat auch über die Vorfälle an Harvard berichtet.« Wie konnte sie das erfahren, wenn sie zur Highschool hier in New Orleans ging?

»Niemand hat sich dafür interessiert, weil es nur eine Schülerzeitung war, Jelly. Und ich alles beseitigt habe, was auf dich weist. Ich habe alles bereinigt. Aber sie ist kein Kind mehr, Jelly. Und du auch nicht. Die Freundschaft zu ihr macht dich blind und naiv. Das ist nicht gut. Ich weiß nicht, ob ich dich diesmal retten kann, wenn es eskaliert. Deswegen bin ich hier, Jelly. Du musst beschützt werden. Ich war die ganzen Jahre über für dich da, ich passte auf dich auf.« Und welches Wissen er hat, das er mir zusätzlich verschweigt? Mich bestätigt nur die Annahme, wie er mich die ganzen Jahre über gestalkt hat, anstatt bei mir zu sein. Er hat mich allein gelassen, sonst wäre das alles nicht passiert. Die Jungs wären noch am Leben.

»Jelly, ich will dich nur beschützen.«

»Wenn das so wäre, hättest du mich nie allein gelassen.« Ich senke den Blick zu meinen Fingern im Schoß. Mir gefällt das hier nicht. Ich will mich einfach nur unters Bett verkriechen und nicht weiter darüber nachdenken. Nur mein Verstand schaltet sich nicht von selbst aus. Auch nicht, wenn ich es möchte. Die Informationen werden verarbeitet, Zusammenhänge mit den Erinnerungen verschmolzen. Was mich alles nur verwirrt.

»Dich habe ich nie allein gelassen, Jelly. Ich gab dir nur Freiraum, um dich entwickeln zu können. Du solltest dich frei entfalten. Aber ich habe dich nie aus den Augen gelassen. All die Jahre habe ich dich beschützt. Das werde ich jetzt nicht ändern. Komm mit mir mit.«

Ich hebe den Blick und seine grünen Augen funkeln, als gäbe es darauf nur eine Antwort. »Ich kann nicht.« Das ist für mich die einzig richtige. »Ich will auch nicht.« Denn obwohl die Fakten überwiegen, kenne ich Portia und diese Fakten sind nicht leicht aufzunehmen. Es passt eben nicht zu Portias Verhalten.

»Vertraust du mir nicht, Jelly?« Das hat für mich nichts mit Vertrauen zu tun. Auch wenn mir ganz flau wird und ich ungern gegen ihn spreche, will ich nicht fort von hier. New Orleans ist spannend. Diese Rätsel sind interessanter. Und obwohl es nicht sein sollte, ist da ein kleiner versteckter Teil in mir, der gerade an Luciano denken muss. Sein Rätsel möchte ich ebenso lösen.

»Ich habe dir geholfen, dein Zimmer in Harvard einzurichten«, schwelgt er grinsend in Erinnerungen. »Du warst so aufgeregt und hast mit dem Verzeichnis gewedelt, weil du am liebsten an jeder Vorlesung teilnehmen wolltest.« Das schenkt mir jedoch ein warmes Gefühl. Es war ein Neubeginn für mich.

Vorbei war die Zeit, in der ich nicht selbst über meinen eigenen Körper bestimmen konnte. Vorbei waren die Schmerzen und die unendlichen Qualen. Und die unzähligen Besuche, die ich über mich ergehen lassen musste, fanden ihr Ende an jenem Tag.

Ich musste dieses schöne wie grausame Kinderzimmer mit den warmen Gelbtönen und den vielen Spielsachen nie wieder betreten.

DREIUNDZWANZIG

Happy

»Aber es lief nicht immer so, wie du es dir erträumt hast, Jelly.« Sein Blick wird kälter und überträgt es auf mich. Automatisch kaue ich auf der Unterlippe herum.

»An der Uni waren große Kinder, Jelly, und du warst noch so winzig und unschuldig. Gequält von deiner einzigen Familie, die du noch hattest. Erinnerst du dich, als du im ersten Semester warst? Hast du vergessen, was passiert ist?« Wie könnte ich? Weshalb ich den Kopf schüttle, und trotzdem erinnert er mich daran: »Ich betrat dein Zimmer und du warst voller Blut. Du saßt wie ein Häufchen Elend auf dem Boden, weintest und warst ein wirklich böses Mädchen. Und warum?«

Ich senke den Blick. »Weil mich ein Junge angefasst hat.« Ich hebe jedoch den Blick. »Er durfte mich so auch nicht anfassen. Das war falsch.«

»Ja, Jelly, natürlich. Nur tun Jungs in dem Alter schon mal so etwas Unvernünftiges. Es ist keine Rechtfertigung, aber du bist diejenige, die Grenzen überschritten hat. Wenn ich nicht dagewesen wäre, hätte man dich nicht nur von der Uni geworfen, sondern auch direkt ins Gefängnis geschickt oder in die Psychiatrie.« Noch so ein merkwürdiger Zufall. Er war immer da, weil er mich gestalkt hat. »Jelly, du bist damals zu weit gegangen. Und nur ich konnte dich verstehen und dir helfen.« Damit behält er Recht. »Und was war im dritten Semester?« Ich möchte mich nicht daran erinnern. »Gleich mehrere litten unter dem Wahnsinn, der Besitz von dir ergriffen hat.« Ich fühle mich zurückgeworfen in meine Kindheit. Klein, schwach und hilflos ausgeliefert.

»Sie durften das nicht tun, Daddy.«

»Nein, sie hätten es nicht versuchen sollen, Jelly. Aber sie waren unzurechnungsfähig. Sie standen unter Drogen und du nicht. Du warst die Böse. Nicht diese hormongesteuerten Jungs, die dich im Rauschzustand durchs Wohnheim jagten und versucht haben, dich zu missbrauchen.« Ich schlucke schwer. »Sie waren doch nur Kinder, Jelly. Dumme Kinder. Du hättest es besser wissen müssen. Aber du hast die Kontrolle verloren. Andere Menschen sehen jemanden in Gefahr und können Autos anheben und du, Jelly? Du schadest Menschen mit diesem besonderen Adrenalinschub.«

Mit dem Handrücken wische ich mir die Tränen von der Wange.

»Andere retten Leben und du verletzt. Du tötest! Und wieder saßt du auf Knien am Boden, blutüberströmt und deine Kleidung durchnässt von deinen Tränen und das Blut vom Stoff aufgesogen. Nur einer blieb verschont. Wie hieß er noch?«

Diesen Namen werde ich niemals vergessen. »Dale Williams.«

»Genau. Dale Williams«, wiederholt er. »Ich habe dich verstanden und dann vor den Konsequenzen beschützt, Jelly. Warum muss ich dich daran erinnern? Ich habe alles in meiner Macht Stehende getan, um dir stets zu helfen, um dich zu unterstützen und dir ein lebenswertes Dasein zu schenken.« Ich nicke und fühle mich so klein und dumm. Er meinte es immer nur gut. Er gab mir die Freiheit und ich verschwendete sie.

»Ich nehme dich mit zu mir. Nicht um dich zu bestrafen, Jelly, sondern um dir das Leben zu schenken, welches für dich lebenswert ist, ohne in Gefahr zu laufen, diesen Schmerz ertragen zu müssen.«

»Aber ich will hier bleiben, warum bleibst du nicht auch hier?«, flüstere ich kleinlaut.

»Weil du Menschen verletzt, wenn du nicht auf deine Emotionen achtest. Du kannst nicht hierbleiben, Jelly. Hier ist es für dich und alle anderen zu gefährlich.«

Zwar schüttele ich den Kopf, mich wiederum gegen ihn zu wehren, wird von Minute zu Minute schwerer. »Ich bin alles, was du hast, Jelly.« Innerlich falle ich in mich zusammen. Denn damit hat er auch recht. Ich habe nur ihn. Auch, wenn er nicht immer da war, gab er mir jeden einzelnen Tag die Sicherheit, nur einen Anruf von mir entfernt zu sein. Dennoch weiß ich nicht, was stärker ist: mein Wille oder das Wissen. Die Stärke in mir oder die Angst um mich herum.

»Weißt du noch, was ich dir gesagt habe, als du das letzte Mal am Boden warst? Nachdem du all diese Jungs für ihr Verhalten bestraft hast?« Ich schüttle den Kopf.

»Jelly, ich habe dir gesagt, du musst nicht nur das Fachwissen erlernen, sondern auch das Kommunizieren mit deinen Mitmenschen und ...«

»... Lust zu empfinden«, beende ich seinen Satz mit meiner Erinnerung.

»Ganz genau, Jelly. Damit du verstehst, was in Menschen vorgeht und auch wie du dich angemessen schützen kannst.« Ich nicke und senke wieder den Blick. »Erinnerst du dich, wie ich dir dabei auch geholfen habe?«

»Ja«, flüstere ich. »Du hast gesagt, dass es nicht wehtun muss. Es könnte mir auch gefallen.« Damals konnte ich mir das nicht vorstellen. Doch er änderte es.

»Du wolltest mir nicht glauben und weißt du noch, was dann passiert ist?« Die Erinnerung daran schießt mir hitzig in die Wangen und ich schaffe es lediglich, zu nicken.

»Schäm dich nicht, sprich es aus.«

»Ich saß am Boden, so wie jetzt auf den Waden und du hast mich gebeten, die Beine zu öffnen.«

»Du hast das gemacht und dann?«

»Du hast dein Fuß zwischen meine Beine geschoben und gesagt, ich soll mich auf deinen Schuh setzen.« Ich stocke, bei der Erinnerung daran, wie ich das erste Mal

Lust empfunden habe. Durch ihn. Ich werde weiter zurück geworfen und spüre die Hitze in mir.

»Ich sollte mich bewegen, solange, bis ich es spüre. Du hast mir übers Haar gestrichen, vorbei an meiner Wange und …« Meine Finger gleiten automatisch zu meinem Mund. »Und dein Daumen glitt über meine Unterlippe. Es begann zu kribbeln und …«

»Wo?«, unterbricht er mich. »Wo begann es zu kribbeln? Zeig es mir.«

Ich öffne leicht die Knie, hebe mein Rock ein Stück an und ohne ihn anzusehen, zeige ich auf meine Mitte.

»Ganz genau, Jelly. Sieh mich an!« Ich schaue zu ihm hoch. »Hat es sich gut angefühlt?« Er fasst mich intensiv ins Auge und gibt mich nicht frei.

»Ja«, hauche ich. »Es fühlte sich hervorragend an.« Frei von Ängsten und Schmerzen. Er gab mir die Sicherheit und ein Gefühl weit über das hinaus. »Mein ganzer Körper schauderte heiß.«

»Und du hast dich schneller bewegt. Du hast dich an meinem Fuß gerieben und gestöhnt.« Mein Herz pocht und ich spüre das Kribbeln erneut, ohne dass ich mich rühre. »Du hattest ein Höschen an und trotzdem war mein Schuh so nass. Du hast dich selbst befriedigt, Jelly. Du hast dich an mir gerieben und deine kleinen Brüste in die Hände genommen.«

Ich schließe die Augen und bin längst nicht mehr hier im Hotelzimmer, sondern zurück an der Uni. Keinerlei Ängste plagen mich, oder Qualen verbreiten sich. Ich bin stark, schlau und sitze mit Daddy in diesem Raum. Das Blut klebt mir an der Haut, an der Kleidung und selbst in den Haarspitzen und ich fühle mich so unaufhaltsam, weil ich diesen Schmerz überwunden habe. Weil ich diese bösen Jungs aufhalten konnte, die mir mehr antun wollten. Ich sitze auf Daddys Schuhspitze und spüre dieses intensive Verlangen durch meinen Körper pulsieren. Es ist großartig. Als würde mein Leben, mein Körper endlich mir selbst gehören.

Ich kann alles schaffen.

Der metallische Geruch mischt sich mit seinem Parfüm und lockt meine Sinne in diesen Rausch, den ich nie zuvor gespürt habe.

»Zeig mir, wo es sich gut angefühlt hat, Jelly. Zeig es mir.« Ich hebe wieder den Rock an und drücke mit dem Finger an meine Mitte. »Du bist erregt, Jelly. Das sehe ich durch deinen Slip. Was sollst du tun, wenn du so empfindest? Was habe ich dir damals gesagt?«

»Es ist nicht falsch, sich selbst anzufassen.« Meine Stimme bebt.

»Dann berühre dich, Jelly.« Ich streiche mit dem Finger über den Slip und meine empfindliche Stelle pulsiert.

»Ich habe dir diese Lust verschafft, Jelly.« Ich übe mehr Druck aus und schließe die Augen, als die Hitzewelle über mich hinwegfegt.

»Und dir gefällt es.« Das bestreite ich auch nicht. Ich spüre es. Mein Vertrauen ihm gegenüber ist grenzenlos. Weshalb ich mich innerlich fallen lasse, seiner Stimme lausche und mich der Fantasie von damals hingebe.

»Ich allein bereite dir diese Lust, Jelly.« So sehr, dass ich den Slip zur Seite schiebe und mit der Fingerkuppe über meine feuchte Mitte streiche. Meine Beine zittern und die Hitze reicht bis in meine Füße. Ich lasse mich auf den Hintern zurückfallen und stelle die Beine auf. Ich schäme mich nicht, mich vor ihm zu präsentieren. Es ist Daddy. Es ist seine Stimme, die meine Haut zum Prickeln bringt. Er war es immer. Mit den aufgestellten Beinen spreize ich die Schenkel und gleite zur geschwollenen Perle. Ich wimmere, stöhne und stemme mein Becken gegen meine Finger.

»Nur ich, Jelly. Nur ich lasse dich so fühlen.«

»Ja!«, stöhne ich und schaue zu ihm hoch. Das helle Grün seiner Augen wird geradezu von dem Schwarz seiner geweiteten Pupillen verschluckt.

»Mir allein gehört deine Lust, Jelly.« Ich reibe schneller über meine Klit, übe Druck aus und stöhne. »Kein dummer Junge. Nur ich.«

»Nein, nur du«, erwidere ich atemlos und lasse den Kopf in den Nacken fallen. »Kein fieser Kerl, der dich nur benutzt.«

»Nein, nur du«, wiederhole ich kehlig vor Lust und spalte meine Mitte mit einem Finger, während ich mit den Handballen auf meine Klit presse. Es fühlt sich so gut an. Als wäre es seine große Hand, die mir diese Lust bereitet, aber es ist nur seine tiefe Stimme. »Und auch kein Luciano«, raunt er und ich hebe automatisch den Kopf. Der Name aus seinem Mund, so rau und finster, schneidet mir unter die Haut und gleichzeitig packt mich eine gewaltige Hitze. »Er wird dir niemals so eine Lust bereiten, wie ich es tue. Luciano ist ein Nichts.« Der Name knallt mir um die Ohren und plötzlich sehe ich ihn neben Daddy stehen. Ich bin nicht auf meinen Süßigkeiten, liege nicht in Zuckerwatte gepackt in meiner fröhlichen, sicheren Welt. Und doch steht er neben Daddy und seine hellbraunen, nahezu gelben Augen durchbohren mich und ergreifen mein Inneres. Er steht einfach da, im schwarzen eleganten Anzug, mit Hut und hält den Griff seines Spazierstocks. Daddy spricht weiter, doch nur seine dunkle Stimme streichelt mich. Kein Wort verarbeite ich und werde von Lucianos Gewalt weiter entfacht, mich schneller zu berühren. Ich stöhne lauter und mir wird schwindelig. Vor mir steht, wieder an die Wand gelehnt, meine sichere Zuflucht, mein Held, der nie etwas tut, was mir nicht gefällt. Er geht niemals zu weit und erfüllt mich mit einem Begehren, welches so sanft wie heiß ist. Und gleich daneben eine Gewalt, der ich kaum gewachsen bin. Eine Macht, die mich in Brand setzt und an einen Ort wirft, vor dem ich mich fürchten sollte. Beide ergeben eine schwindelerregende Mischung. Gut und Böse kämpfen in meinem Unterleib. Sanft und hart verschlingen sie mich. Positiv und negativ reiben aneinander und Blitze gleiten durch meinen Körper.

»O ja!«, stöhne ich lauter und wende doch nicht den Blick ab. Ich drehe durch. Ich bin aufgeladen, kochend heiß, brenne auf den weißen Laken und bin zum Zerreißen angespannt. Plötzlich tritt Daddy wieder einen Schritt auf mich zu, reißt sich das Hemd auf und es fällt zu Boden. Ich bin nicht sicher, ob ich mir das nur einbilde. Aber es ist mir auch egal, als ich seinen gebräunten glatten Oberkörper sehe, der sich mir nähert. Ich dringe mit dem zweiten Finger ein, reibe mich um den Verstand und er nähert sich meinen Schenkeln. Er ist so anziehend, kostbar und ich will ihn berühren. Seine breiten Muskeln ertasten, aber ich kann nicht aufhören, mich selbst zu anzufassen. Ich bekomme kaum noch Luft. Da steht plötzlich Luciano neben mir. An meinem Kopf. Nur der Stock ist weg. Aber sein Blick ist tief und hält mich gefangen. Zwei Männer. Gegensätze und beide mit Prachtkörpern, die man erkunden muss. Und ich liege auf dem Bett da, zergehe an meinen Fingern, verflüssige mich auf der Matratze und explodiere nicht. Kurz vor dem Abgrund. Kurz vor dem ersehnten Tod gibt es kein Vorwärts und kein Zurück. Ich wimmere, stöhne und auf einmal packt mich Daddy an der Hüfte, zieht mich an die Bettkante und kniet sich zwischen meinen Beinen.

Ich halluziniere? Oder ist es wahr? Es ist mir egal, es ist so gut, wie er die Finger unter den Slip fortschiebt und ich gezwungen bin, die Hand von mir zu lassen, damit er mir den Stoff über die Beine zerrt.

»Nur ich verschaffe dir Lust«, raunt er, schiebt meine Schenkel auseinander und ehe ich begreife, dass es keine Illusionen ist, streicht seine Zunge atemberaubend über meine Mitte.

»O Mann!«, stöhne ich, kann den Blick nicht abwenden und kralle die Finger ins Laken. Mit der Zunge treibt er mich weiter an, foltert mich auf die schönste Weise und saugt meine Perle ein. Er leckt mich so intensiv, weshalb ich den Halt verliere. Daddy tut das wirklich. Ich spüre es. Ich fühle es heiß durch den gesamten Körper. O Hilfe! Ich kann nicht mehr und gleichzeitig bekomme ich nicht genug, greife in sein weiches Haar und presse ihn fester an mich, während ich mich gegen seine Lippen hebe. Ich drehe völlig durch und es reicht immer noch nicht ganz. Ich brauche mehr. So viel mehr davon. Er knurrt an meiner Mitte, was mir durch den Körper bis in die Zehenspitze vibriert. Ich wende den Blick zur Seite, zu Luciano. Und ich stöhne lautstark durch den Raum. Er trägt die Maske.

Diese verstörende, gruselige schwarze Schnabelmaske des modernen Pestdoktors. Seine Hose ist geöffnet und ich beiße mir auf die Unterlippe. Er hält seine harte Erektion in der Hand, trägt dabei schwarze Lederhandschuhe und streift mit seiner Hand seine ganze Länge nach. Ich spüre seine festen Blicke auf mir, Daddys Zunge und Lippen an meiner Mitte und ich sehe dieses harte Glied und wie er sich selbst Lust bereitet.

»O Happy«, raunt er tief und zerlegt mich in Einzelteile.

Lautstark und intensiv, wie nie in meinem Leben, explodiere ich. Zerfalle in tausend Stücke und spüre jedes einzelne.

Ich falle zurück und bin noch nicht hier. Bin überall und nirgendwo und schrei in diesen leeren, von Lust geschwängerten Raum.

Seine Zunge streicht sanft über meine Mitte und holt mich langsam zurück in meinen Körper. Ich öffne die Augen und sehe Luciano nicht mehr.

Er ist weg und mein Blick gleitet hinunter.

Nein, ich habe es mir nicht eingebildet. Daddy erhebt sich zwischen meinen Beinen, streichelt mit dem Daumen hauchzart über diese empfindliche Stelle und schaut auf mich hinab. Es zerfrisst mich vor Gier.

Mit einer Hand öffnet er die Hose und mein nach Luft schnappender Atem versiegt, als er sein Glied befreit. Ich habe ihn nie zuvor so gesehen. Nie vor Verlangen angespannt. Nie ohne Kleidung. Und erst recht nicht seine dicke, große Härte in seiner Hand. »Ich kann es nicht weiter kontrollieren. Ich habe dich gekostet.« Er streicht sich wie zuvor eingebildet Luciano seine Erektion, und Daddys Finger gleiten über seine Männlichkeit. Sein Atem zischt stoßweise aus seinen leicht geöffneten Lippen. Seine harten Muskeln pressen sich stählern gegen seine Haut und ich setze mich auf die Unterarme gestützt auf.

Er berührt mich sanft mit dem Daumen, während seine Hand geradezu gewaltsam über seine Länge fährt und immer schneller wird. »Daddy!«

»Ich muss das tun«, stöhnt er rechtfertigend, als würde ich ihn für seine Lust verurteilen. »Ich will in dieses enge Loch, Jelly. Aber ich kann nicht!« Seine Unterarme spannen sich heftig an und er knurrt zwischen zusammengebissenen Zähnen. Ich setze mich weiter auf, entziehe mich und knie mich vor ihm hin, mit geöffnetem Mund. Doch er schüttelt den Kopf, bekommt kein Wort heraus und pumpt schneller sein Glied.

Ich beuge mich weiter vor, befeuchte die Lippen und öffne mich weit für ihn.

Doch nur seine Finger treffen gegen meine Lippen.

»O Fuck«, stöhnt er dunkel. »O Jelly!«

Schlagartig packt er mich im Nacken, kippt mir den Kopf zurück und seine Finger, die über seine Spitze fahren, prallen hart gegen meine Lippen.

»O Fuck, bist du geil!«, zischt er und plötzlich schubst er mich von sich weg. Ich falle mit einer Gewalt aufs Bett, die mich grell aufschreien lässt. Als ich wieder zu ihm blicke, sein lautes Knurren mir durch die Glieder fährt, sehe ich, wie er das Laken an seine Härte hält und er mit dem Kopf im Nacken durch den gesamten Körper erbebt.

Fasziniert von seinem Anblick, kann ich nicht wegschauen. Er erreicht den Höhepunkt. Jeder einzelne Muskel spannt sich an, seine Haut glänzt feucht und er ist so sinnlich schön, dass es mir den Atem verschlägt. Und gleichzeitig ist er so beschützend, fürsorglich und voller Achtung.

Ich schenkte ihm meinen Körper, den er nicht missbrauchen wollte, und er ergießt sich stattdessen ins Laken. Ich wünschte, er hätte sich genommen, was er begehrt. Er entspannt sich und schaut mich an.

»Es tut mir leid, Jelly. Ich bin viel zu weit gegangen.« Er schließt die Hose und ich schüttle den Kopf.

»Nein, auch du sollst dich für deine Lust nicht schämen.«

Er zieht das Laken unter meinem Hintern hervor und lächelt mich so sanft und fürsorglich an, da zergehe ich erneut in seinem Schutz.

»O Jelly. Ich schäme mich nicht für meine Lust. Ich begehre dich. Aber mein Verlangen ist keine Berechtigung, dich zu benutzen.« Bitte benutz mich, liegt mir auf der Zunge. Aber ich schlucke es rechtzeitig herunter. Er zerknüllt das Laken, wirft es in die Ecke, bevor er nach seinem Hemd greift und es sich anzieht.

»Jelly.« Er dreht sich zu mir um. »Ich möchte der letzte Mann für dich sein. Und ehe du mir nicht die Sicherheit gibst, dass du das auch willst, möchte ich dich nicht für meine Lust missbrauchen. Es wäre falsch. Du bist mehr als das Bedürfnis, Druck abzubauen, Jelly. Du bist etwas Besonderes. Ich wünschte nur, du würdest das auch erkennen und dich nicht mit dem Abfall dieser Stadt abgeben.« Seine Worte sind so schön, wenn er sich die letzten Sätze verkniffen hätte. Portia ist kein Abfall. Und Luciano, so grausam er ist, kann ich ihn nicht aus meinem Leben verbannen. Nicht jetzt. Nicht nach dem, was gerade passiert ist.

Ich habe ihn mir vorgestellt. Er sitzt in meinen Gedanken fest und ich bin nicht bereit, ihn loszulassen.

»Ich werde hier bleiben, Daddy. Wenn du gehen möchtest, musst du die Stadt ohne mich verlassen.«

Das gefällt ihm nicht, was in der Anspannung seines Gesichts zu erkennen ist.

»Du warst vielleicht immer da. Aber nicht so, wie ich es mir gewünscht hätte. Wenn es anderes wäre, würde ich mich wahrscheinlich anders entscheiden.« Der Zeitraum zwischen unseren Begegnungen war einfach viel zu groß. Teilweise lagen Jahre dazwischen.

»Es tut mir leid, Daddy!« Ich stehe auf, hebe meinen Slip auf und er erwidert lediglich: »Mir auch, Jelly«, bevor ich das Hotelzimmer völlig verschwitzt verlasse.

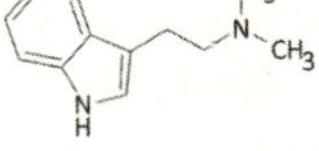

Der warme Wind legt sich über meine empfindlich gereizte und leicht feuchte Haut. Die Zeit ist viel zu schnell an mir vorbeigezogen. Es wird bereits dunkel und gerade jetzt, weit entfernt von Zuhause, alleine durch die Straßen gehend, schüchtert mich die Umgebung ein. Ich habe nichts bis auf mein Handy bei mir. Und das wird mir nicht weiterhelfen.

Um mich schauend gehe ich auf Nummer sicher, lasse nichts auf mich zukommen und rede mir selbst ein, dass ich jede Veränderung, jegliche Gefahr früh genug erkennen werde. Dieses Gefühl, beobachtet zu werden, lässt sich nicht unterdrücken. Es ist da und obwohl ich niemanden entdecke, sticht es spürbar auf meine Haut ein. Ich lege einen Zahn zu, schreite zügig voran. Bis ich die Bourbon Street erreiche. Doch das Gefühl lässt nicht nach. Meine Kehle schnürt sich weiter zu und die Welt ergraut vor meinen Augen. O Mist!

Plötzlich springt ein Schatten auf mich zu. Ich schreie, weiche zurück und erstarre, als mir das vertraute Gesicht bewusst wird. Wenn er auch leicht entstellt ist, erkenne ich ihn sofort.

»Dale?« Das kann kein Zufall sein. Niemals. Gerade noch an ihn gedacht und jetzt steht er vor mir? Und eindeutig verprügelt mit dreckiger Kleidung?

»Jelly!« Er will nach mir greifen, doch sogleich stoppen seine Arme in der Luft. Die grausame Erinnerung schreckt ihn zurück. Er hat mit eigenen Augen gesehen, was ich getan habe. Er konnte sich retten.

»Scheiße, Jelly. Da bist du ja!«

»Dale Williams?« Hat er mich etwa gesucht. Doch er beantwortet mir die Frage umgehend:

»Ich habe dich überall gesucht. Du warst nicht in der Bar.« Woher weiß er von der Bar?

»Was tust du hier und woher weißt …«

»Ich habe nicht viel Zeit, Jelly. Ich werde gesucht und wenn sie mich finden bin ich ein toter Mann. Ich habe Scheiße gebaut und du bist in Gefahr. Es ist meine Schuld, Jelly.« Seine Worte überschlagen sich. »Sie wissen von dir, wo sie dich finden und von deiner Bar.«

»Beruhige dich erst mal, ich kann dir kaum folgen.« »Jelly, hau ab, solange du kannst. Sie werden dich töten. Es tut mir leid.«

»Wovon sprichst du?«, brülle ich. Denn ich finde nicht den Zusammenhang. Er war mein Kommilitone in Harvard und wir haben zusammen an der Dissertation gearbeitet. Ich habe ihn nach meinem Anfall nie wieder gesehen.

»Jeda!«, ruft er aus und ich erstarre in Sekunden zu Eis. Mein Herz setzt aus und selbst mein Inneres gefriert. »Jeda! Hörst du? Ich habe dir die Formel geklaut. Ich habe sie verkauft. Jeda!« Er hat was? Mir fehlt die Sprache, die Bewegung. Alles. »Verschwinde! Lass alles stehen und liegen, verlasse die Stadt ohne Hinweise darauf, wohin du gegangen bist. Sie werden dich sonst kriegen und töten.« Auf dem Absatz dreht er sich um, rennt los und ruft wie ein Verrückter: »Jeda!« Scheiße. Ich brauche einen langen Moment, bis ich begreife, was er getan hat.

Jeda.

Plötzlich packt mich jemand von hinten, hält mir den Mund zu und jagt mir irgendetwas Spitzes durchs Fleisch. Ich wehre mich, schreie gegen die Hand, die sich mir gewaltsame an die Lippen presst und vor meinen Augen verschwindet der rennende Dale. Die Kraft verlässt mich und auf einmal sacke ich zusammen. Auf der Straße sind

Leute, aber niemand hilft mir, als ich von Armen aufgefangen werde und mir schwarz vor Augen wird.

Sie werden dich töten.

VIERUNDZWANZIG

Luciano

Mit aller Gewalt schlage ich die Faust gegen die Tür. »Fabio! Mach auf!« Ich hämmere gegen das Holz und der Idiot öffnet sie nicht. »Ich bin ausgeschlafen, ausgenüchtert und hier stinkt es, verdammt!« Mich einzusperren, weil ich etwas high war, ist eine Sache, aber mich hier verrotten zu lassen, geht zu weit.

»Fabio, verdammt, öffne die verdammte Tür!« Ich halte es hier nicht mehr aus. Mir kommt die Galle hoch. Seit ich von meinem zusammengezogenen Magen geweckt wurde, liegt mir der Gestank schwer auf der Zunge und der Schweiß trieft mir von der Haut. Es fehlt nicht mehr viel und ich kotze mir die gesamten Innereien heraus.

»Fabio!« Ich klopfe fester, gewaltsamer und dann platzt

meine Geduld. Ich setze einen Schritt zurück und trete die Tür auf. Sie springt aus der Zarge und ich stürze hinaus. Ich fülle meine Lunge mit frischer, reiner Luft und beuge mich übers Geländer.

»Stell dich nicht so an.« Von der Seite nähert sich Fabio »Musste es unbedingt der Folterraum sein? Konntest du mich nicht in mein Schlafzimmer einsperren?«

»Du hieltest es für lustig. Wie nanntest du es … der Spaßraum.« Weil ich darin sonst immer meinen Spaß fand. »Da war ich high!«, wehre ich mich stattdessen.

»Die Folterräume sind die einzigen ohne Fenster und wir wollten nicht, dass du aus dem Fenster springst, um Fliegen zu lernen.«

»Halt die Klappe, Pisser«, knurre ich und lege die Stirn auf den Unterarm. Dieser abartige Gestank haftet an mir wie eine verweste zweite Haut.

»Ich muss duschen«, mit diesen Worten richte ich mich auf und gehe los. Fabio läuft mir wie ein Hündchen nach. »Wenn du mir schon nachläufst wie eine läufige Hündin, kannst du mich auf den neusten Stand bringen. Wo ist Happy? Ist sie jetzt in der Bar?« Die Flure werden durch die strahlende Sonne erhellt. Demnach ist der nächste Tag angebrochen.

»Ähm, wie viel willst du wissen?« Ich stoppe und mache ihm mit meinem Blick deutlich, dass ich alles wissen muss. Alles! Und dass mir die Geduld für Spielchen fehlt.

»Vielleicht beruhigst du dich eher, Bruder!«

»Rede!«, fordere ich ihn lautstark auf. »Ich muss gleich nach der Dusche diesen kleinen Droge dealenden Flummi aufsuchen.« Sie ist abgehauen. Sie ist nicht hiergeblieben.

Ich weiß nicht, was mich gerade mehr abfuckt. Die Tatsache, dass ich gestern vollkommen high war oder dass ich high nach Hause kam und sie weg war. »Du wolltest gestern noch zu ihr, stimmt's?«

»Ja«, knurre ich. »Aber ihr musstest mich ja einsperren, weil ihr mir nicht getraut habt. Weil ich ja im Happy-Zuckerrausch Massenmorde begehen könnte.«

»Nicht, dass du es nicht bereits provoziert hast und ich bin mir sicher, du hättest gleich weitergemacht, mit einem fiesen bestialischen Grinsen über dein Gesicht verteilt. Denn als guter Bruder habe ich mit Dino dein kleines Drogenmädchen gesucht. Und leider viel zu schnell gefunden.« Wie von selbst spanne ich mich an und will die nächsten Worte nicht hören, doch dann sagt er es: »Sie war bei ihrem sogenannten Daddy.«

»Verdammt!«, brülle ich auf, wirbele herum und schlage im Flur gegen das Mauerwerk. Der Schmerz prallt bis in meine Schulter, Blut spritzt und es ist mir gleich.

»Ganz ruhig« Fabio klopf mir auf die Schulter und ich lehne die Stirn gegen den rauen Stein.

»Ist sie noch dort?«

»Nein. Sie …«

»Wie lange war sie bei ihm?«

»Ab dem Augenblick, als sie Marcel entwischt ist, bis zu dem Moment, in dem wir sie aus dem Hotel haben hinausgehen sehen, sind so um die drei Stunden vergangen.«

»Verdammt!«, brülle ich auf und pralle mit der Faust erneut gegen die Wand. Er hatte Zeit genug, sie zu ficken. Ich bringe ihn um.

»Ja, so sah sie auch aus!«, meint mein Bruder, als könnte er in meinen Kopf schauen. Was mich erst recht mit einer brutalen Wut erfüllt.

»Wir hätten ja das Hotel gestürmt, aber als Dino meinte, wir sollten erst dort nachsehen, kam sie auch schon aus dem Eingang gewatschelt.«

»Gewatschelt?«, weil sie nicht mehr richtig gehen konnte, weil dieser alte Sack sie durchgefickt hat?

»Ja, eher gegangen, als gewatschelt.« Keine Ahnung, warum, aber ich atme beruhigter aus.

Ich drehe mich um und lehne mich gegen die Wand.

»Ganz ruhig, Luciano. Wir sind ihr gefolgt.«

»Warum?«

»Ich war neugierig. Ich hatte die Hoffnung, dass sie von allein zurückkommt.« Ist sie nicht! »Ist sie nicht«, wiederholt er meine Gedanken. »Da dachte ich, wir sammeln weitere Information über das Drogenmädchen mit dem speziellen Süßigkeitenladen.«

»Und? Weißt du mehr? Hast du was Neues über die Narbe? Ich habe es irgendwo schon gesehen, aber ich bin mir nicht sicher.« Ich wette, das hat etwas mit diesem Daddy-Wichser zu tun. Ich spüre es auf der Haut, es nagt in meinen Eingeweiden. Sie ist ihm gegenüber verpflichtet. Ich habe es mit jedem einzelnen Blick bemerkt. Das kann sie nicht verleugnen.

»Du begegnest zu vielen Menschen. Und noch mehr Frauen.« Sehr witzig.

»Ich bin mir nicht mal sicher, ob ich es wirklich an einer Frau gesehen habe oder bei einem Mann. Aber irgendeine Gang oder Organisation oder sonst was hat so ein Logo.«

»Du bist paranoid, Luciano. Sie kann sich auch die Initialen ihres Ex-Typen eingebrannt haben. Es ist mittlerweile modern, sich wie ein Rind zu markieren. Tattoos sind längst nicht mehr für die Ewigkeit, tiefe Narben jedoch schon. Selbst bunte Farbe konnte es nicht brechen.«

»Jetzt klingst du naiv.«

»Nein. Sie ist brav, Luciano. Sie ist ein fröhliches, liebes Mädchen, die mit Drogen experimentiert. Und? Wir waren alle mal jung. Und sie ist es noch, du vergisst das. Zudem weißt du, wie missbrauchte Frauen wirken, wie sie sind und sie zeigt keine Anzeichen.« Er erkennt sie nur nicht als solche. »Ihre Ausraster, von denen Dino mir erzählt hat, können auch auf einen gewalttätigen Ex hinweisen, was die Narbe und das Tattoo darüber erklärt. Luciano, sie gehorcht, und zugleich wehrt sie sich. Sie ist kein Opfer. Sie ist ein übertrieben fröhliches normales Mädchen, das zwischendurch auf einem Trip ist, was ihre Konfetti-Attacken und die Euphorie erklärt. Wir sind in dieser Gewalt groß geworden und sehen in allem eine Verschwörung, Gewalttat oder Schlimmeres. Wir erkennen normale Menschen nicht mehr als solche an und erwarten ständig das Grauen in ihnen zu entdecken. Jelly ist normal. Jung, hübsch und etwas naiv, weil sie sich mit dir abgibt.«

»Und deswegen bist du ihr auch gefolgt, anstatt sie direkt hierher zubringen. Weil sie eben völlig normal ist.«

»Du warst eh high und hast geschlafen und ich war neugierig. Vielleicht hätte sie mich auch zu dem Dealer gebracht. Was ja irgendwie zutrifft.«

»Was? Wie jetzt? Sie verkauft sie doch.«

»Tja, Luciano. Aber auch sie muss die Drogen irgendwo herbekommen.«

O Veeerdammt.

»Von wem?«

»Du wirst es nicht glauben. Aber von Dale Williams. Wir wollten ihn heute suchen und er läuft Jelly in die Arme. Mitten auf der Straße. Gestern Nacht. Was für ein Zufall, oder?« Das war sicher kein Zufall. »Du hättest unseren Blick sehen sollen, als wir feststellten, dass sie sich kennen.«

»Wo ist sie jetzt?«

»Jetzt liegt Jelly betäubt in deinem Bett.«

»Was hast du getan?«

»Keine Sorge, das ging so schnell, dass sie es nicht mitbekommen hat. Aber nicht schnell genug. Während ich ihr das Anästhetikum injizierte, ist Dino hinter Dale her und hat ihn leider nicht gekriegt. Er ist noch auf der Suche nach ihm.«

Ich schließe die Augen. Dass sie hier ist, beruhigt mich enorm. Gleichzeitig will ich sie jetzt nicht sehen.

»Und du gehst am besten duschen!«

»Entweder benutze ich dein Bad oder du schaffst sie aus meinem Zimmer«, nuschle ich mehr in mich hinein, als mich ihm mitzuteilen.

»Wo soll ich sie bitte hinbringen, ohne dass sie wieder abhaut?«

»Bring sie in die Bibliothek. Wir treffen uns dort, wenn ich wieder ich selbst bin.«

Ich drehe mich um und gehe in die andere Richtung, zur Küche, um einen Kaffee zu trinken, während Fabio sie aus meinem Zimmer schafft.

Gerade, als ich unten angekommen bin und den Flur entlangschreite, poltert Dino durch den Innenhof hinein.

»Cazzo!«, brüllt er durchs Haus und ich bleibe stehen. »Er ist weg! Dieser figlio di puttana kann laufen!« Und er ist vorerst nicht mehr auffindbar.

»Beabsichtigst du Happy auszufragen, wo sich Williams versteckt?«

»Ich soll deine Fica ausfragen?«

»Pass auf, was du sagst!«, brülle ich ihm entgegen und der einschüchternd brutale Mann weicht zurück. »Du bist wütend? E sti cazzi. Vai all'inferno.« Ich hasse es, Italienisch zu sprechen, weil der melodische Akzent nicht die Wut ausdrückt, die ich gerne zu vermitteln versuche. Aber Dino ist wie ich Italiener und er spürt meinen Hass mit jeder verdammten Silbe wie einen Stich in seinen verschissenen Körper. Ich musste ihm sagen, dass mir seine Wut scheißegal ist und auch, dass er zur Hölle fahren soll. Er bezeichnet mein Mädchen nicht als Fotze. Das tut niemand, ohne mit seinem Leben dafür zu bezahlen!

In seinen Augen liegt Bedauern, aber er ist zu weit gegangen. »Fahr runter, oder wir diskutieren das oben in der Folterkammer aus.« Ich drehe mich um und seine Schritte sind gleich hinter mir hörbar. Es wird still um uns herum und das ist auch besser so. Er soll mich nicht schon am frühen Morgen abfucken. Eine Nervensäge reicht mir und Fabio ist auch nicht besser.

In der Küche mache ich mir am Vollautomaten einen Espresso und zeige meinen abgefuckten, kaum vorhanden guten Willen, ihn nicht gleich zu erdolchen oder ihm Schlimmeres anzutun, indem ich ihm ebenfalls eine

Tasse unter die Düsen stelle. Während der Duft meinen eigenen Gestank überdeckt, Dino sich einen Apfel nimmt und hineinbeißt, hole ich zwei Gläser heraus, fülle sie mit stillem Wasser und stelle beide zwischen ihn und mich auf die Küchentheke. »Wir müssen reden, Lucifer«, verkündet er mit halb vollem Mund.

»Aber nicht über mein Mädchen.« Ich drehe mich zum Kaffee und stelle beide Tassen neben die Gläser. »Trinken wir einen *caffè*.« Wir bleiben an der Theke stehen, ohne uns an den Tisch zu setzen, und er greift mit der anderen Hand zunächst nach dem Glas Wasser.

»Ich habe Informationen.«

»Über Happy?« Er schüttelt den Kopf. »Über ihre Narbe?« Er legt den Apfel ab und zieht aus der Hosentasche einen Zettel hervor, um ihn mir zu reichen. Als ich ihn nehme, kotze ich fast, weil er warm ist. Ich sehe darüber hinweg und öffne das zerknickte, gefaltete Papier. Zum Vorschein kommt das Foto von Happys Unterarm. Mit einem Stift ist er die Linien nachgefahren. Stellenweise zumindest.

»Ich konnte es nicht genau erkennen. Man müsste es nachfühlen. Also darüber streichen und gleichzeitig die fehlenden Teile einzeichnen. Aber trotzdem kommt es mir bekannt vor.« Ich nicke, weil es mir genauso ergeht, und die schwarzen Linien sind nicht weiter hilfreich. »Ich weiß nicht, woher. Aber ich bin mir sicher, es schon einmal gesehen zu haben.« Ohne etwas zu erwidern, falte ich das Papier und gebe es ihm zurück.

»Ich habe noch andere Informationen. Ich konnte sie nicht ganz durchsehen, weil ich auf der Suche nach Williams war.« Er hebt sein schwarzes Shirt am Rücken hoch und zieht gleich mehrere halb eingerollte Akten hervor. Ich lege mir Zeigefinger und Daumen an die Nasenwurzel und kann kaum glauben, wie abgefuckt er sein kann. Sie fallen geräuschvoll auf den schwarzen Marmor der Theke und ich schaue auf.

»Ich fasse die jetzt nicht an. Die sind von deinem Arsch sicher kochend heiß.«

»Ich trage keine Handtasche mit mir mit, Boss!«, betont er Letzteres und ich hebe eine Braue. Er breitet die Papierakten vor mir aus und ich winke ab.

»Bring sie in die Bibliothek, ich sehe mir das gleich an.«

»Es ist wichtig, Lucifer.« Ich nicke und trinke zunächst etwas vom Wasser, um meine Zunge zu spülen, damit ich das volle Aroma genießen kann, als ich anschließend den Espresso trinke.

»Wann hast du das zusammengestellt? Gestern Abend waren wir bei Cyrus, ihr habt mich nach Hause gebracht und eingesperrt. Ihr seid Happy gefolgt und bis gerade warst du auf der Suche nach Williams. Wann hast du die Zeit dafür gefunden?«

»Ich habe ein paar Anrufe getätigt und sie zwischenzeitlich abgeholt.« So ein Arschloch, aber zuverlässig ist er. Und er beißt sich verdammt schnell an etwas fest. Was ihn zu einem geschätzten Mitarbeiter macht.

Ich leere die Tasse und verlasse die Küche. Mit großen Schritten eile ich durchs Haus, die Treppe hinauf, durch den Flur direkt zu meinem Schlafzimmer. Ihr Duft ist wie ein unsichtbarer Wegweiser. Er liegt schwer in den Fluren. Aber er bedeutet mir, dass ich sie nicht vorfinde.

Ich atme tief durch, als ich im Schlafzimmer stehe und ihren betörenden, scheiß abartigen Duft einatme und er sich in mir warm ausbreitet wie tödliches Gift. Ohne mich umzuschauen, schreite ich direkt ins Bad. Auf den ersten Blick erkenne ich, dass sie wirklich nicht da ist, und ich bezweifele, dass sie so dumm ist, mir zu dem Dolch im Rücken noch etwas zu klauen. Ich reiße mir die Kleidung vom Körper und stopfe sie in die vorbereitete Tüte. Entweder war das Maria oder Fabio. Aber keinem der beiden würde ich diese nach Kloake stinkende Kleidung überreichen. Sie landen direkt im Müll. Ich steige unter die Dusche und schrubbe mir den Gestank gleich mehrfach von der Haut.

FÜNFUNDZWANZIG

Luciano

Dino steht an der Wand gleich neben der Tür, als würde sie wie ein Blitz mitten aus dem Schlaf aufspringen und durch die Tür verschwinden. Fabio sitzt im Sessel rechts neben mir, hat seinen Hut ins Gesicht gezogen und döst vor sich hin. Und ich sitze in dem einzigen anderen Sessel, mit den Unterarmen auf die Oberschenkel gelehnt und beobachte Happys sanften Schlaf. Stunden sind bereits vergangen und noch immer liegt sie mit geschlossenen Augen auf dem Sofa der Bibliothek und schläft. Ihr gleichmäßiger, flacher Atem lässt sie tot erscheinen. Aber die Feuchtigkeitsentwicklung am Leder des Sofas rund um ihre Lippen bestätigen, dass sie noch lebt.

Sie gleicht einem überzuckerten Engel und sorgt dafür,

dass die Maske neben mir im Sessel liegt und ich sie nicht mit dem größten Schrecken an Ketten hängend wecke. Sie beeinflusst mich schon wieder. Und ich kann es nicht abschalten.

Abwechselnd schaue ich zwischen der schlafenden Happy und den ausgebreitet Papieren auf dem Tisch hin und her. Bislang hat lediglich Dino erste Anstalten gemacht, mich zu nötigen, sie in die Hand zu nehmen. Ich lasse mir auch hiermit Zeit. Ich bin mir nicht sicher, ob ich wissen will, was darin steht. Schließlich ist sie ein Genie.

Die Neugier gegenüber dem Zuckerengel auf meinem Sofa überwiegt jedoch.

Also nehme ich die erste Akte und schlage sie auf. Es ist eine Polizeiakte. Und ein Kerl ist auf dem Bild zu sehen, den ich nicht kenne.

»Wer ist das?«, frage ich und schaue hoch zu Dino.

Er kommt um das Sofa herum, greift nach der letzten Akte.

»Du wolltest, dass ich alles über Happys Daddy herausfinde. Ist nicht so leicht ohne einen Namen. Also habe ich mit Hilfe seiner Nummer die Anrufliste beschafft.« Er zieht ein Blatt aus der Akte, hält sie mir hin und ich ziehe mir die Lederhandschuhe enger an die Haut. »Wie du siehst, war der letzte Anruf von Happys Nummer.«

»Kurze Frage«, werfe ich ein. »Woher hast du seine Nummer und Happys Nummer?«

»Dein Handy. Entschuldigung. Du warst high, hast geschlafen und ich dachte, es wäre so am schnellsten.« Seine Entschuldigung ist nicht ernst gemeint. Aber mir ist es gerade auch egal.

»Und mein Pin?«

»Du bist so in dich selbst verliebt, es konnte nur dein Geburtstag sein.« Arschloch! Ich werde den gleich ändern. Sobald ich hier fertig bin. Ich mache eine gelangweilte Handbewegung und er fährt fort: »Aber sein Name, den er bei der Telefongesellschaft hinterlegt hat, ist interessant. Jones Peterson.« Er wartet auf eine Reaktion, die ich ihm nicht bieten kann.

»Keine Ahnung, wer das sein soll.«

»Du warst high.« Er zieht einen Zettel aus der Tasche und als ich den nehme, steht dieser Name darauf und eine Handynummer. »Ich habe es erst nicht miteinander verbunden. Aber der Name ist so einschlagend beschissen, dass er mir sofort bekannt vorkam, und die Telefonnummern stimmen überein.«

»Ich habe keine Ahnung, wo du den Zettel herhast, Dino.«

»Von Cyrus. Peterson ist der Chef von Dale. Zumindest in Sachen Drogen. Cyrus und Peterson haben ein Deal …«

»Ah, ja, stimmt.« Jetzt klingelt es und plötzlich ist Fabio hellwach. »Du willst sagen, Dales Chef ist Jellys Daddy?«

Ja, das will er, weshalb Dino nickt.

»Ergibt auch irgendwie Sinn«, versuche ich das Ganze miteinander zu verbinden. »Wir wissen, dass Dale und Happy sich kennen. Dale hat für Cyrus die pinken Drogen hergestellt und …« Ich stocke, als mir noch mehr klar wird. Ich hebe die Hand, dass sie bloß leise sein sollen. Happy schläft weiterhin seelenruhig auf dem Sofa und in mir pocht die verdammte Wut.

»Die pinke Droge. Die Tatsache, dass Cyrus mit Peterson alias Daddy ausgemacht hat, in meiner Stadt das Zeug zu verticken. Verdammt.« Ich streiche mir übers Gesicht und glaube meinen Gedanken selbst nicht. »Was ist, wenn Dale gar nicht der wahre Drahtzieher ist, sondern Happy? Das Zeug ist pink. Sie ist Chemikerin.«

»Greif doch nicht vorweg, Lucifer«, grätscht Dino zwischen meine Gedankengänge.

»Bleiben wir bei Daddy«, betont er und legt mir die Akte hin. »Der Name ist kein Alias, sondern Identitäts-Diebstahl. Der wahre Jones Peterson mit der Sozialversicherungsnummer, die der liebe Daddy angibt, ist nämlich von einem Mann, der vor fünfzehn Jahren starb.« Was mich nicht weiter interessiert. »Ich habe seine kompletten Telefonnummern geprüft und siehe da, da haben wir die anderen Verbrecher.« Er zeigt auf die anderen Akten. »Du solltest sie lesen, Luciano. Sie wurden alle verhaftet wegen Menschenhandels, Anstiftung zur Prostitution und alle sind auf der Liste.« Der Liste? Ich benötige einen Moment, bis ich begreife, was für eine Liste er meint.

»Sie dürfen sich in mehreren Bundesstaaten keinen Kindern nähern?«, frage ich vorsichtig und Dino nickt.

»Sie wurden wegen Missbrauch von Minderjährigen verurteilt?« Erneut nickt Dino und mir wird schlecht.

»Unser lieber Jones Peterson auch. Bei der Verurteilung war er Anfang dreißig.«

»Wie alt«, bekomme ich nur heraus und Dino versteht es.

»Sechs.« Ich kotze gleich auf den Tisch. »Die jüngste war sechs.« Heißt, es waren mehrere? »Es wurde in mehreren

Fällen ermittelt, aber er wurde nur in einem Fall verurteilt. Im Übrigen wird er von einigen Bundesbehörden gesucht und ursprünglich heißt er Stuart Brown.« Woher kommt Happy? Was weiß ich eigentlich über sie?

»Sie nennt ihn Daddy, Dino.« Mir wird schlecht. Richtig schlecht. Mein Blick fällt auf mein Mädchen, die tatsächlich das Stockholmsyndrom hat und es nicht bemerkt. Das bestätigt meine Annahme. Er hat sie missbraucht und trotzdem ist er ihr Held.

»Das war nicht alles. Jetzt zu deiner Theorie, die ich auch vermute. Dale ist vor Jelly weggelaufen. Er hat kurz mit ihr gesprochen und ist aufgebracht weggerannt. Sie hat auch komisch auf die Begegnung reagiert.«

»Weil er Cyrus entkommen ist«, mischt sich jetzt Fabio ein. »Er vertickt ihr die Drogen, die sie dann in der Bar verkauft.« Dino schüttelt den Kopf. »Die Süßigkeiten sind nicht das Pulver. Und sie steht auf Pink und ich bezweifle, dass dieser Williams es tut.« Er zieht eine andere Akte heraus, öffnet sie und hält sie mir hin.

»Hatte sie nicht Harvard erwähnt? Obwohl sie am Fricklabor in Princeton eingestellt war?«

Ich nicke und nehme die geöffnete Akte von Dale Williams an mich.

»Er ist ein Niemand. Ein Kerl, der in Harvard Chemie studiert hat.« Das ist einige Jahre her, wie alt war Happy da? Ein Kind, das gerade mal in die Middleschool ging. Ich schüttle den Kopf.

»Du glaubst es nicht, aber was ist, wenn sie ein Überflieger ist? So eines von den hochbegabten Kindern, das schon als junges Mädchen in die Uni ging und dort Dale kennenlernte? Sie haben zusammen studiert und sie hat die Drogen hergestellt, die er dann in ihrem Auftrag vertickt, während sie die Fakultät wechselt und an dem Labor nach ihrer Dissertation als Biochemikerin arbeitet, um dann weitere Drogen in Form von Süßigkeiten herzustellen und mit dem erworbenen Geld an einem ganz anderen Ort weit weg von zu Hause eine Bar eröffnet, wo sie still und heimlich neben vielen anderen Waren ihre Droge auf den Markt bringt.«

»Wow«, stoße ich aus. »Das ist weit hergeholt, meinst du nicht?« Ich klappe die Akte zu, werfe sie auf den Tisch und Dino stellt sich mit den Worten: »Denk darüber nach. Es könnte passen.« Wieder an die Wand. Fabio schnaubt auf und lehnt sich wieder im Sessel zurück. »Die einfachste Erklärung ist meist die richtige«, meint Fabio entspannt. »Jelly ist ein naives junges Mädchen, das sich zu all dem Scheiß belabern lässt, sonst wäre sie nicht an Luciano geraten.« Er zieht den Hut wieder ins Gesicht und mein Blick fällt auf Happy. Ist sie ein Überflieger? Harvard, Princeton. Das sind Elite-Unis.

Ohne meine Hilfe wäre Portia niemals dort angenommen worden und selbst ich benötigte dafür Connection. Ich musste einige Strippen ziehen. Und Happy, ein Missbrauchsopfer, schaffte es gleich an beiden? Und das noch vor ihrem zwanzigsten Lebensjahr? Unglaubwürdig. Geradezu unrealistisch.

»Denk nicht drüber nach«, nuschelt Fabio. »Wie viele Opfer kennst du, die es an eine Elite-Uni schaffen?« Meine Gedanken aus seinem Mund.

Es dauert wirklich lange, bis sich die ersten Regungen an ihren geschlossenen Lidern zeigen. Das erste Zucken an ihren Fingerspitzen und ich verachte Fabio, weil er sie von Kopf bis Fuß abgeschossen hat. Es ist bereits mittags und sie rührt sich nur gelegentlich und nicht ausreichend genug.

Es ist fast Nachmittag, als Dino genervt ausatmet, mit dem Hinterkopf gegen die Wand schlägt und sie ihren Arm nach vorne anspannt. Auf dem Sofa streckt sie sich komplett aus, nuschelt unverständlich vor sich hin und öffnet schließlich die Augen. »Guten Morgen, Baby«, raune ich mit unterdrückter Wut.

Sie reißt die Augen auf. Ihr Blick trifft mich und sie springt auf.

»Du hast mich schon wieder betäubt?«, schimpft sie auf und schaut sich in der Bibliothek um. »Kannst du nicht einfach fragen, ob ich mitkomme?« Fabio, richtet sich neben mir auf. Selbst wenn ich sie von der Straße eingesammelt hätte, um sie hierher zu bringen, würde ich sie niemals darum bitten. Sie zieht die Schleife vom Kopf, und durchkämmt mit ihren Fingern das Haar.

»O Mann! Ich fasse es nicht. Du kannst nicht einfach machen, was du willst!« Ich lehne mich zurück, betrachte den kleinen Flummi und warte noch ab, bis sie sich beruhigt hat. Doch ihre Hände im Haar, der Puls an ihrem Hals und dieser verhärtete Gesichtsausdruck lassen nicht nach.

»Ich bin doch keine Puppe, mit der du nach Belieben spielen kannst!« Nicht? Plötzlich erstarrt sie, die Hände sinken an ihre Körperseiten und sie starrt mir mit einem durchsichtigen Blick direkt in die Augen. Dann schaut sie sich um und etwas Merkwürdiges passiert, als sie Fabio und Dino bemerkt. Sie verlagert das Gewicht unruhig von einem zum anderen Bein. Drückt ihre Blase oder ist sie nervös? Ihre Finger verschränken sich in ihrem Kleid und schließlich sieht sie mich wieder an, während sie die Unterlippe zwischen die Zähne nimmt und darauf herumkaut. Sie ist nervös. Und wie aufs Stichwort beginnt sie mit dem Einzigen, das ihr hilft: »Wusstet ihr, dass …«

»Nein!«, unterbreche ich sie direkt lautstark. »Ich will von deinen klugen Weisheiten nichts mehr hören. Ich will wissen, wieso es so schwer war, hierzubleiben und zu gehorchen.« Sie senkt den Blick und bringt mich damit zur Weißglut. »Ich will wissen, in welcher Verbindung du zu Peterson stehst.« Sie hebt den Kopf hoch und die Verwunderung ist ihr ins Gesicht geschrieben.

»Ist er dein Stecher, Happy? Oder dein Drogenopa?«Sie reißt die Augen weiter auf und eine Röte entwickelt sich über ihr ganzes Gesicht.

»Er ist nicht mein Stecher! Und erst recht nicht mein Drogenopa! Haben sich ein paar Hirnwindungen bei dir verirrt?« Mein Puls rast mit jeder weiteren Sekunde, in der ich mein nerviges, abscheulich süßes Mädchen betrachte. Mein Magen zieht sich zusammen und der Drang, sie zumindest einige Male zu ohrfeigen, verstärkt durch den wunderschönen, hasserfüllten Blick in ihren hellblauen Augen.

»Andere hübsche Mädchen in deinem Alter haben einen Sugar-Daddy«, meint Fabio. »Aber du hast einen Drogen-Daddy an deiner Seite.« In Zeitlupe beobachte ich an ihr, wie Fabio eine Grenze übertreten hat und ihr die Wut in Sekunden den nötigen Antrieb gibt, um sich uns schreiend durch den Raum, mitzuteilen: »Er ist kein Drogen-Daddy! Ihr seid doch die Mafia, verkauft Drogen, Waffen, Menschen! Ihr seid die Bösen, nicht Mr. Peterson.« Mr. Peterson. Ihre kleine Aufregung reicht nicht, um mich zu beeindrucken, also frage ich geradeheraus: »Woher kennt ihr euch?« Sie schaut mich an, öffnet die Lippen, aber ich kann mir nicht alles verkneifen. »Er könnte dein Vater sein!«

»Mein Vater? *MEIN VATER*?«, schreit sie. »Du Luciano könntest auch mein Vater sein.« Kurz rechne ich nach und verdammt, sie hat recht. »Du hast schon früh die Mädels gefickt.« Lacht Fabio auf. »Wer weiß, vielleicht läuft irgendwo ein Mini-Luciano herum, der älter ist als Happy.« Arschloch!

»Ja, Happy«, gestehe ich nur das zu. »Aber dann, könnte dein Drogen-Daddy genauso gut dein Opa sein.«

»Er ist nicht mein Drogen-Daddy!«, schimpft sie weiter. Über ihr schwebt die Klinge der Guillotine und es juckt sie nicht. »Woher kennst du ihn? Hat er dich gekauft und somit gerettet?«

»Nein! Er war mein Lehrer! Er hat das in mir gesehen, was alle übersehen haben, oder wofür sich keiner interessiert hat.« Ihren scharfen Verstand, an dem sie sich gerade geschnitten hat. Sie hat es nur noch nicht bemerkt. Ich beuge mich vor, nehme seine Akte und blättere darin um. Seine wahre Identität darf sich Kindern nicht nähern. Aber Jones Peterson war Lehrer an einer Highschool. Ich schaue auf zu Dino und er nickt mir zu, um mir meine tiefsten, abartigsten Gedanken zu bestätigen. Wie krank muss ein Mann sein?

»Du hast ihn also in der Highschool kennengelernt.« Ich schlage die Akte zu, werfe sie auf den Tisch und schaue zu ihr hoch. Doch ihr Blick gefriert mir die Glieder.

»Du hast ihn also in der Highschool kennengelernt«, wiederholte ich Wort für Wort betonend. »Sei verdammt noch mal ehrlich! Wenn du mich jetzt anlügst, reiße ich dir die Zunge heraus.« Sie senkt den Blick und bleibt schweigend angespannt stehen. Ich schaue zu Fabio und selbst er erkennt, dass wir der Wahrheit auf der Spur sind, die wir alle nicht hören wollen.

Ich gebe ihr Zeit, obwohl die Ungeduld sich virusartig in mir ausbreitet und die Aggression an meinen Eingeweiden nagt

Dann, kaum hörbar, so leise, dass ich zunächst glaubte, es wäre nur ein Windzug, flüstert sie: »Nein, habe ich nicht.«

»Was hast du nicht?«

Mit geschlossenen Augen reckt sie das Kinn, öffnet langsam die Lider und sieht mich kalt an. »Ich habe Mr. Peterson vor der Highschool kennengelernt.«

»Wie?«, knurre ich. »Wo? Und wie alt warst du?« Ich will die Antwort nicht, es aber gleichzeitig wissen. Ein dunkler Schatten legt sich auf ihr Gesicht und ich ahne, was kommen wird. Sie spannt sich an und verzerrt ihre Gesichtszüge.

»Dich geht mein Leben nichts an! Was willst du von mir? Was willst du von Mr. Peterson?« Weiß sie nicht, wer er ist, oder hat sie Angst, es zu verraten.

»Warum bin ich überhaupt hier?«

»Weil du eine Drogendealerin bist!«

»Das bin ich nicht. Du gehörst der Mafia an!«

»Du verkaufst Drogen in deiner Scheißzuckerbar!«

»Das sind keine Drogen! Das sind Süßigkeiten! Wie sehen denn deine Geschäfte aus? Verkaufst du etwa kein Kokain auf den Straßen von New Orleans? Verkaufst du nicht Kinder an Perverse? Schlachtest du nicht Männer ab, als wären sie nur totes Fleisch? Tötest du nicht …«

»Es geht nicht um mich! Meine Geschäfte stehen hier nicht zur Debatte!«

»Du hast doch nur Angst, dass keiner mehr deine Drogen kaufen möchte, weil sie mit meinen Süßigkeiten nicht ihr Leben verlieren, nicht daran kaputtgehen und glücklich sein können. Du fürchtest dich davor, deine Macht zu verlieren. Nur deswegen bin ich hier!«, keift sie weiterhin inmitten von drei schwer bewaffneten Männern, die ihr auch ohne Waffen weitaus überlegen sind. Es gibt für sie keinen Ausweg. Kein Zurück.

Wir - ich allein entscheide über ihr Leben.

Davon will sie jedoch nichts wissen.

»Mr. Peterson stört dich nur, weil du eifersüchtig bist. Weil du mich ganz offensichtlich für dich haben willst. Und du es nicht erträgst, deine Macht über mich zu verlieren!« Sie schreit wilde Vokale aus der Kehle und zerrt sich am Haar.

»Setz dich hin und beantworte unsere Fragen!«

»Sonst was? Hältst du mir eine Pistole an den Kopf und zwingst mich dazu?« Sie ist unwiderstehlich provokant. »Scheiße, Baby, ich brauche keine verdammte Knarre, um dich zu etwas zu zwingen!« Ich schnaube auf und schüttle den Kopf. »Selbst, wenn ich dich töten möchte, würde ich keine verdammte Kugel verschwenden und dir einfach den Hals mit meinen Händen umdrehen. Also setz dich verdammt noch mal auf deinen geilen Arsch, bevor ich da meinen Schwanz reinstecke!«

Sie reißt die Augen auf, aber plumpst umgehend mit dem Hintern aufs Sofa.

»Luciano!«, schimpft Fabio auf. »Bitte, Jelly. Bleib einfach sitzen. Er wird es tun.« Ja und er vergisst, dass mein harter Schwanz Grund genug ist, sie in den Arsch zu ficken! Ob sie sitzt oder nicht. Sie verschränkt so nervig süß die Arme vor der Brust und wirkt wie ein schmollendes kleines Kind, das Hausarrest zur Strafe bekommt. Ich vergesse immer, wie jung sie ist. Sie ist Anfang zwanzig, hat ihr eigenes Geschäft und doch ist sie in vielen Hinsichten unerfahren, naiv und unschuldig. Was sie mich zu schnell vergessen lässt.

»Du bist nur eifersüchtig! Du flippst aus, weil ich bei ihm war und …« Sie stockt und merkt nicht, dass sie gerade damit weiter meine Wut füttert. Es kostet mich Kraft, jetzt nicht aufzuspringen und ihr die Luft abzudrücken.

»Sprich nur!«, knurre ich zwischen zusammengepressten Zähnen. Doch sie schüttelt hastig den Kopf.

»Was? Wolltest du sagen, dass du mit ihm gefickt hast?«

Sie verstummt. Ihr Blick senkt sich. Bis sie sich wieder im Griff hat und aufschaut. Ihr Blick möchte mich vielleicht lynchen, aber dafür bin ich selbst viel zu wütend.

»Komm, Happy, sag es!«, komme ich ihr zuvor. »Sag,

dass du deinen Drogen-Daddy gefickt hast, obwohl du vorher mich wolltest!«

»Das ist es ja!«, schreit sie schrill. »Ich wollte dich!« Als wäre das der Grund. Sie ist nicht zu ihm gelaufen, weil sie geil war und ich sie nicht rangelassen habe. »Du hast die Türen geöffnet!«, keift sie nun zusammenhangslos.

Was denn für Türen?

Ich habe Marcel den Auftrag gegeben, sie nicht rauszulassen, und sie ist abgehauen! Dieses übernatürliche Glitzerwesen mit dem Hang zu Drogen, die wie Süßigkeiten aussehen, hat meinen besten Wachmann überlistet. Sie springt auf und beugt sich zu mir über den Tisch.

»Du hast mich dazu gebracht, dich zu wollen, und hast damit die Büchse der Pandora geöffnet!« Mein Blick schwenkt automatisch zu Fabio. Ich bin wütend, abgefuckt und in Mordslaune. Aber hat sie soeben das gesagt, was ich denke?

»Hat sie gerade ihre Pussy mit der Büchse von Pandora verglichen?«, frage ich meinen Bruder, der mich ebenso verwirrt ansieht und loslacht.

»O Mann! Ahhh!«, kreischt sie, zerrt sich erneut an den Haaren und holt sich meine Aufmerksamkeit. »Du hast sie geöffnet und mir all die Laster, Qualen und Übel auf mich abgeladen, ohne jegliche Hoffnung!« Sie schreit wieder einzelne Buchstaben und ich glaube, zu wissen, was sie meint. »Du fickst mit dem Drogenopa, weil dir mein Schwanz fehlt?«

»Du bist an allem schuld!« Sie räumt mit ihrem Arm den Tisch vor uns leer, tritt unter die Platte und er kippt vor meinen Füßen um. »Du hast mich dazu gebracht,

Sex zu haben! Und es auch zu wollen!« Ich habe nicht ihre Pussy geöffnet. Doch das auch. Aber ich verstehe es allmählich, ich habe vor allem ihr Herz aufgeschlossen. Voller Wut läuft sie rot an. Sie greift zu einer Lampe auf dem Tisch neben dem Sofa, holt aus. Und sie bleibt in der Luft hängen, als Dino die Tischlampe ergreift. Das hält sie jedoch nicht auf. Schreiend stampft sie los, wirbelt herum und reißt die Bücher aus dem Regal.

Ihr gesamter Eifer, den sie sonst in ihren übertriebenen Enthusiasmus kanalisiert, verwandelt sich nun in aggressive, gewalttätige Wut. Wie viel Kraft in diesem kleinen Flummi steckt, beweist sie mir erneut, als sie einen schweren Marmortisch vor dem Regal umwirft. Mein Respekt vor dem pinken Energiebündel wächst und bringt mein Herz in einem neuen Rhythmus zum Schlagen. Da ich weiß, wo ich nun bei ihr stehe, werde ich ihr das niemals sagen oder zeigen. Stattdessen springe ich auf, bin mit einem Schritt bei ihr und meine Hand schießt vor. Meine Finger umschließen ihren Hals und ich schleudere sie gegen das Bücherregal. Ihre Lippen öffnen sich vor Schreck, gleichzeitig ist dieser wütende Sturm in ihren Augen zu sehen, den ich jeden Tag einfordern würde, wenn sie nur meine wäre. Ist sie aber nicht. Sie hat mit diesem alten Sack gefickt!

Sie befeuchtet ihre Lippen und obwohl sie die fest im Griff, halte, ihr die Luft abdrücke, hebt sie ihr Kinn und streckt sich mir entgegen. Ihre Wut verwandelt sich in eine unerwartete Richtung.

»Bitte«, haucht sie sanft, flehend und bettelnd nach einem Kuss.

»Verdammt, du bist ein emotionales Pulverfass, auf dem ich sitze!«

»Du bist schuld. Wenn du mir so nah kommst, dann werde ich wütend und wenn ich wütend werde, flippst du aus und wenn du ausflippst, macht mich das an!« Verdammt. Ich werde mich in ihr verlieren. »Ich will das nicht, aber du tust das mit mir. Kein anderer!« Sie wird mein Untergang sein. »Also küss mich endlich!«

»O nein, Happy«, knurre ich ihr mitten ins Gesicht. Und mache ihr ein für alle Mal klar: »Ich werde dich nicht küssen, als würdest du mir etwas bedeuten.« Ich presse meine Lippen auf ihre, beiße ihr fest in die Unterlippe, sodass sie kurz aufquietscht und ich mich sogleich wieder zurückziehe .

»Ich werde keine Rücksicht auf dich nehmen, als würden deine Gefühle mich interessieren.« Und drücke die Finger fester zusammen, um ihr jegliche Luft zu nehmen. »Und falls ich dich jemals wieder ficke, dann so, wie ich es will, weil du für mich nichts Besonderes bist!« Ich lasse abrupt von ihr ab, zerre sie am Arm von der Wand und schubse sie aufs Sofa. »Du bist eine Tussi wie jede andere auch. Das hast du mir bewiesen. Also bleib sitzen und halt deine Klappe!«

Sie und ihr ganzes Verhalten machen mich fertig. In ihr steckt diese böse Seite, die ich am liebsten für mich selbst einfordern möchte. Ich lasse mich ihr gegenüber zurück in den Sessel fallen und mein Herz pocht wild nach ihr.

Ihr ganzer Leib bebt und sie lässt den Kopf in die Hände fallen. Sie verweigert sich, sich mir gegenüber zu öffnen, die Wahrheit auszusprechen, die wir nun alle erahnen. Ich schaue von ihr hoch zu Dino. Unsere Blicke treffen sich und mit einem einzelnen knappen Nicken weiß er, was er zu tun hat. Er erwidert es mit derselben Gestik und geht. Und ich hoffe, er wird nicht ohne diesen alten Wichser zurückkommen.

Vor mir erschlafft Happy. Sie weiß nicht, wohin mit diesem Wirbelsturm in sich. Ich könnte ihr helfen, ihr zeigen, wie man all diese brutalen Emotionen bändigt. Aber sie musste ja unbedingt mit ihrem Drogen-Daddy ficken. Langsam schaut sie auf.

»Was willst du wissen?«, fragt sie eher erschöpft, als fehlte ihr die Kraft, weiterhin ihren Peiniger zu verteidigen und mich zu verfluchen. Ich schweige, weil ich gerade alles und nichts erfahren möchte.

»Woher kennst du Dale Williams?«, kommt mir Fabio zuvor und geht eine ganz andere Richtung an.

»Er war mein Kommilitone in Harvard.«

»Seither steht ihr im direkten Kontakt?«

Ihre Stirn legt sich in Falten und sie schüttelt kaum merklich den Kopf. »Ich bin ihm letzte Nacht das erste Mal seit Jahren wieder begegnet. Davor war ich noch an der Harvard und schrieb an meiner Dissertation.« Entweder lügt sie oder wir sind auf der falschen Fährte.

»Du bist Doktor der Naturwissenschaften.« Obwohl ich es lediglich als Feststellung ausspreche, nickt sie. Verdammt. Es ist keine Lüge. Und auch wenn ich nicht daran gezweifelt habe, ist dieses kurze zustimmende Nicken schwer zu verdauen. Fabios Worte bezweifle ich dennoch. Sie ist nicht nur ein fröhliches Mädchen.

»Kennen sich Williams und Peterson durch deine Uni-Zeit?«, bringt Fabio wieder den ursprünglichen Ball ins Rollen. Sie zieht die Augenbrauen zusammen und man sieht ihr an, dass sie geradezu verwirrt ist.

»Sie kennen sich eigentlich gar nicht, Fabio. Dale und Mr. Perterson sind sich nie begegnet.«

Meine Wut verflüchtigt sich wie auch ihre und ich sehe wieder zu Fabio. Er schüttelt ungläubig den Kopf, als würde Happy lügen. Aber ich bin mir sicher, wie ehrlich sie damit ist.

»Wie kommst du darauf, dass sie sich kennen? Oder nein, warte. Woher kennst du Dale Williams? Hast du von ihm gelesen? Fragst du mich deswegen gerade über ihn aus?«

»Gelesen? Was sollen wir über ihn gelesen haben?«, wundere ich mich umso mehr. Oder meint sie die Akten, die im ganzen Raum verteilt sind? Hat sie Blätter mit seinem Namen entdeckt?

Sie schließt die Lider und flüstert: »Er war der einzige Überlebende.«

»Von was?«, werde ich ungewollt lauter. Sie schüttelt kaum merklich den Kopf und meint, nachdem sie die Augen öffnet: »Ein Unfall an der Uni. Es ist lange her.«

Ein Unfall. Okay.

Irgendetwas sagt mir jedoch, dass es alles sein könnte, nur eben kein Unfall. Mein Kiefer spannt sich an. Aber ich will mehr von ihr erfahren, nicht von diesem Idioten.

»Du verkaufst in deiner Bar Drogen.«

»Nein. Es sind Psychedelika.«

»Das sind Drogen.« Dass ausgerechnet ich ihr das sagen muss, wo sie es doch besser weiß. »Du bist Chemikerin, Happy. Du verkaufst Drogen in Form von Süßigkeiten. Menschen sterben! Ist dir das egal?«

»Davon sterben keine Menschen!«, wehrt sie sich energisch.

»Doch, hauptsächlich dann, wenn sie dabei sind, clean zu werden.«

»Nein, sie können niedrig dosiert beim Entzug helfen.«

»Und hoch dosiert führen sie zum Tod?«, stelle ich die Frage, damit sie selbst darauf kommt.

»Nein, selbst dann nicht und bislang habe ich auch keine hoch dosierten Süßigkeiten verkauft. Ich weiß, was ich tue.« Das weiß sie eben nicht. Ich lehne mich zurück in den Sessel. Die Wut ist nicht vollkommen verflogen. Ich hatte schließlich, dank der pinken Dealerin vor mir, den Trip meines Lebens, der alles andere als schön war, während sie sich von diesem Drogenopa durchficken ließ. »Und jetzt?«, will Fabio wissen. »Ich bin müde, sperr sie weg, Dino kann sich später um sie kümmern und Williams bekommen wir auch noch. Dann ist das alles vom Tisch.« Mein Blick fällt auf ihren Unterarm. Das Tattoo mit der darunterliegenden Narbe wird von ihrer Bluse verdeckt.

»Geh schlafen, Fabio.« Er steht auf und verlässt den Raum mit:

»Werde sie los!«. Ich weiß nicht, was ich mit ihr anfangen soll. Sie hat nicht alle meine Fragen beantwortet. Kaum ein Puzzleteil passt zusammen. Trotz der neuen Informationen. Ich will sie bestrafen, sie leiden lassen und gleichzeitig will ich sie einfach nur auf meinen Stoß schieben, ihren

Duft einatmen und den Klang ihres Herzschlages hören. Verdammt, sie verzuckert mich noch vollkommen.

»Was passiert jetzt?«, fragt sie zurückhaltend. Ich könnte sie töten oder ficken. Vielleicht auch beides nacheinander. Und da ich es noch nicht genau weiß, womit ich anfange, schweige ich und blicke sie einfach nur an.

»Was wäre, wenn ich merkwürdige Gefühle für dich habe?«, fragt sie nun sanft und vorsichtig. Und erweckt die brutale Wut mit einem Mal.

»Ich bin mir unsicher, es ist so rein und intensiv. Es ist etwas Neues. Ich glaube, es ist bedingungslose Zuneigung, das Bedürfnis danach, dir nahe zu sein, obwohl es schmerzt und dieses verrückte Kribbeln auf der Haut, wenn du in der Nähe bist. Ich reagiere so unlogisch auf dich. Und es gefällt mir. Ich weiß nicht genau, wie das mit der Liebe funktioniert, aber …« Warum muss sie es jetzt so kompliziert machen? »Nein!«, brülle ich ungehalten, weil sie meine Gefühlswelt komplett lahmlegt. »Das machst du jetzt nicht!«

»Ich weiß nicht, wie sich Liebe anfühlt, Luciano, aber ich …«

»Soll ich dir sagen, wie sich deine Liebe anfühlt, Happy? Du lädst deine verdammte Mädchen-Knarre, hältst sie mir an den Kopf und setzt dich auf meinen Schwanz. Du liebst, indem du mir den Lauf in den Mund schiebst und dein Finger vor Liebe am Abzug zittert, während du mir den Verstand aus dem Kopf fickst, sodass es mir scheißegal ist, jeden Augenblick unter dir – durch dich zu sterben!« Ich möchte sie mit den bloßen Händen erwürgen und ihren letzten Atemzug einatmen, weil mich allein die

Erinnerung daran hart werden lässt. »So liebst du!«, brülle ich weiterhin vorwurfsvoll, obwohl mein Inneres danach lechzt. Denn, wenn es sich so anfühlt, von ihr geliebt zu werden, bin ich geil darauf und werde jeden verdammten Scheißtag dafür sorgen, dass sie niemals damit aufhört. Stattdessen sage ich aus Wut: »Ich scheiß' auf deine Liebe! Und jetzt halt deine Klappe.« Ganz zu schweigen davon, dass sie sofort zu ihrem alten Sack läuft und sich von ihm ficken lässt, wenn es ihr in den Kram passt! Verdammt!

»Ich weiß, du denkst…«

»Halt die Klappe!« Ich springe auf und nehme Abstand zu ihr, bevor ich sie töte.

»… ich hätte mit Mr. Peterson geschlafen und mir ist klar, dass es dich aufregt. Ich wüsste nicht, wie sehr es mich verletzen würde, wenn du einer anderen Frau näherkommst.« Sie hat ja keine Ahnung. »Aber so war es nicht. Er hat mich nur …« Ich bleibe vor dem Chaos am Boden stehen. Kaum eine Armlänge von ihr entfernt. Sie stockt, hält die Antwort zwischen uns im Raum fest. Und allein die Vorstellung, was er mit ihr gemacht hat, fährt mich so schnell wieder hoch, dass ich die Schnabelmaske vom Sessel nehme.

»Sag es!«, befehle ich, ohne sie anzusehen, ziehe den Hut ab, um die Maske aufzuziehen, und als das Leder eng an meiner Haut liegt, setze ich den Hut wieder auf und sehe sie an.

»Er hat mich nur geküsst … dort unten.« Und zeigt auf ihr Pussy. Ich spüre geradezu schmerzhaft, wie die letzte Sicherung aus mir herausknallt.

»Aber ich habe an dich gedacht, Luciano. Ich habe dich in seinem Hotelzimmer gesehen.«

Ich werde sie töten.

SECHSUNDZWANZIG

Happy

Die Schnabelmaske trägt er nicht, um mir Angst zu machen, sondern um mir zu prophezeien, was mich erwartet.

Ich verstehe es. Er grenzt sich selbst von seiner Tat ab. Mit dieser schaurigen Gestalt eines zeitgemäßen Pestdoktors.

Die Fratze des Bösen schaut mir mitten ins Gesicht und ich erkenne nicht einmal seine Augen, um darin die nächste Stunde zu erahnen.

Wo ich dachte, dass sein Blick zu einer unsichtbaren Hand wird, die sich kalt um meine Kehle legt, bin ich mir nun sicher, dass sein Geist gerade aus seiner Haut gesprungen ist, um mir bestialische Schmerzen zu zufügen.

Die Schnabelmaske, die mich starr ansieht, mit dem schief sitzenden Hut und der gewaltigen Anspannung in seinem Körper, lässt mich schrumpfen. Mit jeder vergehenden Sekunde, in der er schweigt, sich keineswegs rührt und sein Atem so flach ist, als wäre er nur eine Mauer, die mich zu zerquetschen droht, sinke ich tiefer in das Sofa.

Währenddessen gleitet sein kalter Geist zu mir. Seine unsichtbare Hand greift mir direkt durch den Brustkorb, zertrennt die Rippen und hält mein Herz fest zwischen den Fingern.

»Wirst du mich jetzt töten?«, hauche ich nahezu tonlos, weil mir die Luft ausgeht. Doch er schweigt, rührt sich nicht und er verwandelt mich zu einer undefinierbaren Masse aus Angst, Schmerz und Sehnsucht.

Dann spreche ich das aus, was mir am meisten Sorgen bereitet: »Wirst du mich verkaufen?« Er neigt den Kopf, schaut auf, über mich hinweg und dreht sich stillschweigend um.

Wenn ich nicht an diesem Sofa kleben würde, könnte ich losrennen und mich in Sicherheit bringen. Falls Dino und Fabio sich nicht mehr in der Nähe aufhalten und sich seine anderen Mitarbeiter nicht um mich scheren. Stattdessen schaue ich ihm dabei zu, wie er über die Unordnung steigt, die ich verursacht habe und am Ende des Raumes am Fenster stehen bleibt. Sich am Fensterbrett abstützend, schaut er hinaus. Oder denkt er nur nach?

»Wirst du es tun, Luciano? Wenn du mich nicht tötest, lieferst du mich dem Sexhandel aus?«

Ich dränge die Tränen zurück, konzentriere mich ganz

auf den Pestdoktor und frage ehrlich: »Ist es das, was du möchtest? Mit mir Geld verdienen?« Wie die vielen vor dir.

Er antwortet nicht und die nächsten Tränen brennen ihren Weg über meine Haut.

»Töte mich.« Er dreht sich um und durch die Maske sieht er mich an. Noch immer ist er angespannt, aber ich muss ihn darum bitten.

»Ich weiß, du bist wütend, enttäuscht und hast nur noch Verachtung übrig, aber bitte, falls du mich nicht gehen lässt, dann schicke mich nicht dorthin. Töte mich, bitte.«

Er neigt wieder den Kopf, als wolle er mir so zeigen, dass er mir zuhört.

»Lass mich gehen, oder töte mich. Aber bitte …« Ein tiefer schmerzerfüllter Schluchzer entgleitet mir und er nähert sich. Über die Papiere hinweg stellt er sich vor mich und ich kann nicht weiter sprechen. Meine Lippen beben und die Angst ist zu groß, das alles erneut zu erleben. Mit dem, was ich jetzt weiß, und mit dem, was ich jetzt fühle, könnte ich das nicht ertragen. Kälte legt sich um mich herum und ich will mich nur noch verstecken.

Ich wünschte, ich könnte mich jetzt unter meinem Bett verstecken.

Ich wünschte, Miss Pinky wäre hier.

Ich wünschte, Daddy würde mich holen kommen.

»Dann töte mich lieber.«

Ich wünschte, ich könnte mir ein Buch nehmen und diese grausame Welt verlassen. Ich schaue mich in dem Raum der vielen Bücher um. Er streckt den Arm nach mir aus und sofort springe ich auf und suche den Abstand zu ihm. Mit dem Rücken presse ich mich an das nächstgelegenen Regal und er schaut mich schief an. Er, der Pestdoktor, der Menschen zerstückelt und in Blut badet. Seine angespannten Muskeln sind durch den Anzug zu sehen.

»Bitte töte mich stattdessen. Oder lass mich gehen.« Selbst als er sich hinsetzt und den Blick von mir abwendet, ist ihm die Anspannung anzumerken.

»Du wirst mich nicht gehen lassen, richtig?«, frage ich und er starrt geradeaus. Seine Hände in Handschuhen faltet er in seinem Schoß und ich bin mir nicht sicher, ob er mich überhaupt noch wahrnimmt.

»Luciano?« Nichts. Ich lehne den Kopf an die Bücher, schließe die Augen. Mit der letzten Kraft, die ich noch aus meinen Reserven schöpfen kann, versuche ich, meinen Puls zu regulieren und mich gedanklich wegzubeamen. Es vergeht eine Zeit und ich weiß nicht, wie lange ich so dastehe und mein Körper schwächer wird.

Ich sehe auf und Luciano hat sich nicht gerührt. Lächelnd vertreibe ich meine Sorgen. Breit grinsend schiebe ich meine Ängste beiseite.

Mit dem Wissen, dass wenn ich nur lange genug meine Mundwinkel oben halte, das schlechte Gefühl sich in Positives verwandelt, warte ich ab, bis die Hormone produziert werden. Während ich stehen bleibe und alles andere weg ignoriere und mir selbst helfe, ohne mich, mit Hilfe von Geleemandeln, in die Zuckerwattewelt zurück zu katapultieren, bewegt sich lediglich Lucianos Oberkörper mit jedem Atemzug unter seiner Maske.

Wie zu Stein geworden bleibt er sitzen und aus dem gezwungenen Lächeln wird ein ehrliches Schmunzeln. Weiterhin beobachte ich Luciano und nähere mich ihm.

Neben ihm lasse ich mich schwungvoll auf das Sofa fallen und er rührt sich noch immer nicht. »Worüber denkst du nach?« Er schweigt. Mutig wage ich einen gefährlichen Tanz mit der beidseitigen Klinge der Axt, die direkt neben mir sitzt, und strecke die Beine auf seinem Schoß aus. Mit den Fingern am Leder seiner Schnabelmaske zwinge ich ihn, mich anzusehen. Falls ich nicht umgehend sterbe, werde ich mit Sicherheit tödlich verletzt. Dennoch riskiere ich es.

»Wägst du ab, mich zu töten oder ob du mich gehen lässt?« Zum ersten Mal seit gefühlten Stunden spüre ich seine Blicke wieder auf mir.

»Ich tendiere dazu, dich auf der Stelle und ohne Umwege mit einem einzelnen Kopfschuss zu töten.« Seine Stimme dröhnt rau über meine Haut. »Aber du weißt mittlerweile, dass ich mir viel Zeit lasse.« Ich sollte mich fürchten, doch die Erinnerung an die Blutlache, die abgetrennten Gliedmaßen und er in mir – immer und immer wieder, so hart und tief, löst das verräterische Zucken zwischen meinen Schenkeln aus.

»Ich wette, allein bei dem Gedanken an das viele Blut und wie ich mich in dir versenke, wirst du feucht.« Die Hitze steigt mir in die Wangen und verbreitet sich auf meinen restlichen Körper. Unfähig darauf etwas zu erwidern, presse ich die Lippen aufeinander.

»Soll ich mich vergewissern, ob es so ist? Sag mir, Happy, ist dein Höschen schon triefend nass? Willst du, dass ich dich berühre?« Mein Mund wird trocken und mein Herz gerät ins Stolpern. Jede Faser meines Körpers schreit: Berühre mich, fass mich an, nimm mich!

»Bettle darum, Happy! Geh auf die Knie und flehe mich an, dich zu berühren! Sonst werde ich etwas ganz anders tun und das wird dir sicher nicht gefallen!«

Mich vor ihm niederknien?

Er beabsichtigt, mich zu erniedrigen, Macht über mich auszuüben. Das werde ich nicht zulassen.

»Und dann?«

»Dann öffnest du meine Hose«, raunt er. Obwohl seine Worte und die sofortigen Bilder vor meinen Augen explodieren, bleibe ich sitzen. Meine Mitte pulsiert und ich spüre, wie meine Nippel sich verhärten.

»Du willst …?« Ich stocke und wage es nicht, es auszusprechen.

»Dass du meinen Schwanz in den Mund nimmst!«, beendet er meinen Satz und meine Wangen glühen vor Scham. »Ich bin seit Stunden hart und verdammt geil auf dich, Happy. Also geh auf die Knie!«

Ich ziehe die Beine zurück und richte mich auf. Durch die Maske spüre ich diesen tiefen, auffordernden Blick auf der Haut. Aber Nein. Ich bin nicht sein Spielzeug und die Gefahr, wieder zurück in die Dunkelheit gerissen zu werden, ist zu groß.

Alles sitzt mir im Nacken: seine Wut, sein Streben nach dem Wissen über Daddy und das, was mich zu dieser Person gemacht hat, die jetzt aufsteht.

Anstatt mich zwischen seine Beine zu knien, bleibe ich auf dem Sofa, knicke die Beine ein und setze mich auf die Waden.

»Happy? Komm hierher.« Doch er bekommt nur mein zauberhaftestes Lächeln.

»Wusstest du …«

»Nein, Happy. Du fängst jetzt nicht an …« Er stockt, als er sieht, wie ich meine Brüste umfange. »Wusstest du …«, beginne ich mit einer Pause und obwohl ich seinen Blick nicht genau sehen kann, weiß ich, dass er auf meine Finger direkt an meiner Brust starrt. »Dass, wenn wir Frauen erregt sind, unsere Brüste schwerer werden. Und die …« Ich mache eine Kunstpause, weil der Scham über mich kommt und streiche stattdessen über meine harten, empfindlichen Knospen. »… werden so hart und empfindlich.« Ich wimmere ungewollt, schließe die Augen und empfange die Hitze, die durch mich strömt. Ich habe mich noch nie so gegenüber einem Mann verhalten und wollte es auch nie. Aber seine spürbaren Blicke und das Brummen tief aus seiner Kehle stacheln mich weiter an, mich selbst zu berühren.

»Erkläre es mir weiter«, fordert er mich belegt auf und ich öffne die Augen.

Mein Blick trifft direkt auf die Maske, und dieser Anblick löst einen heißen Schauer aus, der mich mit einer Begierde überfällt, wie ich es noch nie erlebt habe. Doch habe ich. Als ich ihn mir im Hotelzimmer vorgestellt habe. Mein Atem bricht an der Lust, die mich erfasst, und ohne nachzudenken, stehe ich auf.

Ich stehe auf und stelle mich zwischen seine Beine. Er lässt den Blick nicht von mir, rührt sich nicht und ich beginne mich aus der Kleidung zu schälen. Nackt, nur mit den Overknees-Strümpfen und den Chucks an meinen Füßen stehe ich vor ihm und er macht keine Anstalten, mich zu berühren. Meine Haut sehnt sich nach seiner Aufmerksamkeit, aber er wartet auf meine Zustimmung.

Die bekommt er jedoch nicht. Ich drehe mich um, er raunt dunkel: »Komm hier her.«

»Nein.« Ich weiche den Papieren aus, damit ich nicht darauf trete, steige über den umgekippten Tisch und bleibe vor dem Sessel, in dem er eben noch saß, stehen.

»Nein?«, knurrt er finster, was durch die Maske schier verschluckt wird. Lächelnd drehe ich mich langsam um.

»Öffne deine Hose«, befehle ich ihn. Aber längst nicht so bestimmend und eindringlich, wie er mit mir umspringt.

Er rührt sich nicht und ich glaube, seine wütenden, fast gelb leuchtenden Augen durch die Maske aufblitzen zu sehen. Aber das ist nur Einbildung. Erneut lege ich die Hände an die Brust. Mit dem sicheren Abstand zu ihm gleite ich mit den Fingern über meine Haut.

»Happy, verdammt, komm sofort hierher.«

»Öffne deine Hose.« Wiederhole ich mich und weil er nur erzürnt brummt, füge ich: »Bitte«, hinzu. Es vergeht ein langer lustbelegter Moment, bis er knurrend, mit seinen Handschuhen den Hosenknopf öffnet. Ich gluckse ungewollt, weil ich kaum glauben kann, dass es ihm reicht, wenn ich ihn um etwas bitte. Er hält seine Erektion zwischen dem Leder an seinen Fingern. Ich beiße mir auf die Unterlippe. »Bitte, Luciano. Bereite dir Lust.«

Es vergeht eine ruhige, quälende Minute, in der sein Glied sichtbar in seiner Hand zuckt. In der mein Körper dabei ist, zu verbrennen. Bis er endlich erwidert:

»Nur du bereitest mir Lust, Happy.« Damit bringt

er mich zum Schwitzen, und mein Brustkorb zieht sich zusammen.

»Fass dich weiter an, Happy. Zeig mir, wo du es gerne hast«, fordert er mich bestimmend auf und meine rechte Hand gleitet wie von selbst über den Bauch hinab zwischen meine Schenkel. Und automatisch bewegt sich seine Hand an seiner Erektion. Meine Beine werden weich, sodass ich mich zurück auf den Sessel setze und die Feuchtigkeit ertaste.

Ich wimmere und seine Stimme dröhnt durch die Maske, überwindet finster den Abstand und prallt auffordernd, keinen Widerspruch duldend, gegen meine Haut.

»Öffne deine Beine!« Wie von selbst breite ich sie aus, schwinge sie nacheinander über die Lehne und streichle meine Mitte. Der Schweiß trieft über meine Haut, während sich mir die Hitze im Unterleib sammelt und er über seine ganze Länge reibt. Das Glied eines Mannes hat mich nie erregt. Nein, es war für mich schon immer abstoßend. Aber dieser Blick, sein Anblick, die spürbare Erregung und wie er, mit den schwarzen Lederhandschuhen an seinen Fingern, seine harte große Erektion streichelt, reibt, verbrennt mich von innen auf die schönste Weise, die existiert.

Mein Körper bebt und ich übe mehr Druck auf die sensible Perle aus. Nicht ich treibe mich an. Er treibt mich weiter und weiter an. Ich bäume mich auf, streichle meine Brust und meine Mitte gleichzeitig und stöhne, ohne den Blick von dem Mann mit der Maske zu lassen, der sich ebenfalls berührt. Seine Hände werden schneller und ich passe mich automatisch an.

Alles in mir spannt sich an und ich spalte mich selbst, indem ich einen Finger in meine Feuchtigkeit eintauche. Wimmernd und stöhnend, verliere ich den Halt, obwohl ich sitze. Die Hitze breitet sich bis in die Zehenspitze aus und ich glaube, zu platzen.

»Stopp!«, brüllt er so laut und ich schrecke zusammen. Mit den Fingern an meinem Körper halte ich inne, schaue ihn erschrocken an und er steht auf.

Panik breitet sich aus, als er mit geöffneter Hose mit wenigen Schritten vor mir stehen bleibt.

Er beugt sich runter und ich werde im Sessel kleiner. Ich kneife die Augen zusammen, als seine Hand vorschnellt und öffne sie erst wieder, als ich den Druck neben meinen Kopf an der Sesselrücklehne spüre. Die Maske ist nah vor meinem Gesicht. Gruselig wie erregend.

»Hände weg!«, dröhnt seine Stimme und ich hebe reflexartig die Hände zwischen uns. »Mir ist scheißegal, was du willst!« Ich spüre das Leder an meiner Brust und ich glaube an meinem eigenen angehaltenen Atem zu ersticken. Fest packt er zu und als er meine harte Knospe zwischen seine Finger nimmt, stöhne ich ungewollt aus. »Mir ist scheißegal, ob du ein Problem mit Berührungen hast.« Die Hitze übt einen gewaltigen Druck zwischen meinen Beinen aus.

»Wenn ich dich will -« Seine Finger verschwinden von meiner Brust und doch spüre ich das Leder an meiner Mitte. »- dann nehme ich mir dich!« Er spaltet mich hart und unmittelbar mit einem Finger und ich schreie auf.

Ich schreie vor Lust, schließe die Augen und falle tief zurück in den Sessel.

Er bewegt seinen Finger in mir, übt mit dem Handballen Druck auf meine Perle aus und ich glaube, ich sterbe unter der gewaltigen Hitze der zunehmenden Begierde und diesem unwirklichen Gefühl, wie er mein Inneres reibt.

Er knickt die Finger und berührt einen Punkt, der den Druck, die Hitze und die Lust so intensiv verstärkt, dass ich die Augen aufreiße. Vor mir direkt die Maske, seine Finger in mir und ich bekomme keine Luft mehr.

Er reibt diesen Punkt und mein ganzer Körper erreicht einen hitzigen Druck. Ich kralle mich an sein Jackett, kriege nicht einen Ton heraus und kann mich vor Anspannung nicht bewegen. Der Druck nimmt zu, dehnt mich im ganzen Leib und das Brennen verstärkt sich, giert nach mehr.

»Ich … Ich …« Meine Stimme bebt, ich bekomme keinen Ton heraus und Tränen vor Lust lösen sich.

»Lass los, Happy« raunt er, verstehe einfach nicht, was er meint. »Lass dich fallen.«

Mein Körper spannt sich an, und ich glaube, an seiner Hand zu zerschellen.

Da reißt er die Hand von mir mit einer Wucht, die mich Tränen kostet.

Ich atme und er packt mich. Nackt wirft er mich über seine Schulter und ich schreie auf.

Die Hitze pulsiert in meiner Mitte und seine Schulter drückt mir schmerzhaft in den Bauch, aber er trägt mich durch den Raum.

»Lass mich runter!«, schreie ich mit einer Stimme, die ich selbst nicht wiedererkenne. Mit der einen Hand stütze ich mich ab, um den Druck durch seine Schulter zu entlasten, und mit der anderen schlage ich auf seinen Rücken.

Ich zapple bei jedem seiner Schritte, trete mit den Füßen, aber er hält meine Beine fest an seiner Brust.

»Luciano, lass mich runter!« Ich kriege keine Luft. Der Schweiß tropft mir von der Stirn und er trägt mich aus dem Raum. Während ich nackt und vollkommen erregt bin!

»Bitte! Lass mich runter!« Diesmal schweigt er und sieht über meine Bitte hinweg. Er trägt mich über den Flur und ich zapple weiter.

»Fahr zu ihrer Wohnung und besorge Kleidung für Happy.« Ich erstarre, als ich Dino auch noch höre: »Okay. Da ist …«

»Und beeil dich«, unterbricht Luciano seinen Mitarbeiter und ich lege beide Hände vors Gesicht. Die Hitze glüht über meinen gesamten Körper und ich könnte heulen. Mich nackt zu sehen, ist schrecklich. Aber so? Erregt? Auf Lucianos Schulter?

»Da ist noch ihre Akte!« Ihre? Reden sie über mich? Ich bin doch hier.

»Von Happy?«

»Ja.« O Mist. Sie haben eine Akte über mich angelegt? Was steht darin? Die Fragen häufen sich, schlagen wild durch meinen Verstand und ich bekomme nichts mehr von dem mit, was um mich herum passiert. Was würde Luciano erfahren, wenn er diese liest? Was weiß Dino über mich? Was haben sie herausgefunden und wieso? Und vor allem, wie haben sie das angestellt?

Daddy hat mir versprochen, dass nie einer etwas herausfindet. Harvard wäre mein Neuanfang. Nachdem das scheiterte, wurde es Princeton. Ist New Orleans ein ebenso schlechter Neuanfang?

Das hier und auch Daddy waren nie Zufälle. Ein Zufall ist Schicksal. Zwei ein Hinweis.

Aber mehrere sind Beweise.

Und das hat auch nichts mehr mit Daddy zu tun. Egal, wohin ich gehe, ich nehme meine Probleme mit. Er hat recht. Ich muss mit ihm gehen.

Nur Daddy kann mir einen richtigen Neuanfang ermöglichen. Vielleicht brauche ich dann auch keine Süßigkeiten mehr. Bei ihm wären meine Happys sicher überflüssig.

Ich werde aus dem Schwall meiner Gedanken geworfen, als ich auf dem weichen Untergrund lande. Erschrocken richte ich mich auf den Unterarmen auf und schaue mich um. Obwohl der Druck an meinem Bauch durch Lucianos Schulter schmerzhaft war, habe ich nicht mitbekommen, dass er mich in sein Schlafzimmer gebracht hat. So fest war ich in Gedanken. Neben dem Bett schaut er auf mich hinab. Noch immer gruselt mich seine Maske und gleichzeitig fasziniert sie mich. Ruhig bleibe ich in seinem Bett liegen und folge seiner behandschuhten Hand, als er sie zum Kopfende ausstreckt.

»Das wird jetzt anders laufen«, meint er, während er die Manschetten vom Holzgitter löst, und ich schlucke trocken. »Hebe deinen Arm.«

»Nein!«, reagiere ich sofort und die Panik steigt in mir auf. Sofort setze ich mich auf. Doch Luciano packt meinen Arm. Schmerzhaft fest schließen sich seine Finger um meinen Arm und zerren ihn hoch.

»Lass mich los!«, schimpfe ich und wehre ich mich auch körperlich mit der anderen Hand. Ehe ich aufgestanden bin, liegt das Leder an meinem Handgelenk.

»Los! Der andere Arm«, befiehlt er, aber so kraftvoll ich an der Manschette ziehe, er lässt nicht los. Ich springe vom Bett herunter und sogleich werde ich nach vorne gezogen. Mit einer unerwarteten Wucht pralle ich gegen seine harte Brust und er schubst mich zurück aufs Bett. Ich bin bereit, zu kämpfen.

Er jedoch auch. Kaum richte ich mich auf, setzt er sich mit dem Zug an dem Handgelenk auf meine Brust und pinnt mich an die Matratze.

»Geh runter! Lass mich los!«, röchele ich mehr, als zu brüllen. Ich bekomme kaum Luft, strampele mit den Beinen und als sei ich nur eine Puppe, fesselt er mich ans Kopfende. Ich zerre an der kleinen Kette, die die Manschetten miteinander verbindet, aber er hat sie durchs Gitter gezogen und ich bin fixiert.

Er steigt von mir herunter und nimmt sofort Abstand. Und ich kämpfe weiter, obwohl mir klar ist, wie erfolglos es ist. Die Kette ist robust und das Holz massiv. Ich bin verloren.

Es dauert, aber allmählich lassen meine Kraft und Motivation nach. Tränen rollen mir über die Wangen und ungewollt schluchze ich auf. Es ist ausweglos. Um mich herum wird alles grau.

Nur er nicht.

SIEBENUNDZWANZIG

Happy

Die Anspannung in meinen Armen lässt nicht nach, als ich mich beruhige und zu ihm schaue. Er steht da, ganz in Schwarz am anderen Ende des Raumes. Er war immer schwarz. Seine Dunkelheit zieht jeden in einen Sog, von dem man verschlungen wird. Ich erkannte es bei unserem ersten Aufeinandertreffen, als er mir mit seinem Motorrad folgte und auch als er mich bei der Grusel-Tour begleitete. Ich spürte diese Finsternis bei jedem einzelnen Mal, wenn er in meiner Nähe war. Aber er ergraute nicht. Er war immer der schwarz gekleidete Mann, der mich mit seinen Blicken durchbohrte und in meine Seele schauen wollte. So wie jetzt.

Schweigend steht er entspannt an die Kommode gelehnt

und fixiert mich zusätzlich mit seinem Blick. Ich erwidere diesen. Ohne Kampf. Das hier ist kein Blickduell, sondern nur zwei Menschen, die sich nichts mehr zu sagen haben.

Mein Puls verlangsamt sich, meine Tränen trocknen und das Beben meiner Unterlippe lässt ebenfalls nach. Ich atme tief durch und entspanne, obwohl der leichte Zug an meinen Handgelenken, der bis in meine Schultern schmerzt, nicht nachlässt.

Doch die Stille zwischen uns ist schwer und unerträglich. Weshalb ich sie breche:

»Diesmal kein Stimmverzerrer?«

Er reagiert nicht. »Falls du gedacht hast, es würde mich ängstigen, lagst du falsch.«

Er sieht mich weiterhin an. Ich kann es nicht genau sehen, weil die Maske seine Augen verdeckt. Aber ich spüre den heißen, eindringlichen Blick auf meiner Haut. Es ist merkwürdig und unlogisch, aber es fühlt sich an wie eine unsichtbare Hand, die mich berührt.

»Außersinnliche Wahrnehmung«, werfe ich in den Raum und noch immer bleibt er stur schweigend stehen.

»Weißt du, ich kann deine Blicke spüren. Ich fühle sie auf meiner Haut, auch wenn ich dich nicht direkt ansehe, wie jetzt. Wie zum Beispiel im Jelly's oder als ich mit …« Ich stocke, atme tief durch, als mich die Erinnerung mich packt. »Als ich aus deinem Haus gelaufen und gemeinsam mit Mr. Peterson gegangen bin. Ich habe deinen Blick im Rücken gespürt, obwohl ich dich nicht gesehen habe. Kennst du das, wenn du durch die Straßen gehst, und das Gefühl hast beobachtet zu werden?« Ich warte eine Antwort ab. Als er weiterhin nicht reagiert, fahre ich fort: »Dann drehst du dich um und siehe da. Da hat dich auch jemand beobachtet. Komisch, oder? Du hast es gespürt. Eigentlich nicht. Es gab viele Experimente über die außersinnliche Wahrnehmung. Das ist der Reiz, auf den wir reagieren, was sich außerhalb unseres Blickfeldes befindet. Oder auch außersinnliche Blickwahrnehmung genannt. Es wird sehr stark kontrovers diskutiert, ob das überhaupt möglich ist. Denn wir erkennen Muster, nehmen unterbewusst etwas wahr und unter anderem reagiert unser Körper darauf. Der Mensch, der dich beobachtet, war die ganze Zeit da. Unsere Sinne beschränken sich nicht allein aufs Sehen. Wir fühlen, hören, riechen und schmecken sogar unsere Umgebung. Unser Gehirn verarbeitet diese Informationen mal bewusst und öfter unterbewusst und es bildet ständig Muster dazu. Wir können gar nicht anders.« Ich bin mir nicht sicher, ob er mir überhaupt zuhört, und dennoch kann ich nicht schweigen. »Das erklärt jedoch nicht, warum ich deine Blicke spüre, wenn ich dich direkt ansehe, richtig? So wie jetzt. Denn trotz deiner Maske weiß ich, dass du mich ansiehst. Ich spüre das.«

Noch immer keinerlei Reaktion.

»Wusstest du, dass …«

»Hör auf damit!«

Ich stocke. Doch weiter sagt er nichts. Abwartend, ob noch eine Reaktion von ihm die aufkommende Stille bricht, entscheide ich mich schließlich dazu, anders anzusetzen. So, dass es ihn mehr interessiert, was ich zu sagen habe.

»Ich wusste, dass du es warst, als du mich auf dem Motorrad beobachtet hast. Und ich wusste auch, dass du dich hinter dieser Maske versteckst, obwohl du mit dieser elektronischen Stimme gesprochen hast. Ich habe mich gefragt, was du versteckst. Ich weiß es jetzt, Luciano. Trotz deiner Finsternis, die du jedem zeigst, ist da noch etwas viel Düstereres, das du hinter der Maske und der verzerrten Stimme versteckst. Deswegen habe ich keine Angst vor dir. Ich würde mich wahrscheinlich mehr fürchten, wenn du deine Stimme verstecken würdest.‹ Wobei ich mir nicht ganz sicher bin, ob ich da richtig liege. Ich schätze Menschen generell schlecht ein. Aber dieses Bild ergibt für mich Sinn. Es ist logisch. Er möchte bestimmt gar nicht so ein böser Mensch sein. So wie ich es nicht sein will. Denn so grausam er auch ist, zeigt er viel Respekt vor meinen Grenzen. Unweigerlich erinnert die unbequeme Haltung mich daran, dass ich falschliegen könnte.

Er ändert seine Position nicht. Er sieht mich einfach nur an. Doch dann bricht er das anstrengende Schweigen:

»Der Stimmverzerrer ist aus, damit du den Ernst deiner Lage in meiner Stimme hören kannst.«

Ich habe weit danebengelegen und trotzdem fürchte ich mich nicht. Aus einem mir noch nicht erklärlichen Grund fühle ich mich nicht in Gefahr. Im Gegenteil. Trotz der Fesselung ist da eine unverständliche Sicherheit, die mich umgibt. Seine Sicherheit, die mich beschützt.

Und noch etwas anderes mischt sich in dieser Blase, in der er mich festhält.

Zuneigung. Der Wunsch nach seiner Nähe. Verlangen. Wut.

Die ganze Welt betatscht mich.

Mal passiert es flüchtig, mal vollkommen bewusst. Ich hasse es.

Aber die Tatsache, dass er es nicht tut – nie – er sogar stets darauf achtet, Abstand zu halten, und seine einnehmende Gewalt mich mit seiner bloßen Erscheinung in seinen Bann zieht, bringt mich um den Verstand.

Ich spüre ihn, ohne dass er mich anfasst.

Er gleitet über meinen Körper, ohne seine Hände aufzulegen, und er zieht mich in seine Finsternis, ohne dass seine Finger mich ergreifen.

Ihn nicht zu spüren macht mich wahnsinnig!

Denn er soll mich berühren.

Ich sehne mich nach seinen Fingern auf mir, nach seinem Körper an mir und nach ihm in mir.

Ich will, dass er mich mit allem was er hat, mit sich reißt.

Ganz egal, was für ein schlechter Mensch er ist.

Aber er steht am anderen Ende des Raumes. »Ist das deine Folter?«, frage ich. »Du verwehrst mir deine Nähe und gleichzeitig bist du nah genug, damit ich sehe, was ich nicht bekomme?«

Er neigt den Kopf zur Seite. »Menschen sind gestorben«, antwortet er scharf und ich halte die Luft an. »Durch dich sind viele Menschen gestorben.« Hat er die Akte gelesen, die Dino meinte? »Und das nur, weil du deine Drogen in meine Stadt gebracht hast.« Erleichtert atmete ich bei seinen Worten aus. »Nein, Luciano. Davon kann man nicht sterben.«

»Ich war high, Happy!«, brüllt er so laut. Seine gewaltsamen Worte prallen mit einem Faustschlag in mich ein. »Ich habe deine Süßigkeiten gegessen und war so high, dass ich meine Feinde getötet habe, anstatt eine friedliche Lösung zu finden.«

Da fällt es mir wieder ein. Das Tütchen mit meinen Geleemandeln. Er hat sie mir abgenommen. Und er hat sie gegessen? Er? Wo er doch Süßigkeiten verachtet?

»Ich hätte nie gedacht, du würdest sie essen, Luciano. Ich hätte dich dann sonst gewarnt.« Meine Happy-Mischung ist hoch dosiert. Sofort muss ich kichern. Nicht, weil er high war. Nein, das tut mir leid, bei der Dosierung. Mein Kichern wird zu einem ausgewachsenen Lachen, weil er mich Happy nennt, und die Geleemandeln Fröhlichmacher sind und sie deswegen Happys heißen.

»Das ist nicht lustig, Happy. Ich habe ein Blutbad angerichtet.« Da vergeht auch mir das Lachen und mir wird wieder bewusster, wie unterschiedlich die Geleemandeln den Verstand beeinflussen.

»Sie sollen nur glücklich machen, Luciano.«

»Ja, ich war glücklich!«, brüllt er dunkel. »Ich hatte einen verdammten Götterkomplex, der mich mit einem Lachflash fickte!«

Ich beiße mir auf die Unterlippe und seine Wut darüber und die Vorstellung, wie er so ehrlich tief lacht, zieht mir in den Unterleib. »Sieh mich nicht so an!«

»Waren diese Personen deine Feinde, weil sie gute Menschen waren?«

»Nein!«, donnert das einzelne Wort. »Und dennoch waren sie Menschen, Happy!« Und das aus dem Mund eines Mannes, der seine Feinde für gewöhnlich zerstückelt. Sofort schießt mir dieses Bild vor Augen.

»Nein!«, dröhnt es erneut von ihm. »Sieh mich nicht so an. Ich werde dich nicht ficken.« Er kennt mich so gut, dass er vor mir weiß, was mein Körper verlangt?

»Deine Narbe, Happy.« Die positive Stimmung verliert sich umgehend in seinen Worten. »Woher stammt sie?« Ich presse die Lippen aufeinander und suche in meinem Verstand nach der Schublade, in der sich weiteres Wissen befindet, das hier passen könnte.

»Sie stammt nicht aus einer Liebe, richtig? Du hast dich nicht markieren lassen, um deine ewige Liebe zu einem Jungen oder einem Mann zu symbolisieren.« Der Tunnel erscheint genau zwischen uns. Seine Dunkelheit verdeckt das Licht und zerrt mich weiter in die Finsternis.

Ich bin ans Bett gefesselt und werde gegen meinen Willen von hier fortgezogen.

»Wer hat dich gebrandmarkt?« Seine Stimme verliert sich ins grausame Nichts. Ich spüre den Schmerz am Unterarm, wie an jenen Tag, als ich die Marke bekam.

»Happy, was bedeutet es?«

»Du gehörst mir.« Er zieht mich aus dem Raum, den modrigen Flur entlang. Der stechende brennende Schmerz beißt sich meinen Arm hinauf und in mein Herz und zerdrückt es. Ich kann nicht atmen. Kann nicht schreien. Kann mich nicht wehren. Die Tränen laufen mir automatisch in Meeren über die Wangen und ich kann kaum etwas erkennen. »Ich weiß, dass du den Brand verursacht hast. Dein Vater hat mir immer gesagt, dass der Tag kommen wird, an dem du sie allesamt tötest. Du bist zu schlau. Du würdest auch mit Mord davonkommen. Und er hat recht, Prinzessin, oder? Und jetzt gehörst du mir.« Ich stolpere über meine Füße und er hält mich in seinen Klauen gefangen.

Mir hat niemand gesagt, dass ich ins Pflegesystem falle und Raider nie wiedersehe. Keiner sprach mit mir, als man mich in das efeuumrankte Häuschen schob. Ich wusste nicht, was mein Pflegevater vorhatte, als das glühende Eisen sich mir näherte. Und jetzt habe ich keine Ahnung, was passieren wird, wenn seine Schritte stoppen.

Warum passiert das? Ich habe uns doch gerettet. Wieso bin ich wieder an so einem Ort?

Weinend verliere ich die Sicht, mein ganzer Körper juckt vom Ausschlag. Meinen Arm kann ich nicht bewegen und er zittert vor Qualen, die nicht aufhören. Es tut so weh. Wird es noch schlimmer? Plötzlich werde ich in einen Raum geschubst, falle auf die Knie und die Tür schlägt hinter mir zu. Am Boden weine ich und schreie in mich hinein. Ich weiß nicht, wie lange ich hier sitze, wie viel Zeit vergeht, bis die Tränen nachlassen und ich stumm auf die Stelle meines Unterarms schaue. Tonlos öffne ich die Lippen, schreie, ohne einen Laut von mir zu geben, und starre auf das Muster in meinem Fleisch, welches so schmerzhaft brennt, sticht und mir den gesamten Arm abdrückt. Hastig atmend senke ich langsam den Arm und wische mir mit deren Hand die Tränen weg. Dann sehe ich, wo ich mich befinde und traue meinen Augen nicht. Es ist ein Kinderzimmer. Ein wunderschönes gelbes Kinderzimmer, wie ich es nie zuvor gesehen habe. Heller Teppich befindet sich unter meinen nackten Beinen, der so weich ist, dass es sich gut anfühlt. Und nicht so fies kratzt wie das gelbe Prinzessinnenkleid an meiner juckenden Haut. Der Schmerz ist überall noch da und dennoch ist die Überraschung so überwältigend, dass ich aufstehe. Direkt neben mir steht ein Bett. Mit Kissen und Decke und es ist ordentlich hergerichtet. Als hätte nie jemand darauf geschlafen. Bilder hängen an der Wand von gezeichneten Tieren. Sogar ein rosa Schweinchen ist dabei. Miss Pinky. Ich schluchze tief und überblicke das Zimmer.

Ein kleiner Tisch mit zwei Stühlen in meiner Größe, wie für mich gemacht. Überall Kissen. Ein kleines weißes Zelt mit Kissen drumherum und Kommoden. Es ist ein Traum. Ich muss an Mr. Peterson denken. Alles ist so hell und sonnengelb gestrichen. Mr. Peterson liebt Gelb. Es ist seine Lieblingsfarbe. Nur die Möbel sind alle hell, weiß und sauber. Sie glänzen, als wären sie neu. Ich atme tief ein und rieche nicht die modrige Feuchtigkeit. Hier riecht es rein, sauber und nach Holz.

Vorsichtig gleiten meine nackten Füße über den weichen Teppich zu dem Schrank zu meiner anderen Seite. Worauf sich Stofftiere befinden. Über beide Schultern schaue ich mich um. Aber ich bin allein, kein Fenster und die Tür ist geschlossen. Ich streichle über einen Teddybären, der so kuschelig weich ist. Mein Blick fällt zum Tisch, worauf leere weiße Blätter liegen und ein Becher mit vielen Buntstiften. Ich schaue wieder zur Kommode und die Neugier treibt mich an. Was sich wohl darin versteckt? Mit einer Hand öffne ich eine Schublade. Ich schaue hinein und wundere mich. Und freue mich. Darin sind Kostüme. Haarreifen mit verschiedenen Katzenohren, lose bauschige Schwänzchen. Ich entdecke sogar Seile, Handschellen und Polizeimütze, die zum Verkleiden einladen.

Die Mütze ist auf den ersten Blick sehr groß. Aber trotzdem ist dieses Zimmer ein Traum. Leise schließe ich die Schublade. Drehe mich in dem Raum und kann es nicht glauben. Mein Arm pulsiert und ich stehe dennoch in dem schönsten Kinderzimmer, welches ich je gesehen habe. Ist das jetzt mein Zimmer?

War ich eine gute Dame?

Obwohl ich für den Brand verantwortlich bin? Weil Mama und er es nicht rechtzeitig hinausgeschafft haben?

Raider ist nicht mehr bei mir, sieht nicht, was für ein schönes Zimmer ich jetzt habe.

Ich gehe, rutsche langsam, Schritt für Schritt über den Boden zu dem Bett, streiche mit den Fingern über die weiche Decke und mein Herz klopft aufgeregt. Von da aus tapse ich zu dem Tisch, setze mich auf einen der kleinen Holzstühle und es ist nicht zu groß, nicht zu klein. Es ist für mich. Meine Augen füllen sich mit Tränen, aber nicht durch das schmerzende Pulsieren in meinem Arm, das noch immer so schrecklich brennt. Nein. Das Zimmer ist so schön. Mein Zimmer. Ich schaue auf den Arm, wo dieses ringförmige, Sonnen-Muster leuchtet, mit einem A. Ist es eine Sonne? Es würde hier zu dem Zimmer passen.

Mag mein Pflegevater Mr. Miller auch die Farbe Gelb so sehr wie Mr. Peterson?

Ist das überhaupt mein Zimmer?

Hier sind noch andere Kinder. Ich bin nur die Jüngste von acht. Der älteste und einzige Junge, Jack, fährt sogar schon Auto und ist der leibliche Sohn von Mr. Miller. Ich bin erst seit zwei Tagen hier und die letzten Tage verbrachte ich mit den anderen schweigsamen Kindern in einem Zimmer mit vielen Hochbetten. Sie sprechen nicht. Weinen viel und sie machen mir Angst. War ich so brav, dass ich jetzt mein eigenes Zimmer bekomme?

Die Millers sind keine netten Menschen. Mrs. Miller hat mich viel zu fest abgeschrubbt. Und mich mit einem Lumpen abgetrocknet. Dieses Kleid ist rau und kratzig. Ich, die Millers und dieses Kleid passen nicht in dieses Zimmer. Es ist viel zu schön für dieses kalte graue, von Efeu bewachsene Haus, wo das Licht nicht überall funktioniert, und sie nicht auf Toilette gehen, sondern in einen Eimer im Zimmer pinkeln müssen.

Mein Magen wird so kalt. Das Zimmer ist so schön. Viel zu traumhaft.

Die Tür öffnet sich und ich traue mich nicht zu atmen. Nicht Mr. Miller kommt hinein und schließt die Tür hinter sich, sondern ein fremder großer Mann mit grauen Haaren und einem Bart unter der Nase. Er lächelt mir zu, aber dieses Funkeln in seinen Augen. Ich kenne es. Das ist nicht gut. Nein, nein, nein. Das wird schlimm.

»Hallo kleine Prinzessin«, begrüßt er mich und zeigt auf den Tisch. »Möchtest du malen?« Ich antworte ihm nicht. Denn er ist nicht hier, um mit mir gemeinsam zu malen. Mein Blick wendet sich von ihm ab und ich schaue zur Tür. Wird er mich aufhalten? Wird Mr. Millers auf der anderen Seite warten?

»Komm zu mir, Prinzessin.« Starr blicke ich zur Tür, wäge ab, ob ich tatsächlich eine Chance auf Flucht habe oder ob der Versuch mir mehr Schmerzen bringen wird. Wie auf Abruf brennt und pulsiert mein Arm stärker und ich senke den Blick darauf. »Hast du ein Aua?«

Ich bin ein Kind, aber nicht dumm. Warum spricht er so mit mir? Er wird eh etwas tun, was mich verletzt.

»Komm zu mir, Prinzessin.« Ich schlucke schwer und

ignoriere ihn, während mir die Tränen zusätzlich in den Augen brennen.

»O nicht weinen.« Plötzlich steht er vor mir, nimmt meinen unversehrten Arm und zieht mich zum Bett.

Ich will das nicht. Es wird wehtun. Er setzt sich auf die Bettkante und hebt mich auf seinen Schoß. Tränen lösen sich und ich weiß, dass ich das nicht schon wieder aushalten kann. »Nein!«, brülle ich, springe von seinem Schoß und renne los. Doch sogleich habe ich keinen Boden mehr unter den Füßen, werde herumgeschleudert und liege plötzlich auf dem Rücken auf dem Bett und er über mir.

»Nicht so schnell, kleine Prinzessin.«

»Nein!«, schreie ich, schlage mit meinen Armen nach ihm und er fixiert mich mit seinem Gewicht auf der Matratze.

»Bist du jetzt brav, oder muss ich dir auf den Popo hauen?« Er streichelt mir übers Gesicht und sein schwerer Atem bricht auf meiner Haut. Seine Hand gleitet über meine Haut herunter zu meinem Kleid.

»Möchtest du das nicht ausziehen?«

»NEIN!«, schreie ich, so laut ich kann, strample um mich. Doch ich habe nicht eine Chance.

Er nutzt es, wie ich gegen ihn ankämpfe, wirft mich bäuchlings aufs Bett und zerrt mir das Kleid vom Körper.

Ich will das nicht.

Bitte macht doch einer, dass das aufhört.

Seine Hände ertasten meine Haut. Und ich schreie ins Kissen.

Das ist nicht mein Zimmer.

Es ist das Zimmer!

ACHTUNDZWANZIG

Luciano

An die Kommode gelehnt beobachte ich ihren Ausraster. Lange. Es hört gar nicht mehr auf. Erst wurde es ganz still um sie. Kein überflüssiges Wissen teilte sie mit, um von sich abzulenken. Ich fragte sie durchgehend, was dieses Symbol an ihrem Unterarm zu bedeuten hat, und ich konnte ihr dabei zuschauen, wie sie mich verlässt. Gefesselt ans Bett, verließ sie trotzdem den Raum. Und jetzt strampelt sie, wehrt sich gegen unsichtbare Wesen um ihr Leben und ist nicht mehr ansprechbar. Ich bleibe auf Abstand und beobachte, wie sie kämpft, weint und immer wieder schreit sie: »Nein!«, und »Fass mich nicht an!«.

Es klopft an der Tür und kurz darauf geht sie auf.

Fabio kommt hinein und bleibt neben mir bei offener Tür verwundert stehen.

»Ich dachte, du missbrauchst sie.« Als hätte ich das nötig. So wie ihre Augen mich anflehten, sie zu ficken, werde ich sie wohl niemals vergewaltigen müssen.

»Was tust du da?«

»Sie triggern, um mehr zu erfahren.«

»Wie triggern? Was hat sie? Hilf ihr!« Er setzt einen Schritt vor und mein Arm schnellt vor, um ihn an der Brust aufzuhalten. Vor wenigen Stunden wollte er sie noch von Dino töten lassen und jetzt will er ihr helfen. »Krieg deine Emotionen in den Griff, Bruder«, knurre ich.

»Dann hilf ihr.«

»Nein.«, bleibe ich entschieden. »Sie muss da allein da durch, solange sie nicht mit mir spricht.«

Happy kämpft weiter und ich frage mich wirklich, wo sie diese Energie hernimmt, die Kraft. So langsam mache ich mir Sorgen, dass mein Bett ihrem Krieg mit sich selbst nicht standhält.

»Luciano!«

»Sie muss da allein durch!«, wiederhole ich mich widerstrebend. »Oder soll ich sie ins Folterzimmer bringen? Ist dir das lieber?«

Er lehnt sich neben mich und atmet gedehnt aus.

»Fabio, hast du nicht gemerkt, wie sie ausgerastet ist? Und wie sanft und erschöpft sie die Mauern fallen ließ? Sobald ihr die Kraft ausgeht, lässt sie die Fragen zu und antwortet. Also lass sie in Ruhe.«

Er schnaubt neben mir, aber er hält sich zurück.

»Glaubst du immer noch, sie ist ein normales fröhliches Mädchen?«, frage ich ihn selbsterklärend und er gibt es zu:

»Nein. Aber nicht, weil ich das hier mitansehe. Ich habe gerade ein paar Seiten aus ihrer Akte gelesen.«

Ich wende mich von Happy ab und drehe mich zu Fabio.

»Sie hat …«, er bricht ab, als Happys Stimme leiser wird und er das Haus beschallt. Mir ist nicht einmal aufgefallen, dass wir so laut über Happys Schreie hinweg sprachen. »Sie hat in Harvard studiert und danach in Princeton, während sie im Labor gearbeitet hat.« Das wissen wir ja schon.

»Was weißt du noch?«

»Nichts. Sie existiert nicht. Kein Alias, keine Daten, wo sie aufgewachsen ist, nichts.« Das ist mehr als auffällig.

»Sie ist Jelly Bean. Aber woher sie stammt, ist nicht vermerkt. Dinos Kontakt hat nichts über sie gefunden. Also habe ich mich darum gekümmert und ich habe nur eine Geburtsurkunde gefunden, mehr auch nicht. Der Vater starb kurz nach ihrer Geburt. Ihre Mutter bei einem Hausbrand gemeinsam mit ihrem neuen Ehemann. Unter dem Namen ihrer Mutter habe ich noch einen Sohn gefunden, der kurz nach dem Hausbrand ebenfalls starb.«

»Sie hatte einen Bruder? Woran starb er?«

»Ein Autounfall. Er war auch noch ein Kind. Aber wo Jelly Bean hingebracht wurde, dazu gibt es kein einziges Dokument. Sie steht in keinen Verzeichnis. Keine Angehörigen, bei denen sie nach dem Tod ihrer Eltern untergekommen ist und auch im Pflegesystem ist nichts. Ich habe Clark angerufen, den Sozialarbeiter, erinnerst du dich? Er hat auch herumtelefoniert. Aber Jelly Bean ist verschwunden. Das nächste, was registriert ist, ist Harvard.«

»Das ist ja noch merkwürdiger. Harvard prüft doch alles.« Das weiß ich spätestens seit Portia unbedingt nach Princeton wollte. Die Elite-Unis nehmen nicht jeden.

»Ja.«

»Irgendwo muss sie ja gewesen sein«, denke ich laut.

»Ja und die Unis gehen mit ihren Daten sensibel um. Von denen was zu erfahren, bezweifle ich.«

Ruhe kehrt ein, die uns beide unterbricht. Mit geschlossenen Augen liegt sie da und ihr Brustkorb bewegt sich, als hätte sie einen Marathon hinter sich.

»Jelly?«, musste Fabio sie unbedingt ansprechen. Sie hebt den Kopf, aber schaut uns nur mit gesenkten Lidern an. »Geht es dir gut?« Was für eine beschissene Frage. Natürlich nicht.

»Mir tun die Arme weh.« Leise und trocken spricht sie es aus und beeinflusst Fabio, sich sofort in Gang zu setzen. Doch erneut halt ich ihn mit meiner Hand an seiner Brust auf.

»Du kommst ihr nicht zu nah.«

»Sind von meinen Geleemandeln noch welche übrig?« Fragt sie gerade nach Drogen? Ist sie ein kleiner Junky. Oder will sie nur aus der Realität flüchten?

»Nein«, antwortet Fabio und der belustigte Unterton ist nicht zu überhören. »Luciano hat sie alle ganz allein verputzt.«

»Oh.« Oh? OH? Mehr fällt ihr nicht ein.

Er lacht und macht den nächsten Versuch, sich ihr zu nähern, was ich erneut abwehre.

Fabio zeigt auf meine Wange, wo unter der Maske der

Kratzer vor sich hin heilt. »Willst du mich davor beschützen, Bruder?«

»Nein.«

»Dann mach sie los.« Auf gar keinen Fall. »Luciano, mach schon.«

»Hast du etwas Neues von Ebony? Haben wir irgendeinen Anhaltspunkt, wo sie sein könnte?«, wechsle ich das Gesprächsthema und schaue zu Happy. Damit habe ich jedoch Fabio überrumpelt. Er braucht etwas länger für seine Antwort, sagt dann aber: »Nichts Neues, Luciano. Die Männer suchen nach Hinweisen, laufen alle Stellen ab, wo man sie verstecken könnte, ohne von den Kameras erfasst zu werden, und bei den Eltern hat sich auch keiner gemeldet.«

»Ist es so schwer, sie zu finden? Muss ich mich selbst darum kümmern?«, brumme ich und die Wut kündigt sich mit der Anspannung meiner Muskeln an.

»Luciano, wir können …«

»Fabio!«, unterbreche ich ihn brüllend und Happy zuckt auf dem Bett zusammen. »Es ist meine Stadt! Meine verdammten Scheißregeln, klar? Hat die Beschattung vom Kaplan etwas ergeben?«

»Wenn es so wäre, hättest du davon als Erster erfahren.« Seine Stimme ist ruhig. Und gelassen. Das drogenabhängige Mädchen vor uns will er befreien. Aber ich ahne schon, was er jetzt erwidern wird, als er sich neben mir lässig gegen die Kommode lehnt: »Du lässt das zu nah an dich heran. Sie ist nicht Serafina.«

Ich hasse es, wenn er von ihr anfängt, und beiße die Zähne zusammen.

»Das war damals anders. Es hatte einen anderen Hintergrund«, behauptet er nur, weil wir nicht wissen, wer Ebony entführt hat und warum.

»Verschwinde, Fabio. Lass mich mit ihr allein.«

»Mach sie nicht kaputt. Ich suche Ebony«, brummt er vor sich hin, während er den Raum verlässt und die Tür hinter sich zuknallt.

Meine Aufmerksamkeit ist ganz auf die Zuckerdealerin gerichtet, die mit Mühe zu mir schaut.

»Du weißt, wo du dich befindest?«, frage ich und ihre dünnen Augenbrauen kräuseln sich.

»In deinem Bett, Luciano.«

»Das meine ich nicht, Happy. Mein Zuhause hat eine Geschichte. Kennst du sie?« Mit Sicherheit nicht, obwohl gerade dieses Gebäude ein Teil der Horrortour ist.

»Jedes Bauwerk in New Orleans hat eine Geschichte«, klingt sie nun eher stumpf. »Menschen, die unter mysteriösen Umständen in ihren Häusern verstarben und dazu verdammt sind, zwischen den Wänden zu spuken, Häuser, die einst bekannten Vampire gehörten, Hexerei und Voodoo und natürlich die Einwohner, die es glauben und ganze Wohnblöcke mit brennenden Kräutern ausräuchern.«

Nett formuliert.

»Trägst du deswegen die Maske? Schützt du dich so vor der Verpestung des glühenden Gestanks? Hatte ich die anderen Wesen erwähnt, die hier ihr Unwesen treiben?«

»Vieles sind keine Mythen, Happy.«

»Und du möchtest mir jetzt erzählen, dass wir vor Gespenstern miteinander schliefen?« Ich bin froh, dass sie mein Lächeln nicht sehen kann. Gemächlich nähere ich mich dem Bett.

»Weißt du, wofür New Orleans auch bekannt ist?«

»Jazz, Architektur, Alkohol und Taschendiebe? Oder meinst du das französische wie auch spanische Flair?«

»Für die tiefen Wurzeln der Sklaverei.« Neben ihr stehend, schaut sie mit großen Augen zu mir auf. »Ja, Happy. Hier war damals ein Hotspot.«

»Und es hat sich seither nur die Hautfarbe und das Geschlecht verändert?« Sie denkt mit. Ihr Verstand ist scharf wie ein Messer.

»Dieses Herrenhaus hat eine grausame Geschichte. Prunk, Gewalt und Sadismus«

»Hat sich wohl nicht viel geändert.« Eine Spitze von ihr? In ihrer Lage? Sie bleibt die mutige, fröhliche Süßigkeitenbesitzerin und strotzt vor Sturheit über die Fesselung hinweg. »Es gehörte Marie Delphine Macarty auch bekannt als Marie Delphine LaLaurie. Sagt dir das etwas?« Sie schüttelt den Kopf, was mich sogar ein bisschen verwundert. »Sie war eine mehrfach verheiratete und verwitwete Dame der hohen Gesellschaft. Sie war hoch angesehen und eine Serienmörderin.«

Ihre Lippen bleiben für einen langen Moment geschlossen, während ihre Augenbrauen sich zusammenziehen.

»Ist das jetzt so eine Geschichte wie mit dem Axt-Mörder?«

»Viel schlimmer. Happy. Madame LaLaurie hielt in diesem Haus Sklaven, was nicht untypisch zu der Zeit war. Aber sie folterte alle. Sie hing sie auf und zog ihre Körperglieder von der einen Seite des Raums zur anderen.

Sie schlitzte die Sklaven von der Brust bis zu den Fußknöcheln auf. Und wer nicht starb, wurde über Monate weiter gefoltert. Sie kettete sie an, peitschte sie aus, und zerstückelte sie. Man weiß bis heute nicht, wie viele Sklaven hier starben und auch hier begraben sind. Das Bestattungs-Register zeichnet zwölf auf. Aber wer weiß, Happy. Nur die Mauern wissen, wie viele es wirklich waren. Wie viele hier schrien und um Gnade flehten. Und nur das Haus ist Zeuge des Schmerzes, den diese Menschen ertrugen.«

»O Mann«, haucht sie aus und schüttelt mit geschlossenen Augen den Kopf.

»Hier floss das Blut wie Wasser, Happy. Männer, Frauen, Kinder. Sie litten alle. Fürchterliche Qualen, wollten sich selbst töten und nicht alle schafften es.«

»Selbstmord?«, haucht sie aus.

»Ja. Laut Aufzeichnung ist ein Kind vom Dach gesprungen, damit sie der Folter von Madame LaLaurie entkommen kann. Ja, Happy. Madame LaLaurie hat ihre Sklaven zu Tode gefoltert, auf eine sadistische Art. Das ist faszinierend.«

»Nein! Das glaube ich nicht.«

»Nicht? Glaubst du nicht, dass sie sogar die Küchenhilfe an den Herd gekettet hat?«

»Nein, weil sie eine Dame vom hohen Stand war. Das bedeutet auch viele gesellschaftliche Anlässe, was dieses Haus auch anbietet.«

»Und diese Menschen hätten es verhindert? Nein, Happy. Selbst wenn es welche gab, die es bemerkten und zeitgleich ein Problem damit hatten, gab es keinen Grund einzuschreiten. Man betritt kein Haus, um den Bewohnern zu sagen, wie sie zu leben haben.«

Kurz öffnen sich ihre Lippen, bis sie erkennt, wie wahr es ist. Ich weiß nicht, was ihr widerfahren ist, aber ich bin mir sicher, dass sie am besten weiß, wie viele in ihrem Leben weggeschaut haben, als man ihr wehgetan hat. Sie kennt die Wahrheit besser als ich.

»Berichte geben wieder, dass, wer in diesen Raum geführt wurde, nie wieder zurückkehrte. Hier in diesem Zimmer, Happy, in dem du jetzt gefesselt liegst.«

Ihre leuchtenden Augen sehen mich herausfordernd an und genau das fährt mir unter die Haut. Ich stehe darauf und strecke die Hand nach ihr aus, um ihr sanft das Haar aus dem Gesicht zu streichen.

»Man erzählte sich von Sklaven, die Kopfverletzungen hatten und das Blut an der Schläfe hinabfloss.« Und gleite mit dem Finger von der Schläfe hinab bis zu ihrem Kinn und beachte dabei nicht das Prickeln auf meiner Haut, bei der Vorstellung, sie voller Blut zu betrachten. »Es gibt Aufzeichnungen von Stahlhalsbändern, die die Sklaven trugen.« Meine Hand schnellt vor und ich umgreife ihren zarten Hals. »Und wenn sie böse waren, trugen sie stachelige Metallcolliers.« Ich drücke die Finger zusammen und mein Schwanz zuckt. Wie schön sie wäre, wenn die Stacheln ihre zarte Haut durchstechen und das Blut über ihre nackte Haut über die Brust fließt. Ihr Mund öffnet sich leicht. Sie kämpft mit der Luft und ich übe noch mehr Druck aus. »Sie wurden dadurch gezwungen, in einer unbeweglichen Haltung zu gehen und waren doch zu schwach, um sich zu bewegen.« Sie wehrt sich nicht, was mich wundert und ich lockere den Griff.

»Überall klafften tiefe Wunden.« Ich streife mit den Fingern zwischen ihren Brüsten und ein heißer Schauer überfällt mich. »Schnitte von Messern, aber auch von Peitschenhieben.« Ich gleite über ihren Bauch weiter herunter. »Sie wurden gefesselt, Happy. So wie du es jetzt bist. Überall war Blut und wenn sie daran nicht gestorben sind, dann durch ihre zerrissenen Gliedmaßen, die unter dem Zug der Seile vom Körper gefetzt wurden.« Kurz vor ihrer Pussy halte ich inne. »Oder sie hat sie verstümmelt, zerstückelt oder einfach in den Brunnen geworfen und verhungern lassen.«

Zur Abwechslung schweigt sie. Aber irgendetwas läuft mit ihr genauso falsch wie mit mir. Denn sie schaut mich wieder so glasig an. Ihr Körper ist mit einer glänzenden Gänsehaut belegt und an meinen Fingern spüre ich durch das Leder das Zucken ihrer Pussy.

»Über Monate wurden sie in diesen Raum gesperrt, wo du jetzt liegst, und wurden gefoltert. Sag mir, Happy. Soll ich dich verkaufen wie ein Sklave oder dich hier foltern, bis du stirbst?«

»Folter mich«, haucht sie belegt und ich kämpfe damit, sie nicht sofort zu ficken.

»Bist du sicher, dass du das willst?«

»Ja, bitte. Foltere mich.« Sie weiß nicht, worauf sie sich einlässt.

»Du kannst dich nicht wehren, Happy«, mache ich ihr klar und streife mit einem Finger direkt an ihrer Pussy vorbei.

Wimmernd nickt sie mit leicht geöffneten Lippen. Sie ist so erregt, dass mir bald die Hose platzt.

»Du kannst mich nicht wegdrücken«, verdeutliche ich ihr und lege ihr die Hand auf die Pussy.

»Foltere mich«, betont sie wieder und ich erkläre ein letztes Mal: »Du bist mir ausgeliefert.« Zur Antwort stöhnt sie, als ich sie mit einem Finger spalte.

Sie bäumt sich auf und mein Schwanz ist so hart.

Mit geschlossenen Augen, geöffneten Lippen wimmert sie, während mein Finger sich in ihrer süßen Enge bewegt und ich mit dem Handballen reibenden Druck auf ihre Klit ausübe.

Sie ist so abartig süß. So verstörend schön. Und so wundervoll zerrissen. Auf ihren leicht geröteten Wangen bildet sich dieser feuchte Glanz aus Erregung und ich treibe sie weiter an. Sie kommt mir entgegen, reibt sich an meiner Hand, während ich sie mit dem Finger ficke.

Durch den Handschuh spüre ich, wie sich ihre Pussy um einen Finger schließt und sie mich weiter in sich hineinzieht. Aber als ihr Wimmern zu einem lauten Stöhnen wird, gebe ich sie frei, in dem ich die Hand zurückziehe.

»Nein«, jammert sie und schaut mich mit diesen spiegelnden hellblauen Augen an.

Ihr Saft klebt am Leder. Ich streiche mit dem Finger über ihre leicht geöffneten Lippen und verteile ihren kostbaren Nektar.

»Nein?«, frage ich rau und der Anblick ihrer glänzenden Lippen macht mich nur noch härter. »Du magst es nicht, angefasst zu werden.« Ich lasse sie nicht antworten, sondern sich selbst kosten, indem ich den Finger zu ihrer Zunge schiebe.

Verdammt.

Ihre Augen weiten sich, aber sie lutscht am Leder, nimmt ihre Feuchtigkeit auf und die Röte steigt ihr ins Gesicht. Aber sie genießt es, sich zu schmecken und wehrt sich nicht.

Mein Schwanz presst sich schmerzhaft gegen die Hose, während mein Finger in ihrem Mund verschwindet, wo sich mein Schwanz versenken könnte.

Verdammt. Ich ziehe mich zurück, beiße die Zähne aufeinander und halte es kaum noch aus, sie nicht zu ficken.

»Bist du wie sie? Bist du ein Nachkomme von Madame LaLaurie?« Ihre Stimme ist vor Erregung belegt und sie blinzelt zu mir auf. Ihr kleiner, süßer Verstand stoppt nicht, sie sucht weitere Verbindungen.

»Nein, Happy.« Ich senke die Hand zurück auf ihre glänzende Haut an ihrem Hals. »Ich bin Nachkomme der Dell´Agostino aus Italien, die in der Kolonialzeit nach New Orleans kamen, um ihre Geschäfte zu vergrößern.«

»Mafia«, meint sie knapp und genauso kurz nicke ich ein einziges Mal zustimmend. Ich gleite mit den Fingern entlang ihres Halses, hinab zum Schlüsselbein und von da aus beobachte ich ihren tiefen Atemzug, als ich bei ihrer rechten Brust ankomme. Mit einer Hand umschließe ich sie und sie stößt den Atem hart aus.

»Aber ich habe mit Madame Lalaurie viel gemeinsam. Mir gefällt es zu foltern.«

»Ich verstehe«, wimmert sie so herrlich erregend. Ihr Becken zuckt nach vorne, als würde ihre Pussy nach mir rufen.

»Du verstehst gar nichts, Happy.« Ich kneife in ihren harten Nippel und sie quietscht auf. »Willst du enden wie einer der Sklaven? Oder einer meiner Feinde? Willst du nicht lieber leben?«

Ich lasse von ihrer Brust ab und wandere erneut mit den Fingerspitzen herunter.

»Lieben«, wimmert sie urplötzlich und ich stocke mit den Fingern an ihrem Bauch.

»Ich will Liebe.« Nicht lieben, nicht geliebt werden. Sie will Liebe. »Das bekommst du aber nicht, Happy.« Sie presst die Lippen aufeinander und die Kälte zieht sich um mein Herz. »Du bekommst Schmerzen. Die Frage ist, ob du sterben oder leben willst.«

Sie schließt die Augen und ihr Körper spannt sich an. »Bleib hier, Happy.«

»Du fragst mich, ob du mich töten oder verkaufen sollst«, meint sie ruhig und sieht mich nicht an. Ihre Lider sind geschlossen. »Ja. Entscheide, Happy. Qualen wirst du so oder so erleiden. Aber willst du leben oder sterben?«

»Sterben.« Sie schlägt die Lider auf und der Ernst in ihren hellblauen Blick trifft mich bis in die Seele. Obwohl ich nichts anderes erwartet habe, trifft mich ihre Entscheidung unvorbereitet hart. Ich will vor mir keine Suizidkandidatin. Nicht schon wieder. Ich lasse von ihr ab und setzte einen Schritt zurück. Nein. Ich werde daran zerbrechen, wenn noch ein Mädchen, das mir etwas bedeutet, sich das Leben nimmt.

Verdammt! Sie bedeutet mir etwas!

Rückwärts gehend, ergreife ich die Flucht und pralle gegen den Schrank.

Sie schaut mich mit zusammengezogenen Augenbrauen an, aber ich sehe sie sterbend vor mir und jede Rettung würde zu spät kommen. Und es wäre das, was sie wollte. »Du willst sterben«, brumme ich scherzhafter, als ich es für möglich gehalten habe.

»Nein.« Ihre Stimme ist klar und ernst. »Aber wenn ich die Wahl habe, sterbe ich lieber durch deine Hand, als mit Qualen weiterhin zu leben.«

Verdammt. »Töte mich, aber verkaufe mich nicht.«

Verdammt. Sie nimmt mir die Gedanken, drängt die Erinnerung an Serafina zurück.

»Töte mich«, fordert sie auf und übt ihre Macht auf mich aus. Augenblicklich verwandelt sie den Hass in diese Gewalt, die mich heiß packt, und ich bin in Sekunden bei ihr. Setze mich zwischen ihre Beine und reiße mir Jackett, Weste und Hemd vom Körper, während ich ihren makellosen Körper vor Augen habe. Hastig zerre ich an der Krawatte.

Scheiß drauf.

Ich behalte sie an, kann den Blick nicht von ihr lassen und betrachte ihre zuckende Pussy mit diesem kleinen Loch. Ohne mir die Krawatte und Handschuhe auszuziehen, oder die Maske, öffne ich mir die Hose, befreie endlich meinen harten Schwanz und nehme ihn in die Hand. Knurrend lege ich den Kopf in den Nacken, streiche mit der Faust über die gesamte Länge und erschaudere unter dem Gefühl.

»Töte mich«, wiederholt sie bebend und ich schaue sie wieder an.

Ja, ich werde sie töten.

Ich lege ihr meine andere Hand auf den Unterbauch und sie stößt die Luft aus. Langsam wandere ich herunter und lege den Daumen auf den geschwollenen Knoten. Sofort bewegt sie sich. Nur wenig Druck übe ich aus. Aber als wäre es ihr Einschalter, ihr Lustknopf, drückt sie sich hastig an meinen Daumen, stöhnt, wimmert und reibt sich an mir. Der Saft läuft aus ihr heraus, während sich ihr gesamter Körper erhitzt und errötet. Verdammt ist sie perfekt. Ich reibe meinen Schwanz, pumpe und sie stellt ihre Beine auf. Weit spreizt sie für mich ihre Schenkel.

Ich könnte sie jetzt wie ein wildgewordener Neandertaler ficken, aber ich muss sie töten. Deswegen rutsche ich ein Stück näher und streiche mit der Schwanzspitze über ihre nasse Spalte.

»Ja!«, stöhnte sie. Sie reibt sich an meinem Schwanz, während meine Spitze nur an ihrem Loch vorbei streift. Sie drängt sich gegen mich. Presst sich an meinen Daumen und scheint selbst nicht zu wissen, was sie mehr spüren möchte. Und ich verbrenne mir alles an ihr. Mein Körper steht unter Strom, meine Muskeln sind zum Zerreißen angespannt und meine Eier ziehen sich schmerzhaft zusammen. Dennoch lasse ich mir Zeit.

»Bitte, Luciano«, wimmert sie flehend und ich erbebe ebenso wie sie. Ich lege die Hand an ihre rechte Brust und streife mit der Schwanzspitze weiterhin nur an ihrem Loch vorbei, zwischen den geschwollenen Lippen und stupse kurz ihren Lustknopf an. Ich wiederhole es, während sie sich an und unter mir verzweifelt windet, mir schreiend entgegen drückt und an der Fesselung zerrt. Ihre Lust hat sie fest im Griff und mir wird es ebenso heiß unter der Maske.

»Luciano!«, brüllt sie ungewöhnlich tief. »Töte mich!«

Mit einem Mal zerschneidet sie meine Kontrolle und ich versenke mich in ihr.

Gleichzeitig stöhnend erfasst mich das hitzige Gefühl, mit einer Macht, der wir beide unterlegen sind. Sie zieht sich unmittelbar an meinem Schwanz zusammen und ich beuge mich über sie und ramme mich in sie. Stoß für Stoß nimmt sie Besitz von mir, stöhnt laut durch den Raum und ich versenke mich tief in ihr. Die Hitze fegt über mich hinweg. Mit den Händen umschließe ich ihre Titten, bereue die Handschuhe und trotzdem spüre ich ihre harten Nippel durchs Leder. Rhythmisch stoße ich mich tief und hart in ihr enges Loch und verliere den verdammten Verstand.

»O ja! Härter!«, schreit sie und ich reiße die Maske vom Kopf, schlinge den Arm unter ihren Hintern und ramme mich noch tiefer in sie.

Sie schreit und ich drehe völlig durch, stütze die andere Hand neben ihr ab und ihr lautes Stöhnen treibt mir die Hitze in die Eier. Das verdammte Gefühl an meinem Schwanz von ihrer pulsierenden Pussy, die mich in sich saugt, und ihre drängende Hüfte, die mich zu mehr auffordert, nehmen mir den restlichen Halt.

Aber erst, als sie laut meinen Namen stöhnt und sich so hart um meinen Schwanz zusammenzieht, als wolle sie ihn mir zerquetschen, fällt mein Kopf in den Nacken und meine Eier explodieren.

»Happy, verdammt«, knurre ich tief aus der Seele, als mir schwarz vor Augen wird und loslasse.

Schub für Schub spritze ich in ihr ab. Beanspruche sie für mich. Und markiere sie für alle Zeiten.

Sie gehört verdammt noch mal mir. Das beschließe ich, als die Entspannung mich erreicht und ich die Stirn an ihren Arm lehne.

»Ich liebe dich«, haucht sie plötzlich und jagt mich direkt in meinem Körper zurück. Ich rolle von ihr herunter und starre mit Abstand zur Decke hinauf. Sie liebt mich. »Luciano?«

Ich kann nicht fassen, was sie da gesagt hat. Sie weiß doch nicht, was Liebe ist. Wie lange kennen wir uns? Nicht mal eine Woche und sie sagt das so? Geradeheraus, als würde das nicht alles ändern?

Verdammt.

»Komm näher«, gluckst sie. »Ich bin so gut wie bewegungsunfähig.« Ich erkenne direkt die Anspielung, als ich an ihrer Stelle gefesselt da lag und dasselbe zu ihr sagte. Sie bringt mich zum Schmunzeln und ich hasse es.

»Luciano, komm zu mir.« Ich wende den Blick zu ihr und das Leuchten ihrer hellblauen Iriden ergreift mich. Ohne dass ich es will, rücke ich näher an sie heran. Dabei beabsichtige ich, sie nicht mit unnötigem Körperkontakt zu verjagen.

Was für ein verdammter Scheiß! Ich habe sie soeben gefickt und muss jetzt darauf achten, sie nicht zu berühren.

Wieso mache ich das überhaupt? Was juckt es mich, ob sie wieder geistig abdriftet und sich aus diesen Raum wegbeamt?

»Du, Luciano?«, stört sie meinen Gedankengang. »Mir kommt keine Kleidung in dein Bett.« Sie ist so pervers süß. Am liebsten will ich sie beißen. Stattdessen schmeiße ich mich auf den Rücken, streife die Schuhe von den Füßen und ziehe Hose samt Shorts aus. Gemeinsam mit den Socken, schiebe ich alles mit dem Bein vom Bett herunter, bevor ich mich wieder hinlege, die Decke über uns lege und mich zu ihr drehe. Nah an sie, ohne jeglichen körperlichen Kontakt beobachte ich sie im Profil. »Mir schlafen die Arme ein.« Sie kann einfach nicht die Klappe halten. »Warum löst du nicht die Manschetten?«

Ich antworte ihr nicht und sie beantwortet sich selbst die Frage, indem sie mit gespielter, tiefer Stimme meint: »Weil du dann frei wärst.«

»Moment!«

»Ja?«

»Imitierst du mich?«

»Deine imitierte Version ist viel kommunikativer.« Verdammt, ich töte sie gleich wirklich. Oder ich beiße sie. Eines davon ganz sicher, wenn sie nicht die Klappe hält.

»Mach die Augen zu und schlaf!«, knurre ich und versuche einzuschlafen.

NEUNUNDZWANZIG

Luciano

Die Helligkeit weckt mich. Als ich jedoch die Lider hebe, bemerke ich, dass es die Sonnenstrahlen sind, die mir in den Augen brennen. Brummend drehe ich mich auf die Seite und ziehe die Decke über den Kopf.

»Du glaubst wirklich, dass ich schuld daran bin, wenn Menschen sterben?« Kaum zeige ich eine Regung, quatscht sie mich zu. Ich schlage die Bettdecke auf, reibe mir die Augen und ein Blitz schießt mir durch den Kopf.

Ich liebe dich.

Sie liebt mich, verdammt!

»Du bist zwar durch meine Geleemandeln high geworden, Luciano. Aber ich habe dir nicht die Waffe gegeben. Ich habe dir nicht gesagt, du sollst diese Personen töten.«

Ich drehe nur den Kopf zu ihr und hinter ihrem Arm kommt ihr zartes Profil zum Vorschein. Ihre Stupsnase. Ihre vollen, rosa Lippen.

Keine Spur von Müdigkeit ist ihr anzusehen. Sie ist sicher länger wach als ich.

»Ich meine nicht deine Geleemandeln«, knurre ich mit trockener Stimme. »Sondern deine anderen Drogen. Daran sterben die Einwohner von New Orleans. Du arbeitest mit Dale Williams zusammen.«

Sie schaut über ihren Arm hinweg zu mir, hebt dabei den Kopf und die dünnen Augenbrauen ziehen sich zusammen.

»Nein. Er war mein Kommilitone. Mehr nicht.«

»Das ist nicht alles, oder?« Sie presst die Lippen aufeinander und gibt mir damit eine Antwort. Sie legt den Kopf zurück auf das Kissen und starrt zur Decke.

»Du bist dafür verantwortlich, Happy.« *Guten Morgen, Luciano.* Gut für'n Arsch! Sie ruiniert mir den Tag, bevor ich richtig wach bin. Genervt springe ich aus dem Bett.

»Ich verkaufe nur die Süßigkeiten, Luciano. Und leicht dosierte Psychedelika.« Ich wende ihr den Rücken zu und ziehe mir die Hose an.

»Glaubst du wirklich, ich würde wissentlich Drogen verkaufen, die Menschen schaden?«

»Stellst du es selbst her?«, frage ich, ohne sie anzusehen, und die Antwort kommt prompt: »Ja.«

Damit sagt sie mir alles, was ich wissen muss.

»Ja, ich stelle meine Geleemandeln selbst her. In einem separaten Zimmer in meiner Wohnung. Das ist zumindest der Plan. Die Geleemandeln, die ich zurzeit verkaufe, habe ich in meiner alten Wohnung und im Labor hergestellt.«

Ich knöpfe mir das Hemd zu und greife nach meiner Weste. Sie muss mir nicht mehr erzählen. Ebony wird jetzt zur Priorität. Das Drogenproblem ist spätestens morgen ein Problem von gestern. Denn heute schließe ich ihren Scheißladen.

»Luciano, niemand stirbt von meinen Geleemandeln. Sie helfen, glücklich zu sein.«

»Nein!«, brülle ich, während ich mich zu ihr umdrehe. »Viele versuchen, clean zu werden, Happy. Es ist meine Stadt und ich lasse nicht zu, dass du sie mit deinem Scheiß überschwemmst und meine Leute tötest. Ich lasse nicht länger zu, dass sich die Toten im Leichenschauhaus stapeln, weil sie deine Süßigkeiten essen.« Ich wende mich von ihr ab, weil ich ihren Anblick kaum ertrage, und ziehe mir die Schuhe an.

»Sieh mich an, Luciano. Sieh mir in die Augen und sag mir, dass du davon überzeugt bist, dass ich eine Serienmörderin bin.«

Eine zarte, widerlich süße Erscheinung kann täuschen. Der Beweis ist die pinke Knarre in der Schublade.

»Luciano, hör auf dein Bauchgefühl.« Da wende ich mich ihr zu und hebe ich eine Augenbraue.

»Ausgerechnet du sagst, ich soll auf mein Bauchgefühl hören?«, bringe ich den ersten Gedanken fassungslos zum Ausdruck.

»Weißt du …« verdammt! Macht ihr Hirn nie eine Pause?

»Der Neurologe Antonio Damasio machte einen Versuch, bei dem er verschiedene Personen – Probanden, an eine Art Lügendetektor anschloss. Diese spielten mit zwei

Kartenstapeln. Ein Stapel war gezinkt. Nach einer Zeit fiel es ihnen auf und sie nahmen nur Karten von dem präparierten Stapel, aber der Lügendetektor zeigte, dass sie es viel früher bemerkt hatten. Die Intuition erkannte den Bluff nach den ersten zehn Karten. Der Hirnforscher Gerhard Rothgeht erklärte, unser Unterbewusstsein verarbeitet einige Millionen Informationen pro Sekunde, während das Bewusstsein nur 0,1 Prozent davon verwendet. Also ja. Die Intuition ist dein Bauchgefühl. Nimm die Information, die du hast, und höre auf das, was es sagt. Damit liegst du nicht falsch.«

Schwachsinn! Und leider beeinflusst sie mich.

»Was sagt dein Bauchgefühl, Happy?«

»Es sagt mir, dass du nicht so böse bist, wie du immer zeigst. In dir ist etwas Gutes, das du nicht zulassen möchtest, weil du annimmst, dass es dich schwach macht.«

Damit liegt sie falsch.

»Überschau deine Informationen nochmal, Happy.«

Ich greife nach meiner Weste und hinter mir klopft es an der Tür. Ungeachtet von Happys Nacktheit rufe ich: »Herein.« Und Dino betritt das Schlafzimmer, während ich die letzten Knöpfe schließe und mein Jackett anziehe. Einen schwarzen Rucksack wirft er in den Raum.

»Kleidung für sie.« Ich nicke und er meint, ohne einen Blick auf Happy zu werfen: »Du hast Besuch.«

»Wer?«

»Cyrus` Männer.«

»Was?« Ich erstarre mit den Händen am Hemdrevers.

»Der ganze Innenhof ist voll mit ihnen. Sie sind unbewaffnet. Wir könnten sie töten oder anhören.«

Mein Blick fällt kurz auf Happy, die mit gerunzelter Stirn zu uns schaut. Sie ist in den Manschetten gefesselt und wird nicht weglaufen können.

»Ich komme«, teile ich mit und er geht. Mit wenigen Handgriffen ist meine Kleidung gerichtet und ich setze mir den Hut auf.

»Schrei nicht herum, Happy. Außer du musst pissen.«

Ehe sie antwortet, schnappe ich mir einen Spazierstock und bin ich aus der Tür heraus. Hinter mir schlage ich die Tür zu.

Sofort schreite ich zum Geländer und schaue über die Köpfe hinweg, die sich im Innenhof versammelt haben. Neben mich stellt sich Dino und auf einmal taucht Fabio ebenfalls auf und kommt auf meiner anderen Seite zum Stehen.

»Sie möchten sich uns anschließen, wenn ich es richtig verstanden habe«, meint er und ich kann es kaum glauben.

»Ich habe Cyrus getötet!«, brülle ich herunter und sie schauen allesamt auf. Das Getuschel unter ihnen hört schlagartig auf. Am Geländer, sodass sie mich sehen können, gehe ich entlang zur Treppe. »Kaltblütig, skrupellos und obwohl er mir entgegenkommen wollte, um einen Krieg zu vermeiden, habe ich ihn hingerichtet.«

Es ist ruhig und ihre Blicke haften an mir.

»Ich zeigte keine Gnade. Er und auch die anderen starben schnell und leider ohne Folter.« An der Treppe stelle ich mich frei hin, spüre Dino und Fabio gleich hinter mir und spreche weiter zu den Männern, die Cyrus angehören.

»Ihr hört richtig. Leider. Ich hätte den fetten Idioten lieber gefoltert, aber ich war dummerweise zu high und habe ihn direkt mit einem Schuss zwischen seine dümmlichen Augen hingerichtet.«

Auf ihren Gesichtern legt sich der Schatten, die Anspannung und auch der verdammte Hass, der einkehrt, wenn der eigene Boss ermordet wird.

»Also, was wollt ihr? Vendetta?« Ich lächele und der Erste aus der Menge stellt sich auf mein Ledersofa und hebt das Kinn.

»Nein.«

»Das ist einer von Cyrus' Vertrauten«, flüstert mir Fabio von hinten zu.

Ich kreise gelangweilt die Hand, dass er fortfahren soll. »Wir alle waren schon lange gegen Cyrus Steadlers Entscheidungen. Und wir alle haben ihm gesagt, dass man Jeda nicht in New Orleans verkaufen kann, ohne deine Vergeltung herauszufordern. Wir stehen hinter dir, Lucifer. Du konntest nicht anders handeln. Du hast Regeln, die wir akzeptieren, und wir haben Achtung davor. Man überlebt in diesem Geschäft nicht, wenn man gegen Vereinbarungen verstößt.«

»Und jetzt? Was wollt ihr? Gnade?«

»Für dich arbeiten«, kommt aus einer anderen Ecke.

»Wer hat das gesagt?«

»Ich«, ruft es von links. Ein Mann, der mir durchaus bekannt vorkommt, tritt in mein Sichtfeld, als sich die Menge vor ihm teilt. Clarence. Er ist oder war in Cyrus' Wirkungsfeld ein wichtiger Schlüssel und jetzt steht er hier? Reeses Freund unterbreitet mir das Angebot, welches ich ihnen machen wollte.

»Hier stehen nicht alle Männer von Cyrus, aber du

hast von allen, die hier vor dir stehen, die Loyalität. Wir wissen, dass du dich an deine eigenen Gesetze hältst, Vereinbarungen ernst nimmt und du hast Integrität. Mit uns kannst du wachsen.« Das spielt mir direkt in die Hände.

»Ich bin keine Labormaus, die die Weltherrschaft an sich reißen möchte. Ich bin mit meinen Geschäften zufrieden. Ich habe ausreichend Männer und eure Stadt ist mir scheißegal. Geht, sucht euch einen vernünftigen Job und verschwendet nicht meine Zeit.«

»Was tust du da?«, flüstert Fabio von hinten. Und weil er das fragt, ist er eben nicht das Familienoberhaupt, obwohl er älter ist.

»Wir haben Informationen über den Menschenhandel von Nola!«, kommt von einer anderen Seite. Ich wende meinen Blick zu dem Mann, der sich auf meinen Sessel stellt und direkt losplappert.

»Cyrus ist mitverantwortlich gewesen. Ich kenne die Routen.«

»Ist sonst noch jemand hier, der mich mit etwas mehr als Muskelkraft und Waffenkenntnis überzeugen kann?«

Das Getuschel geht wieder los und sie brüllen einfach alle durcheinander, da wird meine Aufmerksamkeit von jemand ganz anderem aufgesogen.

Aurelia kommt durch den Flur in den Innenhof. Sie schaut sich nicht um, sondern direkt zu mir, als wüsste sie, dass ich auf der Treppe stehe. Sie nickt kurz und schlängelt an Wand und den Kerlen vorbei und geht in Richtung Küche.

»Rede du mit ihnen, Fabio. Und ja, sie arbeiten ab jetzt für uns.«

Ich beachte Fabios Zustimmung nicht, auch nicht die Männer, die alle etwas von mir wollen oder sich mir unbedingt mitteilen müssen, und überwinde rasch die Treppe, gehe zügig an der Menge vorbei und folge Aurelia.

Als ich die Küche erreiche, sitzt sie am Tisch und breitet ihre typischen Utensilien aus, als wüsste sie, was ich von ihr wollte.

»Du bist nicht gekommen«, flüstert sie und breitet das schwarze Tuch über den Tisch aus.

»Aber du brauchst mich, Lucifer. Dein Geist hat mich gerufen.« Sie stellt jeweils rechts und links zwei weiße Stumpenkerzen auf und zündet sie mit Streichhölzern an.

»Ich hatte zu tun.«

»Setz dich«, bittet sie mich an meinen eigenen Tisch.

»Ich muss wissen …«

»Wo Ebony ist«, unterbricht sie mich und die dicken goldenen Ringe um ihre Arme klirren aneinander, als sie einen schwarzen Samtbeutel aus ihrer Tasche holt. Knochenteile fallen aus dem Beutel auf das Tuch.

Sie hebt ihre Hände offen darüber und ich lege meine in ihre. Ihre Augen schließen sich.

»Konzentriere dich, Lucifer.« Ich schließe ebenfalls die Augen.

»Stell dir Ebony vor. Du kennst sie. Sie steht vor dir.« Genau das tue ich. Die kleine Ebony strahlt mich mit ihren weißen Zähnen an und ihre Bubble Braids mit den bunten Gummis hängen ihr seitlich vom Kopf.

»Siehst du sie, Lucifer?«

»Ja.«

Dann lässt sie mich los und ich öffne die Augen. Ebony ist weg, obwohl ich den Klang ihres Lachens im Ohr höre.

Aurelia greift blind nach den Hühnerknochen, die ausschließlich von schwarzen Hühnern stammen, und schließt sie fest in die Hände. Sie schüttelt sie, brabbelt irgendetwas leise vor sich hin. Dann erstarrt sie.

»Schreib deine Frage.« Da sie nicht zum ersten Mal die Knochen für mich wirft, schreibe ich mit dem Finger meine Bitte um Auskunft auf das schwarze Tuch und als spüre sie, wann ich fertig bin, fliegen die Knochenteile. Sie landen auf der gestellten Frage: *Wo ist Ebony?*

»Lucifer«, atmet sie meinen Namen aus und schüttelt den Kopf. »Ich kann dir nicht sagen, wo sie ist. Die Geister auch nicht. Aber die Knochen sagen, dass nur du sie retten kannst.«

»Das reicht nicht«, knurre ich und blicke auf das schwarze Tuch.

»Dann hör zu, Lucifer. Denn Ebony ist in großer Gefahr. Du kannst nichts tun, als abzuwarten.«

»Abwarten? Wie soll ich sie retten, wenn ich abwarte?«

»Man wird dich zu ihr führen, aber nur du kannst sie retten …« Sie stockt und schaut zu mir auf.

»Ich habe dich gewarnt, Lucifer. Ich habe gesagt, du sollst auf dich achtgeben!« Sie schimpft mich aus. »Das ist deine Schuld! Du hast nicht aufgepasst und jetzt ist es soweit!«

»Was meinst du, Aurelia?«

»Du wirst Ebony nur helfen können, sie nur dann nach Hause bringen, wenn du einen hohen Preis dafür zahlst.«

Ich weiß, dass sie nicht Geld meint. Aber es gibt nichts, das mir etwas bedeutet.

»Ebony wurde wegen dir entführt. Du hast nicht aufgepasst. Ich habe dich gewarnt! Diese Zukunft trifft jetzt ein. Du kannst nichts mehr tun.«

»Man kann immer etwas tun.«

»Nur, wenn du Ebony loslässt und sie sich selbst überlässt.« Ich springe auf.

»Hör auf mit dem Scheiß, Aurelia. Sag, was du siehst und was du weißt.«

»Du wirst sie retten. Das weiß ich. Du wirst dafür etwas aufgeben. Das sehe ich. Du wirst darunter leiden. Das spüre ich.«

In meiner Hosentasche klingelt das Handy und sie schließt die Augen. »Sprich weiter, Aurelia. Der Anruf kann warten.«

Sie nickt mit geschlossenen Augen. Dann sieht sie mich an und meint: »Neonpink ist dein Tod.«

Ich hasse es, wenn sie so undurchschaubar und wage spricht. Sie sammelt ihre Utensilien ein. Und ich schaue ihr nur zu.

»Ich soll warten?«, frage ich sie.

»Such nicht nach Ebony. Du wirst zu ihr gebracht. Und es wird dir nicht gefallen. Du wirst sie retten, Lucifer. Es tut mir leid. Aber sie darf leben. Daran musst du dich festhalten. Ebony darf eine glückliche Kindheit erleben. Denk immer daran.«

Sie sieht auf und legt mir die Hand an den Arm. »Halt dich daran fest, wenn der Schmerz dich zerbricht.«

Sie übertreibt. Mich haut nichts so schnell um. Ebonys Sicherheit ist alles, was ich gerade anstrebe.

»Auf Wiedersehen, Lucifer.« Sie geht und mein Handy klingelt erneut in der Tasche. An meinem Bein vibriert es und gleichzeitig höre ich Aurelias Stimme. Pink.

Es ist nicht Happy. Sie meint die Drogen. Ich habe Cyrus getötet, seine Männer sind im Innenhof und das ist das Problem. Ich habe Cyrus getötet, ohne genügend Informationen zu haben. Das hat nichts mit Happy zu tun. Ebony hat nichts mit ihr zu tun. Happy ist mein Drogen-Problem. Und wie der Kerl eben sagte, spielten Cyrus fette Wurstfinger im ganzen Kindermissbrauchsspiel mit.

Ich soll auf mein Bauchgefühl hören?

Mein scheiß Bauchgefühl sagt mir, dass ich mehr für Happy empfinde, als ich es zulassen sollte. Oder ist mein Herz gerade lauter?

Ich ziehe den Hut ab, lege ihn auf dem Tisch ab und reibe mit beiden Händen über mein Gesicht. Was für ein verdammter Scheiß!

Mein Handy klingelt schon wieder und ich nehme es aus der Tasche. Auf den ersten Blick sehe ich Dinos Namen aufleuchten.

»Was ist?«, gehe ich unmittelbar dran.

»Bist du im Haus? Die Kleine schreit, dass sie auf Toilette muss.«

Ich atme gedehnt aus und schließe die Augen.

»Ja, ich bin in der Küche. Mach sie los. Aber versperr bloß die Tür. Sie ist weg, sobald du ihr eine Chance ermöglichst.«

»Schon klar.«

Das Ganze zermürbt mich. Blind schiebe ich das Handy zurück in die Hosentasche und schreite zum Kaffeeautomat.

Ich mache mir einen Espresso und gemeinsam mit einem Glas Wasser setze ich mich an den Tisch.

Mit aller Kraft, die ich an diesem Scheißmorgen habe, dränge die neuen Informationen zurück und trinke mit Ruhe mein Wasser, dann den Espresso und lege entspannt den Kopf in den Nacken.

Alles wird sich fügen. Und mit Cyrus Leuten, die nun zu mir gehören, habe ich zumindest mehr Möglichkeiten und kann Nola besser schützen.

Es wird sich zum Besseren fügen.

Ebony kommt nach Hause. Ich vertraue Aurelia. Ich werde zu dem kleinen Mädchen geführt, werde sie retten und ehe ich das große Ganze begreife, sind die Drogen auch von der Straße.

Und was mache ich mit Happy?

Damit muss ich mich auseinandersetzen und stehe auf. Ich trinke einen Schluck Wasser, setze mir den Hut auf und verlasse die Küche. Als ich durchs Haus gehe, sind die Männer längst verschwunden und als ich die Treppe nehme und kurz darauf oben im Flur ankomme, sehe ich Dino vor meinem Schlafzimmer. An ihm kommt Happy niemals vorbei.

»Hast du sie wieder gefesselt?«

Er schüttelt den Kopf. »Ich habe die Manschetten gelöst, ihr gesagt, dass sich in der Tasche Kleidung befindet und bin raus.«

»Bleib hier, falls sie mich austrickst.«

Er zögert, weil er genauso wenig daran glaubt wie ich, aber mittlerweile traue ich ihr alles zu. Schließlich nickt er und ich öffne die Tür.

Ich betrete mein Schlafzimmer und falle aus allen Wolken. Hinter mir knalle ich die Tür zu und finde kaum Worte. Ihre nassen Haare kleben an ihrer Haut. In der kurzen Zeit war sie duschen. Sie sitzt breit lächelnd im Schneidersitz auf meinem Bett. In einem Kleid. In einem verdammt engen, pinken Kleid.

»Schon wieder Pink?« Warum bin ich überhaupt überrascht? Sie beeinflusst mich, warum nicht auch Dino?

Oder verarscht Dino mich? Dieser enge Fummel zeigt ihre Kurven im Detail und hat einen tiefen Ausschnitt.

Aber es ist pink.

»Das ist mein fröhliches Pink. Ich bin heute gut gelaunt. Ich trage auch keine Unterwäsche.«

»Wieso trägst du keine Unterwäsche?«, knurre ich angespannt und mein Schwanz regt sich schon wieder. Sie musste es natürlich sagen. Lächelnd zuckt sie die Schultern und meint: »Habe keine bekomme. Nur das Kleid!« Angespannt lasse ich mein Genick knacken und spüre dennoch keine Erleichterung. Nein, ich bin hart und will sie. Ich bin besessen von ihr und ihrem verdammt abartig süßen Körper.

»Du trägst immer nur schwarz.« Sie gluckst so widerlich niedlich.

Ich zeige auf meine Kleidung und erwidere: »Das ist mein genervtes Schwarz«, um anschließend auf den pinken Knäuel auf meinem Bett zu zeigen. »Weil du mich abfuckst, seit meine Augen geöffnet sind!«

»Ich kann ohne Probleme gehen. Ach nein, warte, du hältst mich gefangen, bis du dich entschieden hast, mich zu töten oder zu verkaufen. Ich, Dummerchen, hätte fast dieses kleine Detail übersehen. Und trotzdem bin ich glücklich.«

»Warum solltest du in dieser Situation glücklich sein?«

»Ist es etwa keine erfreuliche Fügung, im Bett des Pestonkels aufzuwachen?« »Nein.«, knurre ich. *Pestonkel.* Jetzt verarscht sie mich doppelt. »Und man nennt mich immer noch Lucifer.«

»Ich frage mich, warum. Ach ja, weil du so böse bist. Dabei deuten die Schnabelmaske, der Spazierstock und deine überzeugenden Foltermethoden auf den guten alten Pestdoktor hin.« Ich könnte sie erwürgen. Erst recht, als sie trällernd ergänzt: »Aber du bist kein Doktor. Daher bist du der Pestonkel.«

Wieso ist sie so abartig fröhlich? Ohne jegliche Furcht? Und warum macht mich das so verdammt an?

»Lucifer. Nenn mich einfach Lucifer wie alle anderen auch.«

»Öhm. Nein. Ich bleibe bei Luciano. Das klingt intimer. Wusstest du, dass es Gewalttätern schwerer fällt, ihre Opfer zu Tode zu quälen, wenn eine persönliche Verbindung besteht? Laut einer Studie …«

»Es ändert gar nichts. Egal, wie nah wir uns stehen oder was irgendwelche Wissenschaftler behaupten! Wenn ich dich töten möchte, hindert mich nichts daran. Wenn ich dich zerstückele, dann weil ich das so will, und ich vermeide es sicher nicht, nur weil zwischen uns etwas ist.«

»Zwischen uns besteht etwas? Was genau? Erkläre es

mir. Denn ich verstehe es einfach nicht. Da sind diese unlogischen Emotionen und …« Indem ich laut aufstöhne, unterbreche ich ihr Geschwafel. Sie fuckt mich ab. Und ich stehe darauf, dass sie sich das traut. »Wusstest du …«

»Happy!«, stoppe ich sie umgehend. »Ich weiß, dass dein nervöser Hintern gerade auf Grundeis schlittert. Denn du folterst mich nur dann mit unnötigen Aufklärungen, wenn die Anspannung dich von innen zerfleischt. Dir ist bewusst, in was für einer Scheiße du steckst. Und anstatt mir die Informationen zu geben, die dir abscheuliche Qualen und womöglich auch den Tod ersparen, schmeißt du mir dein Wissen über allen möglichen Schwachsinn vor die Füße. Entweder hast du bereits dein Testament verfasst, oder du hoffst auf Gnade. Ich muss dich enttäuschen, Happy, Güte wirst du niemals von mir erfahren.«

»Dafür, dass du keine Konversation aufrechterhältst, bist du ein hervorragender Redner. Ich bin von deiner bedrohlichen Ansprache zutiefst beeindruckt. Und ergriffen.« Sie verarscht mich weiterhin und ist sich ihrer ausweglosen Lage nicht bewusst.

»Können wir jetzt darüber sprechen, was dich und die Schnabelmaske verbindet? Wieso du Menschen folterst, verstümmelst und tötest? Welche Ereignisse in deinem Leben dich dazu bringen, über Leben und Tod zu entscheiden? Und …« Das Klingeln meines Handys ertönt, was sie nicht abhält weiter zu quatschen.

Ich hole es aus der Tasche und *alter Sack* leuchtet mir entgegen. Mein Blick fällt auf Happy, was sie umgehend zum Schweigen bringt.

Warum ruft er mich an? Wegen ihr.

Woher hat er diese Nummer? Von ihr.

Verdammt.

»Alles in Ordnung, Luciano?« Ich drehe mich um und öffne die Tür.

»Warte kurz!« Widerwillig schließe ich die Tür und wende mich ihr zu. Im Schneidersitz sitzt sie lässig auf dem Laken und schaut zwischen den langen Wimpern zu mir auf.

»Du musst gehen, oder?«

Darauf gebe ich ihr keine Antwort. Ihr alter Sack – ihr verdammter Daddy hat mich soeben angerufen.

»Und ich muss hierbleiben. Du wirst mich nicht gehen lassen.«

Schweigend schaue ich ihr direkt in die Augen.

»Okay. Ich bleibe hier. Diesmal wirklich.« Gerade ist mir das scheißegal, sollen Dino oder Marcel sie abknallen, wenn sie das Zimmer verlässt. Verdammt, nein! Ich schließe kurz die Augen und dränge meine Wut zurück.

»Nehmen wir mal an, ich würde dich darum bitten, mich zu küssen, würdest du es tun, bevor du mich hier zurücklässt?« Schlagartig öffne ich die Augen. Ihre Lippen verziehen sich zu einem leicht beschämten Lächeln und mit einem Mal wischt sie Verachtung, Wut und Ungeduld beiseite. »Ich meine rein hypothetisch.«

Sie ist so abartig süß, dass sich meine Eingeweide zusammenziehen. Sie lässt mir aber mit den hellblauen Augen, die mich wie große allwissende Kugeln taxieren, keine Chance. Langsam setze ich einen Schritt auf sie zu. »O Happy -«, beginne ich und nähere mich ihr weiter. »- hypothetische Fragen beantworte ich nicht.«

»Du lässt mich darum bitten, obwohl du jetzt weißt, worum es geht?«

Vor dem Bett bleibe ich stehen. Ich beuge mich vor, stütze die Hände vor ihr auf der Matratze ab und schaue ihr geradewegs in die Augen. »Bitte mich darum, Happy«, fordere ich sie raunend auf und ihr Körper reagiert, bevor sie etwas sagen kann. Sie erschaudert und ihr Leib wird von einer Gänsehaut überzogen. Zögernd öffnen sich ihre Lippen und ich staune, wie geräuschvoll und selbstbewusst ihre Stimme erklingt, als sie: »Bitte, küss mich«, ausspricht. O verdammt. Ich lehne mich weiter zu ihr herüber, sodass sich unsere Nasenspitzen fast berühren.

»Nein.«

Ihr Mund klappt auf und sie bekommt die nächste verbale Ohrfeige:

»Du bist ein guter Fick, aber letztlich nur eine kleine widerliche Dealerin!«

Die Abscheu trieft von jeder einzelnen Silbe.

Der Glanz in ihren Augen bestätigt, wie hart ich sie getroffen habe. Ich richte mich wieder auf.

Doch auf der Hälfte zieht sie mich am Kragen zurück und presst ihre Lippen auf meine. Ich schmelze zur Zuckermasse dahin und kann mich nur schwer von ihr lösen. Es geht nicht und ich tue das Einzige, das ich am meisten begehre und sie kaum erträgt. Ich stoße die Zunge vor zu ihrer, küsse sie hart und schlinge die Arme um sie. Fest halte ich sie an mich und spüre ihr rasendes Herz an der Brust. Für diesen einen kleinen Augenblick bin ich an einem noch viel besseren Ort.

Leider hält es nicht lange genug an. Denn mit einer Kraft, die ich nicht verstehe, schubst sie mich von sich. Ihre Ticks sind enttäuschend, schmerzend, aber verdammt zuverlässig. Als wäre nichts gewesen, richte ich meine Kleidung, während sie mich hasserfüllt anstiert. Ohne ein weiteres Wort verlasse ich den Raum. Hinter mir schließe ich ab und werfe Dino einen vielsagenden Blick zu, der zwar alles bedeuten kann, aber nichts davon würde ihn erfreuen. Den gesamten Hass möchte ich ihm entgegenschleudern.

»Verarschst du mich, Dino?«

»Das Bedürfnis ist jeden Tag vorhanden, aber nein, Lucifer, das tue ich nicht. Warum fragst du?«

»Pink? He? PINK!«

»Ich habe nichts anderes gefunden. In ihrem Kleiderschrank ist wohl ‚ne Fee explodiert oder so. Und du hast gesagt, ich soll mich beeilen. Da standen noch Kartons herum, aber in der Eile habe ich nach dem Nächstbesten gegriffen.«

»Ein Kleid und keine Unterwäsche?« Er zuckt die Schultern und wendet sich zum Gehen ab.

»Warte! Du musst nochmal in ihre Wohnung. Sie wird eine Weile hierbleiben und braucht mehr Kleidung.« Seufzend dreht er sich langsam zu mir um und meint zögernd:

»Entschuldige, wenn ich das frage, aber braucht sie das wirklich?«

»Ja!?«

»Weil du Fabios Rat annimmst und was? Sie in ein Restaurant ausführst, mit ihr spazieren gehst? Ihr Nola zeigst? Sie quasi datest?« Was stimmt denn mit Dino nicht?

Ist er jetzt auch übergeschnappt?

»Nein! Natürlich nicht! Sie bleibt hier, bis ich mehr weiß. Fabio, passt auf, dass sie das Haus nicht verlässt! Falls ich sie nicht durchgehend fessle.«

»Und wofür genau benötigt sie dann Kleidung?«

»Damit sie nicht nackt vor euch Idioten herumspringt!«

Ausgerechnet jetzt kommt Fabio dazu und mischt sich ein: »Dann fessle sie ans Bett, dann liegt sie nackt da. So passe ich gerne auf sie auf.«

»Und inwiefern ist das besser?«, blaffe ich dunkel und er lächelt dämlich zurück.

»Das fragst du ernsthaft? Oder hast du Besitzansprüche entwickelt? Ach stimmt, in deinem Zimmer ist nicht irgendein Mädchen, sondern Jellybean.«

»Jelly Bean!«, korrigiere ich ihn betonend und er rollt die Augen. »Und für mich ist sie Happy!«

»Oh. Happy.« Er schüttelt den Kopf. »Was wirst du unternehmen, Luciano? Was willst du mit Happy? Wie sieht dein Plan aus?«

»Sie festhalten, bis ich alle Informationen habe. Dann überlege ich mir, was ich mit ihr mache.«

»Spulen wir vor. Du fickst sie, bis sie dich langweilt, und dann kümmere ich mich um sie. Anstatt sich über die Kleidung Gedanken zu machen, sollte Dino ihre gesamten Sachen holen und ich überlege mir, welches Gästezimmer sie am besten bekommt.«

»Sie wird nicht hierbleiben!« Das geht entschieden zu weit. »Sie vertickt Drogen! Auf meinem Boden! Tote, Fabio. Sie ist für einige tote Menschen verantwortlich!«

»Du meinst also, du fickst sie, bis sie dich langweilt, und

dann lässt Dino sie verschwinden?« Das habe ich nicht gesagt und auch nicht gemeint. Ich weiß es eigentlich selbst nicht. Nur der Teil mit dem *Ficken* klingt nach einem guten Plan. Was es nicht sein sollte und ich sicher nicht länger umsetze.

Verdammt.

In meinem Kopf herrscht überzuckerte Flüssigmasse und keine Vernunft mehr.

Ich streiche mir mit der Hand durchs Gesicht und bin längst nicht bei klarem Verstand.

»Ah, verstehe.« Ich schaue zu meinem Bruder und er schüttelt den Kopf. »Du sitzt in der Scheiße.«

»Was laberst du? Es ist alles in bester Ordnung.«

»Ist es nicht und das weißt du. Und dass du dich jetzt und ausgerechnet in Jelly verliebt hast, ist ein ungünstiger Zeitpunkt. Denn ich brauche dich hier und …«

»Stopp! Halt!«, halte ich ihn auf. »Was sagst du da? Verliebt? Ich bin nicht verliebt!« Wie kommt er dazu, so etwas zu behaupten?

»Doch, bist du. Ich dachte erst, sie holt dich aus dem Trott. Aber es ist mehr.«

»Kein Trott, keine Verliebtheit. Kein gar nichts!« Letztes erreicht ihn ungewollt brüllend, was ihn erneut zum Kopfschütteln veranlasst. Ich scheiße drauf und gehe an ihm vorbei.

»Du merkst es vielleicht noch nicht«, ruft er mir hinterher. »Aber es ist so!«

Mein Handy schrillt schon wieder und ich ziehe es heraus, mit dem Wissen, wer anruft. *Daddy.*

Genauso ist es auch. Und diesmal nehme ich den Anruf entgegen.

»Du hast etwas, was mir gehört«, beginnt er umgehend.

»Deinen Rentenausweis? Nein, den brauche ich nicht.«

»Jelly.«

»Sie gehört mir.«

»Ich habe Ebony.« Ein Rauschen knallt durch meine Ohren und Aurelias Worte werden zu einem Bild. Einem verdammt süßen hinreißenden Bild, das mir das Herz zerquetscht. Ich hätte es früher erkennen müssen.

»Wenn du sie unversehrt nach Hause bringen willst, sollten wir uns treffen.«

»Wann und wo?«

»Heute Abend. Ich schicke dir den Standort!«

Er legt auf und ich schaue zurück zu Fabio.

Dieser alte Sack hat Ebony. Wie soll ich das ihrem Vater erklären?

DREISSIG

Happy

Das Bett wackelt und macht quietschende Geräusche, was mich aus dem Schlaf weckt. Ich reibe mir die Augen und höre die Laute stärker. Spüre, wie das ganze Hochbett schwankt. Hellwach klingeln alle Alarmglocken und formen ein Bild. Ich lausche, um mich selbst zu bestätigen. Dann ertönt dieses Wimmern, das Grunzen. Hier? Ich richte mich im Bett auf und schaue mich um, es ist stockdunkel. Da höre ich ihn flüstern. »Du stehst darauf.« Das ist Jack. Der leibliche Sohn der Millers.

Er vergeht sich an Emma. Sie ist nicht meine Freundin. Ich habe keine Freunde. Aber mir zieht sich dennoch das Herz zusammen. Sie leidet und ich weiß, wie es sich anfühlt. Er tut ihr weh. Wie es die Männer mir tun. Ich kann das nicht hören. Will nichts davon wissen.

Aber ihr Wimmern zieht mir in die Knochen.

Die arme Emma.

Ich schnappe mir das Kissen, beuge mich über das tiefe Gitter und schlage nach unten, wo sie liegt.

»Hau ab! Lass sie in Ruhe!«

»Schlaf weiter!«, flüstert er, aber ich werde lauter und energischer. Ich habe nur ein Kissen. Aber er soll von ihr ablassen.

»Geh weg! Hau ab, du Schwein.«

Plötzlich packt er meinen Arm und mit einer Gewalt zerrt er daran. Sofort wehre ich mich, halte mich fest und trotzdem zerrt er so heftig, dass er mir fast den Arm herausreißt. Ich gebe etwas nach und schreie.

»Lass mich los!« Das Bett bewegt sich heftig und plötzlich werde ich mit einem Schwung vom Bett gerissen, fliege über das Gitter und lande lautstark auf dem Boden. Mit dem Rücken zuerst.

Ich will atmen und kann nicht. Der Schmerz zieht von meinem Rücken hoch in den Kopf.

Der Schmerz ist so groß und meine Lunge steht unter Schock.

Auf dem Boden winde ich mich, kann nicht aufstehen und auf einmal ist er über mir. Er zerrt mir die Unterhose vom Hintern und endlich kann ich wieder atmen. Ich schlage nach ihm, schimpfe, dass er gehen soll. Doch er ist schnell über mir, drückt mir die Hand auf die Lippen und er ist in mir.

Ich schlage auf seinen Rücken ein, was ihm egal ist. Mit seinem Körper presst er mich auf den harten Holzboden und ich brülle gegen seine Hand.

Ohne Möglichkeit mich zu wehren, schreie ich, so laut ich kann.

Ich habe keine Chance.

Er überwältig mich und ich bekomme keine Luft. Niemand hilft mir. Das Zimmer ist gefüllt mit mehreren Mädchen. Wenn wir alle zusammenhalten würden, könnten wir ihn besiegen. Aber niemand sagt etwas.

Keiner tut etwas. Und selbst Emma bleibt in ihrem Bett ruhig.

Ich kann nichts sehen, es ist zu dunkel. Erblicke nur leichte Umrisse. Und er macht weiter, ohne aufgehalten zu werden, obwohl wir Mädchen in der Überzahl sind.

Er zittert an mir und wird auf einmal noch schwerer. Und ich kämpfe erst recht gegen ihn an. Er beugt sich hoch und ich sehe eine Chance und haue nach ihm.

Urplötzlich prallt ein Schlag wie ein Stein auf mein Gesicht. Und ich verliere die komplette Orientierung. Der Schmerz peitscht mir durch den Körper und ein metallischer Film legt sich mir auf die Zunge. Tränen laufen mir wie ganze Meere über die Wangen und ich bebe, als ich ihn nicht mehr spüre.

»Du sagst niemandem, dass ich hier war! Keine von euch. Ihr haltet den Mund!«

Die Tür wird geöffnet und für einen kurzen Moment wird das Zimmer durch das Flurlicht erhellt und ich sehe in Emmas Gesicht. Sie ist hellwach und hat nichts gesagt.

Ich rapple mich auf, obwohl mein ganzer Körper wehtut. Obwohl zwischen meinen Beinen Druck sowie Brennen mir den Gang erschweren und mein Kopf noch schellt, klettere ich die Leiter hoch ins Bett und lege mich hin.

Als die Sonne aufgeht, liege ich im Bett und mein Gesicht

pulsiert noch immer von seinem Schlag. Mein Kopf schmerzt, genauso wie mein restlicher Körper. Ich darf nichts sagen. Aber Jack darf nicht nachts ins Zimmer kommen. Mr. Miller bekommt Geld dafür, dass die Männer uns im Kinderzimmer treffen dürfen. Jack darf uns das nicht antun. Er zwingt mich zum Schweigen, weil er Angst vor einer Strafe hat. Die Tür geht auf und wie jeden Morgen bringt uns Mrs. Miller Frühstück. Sie trägt das Tablett herein, auf dem die Schüsseln mit dem ekligen Haferbrei stehen. Sie stellt es auf dem Boden ab und schweigend klettern wir aus unseren Betten. Da fällt ihr Blick auf mich. Ich beabsichtige, mich vor das Tablett zu knien, um eine Schüssel zu nehmen, da zieht sie mich zu sich.

»Was hast du gemacht? Wie siehst du aus?« Ihre braunen Augen blitzen mich durch kleine Schlitze wütend an und die Augenbrauen sind so eng zusammengezogen, dass sie zu einer werden. »Wie willst du so jemanden empfangen?«, schreit sie und da platzt es aus mir heraus:

»Das war Jack!« Sie lässt mich los und ich schreie: »Er kam in der Nacht ins Zimmer, hat Emma wehgetan und als ich ihr helfen wollte, hat er mich aus dem Bett gezogen und ich bin auf den Boden gefallen und dann hat er mich …« Ich stoppe und sie stützt die Hände in die Hüfte.

»Was hat er gemacht?«

»Er hat mich geschlagen und da -« Ich zeige auf meinen Unterleib. »- wehgetan und gesagt, ich darf es keinen sagen.«

Sie holt aus und mich trifft ihre flache Hand ins Gesicht, die Wucht wirft mich von den Beinen. Ich falle neben das Tablett mit den Schüsseln. Das Klatschen hallt in meinen Ohren, während sich der gewaltige Schmerz durch mein gesamtes Gesicht zieht.

»Du behauptest, mein Sohn hätte dich missbraucht?« Sie spuckt mich an. »Mein Sohn ist ein gutes Kind. Er macht so etwas nicht.« Tränen laufen mir über die Wangen, aber es ist nur dieser gewaltige Schmerz in meinem Kopf, der sie verzerrt vor mir stehen lässt. Sie packt mich am Arm, zieht mich auf die Beine. Ich kann nicht stehen. Das ist ihr jedoch egal, als sie mich auf den wackeligen Beinen aus dem Zimmer zerrt und hinter sich her schleift. Um mich herum ist alles nur verzerrt und erst als sie mich in einen Raum schubst, weiß ich, wo ich bin. Die kalten Fliesen unter mir bestätigen das Badezimmer. Sie zerrt das Nachthemd über meinen Kopf. Sie brüllt immer wieder, was für ein gutes Kind ihr Sohn ist. Ich hingegen bin eine verdorbene Lügnerin. Eine Schlampe.

Eine verdorbene, lügnerische Schlampe.

Sie zieht mich auf die Beine und mein Blick klärt sich, da drückt sie mich gegen die Badewanne und auch wenn sie es nicht sagt, weiß ich, was ich tun soll und klettere hinein. Mit warmem Wasser duscht sie mich ab. Der Wasserstrahl ist bleich und nahezu rötlich braun. Und es wird immer heißer. Sie nimmt einen Hausschwamm und seift und schrubbt mich. Doch plötzlich drückt sie mir den Schwamm mit dem Seifenfilm ins Gesicht. Es brennt mir in den Augen, aber ich kann ihr nicht entkommen. Mit ihrer Hand an meinem Hinterkopf drängt sie mich in die Seifenlauge. »Mund auf!« Ich will nicht, doch sie quetscht mir das Stück Seife zwischen die Lippen, gegen die Zähne und als die Kraft, die sie ausübt, mir bis in den Kiefer schmerzt, gebe ich ungewollt nach.

»Du sagst so dreckige Sachen!«, schreit sie und ich ersticke fast an dem Stück Seife. Ich huste und sie gibt mich frei.

Der Wasserstrahl trifft mich mittlerweile so heiß, dass es mich geradezu verbrennt und ich dem Strahl versuche zu entkommen und gleichzeitig ist die Seife in meinen Augen und im Mund.

Das Wasser geht aus und ich traue mich nicht, mich zu rühren. Sie wendet sich von mir ab und ich zittere automatisch. Die Kälte? Die Angst? Ich weiß es nicht. Erstarrt schluchze ich lediglich und beobachte, wie Mrs. Miller einen Eimer aus dem Schrank unter dem Waschbecken hervorzieht und eine Flasche mit Ammoniak.

Wird sie mich schon erneut abschrubben mit diesem Zeug, das meine Haut reizt und schmerzt? Das nur noch mehr in den Augen brennt und die Atemwege verätzt?

Sie schüttet es in den Eimer und stellt die Flasche zurück. Schweigend, ohne mich weiter zu verfluchen, füllt sie den Eimer mit diesem Dreckwasser, welches aus dem Wasserhahn kommt. Diesen positioniert sie in der Mitte des Raums, während ich nackt, nass und zu Stein erstarrt dastehe und zittere.

Da holt sie eine andere Flasche aus dem Schrank.

Das ist Bleichmittel. Ich kenne es. Das hat Mrs. Millers mir gegeben, um die Blutflecken im gelben Kinderzimmer zu entfernen. Sie schüttet das in den Eimer zu dem Ammoniak.

Das darf sie nicht.

Sie darf das nicht mischen!

»Nein! Nicht!« Ich greife ein und sie schubst mich weg. Ich falle auf den Po und sie verlässt den Raum. Ich höre, wie sie die Tür hinter sich abschließt. Gleichzeitig entwickelt sich der Rauch.

Sie wird mich töten!

Ich habe in Raiders Büchern gelesen, dass sich durch diese Kombination gefährliches Rauchgas bildet.

Meine Augen fangen an zu brennen und der Reizhusten beginnt.

Stickstoffatome!

Sie hat Chloramingas hergestellt.

Am Boden sitzend reiße ich das Handtuch vom Haken und presse es auf Nase und Mund. Dabei weiß ich, dass es nichts bringen wird. Der Dampf vermischt sich mit dem heißen Dunst der Dusche und verstärkt es. Hustend dringt es dennoch in meine Atemwege. Es brennt mir in den Augen und mir wird schwindelig.

Ich muss hier raus.

Das Fenster über der Badewanne. Die Gitter verhindern die Flucht. Aber kaltes Wasser in Verbindung mit frischer Luft könnte mich retten.

Ich springe auf, klettere hustend und weinend in die Badewanne und greife zur Klinke. Es geht nicht. Ich bekomme es nicht bewegt.

Ich lasse das Handtuch fallen, halte die Luft an und kämpfe mit beiden Händen fast blind, weil der Tränenschleier alles vor meinen Augen zum Erlöschen bringt. Doch der Griff, der Husten, das Brennen in den Augen ist viel stärker. Ich wische mir über die Lider und für nicht mal eine Sekunde kann ich klar sehen und erkenne es.

Der Fenstergriff hat ein Schloss. Er ist verschlossen.

Hustend lasse ich mich in die Wanne fallen, presse mir Handtuch aufs Gesicht und mein Hirn findet keine Lösung, es ist genauso verschwommen wie meine Sicht. Werde ich jetzt sterben?

Ich lege mich zurück und kämpfe gegen den starken Reizhusten an, schließe die Augen und atme so flach wie möglich. Aber meine Lunge brennt. Und mein Mund. Alles. Der Schweiß klafft aus allen Poren und ich lege die Stirn an die Wanne.

Ich kriege kaum Luft und mir ist so übel.

Auf einmal bewegt sich mein Körper. Ich rutsche ruckartig und knalle mit meinem Kopf irgendwo gegen. Ich bekomme Sauerstoff und irgendwie auch nicht. Etwas Schweres liegt auf mir. Und der Schmerz verteilt sich in mir. Ich will meine Arme bewegen und merke den Griff an den Handgelenken, die mir unterhalb an die Brust gepresst werden. Und etwas presst sich mir auf Mund. Ich spüre den Wind, der auf mein Gesicht prallt. Nein. Ich öffne die Augen und liege auf den Fliesen. Er grunzt und sofort wehre ich mich gegen den Überfall. Doch er hält mich fest im Griff und liegt auf mir.

Er nähert sich meinem Gesicht und ich wende den Kopf von ihm ab, während er mir den Mund mit seiner Hand zudrückt.

»Ich habe dir gesagt, du sollst den Mund halten«, grunzt er mir ins Ohr. Und ich gebe auf. Der giftige Dampf machte mich bewusstlos und er nutzt es aus. Ich halte den Mund, weil ich sonst mehr leide. »Und künftig gehst du nur noch ohne Unterhose ins Bett.«

Ich schließe die Augen, lasse es geschehen und denke daran, dass ich in wenigen Stunden im Klassenzimmer sitzen werden. Mr. Peterson wird da sein, mich Neues lehren und mich vor diesem Monster schützen. Vor ihm und den anderen. Mr. Peterson wird da sein.

Ich öffne die Augen und schaue zu der hellen Decke des Badezimmers. Auf dem Boden liegend, horche ich in mich hinein. Es wäre das Beste, Luciano alles zu erzählen, ihm zu erklären, wie wichtig die Geleemandeln für mich sind und was wirklich im Umlauf ist. Ich weiß zwar nicht, ob ich richtig liege, aber das Aufeinandertreffen mit Dale ist für mich kein Zufall mehr. Es ist ein Beweis.

Jeda ist im Verkauf und Luciano denkt, dass ich es auf den Markt gebracht habe. Liegt er damit so falsch?

Wenn ich ihm alles erzähle, ist die Konsequenz dann nicht viel schlimmer als die Wahrheit, die ich ihm verschweige?

Er ist sich nicht sicher, ob ich die Toten zu verantworten habe. Und solange er nicht weiß, in welcher Verbindung ich dazu stehe, kann er mir nichts Schlimmeres antun, als mich lieben zu lernen.

Er würde es vielleicht verstehen, wenn ich ihm die ganze Wahrheit erzähle. Ich hebe den Unterarm vor meine Augen und betrachte die kaputte Miss Pinky, die meine Vergangenheit verdeckt.

Anderseits hat Mr. Peterson mir eindringlich nahegelegt, darüber zu schweigen, was mir widerfahren ist. Ich wollte den Neuanfang und das war seine Bedingung. Ich will mein Wort nicht brechen.

Seufzend senke ich den Arm wieder. Luciano muss mir vertrauen.

Seit einer geraumen Zeit liege ich im Bad.

Da ich keine Happys habe, eingesperrt bin und nicht wusste, wie ich meine Gedanken einsortieren konnte, legte ich mich ins Bad auf den Boden, um mich zu erden und nicht direkt gestört zu werden, falls einer das Schlafzimmer betritt.

Aber jetzt muss ich mich wieder zusammenreißen.

Luciano muss es verstehen. Ich muss ihn zumindest über die Geleemandeln aufklären, damit er erkennt, dass sie keinen Schaden anrichten.

Motiviert stehe ich auf und betrete das Schlafzimmer. Ich schaue mich um. An sich lehne ich es ab, ein Zimmer zu durchsuchen. Ich bin neugierig. Aber nicht so sehr, dass ich etwas über Luciano erfahren möchte, was er besser vor mir verborgen halten sollte. Manches Wissen schadet nur.

Dennoch schaue ich mir die Gegenstände auf seiner Kommode an. Ich nehme einen Knochen in die Hand. Der ist klein und neugierig wie ich dann wieder bin, klopfe ich damit vorsichtig auf die Holzkante. Er ist hohl.

Ich tippe darauf, dass hier einige Hühnerknochen liegen. Aber wozu hat man Hühnerknochen? Ist das eine New Orleans Deko?

Gruselig ist es. Genauso wie diese Statue in Bronze. Ich habe keine Ahnung, wer oder was dieses Wesen darstellt. Hörner auf dem Kopf, die nach oben ragen. Stellt es den Teufel dar? Eine interessante Art und keine, die mir geläufig ist. Er ist ein Mann und hält eine zweischneidige Axt in der Hand. Eine Doppelaxt mit langem Griff wie eine Hellebarde. Auf einem Markt erzählte mir Mr. Peterson alles über diese mittelalterlichen Waffen, die so schön verziert waren. Und auch dieses in der Statue ist detailliert gegossen worden. Ein winziger Totenkopf mitten auf dem Eisen und kleine filigrane Ranken umschlingen den Griff. Aber sonst gleicht dieser kleine Staubfänger einem Mann und keinem Dämon.

Ich lege den Knochen hin und nehme die leichte Statue

in die Hand, beschaue sie genauer und suche nach einem Schriftzug, der mir erklärt, wer oder was es ist. Da knurrt mein Magen und ergebnislos stelle ich sie wieder hin. Mich im Raum umschauend, entscheide ich mich, das Zimmer zu verlassen.

Das Kleid streiche ich mir glatt und tapse barfuß zur Tür.

Ich habe nicht vor, wegzulaufen. Ich habe nur Hunger und Durst. Und langweile mich in dem düsteren Zimmer, das nach Luciano riecht, übe ich im Geiste meinen Text, mit der ausgestreckten Hand zur Klinke. Gut, den letzten Teil lasse ich besser weg.

Mit zusammengebissenen Zähnen und schrillenden Alarmglocken im Kopf drücke ich die Türklinke herunter. Langsam öffne ich die Tür und ziehe den Kopf ein. Doch niemand steht da und schreit mich an, im Zimmer zu bleiben.

Vorsichtig strecke ich den Kopf heraus. Der Flur ist leer.

Vertraut mir Luciano so sehr? Und das, nachdem ich bereits einmal geflüchtet bin?

Obwohl er mir den Tod androhte?

Ich wusste, dass er genauso fühlt wie ich.

Trotzdem ist da dieses ungute Gefühl in meinem Bauch. Was mich jedoch nicht abhält, den Flur zu betreten. Doch bevor ich in die nächste Gefahr laufe, schaue ich mich um, gehe zum Geländer und blicke hinunter.

Fabio sitzt mit seinem Handy in der Hand auf dem Sessel. Ein Bein liegt mit dem Fußknöchel angewinkelt auf dem anderen. Er wirkt nicht beschäftigt und doch konzentriert. Sein grauer Hut ruht neben ihm auf der Armlehne und zum ersten Mal sehe ich sein dunkles braunes Haar komplett. Er hat lockiges Haar. In Wellen ist es streng nach hinten in einen Zopf gebunden. Was haben diese Männer nur immer mit ihrem Hut?

Luciano hat so schön weiches, dichtes Haar und Fabio so perfekte Wellen. Warum verstecken sie es unter dem Hut?

Ich tapse, am Geländer entlang, voran und lasse Fabio nicht aus den Augen. An der Treppe angekommen, gehe ich sie hinunter und erst, als ich auf der letzten Stufe stehe, schaut er auf. Dabei war ich barfuß so leise.

»Wo stehst du?«, fragt er und seine Grübchen lachen mich an, die unter seinem Lächeln zum Vorschein kommen. Seine Frage jedoch irritiert mich, weshalb ich auf die Stufe hinunterschaue und eher verwirrt sage: »Auf der Treppe.«

Er lacht und ich schaue in die Augen, die Luciano so stark ähneln. Etwas Dämonisches haben diese bernsteinfarbenen Iriden, die Gelb leuchten.

»Nein, Jelly. Das sagt man hier so. Ich habe dich gefragt, wie es dir geht.«

»Oh. Mir geht es gut. Danke.« Ich überwinde die letzte Stufe und nähere mich ihm. Er beobachtet jeden Schritt, aber mit einer Gewalt, die mich einschüchtert. Er lächelt, aber etwas sagt mir, dass es nur Sekunden braucht, bis es in seinem Gesicht stirbt und er mich qualvoll ermordet. Bei ihm schlägt meine Intuition extrem an. Gegenüber von ihm setze ich mich auf das Sofa. Irgendetwas an diesem Bild hier ist falsch.

»Ein Tisch fehlt hier«, spreche ich meinen ersten Gedanken laut aus und zeige auf die Leere zwischen uns.

»Der ist kaputt. Hier leiden nicht nur Menschen unter

Lucianos Wut.« Er sagt es mit einer Belustigung in der Stimme, die mir Angst einjagt. Etwas an ihm ist bizarr, was ich nicht genau einordnen oder zuordnen kann.

Daher frage ich: »Wird er mich töten, Fabio?«

»Wenn du das denkst, bist du doch nicht so schlau, wie du immer tust. Der Teufel würde sich nicht für dich interessieren, wenn du nicht wertvoll für ihn wärst.«

Deswegen befürchte ich, dass er mich verkauft.

Ich atme durch und frage, was mir am meisten Angst macht:

»Wird er mich verkaufen?« Ich schließe die Augen. »Sei bitte ehrlich.«

»Nein.«

Ich schlage die Lider auf und in seinen Augen sehe ich die Wahrheit. »Du solltest dir überlegen, wem du vertraust, Jelly.«

»Ich soll Luciano nicht vertrauen?«

»Luciano ist nicht dein Feind, Jelly. Und ich denke, das weißt du auch.«

»Er interessiert sich nur für mein Wissen. Und ich weiß, was passiert, wenn ich mein Wissen nicht freiwillig mit ihm teile. Und auch, was passiert, wenn ich es tue.«

»Du schätzt Luciano falsch ein.«

»Ich habe es gesehen, Fabio.« Würde ich es aushalten, wenn er mich zerstückelt? Niemals.

»Trotzdem sitzt du hier, schläfst in seinem Schlafzimmer. In seinem Bett. Und dir fehlt es an nichts«, meint er und mir ist klar, dass er mich nicht in einen Raum einsperrt und mir Nägel in den Körper hämmert.

»Ich bin eine Gefangene, eingesperrt in diesem Haus.

Ich will nicht wissen, was er mit mir macht, wenn ich ein weiteres Mal gehe.«

»Das solltest du auch nicht herausfinden, Jelly. Aber wenn es dir hilft ...« Er stellt den Fuß auf den Boden zu seinem anderen, beugt sich vor und meint: »Du würdest nicht mehr Freiheit bekommen, selbst wenn du ihm alles sagst, was er wissen möchte.«

Bedeutet das, er wird mich nie wieder gehen lassen? Oder dass er mich auf die eine oder andere Weise foltern wird, bis mein Körper nachgibt und ich sterbe?

»Kann ich dir sonst noch helfen?«, will er wissen und lehnt sich zurück. Wie auf Kommando meldet sich mein Magen und knurrt laut. Sofort halte ich mir den Bauch und lächle ihn an.

»Ich bin hungrig.«

»Dann komm mit« Er steht auf, nimmt den Hut und setzt ihn sich wieder auf die schöne Haarpracht und geht voran, während ich ihm folge. Kurz darauf betreten wir die Küche. Sie ist riesengroß, mit einer zentralen Theke, die mindestens vier Meter lang ist. Links an der Wand steht ein Esstisch mit Stühlen, der Platz für zwölf Personen bietet. Und rechts erstreckt sich die Küchenzeile, wo Fabio vor dem Kühlschrank steht. Mit vollgepackten Händen schließt er die Tür mit dem Fuß und stellt alles neben den Herd.

Er wirbelt an der Küchenzeile herum und ich wundere mich, als er etwas in den Backofen schiebt, eine Pfanne am Herd mit Butter erhitzt und die Kaffeemaschine anwirft, die eigentlich ihre eigene Miete zahlen müsste bei der Größe.

An der Theke stehen keine Stühle, weshalb ich mich daran lehne und die Arme aufstelle. Mit dem Kinn in den Händen beobachte ich ihn, wie er Toastscheiben auf einen Teller legt und jede einzelne der vier mit Senf und Mayo bestreicht.

»Du musst nicht so einen Aufwand betreiben. Mir reicht auch ein Erdnussbutter-Marmeladen-Sandwich.«

Er stöhnt laut auf und wirft mir über die Schulter einen Blick zu, als wollte er mich mit seinen Augen aufschlitzen.

»Okay. Ich habe nichts gesagt«, lenke ich ein und er belegt zwei Scheiben mit Käse und Schinken. Dann drückt er es aufeinander. Während die Butter in der Pfanne brutzelt und der Kaffeeautomat das widerliche Zeug ausspuckt, schlägt er in einer Schüssel ein Ei mit Milch auf und würzt es.

Was er da wohl macht?

Pancakes sind es jedenfalls nicht und Frenchtoast auch nicht. Das Sandwich legt er in die Schüssel und dann in die Pfanne. Bei dem Anblick knurrt mein Magen noch lauter, was er sicher nicht hört.

Es dauert nur wenige Minuten, da dreht Fabio sich mit einem großen Teller um. Darauf sind vier Dreiecke, wo der Käse köstlich hinaus fließt, zwei süße Hörnchen und am Rand ein wenig Marmelade. Er stellt es mir gemeinsam mit einer kleinen Tasse Kaffee hin und während ich auf den vollgepackten Teller starre, bekomme ich noch ein Glas Wasser.

Ich schaue auf und bin wahnsinnig überrascht. Es sieht so lecker aus und mein Mund ist voller Speichel.

»Danke.«

»Aber?«, hört er ganz richtig heraus.

»Ich trinke keinen Kaffee.«

»Ihr Amerikaner. Erdnussbutter und Marmelade und keinen Kaffee. Dann trink dein Wasser oder brauchst du einen Milchshake?« Ich habe ihn wohl beleidigt und seine fiese Seite kommt zum Vorschein. Gemeinsam mit dem verzerrten Gesicht, welches sein attraktives Ansehen zu einer abstoßenden Fratze macht.

»Nein, ich mag doch Kaffee«, lenke ich ein, aber es ist zu spät. Obwohl ich mir dieses Gebräu herunter gezwungen hätte, da es ja auch nur eine winzige Tasse ist, greift er zum Glas mit dem Wasser, trinkt es zu Hälfte leer und nimmt dann die Kaffeetasse, die in seinen großen Händen verschwindet.

»Nein, Jelly. Du weißt es nicht zu schätzen. Iss.«

Aber eine andere Frage streichelt meine Neugier. »Warum hast du zuerst das Wasser getrunken?«

Er verdreht die Augen, als wolle er sehen, ob jemand hinter ihm steht, ohne sich umdrehen zu müssen, und seufzt schwer.

»Zum Neutralisieren, iss jetzt, wenn es warm ist, schmeckt es am besten.«

»Warum zum Neutralisieren?«

Er stellt die Tasse ab und stützt sich an der Fläche der Theke ab.

»Um den Geschmack komplett auszukosten.«

»Vom Kaffee?« Er verdreht wieder die Augen und nickt dann. »Iss jetzt endlich!«

Ich nehme den Teller und beabsichtige, mich zum Tisch umzudrehen. Doch er hält mich auf.

»Wohin?«, blafft er mich an und ich bleibe in der Drehung stehen.

»Öhm. Zum Tisch.«

»Wir essen unser Frühstück hier an der Theke. Im Stehen. Je eher du unsere Sitten kennst, umso leichter wird es für dich.«

Essen im Stehen? Sitten?

Ich atme aus, stelle den Teller wieder ab und greife nach dem Käse-Schinken-Ei Sandwich, welches warm zwischen meinen Fingern liegt.

Als ich hineinbeiße, schmecke ich die Mischung und kaue stöhnend.

»Immerhin etwas, was du zu schätzen weißt.« Mit vollem Mund nicke ich und er legt die Arme auf der Theke ab und trinkt den Kaffee.

Er beobachtet mich, während ich esse. Aber dieses köstliche Sandwich und die süßen Hörnchen mit der Erdbeermarmelade trösten mich darüber hinweg, dass ich beim Essen stehe und er mich mit Blicken foltert.

Ich leere den Teller und Fabio stellt mir ein Glas Milch hin. Es fühlt sich fast wie eine Belohnung an, weil ich schwieg und sein Mahl sichtlich genoss.

»O Fabio! Danke!« Ich schiebe den leeren Teller von mir. »Du musst bei mir einziehen und das jeden Tag für mich zubereiten.«

Er lacht schief und meint: »Du bist wohl nicht im Bilde darüber, wie das hier läuft.« Und dreht sich mit dem Teller um. »Komm, Jelly«, fordert er mich auf, gerade als ich seine Worte hinterfragen wollte. Er drängt mich, ohne mich zu berühren, aus der Küche, und räumt das Geschirr nicht einmal in die Spülmaschine.

»Der Teller!« Er bleibt direkt hinter mir stehen, mit ausgebreiteten Armen. »Darum kümmern sich die Haushälterinnen.«

»Oh.« So etwas haben die hier? Gut, es ist ein großes Haus. Eine Villa mit reichlich vielen Zimmern und Fluren. »Geh, Jelly!«

Ich nicke und gehe hinaus. Neben mir geht er durch den Flur und schweigt, wie es sein Bruder so gerne tut.

»Erzählst du mir, von dir und Portia?« Ich kann leider nichts für meine Neugier.

»Was möchtest du wissen?«, stellt er die Gegenfrage und ich bin erleichtert, dass er kommunikativer ist als Luciano.

»Wie hast du dich in sie verliebt?«

»Ich kenne Portia ihr ganzes Leben. Für mich war sie immer ein temperatmentvolles, nerviges Mädchen.« Ich kichere, als ich mir meine beste Freundin als Kind vorstelle. »Aber als sie aus Princeton zurückkehrte, weil ihr Vater erkrankte, stellte ich fest, was für eine wunderschöne junge Frau aus ihr geworden ist. Früher habe ich sie nie beachtet. Und dann hat sie sich so aufopferungsvoll um ihren Vater gekümmert. Für ihn ließ sie alles stehen und liegen, interessierte sich nicht mehr für ihre großen Träume und kümmerte sich um alles.« Das ist Portia, wie ich sie kenne. Aber eines stört mich.

»Du registriertest erst, wie großartig sie ist, als sie nach Hause kam?«

»Ja, vorher war sie nur aufdringlich und nervtötend. Für ein junges Mädchen auch viel zu aufbrausend.« Aber

Portia erzählte mir eine ganz andere Geschichte. Dass sie eben schon vor Princeton verliebt waren und die Eltern diese Verbindung nicht wollten. Sie ging zur Uni, wir lernten uns kennen und als ihr Vater erkrankte und sie nach Hause zurückkehrte, begann die Liebe aufs Neue, als wäre sie niemals weggewesen. Automatisch fange ich an zu rechnen. Denn hier stimmt etwas nicht. Fabio ist um einiges Älter als wir. Wenn sie Fabio meinte, hatte sie eine Affäre, als sie unter achtzehn war und er mindestens Anfang dreißig. Mir klappt der Mund auf.

»Wie alt bist du Fabio?«

»Vierzig.« Ich habe richtig geraten. Kein Wunder, dass er auslässt, dass sie sich früher verliebten. Mein Herz pocht heftig und ich kann mir kaum erklären, wie sich die Menschen um mich herum so verhalten können. Was finden Männer an Kindern?

»Hast du noch eine Frage?«

»Wo ist Luciano eigentlich?« Ich brauche Antworten. Aber ganz sicher nicht mehr von ihm.

»Er hat einen Anruf bekommen und musste weg.« Bloß nicht zu viele Informationen geben, ich könnte ja abhauen und direkt zum FBI laufen. Bei dem unverantwortlichen Umgang mit kaum geschlechtsreifen Mädchen sollte ich das besser auch tun.

Dabei wissen wir beide, dass ich nicht mal bis zur Haustür komme. Nochmal fällt der große Mann mit der finsteren Miene nicht auf mich rein.

»Er kann sich nicht allein um dich kümmern, Jelly.«

Wir kommen wieder im Innenhof an und ich frage:

»Um wen muss er sich denn kümmern?« Um noch mehr Kinder?

Fabio lässt sich in den Sessel fallen mit: »Eliana.«

Vor dem Sofa bleibe ich stehen und er zeigt mit dem Finger, dass ich mich ihm gegenüber hinsetzen soll. Ich kann nicht.

Eliana?

Eine Frau? Er muss sich jetzt um eine Frau kümmern. Das ist nicht besser! Doch, aber nur minimal.

»Eliana? Er ist bei einer Frau?«, hauche ich und bin mir nicht sicher, warum mich das so stört. Und auch nicht, wieso mich sein zustimmendes Nicken verletzt.

Ja, es tut weh.

Das eine war nur eine Mutmaßung. Eine dumme Überlegung, die mir Daddy ins Hirn gepflanzt hat, zu der ich noch keine echte Bestätigung bekommen habe. Nur weil Fabio sich an Mädchen heranmacht, bedeutet es nicht, dass Luciano es genauso hält. Und sie nicht nur missbraucht, sondern auch verkauft.

Aber Eliana ist echt, wahr und gegenwärtig.

»Eine Frau?«

»Setz dich, Jelly.«

Auf meiner Lippe kauend, setze ich mich hin und begreife nicht, warum mein Körper sich so schwer anfühlt und ich schreien will.

»Bleib cool, Jelly. Er fickt momentan nur dich.« Seine Worte schlagen auf mich ein. Er ist so vulgär wie sein Bruder. Und was soll: *Momentan*, bedeuten?

Meine Gedanken werden durch klackende Absätze unterbrochen. Ich folge dem Geräusch und kurz darauf kommt eine Latina-Schönheit in einem engen grünen Kleid die Treppe hinunter. Langes, lockiges braunes Haar fliegt ihr über die Schulter und rahmt zugleich ihr sehr ansehnliches Gesicht mit den vollen roten Lippen ein. Sie hat endlose Kurven, eine schmale Taille und Beine, die bis zum Himmel reichen. »Ich bin einkaufen!«, gibt sie zur Kenntnis und ihr Blick aus den grünen Augen, die mit ihrem Kleid um die Wette strahlen, landet auf mir. Ihre perfekt gezupften kantigen Augenbrauen kräuseln sich leicht und auf den hohen Absätzen ihrer schwarzen High Heels nähert sie sich einige Schritte.

»Eine Neue?«, wendet sie sich an Fabio. »Ja«, antwortet er knapp und ich verstehe nicht, was mit Neuen gemeint ist. Eine Neue von Luciano? Eine Neue zum Verkauf? Ihre Kleidung und die Handtasche, die ihr locker um die Schulter hängt, sehen zu kostspielig aus.

»Hey.« Ich winke ihr zu. »Ich bin Jelly.«

»Jelly?«, fragt sie Fabio und schaut dann zu mir. »O Chica, du bist Marcel entkommen, indem du ihn verarscht hast.« Sie lacht und ich steige bei ihrer wunderschönen Stimme mit ein.

»Ja, erwischt.«

»Clever, Chica!« Sie tippt mit ihren perfekt manikürten Fingernagel an ihre Schläfe und wendet sich dann Fabio zu.

»Sag Reese, dass er mich anrufen soll.« Fabio nickt knapp, und sie wendet sich mir zu: »Kannst du das glauben, seit Tagen meldet er sich nicht. Er wohnt auch hier und geht mir aus dem Weg!«

»Er arbeitet, Laurie.« Laurie heißt sie also. Ein wunderschöner Name für eine sehr attraktive Frau.

»Arbeiten?« Sie schnaubt. »Ihr habt es ihm gesagt, oder?«

»Was, Laurie? Was sollten wir ihm gesagt haben?«

»Na, das mit Luciano.« Ich horche bei ihren Worten automatisch auf und spanne mich an, als sie sich zu mir wendet und sagt: »Da lutsch' ich Lucianos Schwanz und schon meldet sich Reese nicht. Als würde er nicht über jede Schlampe steigen, die hier ein und aus geht. Du hast bestimmt auch mit ihm gebumst.« Erschrocken sitze ich da und schüttele nur mit dem Kopf. »Und wenn doch, ist es mir auch egal!« Sie wirft die Arme in die Luft und wendet sich an Fabio, während mir weiter schlecht wird.

»Sag ihm, er soll anrufen und hört auf zu tratschen!«

»Niemand interessiert sich für Lucianos Schwanz, nur ihr Weiber.«

Sie schnaubt wieder und wendet sich ab. Über den Boden stöckelnd verlässt sie das Haus und ich kann nicht glauben, was ich gehört habe. So wie es sich anhört, hatte sie erst vor Kurzem etwas mit Luciano. »Sie ist auch so ein heiteres Geschöpf wie du.« Fabios Worte ziehen an mir vorbei.

»Jetzt schau nicht so. Er hat deinen Namen gestöhnt.«

Das glaube ich ihm nicht. Und es hilft auch nicht gegen den Schmerz, der mir die Tränen in die Augen jagt. Ich verstehe dieses Empfinden nicht. Aber es tut wirklich von innen heraus weh und legt meinen Körper komplett lahm.

»Eliana, Laurie. Serafina. Wie viele noch?«, frage ich mich eher selbst, doch Fabio richtet sich sofort auf, stützt die Arme auf die Beine und beugt sich vor.

»Serafina? Woher kennst du diesen Namen?« Ich schlucke und schaue in den Wirbelsturm in seinen Augen.

»Ich habe gehört, wie ihr über sie gesprochen habt.«

Er hebt den Finger und sein Gesicht zieht sich zu dieser Fratze zusammen, die noch gefährlicher wirkt, als alles, was ich jemals gesehen und gespürt habe.

»Ich gebe dir jetzt einen überlebenswichtigen Rat.« Ich schlucke, während er mit dem Finger vor meiner Nase fuchtelt.

»Du sprichst diesen Namen niemals vor Luciano aus, hast du mich verstanden?«

Ich nicke und mir wird klar, dass sie unter all den Frauen, die in seinem Bett liegen, ein besonderes Mädchen ist. Und das bin sicher nicht ich. Es ist Serafina.

Ist sie auch so hübsch wie Laurie?

Ich schließe die Augen und hole mir die Gegenwart vor Augen. Er will nur wissen, was mit den Drogen auf seinen Straßen ist. Er will nicht mich. Und bislang war er nett, weil er an dieses Wissen wollte.

Er spielt mir den Geliebten vor, ohne sich selbst zu verausgaben, und wenn er nicht weiterkommt, zeigt er mir sein wahres Ich.

Tief durchatmend, schaue ich Fabio an, der lässig im Sessel zurückgelehnt sitzt.

»Meine Geleemandeln sind nicht das Problem, Fabio es sind ...«

»Ciao piccolo!«, werde ich stürmisch unterbrochen und Fabio springt auf. Eine kleine, rundliche Frau kommt Arme schwenkend in den Innenhof. Als Fabio auf sie zugeht, begrüßt sie ihn überschwänglich, küsst ihn und obwohl er zwei Köpfe größer als die ältere Dame ist, kann er sich nicht vor ihr retten. Sie kneift ihm in die Wagen, spricht eindeutig auf Italienisch und knutscht sein ganzes Gesicht ab.

Dieses Bild ist so witzig, dass ich kichere und für einen Moment vergesse, warum ich Fabio gerade alles erzählen wollte. Mit ihrer Hand in seiner Armbeuge dreht sich Fabio zu uns um. »Mamma, das ist Jelly. Ich habe dir von ihr erzählt.« Sie ist Lucianos und Fabios Mutter. Sofort springe ich auf. »Hallo, ich bin Jelly.« Anstatt ihr die Hand zu reichen, verschränke ich die Arme auf dem Rücken. Sie beschaut mich aus diesen hellbraunen fast gelben Augen, wie sie ihre Söhne haben, von oben bis unten.

Sie schaut zu Fabio auf und meint: »Sie ist jung.«

»Ich bin zweiundzwanzig Jahre alt, Mrs. Dell´Agostino.«

»O Bambina, nenne mich Mamma. Alle nennen mich Mamma.«

»Okay, Mamma.« Sie lächelt und streckt die Arme nach mir aus.

»Komm her, lass mich dich ansehen.«

Aber ich kann nicht. Ich stehe erschrocken da und sie wedelt die Hände nach mir. Der Kloß in meinem Hals wächst verheerend schnell an und meine Beine werden plötzlich weich. Sie setzt einen Schritt auf mich zu und breitet die Arme aus. Automatisch spanne ich mich an und senke die Lider. Fest beiße ich die Zähne aufeinander und halte ungewollt die Luft an.

»Hübsch.« Ich öffne die Augen und sie steht direkt vor mir. Ich bin nur wenige Zentimeter größer als sie und sie beguckt mich mit ernster Miene und ausgebreiteten Armen.

»Dreh dich, Bambina. Dreh dich.« Verwirrt, weil sie mich nicht berührt, drehe ich mich zögerlich und sie nickt.

»Du sollst schlau sein und bist hübsch. Eine gefährliche Mischung, Bambina.«

Sie verschlägt mir die Sprache.

»Setz dich.« Mit den Armen wedelnd, wie ich es nur von Portia kenne, zwingt sie mich, wieder Platz zu nehmen. Gleich neben mir setzt sie sich hin und lässt mich nicht aus den Augen. Und dennoch mag ich sie. Sie ist unvergleichlich und sympathisch und sie berührte mich nicht.

»Das Drogenmädchen, das nicht berührt werden will.« Damit zeigt sie, dass sie bestens informiert wird.

»Da hast du dir aber Ärger eingebrockt.« Dennoch lächelt sie und zwinkert mir zu. Ich schaue zu Fabio, der sich nicht hinsetzt.

»Du passt auf sie auf, ja? Ich muss gehen.«

»Ja, aber Finger weg von dem Mädchen!«, schimpft sie. Fabio zwinkert ihr nur zu und ich bin mir nicht sicher, ob sie Portia meint oder eine andere Frau, als er sich umdreht und geht. Aber ich weiß, dass sie meine Babysitterin ist, was mich zum Kichern bringt.

»Er hat einen miserablen Frauengeschmack. Und was lachst du?«

»Sie müssen auf mich aufpassen.«

»Natürlich. Du bist das Drogenmädchen. Drogen sind schlecht. Sie zerstören Körper, Geist und ganze Familien.«

»Das sehe ich anders. Es ist die Sucht, die alles zerstört. All das, was im Umlauf ist, ist natürlich schlecht. Aber gefährlich wird es erst, wenn man süchtig wird. Und das ist auch das eigentliche Problem, das niemand wahrhaben möchte. Um die Welt zu verbessern, sollte man zunächst verstehen, warum manche sie missbrauchen. Aber wir müssen lernen, zwischen *Probieren* und *Süchtigwerden* zu unterscheiden.«

»Ah, zu probieren ist auch schlecht.«

»Nein, das Probieren sorgt für Erfahrung und Fehler erschaffen Lösungen. Man muss die Dynamik verstehen. Warum werden Drogen konsumiert? Der Konsum verdrängt die Realität und wir bekommen ein besseres Gefühl. Was uns dann süchtig macht. Und weil viele Drogen Wirkstoffe enthalten, die das Bestätigungshormon aktivieren. Nicht bewältigte Schmerzen und Dopaminproduktion sind das Problem. Nicht die Substanz. Wir Menschen müssen lernen, dass Erlebnisse und Ereignisse unser Leben, wie wir es kannten, für immer negativ prägen. Darüber zu sprechen, hilft nicht jedem. Wir müssen begreifen, dass ein Schmerz nach einem Unfall nicht mit Morphin behandelt werden muss, sodass es selbst Kinder in eine Sucht zieht. Der Körper erlebt dasselbe Trauma wie die Psyche. Wir brauchen eine andere Lösung. Eine Zuflucht, die uns nicht abhängig macht, uns mit dem Erlebten unterstützt und Energie schenkt, obwohl wir keine Motivation haben wollen.«

»Eine neue Droge, ja? Macht es das besser?«

»Wenn es den Körper nicht schädigt, dem Geist hilft und die Familie rettet? Ja, warum auch nicht? Allein schaffen wir das nicht! Und das Leben ist zu kurz, um es eben nicht voller Glück in jeder Sekunde zu erleben. Wir müssen es komplett ausschöpfen, denn morgen könnte alles vorbei sein.«

»Ich mag deine Einstellung, Bambina. Aber dafür Drogen zu missbrauchen, hat Gott nie vorgesehen.«

»Kennen Sie keine Migräne?«

»Ah ... Ich habe Kinder, natürlich. Seit sie auf der Welt sind, habe ich regelmäßig Migräne.«

»Und Sie haben nie Schmerzmittel genommen?«

»Oh, doch. Natürlich.«

»Warum tun Sie das? Schmerzmittel signalisieren, dass alles in Ordnung ist, dass es Ihnen gut geht. Aber Ihnen geht es nicht gut! Ihr Körper signalisiert es Ihnen doch. Und Sie unterdrücken es, indem Sie Schmerzmittel nehmen. Wenn Sie stattdessen jedoch etwas nehmen, was Ihnen zwar die Schmerzen nicht so viel nimmt, Ihnen dagegen Energie schenkt und auch zeigt, was Sie falsch machen, sodass Sie keine Schmerzmittel mehr brauchen. Denken Sie nicht, dass das viel besser ist?«

»Ah, das ist träumen.«

»Nein, unterbewusst wissen wir um ein Hundertfaches mehr. Wir nehmen es nur nicht bewusst wahr. Andere natürliche Substanzen jedoch aktivieren das Unterbewusstsein und all die Abteilungen in unserem Hirn, die wir nicht so oft verwenden. Wir erkennen dadurch nicht nur das Problem, sondern finden auch eine Lösung.«

»Bambina, du wirst mich nicht von Drogen überzeugen. Und Luciano schon mal gar nicht. Dafür hat mein Sohn zu viel verloren.«

»Was hat er genau verloren?«

»Die Zuversicht, Hoffnung, den Glauben und auch die Liebe.«

»Serafina.«

Sie nickt.

»Wir haben sie alle geliebt. Aber Lucianos Verbindung zu ihr war stark.«

Ich schaue auf meine Finger, die ich wie von selbst knete. Sie legt ihre sehnige Hand auf meine und ich schaue auf.

»Es ist lange her, aber es hat ihn verändert. Du wirst ihn nicht zurückholen. Auch wenn Fabio sich das wünscht.« Zwar begreife ich nicht, was sie meint, und frage stattdessen, was mich am meisten interessiert: »Hat sie ihn verlassen oder umgekehrt?« So wie ich es verstehe, ist Serafina drogenabhängig. War er gezwungen, sie zu verlassen? Oder trennte sie sich, weil er sie verbessern wollte?

»Keins von beidem.«

Sie ist also noch in seinem Leben.

Stimmen und Schritte nähern sich und das unverwechselbare Geräusch von einem Spazierstock, der auf den Boden tippt. Luciano kommt. Seine Mutter dreht sich um und auch ich schaue an ihr vorbei und sehe, wie Luciano mit Dino den Innenhof betritt. Mein Blick trifft seinen und mein Herz macht einen freudigen Sprung. Ich hasse ihn dafür. Ja, im Geiste beschimpfe ich ihn, weil er sein Herz einer anderen versprochen sein. Weil er mich dazu gebracht hat, so viel zu fühlen, dass es mich zerreißt. Und weil er einfach so toll aussieht, was nicht nur ich bemerke, sondern jede andere Frau aus Nola.

Seine Mutter begrüßt ihn. Dabei liegen seine Augen auf mir. Auch ihn knutscht sie ab, aber unsere Blicke sind miteinander verschmolzen.

Obwohl ich weiß, dass er gerade von einer anderen Frau gekommen ist, er mit Laurie etwas hatte, die auch noch hier wohnt, und sein Herz Serafina geschenkt hat, sehnt sich mein ganzer Körper nach ihm.

Seine Mutter lässt von ihm ab, wendet sich mir zu und wirft mir einen Luftkuss zu. »Bis bald.«

»Auf Wiedersehen, Mamma«, bekomme ich gerade flüsternd heraus, als sie sich abwendet und an Dino sowie Luciano vorbei das Haus verlässt.

Luciano setzt einen Schritt auf mich zu und ich stehe abrupt auf.

»Hol Happys Schuhe aus der Bibliothek. Wir machen jetzt einen Ausflug.«

Er hat entschieden. Wenn ein Mafioso sagt: *Wir machen einen Ausflug*, meint er nichts anderes als: *Ich werde dich töten.*

EINUNDDREISSIG

Luciano

Ich will sie töten. Aber jetzt steht sie vor mir in diesem hautengen, kurzen, pinken Kleid mit dem Schlitz, der einen winzigen Teil ihres Oberschenkels freigibt. Sie lächelt nicht wieder so abgefuckt süß, sondern ihre Gesichtszüge sind verhärtet. Ihre hellblauen Augen funkeln glasig und sie verschränkt die Arme auf dem Rükken. Stillstehen kann sie jedoch nicht. Auf ihren nackten Füßen verlagert sie das Gewicht und wackelt, wenn auch minimal, hin und her.

»Wusstest du, dass wir Menschen …?«

»Nein«, unterbreche ich sie sogleich und sie atmet mit geschlossenen Augen tief durch. Sie ist nervös. Furcht erkenne ich allerdings nicht. Ich nähere mich ihr und ihre Lider schlagen auf. Mit großen Augen sieht sie mich an und dieser aufgeweckte, klare Blick fährt mir direkt in den Schwanz. Was ich nicht weiter beachte und mich auf den Sessel setze.

Sie folgt mir mit ihrem Blick so, wie ich sie nicht aus den Augen lasse. Ihr brennt das nächste unnötige Wissen auf der Zunge.

»Wir Menschen sind nicht monogam«, haut sie hektisch raus und ihre Stimme klingt ungewöhnlich tief. Wie kommt Happy von: *töte mich*, auf Monogamie?

»Studien und …« Und warum stockt sie? Wie kann es sein, dass sie noch nervöser wird und den Blick abwendet? Sie schaut durch den Innenhof und kaut sich auf der Unterlippe.

»Viele Wissenschaftler …« Sie bricht ab und sieht mich an. Obwohl sie sonst den Anschein erweckt, sich am sichersten mit ihrem Wissen zu fühlen, hadert sie gerade mit sich selbst. Ich lasse den Blick nicht von ihr und sie lockert ihre Arme, um dann ihre Hände zu kneten. Das ist neu.

Wiederholt schließt sie die Augen, atmet tief durch und als sie mich wieder ansieht, hat sie ihre Worte wohl zurechtgelegt und ausreichend Mut gefunden, um selbstbewusst zu sagen: »Auch wenn wir Menschen eher aus gesellschaftlichen als natürlichen Gründen monogam sind, hast du eine außergewöhnliche Anzahl an Sexualpartnerinnen.« Ich schweige. Und verstehe den Sturm, der sich in ihren Augen entwickelt. Sie ist aus irgendeinem Grund eifersüchtig. Lange genug saß sie hier mit Fabio fest. Dafür, dass er unbedingt wollte, dass ich Happy date, hat er ihr wohl trotzdem einiges erzählt. Ich werde seine Stimmungen womöglich nie verstehen.

»Es geht mich nichts an …« Kopf schüttelnd unterbricht sie sich selbst. »Doch!«, ruft sie aus und dreht um. Ihr ist wahrscheinlich nicht klar, dass sie mir ihren geilen Arsch vor Augen hält und ich ihren nächsten Worten kaum folgen kann.

»Ich finde, dass es mich schon etwas angeht!« Sie wirbelt herum und blitzt mich an. »Du kannst doch nicht …« Ihre Eifersucht blockiert ihren Verstand. Es ist hinreißend mit anzusehen, wie sie Worte sucht und dieser Sturm sie erfasst. Was will sie tun? Die Beistelltische umtreten? Das schwere Sofa umkippen? Mein Herz macht einen Sprung vor Belustigung, was sie im Großen und Ganzen erkennt.

»Verkneifst du dir dein Lachen, Luciano?«, schimpft sie und beugt sich vor, wodurch mein Blick direkt auf ihre Titten fällt. Sie trägt keine Unterwäsche.

»Ich … Ich finde das nicht … lustig!« Stotternd und betonend versucht sie ihre Emotionen auszudrücken. Sie versteht ihre Gefühle nicht. Der Zwiespalt ist ihr eindeutig anzusehen. Ich lege den Kopf schief und betrachte sie genauer, während meine Mundwinkel nach oben zucken.

»Wage es nicht, jetzt zu lachen!«, droht sie mir mit erhobenem Zeigefinger. »O Mann!« Sie wendet mir wieder ihren Hintern zu und sie nuschelt vor sich hin: »Das ist unlogisch. Es ist keine natürliche Reaktion!«

»Nicht?«, frage ich und sie schaut über die Schulter zu mir rüber. »Du bist eifersüchtig.«

»Nein!«, faucht sie und dreht sich zu mir um. »Ich finde nur …« Keinen Ausdruck? Der schlaue Flummi mit den überflüssigen Belehrungen hat ihre Worte verloren. »Ich helfe dir, Happy.« Auch wenn mir das hier sehr viel Freude bereitet, stoppe ich es und gieße stattdessen noch mehr Öl ins Feuer. »Dieses schmerzhafte Gefühl in deiner Brust, die Wut in deinen Adern und die Trauer in deinem Kopf zusammen sind Eifersucht. Und eifersüchtig sind nur diejenigen, die entweder etwas zu verlieren haben oder die nicht teilen können. Zu welcher Sorte gehörst du?«

Sie schnaubt auf und ihre Gesichtszüge verhärten sich. Der Sturm in ihren Augen nimmt zu und verdunkelt ihre hellen Iriden. »Keins von beidem. Ich empfinde keine Besitzansprüche gegenüber Menschen. Sie sind keine Gegenstände. Und ich habe nur Angst, mein …« Sie bricht ab und reißt ihre Augen auf.

»Ja?«, hake ich nach.

Sie presst jedoch zur Antwort ihre Lippen aufeinander. Sie hat Angst, ihr Herz zu verlieren. Oder ihren Verstand. Ich tippe sogar, sie denkt gerade an ihr Hirn, anstatt ihre Emotionen richtig einzuordnen. Denn sie fürchtet sich nicht vor der Liebe. Sie konnte es auch klar äußern.

Hinter den winzigen Fältchen auf ihrer ratlosen Stirn und den dünnen Augenbrauen rattern ihre kleinen präzisen Zahnräder. Ihr Blick verrät, wie sie versucht, die Logik ihrer Gefühle zu verstehen, die nicht vorhanden ist.

Erstmalig, seit ich zu Hause bin, lächelt sie wieder so abartig süß und entspannt mich auf eine andere fürchterliche Weise.

»Es ist nur eine chemische Reaktion.«

Ach ja?

Ich strecke den Stock nach ihr aus und mit dem silbernen Knauf streiche ich ihr nacktes Bein zu dem Schlitz ihres Kleides hinauf. Ihre Lippen öffnen sich leicht und sie schaut mir direkt in die Augen.

»Das ist alles nur eine chemische Reaktion«, flüstert sie und ich lege den Kopf schief, während der silberne Stahlknauf ihre Flanke hochfährt. Sie erschaudert, als ich ihr damit über die Brust fahre. Sofort stellen sich ihre Nippel auf, die sich nicht nur hart, sondern auch sichtbar gegen den dünnen Stoff drücken. Verdammt. Sie macht mich so hart. Mein Schwanz drückt sich gegen meine Hose, aber ich kann auch nicht von ihren geilen Titten ablassen. Ich streiche vorbei über die Wölbung, gleite zwischen ihren Brüsten in die Kuhle und schiebe den Stock dazwischen langsam auf und ab.

Verdammt.

Wie geil wäre es, meinen Schwanz zwischen ihre Titten zu schieben. Ich schlucke und auch ihr fällt es schwerer, ruhig stehenzubleiben. Ihre Schenkel zucken und es ist ein geiler Anblick, wie sie zunehmend erregter wird. Mit dem Knauf streife ich die andere Brust, umkreise ihren Nippel und sie atmet zischend ein. Wie kann eine Frau mich nur dermaßen anmachen?

Ich gleite hinab, über den Rippenbogen, Taille, Hüfte und schiebe ihr den Stock zwischen die Beine. Sofort weiten sich ihre Augen. Mit dem Knauf streiche ich über ihre nackte Pussy und automatisch öffnet sie ihre Schenkel etwas mehr und gewährt mir diesen Zugang. Das Atmen fällt ihr schwerer und leises Wimmern verlässt ihre Lippen, während ich über ihre Pussy streiche und gegen ihre Klit stupse. Plötzlich schlägt sie den Stock weg, kommt auf mich zu und mit: »Nicht anfassen!« Setzt sie sich breitbeinig auf meinem Schoß.

Verdammt. Ihre kleine geile Pussy sitzt direkt auf meinem Schwanz und ich habe die verdammte Hose noch an. Da legt sie ihre winzigen Hände an meinen Wangen und streicht mit den Daumen über den kleinen Kratzer, den sie mir verpasst hat.

»Ich will dich«, haucht sie und presst ihre Lippen auf mich. Hemmungslos küsst sie mich, reißt mich von diesem Ort in ihre Zuckerhölle und mit aller Gewalt halte ich mich selbst davon ab, sie anzufassen.

Sie schiebt ihre Zunge zu meiner, küsst mich so intensiv und gierig und ich erwidere es mit jeder Bewegung, die sie zusätzlich macht, als sie mit ihrer nassen Pussy über meinen Schwanz reibt.

»Happy«, raune ich in ihren Mund. »Lass mich die Hose ausziehen.« Zur Antwort greift sie zwischen uns und macht sich an meiner Hose zu schaffen.

»Jelly!« VERDAMMT! Portia brüllt durch den Innenhof und Happy schreckt zurück. Sie springt von meinem Schoß und nimmt sofort Abstand zu mir. Was soll diese verdammte Scheiße? Wen interessiert Portia?

»Ich wollte Luciano um Hilfe bitten, weil deine Bar zu ist und du nicht da bist. Dabei bist du hier? Und bumst Luciano?«, schreit sie und Happy steht mit offenem Mund da.

»Habe ich nicht gesagt, du sollt ihn nicht bumsen?«

Da misch ich mich ein: »Du hast gar nichts zu sagen, Portia!« Aber sie ignoriert mich. Die entfachte Eifersucht, steht ihr ins Gesicht geschrieben und sie wirbelt mit den

Händen in der Luft, während sie durchs Haus schreit: »Habe ich dich nach New Orleans geholt, damit du Luciano fickst?«

»Dann sag mir doch, warum ich in New Orleans bin, Portia?«, antwortet Jelly unerwartet ruhig, was mich sofort aufhorchen lässt. »Schreibst du über mich?« Portia ist Journalistin der örtlichen Zeitung. Aber warum sollte sie über Happy schreiben?

»Was sollte ich denn veröffentlichen, Jelly? Dass du eine *Fass-mich-nicht-an*-Masche aufführst, um deiner einzigen Freundin den Verlobten auszuspannen?«

O verdammt.

Daran beißt sie sich noch immer fest?

»Was? Ich …« Happy sieht mich an und ich kann nicht glauben, dass Portia diese Nummer abzieht. Sie schaut wieder zu Portia, die sie wütend anblitzt. »Ich dachte, du hast etwas mit Fabio? Ich wusste nicht …« Happy bricht schon wieder ihre Worte ab und schaut ihre Freundin entgeistert an.

O verdammte Scheiße.

Ich müsste Portia abknallen für die scheiß Nummer!

»Fabio? Fickst du den auch? Ja?«

»Nein!« Happy sieht mich wieder an. »Du bist mit Portia verlobt.«

»Ja!«, brüllt Portia und ich schreite ein. Ich stelle mich vor Happy und schaue Portia direkt in die Augen.

»Nein, Portia, sind wir nicht. Und jetzt verpiss dich!«, brülle ich und die kleine Schlampe rührt sich nicht und öffnet die Lippen. Umgehend fahre ich sie an: »Raus hier! Sofort!«

An mir vorbei ersticht sie ein letztes Mal Happy mit ihrem verschmähten Blick und dreht sich dann um zum Gehen. Erst als sie durch den kleinen Flur verschwindet und die Haustür hinter sich zuschlägt, drehe ich mich zu Happy um.

Tränen glitzern in ihren langen Wimpern und die leichte Röte zeigt sich glasig in ihre Augen. Verdammt.

»Du bist es?«, haucht sie und ich kann nicht fassen, dass Portia ihr die Scheiße erzählt hat. »Romeo und Julia mit Happy End in New Orleans?«

»Was redest du da?«

»Die Liebenden, deren Eltern gegen die Verbindung waren, weshalb sich die Wege trennten, aber als sie wieder aufeinandertrafen, die alte Liebe neu entflammt wurde?« Das hat Portia erzählt?

»Nein, das war ganz anders, Happy.« Aber ich bin mir nicht sicher, ob ich das zarte Wesen vor mir damit nicht gänzlich zerstöre.

»Erzähl es mir, Luciano. Ich verstehe gerade gar nichts mehr.« Sie wischt die Tränen mit dem Handrücken von der Wange und ich beiße die Zähne zusammen. Ich kann ihr diese Geschichte nicht erzählen.

»Bitte«, fleht sie mich an und ich spüre, dass sie aus tiefster Seele um die Wahrheit bittet. Verdammt!

»Ich bin sechzehn Jahre älter als ihr beide.« Sie nickt und bis heute, bis zu diesem Tag, an dem dieses unwirkliche, wunderschöne und widerlich süße Wesen vor mir steht, schämte ich mich niemals für diesen Fleck meiner Vergangenheit.

Doch je länger ich in diese tränenreichen Augen schaue,

umso mehr wird mir bewusst, was für ein Bastard ich bin. Ich wünschte, ich könnte der Mann für Happy sein, den sie verdient hat. »Ich kenne sie ihr ganzes Leben, Happy. Als sie zur Highschool ging, lief sie mir wie ein Entchen hinterher. Es war nervig. Ich war die rechte Hand meines Vaters und musste mich bewähren, also kümmerte ich mich zum größten Teil um die Familiengeschäfte, weshalb ich mit einigen Jungs aus ihrer Schule zu tun hatte. Sie schleppten Portia immer mit.« Verdammt, ich weiß nicht, wie ich es erklären soll. Ich habe nie nach einer Rechtfertigung gesucht. Es war mir schlichtweg scheißegal. Aber jetzt, wo ich in diese hellblauen Augen schaue, wird mir schlecht.

»Ich habe mit ihr geschlafen«, reiße ich das Pflaster mit einem Zug ab.

Verdammt. Portia war scharf und ich habe sie gefickt. Na und?

»O Mann!«, haucht sie.

»Und ich habe sie geschwängert.« Sie wendet den Blick von mir ab und weicht zurück, als würde sie das Gleichgewicht verlieren. Sie plumpst mit ihrem Hintern aufs Sofa und schüttelt kaum merklich den Kopf. Happy weiß es nicht, aber das war damals der Moment, in dem ich erkannte, wie kostbar mein Saft ist. Keine dahergelaufene Tussi hat ihn verdient.

»Wie alt war sie?«, flüstert sie, ohne mich anzusehen.

»Siebzehn.«

Sie schlägt die Hände vors Gesicht und schüttelt heftiger den Kopf.

»Und du warst dreiunddreißig. Mr. Pellegrini hätte dich anzeigen können.«

»Hätte er das mal gemacht«, knurre ich und sie schaut zu mir auf. Jetzt muss ich es erklären, warum mir das lieber gewesen wäre: »Meine Mutter ist gläubige Christin, Happy. Sie ist anstrengend, aber ich liebe sie und zu dem Zeitpunkt war ich nicht das Familienoberhaupt. Bei uns ist das Machtverhältnis strukturiert. Wir haben unsere eigenen Gesetze und ich habe das zu tun, was das Oberhaupt sagt. Mein Vater befürwortete Mutters Entscheidung und ich musste sie heiraten. Nur wollte ich das nicht. Für mich war Portia eine kleine Schlampe, die nach Aufmerksamkeit rang, weil ihre Mama gestorben ist, die Jungs in ihrer Schule Idioten waren und sie irgendwie besessen von mir war. Scheiße, Happy, ich habe sie gefickt. Ein Mal. Ich wollte mir von so einer Schlampe nicht das Leben ruinieren lassen.«

»Du gibst ihr die Schuld? Sie war ein Kind! Du warst der Erwachsene!«, brüllt sie.

»Wie alt warst du, als du an der Uni warst? Mit wie vielen Jahren hast du deine Dissertation geschrieben? Verdammt, Happy, wie alt warst du, als du die Drogen hergestellt hast?«

»Du vergleichst mein Leben mit Portias? Du bist ein Schwein!« Ja, das bin. »Aber ihr habt nicht geheiratet.« Sie stockt und ich sehe in ihren Augen die nächste Frage, bevor sie es ausspricht: »Was ist mit dem Kind? Ihr habt doch ein gemeinsames Kind?«

»Ich konnte sie nicht heiraten, Happy. Ich will auch keine Kinder.« Ihre Augen werden in Zeitlupe größer. Und obwohl ihr Gesicht jegliche Farbe verliert und ich mir sicher bin, dass ich damit die letzte Verbindung zu ihr kappe, stehe ich zu meiner Entscheidung. »Sie wollte nach Princeton. Zwar hatte sie die Noten, aber nicht genügend Geld und auch so wäre sie nicht an einer Elite-Uni zugelassen worden. Ich habe sie überzeugt, abzutreiben. Im Gegenzug brachte ich sie nach Princeton.«

»O Mann!«

»Was Portia aber nicht klar war, ist, dass meine Familie als gläubige Christen ein Problem mit Abtreibung haben und sie deshalb Portia komplett aus unserem Leben radierten. Sie wurde verachtet und Nola tat es meiner Familie gleich. Mir war das nicht nur im Vorfeld klar, sondern auch scheißegal, Happy. Denn ich wurde sie los. In jeder Hinsicht.«

Ich hätte Portia ohne Gegenleistung davon überzeugen können. Aber ich bin kein Arsch.

»Du Arschloch!«, bezeichnet mich Happy dennoch lautstark. Sie schaut auf den Boden und ich lasse sie. Ihr Puls schlägt heftig am Hals und jegliche Lusterscheinung ist verschwunden. Portia hat diese mit sich genommen. Ich spüre Happys Lippen noch an meinen, ihren Atem auf der Haut und ich bin mir sicher, dass es vorerst das letzte Mal gewesen ist, dass sie mich so nah an sich rangelassen hat.

»Aber als sie wegen ihres Vaters zurückgekehrt ist.« Sie schaut auf und Portia muss ihr noch mehr erzählt haben. »Hattet ihr etwas miteinander?«

»Ja.«

»Wie oft?«

Eiskalt bleibe ich stehen, schaue sie starr an und zucke nicht einmal mit der Wimper, als ich sage: »Die ganze Zeit über.« Sie sieht mich an und ihr Blick geht mir schmerzhaft unter die Haut. Verdammt.

Ich habe sie verloren. Nein. Ich habe sie nie besessen. Es ist scheißegal, mit was für einer niederschmetternden Verachtung sie mich gerade bestraft, sie bleibt eine Drogendealerin, die ihr widerwärtiges Zeug in meine Stadt gebracht hat. Mein Blick wendet sich von ihr ab nach oben und ich erblicke Dino am Treppengeländer der ersten Etage an der Wand stehen. Er hält ihre pink-glitzernden Chucks in einer Hand und schaut zu uns herunter. Ich nicke ihm knapp zu und er stößt sich von der Wand ab, um die Treppen hinunterzusteigen.

Tränen rollen Happy stumm über die Wangen, während sie den Blick auf ihre ineinander verschränkten Finger heftet. Kein Laut gleitet ihr von den Lippen. Kein Schluchzer löst sich aus ihrer Seele. Sie ist so verdammt unheilvoll still.

Entkräftet hängen ihre Schultern herunter und selbst ihr blondes Haar fällt in traurigen Strähnen auf ihren Rücken. Als Dino zu uns kommt, stellt er ihre Schuhe neben ihre Füße.

»Wir müssen aufbrechen, Happy.« Sie ist gerade alles andere als fröhlich, weshalb sich ihr Name bitter auf meine Zunge legt.

Ihre Finger zittern, als sie sich die Schuhe anzieht, bevor sie aufsteht und um einiges kleiner erscheint.

»Geh vor«, befehle ich ihr. Sie antwortet nicht, nickt nicht, aber sie geht voran, gleich hinter Dino den Flur entlang zur Haustür. Dino hält ihr die Tür auf und sie schaut durchgehend auf ihre Füße, während sie nach draußen geht.

Die Wahrheit hat sie verletzt. Aber so ist das. Selbst die schönen Leichen im Keller verursachen Schmerz, Trauer und hinterlassen eine Kälte, die einen zermürbt.

Ohne Gegenwehr steigt sie ins Auto, welches direkt vor der Tür parkt. Ich setze mich ebenfalls auf den Rücksitz und sie rutscht rasch durch auf die andere Seite. So lange schweigt sie selten. Sie erträgt die Stille sonst nie und jetzt sitzt sie da, wirkt so winzig und schwach. Ich habe aber selbst keine Worte, die ich aussprechen kann, und schaue zum Seitenfenster hinaus, als Dino den Wagen startet.

Wir hätten auch zu Fuß gehen können. Aber die Gefahr, dass Jelly uns entwischt, ist mir zu groß. Dabei habe ich nicht mit Portia und einer Offenbarung aus meiner Vergangenheit gerechnet.

Keine fünf Minuten später halten wir und Happy schaut nicht mal auf, wo wir uns befinden. Ich steige aus und Dino öffnet ihr die Tür. Hinter ihr drängt er sie ums Auto herum und wir stehen gemeinsam vor dem Jelly's, was sie nicht zu interessieren scheint. Aus der Hosentasche nehme ich den Schlüssel heraus, den ich Venia vor wenigen Stunden, als sie die Bar geöffnet hat, weggenommen habe, und schließe die Tür auf.

Ich betrete als Erster die Bar, Happy folgt mir mit gesenktem Kopf und Dino bleibt vor der Tür draußen stehen. Geradewegs schreite ich durch zur Theke und klopfe aufs Hochglanzholz gleich neben den vorbereiteten Papieren. Dem Befehl kommt sie nach und stellt sich mit weitem, verdammt scheißweitem Abstand zu mir, was mir einen fiesen Seitenhieb verpasst.

Verdammt, sie saß eben noch auf meinem Schoß, rieb sich an mir, während ihre Lippen auf meinen lagen, und jetzt tut sie so, als hätte ich eine ansteckende tödliche Krankheit. Mein Kiefer mahlt automatisch, als ich ihr die Papiere mit einem Kugelschreiber herüberschiebe.

»Unterschreibe das, Happy.« Ihr fällt das platinfarbene Haar ins Gesicht und ich erkenne nicht, ob sie überhaupt wahrnimmt, was vor ihr liegt. Bis sie den Kopf hebt, ihr das Haar zurückfällt und sie mich wütend anblitzt.

»Nein!«, giftet sie mich mit tiefer Stimme an. »Ich gebe dir nicht meine Bar.«

Ich schiebe ihr den Scheck über das Holz.

»Du wirst sie mir verkaufen. Nimm das Geld, verpiss dich aus New Orleans und bau dir dein Zuckerdrogen-Imperium woanders auf.«

»Nein!«, wird sie bestimmender, nimmt den Scheck und zerreißt ihn. Kleine Schnipsel segeln zu Boden. Dabei kann ich jederzeit einen Neuen ausstellen. »Ich bleibe. Komm damit klar. Und ich will kein Imperium. Ich will nur helfen!«

»Mit Drogen?«, brülle ich nun und schlage mit der Faust auf die Theke. Sie zuckt nicht einmal. Sie blitzt mich nur weiterhin wütend an.

»Das sind leichte Psychedelika. Du selbst hast eine ganze Tüte gegessen, mit der höchsten Dosierung. Entweder nimmst du regelmäßig viel Schlimmeres, oder …«

»Ich nehme keine Drogen, Happy!«

»Oder meine Geleemandeln sind nicht so gefährlich,

wie du behauptest! Sie machen nicht süchtig, Luciano. Sie helfen und wenn du deinen Verstand dafür nicht öffnen kannst oder deinem Instinkt nicht traust, ist das kein Grund für mich, von hier weg zu gehen. Du musst selbst damit klarkommen! Du bist ein viel schlimmerer Mensch, als ich es jemals sein könnte!«

»Du tust, was ich dir sage!«

»Nein!«, brüllt sie. Mein Stock fällt zu Boden und ehe der Aufprall durch das leere Lokal schallt, keile ich sie zwischen mir und der Theke ein.

»Ich bin noch großzügig, Happy«, knurre ich und sie reckt mir das Kinn entgegen. »Ich kann dich auch töten.«

»Dann töte mich, du Monster! Nie wieder schreibt mir jemand mein Leben vor!«, schreit sie mich an und verbindet unsere Blicke miteinander. »Es ist mein Wille, mein Körper und auch mein …« Ich stoppe ihre intensiven Worte, indem ich sie küsse.

Verdammt. Ihre Lippen schmecken salzig nach ihren Tränen und ich kann ohne sie nicht mehr. Ich bin besessen von ihr.

Als ich das erkenne, löse ich mich von ihr und trotzdem weiche ich nicht zurück. Mit der Stirn an ihrer atmet sie genauso stoßweise wie ich.

»Du bist zu nah, Luciano.« Und das ist für uns beide gefährlich.

»Ich weiß.«

»Dann geh weg von mir«, flüstert sie vor Lust belegt und krallt ihre Finger in mein Jackett.

Meine Lippen liegen direkt, kaum spürbar, an ihren. »Ich kann nicht weggehen, Happy.«

Ich verzehre mich nach ihr. Sehne mich nach ihrem Körper und brauche ihren sturen Willen. Ich will ihr Leben. »Ich möchte dich brechen.« Bei jeder Silbe streifen meine Lippen über ihre und ich verliere den Verstand. »Und nach meiner Vorstellung zusammensetzen.«

»Zerstör mich!« Sofort beuge ich mich hinunter und an ihrem nackten Arsch hebe ich sie hoch. Ihre Beine schlingen sich um meine Taille und ihre Lippen pressen sich auf meine.

Mit ihr an mich gepresst drehe ich mich um und gehe die wenigen Schritte zum Tisch.

Mir ist scheißegal, ob Dino, ein Fußgänger oder sonst wer, mir dabei zusieht, wie ich mich zwischen ihre Beine stelle, ihr die Träger vom Körper reiße und ihre geilen Titten freilege.

Ich will, dass die gesamte, verdammte Welt dabei zuschaut, wie ich die schönste, klügste und verrückteste Frau in ganz New Orleans hier auf dem Tisch ihres bescheuerten Drogen-Zuckerladens küsse … nein, ficke. Hastig öffne ich mir die Hose, während sie mir Weste und Hemd aufreißt. Kaum habe ich meinen harten Schwanz herausgeholt, zerre ich mit ihrer Hilfe Jackett, Weste und Hemd vom Körper. Es kann nicht schnell genug gehen. Ich glaube in ihrer Lust zu ertrinken und nur ihr Körper ist der einzige Rettungsring, der mich vor dem Sterben bewahrt.

Am unteren Rücken, mit Atemnot in der Lunge, ziehe ich sie an die Tischkante und bin mit einem Stoß in ihr.

»O verdammt!«, stöhne ich an ihren Lippen, während sie wimmert, ihre Fingernägel in mein Fleisch krallt. Ich kriege nicht genug von ihr. Ich ramme mich in sie, drücke sie von mir und sie fällt mit dem Rücken zurück auf den Tisch. Ihre perfekten Titten wippen bei jedem Stoß tief in ihr und ich umfasse sie mit beiden Händen. Ihre harten Nippel drücken sich an meine Handflächen. Sie macht mich so wahnsinnig mit ihrem makellosen Körper, diesem Stöhnen nach mir und ihrer Pussy, die sich so eng um mich schließt, dass ich alles spüre. Ihre Hitze, die Nässe und jedes Zucken, welches mich gieriger in sie hineinsaugt.

»O Happy!«, stöhne ich, versenke mich tiefer und härter in dieses Wesen. Ich verliere den Verstand. Mit einer Hand gleite ich hinunter, schiebe das Kleid weg und betrachte ihre perfekte Haut und den Glanz ihrer Lust. Mein Blick fällt auf die Stelle, wo mein Schwanz in sie hineingleitet und dieser Anblick wird mich mein ganzes Leben sehnsüchtig verfolgen. Ich will, dass es nie mehr aufhört.

Ich stoße in sie, nehme alles in mich auf, was sie mir als Dank gibt, während sie immer wieder über die Tischfläche rutscht.

Verdammt, ich will in die Welt hinausbrüllen, dass sie mir allein gehört. Mir allein verdammt!

Ich lege ihr die Hand an die Kehle, spüre ihren schnellen Puls und drücke weiter zu, bis nur noch ein abgehacktes Stöhnen zu hören ist.

Sie gehört mir alleine und niemandem sonst!

Ohne nachzulassen, ramme ich mich in sie, während der Schweiß mir heiß über den Rücken läuft und ihre Atemzüge spürbar durch meine Finger gleiten.

Ich gebe sie nicht her – niemals. Ihre Finger legen sich um meinen Arm und sie öffnet ihre hypnotisierenden Augen. Fest bohren sich die Finger in mein Fleisch und ich reiße den Arm aus ihrem Griff, wodurch sie sich aufrichtet und mich mit diesem ergebenen Blick anschaut, der mich für immer an sie bindet.

Mit beiden Händen packe ich sie an den Oberschenkeln, hebe sie hoch, während ich tief in ihr bin, und setze mich auf den Stuhl gleich neben uns.

Ihre Fingernägel krallen sich wieder in meine Arme und sie stöhnt so laut auf, als sie sich richtig auf meinen Schwanz setzt.

Verdammt, fühlt sich das gut an.

Sie macht mich fertig.

Mit jeder verdammten Bewegung an meinem Schwanz, mit jedem tiefen Stöhnen und mit allen Fingernägeln, die sich durch mein Fleisch am Arm bohren, nimmt sie mir den Verstand und reißt mich aus dieser Welt.

»Du musst mir gehören«, stöhne ich und sie legt den Kopf in den Nacken.

»Ich gehöre dir«, stöhnt sie und zieht sich um meinen Schwanz fest zusammen. In Sekunden platze ich. In ihr.

Stöhnend saugt sie mir mit ihrer Pussy die Eier leer und ich spritze so heftig in sie ab, dass ich heiß erschaudere.

Kurz zittere ich an ihr, als sie die Stirn wimmernd an meiner Schulter ablegt und ihre Brüste meine Haut streifen. Fest hält sie mich mit ihren Nägeln in meinem Fleisch von sich. Aber das ist mir egal. Sie liegt an mir und der süße Duft steigt mir in die Nase. Ich lege die Wange an ihren Schopf und flüstere: »Happy, du musst mir gehören.«

»Ich bin dein, Luciano.«

Mit geschlossenen Augen beruhige ich mich langsam.

Sie auch. Ich rühre mich erst, nachdem sie sich auf meinem Schoß aufrichtet und meine Arme freigibt.

»Ich muss mich frisch machen«, flüstert sie und strahlt mich mit diesen hellblauen Augen und der Röte auf ihren Wangen an. Ich schweige und sie küsst zart und kurz meine Lippen, bevor sie aufsteht und mein Schwanz ihre Wärme verlässt.

Sie richtet sich ihr enges Kleidchen und tapst in ihren glitzernden Chucks davon. Mein Blick wird von dem Brennen an meinen Armen angezogen. Kleine Halbmonde hat sie auf meiner Haut hinterlassen, was mich mit einer neuartigen besonderen Freude beherrscht. Mit einem Taschentuch aus der Hose reinige ich knapp meinen Schwanz, zieh die Hose an und sammle meine Kleidung vom Boden auf, wie den Hut, der mir vom Kopf gefallen ist. Vor der Theke bleibe ich stehen.

Während ich mich anziehe, blicke ich auf die fünf Reihen mit den rosafarbenen Geleemandeln. Ihre zerstörerischen Drogen.

ZWEIUNDDREISSIG

Luciano

Happy kehrt zurück, gerade als ich meine Weste zuknöpfe. »Soll ich es dir erklären?«

»Ja«, stimme ich zu, ohne darüber nachzudenken. Noch immer mit einer Röte auf ihren Wangen tritt sie hinter die Theke und stellt sich vor die Schubfächer mit ihren Drogen.

»Wie du siehst, hat jede Reihe einen anderen Pinkton. Das liegt daran, dass es unterschiedliche Wirkstoffe sind. Dimethyltryptamin, Psilocybin, Lysergamid und Mescalin.«

Moment. Nicht alle sagen mir etwas. Aber ein, zwei schon.

»LSD und Pilze?«

»Ja, Dimethyltryptamin wird aus Nachtschattengewächsen gewonnen. Psilocybin ist der Wirkstoff von

Zauberpilze, die unter den Namen Magic Mushshrooms bekannt sind. LSD ist Lysergamid und der psychedelische Kaktus, in dem Fall war es der Echinopsis Pachanoi, auch genannt San Pedro enthält Mescalin.«

»Aber was ist mit der letzten Reihe? Mit den weißen Geleemandeln?«

Sie lächelt mich breit an. »Das sind nur Placebos.«

»Wie bitte?«

»Die sind nur für den Geschmack, Luciano, und sorgen gleichzeitig dafür, dass man sie richtig dosiert. Siehst du die farbig schwächeren?« Sie zeigt auf die linken Schubladen der Reihen.

»Natürlich.«

»Je stärker die Farbe, desto intensiver ist die Wirkung.«

»Also sind diese Schubfächer niedrig dosiert und die letzten hoch?« Sie nickt und mir fällt auf, welche intensiven Farben ich gegessen habe. »Ich habe die hoch dosierten gegessen.«

»Ja, Luciano.« Sie öffnet ein Fach aus der ersten Reihe ganz vorne und nimmt mit einer Zange welche heraus.

»Hier, nimm. Probiere es.«

»Nein. Ich verzichte, Happy. Ich nehme keine Drogen.«

»Du solltest sie nicht als Drogen sehen, Luciano. Viele verwenden Microdosing, um Energie oder Kreativität auszuschöpfen oder high zu werden. Diese hier sind sehr niedrig dosiert. In dieser Dosis nutzen es auch große Firmen zur kreativen Steigerung oder Therapeuten zur Therapie bei Patienten.« Ich weiß nicht warum, aber ich nehme ihre Zuckerdrogen an. Draußen steht Dino, falls es in einer anderen Richtung endet.

Mit den zwei schwachrosa Geleemandeln auf der Hand zögere ich, bevor ich sie schließlich in den Mund nehme und esse. Ich stelle sofort fest:

»Sie schmecken nicht so intensiv fruchtig wie die anderen.«

Sie nickt lächelnd. »Wenn die Dosis höher ist, muss der Geschmack auch verstärkt werden.«

»Und wie lange dauert die Wirkung?«

»Nicht lange, Luciano. Aber du wirst nicht viel davon merken.« Sie zieht ein Tütchen heraus und stellt sich anscheinend selbst eines zusammen, mit den kräftigen Farben und einigen Weißen.

»Für dich?«

»Ja«, gibt sie kurz wieder, während sie mir den Rücken zuwendet.

»Nein, Happy. Tu es weg.« Mit dem Tütchen dreht sie sich grinsend um,

»Ich wünschte, ich könnte dir erklären, was diese Geleemandeln für mich sind. Ich kann dir nur erzählen, was ich sehe und fühle.«

Bestimmt nur verdammten, pinken Scheiß.

»Eine Zuckerwattewelt. Alles besteht aus Süßigkeiten und ich bin darin so glücklich, weil nichts Böses diese Welt jemals erreichen wird.« Sie sagt das mit einer Euphorie, die mein Herz erreicht. »Verstehst du nicht, wie schön das ist?«

»High zu sein? Nein, Happy.«

»Nein, glücklich und fröhlich zu sein. Diese besonderen Süßigkeiten geben mir die Möglichkeit, diese grausame Welt zu verlassen, und mich in einer Zuckerlandschaft zu bewegen, die keinen Hass, Schmerz und keine Angst kennt.«

Sie ist so kaputt wie schlau und erkennt ihren eigenen Fehler nicht.

»Happy, diese Welt ist nicht echt. Du flüchtest nur vor der Realität.« Zur Antwort nickt sie lächelnd. »Deine Zuckerwattewelt ist nicht real, kapierst du das nicht, Happy?«

»Unseren Emotionen ist es egal, ob es Fiktion ist oder nicht, wir reagieren darauf. Wenn ich ein Buch lese, dann reagiere ich darauf, als wäre es real. Dasselbe bei Filmen, Musikstücken, Theater und allem anderen. Ob ich lache, weine oder mit den fiktiven Charakteren mitleide oder es hier in Wahrheit passiert. Es fühlt sich gleich an. Ob ich mir etwas vorstelle und es mein Dasein lebenswerter macht, oder ein Autor mir die Illusion näherbringt, ist doch nicht wichtig. Hauptsache, ich fühle mich besser.«

»Es sind Drogen!«

»Es sind Wegbereiter, Luciano. Sie erweitern mein Denken, beflügeln meine Kreativität. Sie zeigen mir nur das, was ohnehin in mir ist. Der Wirkstoff selbst kann nichts formen, erfinden, nur dabei helfen, es intensiver darzustellen. Es macht mein Leben besser. Das kann ich hier, ohne Geleemandeln, nicht bekommen.«

»Du flüchtest nur. Nichts anderes!«

»Ja, Eskapismus nennt sich das. Man kann das auf verschiedene Weise erreichen. Zum Beispiel, wenn man sich zwischen den Zeilen von Büchern versteckt. Und ich verstecke mich eben zwischen Lebkuchen, Gummischlangen und Marshmallows. Ist das denn so schlimm, wenn es mich glücklich macht? Wenn es mir meine Qualen und Ängste nimmt? Kann es so verwerflich sein, wenn ich dadurch für einen Augenblick meine Vergangenheit vergesse?«

Ich weiß nicht, ob es an den Geleemandeln liegt, die ich gegessen habe, aber sie löst das dringende Bedürfnis in mir aus, sie in den Arm zu nehmen. Sie einfach für einen Augenblick zu halten und ihr zu sagen, dass sie sich nie wieder fürchten und kein Leid mehr ertragen muss. Aber das wäre eine Lüge.

»Du kannst sie nicht in meiner Stadt verkaufen, Happy. Ich will meine Stadt von Drogen befreien.« Sie runzelt die Stirn und bringt mich zum Lächeln. Sie ist so abartig süß, dass ich sie küssen möchte.

Verdammt. Ich bin glücklich. Diese verdammten Dinger machen mich glücklich, ohne dass ich schwebe oder mich anders high fühle. Da ist nur dieser Drang, zu lächeln.

Scheiße. Ich kann mich nicht erinnern, wann ich mich so gut gefühlt habe.

»Dann gib den Geleemandeln eine Chance. Denn davon wird man nicht süchtig. Es wird im Körper kein unnötiges Dopamin produziert. Eine Abhängigkeit ist so gut wie ausgeschlossen. Und wenn doch, liegt es nicht an den Geleemandeln, sondern an der Person, die sie nimmt. Man kann schließlich von allem abhängig werden. Dafür braucht man keine schädlichen Substanzen.«

»Okay«, willige ich ein und weiß selbst nicht, was ich da tue. Vielleicht will ich sie auch einfach nicht aus meiner Stadt verjagen und sie nur für mich behalten. Mit ihrem besessenen Daddy werde ich schon fertig.

»Okay?«, wundert sie sich.

»Nimm die Hochdosierten aus deinem Sortiment,

reguliere den Verkauf, dass es nicht zu viel ist und wir schauen, wie die Bewohner darauf reagieren.«

Sie quietscht laut auf, kommt um den Tresen herum und es passiert etwas wirklich Kurioses. Sie wirft sich mir um den Hals. Für einen Augenblick hat sie vergessen, warum sie mich eigentlich verachtet. Ich schlinge die Arme um sie, presse ihren zierlichen Körper an mich und für einen ungewöhnlich langen Moment lässt sie es zu, bis sie sich wieder entfernt.

»Ich danke dir, Luciano.«

Ihr ekelhaft süßes Gesicht mit den funkelnden Augen und dieses abartig herzliche Lächeln, durch das ihre weißen Zähne hervorblitzen. Wie kann sie mich nur so glücklich machen?

Nein. Das tut sie nicht. Das sind die Zuckerdrogen.

Die Tür geht auf und Dino streckt den Kopf herein.

»Luciano, es wurde wieder einer gefunden.«

»Ein Toter?« Er nickt und daraufhin verliere ich die Laune. Aber ich weiß nun, wie harmlos Happys Drogen sind. Sie ist nicht schuld daran. Trotzdem lasse ich sie nicht hier im Lokal zurück und schnappe mir Hut, Jackett wie Stock, bevor ich sie ansehe. »Komm mit, Happy.« Sie nickt und merkt nicht, dass sie in ihr Verderben rennt, als sie auf mich zu steuert. Ich werde sie nie wieder freigeben.

Gemeinsam verlassen wir die Zuckerbar und Dino schießt direkt los: »Es ist nicht weit von hier. Die Polizei ist noch nicht vor Ort.«

»Dann los«, bestimme ich und werfe einen Blick über die Schulter zu Happy.

»Ich nehme dich zwar mit, aber du bleibst im Auto sitzen.«

»Okay«,stimmt sie zu, als sie an mir vorbeirennt, die Wagentür aufreißt und hineinspringt.

Ihre Neugier wird sie teuer zu stehen kommen, falls sie meinen Befehlen nicht nachkommt. Denn das wird kein schöner Anblick werden.

Nachdem auch ich eingestiegen bin, so wie Dino, fährt er los.

»Ich stelle keine Drogen her, die Menschen schaden, Luciano. Das musst du mir glauben. Das ist ganz sicher nicht von meinen Geleemandeln.« Sie kann wirklich nicht die Klappe halten. Aber ich bin froh darum. Die fünf Minuten vom Haus bis zu Jelly's waren geradezu unerträglich.

»Ich habe sie erprobt, nehme die Hochdosierten selbst und auch du hast die höchste Dosis genommen. Auch noch die ganze Tüte, Luciano. Wenn sie wirklich tödlich wären, wärst du als Erstes daran gestorben. Denn selbst ich esse selten die ganze Tüte leer und ich nehme sie regelmäßig.« Verdammt, sie überzeugt mich weiter, obwohl ich bereits in ihrer Bar hinter ihr stand.

»Ich weiß, Happy. Ich glaube dir und traue dir das nicht mehr zu. Aber irgendetwas Gefähliches ist auf dem Markt.«

»Hast du schon mal an 2C-B gedacht?«, fragt sie und ich setze mir endlich den Hut auf.

»Das konnten wir längst ausschließen.«

Auf einmal rutscht sie mit dem Hintern auf dem Sitz und schaut aus dem Fenster heraus. Gerade als ich mich wundere, dass sie so still wird, kommen wir an und ich sehe einige Männer von mir, die den Kerl am Boden versuchen, abzuschirmen. Dino hält direkt neben ihnen in einer Seitengasse im Quarter.

Noch vor mir steigt Happy aus, weshalb Dino mich vom Fahrersitz genauso schief anschaut, wie ich dem pinken Flummi nachblicke. Kann sie keine Befehle befolgen?

Wir beide steigen ebenfalls aus dem Auto und folgen ihr.

Sie ist eindeutig nervös. Ihr abgeklärter Blick wandert über die Leiche eines Mannes aus dem Quarter. Ihre Stirn legt sich in Falten, während sie den pinkfarbenen Schaum um seinen Mund betrachtet.

»Habe ich nicht gesagt, du sollst im Auto warten?«, fahr ich sie an. Sie schaut jedoch nicht einmal zu mir auf. Diese Frau macht mich fertig. Ich spüre die Blicke meiner Männer auf mir. Herrlich, jetzt untergräbt sie auch noch meine Autorität.

»Habt ihr ihn durchsucht?«, blaffe ich und einer reicht mir das Plastiktütchen. Pinkes Pulver ist darin zu erkennen. Merkwürdig ist jedoch, dass das Tütchen gekennzeichnet ist. Eine chemische Formel steht darauf. Ein Hinweis. Doch ehe ich es genauer betrachten kann, reißt Happy es mir aus der Hand.

»Happy, gib es mir zurück«, knurre ich, aber sie beachtet mich nicht. Ihr Blick ist fest auf das Tütchen gerichtet und ihre Augenbrauen ziehen sich finster zusammen.

Das hier gefällt mir nicht.

»Du bist doch Chemikerin, Happy. Was ist das für eine Formel?«

Sie blickt auf und plötzlich bekommt ihre Stirn eine tiefe Sorgenfalte. Verdammt. Was ist mit ihr?

Schlagartig sehe ich die Informationen vor mir. Die

Formel. Das pinke Zeug. Es ist eine selbstproduzierte Droge. Sie flüstert: »Happy«, und ich stehe da und will diese Teile nicht zusammensetzen.

Sie hält es mit ihren Fingern hoch und zeigt mit der anderen Hand auf die Formel und erklärt: »Unsere Gefühle sind chemische Reaktionen und das hier ist die Formel für happy.«

Ich habe ihr diesen Namen gegeben. Entweder verarscht sie mich oder jemand will ihr schaden. Sie öffnet das Tütchen und steckt den Finger rein.

»Verdammt! Was machst du?« Ich reiße ihr das Tütchen aus der Hand und ehe ich eingreifen kann, schiebt sie den Finger in den Mund.

»Bist du völlig verrückt?«

Doch ihre Augen zeigen keinen Wahnsinn, sondern eine Trauer, die mir eiskalt den Rücken herunterläuft.

»Verdammt, Happy, das Zeug ist …«

»Das ist Jeda!« Das höre ich nicht zum ersten Mal.

»Es ist tödlich!« Sieht sie den Toten nicht vor ihren Füßen. »Es ist mein Jeda, Luciano. Ich schmecke die fruchtige Süße heraus. Das ist meine Formel. Das hier sind meine Drogen.«

»Deine?« Ich wusste es. Sie steckt da bis zum Hals drin. Und sie hat im Auto noch etwas anderes behauptet. Ich hätte auf meinen Instinkt hören sollen und nicht auf meinen Schwanz.

Gerade weiß ich nicht, was mehr schmerzt: ihre Verlogenheit, oder dass dieser pinke Engel meine Stadt verpestet.

»Du fängst besser ganz schnell an zu reden, Happy!«

»Es war der Anfang. Der Testlauf, der schiefging. Ich

wollte nur … also … Ich wollte bloß ein Psychedelikum entwickeln, welches synthetisch, aber auch unbedenklicher ist als die anderen Substanzen, die auf dem Markt sind.«

»Deine Süßigkeiten.«

»Nein, meine Geleemandeln sind das Endprodukt. Das, was ich immer wollte. Aber Jeda war die erste Substanz, die ich hergestellt habe. Da war ich noch in Harvard. Durch die Komponenten von europäischem Schattengewächs entwickelte ich eine Substanz, die das Serotonin erhöht. Im Vergleich zur Pflanze um einiges mehr. Es aktiviert die 5-HT2C-Rezeptoren …«

»Stopp!« Was für einen Scheiß redet sie da? »Fang jetzt nicht an, mit Fachbegriffen um dich zu werfen. Sag, was du für eine Scheiße hergestellt hast.«

»Durch Jeda wird der Sexualtrieb verstärkt. Du wirst unfassbar erregt. Und man wird davon süchtig.«

»Du hast also abhängig machendes Viagra hergestellt, das tödliche Nebenwirkungen hat?«

»Es legt auch den Körper lahm, Luciano. Es ist komplizierter und ich weiß nicht, wie ich mich ausdrücken soll, sodass du es verstehst.« Jetzt stellt sie mich dümmer dar, als ich bin. »Wenn es in die falschen Händen gelangt, entstehen gravierende Schäden, die niemand aufhalten kann. Jeda musste vernichtet werden. Das alles war von mir kein gewolltes Ziel. Ich fand es erst nach einem Test mit einer minimalen Dosis heraus. Du kannst dir sicher Vorstellen, das Jeda sich als ein willkommenes Geschenk für böse Personen herausstellte. Bei minimaler Zufuhr sind die Nebenwirkungen nicht tödlich. Wenn überhaupt entstehen höchstens Kopfschmerzen, leichte Atemnot oder ein Druckgefühl in der Brust.« Genau das fühle ich mit jedem weiteren Wort.

»Das war nie der Plan. Ich wollte helfen!« Ich glaube ihr nicht.

»Aber es ermöglicht, Frauen zu missbrauchen, richtig?« Sie nickt. »Und die letzte Konsequenz ist der Tod?«

»Ich vermute, viele verwechseln es mit 2C-B-Pulver. Venus, Nexus und wie sie es alle nennen, ist auch pink. Weil man trotz des erhöhten Sexualtriebs auch high wird. Nur nicht ausreichend. Sie nehmen zu viel davon! Weil sie nicht wissen, was es eigentlich bewirkt. Sie sterben infolge der Nebenwirkung einer erhöhten Dosierung von Jeda. Die Substanz aktiviert Rezeptoren in Blutgefäßen. In den Organen. In der Lunge. O Mann. Der Lungendruck steigt so rapide und massiv an, dass es zum Tod führt. Und wenn es nicht die Lunge akut betrifft, geben die Herzklappen auf. Aber ich verstehe den Schaum vor dem Mund nicht. Irgendetwas wurde verändert.«

Da wirft Dino ein: »Erzählte Cyrus nicht, dass es extra für den New Orleans Markt verändert wurde?« Sie kommt in die Stadt und schon werden wir von diesem Zeug in die Knie gezwungen. Sie hat es mit Williams für Nola angepasst.

»Ich weiß nicht, was geändert wurde, aber das hier ist verheerender als das, was ich hergestellt habe, und das Zeug war schon …« Sie schüttelt den Kopf. »Ihr habt keine Vorstellung, was das mit einem Menschen macht.«

Mir fehlen die Worte und sie plappert ungehalten weiter.

»Als Kommilitonen es ausprobierten und …« Sie wendet den Blick von mir. In ihren Augenwinkeln glitzern Tränen.

Und ich fasse es nicht, dass sie mich so verarscht. »Es gab diesen Unfall und alles wurde beseitigt. Auch die Formel. Daddy hat dafür gesorgt.«

»Beseitig? Nein, Happy.« Ich atme durch und versuche, sie nicht gleich mit meinen Worten zu erschlagen. »Hast du es selbst produziert?«

»Nein!«

»Warum sollte es dann im Umlauf sein?«

»Dale.« Das kam zu schnell aus ihren Mund. Sie hält mich wirklich für dumm. »Dale Williams.«

»Willst du mich verarschen, Happy? Glaubst du, ich bin so dumm? Du stellst eine Droge her, von der man nicht nur high wird, sondern auch geil! Du lässt dich selbst nicht mal anfassen, ohne auszurasten. Und als ich dir und deiner kleinen Drogenbar auf die Schliche komme, schiebst du alles auf den Kerl, der für dich und deinen Drogenopa arbeitet? Soll das ein Scherz sein?«

»Ja, ich habe es hergestellt. Und nein, ich wollte Jeda nie auf den Markt bringen.« Deswegen hat es ja auch einen Namen. »Ich wollte nur die Geleemandeln herstellen.« Weshalb das eine Süßigkeiten sind, und das andere ein tödliches Pulver ist. »Vieles funktioniert nicht beim ersten Versuch. Man muss herumexperimentieren und die Formel von Jeda wurde vernichtet. Dale hat sie mit Sicherheit geklaut, bevor es eskalierte!«, redet sie sich weiter heraus und mir platzt der dünne Geduldsfaden.

»Du lügst!«, brülle ich sie an.

»Nein, Daddy hat alles beseitigt. Dale muss sie vorher genommen haben.«

»Hör auf mit deiner verlogenen Scheiße! Ich kann den Kack nicht mehr hören!«

»Ich bin verlogen?«

»Ja! Du arbeitest mit deinem Drogendaddy zusammen! Deine Show kannst du den Cops vorspielen, aber ich falle auf deine Scheiße nicht herein!«

»Show? Ich? Wer von uns führt denn eine Unwiderstehlich-Performance auf und schläft mit allen Frauen dieser Stadt? Laurie, Eliana, Portia und sogar ich bin auf dich reingefallen, dabei hast du dein Herz an Serafina verschenkt!«

Auf einmal reißt sie mir den Boden unter den Füßen weg.

Das war kein Schlag ins Gesicht, sondern einer unter die Gürtellinie. »Nimm ihren Namen nicht in den Mund!«

»Du meinst Serafina, deine große Liebe? Geh und hol sie dir. Ach, kannst du ja nicht. Du hast sie an die Drogen verloren!«

»Ich kann sie nicht zurückholen, weil ich sie nicht an Drogen verloren habe, sondern wegen der Drogen!«, schreie ich ihr mitten in die trügerische Miene und sie wird ein Stück kleiner.

So eine verdammte Scheiße.

Warum macht Happy alles so kompliziert?

Zum Zerbersten angespannt streiche ich mir durchs Gesicht und erkläre ruhiger, wenn auch angepisster: »Ich habe die Geschäfte meines Vaters übernommen und ich wurde auf die Probe gestellt. Ich habe dadurch einen Drogendeal platzen lassen. Die Gegenseite fand das nicht lustig und hat Serafina entführt. Habe ich sie geliebt? Ja, mehr, als ich es jemals für möglich gehalten habe. Konnte ich sie nach Hause bringen? Nein.« Warum erzähle ich ihr das überhaupt? Stimmt, weil ich sie eh töten werde. »Sie wurde nämlich verkauft, Happy.« Ihr Mund öffnet sich, aber nichts kommt heraus. »Ich habe monatelang nach ihr gesucht. Und weißt du was? Nicht ich habe sie befreit, sondern sie sich selbst. Sie war unterernährt und wurde täglich missbraucht, Happy. Und weil sie die Erinnerung nicht ertrug, nahm sie sich das Leben! Ich konnte sie nicht retten, Happy! Sie starb in meinen Armen! Also nein, Happy. Ich werde sie nie wieder sehen.«

Ich atme durch, streiche mir übers Gesicht und Dino legt mir seine Hand auf die Schulter. »Wir sollten fahren.« Ich nicke und gehe zum Auto vor. Happy folgt mir und gerade ist es mir scheißegal. Sie hätte die Drogen nicht in meine Stadt bringen dürfen.

Sie hätte unter keinen Umständen mir so nah kommen sollen.

Aber ihr größter Fehler war, inmitten ihrer ganzen Drogenscheiße, Serafina zu erwähnen. Im Auto sitzend dauert es nicht lang, bis Happy wieder ihren Mund öffnet.

»Wie alt war sie?«, fragt sie sanft und ich kotze gleich.

»Vierzehn und jetzt halt die Klappe!«

»Vierzehn!«, schreit sie auf. Und ich wirble zu ihr herum.

»Wenn du deine verdammte Klappe nicht hältst, schneide ich dir noch hier im Auto deine nervige Zunge heraus, ist das klar?«

Sie nickt und ich lehne mich im Auto zurück. Happy schweigt die Fahrt über. Sie ist still und ich beruhige mich.

Jedenfalls, bis wir zu Hause ankommen. Kaum steht der Wagen, öffnet sie wieder ihren verdammten Mund.

»Ich werde dir nicht das Gebäude verkaufen. Ich bleibe, Luciano.« Sie klingt ungewöhnlich zickig und ich sehe darüber hinweg, als ich aussteige. Ich halte ihr die Tür auf, doch sie geht auf er andere Seite hinaus und hält sich an Dino.

Was soll das denn jetzt?

Weil ich sie angeschrien habe, sicher nicht.

Verdammt!

Ich kann mich gerade nicht mit ihrer Art herumplagen. Ein weiterer Toter. Happy und ihre scheiß Drogen und ich hätte sie nicht ficken dürfen.

Dann noch Serafina.

Wieso musste sie auch jetzt damit ankommen? Was stimmt mit ihr nicht? Was läuft bei Happy so falsch?

Im Haus drehe ich mich zu Dino um.

»Bring sie ins Schlafzimmer und fessle sie ans Bett.«

»Was soll er tun?«, quietscht sie auf und schüttelt den Kopf. »Kannst du deine Arbeit nicht selbst ausführen? Muss mich wirklich einer deiner schmierigen Kerle anfassen?«

»Ich will mich heute nicht mehr mit dir abgeben, Happy!« Scheiße, ich habe genug im Kopf. Schließlich muss ich mich gleich mit ihrem Daddy treffen und Ebony retten.

»In meiner Bar sah das noch anders aus.«

Warum treibt sie es auf die Spitze?

»Lauf!«, brülle ich sie an, aber sie schreckt nur zurück. Ich zeige die Treppe hinauf und wiederhole lauter: »Lauf, Happy!«

Ohne weiteres Zögern rennt sie die Stufen hinauf und

ich streiche mir zum hundertsten Mal die Anspannung aus dem Gesicht.

»Was ist bei euch beiden los?«, will Dino wissen, obwohl ich selbst keine Ahnung habe.

»Sie denkt sicher …«

»Ist mir scheißegal, Dino«, fahre ich auch ihn an, was ihn wenig beeindruckt. »Sie weiß von Serafina, dann hätte sie sie auch nie erwähnen dürfen.«

»Sie ist eifersüchtig, Luciano.« Ergreift er gerade Partei für sie?

»Bevor du dich für sie einsetzt, denkst du bitte nach, wer die Drogen in unsere Stadt gebracht hat?« An ihm vorbei, gehe ich die Stufen hinauf. »Mach dich bereit, ich kümmere mich kurz um Happy, dann fahren wir.«

»Wirst du sie töten?«, ruft er mir hinter.

Gerade habe ich weder auf das eine noch das andere Lust. Dennoch muss ich es tun und beeile mich, die Treppe hinaufzugehen, ich brauche nicht lange, um schließlich mein Schlafzimmer zu erreichen. Als ich die Tür öffne, sitzt sie auf dem Bett und ihr Blick verheißt nichts Gutes.

»Ich bin nicht deine Gefangene!«, schimpft sie und ich überhöre es, als ich den Stock an die Kommode lehne, den Hut darauf ablege und mich dem Bett nähere.

»Warum bin ich hier? Du glaubst mir doch eh nicht.«

Ich nehme die erste Manschette vom Kopfende und halte sie ihr hin. Schweigend.

Sie sieht zu mir auf und hebt den Arm.

»Ich bleibe hier, Luciano. Ich laufe nicht weg.« Aber weil ihre zornige Stimme etwas ganz anderes wiedergibt, schließe ich sie fest an ihrem Handgelenk und nehme die zweite in die Hand.

»Luciano?«, sucht sie betonend meine Aufmerksamkeit und ich sehe ihr in die hellblauen Augen.

»Ich hasse dich«, spuckt sie mir entgegen. Sie sitzt noch immer, blitzt mich wütend an und weigert sich, ihren anderen Arm anzuheben. »Du bist ein widerwärtiges Monster! Und ich hasse dich«, informiert sie mich fauchend über das, was ich schon längst wusste.

»Mr. Peterson hatte recht und ich wollte ihm nicht glauben.«

Ich schubse sie zurück, sodass sie mit dem Rücken auf der Matratze zum Liegen kommt, ergreife ihren anderen Arm und fessele auch diesen in der Manschette über ihrem Kopf. Dann beuge ich mich nah vor ihrem Gesicht herunter.

»Was willst du tun? Mir Konfetti ins Gesicht werfen?«, knurre ich und wende mich von ihr ab. »Du bist gefesselt!«

Sie schimpft vor sich hin, während ich nach meinem Hut und Stock greife und das Schlafzimmer verlasse. Fabio steht bereit und nickt mir zu.

»Dino hat mich schon aufgeklärt. Aber sollten wir nicht unsere Männer von den Suchorten abziehen und als Verstärkung mitnehmen? Da wir wissen, dass dieser Daddy sie hat, brauchen unsere Leute doch nicht weitersuchen.«

»Sie sollten den Schein wahren, bis wir alles geklärt haben, Fabio. Dank Festus ist die Polizei zwar nicht das Problem, aber wir haben noch immer Delaila im Nacken sitzen. Ebonys Entführung und unsere Verbindung dazu wird Delaila nutzen. Und Ebonys Familie wird sich auch in die ganze Scheiße einmischen.«

»Aber wir wissen ja nicht, wie er aufgestellt ist.«

Ich schaue knapp auf die verschlossene Tür, hinter der sich Happy befindet. Das alles wäre niemals passiert, wenn ich meinen Schwanz in der Hose gelassen hätte. Nein, das ist Blödsinn. Wenn Happy ihre Drogenzuckerbar nicht eröffnet hätte, sondern einfach mit ihrem abartig fröhlichen, pinken Dasein nach Nola gezogen wäre, wäre sie mir erst aufgefallen, wenn alle anderen Frauen mich angeödet hätten. Es war die Süßigkeitenbar, in der Bar, die ich wollte und ich bin dort hinein, wie ein Diabetiker, der der Schokoladentorte nicht widerstehen kann.

»Luciano, wir wissen nicht, wie viele Männer er hat und was uns erwartet«, wiederholt sich mein Bruder und ich schüttle die Gedanken von mir.

»Er ist ein alter, pädophiler Sack.« Ich setze mir den Hut auf, bevor ich über den Flur zur Treppe gehe und Fabio mir folgt. Zwar schweigt mein Bruder, während wir nach unten gehen, aber ich spüre seine hundert Fragen.

Mit Dino gehen wir an Luke vorbei, der Marcel abgelöst hat, nach draußen und brechen sofort auf.

DREIUNDDREISSIG

Luciano

Ich schaue auf den roten Punkt auf der Landkarte, die sich über mein Handydisplay erstreckt, und blicke auf zu dem Gebäude.

»Das kann doch nicht sein.«

»Es ist die Adresse«, widerspricht mir Dino. Auch der rote Punkt belehrt mich. Aber wir befinden uns außerhalb von New Orleans vor einem zwölfstöckigen Bürogebäudekomplex. Hier sollen wir uns mit ihm treffen? Wo genau?

»Wir sind richtig«, drängt mich Fabio und steigt mit Dino aus. Wir hätten Männer mitnehmen sollen. Ich habe mit einer alten Lagerhalle gerechnet. Warum habe ich nicht vorher nachgeschaut? Hier stehen wir auf dem Präsentierteller ohne Absicherung.

Er ist nur ein alter Sack, der Happy will.

Mit einem wirklich miesen Gefühl steige ich aus und zu dritt nähern wir uns dem Eingangsbereich. Ein einzelner Wachmann aus einer privaten Sicherheitsfirma steht bereit und empfängt uns, indem er für uns die Glastür öffnet.

Wir betreten einen Empfangsbereich, der einer Halle gleicht. Ich schaue mich um und finde nur einen leeren Empfangstresen, Aufzüge und Flure, die in beide Richtungen führen. Keine Beschilderungen. Keine Firmenlogos oder Namen sind irgendwo zu erkennen.

»Wo verdammt sind wir?«

Meine Frage wird von klackenden Absätzen auf dem Granitboden verscheucht und eine schmale Brünette im Etuikleid und offenem Blazer nähert sich von rechts. Ihr braunes Haar ist streng nach hinten gebunden und ihre Lippen sind knallrot geschminkt. Vor ihrem engen schwarzen Outfit hält sie ein Klemmbrett. Ich schaue zu Fabio, der auch verwundert eine Augenbraue hebt.

Sie steuert direkt auf uns zu, bleibt mit einem gebührenden Abstand stehen und meint knapp: »Folgen Sie mir.« Ohne auf eine Antwort zu warten, dreht sie sich um und im selbstbewussten Gang wackelt sie mit ihrem Arsch voran in Richtung der Aufzüge. Sie betätigt den Knopf, um den Aufzug zu rufen, doch sogleich schieben sich die Türen auf. Mir gefällt das nicht. Dennoch folgen wir ihr ins Innere. Als ich mich am anderen Ende an die Spiegelwand lehne, leuchtet die Zehn auf der Knopfzeile auf. Der Aufzug setzt sich in Bewegung und wir fahren nach oben. In den verdammten zehnten Stock. Zwar sind Dino und Fabio bewaffnet, aber in diesem Gebäude haben wir keinerlei Chance. Der Aufzug hält und nachdem die Türen aufgehen, führt uns die Frau durch einen leeren Flur zu einer Tür am Ende. Hier ist es ruhig. Zu ruhig. »Sie werden bereits erwartet.« Sie dreht sich um und lässt uns vor der geschlossenen Tür stehen. Was soll das hier werden?

Ich wende mich Fabio und Dino zu, die ebenfalls misstrauisch dastehen und darauf warten, dass ich handle. Ohne anzuklopfen, öffne ich die Tür.

Ein Konferenzraum versteckt sich hinter der Tür und ich sehe niemanden. Ich dachte, wir werden erwartet? Bevor ich den ersten Schritt über die Schwelle gehe, schaue ich über die Schulter an Fabio und Dino vorbei, zu der Frau, die Arsch wackelnd davon schreitet. »Ist das eine Machtdemonstration?«, fragt Fabio und ich schüttle den Kopf. Wenn es das wäre, ist es erbärmlich. Ich betrete den Raum und schaue mich um. Ein langer Tisch mit sechs Stühlen auf der einen Seite und einem einzelnen Lederstuhl auf der anderen Seite der gesamten Länge. Sonst ist der Raum leer. Vor den Fenstern sind Lamellen zugezogen und an beiden Wänden rechts und links befindet sich jeweils eine Tür und eine Schiebetür.

Verdammt! Wir stehen wirklich auf dem Präsentierteller.

»Mir gefällt das nicht«, flüstert Dino tief und ich stimme ihm voll und ganz zu. Doch ehe ich darauf antworten kann, öffnet sich auf der rechten Seite die Schiebetür, und der Bastard kommt in den Raum. Ein teurer dunkelblauer Anzug liegt auf seiner verlogenen Haut. Er sieht wie ein erfolgreicher Geschäftsmann aus. Kein Wunder, dass er Happy beeinflussen konnte. Mit jedem Schritt beweist er mir den Inbegriff eines Manipulators. Automatisch spanne ich mich an und sehe ihn schon nach Luft ringend vor mir, während ihm das verdammte Blut aus der Kehle spritzt.

Stattdessen zeigt er auf die Stühle vor uns. »Bitte, nehmt Platz.« Natürlich setzt er sich in den Chefsessel.

Aber nur ich setze mich direkt vor ihm auf den Stuhl. Dino und Fabio bleiben genau hinter mir an den Flanken stehen und lassen den Bastard nicht aus den Augen.

»Verlieren wir doch keine Zeit, oder?« Er faltet vor sich die Hände auf dem Tisch und beugt sich leicht vor. »Ich mache es dir einfach. Ich bekomme Jelly und du die Tochter deines Freundes.«

Ich versuche, lässig und gleichgültig zu wirken, aber gerade fressen sich seine Worte durch meine Eingeweide.

»Nein.« Denn ich bin noch nicht mit Happy fertig. Ihn muss ich hingegen loswerden. Ihn, seine pädophilen Geschäfte und die Drogen.

Er steht auf und dreht mir mutig den Rücken zu. Die Lamellen ziehen sich zur Seite auf, als hätte er einen Knopf gedrückt, was er jedoch nicht getan hat. Vor dem bodentiefen Fenstern bleibt er stehen, mit verschränkten Armen auf dem Rücken, und schaut hinaus.

Die Dunkelheit des Abends lässt die Lichter der Stadt bunt und grell um ihn herum erleuchten.

»Ich wusste, dass es nur eine Frage der Zeit ist, bis du ein Auge auf sie wirfst. Ich wusste, dass wir beide hier sitzen werden, in dem Augenblick, als ich erfuhr, dass sie nach New Orleans zieht. Und wieso es ihr so wichtig ist.«

Portia. Sie kam wegen Portia. Das Warum dahinter habe ich noch nicht herausgefunden, was seit heute weitere Fragen aufwirft. Parallel dazu stellt das meine andere Theorie, dass sie gemeinsame Sache machen, vollkommen infrage. Mir gefällt es nicht, so wenig zu wissen.

»Sie hat die Bar gekauft, obwohl sie im Fricklabor bleiben sollte. Ich habe viel über dich recherchiert, Lucifer. Und dementsprechend alles geplant. Es tut mir fast leid um die kleine Ebony, aber ich musste sicherstellen, dass du Jelly freigibst.« Er dreht sich um und verschränkt die Arme vor der Brust. »Sie ist einzigartig, nicht wahr?« In seinen Augen erkenne ich die Liebe zu Happy. Mir wird schlecht und wütend zugleich. Wollte er nie, dass Happy hierher umzieht. Machen sie gemeinsame Sache oder nicht? Sie hat Jeda hergestellt. Hat sie doch die Wahrheit gesagt?

»Und weil meine Prinzessin so besonders ist, mache ich dir ein weiteres Angebot, Lucifer. Du bekommst Ebony und alle anderen Mädchen. Ich will nur meine Prinzessin.« Alle anderen Mädchen? Wie viele Mädchen hat er?

Verdammt, Happy ist nicht mehr zu retten. Sie steckt so oder so zu tief drin.

»Ich habe dir etwas voraus, Lucifer. Ich bin schon in ihrem Leben, seit sie ein Kind war. Als sie ein hilfloses, missbrauchtes Mädchen war.« Ich beiße den Kiefer zusammen und dränge meine Wut zurück. Ich ahnte von Anfang an, dass Happy in ihrer Vergangenheit litt. Das konnte man nicht übersehen. Dennoch trifft mich diese Bestätigung, die er so nebenbei erwähnt, hart. »Sie gehörte damals schon mir. Ihr ganzes Leben gehört mir. Du hingegen -« Er macht eine ausladende Handbewegung und ich stelle mir vor, wie ich sie mit einem Schwung abhacke. Allein dafür, dass er sie anrührte, als sie noch ein Kind war. »- du bist nur ein Luftzug durch ihr Leben. Kaum erwähnenswert.« Das Blut spritz aus seinem Stummel, er schreit und weiß, dass sein Tod nahe ist. Aber das wäre erst der Anfang. Der erste Schritt in den qualvollen Tod.

»Ich bin ihr Held, Lucifer. Ihre große Liebe. Du bist nur Abschaum. Und …«

»Du langweilst mich«, fahre ich über seine Worte. »Du wolltest doch keine Zeit verlieren, oder? Dann komm zum Ende.«

»Entscheide dich, Ebony und fünfzehn weitere Mädchen, die nach Hause dürfen und ich bekomme dafür Jelly. Oder du behältst meine Prinzessin, dann wird Ebony an den Höchstbietenden verkauft und du schaust dabei zu, wie jedes kostbare Mädchen aus deinem Viertel nach und nach verschwindet, bis du mir Jelly zurückgibst.«

Fünfzehn Mädchen. Verdammt!

Hat er noch mehr? Sind diese Mädchen hier oder werden sie an einem anderen Ort gefangen gehalten?

Ich tippe mit dem Stock auf den Boden. Und stehe auf.

»Behalte Ebony und die anderen Mädchen kenne ich nicht. Ich ficke lieber deine Drogenprinzessin.«

»Du hast das mit Jeda herausgefunden?« Er zuckt mit einer Schulter und beantwort sich selbst die Frage: »So etwas bleibt nie lange geheim. Wenn meine Prinzessin nur wusste, wie hilfreich ihr kleines Wunderpulver ist. Wenn es nach ihr gegangen wäre, würde es gar nicht mehr existieren.« Er schnaubt und verunsichert mich. Zwar ist seine Aussage eine Bestätigung, dass er mit dem Verkauf zu tun hat, aber es ist kein Beweis dafür, dass Happy mit ihm zusammenarbeitet. Ganz im Gegenteil. Denn es hört sich eher so an, als wüsste Happy gar nichts davon.

Ließ er Happy im Glauben, er hätte die Formel vernichtet und arbeitet seither im Geheimen mit Williams zusammen?

Ist Happy nur in Nola, um ihre Freundin bei der Trauer zu unterstützen, und wurde selbst von Portia hinters Licht geführt?

Hat Happy die Wahrheit gesagt? Oder will ich die skrupellose Seite an ihr nicht wahrhaben, weil mein Inneres das unschuldige, fröhliche Bild von ihr nicht zerstören möchte?

Trotzdem wird dieser Scheißkerl Happy nicht bekommen.

Nicht so.

»Mich interessiert dieser Scheiß nicht«, lüge nun ich und will mich verabschieden.

Gerade als ich mich umdrehe, geht die Tür, aus der er kam, erneut auf und ich sehe Ebony.

Verdammt.

»Gut, dann ficke ich die kleine Ebony«, meint er kalt und ich bin mir sicher, er würde es tun, wenn sie weiß, blond und hellblauäugig wäre. Doch das ist sie nicht. Eben deswegen steht Ebony gefesselt, geknebelt, weinend und hinter ihr ein maskierter Mann, der ihr ein Messer an die Kehle hält.

»Oder ich töte sie jetzt hier und sofort und erspare ihr noch mehr Leid.« Ich bring diesen Wichser um. Die Spitze der Klinge bohrt sich in ihre zarte, unschuldige Haut. Verdammt. »Ich gebe dir vierundzwanzig Stunden Zeit.«

»Brauche ich nicht. Ich gebe dir deine Drogenprinzessin. Und ich nehme Ebony und die anderen Mädchen mit.«

»Ich bin nicht blöd, Lucifer. Ich weiß, dass du sie willst. Deswegen bleibt Ebony wie die anderen bei mir, bis ich

Jelly habe.« Jetzt macht er einen auf Drogenboss und will eine Übergabe. Mir platzt gleich eine Ader.

»Ich will Jelly? Nein. Sie ist ein Loch. Mehr nicht. Jelly Bean ist ein Loch, in das ich meinen Schwanz versenke. Sie ist verdammt eng und geil, wie du sicher weißt. Aber letztlich nur ein Loch, wie tausend andere Weiber es haben.« Ich zucke mit den Schultern. Und er blickt mich mit leicht geöffnetem Mund an, als könnte er nicht glauben, was ich gerade gesagt habe.

»Dann ficke ich halt eine andere Schlampe. Ich nehme die Mädchen direkt mit oder ich behalte Jelly, allein weil ich weiß, dass du sie willst.«

Er spannt sich an und er soll mir sagen, was ich hören möchte. »Hast du mal ihren köstlichen Saft gekostet? Verdammt.«

Sein Kiefer mahlt und seine Hände bilden angespannte Fäuste.

»Die anderen Mädchen sind nicht hier«, knurrt er. »Wir treffen und um Mitternacht auf der Lake Pontchartrain Brücke.« Es wäre auch zu leicht, wenn die Mädchen hier gewesen wären. Ich schaue auf die Uhr. Vier Stunden. In einem Umkreis von vier Stunden. Nein. Weniger. Er muss ja auch zur Brücke fahren.

»Das ist doch jetzt ein Scherz!«, brüllt Fabio auf, womit er nicht Unrecht hat. Wie sollen wir eine Übergabe machen? Die Brücke ist gut vierzig Kilometer lang und sie besteht aus zwei Brücken, die nur in eine Fahrbahnrichtung verlaufen. Das ist ein Scherz.

»Ihr fahrt von eurer Seite in Metairie los. Setzt sie irgendwo dort ab. Und auf der anderen Brücke in der entgegengesetzten Richtung steht der Lieferwagen mit den Mädchen.«

»Nein!« Das ist zu gefährlich.

»Sobald ihr Jelly abgesetzt habt, verlassen wir den Lieferwagen mit Ebony und den anderen Mädchen. Und wenn ihr dann wendet und in Mandeville auffahrt, nehmt ihr den Lieferwagen mit nach Hause.« Dieser clevere Wichser. Wir kommen nicht einmal in die Nähe seines pädophilen Arsches. Wir können Happy und die Mädchen nicht gleichzeitig schützen.

»Selbst bei Nacht ist der Verkehr zu hoch. Nein, lass dir etwas anderes einfallen«, wendet Fabio ein, aber ich bin mir sicher, dass *Daddy* daran ebenfalls gedacht und dafür eine Lösung hat. Dieser Bastard will uns die Möglichkeit nehmen, ihn zu fassen und zeitgleich alle Mädchen zu retten.

»Wir machen es so«, bestimmt er und zeigt zur Tür. »Heute um Mitternacht auf der Lake Pontchartrain Brücke.«

Verdammt!

VIERUNDDREISSIG

Happy

Ich bin allein. In seinem Bett. Sein Duft schwebt über mir und plant, mich zu erdrücken.

Wieso tut es so weh?

Warum hört der Schmerz nie auf?

Die Zeit vergeht, ohne mich mitzunehmen. Für mich bleibt sie stehen. Nur kurze Augenblicke bekomme ich, erhasche einen kurzen Einblick in das Leben. Aber dann bleibt sie wieder stehen. Und nichts ändert sich.

Meine Arme sind eingeschlafen, aber ich längst nicht. Ich starre an die Decke und kann es nicht glauben. Es verfolgt mich. Es lässt mich nicht los.

So viele Menschen starben und es war alles meine Schuld. So viel Blut wurde vergossen.

Es war meine Schuld.

Ich schließe die Augen. Und sehe nur das Blut. So viel Blut.

Blut. Überall ist Blut. Der Geruch beißt sich in meine Nase, liegt schwer auf meiner Zunge und ich lasse das Messer fallen. Es klebt in meinem Gesicht, an meinen Händen und über meiner gesamten Haut.

Ich werde dich töten, sagte er. Und jetzt liegt er da auf dem Boden. Und bewegt sich nicht mehr. Von dem gelben Zimmer ist kaum noch etwas zu sehen. Überall kleben Blutstropfen, Spritzer. Und die Lache verteilt sich über den weichen Teppich. Noch immer atme ich schnell, mein Puls jagt nach wie vor durch meinen Körper und ich zittere am ganzen Leib.

Die anderen! Das ist unsere Chance!

Ich renne zur Tür, reiße sie auf und laufe durch den Flur, bis ich zur Treppe gelange. So schnell meine Beine es zulassen, steige ich sie hinauf und laufe zu unserem Zimmer. Es ist mitten in der Nacht, aber keine von ihnen wird schlafen. Sie haben alle gehört, wie Mr. Miller mich aus dem Bett riss. Mir das Messer an die Kehle hielt und mich anschrie, weil ich Mrs. Miller den Topf auf den Kopf geschlagen habe. Sie liegen alle wach in den Betten. Bestimmt. Ich reiße die Tür auf, mache das Licht an und sie sehen mich alle an.

»Lauft!«, schreie ich. »Lauft so schnell, ihr könnt« doch sie bleiben liegen. Sie begreifen es nicht. Ich weiß nicht, wo Jack ist. Er könnte jeden Moment hinter mir auftauchen, merken, was ich getan habe, und uns alle dafür bestrafen.

»Los, steht auf und rennt! Ihr seid frei!« Langsam stehen sie aus den Betten auf und in ihren Gesichtern steht der

Schock. Emma, mit der ich kaum ein Wort wechsle, kommt auf mich zu.

»Was hast du getan, Jelly?«

»Er ist tot!« Sie schauen allesamt an mir herunter und ich folge ihren Blicken. Blut. Überall ist sein Blut. Aber das ist jetzt nicht mehr wichtig. Deswegen sehe ich auf, schaue nacheinander jeder Einzelnen ins Gesicht. »Wollt ihr das weiter ertragen? Dann bleibt. Oder ihr rennt aus dem Haus, lauft so weit, wie eure Füße euch tragen. Die Polizei wird euch hierher zurückbringen. Versteckt euch. Findet irgendwo anders euer Zuhause. Lauft!«

Und sie rennen los. Ohne mir länger als nötig ins Gesicht blicken zu müssen, rennen sie an mir vorbei. Emma bleibt vor mir stehen und schüttelt den Kopf.

»Dann bleib hier und lass dich weiter missbrauchen!«, schimpfe ich und gehe an ihr vorbei zum Bett. Dabei stoße ich gegen ihre Schulter.

»Du hast noch deinen Lehrer, aber wo soll ich hin?« Fragt sie, als ich die Leiter hochklettere, um Miss Pinky zu holen.

»Alles ist besser, als hier zu sein. Lauf weg oder bleib. Ich verschwinde von hier.« Ich schnappe mir mein Stoffschwein und klettere rasch herunter.

Als ich an ihr vorbeilaufen will, hält sie mich fest.

»Lass mich nicht allein, Jelly!« Sie hält mich an den Schultern fest und sieht mich verzweifelt an.

»Ich weiß doch auch nicht wohin, Emma. Lass uns hier einfach abhauen!«

Aber sie umschließt kopfschüttelnd meine Oberarme. Die Angst sitzt so tief in ihr, dass ich sie nicht abschütteln kann.

»Lass mich los, Emma!«

Kopf schüttelnd weint sie und ihr Griff krallt sich fest in meine Arme.

»Emma!«, schreie ich und endlich lässt sie los.

»Komm einfach mit!«

»Okay!«, weint sie und folgt mir, als ich loslaufe. Sie ist gleich hinter mir. Wir rennen geradewegs durchs Haus und quer durch das im Dunkeln liegende Wohnzimmer, direkt zur Haustür. Umgehend greife ich nach der Türklinke, da leuchtet einLichtkegel durch den Raum und stoppt mich in der Bewegung.

Ein Auto.

Jacks Wagen. Das Klappern seines Motors ist eindeutig. O nein. Nein, nein. Ich drehe mich um, schaue an Emma vorbei durchs Haus.

»Die Hintertür!«, flüstere ich ihr zu.

»Die ist immer abgeschlossen.« Und keiner von uns hat den Schlüssel. Ich weiß auch nicht, wo er ist.

»Versteck dich, Emma. Ich lenke ihn ab und du läufst bei der nächsten Gelegenheit aus dem Haus.« Die Autotür knallt zu und ich trete von der Tür weg.

»Emma, versteck dich!«, rufe ich ihr flüsternd zu und sie schaut hektisch durch den Raum und rennt hinter das alte Sofa. Sie kauert sich dahinter und die Haustür geht auf.

Er wird mich umbringen.

Er schaltet das Licht an und sein Blick landet direkt auf mir. Auf mir und meinem blutfleckigen Nachtkleid. Jack schlägt die Tür hinter sich zu und sein diabolisches Lächeln legt sich auf seine schmierigen Lippen.

»O Prinzessin. Das wirst du bereuen.«

Er setzt einen großen Schritt auf mich zu und ich laufe los. Ohne zu wissen wohin, renne ich. Ich renne in die Küche, schaue mich um, sehe ein Messer, doch er reißt mich an den Haaren zurück. Ein Schlag trifft mich mitten ins Gesicht und mir wird schwarz vor Augen.

Meine Tränen brennen sich über meine Haut und das Schluchzen schmerzt in der trockenen Kehle. Emma ist entkommen. Aber ich blieb. Er begrub seinen Vater wie zuvor seine Mutter. Und ich gehörte ihm allein. Jack war da. Und kein anderes Mädchen lenkte seine Aufmerksamkeit von mir. Seine und die von allen Männern, die ihn dafür bezahlten. Das gelbe Zimmer mit dem vielen Blut wurde mein eigenes. Und ich kam nur da raus, um zur Schule zu gehen. Weil Daddy Jack dazu zwang.

Daddy nahm mich immer mit und zeigte mir die andere Seite der Welt. Er sorgte dafür, dass ich dem entfliehen konnte. Er gab mir nie das Gefühl, selbst schuld an meiner Lage zu sein.

Obwohl es besser war, als ich mich nicht wehrte, im Vergleich zu der Zeit, als alle anderen Mädchen noch da waren.

War es immer meine eigene Schuld?

Ich wollte das alles nie. Es eskalierte. Immer. Jeda sollte doch nur eine Möglichkeit sein und auch das eskalierte.

Aber Luciano ist viel schlimmer als das.

Er gehört zu diesen Menschen, die Schwächere benutzen. Er foltert aus Spaß, wenn man sich ihm in den Weg stellt. Gegen ihn komme ich nicht an.

Er ist ein Dämon.

Ein Monster wie die aus meiner Vergangenheit und ich komme da nicht mehr heraus.

Das tut weh. Nein, es schmerzt, dass ich mich freiwillig auf ihn einließ.

Serafina war noch ein Kind. Portia war ein Teenager.

Mich widert es an. Mir ist schlecht und es tut so grausam weh, dass er dazugehört. Er ist einer von diesen Monstern.

Wieso habe ich das nicht gesehen?

Bin ich so kaputt, dass ich mich von ihnen anziehen lasse?

Ich fühle diese verwirrenden Emotionen nur so intensiv, weil ich unterbewusst ahnte, dass er eines dieser Monster ist?

Will ich insgeheim benutzt, beschmutzt und missbraucht werden?

Ist es das?

Brauche ich diesen zerstörerischen Schmerz, weil ich es nicht anders kenne?

O Mann. Ich hasse ihn. Ich hasse mich. Ich hasse es, dass ich gefesselt hier in seinem Bett liege, sein Duft mich erwärmt und mir gleichzeitig davon schlecht wird, obwohl ich bei Daddy hätte sein können und nicht leiden müsste.

Die Schlafzimmertür geht auf und Luciano kommt herein.

Er schaut mich nicht an, als er den Hut und Stock ablegt und seine Schranktür öffnet. Alles ist pechschwarz wie seine verdorbene Seele. Er holt Kleidung heraus und kommt damit zu mir. Am Bettende zieht er mich an den Füßen so weit herunter, bis es in meinen Armen schmerzt, aber ich zeige es ihm nicht. Er bekommt nichts mehr von mir. Nicht einmal mehr meinen Schmerz.

An meinen Füßen kniet er sich auf die Matratze und ich beobachte, wie er schweigend über meine Chucks eine weiche schwarze Jogginghose stülpt und über meine Beine zieht. Was tut er da? Er schiebt sie bis zu meinen Oberschenkeln und steht auf. Er zieht mich an. Warum tut er das? Warum zieht er mir seine schwarze Kleidung an?

Neben dem Bett greift er schweigend zu dem Stoff und zerrt ihn mir über den Hintern bis zum Bauch. Die Hose ist viel zu groß, aber das scheint ihn nicht zu stören, als er mir ein weiteres Kleidungsstück auf den Bauch schmeißt und zu der Fesselung an meinen Handknöcheln greift. Er löst sie und meine Arme fallen schlaff herunter, als wären sie nicht meine.

Ein stechender Schmerz zieht sich mir von den Handgelenken bis in die Schultern und ich stöhne auf. Das Blut peitscht mir durch die Glieder und es brennt wie Feuer.

Tausend Ameisen kribbeln unter der Haut und ich reibe mir die Arme.

Er gibt mir nicht die Zeit, meinen Körper an die bequeme Haltung zu gewöhnen, und hebt mich an der Schulter hoch. Kaum sitze ich, schiebt er mir das Kleid über den Kopf. Er sagt nicht ein Wort, begründet nicht, warum er mich in Schwarz kleidet. Seine Lippen öffnen sich nicht, als er mir den nächsten dicken Stoff über den Kopf stülpt. Wie von selbst schiebe ich die Hände in die Ärmel des Kapuzenpullovers und er zieht meine Haare hervor. Ich schaue zu ihm auf, doch er würdigt mich keines Blickes und fesselt mir die Hände vor dem Bauch.

Die schlimmste Ahnung macht sich bemerkbar. Kreist durch meinen Verstand und bringt die Alarmglocken zum Schellen. Aber wenn er mich verkauft, würde er mich dann nicht in dem Kleid lassen?

Neben dem Bett öffnet er die einzige Schublade des Nachttischs und holt eine Rolle Klebeband heraus.

»Nein!«, brülle ich sofort auf, weiche zurück und versuche tretend, den Abstand zu ihm zu erreichen, doch er packt mich und hält mich an der Kehle vor sein Gesicht. Ich kann mich nur gegen seine Brust abstützen. Denn da er auf einmal zwischen meinen Schenkeln steht, kann ich nicht nach ihm treten. Seine gelben monsterartigen Augen durchbohren mich.

»Ich gebe dir zehn Sekunden, Happy. Sag, was du loswerden möchtest.«

»Ich hasse dich!«

Schon lässt er mich los und klebt mir den Mund zu. Er schubst mich zurück aufs Bett und er schaut auf mich herab, als wäre er Gott. Aber das ist er nicht. Er ist Lucifer.

Plötzlich zieht er mich an den Beinen weiter zu sich, bis mein Hintern an der Kante ist und beugt sich über mich. Seine Arme stütze er mit den Händen rechts und links neben meinen Kopf auf der Matratze ab und kommt meinem Gesicht eindeutig zu nah.

»Du hasst mich?«

Ich nicke, während seine Augen mich innerlich zerfleischen.

»Halt dich daran fest, Happy. Speichere dieses Gefühl und vergiss es niemals. Ich werde deine Worte auch niemals vergessen.«

Er richtet sich auf und zieht mich am Arm vom Bett in den Stand.

»Lauf weg und ich knall' dich ab.« Er dreht sich um und für eine Sekunde fällt mein Blick auf die offene Tür. Aber als andere Schranktüren auffliegen, ist meine Neugier größer und ich beobachte, wie er sich eine Sturmhaube überzieht und anschließend seine Maske. Mit beiden Händen, aber nur mit Fingerspitzen, setzt er sich wieder seinen schwarzen Hut auf und richtet ihn.

Ich hasse es, dass es mich weiter in seine Dunkelheit lockt. Dass er meine Erinnerungen weckt, wie ich das erste Mal auf diesen Pestdoktor der Modernen traf. Ich schlucke und schaue dabei zu, wie er sich seine Lederhandschuhe anzieht, seinen Stock nimmt und mich mit dieser Finsternis, die sich um ihn herumlegt, ansieht.

Schweigend nähert er sich mir, umschließt mit festem Griff meinen Oberarm und zerrt mich neben sich aus dem Raum heraus. Kaum stehe ich draußen, wirbelt er mich herum und wirft mich auf seine Schulter. Er verkauft mich.

Das war es. Luciano hat nicht einmal den Schneid, mich zu töten. Stattdessen liefert er mich den schlimmsten Qualen aus. Ich spüre es.

Er trägt mich über die Flure, die Treppe hinab und der Schmerz, der sich in meinen Bauch dank seiner Schulter zieht, ist nicht so groß wie der in meinem Herzen. Ich kann die Tränen nicht aufhalten, was ihn nicht stört, als er mich unten absetzt. Mir rutscht vor seinen Augen die Hose herunter und im selben Augenblick wird mir etwas über den Kopf gezogen. Ich kann nicht sprechen, nur noch den schwarzen Stoff vor meinen Augen erkennen und ich spüre das Leder seiner Handschuhe an meinem Körper, als er mir die Hose hochzieht und sie eng an meiner Taille zuschnürt. An meinem Arm zieht er mich nach draußen. Die anderen spüre ich und höre die vielen Schritte, aber niemand spricht, als ich das Haus verlasse und ich den Wind wahrnehme, der mir die Kleidung an die Haut presst. Autotüren öffnen sich hörbar und Luciano schiebt mich auf den Sitz. Rasch weiche ich von ihm und pralle gegen den nächsten Körper. Zwischen zwei Körpern werde ich im Auto auf dem Rücksitz eingekeilt und sinke automatisch in mich zusammen. So sehr ich versuche, keinen von ihnen zu berühren, werde ich immer wieder an sie gepresst, als das Auto zu fahren beginnt und ich von hier weggebracht werde.

»Ist alles vorbereitet?« Lucianos Stimme erklingt elektronisch verzerrt neben mir.

»Sie stehen bereit. An allen Zufahrten.« Das ist Fabio von meiner anderen Seite.

»Sie sollen nicht zugreifen. Erst, wenn wir den Lieferwagen haben.«

»Sie fahren hinterher, Luciano. Sei beruhigt. Wir haben das jetzt oft genug durchgekaut.«

Wie fahren eilig und die Stille breitet sich schwer im Innenraum des Wagens aus. Bis irgendetwas über mich durchgereicht wird. Klacken ist neben mir zu hören. Lädt er seine Pistole?

Tötet er mich doch?

O Mann. Ich will auch nicht sterben. Ich schluchze ungewollt auf und gleichzeitig breitet sich Dankbarkeit aus. Es ist so lächerlich, aber lieber sterbe ich, als alles erneut zu erleben und nichts daran ändern zu können. Plötzlich ändert sich die Position von Lucianos Körper. Ich erstarre, als ich seinen Griff im Nacken spüre und er mir nah am Ohr zuflüstert: »Ich wünschte, ich müsste das nicht tun, Happy. Aber du hasst mich.« Ich reagiere nicht, weil ich erstarre durch die kalte elektronische Stimme seiner finsteren Worte und das Gefühl, wie er den Stoff an meinem Hals mit dem Daumen freilegt. Etwas Kaltes legt sich an meine Haut und ehe sich das Bild geformt hat, knallt ein Schmerz durch mein Fleisch und jagt mir das Rückgrat hinunter. Ich schreie gegen das Klebeband und ich falle zurück in den Sitz.

Ich sterbe. Er hat mich erschossen. Nein. Ich denke noch.

Der Schmerz lässt nach. Nein, nein. Das war kein Schuss. Ich habe den Knall nicht gehört. Ich sitze noch hier und der Schmerz lässt nach. Nicht kalt. Heiß. Mein Hals ist warm und es brennt leicht.

Es verteilt sich unter meiner Haut.

Er betäubt mich. Schon wieder?

Was sollte ich denn machen? Ich bin gefesselt, kann nicht sprechen und sehe auch nichts. Warum betäubt er mich.

»Es ist eine beschissene Sache. Keine Sicherung. Keine Möglichkeiten«, Fabio jammert neben mir und Luciano verhält sich neben mir ruhig. Das Einzige, das ich spüre, ist seine Schulter an meiner. »Warum lassen wir uns darauf ein, Luciano? Warum hast du dem zugestimmt? Konnten wir das nicht einfach an einer Lagerhalle oder einem schlecht beleuchteten Parkplatz über die Bühne bringen?«

Ich bin nicht betäubt. Ich bekomme noch alles mit. Höre, was Fabio sagt. Und ich werde wirklich verkauft.

Wir treffen uns mit meinem neuen Besitzer.

Wie konnte es nur so weit kommen?

Warum habe ich nicht auf Daddy gehört? Er hat es geahnt, wollte mich retten und ich ließ es nicht zu. Er warnte mich und hat mir versucht zu sagen, dass auch sein Schutz Grenzen hat. Das erfahre ich jetzt.

Ich sinke tiefer in den Sitz, schluchze ungewollt auf und beiße fest die Zähne aufeinander, als ich seine Hand an meinem Bein spüre.

Sanft liegt sie auf meinem Oberschenkel. Sein Daumen streichelt mich zärtlich und es beißt sich mir schmerzhaft durch den Körper und zerreißt mir das Herz.

Warum tut er mir das an?

Wieso tun Menschen überhaupt so schlimme Dinge?

Wissen sie denn nicht, dass wir Frauen auch Lebewesen sind? Gefühle haben? Unter dem Leid zerbrechen?

Ich will das nicht, aber die Tränen lassen nicht nach, verwandeln die Haube auf meinem Kopf in ein nasses Tuch und ich kann nicht aufhören. Es schmerzt so.

Ich dachte wirklich, Luciano wäre anders. »Da! Seht ihr?«, brüllt Fabio neben mir auf und ich schrecke zusammen.

»Das ist der Lieferwagen«, höre ich eindeutig Dinos Stimme und der Wagen hält an. »Es geht los«, bestimmt Luciano und die Autotür geht auf. An meinem Arm zieht er mich über den Sitz und ich wehre mich blind. Nur habe ich keine Chance. Zumal mich der starke Wind und die Geräusche der Umgebung komplett einschüchtern.

Rasende Autos zischen an uns vorbei. Aufschlagende Wellen. O Mann.

Luciano schiebt mich am Auto vorbei. Er keilt mich regelrecht zwischen ihm und der Karosserie ein und drängt mich zum Gehen. Das Auto ist auf einmal weg und er drückt mich gegen etwas Hartes und an den Schultern herunter auf die Knie. Was passiert hier?

Er bindet etwas an meine Handgelenke und löst dann die Manschetten. Ich möchte mich wehren, doch ich bin nach wie vor gefesselt und werde zur Seite gezogen. Stahl streift eindeutig meine Hand. Wind peitscht um uns herum und die Kälte zieht durch meine Kleidung. Wellen dröhnen lautstark bis in meine Ohren.

Panik steigt rapide auf und ich zerre an der Fesselung, möchte aufstehen, aber er packt mich am Kopf, hält mich fest und ich spüre etwas an der Stirn. Und seine Maske, die sich gegen mein Gesicht drückt. Es ist seine Stirn an meiner.

»Du hättest gehen sollen, als ich es dir befohlen habe. Denk daran, mich zu hassen, Happy« ruckartig lässt er mich los, gibt mich frei und ich bin trotzdem festgebunden an etwas Rauem, Kaltem, was sich wie Stahl anfühlt. Die Geräusche dröhnen so laut zu mir, dass ich panisch versuche, sie einzuordnen, überlege, wo ich mich befinde. Da knallt die Autotür zu und der Wagen startet. Er lässt mich zurück. O Mann. Er lässt mich hier zurück. Ich bekomme keine Luft mehr.

Das Auto fährt weg, neue kommen schnell angerast. Was passiert hier?

Wo bin ich?

Wieso ist es hier so laut?

Und kalt?

Ich bebe, zittere, zerre an den Fesslungen.

Ich muss hier weg. Ich beuge mich so weit, es mir möglich ist hinunter, bis meine Finger den Stoff am Kopf ertasten und ich reiße ihn mir herunter, während ich mich wieder aufrichte. Reflexartig schreie ich gegen das Klebeband.

Ich schreie ungewollt so heftig, als sich die Wellen neben mir brechen. Die unendliche Weite des Sees. Die Dunkelheit und die Straße. Ich bin auf einer Brücke und Autos fahren an mir vorbei. Er hat mich hier ausgesetzt und mich mir selbst überlassen. O Mann. Die Autos rasen so schnell, laut und heftig donnernd an mir vorbei. Sie sind so nah. Das Licht blendet mich so heftig und ich presse mich an den Stahl. Doch es ist nicht hoch. Da sind direkt die Wellen.

O Mann.

Ich weiß, wo ich bin.

Die Autos fahren nur in eine Richtung. Und ich sehe die andere Brücke. Ich befinde mich auf der Lake Pontchartrain Brücke.

Gott, ich werde hier sterben. Ich heule und sehe nichts mehr, spüre nur diese feuchte Kälte, die sich mir unter die Haut beißt und schreie weiter. Warum tut er das nur?

Plötzlich fährt ein Licht auf mich zu. Ein Motorrad. Es blendet mich, aber ich kann auch nicht wegschauen. Er wechselt die Straßenseite. Wird langsamer und hält direkt vor mir. Meine Rettung.

»Hilfe!«, versuche ich durch das Klebeband zu rufen,

als er absteigt und komplett in schwarzer Ledermontur auf mich zukommt. Hastiger zerre ich an der Fesselung, beabsichtige aufzustehen und schaffe es nicht. Er lässt den schwarzen Helm auf und ich erkenne ihn nicht, weil das dunkle Visier unten ist. Vor mir kniet er sich hin, zeigt mit einem Finger an seinen Helm auf Lippenhöhe, was mir sagt, ich soll ruhig sein, und vor meinen Augen springt eine Klinge aus seiner Hand.

»Ganz ruhig, Jelly.« O. Mein. Gott. Diese Stimme habe ich noch nie gehört. Und er kennt meinen Namen. Das ist nicht mein Retter.

Er ist hier, um mich abzuholen.

Luciano hat mich verkauft.

Weiter gehts mit

TIEFSCHWARZ ist die Liebe

Band 2